MIRA®

Der Preis dieses Bandes versteht sich einschließlich
der gesetzlichen Mehrwertsteuer.

Umwelthinweis:
Dieses Buch wurde auf chlor- und säurefreiem Papier gedruckt.

Michael H. Schenk wurde 1955 geboren und lebt in der Nähe von Bonn. Er arbeitet im Informationswesen einer Bundesbehörde.

Sein besonderes Interesse gilt den Menschen und ihrer Entwicklungsgeschichte, woraus sich auch seine Idee zur Reihe der Pferdelords entwickelt hat. Im Bereich der Fantasy geht es ihm vor allem darum, eine fantasievolle Umgebung zu schaffen, die jedoch noch immer so realistisch wirkt, dass sie vom Leser als natürlich empfunden wird. Dazu gehört auch die Entwicklung einer Historie, von Landschaften, Lebensformen und von Personen, mit denen sich der Leser bei aller Unterschiedlichkeit immer noch identifizieren kann und die ihn zusammen mit einer spannenden und aktionsgeladenen Handlung gleichermaßen fesseln und unterhalten sollen.

Die Pferdelords und das vergangene Reich von Jalanne

MIRA® TASCHENBUCH
Band 65023
1. Auflage Juni 2009

MIRA® TASCHENBÜCHER
erscheinen in der Cora Verlag GmbH & Co. KG,
Valentinskamp 24, 20350 Hamburg
Originalausgabe

Die Veröffentlichung dieses Werkes erfolgt auf Vermittlung der Autoren- und
Verlagsagentur Peter Molden, Köln

Konzeption/Reihengestaltung: fredebold&partner gmbh, Köln
Umschlaggestaltung: pecher und soiron, Köln
Lektorat: Ulf Müller, Köln
Illustrationen: Alexander Jung, Hamburg
Satz: Buch-Werkstatt GmbH, Bad Aibling
Druck und Bindearbeiten: CPI – Ebner & Spiegel, Ulm
Printed in Germany
ISBN: 978-3-89941-601-5

www.mira-taschenbuch.de
www.pferdelords.de

Michael H. Schenk

Die Pferdelords und das vergangene Reich von Jalanne

Roman

MIRA®

Die Völker

Das Kaltmeer
Die weißen Sände
Zwerge
Elfen des Waldes
Tarsilan
Pferdelords
Die Barbaren des Dünenlandes
Enderon
Das Königrei
Die westlichen Wasser
Gedaneris
Das verlore
Das Südmeer
250 Tausendlängen
Grenze
Hauptfluss
Handelsroute

N
W
O
S
Das Eisvolk
Die Nachtläufer
Orks
Das Volk der
Lederschwingen
Orks
Die Sandbarbaren

Königreich
von
Alnoa
Lheonaris
Rhokaris
Alneris
Nerianeris
Khalaneris
Strasse von Gedaneris
Südliche Handelsroute
Mintris
Genda
Eolaneris
Die Pforte von
Alnoa
Die Südberge / Hesparet
Maratran
Die Ebene von Lemaria
Breonaris
Das Königreich Des Südens / Jalanne
Hon'Brel
Brel
Tau'Brel

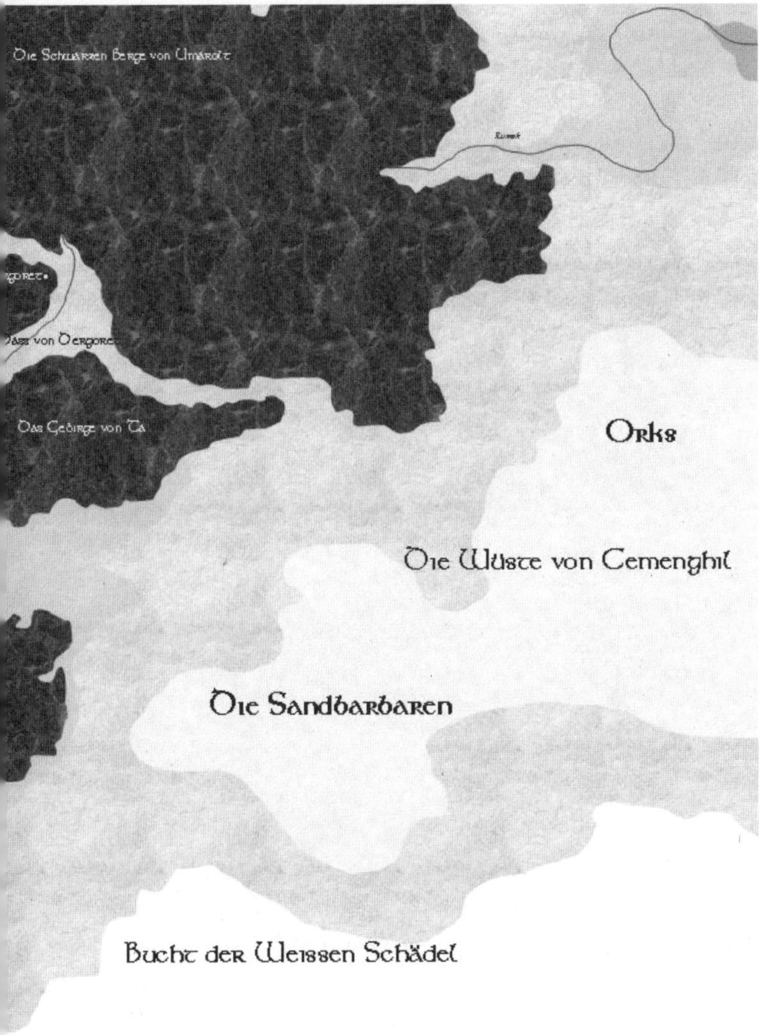
Die Schwarzen Berge von Umarolt
Das Gebirge von Ta
Orks
Die Wüste von Cemenghil
Die Sandbarbaren
Bucht der Weissen Schädel

Die Südberge / Hesparet
Die Ebene
Das Königreich De

Die Pforte von
Ainoa
Brel
Maratran
on Lemaria
Breonaris
Südens / Jalanne
Hon'Brel
Brel
Tau'Brel

1

Das Land sieht aus, als sei es von Blut getränkt.“

Der Mann, der dies sagte, trug die blitzende Vollrüstung der Gardekavallerie des Reiches Alnoa. An seinem Helm steckten zwei hoch aufragende gelbe Federn. Ein grauer Umhang umhüllte seine Gestalt. Er reckte sich im Sattel und blickte die Kolonne der hundert Männer entlang, die er als Hauptmann führte.

Sie hatten auf der Kuppe eines Hügels gehalten und sahen von dort auf die vor ihnen liegende Ebene. In ihrem Rücken befand sich ein schmaler Gebirgsgrat, den man auch den Großen Wall nannte. Er grenzte im Süden an das Hesparat-Gebirge und im Norden an die Schwarzen Berge von Uma'Roll. Zusammen bildeten diese steinernen Formationen einen natürlichen Schutz für die Südgrenze des Reiches Alnoa. In das Land hinter der Barriere drangen die Reiter nun vor.

Es war ein fruchtbares Land voller Schönheit. Der rötliche Boden war dicht mit Gräsern und Blumen bewachsen. Hügel wölbten sich sanft, und zahlreiche kleine Bachläufe durchzogen die Ebene auf ihrem Weg zum mächtigen Fluss Brel. Hier und da erhoben sich kleine Gehölze und weiter im Süden und Osten standen riesige Wälder. Alles war erfüllt vom Leben der zahlreichen Tiere, Pflanzen und Insekten. Und doch war dies ein Land des Todes.

Jalanne.

Einst ein mächtiges Königreich und ein getreuer Verbündeter Alnoas, war seine Größe nun vergangen und sein Volk zermalmt. Bedrückende Hinterlassenschaften bezeugten den Niedergang. Kleine Siedlungen und Gehöfte, die langsam verfielen, Äcker, die nicht mehr bestellt wurden. Jahrtausendwenden waren seit dem großen Schlachten vergangen, und doch wirkten viele der Gebäude noch immer seltsam unberührt und einladend. Aber keiner der Reiter würde eine der Ruinen betreten. Als damals das schreckliche Blutvergießen geendet hatte, waren die Leiber der Getöteten an Ort und Stelle zerfallen. Niemand hatte sie bestattet, und überall stieß man auf ausgebleichte Knochen, nur gelegentlich verhüllt von letzten Überresten der Bekleidung.

„Ja, Bernot, einst war dieser Boden tatsächlich von Blut getränkt." Der Reiter neben dem Hauptmann war kleiner und zierlicher, und die drei Federn sowie der weiße Saum des Umhangs zeigten seinen höheren Rang. Von seinem Gesicht war unter dem Helm kaum etwas zu erkennen, doch die Stimme klang ungewöhnlich weich und leicht spöttisch, als er fortfuhr. „Doch nun ist es guter roter Boden, Bernot. Fruchtbarer Boden." Die Stimme wurde nachdenklich. „Das Einzige, was das vergangene Reich Jalanne hinterlassen hat. Mögen die Finsteren Abgründe den Schwarzen Lord und seine Brut verschlingen für das, was sie diesem Land angetan haben."

Hauptmann Bernot ta Geos wandte sich halb im Sattel um und blickte erneut zurück. Die Federn der Reiter und die Mähnen und Schweife der Pferde bewegten sich schwach in der warmen Brise, während das Banner des Königreiches Alnoa schlaff von seiner Lanze hing. „Wir werden zu spät kommen."

„Ja, das werden wir", stimmte der kleinere Offizier zu. „Wie üblich wird uns nicht mehr bleiben, als Rache an den Irghil zu nehmen. Kein Trost für die armen Lemarier, doch vielleicht wird es die Bestien von weiteren Überfällen auf sie abhalten."

Bernot ta Geos zuckte zweifelnd die Schultern und gab dann das Zeichen anzureiten. Unter dem leisen Klirren und

Scheppern von Rüstungen und Waffen zog der Beritt weiter. Die Hügel stiegen sanft an, sodass man eine gute Sicht hatte, und da die Reiter kampfbereit waren, verzichteten sie auf die übliche Vorhut und den Flankenschutz. Sie kannten den unbarmherzigen Feind, der noch immer den Tod über dieses scheinbar friedvolle Land brachte. Jeder Einzelne der Reiter wäre bereit gewesen zu schwören, dass die schaurigen Kreaturen weit blutrünstiger und gefährlicher waren als die Orks des Schwarzen Lords. Bestien, denen keine jener Waffen etwas anhaben konnte, die sich schon so oft gegen die Rund- und Spitzohren der Finsternis bewährt hatten.

Sie ritten durch fremdes Gebiet einem grausamen Feind entgegen, und sie taten es nicht ohne Grund.

Tief im Süden Jalannes gab es einen riesigen See, umgeben von ausgedehnten Wäldern. Inmitten dieses Sees befand sich die Insel Lemar. Ein kleines, fruchtbares Eiland, auf dem die Letzten der Jalanne Zuflucht gefunden hatten. Sie wurden nicht gerne an die einstige Größe ihres Reiches erinnert und nannten sich schlicht Lemarier. Als kleines Volk von friedlichen Fischern und Händlern fristeten sie ein karges Dasein. Auf Lemar waren sie vor den Bestien sicher, die immer wieder durch das Land streiften. Nicht jedoch auf dem Festland, das sie betreten mussten, um ihre Waren zur Grenze des Reiches Alnoa zu bringen. Der König Alnoas hatte den Lemariern das Wohnrecht in seinem Reich angeboten und auch den Schutz der Garde, aber das Inselvolk war ebenso klein wie eigensinnig.

Meist hatten die Lemarier Glück und gelangten unbehelligt zur Pforte von Alnoa und zurück auf ihre Insel, doch immer wieder kam es zu Zwischenfällen. Einer dieser Zwischenfälle war der Grund, warum die Gardekavallerie aus ihrer Festung ausgerückt war. Ein Händler hatte sich mit letzter Kraft zu dem Stützpunkt geschleppt und vom Überfall der Bestien auf seine Gruppe berichtet. Wehrlose Männer, Frauen und auch Kinder, die das Wagnis der Reise auf sich genommen hatten, waren den Bestien zum Opfer gefallen.

Die Garde konnte den Überfallenen nicht mehr beistehen, und diese Gewissheit hatte die Reiter in grimmiges Schweigen gesenkt. Dennoch mussten sie versuchen, die Täter zu stellen. Es war die einzige Hoffnung, die Irghil für eine Weile abzuschrecken. Eine schwache Hoffnung, denn die Bestien würden wiederkommen. So, wie sie es immer taten. Und jedes Mal würde neues Blut fließen.

Die Gardeabteilung ritt parallel zu der alten südlichen Handelsroute. Diese führte von der alnoischen Stadt Eolaneris zunächst zur Pforte von Alnoa, einem Einschnitt zwischen Hesparat-Gebirge und großem Wall, der von der Festung Maratran geschützt wurde, und von dort weiter ins Land Jalanne. Die Straße war breit und mit steinernen Platten ausgelegt, von denen viele im Laufe der Jahre zersprungen waren. Gras und Moos wucherten nun zwischen den Fugen. Dennoch war der Weg gut zu erkennen. Der Beritt war erfahren genug, um zu wissen, dass der Feind die Straße im Auge behielt. Daher wechselte er in unregelmäßigen Abständen die Seite. Das erschwerte es den Irghil, die Soldaten in einen Hinterhalt zu locken, denn die Kampfverbände der Bestien waren zu klein, um das Gelände weiträumig abzuriegeln. Aber auch wenn ihnen ein Hinterhalt gelänge, würden sie sich an den hartgesottenen Reitern der Gardekavallerie die Klauen ausreißen.

„Wir werden die Opfer wieder mitten auf dem Weg finden", meinte Hauptmann Bernot ta Geos leise. „Die Lemarier sind stur und unbelehrbar. Immer laufen sie direkt auf der Straße. Kein Wunder, dass die Irghil stets so leichtes Spiel mit ihnen haben."

Der Kommandeur nickte. „Vergesst aber nicht, dass sie fast ihr ganzes Leben auf der Insel verbringen. Diese armen Fischer können sich auf dem Land kaum orientieren. Sie würden sich bestimmt verirren, wenn sie abseits der Straße liefen.“

Bernot gab ein obszönes Geräusch von sich, das seine Meinung über die Lemarier deutlicher zum Ausdruck brachte als jedes Wort.

„Dort vorne ist etwas“, rief der Bannerträger halblaut.

Die Handelsstraße verlief in einem leichten Bogen zwischen Hügeln hindurch. An einer übersichtlichen Stelle der Kurve waren die Umrisse menschlicher Körper zu erkennen.

Hauptmann Bernot ta Geos ließ seinen Blick über die Landschaft schweifen. „Gute Stelle für einen Hinterhalt. Die Hügel stehen dicht beieinander.“ Er strich sich kurz über den schmalen Bart, der bei den Offizieren der Garde so beliebt war. „Flankenschutz raus“, befahl er. „Ich will nicht überrascht werden, wenn wir uns da unten umsehen.“

Der Offizier mit den drei Federn am Helm schwieg. Er wusste, dass auf Bernot Verlass war. Der Hauptmann mochte nicht besonders fantasievoll sein, doch er verstand sein Handwerk. Während einige der Reiter ausschwärmten und Vorposten bildeten, hielt sich die Hauptmacht des Beritts auf ihrer Hügelkuppe bereit. Nur eine Handvoll Männer ritt mit dem Kommandeur zur Straße. Hauptmann ta Geos blieb bei der Truppe und knirschte vernehmlich mit den Zähnen. Es gefiel ihm nicht, den Vorgesetzten außerhalb seines Schutzes zu wissen. Aber wenn die Bestien nun erschienen, musste ein erfahrener Offizier die übrigen Gardisten führen.

Kurz darauf trabte der Kommandeur zurück, und Bernot ta Geos atmete erleichtert auf, als sein Vorgesetzter das Pferd neben ihm zügelte. „Und?“

„Wie Ihr es befürchtet habt, mein Freund.“ Der Kommandeur deutete bedauernd über die Schulter zurück. „Drei Männer. Keine Frauen oder Kinder."

„Der Lemarier sprach aber auch von Kindern und Frauen."

„Ich weiß, Bernot. Hoffen wir, dass die Irghil sie nicht verschleppt haben."

„Lebendfutter." Der Hauptmann erschauerte bei der Vorstellung. „Verfluchte Bestien. Mögen die Finsteren Abgründe sie alle verschlingen."

„Die Spuren sind deutlich und weisen nach Osten", murmelte der Kommandeur.

Sie kannten sich schon lange, und Bernot wusste die Nuancen in der Stimme seines Befehlshabers zu deuten. „Die Spuren sind also zu auffällig? Eine Falle?"

„Ein Köder."

Bernot nickte. „Dennoch werden wir ihnen folgen?"

„Dennoch werden wir ihnen folgen."

Der Hauptmann seufzte leise. „Sollen wir erst die Toten bestatten?"

„Nein."

„Nein?" Bernot schürzte die Lippen. „Das ist nicht … ehrenhaft. Sie einfach dort liegen zu lassen."

„Nein, das ist es nicht, mein Freund." Die Stimme des Kommandeurs klang wehmütig. „Doch dies ist Jalanne. Das vergangene Reich. Die Toten würden es nicht anders wollen."

Der Hauptmann zögerte einen kurzen Moment. Schließlich nickte er und gab das Zeichen zum Abritt. Die Spur der Bestien war nicht zu übersehen. Je weiter die Männer nach Osten trabten, desto weniger gefiel dem Offizier dieser Umstand. Es war zu einfach. Und immer wenn es einfach begann, endete es beschwerlich.

2

Der Mann wirkte trotz seiner vierunddreißig Jahre jugendlich, solange man nicht in seine Augen sah. In ihnen lag der Blick eines Menschen, der in seinem Leben zu viel Leid und Tod erlebt hatte. In den sanften Ausdruck mischten sich Trauer und Müdigkeit. Fast die ganze Nacht hatte er über Büchern verbracht und seine Zeichen auf Schriftrollen gesetzt. Nur eine Brennsteinlampe hatte etwas Licht und Wärme gespendet, und nun, da der Mann seine Arbeit getan hatte, seufzte er leise und blickte von seinem Schreibtisch auf. Er wirkte fast ein wenig überrascht, als er in den Fenstern den ersten Schimmer des Morgenrots sah. Mechanisch drehte er an der Stellschraube, die die Abdeckung der Lampe über das Brennbecken senkte, und der sanfte gelbe Schein erlosch.

Gegenüber dem Schreibtisch war ein leises Knarren zu hören, als sich eine Gestalt in einem der gepolsterten Lehnstühle bewegte. Ein goldener Stirnreif mit dem Symbol des Pferdevolkes blitzte auf im Licht des heraufbrechenden Morgens, und ein ebenmäßiges Antlitz, umrahmt von langen blonden Locken, wandte sich dem Mann zu. Die Hohe Dame Larwyn, Witwe des Pferdefürsten Garodem und Mitregentin der Hochmark, war noch immer eine bemerkenswert schöne Frau. Ihre Augen waren im Schatten verborgen, als sie Nedeam ansah, und ihre Stimme klang sanft. „Fertig, Hoher Herr?“

Nedeam, Erster Schwertmann der Hochmark und Befehlshaber ihrer Pferdelords, lächelte müde. „Nennt mich nicht so, Hohe Dame. Es ist mir lieber, wenn Ihr mich weiterhin mit meinem Namen anredet.“

„Ich nenne Euch weit mehr, Nedeam.“ Larwyn beugte sich

leicht vor, und ihr lächelndes Gesicht tauchte nun ganz in das Licht des Morgens. „In den letzten drei Jahreswenden habt Ihr Euch als guter Freund erwiesen. Ihr steht mir und der Mark getreu zur Seite. Garodem wäre stolz auf Euch."

In den letzten Worten schwang Trauer mit. Sie vermisste ihren Gemahl Garodem und sorgte sich um Garwin, ihren Sohn, der so wenig nach dem Vater geraten war. Nedeam hatte sich lange gefragt, warum die Hohe Dame so oft in der Nacht in den Amtsraum des Pferdefürsten kam, obwohl sie nur selten das Gespräch mit ihm suchte. Inzwischen wusste er es. Der Erste Schwertmann richtete sich auf und erhob sich hinter dem Schreibtisch. Nachdenklich strich seine Hand über das alte Holz. Garodems Schreibtisch in Garodems altem Amtsraum. Alles hier atmete noch immer seine Gegenwart, obwohl nun offiziell Garwin an diesem Ort regierte. Der junge Pferdefürst war keineswegs erfreut gewesen, als Larwyn dem Ersten Schwertmann die Erlaubnis gegeben hatte, den Raum uneingeschränkt zu nutzen. Zähneknirschend hatte Garwin sich dem Argument seiner Mutter gebeugt, dass sie sich gelegentlich mit Nedeam besprechen müsse und man ihr schwerlich zumuten könne, dafür dessen kleine Kammer aufzusuchen.

„Ich vermisse den Hohen Lord", gestand der Erste Schwertmann ein. Es war klar, dass er damit nicht Garwin meinte. „Es war ein weiter Weg vom Schafzüchter zum Ersten Schwertmann der Mark. Ein beschwerlicher Weg, und manchmal weiß ich nicht, ob ich nicht besser auf dem Gehöft meines Vaters geblieben wäre." Er deutete auf den Schreibtisch. „Das Arbeiten mit Büchern und das Setzen und Deuten der Zeichen liegen mir nicht besonders."

„Ihr hattet gute Fürsprecher, Nedeam, und Ihr habt sie immer noch." Auch Larwyn erhob sich nun und seufzte leise, als sie sich nach dem langen Sitzen streckte. „Tasmund, den braven Mann Eurer Mutter Meowyn, Euren Vorgänger als Ersten Schwertmann. Kormund, den bewährten Scharführer. Und vergesst nicht Euren Freund Dorkemunt, den kleinen Pferdelord. Sie alle schlugen Euch vor, und mein Gemahl hat ihnen von Herzen zugestimmt."

Garodem hatte die Hochmark einst gegründet. Nun war er seit drei Jahren tot. Nicht ruhmreich in der Schlacht gefallen, sondern auf einer Treppe zu Tode gestürzt. Ein sinnloses Ende, aber die Menschen des Pferdevolkes hatten Garodems Tapferkeit immer geachtet und wussten, dass er nun in allen Ehren zwischen den Goldenen Wolken ritt.

„Ich bin dankbar für dieses Vertrauen, Hohe Dame, und ich weiß, dass die Versammlung der Schwertmänner meiner Wahl bereitwillig zugestimmt hat. Doch manchmal glaube ich, dass ich für Euch und die Mark zu einer Last werde."

„Ich verstehe." Larwyn legte ihre Hand sanft an seinen Oberarm. „Ihr meint den Zwist zwischen Euch und Garwin, nicht wahr?"

Die Mark war an Garodems Sohn übergegangen. Der Zweiundzwanzigjährige bereitete auch Nedeam große Sorgen. Er war eigensinnig, arrogant und zudem rechthaberisch. Es war ein weiser Entschluss des Königs Reyodem gewesen, Larwyn ihrem Sohn an die Seite zu stellen. Obwohl Garwin Pferdefürst und damit eigentlich der uneingeschränkte Herrscher der Hochmark war, verfügte seine Mutter über ein Einspruchsrecht. Und zu Garwins Verdruss machte sie durchaus Gebrauch davon. Nedeam musste sich eingestehen, dass er seinem neuen Vorgesetzten gegenüber eine tiefe Abneigung empfand. Jeder Kämpfer des Pferdevolkes mochte seine Eigenheiten haben, aber ihnen allen war es eine Ehre, den grünen Umhang der Pferdelords zu tragen. Er war das Symbol ihrer Treue zur Mark und zu ihrem Fürsten. An Garwin hingegen war nur wenig Ehrenhaftes. Schon als Siebzehnjähriger hatte er sich geweigert, der bedrängten Hafenstadt Gendaneris und den zur gleichen Zeit bedrohten Elfen beizustehen. Damals hätte man es vielleicht noch seiner Unerfahrenheit zuschreiben können, doch nur zwei Jahre später war Nedeam mit seinen Pferdelords in der Festung Niyashaar von den Truppen der Mark abgeschnitten worden. Garwin hatte gezögert einzugreifen, obwohl ein überwältigender Angriff der Orks bevorstand. Für einen wahren Pferdelord gab es nichts Schändlicheres, als einen Kameraden oder einen Verbündeten im Stich zu lassen. Doch eben dieser Makel haftete nun Garwin an. Immerhin konnte man ihm keine Feigheit vorwerfen. Vielleicht hatte König Reyodem recht darin getan, ihn als Pferdefürsten zu bestätigen. Garwin mochte sich noch entwickeln und bewähren.

Doch Nedeam zweifelte daran.

Und auch wenn ihm die Arbeit mit den Schwertmännern Spaß machte, so vermisste er doch hin und wieder das einfache Leben auf dem Gehöft, die Gesellschaft Dorkemunts und den Umgang mit Schafen und Hornvieh. Aber er konnte nicht so einfach zurück. Er trug Verantwortung gegenüber der Mark und der Hohen Dame Larwyn. Er durfte sie nicht Garwins Willkür ausliefern. Denn was Nedeam niemals für möglich gehalten hätte, war eingetreten. Garwin hatte Anhänger im Pferdevolk und sogar unter den Schwertmännern gefunden. Es waren nicht viele, doch Nedeam wusste, dass ein einziger fauler Apfel einen ganzen Korb verderben konnte.

Für eine Weile herrschte Schweigen im Amtsraum des Pferdefürsten, und beide Anwesenden ahnten, dass ähnliche Sorgen sie bedrückten. Erneut war es Larwyn, welche die Stille brach und Nedeam mit einem Seufzen zu einem der Fenster führte. Es wies nach Süden und bot einen Ausblick über das

Tal, in dem die Burg und die Stadt von Eternas lagen. Die Kuppen der umliegenden Berge und die Spitzen der Dächer waren in morgendliches Licht getaucht, und sehr bald würde die Sonne das gesamte Land mit ihrem Glanz erhellen.

„In den vergangenen drei Jahreswenden hat sich viel getan, Hoher Herr Nedeam. Das ist auch Euer Verdienst."

Ja, die Hochmark wandelte sich, vor allem die Stadt Eternas. Aber dies nicht ausschließlich zu ihrem Vorteil, wie Nedeam meinte. Die Enge der Stadt empfand er als bedrückend. Und Eternas war wirklich beengt. Vor einem Jahr hatte Larwyn angeordnet, die Zuwanderung aus den anderen Marken zu stoppen. Denn das Wachstum des eigenen Volkes war schon groß genug. Dies bereitete Larwyn Sorgen, und auch Nedeam sah das Problem. Noch war die Hochmark in der Lage, ihre Bewohner selbst zu ernähren und sogar einen Überschuss zu erwirtschaften. Aber wenn die Zahl der Menschen weiter wuchs, würde sie auf Güter aus den anderen Marken angewiesen sein. Diese grenzten unmittelbar aneinander und waren nicht so leicht zu isolieren. Doch die Hochmark lag eingebettet in das Gebirge von Noren-Brak. Der Südpass verband sie mit den unteren Marken, der Nordpass führte zu den Städten der Zwerge und weiter hinauf in die nördliche Öde und das daran anschließende Kaltland. Wenn es einem Feind gelang, den Südpass zu blockieren, war die Mark von der Versorgung von außen abgeschnitten. Eine erschreckende Vorstellung, und so unterstützte Nedeam das Streben Larwyns nach Selbstversorgung mit aller Kraft.

Der Handel mit den anderen Marken und mit den beiden Städten der Zwerge florierte. Getreide, Fleisch, Lederwaren und Schmiedearbeiten verließen die Hochmark im Tausch gegen Klarstein, feine Stoffe und andere Dinge, die das Leben angenehm machten.

Am Ostrand der Stadt Eternas, entlang des Flusses Eten, befanden sich Schmieden, Färbereien, Gerbereien und sonstige Handwerksbetriebe. Aus dem Reich Alnoa waren drei Dampfmaschinen gebracht worden, deren Stöhnen und Stampfen am Tag zu hören war und deren Kolben und Riemen inzwischen viele Werkzeuge antrieben. Nedeam mochte diese Maschinen nicht. Denn wenn sie die Produktion auch erhöhten, so nahm doch die Qualität der Waren ab. Wenn es um ein treffliches Schwert und eine gute Rüstung ging, war die Hand des Meisters noch immer unübertroffen.

Nedeam trat dicht an das Fenster heran und legte eine Hand an den Rahmen. Noch zu Garodems Zeiten war dies eine schlichte Maueröffnung gewesen, die man zum Schutz gegen Kälte und schlechtes Wetter mit dicken Stoffvorhängen verschlossen hatte. Nun schimmerte hier Klarstein aus dem Reich Alnoa im hölzernen Rahmen und bot ungehinderte Sicht. Nedeam hatte sich erst an die Neuerung gewöhnen müssen, die sich nun überall ausbreitete, und sich direkt nach dem Einbau sogar die Nase an dem unsichtbaren Vorhang gestoßen. Noch immer perlte Llaranas Lachen über das Missgeschick in seinen Ohren, doch aus dem Spott war ein langer Kuss geworden, und so dachte er mit einem wohligen Schauer daran zurück.

Die Hohe Dame Larwyn sah den Ersten Schwertmann von der Seite an. Zum ersten Mal war er ihr als zwölfjähriger Knabe begegnet. Damals hatte er seine Mutter, die von Orks verletzt worden war, nach Eternas gebracht. Seitdem hatte Nedeams Gesicht an Kontur gewonnen. Wind und Wetter hatten ihre Spuren darauf hinterlassen. Aus dem Jungen von einst war ein Mann geworden, der viel Verantwortung auf den Schultern trug. Nedeam war daran gereift. Eine solche Entwicklung hätten sich Larwyn und ihr Gemahl auch für Garwin erhofft. Hatten sie und der Pferdefürst den Launen ihres Sohnes zu oft nachgegeben? Warum hielt Garwin so wenig von den alten Traditionen? Warum machte er dem grünen Umhang so wenig Ehre? Larwyn seufzte leise und blickte zur Stadt hinüber.

„Garwin ist mit einer kleinen Schar draußen", sagte Nedeam in die Stille. „Er durchstreift die Mark."

„Ja, er reitet oft hinaus", stimmte Larwyn zu.

Der junge Pferdefürst war häufig in der Hochmark unterwegs und schien sich nur wenig um die Angelegenheiten der Festung Eternas und ihrer Schwertmänner zu kümmern. Nedeam war dies nur recht, auch wenn er ihn manchmal gerne besser im Auge behalten hätte. Was die Führung der Schwertmänner anging, so brauchte Nedeam inzwischen kaum noch den Rat des alten Tasmund. Als er den schlichten grünen Umhang der Pferdelords gegen den blau gesäumten eines Schwertmannes tauschte, da hatte er sich an manche Besonderheit gewöhnen müssen. Die einfachen Pferdelords waren Männer, die ihren Berufen nachgingen und einmal im Jahr zur Wehrübung nach Eternas kamen. Sie rüsteten sich selber aus und nahmen als Waffen oft, was ihnen auch im täglichen Leben von Nutzen war. Der Bogen des Jägers oder die Axt, mit der sich Holz ebenso gut wie ein Orkschädel spalten ließ. Die typische Stoßlanze des Reitervolkes hatte jedoch außerhalb des Kampfes keinen praktischen Nutzen und wurde daher aus der Waffenkammer des Pferdefürsten gestellt. Die Wehrübungen dienten dazu, den Umgang mit der Lanze zu trainieren und den einfachen Pferdelords die Manöver in einem geordneten Beritt zu vermitteln. Im Gegensatz zu diesen Kämpfern waren die Schwertmänner Berufssoldaten, die das ganze Jahr unter Waffen standen und dem Herrn der Mark als ständige Wache dienten. Die Ansprüche an sie waren weitaus höher. Sie lernten, wie man Knie an Knie die engen Formationen ritt und mit dem Schwert umging. Sie waren es, die in der Schlacht als

Erste auf den Feind prallten und unter denen es auch die ersten Opfer gab. Die Schwertmänner waren stolz auf ihren blauen Saum und die blauen Rosshaarschweife an ihren Helmen. Nedeam war nun einer von ihnen und zugleich weit mehr als das. Als Erster Schwertmann zeichnete er für ihre Ausbildung und Versorgung verantwortlich und führte sie in der Schlacht, wenn der Pferdefürst diese Ehre nicht selbst beanspruchte.

Nedeam trug ebenfalls Harnisch und Handschuhe der Schwertmänner, und doch gab es ein Detail, in dem er sich deutlich von ihnen allen unterschied. Statt dem geraden Schwert des Pferdevolkes führte er eine leicht gekrümmte elfische Klinge. Ein Geschenk von Jalan-olud-Deshay, dem Ersten des Hauses Deshay. Vor Jahren hatten die Pferdelords den Elfen gegen die Orks und Grauen Zauberer beigestanden, und Nedeam hatte sich dabei besonders hervorgetan. Nach der Schlacht um Merdonan hatte Jalan ihm sein eigenes Schwert zum Geschenk gemacht.

Bei diesem Abenteuer hatte Nedeam noch ein weitaus wertvolleres Geschenk erhalten. Seine Liebe zu Llarana, der Tochter Jalans. Es hatte lange gedauert, bis die Elfin seine Gefühle erwiderte, doch als sie es endlich tat, geschah es mit der Bedingungslosigkeit der elfischen Seele.

„Darf ich meinen Ersten Schwertmann etwas fragen?"

Nedeam runzelte überrascht die Stirn. „Herrin, ich …"

„Ich will offen sein, Nedeam, mein Freund." Sie legte ihm erneut in vertraulicher Geste die Hand auf den Arm. „Ihr dürft niemals vergessen, wer Ihr seid. Ich meine damit nicht den Ersten Schwertmann der Mark, sondern den Menschen und Pferdelord dahinter. Ihr vergrabt Euch zu sehr in die Arbeit, Nedeam. Nehmt Euch mehr Zeit für Euch selbst und für die Menschen, die Euch nahestehen." Larwyn deutete auf den Schreibtisch. „Die ganze Nacht hindurch habt Ihr über Listen gebrütet und an Eure Pflichten gedacht."

„Der Hohe Herr Tasmund hat mir eingeschärft, nichts zu übersehen."

Larwyn lachte leise. „Und doch ist Euch etwas entgangen, mein Freund."

Nedeam ging im Geiste fieberhaft die Dokumente durch, die er bearbeitet hatte. Die Vorräte der Festung mussten aufgestockt werden, drei Sättel waren zu ersetzen und zwanzig Pferde einzureiten. Zwei neue Scharführer mussten benannt werden, aber das würde die Versammlung der Schwertmänner selbst übernehmen, und deren Urteil konnte er vertrauen.

Die Herrin der Hochmark lachte erneut. „Denkt an die Bedeutung des heutigen Tages für Euer Leben, Nedeam."

Der Erste Schwertmann errötete. „Ich habe es nicht vergessen. Ich wollte nur …"

Abermals unterbrach sie ihn, und ihre Stimme war gleichermaßen sanft und bestimmt. „An einem Tag wie diesem sollten Eure Gedanken nur der Verbindung mit Eurem künftigen Weibe gelten. Heute wird Llarana zu Llaranya werden. Ein Moment von großer Bedeutung für unser Volk und für das der Elfen. Würdigt ihn, Nedeam, denn mit diesem Tag beginnt ein neuer Abschnitt in Eurem Leben. Also, geht nun. Heute werdet Ihr Eure Elfin wiedersehen. Vergesst die Arbeit und widmet Euch ganz dem freudigen Ereignis."

Nedeam nickte zögernd. Der angebrochene Tag war tatsächlich etwas Besonderes. Heute würde die Verbindung zwischen Llarana und Nedeam offiziell besiegelt werden. Das Datum war mit Bedacht gewählt worden, denn an den Weißen Sänden des elfischen Volkes lagen die Schiffe bereit, um auch die letzten Elfen endgültig zu den Neuen Ufern zu bringen. Er freute sich darauf, Llarana genau an diesem Tag zu ehelichen, auch wenn ihm die Zeremonie selbst ein wenig Unbehagen bereitete. Sie würde nicht dem Ritus des Pferdevolkes, sondern dem der elfischen Häuser folgen. Sein Einverständnis dazu war das Mindeste, was er seiner Llarana und den Elfen schuldete. Sie war eine Unsterbliche und dazu bereit, ihr Volk aufzugeben, um an seiner Seite zu bleiben. Ein beachtliches Opfer. Nedeam würde altern, und irgendwann musste Llarana allein zurückbleiben. Sie empfanden beide Furcht davor, und doch war ihre Liebe groß genug, das Schicksal anzunehmen. „Kurzen Jahren des Glücks mögen lange Jahre der Trauer und Einsamkeit folgen“, hatte Llarana schlicht gesagt, „doch werde ich immerhin zu jenen gehören, denen für eine Weile das größte Glück beschieden war. Das wird mir immer ein Trost sein.“

Wie so oft im Leben, schienen auch hier Freude und Leid miteinander verknüpft zu sein.

Aber die Hohe Dame Larwyn hatte recht. Dieser Tag gehörte nur dem freudigen Ereignis.

3

Der Beritt der Garde hielt oberhalb der Straße. Bald würden die Ruinen der alten Stadt Breonaris vor den Reitern auftauchen. Vor einem Zehnteltag hatten sie in der Ferne ein Rudel Geweihtiere entdeckt, das die gepanzerte Truppe neugierig beobachtete. Von den grausamen Irghil war hingegen nichts zu sehen, bis auf eine undeutliche Spur. Nur noch ab und zu waren einzelne Abdrücke zu finden.

Vor dem Beritt erstreckte sich eine grasbewachsene Ebene. Die Truppe hatte auf dem Kamm eines Hügels gehalten, an dessen einer Flanke Regenstürme etwas Boden fortgeschwemmt hatten, sodass die rötliche Erde zutage trat. Eine günstige Stelle, um Spuren der Irghil zu finden, wenn es sie denn gab.

Zwei der Männer waren gute Fährtenleser und saßen ab, um den Hang Stück für Stück abzusuchen. Schließlich hob einer von ihnen die Hand. „Hier sind Abdrücke."

Kommandeur und Hauptmann schritten nebeneinander zu der angezeigten Stelle hinüber. Einer der Fährtenleser war in die Hocke gegangen und deutete auf einige Vertiefungen, die Hauptmann ta Geos nur wenig sagten. „Seid Ihr sicher, dass es die Fährte der Bestien ist?", wandte er sich zweifelnd an die Männer. „Ich kann da kaum etwas erkennen. Falls es wirklich Spuren sind, scheinen sie mir doch schon sehr alt zu sein."

Bevor einer der Fährtensucher etwas erwidern konnte, ging auch der kleinere Kommandeur in die Hocke. Er zog den gepanzerten Handschuh aus, und seine schlanken Finger glitten an den Konturen am Boden entlang. „Nein, sie sind nicht alt, Hauptmann. Die Erde ist nur trocken. Seht, wie leicht sie zwischen den Fingern zerbröckelt. Dies hier und auch das dort scheinen mir Abdrücke ihrer Klauen zu sein. Sie sind uns zwei oder drei Zehnteltage voraus, nicht wahr?"

Einer der Spurenleser nickte respektvoll. „Wir können sie einholen. Beachtet die geringen Abstände zwischen den Abdrücken. Sie haben sich nicht sonderlich beeilt."

Bernot ta Geos rieb sich erfreut die Hände. „Dann rechnen sie auch nicht damit, dass wir sie verfolgen."

„Dennoch dürfen wir nicht leichtsinnig werden", mahnte der Kommandeur mit weicher Stimme. „Sie sind Bestien, aber wir sollten nie vergessen, dass sie schlau sind." Der Offizier mit den drei Federn am Helm richtete sich auf. „Wir folgen den Spuren, Bernot, aber ich will, dass wir ab sofort in Kampfformation reiten."

Üblicherweise bewegte sich die Gardekavallerie in Viererkolonnen. Aber in Jalanne war man gezwungen, die Kolonnenstärke zu erhöhen. Denn die bestialischen Irghil in diesem Land waren grundverschieden von den herkömmlichen Gegnern der Alnoer, den Sandbarbaren und Orks. Diese lauerten weiter im Osten in der Wüste von Cemen'Irghil. Man konnte nie ausschließen, dass sie einen Vorstoß nach Jalanne wagten und die Grenzen Alnoas bedrohten. Barbaren und Orks begegnete man mit Schwert und Lanze und mit spitzen Kriegspfeilen. Die Panzer der Irghil hingegen ließen sich damit nicht durchdringen. Die Gardeabteilung aus der Festung Maratran musste sich also notgedrungen gegen beide Bedrohungen wappnen. Ein Drittel der Kavalleristen führte daher die klassischen Waffen, der Rest jene, die man speziell gegen die Bestien entwickelt hatte: Tellerlanzen und Quetschpfeile.

Die Abteilung ritt nun in Sechserkolonne. An den Außenseiten die Männer mit den Tellerlanzen, dann folgten die Bogenschützen mit den Quetsch- und Kriegspfeilen, und die Gardisten mit den gewöhnlichen Lanzen befanden sich in der Mitte.

Hauptmann Bernot ta Geos war nach einem Gespräch zumute. Er glaubte nicht mehr daran, dass sie die Irghil noch stellen würden. Missmutig sah er seinen Kommandeur von der Seite an. „Die Lemarier sind Narren. Sie benutzen nicht einmal die Signalspiegel, die wir ihnen gegeben haben. Sie bräuchten uns nur nach Maratran zu signalisieren, dass sie Handelsware haben oder Hilfe benötigen, und wir würden sofort aufbrechen und ihnen beistehen." Er spuckte verächtlich aus. „Stattdessen versuchen sie immer wieder, sich an den Bestien vorbeizuschleichen und lassen sich abschlachten. Narren. Verdammte Narren."

„Sie mögen Narren sein", seufzte der kleinere Reiter, „aber vor allem sind sie stolz, und das ist etwas, was ich gut verstehen kann. An ihrer Stelle würden wir vielleicht genauso handeln."

Bernot lachte trocken. „An ihrer Stelle …" Der Hauptmann verstummte, als der Kommandeur sich leicht im Sattel aufrichtete. „Was ist?", fragte er angespannt. „Könnt Ihr etwas sehen? Irghil?"

Die kleine Gestalt schüttelte zögernd den Kopf. „Nein, nicht sehen, mein guter Bernot. Aber ich fühle, dass etwas nicht stimmt. Ich spüre ihre Nähe."

Keiner der Gardereiter hätte über das Gespür des Kommandeurs gespottet. Zu oft schon hatte es die Truppe rechtzeitig vor einer Bedrohung gewarnt. Abermals wandte sich Bernot im Sattel um. „Haltet mir nur ja die Augen offen, Gardisten. Rechnet mit der Hinterlist der verfluchten Irghil und seid auf der Hut."

Viele der Männer hatten bereits gegen die Bestien gekämpft und wussten, wie trickreich und mörderisch sie waren. Doch selbst die Erfahrensten unter ihnen wurden überrascht, als die Irghil dann tatsächlich erschienen. Es war, als würden sie plötzlich vor ihnen aus dem Boden wachsen.

Vor dem Beritt hatte sich die grasbedeckte Ebene ausgebreitet, und jeder der Reiter hatte genau darauf geachtet, ob nicht eines der zahlreichen Gebüsche oder eine der Baumgruppen als Versteck für einen Irghil geeignet war. Den scheinbar unberührten Boden hatten sie vernachlässigt. Doch dann brach unmittelbar vor ihnen die Grasnarbe auf, und die runden Panzerleiber der Irghil schoben sich aus der Erde hervor. Kampfeslustig reckten sie ihre mächtigen Scheren vor, während sie auf ihren acht Beinen auf die Alnoer zuhasteten. Sie hatten die Größe eines ausgewachsenen Pferdes und waren schnell. Sehr schnell.

Den alnoischen Gardisten blieb nur wenig Zeit, doch die wussten sie zu nutzen.

Der kleine Kommandeur reckte sich im Sattel, und seine Stimme klang nun gar nicht mehr sanft. „Erster Halbberitt, absitzen und Front bilden! Zweiter Halbberitt, lasst die Bestien nicht in unseren Rücken gelangen!"

Der Signalbläser gab ein schmetterndes Hornsignal und bemühte sich gemeinsam mit dem Bannerträger, dicht an dem Offizier mit den drei Federn zu bleiben.

Die Irghil, es waren rund zwanzig der riesigen krebsartigen Kreaturen, stürmten von halblinks heran. Der ihnen zugewandte erste Halbberitt sprang von den Pferden und hastete ein paar Schritte nach vorne. Die Bewegungen waren oft geübt worden, und die Disziplin der Garde siegte über die Angst der Männer beim Anblick des gepanzerten Schreckens.

„Den richtigen Winkel", schrie Hauptmann ta Geos. „Achtet darauf, die Lanzen korrekt zu setzen! Den richtigen Winkel!"

Gardisten mit Tellerlanzen bildeten die vorderste Front. Die Waffen waren ein wenig länger als normale Stoßlanzen.

Zwei Handbreit oberhalb des stählernen Bodendorns führte der Schaft durch einen breiten Metallteller. Dieser war an einer Seite angeschnitten, sodass ein Gardist die Lanze bequem im Steigbügelschuh führen konnte. Eine Länge unterhalb der scharfen Spitze befand sich ein zweiter Teller. Die Lanzen waren unhandlich und schwer, doch ihr Sinn wurde sofort verständlich, wenn man sah, wie die Gardisten sie handhabten. Sie rammten sie mit den Bodendornen in den Grund und neigten die Schäfte im schrägen Winkel. Einen Fuß stellten sie auf den unteren Teller und stabilisierten so die Lanze. Die Irghil konnten schnell laufen, aber sie konnten nicht springen. Wurden die Lanzen korrekt ausgerichtet, befanden sich deren Spitzen genau in der richtigen Höhe, um sich in die Leiber der anrennenden Bestien zu bohren.

Zwei Schritte hinter den Lanzenträgern gingen die Bogenschützen in Stellung. Sie hatten die normalen Kriegspfeile am Sattel gelassen und führten nur die Köcher mit den Quetschpfeilen mit sich. Sobald sie bereit waren, begannen sie zu schießen.

Der Leib eines Irghil war durch eine dicke Schicht Chitin gepanzert und zudem stark gerundet. Man brauchte unglaubliches Glück, um diesen natürlichen Schutz mit der scharfen Spitze eines Kriegspfeils zu durchdringen. Die Quetschpfeile, die nun auf die Bestien zuschwirrten, waren nicht so elegant wie ein normaler Pfeil. Ihre Spitzen glichen einer geballten Faust und hatten auch deren Größe. Die Geschosse flogen daher nicht weit und ließen sich schlecht zielen. Und während man Kriegspfeile wiederverwenden konnte, wurden Quetschpfeile beim Aufschlag zerstört.

Aber ihre Wirkung war verheerend.

Die Spitzen bestanden außen aus einem weichen Metall, das sich beim Aufprall auf den Chitinpanzer verformte und für einen kurzen Augenblick daran haften blieb. Zeit genug für die im Innern verborgene stählerne Spitze, um den Panzer zu durchdringen. Geführt von ihrer Ummantelung, durchschlug sie das Chitin und traf in die weichen Innereien. Hier konnte die in dem Stahlkopf enthaltene Feder genug Kraft entfalten, um dessen Einzelteile auseinanderzudrücken. Ein Irghil war groß und hatte eine Menge Innereien. Dem trugen die aufspringenden Spitzen Rechnung.

Nicht jeder Quetschpfeil traf, und nicht jede der Wunden war tödlich. Doch vier Bestien, dann eine fünfte gingen sofort zu Boden. Sie knickten einfach ein und rutschten durch den Schwung des Angriffslaufes noch ein paar Längen auf dem abgerundeten Bauchpanzer weiter, bis sie leblos liegen blieben. Die anderen Irghil nahmen es hin und stürmten durch den anhaltenden Pfeilhagel voran. Erneut stürzten Bestien, doch dann hatten sie die Front des ersten Halbberitts fast erreicht.

Die Träger der Tellerlanzen korrigierten ein letztes Mal den Winkel und stemmten sich dem erwarteten Anprall entgegen. Hartholz ächzte, als die Chitinleiber auftrafen. Die Bestien rammten sich die Spitzen durch die Wucht ihres Ansturms selbst in die Leiber. Die Lanzen drangen ein, bis die Panzer gegen die oberen Teller prallten und von ihnen aufgehalten wurden. Einige der Bestien versuchten noch im Sterben zu töten und schnappten mit ihren Scheren nach den Männern, doch die Länge der Schäfte war gut berechnet, und sie grapschten ins Leere.

Einige der Lanzenspitzen trafen nicht richtig und rutschten ab.

Sofort stürzten sich die kräftigen Bestien auf die unglücklichen Gardisten und durchschnitten ihnen mit ihren Zangen problemlos Gliedmaßen und Hälse. Gegen diese Waffen boten selbst die Rüstungen der Reiter keinen ausreichenden Schutz.

Der Kommandeur stieß einen wilden Fluch aus, zückte das lange Schwert und spornte sein Pferd an. Mit wenigen Sätzen war er an jener Stelle, wo zwei Irghil soeben die Front der Gardisten durchbrochen hatten. Eine der Bestien legte gerade eine Zange um den Oberkörper eines Lanzenträgers und zerquetschte Mann und Rüstung mit einer mühelosen Bewegung. Mit der anderen Zange umschloss er den Hals eines Bogenschützen und tötete auch diesen.

„Verfluchte Brut der Finsternis!“, schrie der kleine Kommandeur.

Ungeachtet der Gefahr ließ er sein Schwert hinabsausen. Mit einem seltsam splitternden Geräusch durchtrennte die Schneide das Gelenk eines Scherenarmes. Der verletzte Irghil fuhr mit einem lauten Zischen herum und schlug mit der anderen Zange nach dem Angreifer. Der Offizier duckte sich und spürte einen leichten Schlag oben am Helm. Er ließ sich aus dem Sattel fallen und rollte sich trotz der schweren Rüstung erstaunlich behände auf den Feind zu. Noch nicht mal unterhalb der Kreatur, rammte er schon die Klinge senkrecht nach oben und traf in den aufgerissenen Rachenschlitz des Irghil. Grünes Blut stürzte daraus hervor und bespritzte den Offizier, während der gepanzerte Leib erzitterte. Für einen Moment schien die Zeit still zu stehen, dann brach die Kreatur tot zusammen.

Der Offizier hatte sich rechtzeitig herumgerollt und befreite nun sein Schwert mit einer gleitenden Bewegung. Schon war er wieder auf den Beinen und hielt Ausschau nach der nächsten Bedrohung. Zwei Gardisten eilten besorgt herbei und brachten das Pferd des Kommandeurs.

Hauptmann ta Geos hatte der zweiten Hälfte des Beritts den Angriff befohlen. Obwohl nur vier der Irghil in die Front der Garde eingebrochen waren, hatten sie Tod und Verderben über sie gebracht. Die Bestien konnten nicht siegen, und das wussten sie auch. Dennoch kämpften sie, als sei dies ihr einziger Lebenszweck. Aber nach wenigen blutigen Momenten war das Gemetzel dann vorbei.

„Vorposten raus", kommandierte ta Geos erschöpft. So kurz der Kampf auch gewesen war, er hatte an den Kräften gezehrt. „Versorgt die Verwundeten und kümmert Euch um die Pferde."

Der Hauptmann zog sein Pferd herum und ritt zu seinem Kommandeur, über dem das Banner Alnoas schwach auswehte. „Die Gefahr scheint vorüber zu sein. Ich finde, wir haben uns gut geschlagen. Wenn mich nicht alles täuscht, haben wir dreiundzwanzig der Bestien erledigt."

„Wenn mich nicht alles täuscht, haben wir zwölf Tote und wenigstens die gleiche Anzahl an Verwundeten", kam die leise Erwiderung. „Dennoch stimme ich zu. Wir haben uns gut geschlagen."

Mit einem leisen Seufzen löste der Kommandant den Riemen seines Helms und nahm diesen ab. Er schüttelte leicht den Kopf, und sein langes Haar fiel ihm in schimmernden Wellen über die Schultern. Nun, da der Schädel nicht mehr vom schützenden Metall bedeckt war, erkannte man ein ebenmäßiges Gesicht. Unzweifelhaft das Antlitz einer schönen Frau.

Dennoch nannte man sie nach einem Beschluss des Kronrates in Alneris Kommandant. In dem Gremium gab es Widersacher, die befürchteten, dass, wenn man erst den Begriff der Kommandantin einführte, andere Frauen ihrem Beispiel folgen könnten. Für den konservativ besetzten Rat eine ungeheuerliche Vorstellung.

Die Hochgeborene Livianya, Befehlshaberin der Festung von Maratran, beugte sich zur Seite und zog einen Lappen aus der Satteltasche. Während sie die Klinge ihres Schwertes säuberte, überblickte sie den Kampfplatz.

Hauptmann ta Geos räusperte sich. „Die verdammten Biester haben sich etwas Neues einfallen lassen. Sie hätten uns beinahe überrumpelt. Fast wären wir an ihrem Hinterhalt vorbeigeritten. Das war unser Glück, denn es zwang sie, vorzeitig aus der Deckung zu kommen."

Livianya nickte. „Ich denke, die Kreaturen haben sich von ihren Kameraden eingraben lassen. Geschickt gemacht. Wahrhaftig, Bernot, diese Irghil sind nicht dumm. Man muss bei ihnen immer auf eine Überraschung gefasst sein."

Der Hauptmann grinste schwach. „Immerhin haben ihnen unsere neuen Waffen übel zugesetzt."

„Das haben sie." Livianya schürzte die Lippen, und es sah einen Augenblick so aus, als schmolle sie mit ihrem Hauptmann. „Wir sollten auch die Lanzen mit dem Quetschkopf versehen. Ihre Spitzen rutschen ab, wenn der Winkel nicht stimmt."

„Der Gedanke kam mir auch schon." Ta Geos zuckte die Schultern. „Ich habe mit unserem Waffenmeister darüber gesprochen, Hochgeborene. Er meint, die Lanzen seien bereits unhandlich genug. Würden wir die Spitzen noch mit Weichmetall verkleiden, würden sie zu schwer werden und vornüber kippen."

„Meint er das, unser Waffenmeister?" Livianya lächelte kühl. „Ich möchte annehmen, unsere Lanzenträger tragen lieber ein wenig mehr Gewicht und bleiben dafür länger am Leben. Bei den Finsteren Abgründen, Bernot, wir haben zwölf gute Männer verloren! Und weitere könnten ihnen folgen. Gardist Elgort hat ein Bein verloren. Selbst wenn die Wunde ausgebrannt und verbunden ist, hat er kaum Chancen, zu überleben. Er ist ein guter Mann, unser Elgort. Das konnte nur geschehen, weil die Bestien in unsere Reihen einbrachen. Weil ein paar lausige Lanzenspitzen abrutschten."

Hauptmann ta Geos spürte die Wut, die sie erfüllte. „Ich werde dafür sorgen, dass der Waffenmeister die Lanzen ändert, Hochgeborene."

„Nichts anderes erwarte ich von meinem Hauptmann." Die Stimme Livianyas wurde wieder weicher. „Ich will nun mit den Männern sprechen, Bernot. Sie sollen wissen, dass ich stolz auf sie bin. Und dass wir bald aufbrechen müssen."

„Kehren wir denn nach Maratran zurück?"

„Wir müssen unsere Verwundeten in Sicherheit bringen. Und unsere Toten mitnehmen. Sie sollen in der Heimat verbrannt werden, nicht in diesem verfluchten Land Jalanne, das noch immer den Tod verheißt."

„Ich werde es veranlassen, Hochgeborene. Ich schlage vor, das Lager auf einem benachbarten Hügel zu errichten. Die Kadaver der Bestien werden rasch zu stinken beginnen."

„Wir werden hier nicht lagern, mein Freund."

„Nicht?" Ta Geos sah die Befehlshaberin überrascht an. „Die Männer könnten eine Rast vertragen, und wir brauchen Zeit, um die Verwundeten für den Transport herzurichten. Für einige von ihnen werden wir Tragen anfertigen müssen."

„Nun, mein Hauptmann, habt Ihr Euch schon gefragt, wer wohl die Angreifer im Boden vergrub?"

Ta Geos Augen verengten sich, und mit plötzlicher Wachsamkeit spähte er über das Land. „Ich verstehe, Hochgeborene. Es wird geschehen, wie Ihr es wünscht."

4

Wenn ein Mann und eine Frau des Pferdevolkes sich miteinander verbanden, so teilten sie Zügel und Wasserflasche. Es war eine jahrtausendealte Tradition, an deren Ursprung sich niemand mehr erinnerte. Besiegelt wurde die Verbindung mit einer feierlichen Zeremonie, die stets Anlass war für Tanz und fröhliches Gelage in den Gehöften und Weilern der Brautleute. In der großen Stadt Eternas hingegen war man dazu übergegangen, die Verbindung offiziell vor dem Stadtältesten zu besiegeln und sich dann in eine der Schänken, vornehmlich den berühmt-berüchtigten „Donnerhuf", zurückzuziehen. Denn in der Stadt wurden Verbindungen zu häufig geschlossen, um sie noch, wie sonst üblich, auf dem Hauptplatz vornehmen zu können. Nedeam hätte seine Llarana am liebsten auf dem Gehöft seines verstorbenen Vaters Balwin geehelicht, doch die Hohe Dame Larwyn hatte ihn freundlich, aber bestimmt darauf hingewiesen, dass er als Erster Schwertmann die Mark repräsentiere und zudem hohe Gäste erwartet würden. Kein Ort sei für diese Feier angemessener als die große Halle der Burg von Eternas.

Nedeam hatte eingelenkt, und im Grunde war er froh darüber.

Larwyn konnte ausgesprochen energisch sein, und als Ausdruck dessen schickte sie ihren Ersten Schwertmann in seine Räume, damit er sich gebührend auf die Feier vorbereitete. Er würde seine geliebte Llarana an diesem Tag nach langer Zeit zum ersten Mal wiedersehen, da sie die letzten Monde bei ihrem Vater verbracht hatte, um sich von ihm und den Elfen des Hauses Deshay zu verabschieden. An diesem Abend würden er und seine Gemahlin neue Räume im Haupthaus beziehen. Larwyn hatte diese bereits herrichten lassen. Nedeams Vorgänger Tasmund und seine Mutter Meowyn bewohnten die angrenzenden Räume. Larwyn legte Wert darauf, vertraute Personen um sich zu haben. Vielleicht, weil sie in ihrer Gegenwart für einen Moment vergaß, wie sehr sie ihren Garodem vermisste.

Schon früh an diesem Morgen setzte in der Burg von Eternas eine Betriebsamkeit ein, die weit über das normale Maß hinausging. Ununterbrochen kamen und gingen Bedienstete und Schwertmänner, aus den Schloten der Küche stieg Dampf empor, und die Räder von Karren und Wagen rollten in einem fort über die beiden gepflasterten Innenhöfe. Aus der Halle drangen Rufe und Scharren, während man sie für die Zeremonie umräumte und schmückte. Nedeam war versucht, hinüberzugehen und mitzuhelfen, aber er wusste, dass Larwyn dies nicht geduldet hätte. Selbst seine Mutter Meowyn sah er nur kurz. Schon nach wenigen Worten ließ sie ihn stehen und eilte weiter. In all der Hektik fühlte sich Nedeam seltsam isoliert. So setzte er sich leicht verstimmt in seine Kammer und begann zum wiederholten Male Rüstung und Waffen zu polieren und den Sitz seiner Kleidung zu überprüfen.

„Es ist der Tag der Frauen. Sieh es ihnen nach, wenn sie da das Kommando an sich reißen. Für sie ist es ein besonderer Moment, und da wollen sie alles perfekt haben." Tasmund, der Berater Larwyns und Gemahl von Nedeams Mutter, trat durch die offene Tür herein. Nedeam schätzte den älteren Mann und betrachtete ihn als Freund, doch als seinen Stiefvater hatte er ihn nie ansehen können. Wenn es einen Mann gab, den der junge Pferdelord wie einen Vater verehrte, so war dies sein alter Freund Dorkemunt. Tasmund lächelte ihn an. „Ich hoffe, ich störe nicht."

„Tritt ein, du bist mir willkommen."

Tasmund nickte und setzte sich auf Nedeams Bettstatt. „An einem solchen Tag hat ein Mann rasch das Gefühl, überall nur zu stören und allen im Weg zu stehen", brummte er. „Als ich mich mit deiner Mutter verband, war es nicht anders. Wahrhaftig, die Aussicht auf eine Schlacht beunruhigt mich weit weniger als die Vorbereitungen zu einer solchen Zeremonie."

Das konnte Nedeam durchaus nachvollziehen. Er spürte jedoch, dass Tasmund mehr auf dem Herzen hatte, und sah ihn auffordernd an.

Sein Gegenüber kratzte sich verlegen im Nacken und verzog das Gesicht, als dabei die Narben der alten Wunden schmerzten. „Nun, Nedeam, mein Freund, es gibt da ein paar Dinge, die ich gerne mit dir besprechen würde. Dinge, die wichtig sind für das Zusammenleben von Mann und Frau, du verstehst?"

Nedeam musste sich ein Lachen verkneifen. „Ich bin nicht ganz unerfahren in diesen Dingen, verehrter Tasmund."

„Ja, das mag sein", räumte dieser ein. „Allerdings ist Llarana etwas Besonderes."

„Das ist sie."

„Nicht nur, weil sie Elfin ist. Nein, Nedeam, Llarana ist auch eine Kriegerin. Doch zuallererst ist sie eine Frau, und ich denke, ich sollte dir …"

Der Erste Schwertmann verkniff sich ein Lächeln, denn Tasmund meinte es nur gut. Also nickte er von Zeit zu Zeit höflich und ließ die Ratschläge an seinen Ohren vorübergleiten. Wie die meisten Männer in seiner Lage glaubte er, schon alles zu wissen. Doch er würde früh genug erfahren, wie sehr er darin irrte. Tasmund spürte, dass Nedeam nicht wirklich bei der Sache war, nahm dies aber hin. Es war das Vorrecht eines Mannes, seine eigenen Erfahrungen zu sammeln. Ihm selbst wäre es nicht anders ergangen.

Am Eingang ertönte ein leiser Fluch, der die beiden herumfahren ließ. Sie sahen eine kleine, stämmige Gestalt in der Tür stehen. Der mächtige rote Vollbart erbebte, als ein tiefes Lachen ertönte und der Zwergenmann amüsiert seine beiden Bartzöpfe mit den Fingern zwirbelte. „Ah, bei allen feurigen Abgründen, Ihr guten Pferdelords solltet ein wenig mehr Rücksicht auf meine kurzen Beine nehmen. Die Stufen hier sind beklagenswert hoch für einen tapferen Axtschläger."

Nedeam sprang auf und eilte freudig zu dem kleinen Mann hinüber. „Olruk! Wie schön, Euch zu sehen!" Er zupfte den Zwerg zur Begrüßung an den Bartzöpfen, wie es die Sitte dieses Volkes war.

Der kleine Mann musste sich behelfen und legte seine Hände an die Arme des Freundes. „Ihr solltet Euch endlich einen ordentlichen Bart wachsen lassen, Nedeam. Eine Schande ist das. Ein so ehrbarer und tapferer Krieger, und kein anständiges Haar im Gesicht."

Sie hatten so manches gemeinsam erlebt und freuten sich nun über das Wiedersehen. Olruk schnäuzte sich gerührt. „Ich komme im Gefolge Balruks, unseres guten Königs. Er wird Euch die besten Wünsche der grünen Kristallstadt Nal't'rund überbringen." Der Axtschläger senkte die Stimme und zwinkerte vergnügt mit den Augen. „Und ich überbringe ein paar Fässer mit dem allerbesten Blor. Schließlich gibt es Grund zum Feiern."

„Fässer?" Tasmunds Stimme klang besorgt. Er kannte die mörderische Wirkung des aus Pilzen gegorenen Alkohols und sah die gesamte Besatzung der Burg bereits im Vollrausch auf dem Boden liegen, hilflos jedem Feind ausgeliefert.

„Wir Zwerge haben uns Mühe gegeben", bekräftigte Olruk, „und die Fässer so groß gebaut, wie es bei euch Menschen üblich ist."

Tasmund stöhnte leise. „Ich werde wohl dafür sorgen müssen, dass einige der Schwertmänner das Blor nicht anrühren."

Olruk nahm es pragmatisch. „Umso mehr bleibt für die anderen. Doch keine Sorge, der Vorrat ist reichlich bemessen."

Daran zweifelte keiner der anwesenden Pferdelords. Sie kannten die Großzügigkeit des kleinwüchsigen Volkes. Nedeam lächelte. „Ihr werdet heute einem weiteren Freund begegnen, Olruk."

Der Zwerg zupfte abermals an seinen Zöpfen. „Nun, ich denke, wenn sich der Pferdereiter Nedeam bindet, dann ist sein Freund Dorkemunt nicht weit. Es wird mir ein großes Vergnügen sein, ihn wiederzusehen. Wir sind uns sehr ähnlich. Nun, er ist ein wenig größer als ich, aber er schlägt die Axt wie ein wahrer Zwerg."

Tasmund rieb sich die Hände. „Ich denke, ich werde einmal nachsehen, wie es um die Vorbereitungen steht und welche Gäste schon eingetroffen sind."

„Ja, eine gute Idee", fand Nedeam.

„Die Elfen sind bereits da", sagte der Zwerg. „Wir trafen sie direkt am Zugang zur Burg."

„Llarana ist schon da?", rief Nedeam erfreut und machte Anstalten, sich Tasmund anzuschließen.

„Nichts da!" In überraschender Eintracht versperrten der alte Schwertmann und Olruk ihrem Freund den Weg. „Die Hohe Dame Larwyn hat jedem Einzelnen in dieser Burg eingeschärft, dass Ihr erst zur Zeremonie in die Halle dürft." Olruk nickte bedächtig. „Ich an Eurer Stelle würde mich nicht mit der Hohen Dame anlegen, mein Freund. Sie ist mächtig am Meißeln, wenn Ihr versteht?"

Zumindest begriff Nedeam, das Larwyn äußerst rührig

war und wohl sehr eindeutige Anweisungen gegeben hatte. Wenn er nicht gewusst hätte, dass sie damit nur den Traditionen des Pferdevolkes nachkam, wäre er sich bevormundet vorgekommen.

„Ihr habt euch alle gegen mich verschworen", sagte er mit halbherzigem Lächeln. „Und wann darf ich meinen Kerker verlassen?"

„Die Herrin Larwyn und deine Mutter Meowyn besprechen sich gerade mit den Elfen, um den Ablauf der Zeremonie festzulegen." Tasmund leckte sich über die Lippen. „Bedenke, dass dies auch für die Elfen ein besonderer Tag ist. Sie verlassen nun endgültig das Land, und ihre letzte Begegnung mit uns Menschen wird die Vermählung einer Elfin mit einem Pferdelord sein. Da geht es auch um Symbolik, Nedeam."

Olruk nickte ernsthaft. „Du hättest dir wirklich einen ordentlichen Bart zulegen sollen. Wenigstens für diesen Anlass."

„Unsinn, Olruk, alter Freund, was erzählt Ihr da? Einem zarten elfischen Antlitz kann man nicht zumuten, sich in ein Gestrüpp wie das Eure zu schmiegen."

Es war unzweifelhaft Dorkemunts Stimme, und in Nedeams Kammer wurde es etwas eng, als nun auch der kleinwüchsige Pferdelord zu ihnen hereintrat. Noch während Nedeam und Olruk ihren Freund herzlich begrüßten, zwängte sich eine weitere Gestalt herein. Sie war riesig, und ein langer brauner Umhang verhüllte ihren Körper, während eine weit geschnittene Kapuze das Gesicht verbarg.

Olruk schnappte instinktiv nach Luft, und automatisch fuhren seine Hände hoch zu seinen Schultern. Normalerweise befanden sich dort die Griffe seiner Kampfäxte, die er, wie jeder Zwergenkrieger, in Futteralen auf dem Rücken trug. Doch an diesem Tag hatte er sein Festgewand angetan und keine Äxte dabei. Als ihm dies bewusst wurde, verkrampften sich seine Hände für einen Augenblick.

Dorkemunt trat hastig zwischen den Zwerg und die zuletzt eingetretene Person.

„Ich kenne diesen Gestank", ächzte Olruk. „Sagt mir, dass es nicht wahr ist, Dorkemunt, mein Freund."

„Es ist wahr", erwiderte dieser schlicht. „Es herrscht eine Art, äh, Frieden zwischen uns."

„Also stimmen die Gerüchte", murmelte der Zwerg benommen. „Eine Bestie lebt unter dem Schutz des Pferdevolkes."

Die Gestalt in dem Kapuzenmantel versteifte sich, aber sie schwieg, wenn man einmal von einem leisen Knurren absah. Dorkemunt blickte den kleinen Freund beschwörend an. „Es gibt eine Übereinkunft zwischen ihm und mir, Olruk. Er heißt Fangschlag und ist ein orkisches Rundohr. Einst führte er mehrere ihrer Legionen. Er ist ein ehrenhafter Kämpfer."

„Kein Ork hat Ehre", zischte der Zwerg.

Das Rundohr machte eine Bewegung, als wolle es den kleinen Mann packen. Nun trat auch Nedeam hastig dazwischen. „Haltet Frieden", mahnte er. „Dieses Rundohr hat Ehre. Darauf gebe ich Euch mein Wort, Olruk. Fangschlag ist nun schon seit drei Jahreswenden bei uns. Er lebt mit Dorkemunt draußen auf unserem alten Gehöft."

Dorkemunt nickte bestätigend. „Auch die brave Witwe Henelyn und ihre Söhne Anderim und Lenim leben dort. Sie haben sich an ihn gewöhnt."

Dorkemunt verschwieg die Schwierigkeiten, die es am Anfang gegeben hatte. Die Orks des Schwarzen Lords waren die Feinde aller Menschen. Wo man aufeinandertraf, floss das rote Blut der einen oder das dunkle der anderen Seite. Henelyn hatte ihren Mann Kelmos im Kampf gegen die Bestien verloren, und der kleine Pferdelord wusste noch immer nicht genau, wie er es vollbracht hatte, dass der Boden des eigenen

Gehöfts nicht ebenfalls von Blut getränkt wurde, als er mit dem Rundohr dort auftauchte. Es hatte vieler Gespräche bedurft, und manche Tränen waren geflossen, bis Henelyn zustimmte, Fangschlag eine kleine Hütte auf dem Gehöft beziehen zu lassen. Sie betrachtete den Ork mit Misstrauen, und seit seiner Ankunft trugen ihre Söhne immer eine Waffe bei sich. Dorkemunt wusste, dass das riesige Rundohr die drei mühelos hätte töten können. Doch der Krieger hielt sich an das Versprechen, das er Dorkemunt und den Pferdelords gegeben hatte. Er würde keinem Angehörigen des Pferdevolkes etwas zu Leide tun, bis er seinen Schwur erfüllt und den Ork Einohr getötet hatte. Der inbrünstige Hass auf dieses hinterlistige Spitzohr hielt Fangschlag auch jetzt davon ab, gegen Olruk vorzugehen.

Dorkemunt sah seinen Freund Nedeam bittend an. „Ich wollte ihn nicht allein auf dem Gehöft lassen, Nedeam. Nicht wegen Henelyn und ihren Söhnen. Aber du weißt, dass viele Bewohner der Mark nicht damit einverstanden sind, dass sich ein Rundohr unter uns befindet. Es ist besser, wenn ich in seiner Nähe bin und jeden Übergriff verhindern kann. Ich habe ihn in die Burg geschmuggelt, was bei dem Trubel nicht besonders schwer war. Natürlich kann er nicht an der Zeremonie teilnehmen“, schränkte Dorkemunt hastig ein. „Doch du könntest ihm deine Kammer zur Verfügung stellen. Hier kann er sich verbergen, bis die Gäste wieder abgereist sind.“

Nedeam nickte zögernd. Auch wenn er die Ehrenhaftigkeit Fangschlags anerkannte, so war es doch ein unangenehmes Gefühl, eine ungezähmte Bestie, die nur durch ihr Wort gebunden war, in der Nähe zu wissen. „Schön, er kann meine Kammer benutzen, bis alles vorüber ist.“

Sie beschworen Olruk, über die Anwesenheit des Orks zu schweigen. Ihre ganze Überredungskunst mussten sie aufwenden, bis der Zwerg endlich einwilligte. Schließlich seufzte Dorkemunt erleichtert. „Schön, dann sollten wir nun gehen. Du wirst hier bleiben und nichts anstellen, nicht wahr, Fangschlag?"

„Fangschlag wird nichts anstellen", brummte der Ork. „Fangschlag hat Ehre."

Dorkemunt nickte und zog einen Beutel mit getrockneten Fleischstreifen vom Gürtel, wie ihn die Pferdelords bei längeren Ritten als Proviant mitführten. „Ich werde dir noch etwas Würzfleisch hierlassen. Nicht dass du die Leute verschreckst, weil du draußen nach Essbarem suchst."

„Ich bin nicht dumm", knurrte der Ork mit seiner tiefen Stimme. „Ich bin ein Krieger, und ich bin nicht dumm."

„Ich weiß, Fangschlag." Dorkemunt zuckte die Schultern. „Ich wollte dich nicht beleidigen. Ich bin nur sehr nervös, verstehst du?"

„Fangschlag versteht." Die Gestalt wandte sich Nedeam zu. „Es ist, weil dein Junges heute ein Weibchen bekommt."

Tasmund runzelte verblüfft die Stirn, und Dorkemunt lächelte entschuldigend. „Nun ja, in den vergangenen Jahreswenden habe ich ihm so einiges beigebracht, ihr versteht? Schafe hüten und sie nicht gleich schlachten, Zäune flicken und Dächer reparieren. Nützliches Zeug halt. Er kann sich inzwischen sogar dem einen oder anderen Pferd nähern, ohne dass sie sich gegenseitig zu beißen versuchen. Nun, bekanntlich haben ja die Orks keine zwei Geschlechter. Sie wissen natürlich, dass es sich damit bei uns anders verhält. Also, ich meine, dass es bei uns Männer und Frauen gibt. Ich habe ihm nur die gröbsten Zusammenhänge erklärt ... so gut es halt ging. Er versteht nichts von Frauen. Aber, nun, wer tut das schon?" Dorkemunt kratzte sich im Nacken. „Bei der Gelegenheit ... Wir sollten jetzt wirklich gehen. Und mit dir, Nedeam, mein

Sohn, hätte ich noch ein paar Worte zu wechseln. Draußen vor der Tür, wenn es recht ist."

Tasmund nahm Olruk in Beschlag, der noch immer leicht benommen wirkte. Und Dorkemunt zog seinen Freund und Ziehsohn Nedeam in den Schatten des Aufgangs, der zu den Kammern führte.

„Nedeam, mein Sohn, es ist vielleicht nicht der rechte Ort und die rechte Zeit, aber es gibt da ein paar Dinge, die du unbedingt wissen solltest. Ich hätte wohl früher mit dir darüber sprechen sollen, doch irgendwie hat sich nie die Gelegenheit ergeben. Es gibt da ein paar Dinge im Zusammenleben von Mann und Frau …"

Nedeam dachte an Tasmunds Worte und lachte leise auf.

Dorkemunt errötete ein wenig. „Ich meine nicht jene Dinge, die ein Mann und sein Weib so tun. Es geht um Llarana, mein Junge. Zum einen ist sie eine Elfin. Aber sie ist vor allem eine Frau. Und eine Kriegerin, Nedeam, vergiss das nicht. Sie ist kein gewöhnliches Weib, du verstehst? Ich sollte dir …"

Nedeam nahm die Ratschläge hin und begann sich zu fragen, ob ihm bei all den gut gemeinten Worten überhaupt noch Zeit für die Zeremonie bleiben würde. Er ahnte, dass seine Mutter Meowyn wohl auch noch ihren Beitrag leisten würde, und unterdrückte ein Seufzen. Er wollte es endlich hinter sich bringen und seine geliebte Llarana in die Arme schließen. Viel zu lange hatte er ihre Liebe schon vermisst. In dieser Nacht würden sie auch erstmals die Bettstatt miteinander teilen. Das bereitete ihm eigentlich die größten Sorgen. Die Elfen waren in allen Künsten bewundert, aber Nedeam war diesbezüglich noch ohne Erfahrung. Als er und Llarana sich einander versprochen hatten, da hatte er ihr durchaus näher kommen wollen, doch die Elfin hatte ihn sanft zurückgewiesen und es mit den Traditionen ihres Volkes begründet. Bei den Finsteren Abgründen, drei Jahre mochten für eine unsterbliche Elfin nur ein Atemzug sein, aber ahnte sie denn, wie viele Atemzüge er in dieser Zeit getan hatte? Doch zuerst kamen die Zeremonie und die Feier. Nedeam nahm sich sicherheitshalber vor, das Blor seiner Zwergenfreunde an diesem Tag zu meiden.

Dann, endlich, hatten sich Larwyn, Meowyn und die Elfen über den Ablauf der Zeremonie verständigt, und das Ergebnis wurde den beteiligten Pferdelords verkündet.

„Unbedeckt?!" Tasmunds Gesicht verriet Fassungslosigkeit. Auch Nedeam und Dorkemunt staunten ungläubig. „Ihr meint, vollkommen nackt? Ohne jegliche Bekleidung?"

Jalan-olud-Deshay, Erster des Hauses Deshay und Llaranas Vater, nickte gleichmütig. „So ist es elfischer Brauch."

„Das ist … das ist aber … ungebührlich", brummte Tasmund. „Nur Mann und Weib zeigen sich einander nackt."

„Wenn Ihr Pferdemenschen nach einem langen Ritt auf einen Weiher stoßt, so badet Ihr auch unbedeckt und zeigt Euch einander, nicht wahr?" Elodarion-olud-Elodarion, dessen Kinder Lotaras und Leoryn gute Freunde der Pferdelords und vor allem Nedeams waren, machte eine versöhnliche Geste.

„Das ist etwas anderes." Dorkemunt strich sich über das Kinn. „Da schauen schließlich keine Weiber zu."

„Wenn wir das Licht des Lebens erblicken", sagte Elodarion leise, „so tun wir dies ebenfalls unbekleidet. Es hat rein symbolischen Charakter, Ihr Pferdelords. Man tritt schutzlos zwischen die seinen und vertraut sich ihnen an. Eben dies soll die Nacktheit während der Zeremonie zum Ausdruck bringen."

Nedeam räusperte sich. „Immerhin, sie findet in der großen Halle statt und nicht auf dem öffentlichen Platz der Stadt. Die Zahl der Zuschauer ist begrenzt."

„Es geht nicht um Zahlen“, knurrte Tasmund. „Es entspricht nicht unserer Tradition.“

„Die Bräuche der elfischen Häuser sind älter“, entgegnete Jalan lakonisch.

Elodarion nickte. „Bedenkt den Anlass, meine menschlichen Freunde. Es ist sehr lange her, dass sich ein elfisches Wesen und ein Mensch miteinander verbanden.“

„Die Zeremonie wird nicht lange dauern“, sagte Nedeam entschlossen, „und danach können wir uns rasch wieder ankleiden.“

Tasmund machte ein unbestimmbares Geräusch und zuckte dann die Schultern. „Es ist dein Ehrentag, Nedeam, und der Llaranas. Wenn die Hohe Dame Larwyn keine Einwände hat, will ich mich dem elfischen Brauch fügen.“

Es dauerte noch zwei Zehnteltage, bis es endlich so weit war. Nedeam war aufgeregt wie ein junges Fohlen. Larwyn schien sich mit allen anderen gegen ihn verschworen zu haben, und so hielt man ihn vom Betreten des Haupthauses und der Halle ab. Er war dazu verurteilt, von den Treppen vor der Unterkunft aus zuzusehen, wie die Gäste eintrafen. Der Pferdelord hatte das Gefühl, dass alle bestens informiert waren, während man ihn im Ungewissen ließ. Einmal, ein einziges Mal, konnte er seine Llarana aus einiger Entfernung sehen, und ihr Lächeln war ihm der einzige Lichtblick.

Unter dem Tor der Burg von Eternas erklang das Poltern von Hufen. Der alte Scharführer Kormund, ein treuer Kampfgefährte und Freund von Nedeam und Dorkemunt, trabte mit einem Ehrenberitt der Schwertmänner herein. Lederzeug, Rüstungen und Waffen blitzten im Sonnenlicht, und die Männer bemühten sich, keine Miene zu verziehen. Dennoch konnten einige von ihnen ein Grinsen nicht unterdrücken, als sie den nervösen Bräutigam bemerkten, zu dessen Ehren sie einrückten.

Dann, Nedeam mochte es kaum mehr glauben, begann die Zeremonie.

Dorkemunt trat an seine Seite. Der kleinwüchsige Pferdelord hatte Nedeam kennengelernt, als dieser zwölf Jahre alt war und gerade seinen Vater Balwin verloren hatte. Als Nedeam kurz darauf den Eid des Pferdelords ablegte, war es Dorkemunt gewesen, der für ihn sprach, und so würde es auch an diesem Tage sein.

Die Schwertmänner auf den Stufen zum Hauptgebäude nahmen Ehrenhaltung an, und die beiden Pferdelords traten in den Eingang der großen Halle, die von Stimmengewirr erfüllt war. Ein wenig verlegen entkleideten sie sich. Schwertmänner nahmen die zusammengefalteten Bündel auf und legten sie zu einem Stapel mit den Kleidungsstücken der anderen Gäste. Dorkemunt schaffte es, eine unbeteiligte Miene zu machen, während Nedeam Nervosität und Vorfreude im Gesicht standen. Nur noch das Klatschen ihrer nackten Füße auf dem steinernen Hallenboden war zu hören, als der Lärm der anwesenden Personen verstummte und andächtiger Stille wich.

Jenseits der beiden schwarzen Säulenreihen, welche die Halle an den Längsseiten säumten, hatte man Tische und Bänke für die anschließende Feier gestapelt. Wimpel der Beritte, das Banner der Hochmark und bunte Bänder schmückten den Raum. Sonst hingen hier auch einige erbeutete Orkbanner, doch für diesen Tag hatte man sie entfernt. Gemessenen Schrittes gingen Nedeam und Dorkemunt zwischen den Anwesenden hindurch, die für sie eine Gasse bildeten. Menschen, Elfen und eine kleine Gruppe Zwerge folgten den beiden auf ihrem Weg zur Stirnseite der Halle mit den Blicken.

Dort, wo normalerweise die Stühle des Pferdefürsten der Hochmark und ihrer Herrin standen, erhob sich nun eine hüfthohe Säule mit einem Wasserbecken darauf. Das große Banner der Mark war durch Blüten und grüne Zweige ersetzt. Unter diesem Schmuck standen Jalan-olud-Deshay und Llarana.

Dorkemunt schien, im Gegensatz zu Nedeam, ein paar Anweisungen erhalten zu haben, denn einige Schritte vor den beiden Elfen hielt er den Bräutigam sanft zurück. Die nackte Haut von Vater und Tochter schimmerte im Licht, das durch die hoch gelegenen Fenster der Halle fiel. Ihre Körper waren makellos und wiesen keine Spuren des Alters auf. Nur wenn man genau hinsah, konnte man am Leib Jalans die Narben der Wunden erkennen, die er im Kampf erlitten hatte.

„Zu einer Zeit, da der Fuß des Menschen den Boden noch nicht berührte, erblickten die Häuser der Elfen das Licht der Welt.“ Jalans Stimme war leise und erfüllte doch die Halle. „Wir Elfen haben die Geburt der Menschengeschlechter verfolgt und ihren Weg begleitet. Wir sind von unterschiedlicher Art, wir Elfen und ihr Menschen. Und doch sind wir eins, denn unser Blut ist von gleichem Ursprung.“

Der Älteste des Hauses Deshay trat an die Schale heran und griff in das bläulich glitzernde Wasser. Als er die Hand wieder herauszog, blitzte in ihr die Klinge eines kleinen Dolches auf. „An diesem Tag wird sich das Blut unserer Völker vermischen. Ein Sohn des Menschenvolkes und eine Tochter der Elfen werden sich vereinen. Ihr Blut und ihr Leben werden eins sein.“

Llarana trat an die Seite ihres Vaters, und Dorkemunt gab Nedeam einen unmerklichen Stoß. Jalan sah den Pferdelord eindringlich an. In seinem Blick schien eine Mahnung zu liegen. Der Elf stand den Menschen eigentlich kritisch gegenüber und war ursprünglich gegen die Verbindung der beiden gewesen. Doch Nedeams Kampf für das Haus Deshay, gegen Graue Zauberer und Orks, hatten dem Pferdelord den Respekt Jalans eingebracht. Und sein Einsatz zur Befreiung der Ältesten aus den Händen der Schwärme der See hatte dann zu wirklicher Freundschaft zwischen ihnen geführt. So war Jalans Blick in diesem Moment nicht Ausdruck einer Skepsis gegenüber der Verbindung zwischen Mensch und Elf, sondern zeigte die Besorgnis eines Vaters, der allein das Glück seiner Tochter im Sinn hatte.

Jalan ritzte mit dem Dolch die Daumenkuppen des Paares an und ließ ihn zurück ins Wasser gleiten, als einige Tropfen Blut in die Schale fielen. Dann presste er die Wunden sanft aneinander. „So, wie sich nun euer Blut vermischt, soll auch euer Atem sich vermischen und darin zum Symbol eures gemeinsamen Lebens werden."

Llarana erwiderte Nedeams Blick und hauchte ihm ins Gesicht. „Mein Atem sei deine Wärme und dein Leben", sagte sie mit weicher Stimme.

Nedeam spürte einen Kloß in seinem Hals und schluckte nervös. Seine Stimme klang nicht ganz so selbstsicher, wie er es sich gewünscht hätte. „Mein Atem sei deine Wärme und dein Leben", erwiderte er.

Jalan löste ihre Hände. „So ist der Name Llarana-olud-Deshay nun vergangen. Möge das Leben Llaranyas und Nedeams von Glück begleitet sein."

Der Älteste trat zurück, und der Bräutigam sah seine Braut ein wenig verwirrt an, als ringsum Hochrufe erschallten. Die anwesenden Schwertmänner, die üblicherweise ihre Zustimmung zeigten, indem sie mit den Klingen rhythmisch auf den Boden stießen, stampften in Ermangelung der Waffen mit bloßen Füßen auf. Dann strömten die ersten Gratulanten auf die Vermählten zu.

Tasmund sah den kleinen Herrn Olruk irritiert an. „Das war alles?"

„Braucht es mehr?", raunte ihm Elodarion zu. „Unser langes Leben hat uns nicht dazu verführt, Zeit zu verschwenden. Was ist natürlicher als eine Verbindung zwischen Mann und Frau? Sie lieben einander, und Jalan hat die Zustimmung gegeben. Nun bricht die Zeit der Freude an."

Tasmund nickte erleichtert. „Schön, dann kann ich mich ja wieder anziehen."

Olruk grinste verschmitzt. „Ihr Pferdelords solltet Euch wirklich die Zierde eines Zwergenmannes wachsen lassen. Unser Bart ist dicht und lang, ich brauchte nicht einmal ein Lendentuch, denn jeder Blick verfing sich in der Pracht meiner Bartzöpfe."

Während Nedeam und Llaranya die Glückwünsche der Anwesenden entgegennahmen und diese sich beeilten, sich wieder würdig zu bekleiden, hasteten Bedienstete durch die Halle und begannen alles für die Feier herzurichten. In all dem Geschiebe und Gedränge waren die beiden Vermählten bald die Einzigen, die noch nicht dazu gekommen waren, sich anzuziehen. Tasmund, den dies verlegen machte, eilte zu ihnen hinüber und hüllte sie in die Umhänge zweier Schwertmänner.

Jalan-olud-Deshay beobachtete dies und sprach den ergrauten Berater Larwyns an. „Ein gutes Symbol habt Ihr da gewählt, Hoher Herr Tasmund. Obwohl ihnen die elfischen Umhänge ebenso gut stünden." Er trat zu den Brautleuten. „Ich weiß um eure aufrechten Gefühle und darum, dass ihr füreinander da sein werdet. Das macht es mir leichter, zu den Neuen Ufern aufzubrechen und euch zurückzulassen. Doch wir werden immer miteinander verbunden sein. Solange unser Blut fließt und unser Atem wärmt."

Schließlich schafften es Nedeam und Llaranya, sich aus der Menge zu befreien und ihre Festgewänder anzulegen. Abseits des Trubels fanden sie endlich die Gelegenheit zu jenem Kuss, nach dem sie sich so lange gesehnt hatten. Es war der verheißungsvolle Auftakt zu dem, was im Verlauf der Nacht folgen würde. Doch bevor die beiden sich ihrer Zweisamkeit hingeben konnten, galt es, den Abend mit den Gästen zu verbringen.

Gesang und Tanz und das Gewirr zahlreicher Stimmen füllten die Halle bis in die Nacht hinein. Das üppige Mahl wurde mit Wasser, Gerstensaft und Wein hinuntergespült, und auch das Blor der Zwerge kreiste, wie Tasmund es befürchtet hatte, reichlich. Immerhin hatte der Vorgänger Nedeams ein paar hartgesottene Schwertmänner gefunden, die unverzagt ihren Dienst versahen. Im Gegensatz zu den Menschen blieben die Zwerge halbwegs nüchtern, da sie das Blor gewohnt waren. Zumindest konnten sie sich noch auf den Beinen halten, auch wenn die steinernen Bodenplatten ein Eigenleben zu entwickeln schienen. Nur den Elfen konnte offenbar kein alkoholisches Getränk etwas anhaben. Ihre Gruppe hatte sich ein wenig zurückgezogen und betrachtete das bunte Treiben aus der Distanz.

Als Nedeam und Llaranya zur Treppe hinübergingen, die ins Obergeschoss führte, grinste Dorkemunt ihnen trunken zu. Er hatte einen Arm um seinen Freund Olruk gelegt und nagte genüsslich an einer Bratenkeule. Nedeam sah das verständige Lächeln seiner Mutter Meowyn, die neben ihrem Gemahl Tasmund saß, und spürte dann den sanften Zug von Llaranyas Hand. So folgte er ihr die Stufen hinauf. Die Stufen jener Treppe, auf der Garodem vor rund drei Jahren zu Tode gestürzt war. Doch in Gegenwart seiner Gemahlin verdrängte er die wehmütigen Gedanken, die er hier sonst oft empfand.

Oben, auf dem Podest vor der massiven Tür, die ins Amtszimmer des Pferdefürsten führte, stand ein Ehrenposten auf Wache. Nedeam blinzelte überrascht, als er den Mann erkannte. „Kormund?“

Der alte Scharführer nahm Haltung an, obwohl ihn dabei sicherlich die Narbe der alten Brustwunde schmerzte. „Scharführer Kormund auf Ehrenwache", meldete er förmlich. Dann zwinkerte er Nedeam und Llaranya zu. „Dies ist ein besonderer Tag, Erster Schwertmann, und es ist eine besondere Nacht." Sein Lächeln galt der Elfin, die es sanft erwiderte. „Nichts wird Euch heute stören. Nur die Besten sind auf Wache. Die Allerbesten. Tasmund, Dorkemunt und ich haben sie handverlesen." Er grinste. „Und der Bursche auf dem Signalturm trägt Polster unter den Stiefeln. So werdet Ihr ihn nicht hören, wenn er auf der Plattform herumpoltert. Möge Euch beiden für Euer Leben alles Glück beschieden sein."

Kormund pochte kurz an die Tür, bevor er sie öffnete.

Das junge Paar trat an ihm vorbei in den Amtsraum, wo die Hohe Dame Larwyn an einem der Fenster stand und versonnen in die Nacht hinausblickte. Sie wandte sich den beiden zu und legte ihnen die Hände auf die Schultern, wobei sie die Elfin ansah. „Ihr seid nun eine Frau des Pferdevolkes, Llaranya, auch wenn Ihr immer Eurem elfischen Hause verbunden bleibt. Seid gewiss, dass Ihr mir und allen Menschen der Mark willkommen seid."

Die Herrin der Hochmark zog die junge Elfin kurz an sich und trat dann zurück. „Alles ist bereitet. Niemand wird Eure Ruhe stören. Genießt diese unvergänglichen Momente."

Larwyn wandte sich ab, und Nedeam spürte, dass die Gedanken seiner Herrin nun bei Garodem weilten. Doch das Lächeln in ihrem Gesicht zeigte ihm, dass dies zum ersten Mal seit Langem ohne Schmerz geschah. Das offensichtliche Glück des Paares schien selbst der Hohen Dame Trost zu spenden.

Hinter dem Amtsraum lag der Gang, von dem die Räume abzweigten, die von Larwyn sowie von Tasmund mit seiner Gemahlin Meowyn genutzt wurden. Am Ende des Ganges, knapp vor der Treppe, die auf den hohen Signalturm der Burg hinaufführte, lagen die Gemächer, in denen von nun an Nedeam und seine Llaranya wohnen würden.

Larwyn hatte recht. Alles war bereit und wie es sein sollte. Wie es ein junges Brautpaar des Pferdevolkes sich nur wünschen konnte. Die Räume waren von sanftem Lampenschein erhellt, auf dem Tisch standen ein Schale Obst, kalter Braten und zwei Karaffen mit kühlem Wasser und mit Wein. Die Tür zum Schlafgemach war offen und das Bett mit frischen Blüten bestreut, deren Duft den Raum erfüllte.

Als die beiden darauf niedersanken, fügte sich alles. So, wie es sich immer fügt, wenn zwei Menschen füreinander bestimmt sind. Nichts störte ihre Liebe und nichts die Ruhe der Nacht, als sie schließlich erschöpft und glücklich in den Schlaf glitten.

Bis Nedeam den Schrei hörte.

Er wusste nicht, wie spät es war. Durch das kleine Fenster fiel Sternenlicht herein und erleuchtete schwach den Raum. Gerade genug, um sich orientieren zu können.

Da war es wieder.

Der Pferdelord richtete sich ruckartig auf. War es überhaupt ein Schrei gewesen?

Neben ihm schlug Llaranya die Augen auf. Sie bemerkte sofort die angespannte Haltung ihres Gemahls und war augenblicklich hellwach. Die Sinne eines Elfen waren ohnehin schärfer als die der Menschen, und die Jahre, in denen ihr Heim unter der Herrschaft der Feinde gestanden hatte, hatten ein Übriges getan. „Gefahr?“

Nedeam lauschte. „Ich weiß nicht. Ich meinte, einen Schrei gehört zu haben. Nein, es war eher eine Empfindung als ein wirklicher Laut. Ein … Gefühl, verstehst du?“

Llaranya schwang sich entschlossen von der Bettstatt. Sie zögerte keinen Moment. „Lass uns nachsehen.“

In den Gewohnheiten des Pferdevolkes war es tief verwurzelt, während der Nacht an der Schlafstelle eine Waffe griffbereit zu haben. Jahrtausendealte Erfahrungen mit Raubtieren und Feinden hatten es die Menschen gelehrt. Doch in dieser Nacht fand das Paar keine Waffen vor. So traten sie leise und unbewehrt auf den Gang hinaus, der die Räume des Obergeschosses miteinander verband.

Llaranya lauschte. „Ich höre leisen Gesang aus der Halle. Wenn man das Gejaule so bezeichnen mag."

„Es müssen die Zwerge und die Männer deines Volkes sein", murmelte Nedeam geistesabwesend. „Andere werden sich kaum noch auf den Beinen halten können."

„Töne aus elfischen Kehlen bezaubern die Sinne", erwiderte Llaranya selbstbewusst. „Das dort müssen also Zwerge sein."

„Wie auch immer. Diese Laute haben mich nicht aufgeschreckt. Es war etwas anderes."

„Sonst ist nichts zu hören. Halt, da bewegt sich jemand über uns."

„Die Wache auf dem Signalturm." Sie musste wirklich erstaunlich scharfe Sinne haben, denn er selbst konnte die Schritte des Schwertmanns nicht hören. Nedeam blickte nach rechts und links. Sein Unbehagen wuchs, als er zu der Tür blickte, die zum Amtsraum des Pferdefürsten führte. Er gab sich einen Ruck und schritt darauf zu.

Nedeam wusste nicht, ob die Hohe Dame Larwyn inzwischen den Raum verlassen und ihre eigenen Gemächer aufgesucht hatte. So klopfte er an die Tür, wie es sich gebührte, und öffnete sie, als keine Antwort kam.

„Larwyn!"

Er sah sie sofort.

Die Herrin der Hochmark lag zwischen Stuhl und Schreibtisch mit dem Rücken auf dem Boden. Ihre Augen waren weit aufgerissen, Speichel sickerte aus den Mundwinkeln, und ihre Glieder zuckten.

„Kormund!“, schrie Nedeam. „Schwertmänner der Wache! Die Herrin ist erkrankt!“

Llaranya schob ihn einfach zur Seite und kniete sich neben die Hohe Dame. „Rasch, Nedeam, hole meine Elfenschwester Leoryn. Sie ist Heilerin und wird helfen können.“

„Und Meowyn, meine Mutter. Auch sie beherrscht die Heilkunst.“ Nedeam wandte sich den Gemächern Tasmunds und seiner Mutter zu.

Hinter ihm war ein Poltern zu hören, als Scharführer Kormund, durch den Schrei alarmiert, mit gezückter Klinge hereinstürzte. Betroffen blieb der alte Kämpfer beim Anblick Larwyns stehen. „Ist die Herrin gestürzt?“

„Sie ist erkrankt“, wiederholte Nedeam und hastete in den Gang. Auf seinen Ruf hin kamen Bewegung und Unruhe in die Burg. Schritte und Stimmen waren zu vernehmen.

Kormund kniete sich neben Larwyn und Llaranya nieder. „Sie schlägt um sich. Wir müssen sie festhalten, damit sie sich nicht verletzt.“

„Sie krampft.“ Die Elfin schüttelte den Kopf. „Wenn wir sie dabei festhalten, kann es sein, dass sie sich die Knochen bricht. Es ist besser, wir schieben Stuhl und Tisch zur Seite, sodass sie sich nicht an ihnen stoßen kann.“ Llaranya wandte den Blick zur Tür. „Wo bleibt die Heilerin?“, rief sie.

Als sie den Blick zu Kormund wandte, erkannte dieser die tiefe Sorge, von der Llaranya erfüllt war. „Ist es so ernst?“

Die Elfin nickte. „Wenn die Heilerinnen nicht rasch kommen, wird sie sterben. Doch ich fürchte, dass selbst Leoryn und Meowyn der Herrin kaum mehr werden helfen können.“

5

Es war dämmrig in der Höhle, und Danot'Nelat hatte die Schutzdeckel seiner Augenstiele weit geöffnet. Aus den Schatten schälten sich klare Konturen heraus. Nelat war einer der ältesten Irghil, und sein einst strahlend blauer Panzer hatte sich an der Bauchseite grau gefärbt. Er faltete die Kampfscheren auf den Rücken und schob die kleineren Arbeitsarme unter dem Maul hervor. Sorgfältig befreite er die Augenstiele und seine kräftigen Mandibeln vom Schmutz der Außenwelt. Zwei seiner drei Augen richteten sich auf die in der Höhle versammelten Irghil.

Es handelte sich um zwei kampferprobte Dan, die Krieger der Irghil, und den Tar, wie der Hüter der Eier genannt wurde. Die drei Irghil hatten heftig miteinander diskutiert. Danot'Nelat hatte das leise Klappern ihrer Arbeitszangen bis zum Höhleneingang gehört. Seit seinem Erscheinen schwiegen die anderen respektvoll und nickten ihm nun zur Begrüßung mit den Augenstielen zu.

Dan'Pharant war der Erste der Dan, der Führer der Krieger. Er kreuzte die äußeren Augenstiele, um anzuzeigen, dass er etwas zu sagen hatte. Nelat knickte den mittleren Stiel zustimmend ein.

Dan'Pharants Arbeitszangen begannen in einem bestimmten Rhythmus zu klappern. Für die Irghil war diese Verständigungsform ebenso vielseitig wie das gesprochene Wort bei anderen Völkern. „Die Gepanzerten der Weichhäutigen haben neue Waffen."

Danot'Nelat knickte zustimmend. „Ich habe davon gehört. Habt ihr die ungepanzerten Weichhäuter töten können?"

Dan'Pharant erlaubte sich das Äquivalent eines bösartigen Grinsens. „Einer konnte entkommen und rief die Gepanzerten herbei. So wie es geplant war. Aber sie liefen uns nicht direkt zwischen die Scheren, und es waren mehr, als wir erwartet hatten. Die Waffen sind schrecklich. Fliegende Äste, die unsere Panzer durchschlagen, und Stachel, die sie uns in den Leib rammen. Wir konnten einige der ihren töten, aber nicht alle.

„Nicht alle", stimmte der andere Dan zu. „Aber die Überlebenden sind abgezogen."

„Sie werden wiederkommen", klapperte Danot'Nelat unbehaglich. „Dann müssen wir besser vorbereitet sein. Wir müssen sie alle zerschneiden." Eher unbewusst öffnete und schloss er seine Kampfscheren. „Keiner der Gepanzerten darf entkommen. Alle Weichhäutigen müssen sterben."

„Wir werden sie alle töten", bekräftigte Dan'Pharant.

Nelat wandte sich dem Tar zu. „Wie viele sind im kommenden Wurf?"

Der Hüter der Eier kratzte sich am Bauchpanzer. „Zweihundertdreiundsechszig. Davon fünf Weibchen."

„Das ist gut. Mehr Weibchen als üblich. Das gibt mehr Eier." Der Erste der Dan kreuzte zustimmend die Augenstiele.

„Es ist unsere Natur, Dan'Pharant. Je mehr Verluste wir haben, desto mehr Weibchen werden schlüpfen, um die Zahlen auszugleichen." Nelat wandte sich erneut dem Tar zu. „Sind die Dan aus dem vorletzten Wurf bereit?"

„Sie sind bereit und wetzen ihre Scheren", versicherte der Hüter der Eier.

Danot'Nelats mittlerer Augenstiel senkte sich zustimmend. „Gut. Sehr gut. Wir werden alle Weichhäuter töten. Nicht einer von ihnen darf überleben."

6

Die elfische Heilerin Leoryn und ihre menschliche Freundin und Schülerin Meowyn trugen kaum mehr als ihre Nachtgewänder. Die Elfin hatte sich hastig einen Gürtel umgelegt, an dem sich zahlreiche Täschchen und Beutelchen befanden, gefüllt mit den Utensilien ihrer Heilkunst. Meowyn, die Heilerin von Eternas, hatte einen der Schwertmänner in ihre Behandlungsstube gesandt, damit er von dort holte, wonach die Elfin verlangt hatte.

Leoryn duldete sonst nur noch Nedeam und Llaranya im Raum. Alle anderen hatte sie mit energischen Worten hinausgeschickt. Bislang wusste man nur, dass Larwyn schwer erkrankt war, doch niemand kannte die Ursache. Die Burg erwachte, und langsam kamen auch jene auf die Beine, die nach dem Gelage noch nicht wieder sicher stehen konnten. Der besorgte Tasmund scheuchte alle Schwertmänner auf die Posten und stieß immer wieder Flüche gegen das Blor des Zwergenvolkes aus. Der alte Kämpfer spürte Unbehagen angesichts einer Gefahr, die man nicht sehen konnte. Obwohl er mit einer Heilerin vermählt war, blieben ihm Krankheiten unheimlich, und es wäre ihm lieber gewesen, ein Feind hätte Eternas berannt, denn ihm hätte man sich stellen können.

„Sie hat das Gleiche gegessen und getrunken wie wir alle“, sinnierte Meowyn, besorgt um ihre Herrin und Freundin. „Und in geringerem Maße.“

Leoryn sah sich im Amtsraum um und deutete auf einen Krug, der auf dem Schreibtisch stand. „Was ist damit?“

„Es ist normales Wasser“, murmelte Nedeam. Er erblasste ein wenig. „Ich … ich habe vorhin einen Schluck davon getrunken.“

„Schön, dann muss es wohl in Ordnung sein“, sagte die Elfin beruhigt. „Du hast schließlich keine Krämpfe und auch keinen Schaum vorm Mund.“

„Es gibt langsam wirkende Gifte“, warf Llaranya ein.

Nedeams Augen verengten sich. „Ihr meint, die Herrin wurde vergiftet? Sie ist gar nicht erkrankt?“

„Auch Verdorbenes kann zu einem Gift werden“, versicherte Leoryn. „Doch das scheint es nicht zu sein. Die Anzeichen deuten auf den Giftspeichel der Eriat-Schlange.“ Sie sah Meowyn an. „Wir müssen sie entkleiden. Ich muss sehen, ob es Spuren eines Bisses gibt.“

„Hier herauf kommen keine Schlangen“, meinte Nedeam.

„Man muss nicht von einer Schlange gebissen werden, um an ihrem Gift zu sterben“, sagte die elfische Heilerin nachdenklich, während sie und Meowyn die Hohe Dame entkleideten.

Auf der Treppe waren Schritte zu hören, dann stürzte Elodarion in Jalans Begleitung herein. „Ich hörte von dem Übel, das der Herrin der Hochmark widerfahren ist.“ Er erblickte Larwyn und seufzte leise. „Sie sieht ernstlich krank aus.“

„Tritt näher, Vater, und sieh es dir genauer an.“

Elodarion runzelte die Stirn. „Ich kenne diese Zeichen. Die Gliederkrämpfe, das Zusammenpressen der Zähne und die zurückgezogenen Lippen. Die Augen sind geweitet. Die Pupillen, Leoryn, sind sie weit oder eng?“

„Sie haben kaum die Größe eines Nadelöhrs.“

„Bei den Finsteren Abgründen.“ Elodarion schob Meowyn unsanft zur Seite, kniete sich neben seine Tochter und beugte sich über die hilflose Larwyn. „Einen Dolch! Ich brauche eine Klinge.“

„Du willst ihr den Mund öffnen?“

„Ich muss sehen, ob die Zungenspitze geschwollen und verfärbt ist.“

Nedeam suchte nach dem Dolch, der normalerweise auf dem Schreibtisch lag. Larwyn hatte ihn wohl heruntergerissen, als sie zu Boden stürzte. Er bückte sich nach der zierlichen Waffe, als Leoryn ihn zurückhielt. „Ihr Männer und eure barbarischen Methoden. Es ist nicht nötig, der armen Larwyn den Kiefer gewaltsam zu öffnen. Wartet, ich kümmere mich darum. Meowyn, stecke ihr einen dicken Lederknebel in den Mund, sobald ich dir ein Zeichen gebe."

Leoryn kniete sich hinter Larwyns Kopf und legte ihre Hände in einem merkwürdigen Griff an deren Unterkiefer. Wie von selbst öffnete sich der Mund. Die Elfin nickte Meowyn zu, die sofort den Knebel zwischen die Reihen der Backenzähne schob.

Elodarion beugte sich über Larwyns Gesicht. „Licht! Ich brauche Licht."

Nedeam hielt die Brennsteinlampe näher und sah nun selbst, das Larwyns Zunge tatsächlich geschwollen und verfärbt war, besonders an der Zungenspitze.

„Verfluchte Brut", zischte der Elf. „Kein Zweifel, das habe ich schon viel zu oft gesehen. Es ist das Gift des Sandstechers."

„Sandstecher?" Nedeam überlegte. „Bei allen Finsteren Abgründen. Das Gift, das die Turiks des Sandvolks benutzen?"

Mit einem leichten Schaudern dachte Nedeam an die Abenteuer zurück, die sie in ihrer alten Heimat erlebt hatten, welche nun von den Wüstenkriegern des Sandvolkes beansprucht wurde. Deren Hauptwaffen waren Keulen, mit denen sie die Schädel ihrer Feinde einschlugen, und Blasrohre, mit denen sie Pfeilstacheln verschossen. Im Land dieses Volkes gab es den Sandstecher, ein handgroßes Insekt, das über seinen Stachel ein tödliches Gift absonderte. Die Turiks der Sandclans sammelten dieses Gift, um damit gefährliches Raubwild zu erlegen. Im Kampf jedoch verwendeten sie es nicht, das hätten sie als unehrenhaft empfunden.

„Eben dieses", bestätigte Jalan. „Da gibt es keinen Zweifel. Die Turiks sind hin und wieder bis zu den Häusern des Waldes vorgedrungen. Um Holz zu rauben und ein paar Schädel zu nehmen. Beides gelang den Barbaren nur selten. Deshalb scheuten sie sich nicht, das Gift gegen uns einzusetzen, obwohl sie das sonst nicht tun."

Nedeam schüttelte den Kopf. „Es kann nicht sein. Hier gibt es keine Turiks."

„Dennoch ist es ihr Gift." Der Älteste des Hauses Elodarion erhob sich. „Eure Herrin Larwyn müsste längst tot sein. Selbst in geringsten Mengen wirkt es schnell."

Sein Freund Jalan wiegte den Kopf. „Könnte es verdorben sein? Die Turiks bewahren es doch in ihren Köchern auf. Über viele Jahreswenden hinweg. Vielleicht war es zu alt."

„Das wäre möglich." Elodarion seufzte leise. „Es wird dann langsamer wirken, aber ebenso tödlich sein."

„Dann ist Larwyn verloren?" Nedeam sah die Elfen schockiert an. „Erst Garodem, und nun Larwyn? Es darf nicht sein. Ihr müsst ihr helfen. Sie muss überleben."

Leoryn warf dem Pferdelord einen bedauernden Blick zu. „Gegen das Gift des Sandstechers gibt es kein Mittel."

Jalan räusperte sich. „Keines, das uns zugänglich ist. Doch es könnte sein …" Llaranyas Vater strich sich über das Kinn. „Vielleicht …" Er zögerte, aber dann gab er sich einen Ruck. „Ich muss etwas holen. Vielleicht besteht doch noch Hoffnung."

Die anderen sahen verwirrt zu, wie Jalan aus dem Raum hastete. Sie wussten nicht, was er meinte, und auf Nedeams Frage zuckte Leoryn bedauernd die Schultern. „Was auch immer er vorhat, es gibt kein Mittel gegen das Sandstechergift."

Als Jalan zurückkam, war er ein wenig außer Atem. In seiner Hand hielt er ein kleines Kästchen, aus kostbaren Hölzern gefertigt und mit elfischen Symbolen verziert. „Ich wollte dies Llaranya und Nedeam zum Abschied schenken, und da es ihnen zugedacht ist, müssen sie entscheiden, was damit geschieht.“

„Was ist es?“, fragte das junge Paar einstimmig.

Jalan öffnete den Verschluss und hob den Deckel an. In dem Kästchen lag auf einem Polster ein zierliches Glasgefäß. Behutsam hob Jalan es heraus und hielt es hoch. Eine milchige Flüssigkeit, von der ein sanftes Leuchten ausging, schimmerte hinter dem Glas. „Das Wasser des Lebens. Nicht viel davon, denn es ist sehr kostbar und selten. Es heißt, es könne Krankheiten heilen und Wunden schließen.“ Er sah Tochter und Schwiegersohn an. „Man … man sagt ihm eine gewisse lebensverlängernde Wirkung nach, daher …“

Jalan verstummte betreten. Nedeam war zutiefst gerührt. Was auch immer dieses Lebenswasser tatsächlich bewirken mochte, Jalan hatte offenbar die Hoffnung, dadurch Nedeams Leben und so das Glück der beiden verlängern zu können. Es musste ein kostbares und wohlbehütetes Geheimnis gewesen sein, da selbst Llaranya ahnungslos gewesen war. Nedeam begriff nun auch den Konflikt, in dem sich der Elf befand. Das Lebenswasser reichte nur für eine Person. Fraglos hätte sich Jalan für Nedeam entschieden, doch er spürte die tiefe Verbundenheit der Anwesenden mit der dem Tod geweihten Larwyn.

„Sie soll es erhalten“, entschied Nedeam ohne langes Zögern. „Sie muss es erhalten.“

Jalan nickte und übergab das Gefäß an Leoryn. Diese flößte der Herrin der Hochmark die sirupartige Flüssigkeit ein. Nun warteten alle gespannt, ob sich Larwyns Zustand bessern würde. Nach einigen Augenblicken entspannte sich ihr verkrampfter Körper. Sie schöpften schon Hoffnung, doch dann schüttelte Leoryn bedauernd den Kopf.

„Das Lebenswasser wirkt“, flüsterte sie. „Es hält die Vergiftung auf oder verzögert sie zumindest. Aber es ist nicht genug, um das Gift wirksam zu bekämpfen und Larwyn genesen zu lassen.“

Nedeam stieß einen Seufzer der Enttäuschung aus. „Dann ist sie endgültig verloren?“

„Nicht unbedingt.“ Die elfische Heilerin richtete sich ächzend auf. „Das Lebenswasser zögert den Tod hinaus. Wenn wir mehr davon hätten ...“

Jalan erkannte die unausgesprochene Frage und schüttelte den Kopf. „Das war alles, was ich besaß. Es tut mir leid.“

„Das Wasser muss doch von irgendwoher kommen“, wandte Llaranya ein. „Beschaffen wir einfach mehr davon.“

„Einfach?“ Jalan sah seine Tochter betrübt an. „Ich weiß nicht einmal, woher es stammt.“

„Woher habt Ihr das Gefäß?“

„Von den Grauen Zauberern, die das Haus Deshay mit ihrem Bann belegten“, erwiderte Jalan. „Aber nicht einmal das vermag ich genau zu sagen. Wir fanden das Gefäß, nachdem das Haus befreit war. Ich erkannte die Flüssigkeit anhand der alten Schriften unseres Hauses.“

„Von den Grauen? Und die elfischen Schriften enthalten Hinweise dazu?“ Nedeam schöpfte neue Hoffnung. Im Kampf um das Haus Deshay hatte er mit Llaranyas Hilfe einen der Grauen Magier bezwungen. Und er würde sich erneut einem dieser schrecklichen Wesen stellen, wenn er dadurch Larwyns Leben retten konnte.

„Die Hinweise sind nur undeutlich“, erklärte Jalan. „Ihr versteht bestimmt, dass dieses Lebenswasser für uns Elfen nicht sonderlich von Belang war. Wir sind unsterblich und benötigen derartige Mittel nicht.“

„Ja, das verstehe ich. Doch was sagen denn nun Eure Schriften?"

„Nur, dass es das Lebenswasser gibt und sich seine Quelle irgendwo im Süden befinden soll."

„Das ist nicht gerade viel", brummte Nedeam enttäuscht.

„Die Grauen kannten die Quelle, doch wir können sie schwerlich danach fragen."

Nein, das konnten sie nicht. Die Grauen Zauberer, die so lange wohlwollend die Geschicke der Menschen begleitet hatten, waren verschwunden oder dem Schwarzen Lord verfallen. Selbst die Weißen Zauberer schienen Vergangenheit zu sein. Sollte sich die Hoffnung, Larwyn mit dem Lebenswasser retten zu können, nun doch wieder zerschlagen? Enttäuscht ging er zu dem Stuhl hinüber, den Larwyn wohl in dieser Nacht benutzt hatte, und setzte sich. Er wollte sich gerade anlehnen, als Elodarion aufschrie. Der Elf sprang vor, packte Nedeam am Arm und zerrte ihn von dem Sitzmöbel herunter. Nedeam stieß unwillkürlich einen leisen Fluch aus, bis er Elodarions entsetzte Miene sah.

„In der Lehne", ächzte der leichenblasse Elf. „In dem Polster steckt etwas."

Nedeam wandte sich erschrocken um. Und als Elodarion auf die Stelle wies, sah er es auch. „Bei den Finsteren Abgründen. Welch eine Niedertracht!"

Im Rückenpolster des Stuhls steckte ein spitzer Gegenstand, den man nur bei genauem Hinsehen erkennen konnte. Larwyn hatte ihn sicher nicht bemerkt, als sie Platz genommen und sich angelehnt hatte, wobei sie sich die Spitze dann selbst ins Fleisch gestoßen haben muss.

„Nicht berühren", warnte Elodarion. „Es ist einer der Stachelpfeile der Sandmenschen."

„Ja, ohne Zweifel."

Nedeam blickte auf, als im vorderen Hof der Burg ein Hornsignal ertönte. Das Klappern von Hufen und Kommandos waren zu hören. Es war nur eine kleine Schar, und er ahnte, wer dort zu früher Morgenstunde in die Burg einritt. Sein Gespür sollte ihn nicht täuschen.

Einen Augenblick später pochte es an der Tür, und Kormund blickte herein. „Der Hohe Lord Garwin ist soeben eingetroffen."

Das Gesicht des alten Kämpen war von Sorge um die Herrin gezeichnet. Wahrscheinlich würde er sich noch zusätzlich Vorwürfe machen, wenn er von dem feigen Mordanschlag erfuhr, obwohl er ihn kaum hätte verhindern können.

Als der Pferdefürst die Treppe emporkam, fuhr Kormund herum. Er machte eine knappe Ehrenbezeugung und verließ den Raum. Garwin bevorzugte wie sein Vater Garodem schlichte Gewänder. Er trug ein einfaches blaues Wams und helle lederbesetzte Reithosen. Dazu die typischen rotbraunen Stiefel und ein ebensolches Wehrgehänge, in dem Dolch und Schwert steckten. Statt des üblichen Grüns hatte er für seinen Umhang einen blauen Farbton gewählt, der dem der elfischen Überwürfe glich.

„Die Torwache berichtete mir, meine Mutter sei ernsthaft erkrankt", sagte er anstelle einer Begrüßung. Rasch trat er zu Larwyn, die noch immer am Boden lag und von den Elfen umsorgt wurde. „Wie ernst steht es um sie?"

Leoryn bedeckte rasch den halb entblößten Körper der Hilflosen. „Wenn kein Wunder geschieht, wird die Hohe Dame …"

Garwin schnitt ihr das Wort ab. „Ich verstehe. Nun, ich bin mir sicher, sie ist bei Euch Elfen in den besten und kundigsten Händen." Wenn die beiden Ältesten der elfischen Häuser über diese unhöfliche Behandlung verstimmt waren, so zeigten sie es nicht. Zudem war Garwins Verhalten nur verständlich, da er in Sorge um seine Mutter sein musste. Er wandte sich zu Nedeam und Llaranya. „Meine Glückwünsche zu Eurer Vermählung, Hoher Herr und Hohe Frau." Sein Blick heftete sich auf den Ersten Schwertmann. „Wie ich vernahm, hält sich diese Bestie in der Burg auf. Das geschieht ohne meine Einwilligung. Ihr seid mir dafür verantwortlich, dass man sie rasch entfernt."

Der Erste Schwertmann spürte erneut seinen Widerwillen gegen den jungen Pferdefürsten. Als dieser sich dem Stuhl am Schreibtisch näherte, war Nedeam für einen kurzen Augenblick versucht, die drohende Gefahr zu verschweigen. „Ihr solltet nicht dort Platz nehmen, Hoher Lord." Die Ehrenbezeichnung kam ihm noch immer schwer über die Lippen. Stets verband er die Worte mit dem gütigen Gesicht Garodems. „Dieser Stuhl dort ist präpariert, er wurde Eurer Mutter zum Verhängnis."

Garwin erstarrte, und Elodarion erklärte mit wenigen Worten, was es damit auf sich hatte. Das Gesicht des Pferdefürsten wurde für einen Augenblick blass. Er betrachtete den in der Lehne verborgenen Stachelpfeil. „Unzweifelhaft ein heimtückischer Mordversuch. Ein Wunder, dass sie überhaupt noch lebt. Und Ihr seid Euch sicher, Hoher Lord Elodarion, dass es sich um das Gift eines Sandmenschen handelt?"

„Es stammt vom Sandstecher, aber es wird von dem Wüstenvolk genutzt, ja", bestätigte Elodarion.

„Was für eine ruchlose Tat", murmelte Garwin. „Dann besteht keine Hoffnung mehr?"

„Wir werden für die Hohe Dame tun, was in unserer Macht steht", versicherte Leoryn. „Doch wir sollten sie nun in ihre Kammer bringen, wo sie Ruhe hat und gepflegt werden kann."

„Ja, tut das", murmelte Garwin. Er sah nachdenklich auf

die Landkarte an der Wand des Amtsraumes. Es war eine elfische Karte, welche die Marken des Pferdevolkes und die angrenzenden Länder zeigte. Weitaus genauer und detaillierter als bei menschlichen Karten üblich. „Nun werde ich mich wohl ganz allein um das Wohl der Hochmark kümmern müssen." Er seufzte. „Hoher Herr Nedeam, ich werde Euch im Lauf des Tages meine diesbezüglichen Weisungen geben. Doch nun muss ich Euch alle bitten, mich allein zu lassen. Ich bin vom Ritt erschöpft, und die Sorge um meine verehrte Mutter macht mir die Gedanken schwer."

Garwin wirkte weder erschöpft noch sonderlich besorgt. Aber Nedeam war da sicherlich voreingenommen, wie er sich eingestand. Die beiden Heilerinnen trugen Larwyn mit der Hilfe zweier Schwertmänner behutsam aus dem Raum. Man würde sie in ihre Gemächer bringen, und Nedeam war sich sicher, dass der besorgte Tasmund eine zuverlässige Wache vor ihren Räumen postieren würde. Bedienstete stellten die Möbel wieder an ihren Platz, mit Ausnahme des todbringenden Stuhls. Auf Meowyns Weisung wurde er vorsichtig in ihre Heilerstube gebracht, wo sie den gefährlichen Stachelpfeil entfernen und untersuchen wollte.

Elodarion hielt Nedeam zurück, als dieser ebenfalls der Aufforderung Garwins folgen wollte. Der Erste Schwertmann war noch zu betroffen, um klar zu denken, wie ihm Elodarions nun folgender Einwand bewies. „Mit Verlaub, Hoher Lord Garwin, doch es gibt Dringlicheres zu regeln als die Geschäfte der Mark." Der Elf deutete auf die Stelle, an welcher der Stuhl noch vor Kurzem gestanden hatte. „Dies war ein heimtückischer Mordanschlag, und der Täter ist noch nicht gefasst."

Nedeam zuckte zusammen. Es wäre seine Pflicht gewesen, daran zu erinnern.

Garwin erwiderte den Blick des Ältesten mit ausdruckslosem Gesicht. Schließlich nickte er zögernd. „Ihr habt recht, Hoher Lord Elodarion. Das gilt es zu bedenken. Doch der Meuchelmörder wird längst entflohen sein." Er sah zu Nedeam. „Wahrscheinlich hat er sich unter die Gäste Eurer Feier gemischt und sich nach der Tat unerkannt aus dem Staub gemacht."

„Das ist nicht gesagt, Pferdefürst Garwin", erwiderte Elodarion. In seiner Stimme schwang eine Spur von Verachtung mit. Ob diese dem Täter oder dem Pferdefürsten galt, war nicht auszumachen. Aber die Elfen fühlten sich Garwin nicht verbunden. Er hatte sich geweigert, ihnen beizustehen, als sie seine Hilfe benötigten. Nedeam, Dorkemunt und der tote Garodem hingegen hatten mit ihrer Unterstützung keinen Augenblick gezögert. „Wer auch immer den Stachelpfeil im Stuhlpolster verbarg, er muss es während der Vorbereitungen für die Feier getan haben. Davor war die Hohe Dame Larwyn noch in diesem Raum."

„Auch während der Feier kann es nicht geschehen sein", überlegte Nedeam. „Die Ehrenwache stand vor der Tür. Jeder Unbefugte wäre von ihr aufgehalten worden."

Garwin sah seinen Ersten Schwertmann abschätzend an. „Was wollt Ihr damit andeuten, Hoher Herr Nedeam? Dass es ein Bediensteter der Burg war?"

Diese Aussicht gefiel Nedeam ebenso wenig wie dem Pferdefürsten. Doch sein Verdacht war noch ungeheuerlicher. „Kein einfacher Bediensteter, Hoher Lord."

Garwins Augen wurden schmal. „Was Ihr da sagt, gefällt mir nicht, Erster Schwertmann!"

Elodarions Gesicht war unbewegt, als er an Nedeams Stelle antwortete. „Ob es Euch behagt oder nicht, Hoher Lord Garwin, Ihr müsst Euch den Tatsachen stellen. Es war jemand, der Zugang zu Stachelpfeilen und dem Gift der Sandmenschen hat. Jemand, der mit den Gepflogenheiten der Hohen Dame Larwyn vertraut ist und bei den Bewohnern der Burg kein Misstrauen erweckt."

Nedeam seufzte betrübt, denn die Konsequenzen waren fatal. „Einige der Pferdelords, die vor Jahreswenden unter Garodems Befehl nach dem alten Banner des Ersten Königs forschten, brachten zur Erinnerung Waffen der Clans mit in die Hochmark. Eine der Schädelkeulen hängt sogar in Malvins ‚Donnerhuf'. Unter diesen Erinnerungsstücken befinden sich auch Stachelpfeile und vielleicht sogar das Gift des Sandstechers."

Garwin runzelte die Stirn. „Ihr meint, es war ein Pferdelord? Einer der unseren? Unmöglich!"

Nedeam nickte bedrückt. „Ich würde mein Leben für jeden verpfänden, der damals in die Wüste ritt, und doch kann es nicht anders sein." Er zuckte die Schultern. „Es gibt Handel mit den Turiks, aber ihre Stachelpfeile und das Gift hüten sie gut. Vor allem das Gift. Es ist sehr wertvoll für sie, denn es ist schwer zu bekommen. Also muss es damals jemand mit in die Mark gebracht haben."

„Ihr verwahrt nicht zufällig selbst ein solches Andenken?"

„Nein", knurrte Nedeam empört. „Glaubt Ihr etwa, ich würde …?"

„Natürlich nicht." Garwin machte eine beschwichtigende Handbewegung. „Ich kenne Eure Treue zu meiner Mutter. Auf Euch fällt nicht der Schatten eines Verdachts." Der Pferdefürst legte die Fingerspitzen aneinander. „Ich kann und will nicht glauben, dass ein Pferdelord oder gar ein Schwertmann zu solcher Niedertracht fähig wäre. Meine Mutter wird vom einfachen Volk verehrt und besitzt den Respekt jedes einzelnen Pferdelords. Niemand hat Grund, ihr ein Leid zuzufügen.

Aber sagt einmal, Nedeam, ritt damals nicht auch der Nagerjäger Barus mit Euch hinaus?"

„Ja, und er hat sich bewährt", bestätigte Nedeam. „Auch er wäre zu einer solchen Tat nicht fähig."

Wer Barus kannte, wusste, dass der Nagerjäger mit seiner Keule gegen die Sandmenschen gezogen war. Die Vorstellung, er würde eine andere Waffe auch nur anrühren, war vollkommen abwegig.

„Schön, schön, aber irgendjemand war offensichtlich dazu fähig." Garwin warf einen nachdenklichen Blick aus dem Fenster und trat dann hinter den Schreibtisch zurück. Geistesabwesend musterte er abermals die elfische Karte. Seine Finger folgten dem Verlauf der Schraffuren, so, wie es die seines Vaters oft getan hatten. Sein Zeigefinger verharrte auf dem Dünenland. Dann wandte er sich abrupt um. „Ah, wartet. Wartet ... Sagt einmal, Nedeam, waren in jene Kämpfe nicht auch Orks verwickelt? Ja, jetzt fällt es mir wieder ein. Mein Vater berichtete mir davon. Ihr und Euer Freund Dorkemunt, Ihr wurdet in einem Lager der Sandmenschen von den Bestien angegriffen, nicht wahr?"

„Ja. Die Bestien wurden besiegt. Wem von ihnen die Flucht aus der Wüste gelang, der wurde von den Zwergenkriegern König Balruks niedergemacht. Nur eine Handvoll entkam ..." Nedeam verstummte nachdenklich.

Garwin lächelte, als er das Zögern seines Ersten Schwertmanns bemerkte. „Ja, nur eine Handvoll. War nicht auch das Rundohr Fangschlag darunter?"

Nedeam verschränkte die Hände hinter dem Rücken. Unbewusst wippte er auf den Füßen.

„Er könnte Gift und Stachelpfeile eines Sandmenschen erbeutet haben", sagte Elodarion leise.

„Und es mit sich führen? Über so viele Jahreswenden?"

Nedeam schüttelte den Kopf. „Nein, das entspräche nicht seiner Art. Auf seine Weise ist er ein ehrenhafter Krieger."

„Er ist eine Bestie!", schrie Garwin auf und schlug mit der flachen Hand auf den Schreibtisch. „Vergesst das nicht, Erster Schwertmann! Eine wilde Bestie, dazu bestimmt, Menschen abzuschlachten!"

„Er hat sich uns ergeben und geschworen, uns kein Leid zuzufügen, bis ..."

Garwin sah Nedeam spöttisch an. „Ja, sprecht nur weiter. Aber glaubt nicht, ich würde die Wahrheit nicht kennen. Jeder in der Hochmark hat von dem Schwur der Bestie gehört."

Elodarion sah Nedeam fragend an. „Ich verstehe nicht. Ich hörte Gerüchte, doch erklärt mir bitte, was es damit auf sich hat."

Garwin blickte auffordernd zu Nedeam. „Erklärt es dem Hohen Lord der Elfen, Erster Schwertmann. Erzählt ihm, was sich in der nördlichen Öde zutrug."

Und so berichtete der Pferdelord von dem Zweikampf zwischen Dorkemunt und Fangschlag in der Öde des toten Reiches Rushaan. „Die beiden trafen vorher schon einmal aufeinander, bei der Schlacht um Merdonan", fuhr er fort. „Dorkemunt verlor damals seine Waffe, doch das Rundohr wartete, bis er sie wieder aufgehoben hatte. Mein alter Freund ist der beste und tapferste Pferdelord, den ich kenne, Hoher Lord Elodarion, doch er kommt allmählich in die Jahre", sagte Nedeam entschuldigend. Der Elfe nickte verständnisvoll. Kaum jemand kannte das langsame Vergehen der Menschen besser als das elfische Volk. Nicht zuletzt aus diesem Grund pflegte es auch kaum Beziehungen zu den Sterblichen, denn man wollte ihr Verwelken nicht betrauern müssen. „Fangschlag hätte ihn im ehrlichen Zweikampf bezwungen. Bei allen Abgründen, er hätte ihn wahrhaftig besiegt. Aber dann schlossen beide einen Waffenstillstand. Sie wollen ihren Zweikampf fortsetzen, wenn das verräterische Spitzohr Einohr tot zu ihren Füßen liegt. Fangschlag hasst Einohr aus tiefstem Herzen und hat dem Dienst des Schwarzen Lords entsagt, um ihn zur Strecke zu bringen. Seitdem ist er in Dorkemunts Obhut."

„Er ist und bleibt eine Bestie. Seinen Worten kann man nicht trauen", ereiferte sich Garwin. „Niemand zähmt ein Rundohr der Orks. Ihre Art und die unsere sind gegensätzlich, wir hassen einander. Wir töten einander, und das hat diese Bestie nicht verlernt."

„Wir Elfen kennen den guten Herrn Dorkemunt", sagte Elodarion schlicht. „Wir trauen seinem Wort und seinem Urteil. Doch kein Menschenwesen ist vor einem Irrtum sicher." Er lächelte dünn. „Selbst uns Elfen unterläuft dies gelegentlich."

„Er ist eine Bestie, geboren um uns Menschen zu töten", wiederholte Garwin erregt. „Und er war im Dünenland. Vielleicht hat er sich damals nur ergeben, um auf eine günstige Gelegenheit zu warten."

„Um Larwyn zu ermorden?" Nedeam schüttelte entschieden den Kopf. „Was sollte ihr Tod ihm oder dem Schwarzen Lord bringen? Nein, wer immer diese Tat beging, wollte seinen Nutzen daraus ziehen."

„Die Orks sind vom Instinkt geleitet." Garwin beugte sich zornig über den Schreibtisch. „Da braucht es keinen vernünftigen Grund. Nur eine gute Gelegenheit."

Elodarion räusperte sich. „Wurde das Rundohr bewacht?", fragte er Nedeam. „War es ihm überhaupt möglich, die Tat zu begehen?"

Hatte es eine Wache vor der Tür zu Nedeams Kammer gegeben? Nein. Nedeam leckte sich unruhig über die Lippen. Das Rundohr trug einen Kapuzenumhang, um seine Gestalt und seinen Schädel zu verbergen. Viele Menschen reagierten instinktiv mit Hass, wenn sie ihn sahen. Vielleicht ging es dem Ork umgekehrt nicht anders. Den Trubel während der Vorbereitungen zur Feier mochte er genutzt haben, um den Anschlag auszuführen …

Nedeam biss sich auf die Lippe. „Es wäre nicht seine Art. Er ist ein ehrenhafter Krieger."

„Ehrenhafter als ein Pferdelord?", fragte Garwin spöttisch. „Nun, Hoher Herr Nedeam, es erscheint mir seltsam, dass Ihr einem Pferdelord eine solche Tat zutraut, einer Bestie aber nicht."

Elodarion nickte bedächtig. „In diesen Worten liegt Wahrheit, Nedeam, mein Freund."

Konnte er sich so täuschen? Konnte Dorkemunt sich so täuschen? Immerhin war Fangschlag ein Rundohr. Ein Ork. Eine Bestie. Kein Pferdelord würde jemals seine Hand gegen die Herrin Larwyn erheben und erst recht keiner der Gäste, die an der Vermählung teilgenommen hatten. Garwin hatte recht. Es blieb nur das Rundohr.

Dennoch nagten Zweifel an Nedeam. „Als er sich uns in der Öde anschloss, führte er keine Stachelpfeile oder Gift mit sich. Wie sollte er …"

„Ihr sagtet selbst, einige der Pferdelords hätten Andenken aus dem Dünenland mit in die Mark gebracht. Die Bestie wird das Werkzeug für seine Mordtat gestohlen haben."

„Es wäre immerhin vorstellbar", gab Elodarion zu bedenken. „Bewahrt kühlen Kopf und prüft alle Möglichkeiten, Nedeam. Die Tat darf nicht ungesühnt bleiben."

„Wir sollten mit Dorkemunt sprechen." Nedeam seufzte schwer. „Er kennt das Rundohr am besten."

„Gut." Garwin trat hinter dem Schreibtisch hervor. „Verlieren wir keine Zeit. Vielleicht hat sich die Bestie schon davongeschlichen. Erster Schwertmann, ruft ein paar bewährte

Männer zusammen. Wir dürfen ihr keine Gelegenheit geben, erneut zu morden.“

Vor der Tür stand mittlerweile eine andere Wache. Scharführer Kormund fanden sie unten in der Halle im Gespräch mit Tasmund. Beide waren dabei, Ordnung in das Chaos zu bringen, das hier unten noch herrschte. Es war früh am Morgen, und einige der Gäste hatten Speis und Trank so reichlich zugesprochen, dass sie auf oder unter den Bänken nächtigten. Bedienstete und Schwertmänner eilten nun umher und nahmen wenig Rücksicht auf die Schlafenden, die trotz der Unruhe nur langsam erwachten. Von den elfischen Begleitern Elodarions und Jalans war nichts zu sehen. Sie hatten sich zurückgezogen, bevor die Feier in ein wildes Gelage ausartete. Drei Zwerge aus Balruks Ehrengeleit saßen in einer Ecke, mit leicht glasigen Augen und doch wachsam, denn sie hatten bemerkt, dass etwas Unerfreuliches geschehen war.

Nedeam war noch immer niedergeschlagen. Die wundervollen Erinnerungen an den Tag seiner Vermählung waren von den schrecklichen Ereignissen dieser Nacht verdüstert worden. Eine furchtbare und sinnlose Tat. Die Sorge um das Überleben Larwyns war überall spürbar.

„Dort hinten, am Tisch.“ Garwin wies in die Tiefe der Halle. „Euer Freund Dorkemunt.“

Sie gingen gemeinsam hinüber, und auf dem Weg informierte Garwin Tasmund und Kormund über den Verdacht. Die beiden Pferdelords sahen ihren Freund Nedeam bedauernd an. „Ein solches Wesen kann nicht aus seiner Haut“, sagte Kormund leise. „Er ist und bleibt ein Ork.“

„Noch ist Fangschlags Schuld nicht bewiesen“, beschied Nedeam, der die Bemerkung gehört hatte. „Er hatte keinen Grund für diese feige Tat.“

„Braucht ein Ork einen Grund, um einen Menschen zu erschlagen?" Kormund schüttelte den Kopf. „Nein, Nedeam, ich habe viele Jahreswenden gegen die Bestien des Schwarzen Lords gefochten. Ich hatte immer meine Zweifel an der Gutartigkeit dieses Rundohrs, obwohl es sicherlich ein ungewöhnlicher Bursche ist. Nun, wir werden sehen."

Dorkemunt ruhte schlafend auf dem Tisch. Der Becher war ihm aus der Hand gefallen und lag unter ihm am Boden. Einige Strähnen seines langen Haares waren in einen Teller mit kalter Suppe getaucht, andere hingen ihm über dem Mund. Rhythmisches Schnarchen war zu hören, und jeder Atemstoß ließ die Strähnen leicht vibrieren.

Nedeam beugte sich zu seinem Freund und schüttelte ihn. Nur langsam und widerwillig erwachte der alte Kämpfer. „Ah, lasst mir meine Ruhe, Ihr guten Herren", ächzte er. „Es ist noch früh, und mein Kopf brummt furchtbar."

Der Erste Schwertmann konnte keine Rücksicht auf den Freund nehmen, und gemeinsam mit Kormund schaffte er es, Dorkemunt aus der Halle und hinüber zu dem großen Brunnen im vorderen Burghof zu führen. Zu jenem Brunnen, den Larwyn einst hatte anlegen lassen. Aus dem Maul des springenden Pferdes ergoss sich eiskaltes Wasser in das Becken, und ein Schwall davon ließ Dorkemunt prustend zu sich kommen.

Wasser lief ihm über Haare und Gesicht, als er sich stöhnend auf die gemauerte Einfassung setzte und langsam die Vorgänge um sich herum zu erfassen begann. „Ah, bei allen Finsteren Abgründen, was geht da vor sich?", murmelte er. „Was machen all die braven Pferdelords auf dem Hof? Noch dazu unter Waffen. Oh, mein armer Kopf ..."

„Haltet ihn noch einmal ins Wasser", befahl Garwin, der den drei Männern zusammen mit Tasmund und Elodarion nach draußen gefolgt war. „Vielleicht hilft das seinem Kopf."

„Ah, der Pferdefürst", ächzte Dorkemunt. „So viel der

Ehre?" Er blinzelte benommen. „Ich, äh, ich habe mich doch nicht unbotmäßig benommen, oder? Wahrhaftig, ich gab mir Mühe, den Becher mit Elfen und Zwergen gleichermaßen zu erheben. Ein gerüttelt Maß an Völkerver...ständigung." Dorkemunt stieß auf und wandte sich hastig zum Brunnen um. „Verzeiht, mir ist ein wenig flau im Magen, und in meinem Kopf hämmert es ganz schrecklich. Ich muss irgendwo angestoßen sein."

„Verdammtes Blor", brummte Tasmund. „Auf ein kurzes Hochgefühl folgt eine Tageswende Elend. Ich fürchte, der gute Herr Dorkemunt wird uns heute kaum von Nutzen sein."

„Soll er seinen Rausch kurieren", sagte Garwin ungeduldig. „Wir brauchen ihn nicht."

Es hatte einfach keinen Zweck. Der alte Pferdelord war noch immer vom Alkohol betäubt und seufzte erleichtert, als die Gruppe von ihm abließ. Dem Brunnen gegenüber lag die alte Unterkunft der Schwertmänner. Mit dem Bau der neuen Quartiere draußen am Übungsplatz waren die Wachen ausgezogen. Tasmund und Meowyn hatten hier eine Weile gewohnt, und zuletzt Nedeam als Erster Schwertmann. Der massige Bau aus sorgfältig behauenen Steinen war nun leer und wirkte plötzlich düster und bedrohlich.

Tasmund wies auf den Eingang. Man musste ein paar Stufen hinaufsteigen, um die Unterkunft zu betreten. Die Fenster waren hoch gelegen und sehr klein. „Wir haben kein Verlies in der Burg, Hoher Lord Garwin. Es gab nie Bedarf dafür. Aber die alte Unterkunft bietet sich an. Wenn wir die Tür von außen zusperren und Wachen davorstellen, könnte sie als Gefängnis dienen."

„Wozu brauchen wir ein Gefängnis?", fragte Garwin kalt. „Das Rundohr ist schuldig. Wir töten es auf der Stelle und können wieder in Sicherheit leben."

„Nein!“ Nedeams Stimme war scharf, und Garwin sah ihn an, empört über den energischen Widerspruch. „Seine Schuld ist noch nicht bewiesen, und er hat das Recht auf einen Schiedsspruch.“

„Ein Schiedsspruch? Das Urteil der Ältesten? Gar gesprochen auf dem öffentlichen Platz der Stadt Eternas?“ Garwin lachte auf. „Ihr macht Euch lächerlich, Erster Schwertmann.“

Tasmund räusperte sich. „Nun, Hoher Lord Garwin, wie auch immer man Fangschlag bezeichnen mag, er lebte die letzten Jahreswenden in der Hochmark. Die Tradition des Pferdevolkes verlangt ...“

„Ah, Ihr und Eure Traditionen.“ Garwin schüttelte den Kopf. „Sie gelten nicht für einen verfluchten Ork.“

„Aber sie gelten für das Pferdevolk, dem Ihr angehört, Hoher Lord Garwin“, schaltete sich Elodarion lächelnd ein. „Die Bestie stand unter Eurer Obhut, denn Ihr seid der Pferdefürst der Hochmark und tragt Verantwortung für das, was in Eurem Land geschieht.“

Garwin musste sich zur Ruhe zwingen. „Wollt Ihr behaupten, ich trüge die Schuld?“

„Natürlich nicht“, beschwichtigte Elodarion. „Aber Ihr seid verantwortlich dafür, dass jeder Bewohner der Hochmark gerecht behandelt wird.“

„Na schön“, zischte Garwin. „Machen wir ihm den Prozess, obwohl es Zeitverschwendung ist.“

„Ihr müsst seine Schuld erst beweisen.“ Elodarion zupfte an seinem Gewand. Er empfand keinerlei Sympathie für eine Bestie. Aber er hatte dieselben Zweifel, die auch Nedeam plagten.

Garwin stieß ein verächtliches Schnauben aus und gab den sie begleitenden Schwertmännern einen Wink. Das leise Schaben von Klingen, die aus ihren Scheiden glitten, war zu hören. Die Männer empfanden keine Furcht vor einem einzelnen Rundohr. Es war das Verhalten von Kämpfern, die wussten, dass sie einem Feind begegneten.

Nedeam ließ seine Klinge stecken. Er ging seinen Männern voran, stieg die Stufen empor und stieß die Tür auf. Noch während sie aufschwang, drängten sich die Pferdelords in die Kammer, bereit, ihre Schwerter zu benutzen.

Fangschlag stand neben der Bettstatt. Er hatte die Kapuze seines Umhangs zurückgeschlagen und sah den Menschen entgegen. Der Blick aus seinen roten Augen mit den gelben Schlitzpupillen war nicht zu deuten. Er schwieg, während Nedeam den Pferdelords ein beschwichtigendes Zeichen gab und vortrat. „Fangschlag, man beschuldigt dich des feigen Mordanschlags auf die Hohe Dame Larwyn."

„Fangschlag hat die Unruhe auf dem Hof bemerkt. Ich habe gehört, dass ihr mit Waffen zu mir kommt." Fangschlag lächelte grimmig. Seine Lefzen glitten von den Fangzähnen zurück, und in diesem Augenblick ähnelte er der Bestie, welche die meisten Menschen in ihm sahen. „Fangschlag ist ein Krieger", verkündete er stolz, „und wenn ich mit dem Pferdemenschen Dorkemunt nicht Waffenruhe geschlossen hätte, würde ich nun gegen euch kämpfen." Er sah Nedeam an. „Du kennst mich, Pferdemensch Nedeam. Ich töte wie ein Krieger. Ich habe mein Schwert nie in den Rücken eines Menschen geschlagen."

„Er hat es gestanden", rief Garwin. „Ihr habt es gehört. Er kann nur wissen, dass der Stachelpfeil Larwyn in den Rücken traf, weil er ihn selbst in den Stuhl gesteckt hat."

„Das gerade bezog sich auf seine Ehre als Krieger, nicht auf Larwyn", wandte Nedeam ein.

„Ihr habt mein Wort." Der riesige Ork rührte sich noch immer nicht. „Ich habe diese Kammer nicht verlassen."

„Das Wort einer Bestie gilt nichts im Königreich des Pferdevolkes“, knurrte einer der Schwertmänner.

„Ich bin Fangschlag“, versetzte das Rundohr. „Ich bin ein Krieger der Orks und war ein Führer ihrer Legionen. Mein Wort ist wahr.“

„Hoher Herr, dort!“ Einer der Schwertmänner deutete auf den Boden neben der Bettstatt.

Nedeam sah hin und erkannte einen Beutel, der halb unter dem Bettgestell versteckt war. Er selbst hatte so etwas nicht in seiner alten Kammer aufbewahrt, und Dorkemunt gehörte es sicher auch nicht. „Was ist in dem Beutel dort, Fangschlag?“

Das Rundohr wandte sich halb zur Seite und folgte Nedeams Fingerzeig. „Was weiß ich? Er gehört mir nicht.“

Der Schwertmann, der den Fund gemacht hatte, schob sich seitlich an Fangschlag vorbei und hob den Beutel auf. Den Blick misstrauisch auf den Ork gerichtet, nestelte er an dem Lederriemen und öffnete ihn. Seine Augen weiteten sich für einen Moment, dann sah er Nedeam mit mühsam unterdrücktem Zorn an. „Seht selbst, Hoher Herr.“

Er warf den Beutel zu Nedeam hinüber, der ihn geschickt auffing. Garwin und Elodarion sahen ihm über die Schulter.

„Stachelpfeile!“, stellte der Pferdefürst fest und konnte die Genugtuung in seiner Stimme nicht unterdrücken. „Ich wusste es, einmal Bestie, immer Bestie.“

„Sie gehören mir nicht“, knurrte Fangschlag. Seine Hände öffneten und schlossen sich unbewusst, und man konnte die gefährlichen Krallen an seinen Fingern erkennen. „Ich kämpfe nicht mit diesem fliegenden Tod. Meine Waffe ist das Schlagschwert. Der Pferdemensch Dorkemunt kann das bezeugen.“

„Ich habe gestern keinen solchen Beutel bei ihm gesehen.“ Nedeam kratzte sich nachdenklich im Nacken. „Allerdings trug er auch den Kapuzenumhang. Vielleicht hielt er ihn darunter verborgen."

„Du zweifelst an meinem Wort, Pferdemensch Nedeam?" Die Mimik des Orks war nicht immer leicht zu deuten, doch diesmal drückte sie eindeutig Überraschung aus. Die Gestalt des Rundohrs straffte sich. „Du irrst dich."

„Es tut mir leid", bekannte Nedeam. „Doch die Fakten sprechen gegen dich."

„Dann sagen diese Fakten nicht die Wahrheit."

„Wir sollten ihn einfach töten." Diese schlichten Worte kamen von Kormund und verrieten seine Enttäuschung. „Er hat uns alle zum Narren gehalten. Vor allem den guten Herrn Dorkemunt. Erschlagen wir die Bestie ohne viel Aufhebens. Wozu noch einen Schiedsspruch?"

„Ihr Menschen", zischte Fangschlag, und etwas Geifer tropfte zwischen seinen Fangzähnen hervor. „Ihr seid alle gleich. Wäre ich einer von euch, dann würdet ihr mir glauben. Aber meine Haut ist dunkel und fleckig. Das reicht euch, um mich als Bestie anzusehen."

Garwin schien zufrieden, da die Schuld des Orks nun erwiesen war. Diese Gewissheit ließ ihn Großmut walten. „Wir sperren die Bestie in die Kammer und bewachen sie. Morgen früh tritt das Gericht zusammen. Zum Mittag ist diese Kreatur dann Geschichte."

Das gewaltige Rundohr rührte sich noch immer nicht. Es sah Nedeam unverwandt an. Lag da Hass oder Enttäuschung in seinem Blick? Nedeam konnte es nicht sagen. Er nickte zu Garwins Worten und gab den Schwertmännern einen Wink. Während diese zusammen mit den anderen die Kammer verließen, schien der Beutel mit den Beweisen plötzlich doppelt schwer in seiner Hand zu liegen.

„Es tut mir leid", wiederholte er.

Fangschlag schwieg, als die Tür geschlossen wurde und sich mehrere bewaffnete Schwertmänner davor aufbauten.

„Wir haben den alten Schmied Guntram rufen lassen, Erster Schwertmann", meldete einer von ihnen. „Er wird von außen einen Riegel an der Tür anbringen. Keine Sorge, die Bestie wird uns nicht entkommen."

Nedeam nickte wortlos und blickte zum Brunnen hinüber. Er musste Dorkemunt von der feigen Tat des Rundohrs berichten. Der Erste Schwertmann der Mark hätte nicht gedacht, dass ihm das so schwerfallen würde.

7

Zwischen dem Südgebirge von Hesparat und dem östlichen Gebirgsmassiv des Uma'Roll gelegen, machte der Große Wall seinem Namen alle Ehre. Warum man dieses eigentlich schmale, lang gestreckte Gebirge so genannt hatte, wusste niemand mehr zu sagen. Mit den beiden anderen Gebirgen zusammen bildete es jedoch eine unüberwindbare Grenze zwischen Alnoa und Jalanne und war nur am Pass von Dergoret sowie an der Pforte von Alnoa passierbar. Ein wahres Ärgernis, als der Handel zwischen beiden Reichen noch florierte.

Damals war Maratran nicht mehr als eine Signalstation gewesen. Ein hoch gelegener Turm am Südende des Walls, auf dessen Spitze das Signalfeuer vorbereitet war. Dieses war Teil einer Kette von Signalfeuern, die alle sieben Königreiche miteinander verband und bei Gefahr entzündet wurde, um einander beistehen zu können. Nun war das Reich Jalanne vergangen, und aus dem Signalturm von Maratran war die Festung Maratran geworden.

Die Hänge des umliegenden Gebirges waren steil und schroff, und wo die natürlichen Gegebenheiten ein Ersteigen nicht verhinderten, da hatten die Konstrukteure und Arbeiter Alnoas nachgeholfen. Während vieler Winter hatte man heißes Wasser in Spalten und Löcher gegossen und gewartet, bis es gefror. Der Druck des sich ausdehnenden Eises hatte das Gestein gesprengt, und die Steigungen wurden unbezwingbar.

Mühsam hatte man vor dem Bau der Festung einen breiten Pfad in den Hang geschlagen. Dann waren Stein und Geröll bewegt und Erde herbeigeschafft worden, bis neben dem Signalturm ein beachtliches Plateau entstanden war. Der zu kleine Brunnen war sorgsam ausgeschachtet und verkleidet worden. Dann hatte man mit dem Bau der eigentlichen Anlage begonnen. Alles Material, vom Felsquader bis zum Getreidekorn, musste hinauftransportiert werden. Es dauerte viele, sehr viele Jahre und forderte das Leben manchen Arbeiters. Doch dann erhob sich Maratran in neuer Größe und neuem Glanz über dem Großen Wall.

Bewusst hatte man für den Bau der Festungsmauern den weißen Stein gewählt, aus dem auch die Bollwerke der Hauptstadt Alneris bestanden. Einem Leuchtfeuer gleich, mahnte er jeden Feind, dass hier die Garde des Königreiches stand.

Die Mauern waren extrem dick, obwohl sie kaum von einem Katapult erreicht werden konnten. Man hatte Ställe und Unterkünfte darin integriert, und auch die Vorratslager und Waffenkammern befanden sich dort. Inmitten der Anlage erhob sich der Signalturm. Er war weit größer als sein Vorgänger und hatte kaum noch Ähnlichkeit mit ihm. An der Basis erinnerte er an eine plumpe Tonne, über der er sich wie eine sich nach oben stark verjüngende Nadel erhob. An der Spitze befanden sich das Signalfeuer und eine Beobachtungsplattform, die eine weite Aussicht über das umliegende Land bot. Obwohl man den Turm über die innen liegende Treppe ersteigen konnte, hatte es der frühere Kommandant Maratrans, ein verdienstvoller, doch am Ende seiner Laufbahn gebrechlicher Adliger, erreicht, dass einer jener Aufzüge installiert wurde, für die der Königsturm in Alneris berühmt war. Über eine Vorrichtung aus Winden, Rollen und Seilen konnte man eine hölzerne Plattform durch das Innere des Turms nach oben bewegen und wieder herabsenken.

Der neue Kommandant von Maratran hielt nur wenig von solchen Errungenschaften, doch an diesem Tag gebot es die

Höflichkeit, den Aufzug zu benutzen. Die Hochgeborene Livianya, die neben der stehenden Besatzung der Festung auch das hier stationierte Regiment der siebenten Gardekavallerie befehligte, hatte Besuch aus der Königsstadt Alneris erhalten.

Der Hochgeborene Welbur ta Andarat hatte die Statur eines Kriegers, doch er kämpfte lieber mit Worten als mit der Klinge. Er war Mitglied des Kronrates und sicherlich kein Freund der Hochgeborenen Livianya. Nach seiner Meinung gehörte eine Frau nicht in die Reihen der Kämpfer, schon gar nicht in einer verantwortlichen Position. Frauen hatten die Aufgabe, einem Mann Freude zu bereiten und die Bettstatt mit ihm zu teilen. Vorzugsweise die des Adligen ta Andarat.

Livianya kannte die Geschichten, die sich um den Weiberhelden rankten, und auch die Reden, die er gegen sie, die Kriegerin, führte. Sie hätte ihn am liebsten von der Plattform des Turms geworfen, wobei sie sich der Unterstützung durch die meisten ihrer Gardisten hätte sicher sein können. Aber sie musste den Mann mit Höflichkeit behandeln. Er war es, der im Kronrat darüber entschied, welche Mittel und Truppen welcher Festung zugedacht wurden. Es hieß, er habe diese Position durch harte Arbeit zwischen den Schenkeln der Frau des Kronkanzlers erreicht. Livianya war bereit, diesem Gerücht zu glauben, als sie die abschätzenden Blicke des Adligen bemerkte. Sie hätte lieber ihre Rüstung getragen, anstelle des formellen Gewandes. Sie nahm sich vor, versehentlich auszurutschen und ihn dort zu treten, wo es richtig schmerzte, wenn er sie noch länger auf solche begehrliche Weise begutachtete.

Unten an der Winde drehten zwei Gardisten an der Kurbel und ließen die Plattform dadurch langsam aufsteigen. Sie bemühten sich um gleichmäßige Bewegungen, aber es ließ sich beim besten Willen nicht vermeiden, dass die hölzerne Konstruktion gelegentlich wackelte.

Welbur ta Andarat räusperte sich nervös, als dies erneut geschah. „Diese Plattform ist doch stabil, Hochgeborene?"

„Das ist sie, Hochgeborener." Livianya erlaubte sich ein schmelzendes Lächeln. „Für den Fall, dass doch einmal etwas entzweigehen sollte, hat man unter der Plattform einige mit Luft gefüllte Hornviehmägen befestigt. Sie sollten die Wirkung eines Sturzes dämpfen."

Ta Andarat wurde eine Spur blasser und lachte dann nervös. „Nun, wir sind ja gleich oben. Ich hoffe doch, die Mühsal lohnt sich."

„Das wird sie, Hochgeborener ta Andarat", versicherte sie. Hatte er Mühsal gesagt? Die einzigen Schweißtropfen wurden von den beiden Männern an der Kurbel vergossen. Und jetzt zückte ta Andarat auch noch ein feines Tuch und betupfte sich geziert den Mund und die Stirn. Livianya senkte angewidert den Blick, um sich nicht zu verraten. Sie war froh, fern der Königsstadt und ihren verweichlichten Adligen zu sein. Männern, die kaum eine Ahnung vom Kampf hatten, aber über die Belange der Kämpfer entschieden. Glücklicherweise gab es noch Ausnahmen, wie den König selbst und den Hochgeborenen Daik ta Enderos, den Oberkommandierenden der Gardereiter.

Tageslicht erschien über ihnen, und der Aufzug erreichte die Plattform des Turms. Die zwei wachhabenden Gardisten salutierten respektvoll und sicherten die hölzerne Konstruktion mit zwei Kanthölzern. Ta Andarat schien erleichtert, als er wieder fest gefügte Steine unter den Füßen hatte. Livianya folgte ihm.

„Die Disziplin an der Grenze wird ein wenig schleifen gelassen, nicht wahr?", meinte ta Andarat mit einem Seitenblick auf die Männer.

„Das Augenmerk meiner Gardisten gilt nicht der Politur

ihrer Rüstung, sondern dem Feind", erwiderte die Kommandantin. Sie konnte sich einen Seitenhieb nicht verkneifen, obwohl sie wusste, dass sie damit ta Andarats Widerwillen noch steigern würde. „Die Männer an den Grenzen sind noch den Kampf gewohnt und nicht die hübschen Paraden in Alneris."

Ihre Gardisten grinsten erfreut, während ta Andarats Lächeln ein wenig gefror. Aber das war es ihr wert gewesen. Diese Männer waren es, die mit ihr hinausritten und ihr Leben riskierten, nicht dieser eitle Kratzfuß.

„Nun, wo ist dieses Wunderding, von dem Ihr mir erzählt habt, Hochgeborene Livianya ta Barat?" Seine Förmlichkeit verriet, dass er tatsächlich eingeschnappt war.

„Jene Konstruktion direkt vor Euch, Hochgeborener." Kurzsichtig war er offensichtlich auch.

Sie gingen zu dem tonnenförmigen Objekt hinüber, das auf einem Dreibein montiert war. Es hatte die doppelte Stärke und Länge eines Armes und blitzte in der Sonne, da seine Hülle aus Gold gefertigt war.

„Ihr behauptet also, damit könne man den Feind erblicken?"

„Wenn einer da ist, ja, und zwar aus großer Entfernung."

„Ah, wahrhaftig? Aber wie geschieht das?" Ta Andarat beäugte den Gegenstand von allen Seiten. „Nun, ich kann Klarstein an beiden Enden erkennen. Was soll das bewirken? Ebenso gut kann ich durch ein einfaches Fenster sehen."

„Es ist kein gewöhnlicher Klarstein." Livianya schwenkte den Gegenstand ein wenig herum. „Sondern geschliffener Kristall von den Zwergen."

„Von den Zwergen? Ihr sagtet vorher nichts von Zwergen. Was hat das Königreich mit diesen kleinen Wesen zu schaffen?"

„Sie liefern den besonders geschliffenen Kristall, der hierfür benötigt wird. Eigentlich geht dieses Gerät auf einen Händler aus der Hochmark zurück."

„Hochmark?“ Ta Andarat betupfte sich Lippen und Stirn. „Da leben doch diese barbarischen Pferdemenschen, nicht wahr?“

Livianya wünschte sich, ta Enderos oder der König wären hier. Sie hätten eine angemessene Antwort gegeben, denn sie hatten die Befreiung der alnoischen Stadt Gendaneris gut in Erinnerung. „Ein Händler des Pferdevolkes, ich glaube, er heißt Hedlerim, hat Kristallsteine erfunden, die in Metall gefasst und auf besondere Weise geschliffen sind. Mit ihnen lassen sich Gegenstände vergrößern.“

„Ah, Hedlerims Vergrößerungssteine“, sinnierte ta Andarat. „Ja, ich kenne sie. Ich dachte immer, einer der unseren hätte sie erfunden. Verstehe. Man hat also die Vergrößerungssteine in diese Konstruktion gefasst?“ Der Adlige strich sich über das Kinn. „An welchem Ende muss ich hineinsehen?“

Sie zeigte ihm das Okular und wie man die Brennweite des Vergrößerungsrohres verändern konnte. Nach kurzer Zeit kam ta Andarat mit dem Gerät zurecht. „Ich bin überrascht“, gestand er ein. „Zwar kann ich keinen Feind erblicken, aber die Umgebung wird nahe an das Auge herangeführt. Ein seltsames, aber hilfreiches Ding.“

„Man kann den Feind nun sehr viel früher entdecken“, stimmte Livianya zu. „Vorausgesetzt, natürlich, das Wetter spielt mit.“

„Natürlich, natürlich. Wie seid Ihr an das Gerät gekommen?“

„Es war ein Geschenk der Elfen an den Hochgeborenen Lord ta Enderos, Hochgeborener.“

„Elfen?“ Die Stimme klang ein wenig spitz. „Was haben die nun wieder … Ah, ich verstehe. Der Kampf gegen die Schwärme der See, nicht wahr? Verstehe, verstehe. Und der Hochgeborene Lord ta Enderos überreichte es Euch? Nun, er war Euch ja immer auf besondere Weise gewogen.“

Vielleicht war jetzt der richtige Zeitpunkt, um auszurutschen und den arroganten Kerl ordentlich zu treten, doch Livianya beherrschte sich. „Der Oberkommandeur der Garde fand, dass dieses Vergrößerungsrohr in einer Festung nützlicher sei, als in seinem Garten."

„Nun, äh, das mag sein." Ta Andarat trat von dem Gerät zurück und lehnte sich an die gemauerte Einfassung der Plattform. „Ihr spracht von einer wachsenden Bedrohung an der Grenze, Hochgeborene? Ich kann jedoch keinen Feind erblicken. Wisst Ihr etwas von den Orks der Finsternis, das noch nicht nach Alneris gedrungen ist?"

„Keine Orks, obwohl diese Bedrohung stets über uns schwebt. Im vergangenen Reich Jalanne formiert sich eine andere Gefahr."

Natürlich wusste ta Andarat längst von den gepanzerten Bestien. Livianya hatte mehrere Berichte an ihren Vorgesetzten ta Enderos geschickt. Da die Irghil das Reich jedoch noch nicht direkt bedrohten, konnte dieser ihr keine Verstärkungen schicken. In einem solchen Fall entschied der Kronrat, und dieser hatte als Bevollmächtigten ta Andarat gesandt.

Geduldig berichtete Livianya dem Mann von ihren Befürchtungen. Am Gesichtsausdruck des Adligen war sein wachsender Widerwille abzulesen. Schließlich unterbrach er ihre Ausführungen. „Schön, schön, sie mögen gefährlich sein, diese Schalentiere. Aber sie bedrohen nicht das Königreich, nicht wahr? Bleibt dem vergangenen Reich Jalanne fern, dann sind auch Eure Reiter sicher."

„Und die Lemarier?"

Er betupfte abermals sein Gesicht. „Sie sind uns willkommen. Wenn sie denn kommen wollen."

„Es wurde ihnen bereits angeboten, Hochgeborener."

„Nun, so scheinen mir diese Bestien doch ausschließlich

das Problem der Lemarier zu sein. Es besteht keine Veranlassung, dass sich die tapferen Männer der Garde ihretwegen in Gefahr begeben. Oder deren schöner Kommandant", fügte er hinzu.

„Eines Tages könnten diese Bestien unsere Grenze direkt bedrohen", gab Livianya zu bedenken. „Jetzt sind sie vielleicht noch zu schwach dazu."

Er wedelte mit dem Tuch. „Wenn dies wirklich einmal der Fall sein sollte, so wird Euch der Kronrat die erforderlichen Truppen bewilligen. Aber dieser Tag scheint mir doch noch sehr weit entfernt zu sein." Er seufzte. „Bedenkt, Hochgeborene, der Unterhalt der Garde kostet eine Menge goldener Schüsselchen. Ich bin dem Kronrat und Ihrer Majestät gegenüber verantwortlich, sie nicht zu verschwenden."

Einer der Gardisten schnaubte verächtlich, und als ta Andarat den Mann ansah, erwiderte dieser trotzig seinen Blick. Ta Andarat räusperte sich und sah erneut in das Land von Jalanne hinunter. „Wie ich es bereits erwähnte, wenn sich eine wirkliche Bedrohung ergibt, so werden König und Kronrat Euch sofort zur Seite stehen." Abermals bemühte er sein feines Tuch. „Doch nun sollten wir uns zurückziehen. Es ist ein wenig zugig hier, und ich verspüre ein Kratzen in der Kehle."

Er ging zum Aufzug und blickte dann noch einmal zu dem Vergrößerungsrohr zurück. „Ein beachtenswertes Gerät. Vielleicht sollte ich es mit mir nehmen. Um es, äh, herumzuzeigen. Es könnte auch den anderen Festungen nützlich sein."

Livianya sah ihn abweisend an. „Nun, das müsst Ihr den Hochgeborenen Lord ta Enderos fragen. Er hat es geschenkt bekommen."

„Ja, sicher. Nun, es ist auch nicht von besonderem Belang."

Die Plattform glitt wieder nach unten. An der Basis des

Turms setzte sie inmitten des Podestes auf, das einen bequemen Zutritt ermöglichte.

„Wir haben ein bescheidenes Mahl und ein Quartier für Euch vorbereitet, Hochgeborener“, sagte Livianya mit gezwungener Freundlichkeit. Das Mahl war in der Tat bescheiden, ebenso wie das Quartier. Nicht besonders schlecht, aber auch nicht das Beste, was Maratran zu bieten hatte. Er erhielt die gleiche Behandlung wie ihre Männer. Sie sah keinen Grund, ta Andarat mehr zuzubilligen, als er verdiente. Mochten andere ihm das Gesäß ausputzen, um seine Gunst zu gewinnen, sie würde das nicht tun.

„Ich bedauere zutiefst, Hochgeborene, doch in Alneris erwarten mich dringende Amtsgeschäfte.“

Wohl eher die Schenkel eines Weibes, dachte Livianya verächtlich und war erleichtert, den ungeliebten Gast so schnell wieder los zu sein.

Zusammen mit einer Ehrenwache begleitete sie den Adligen zum Tor. Als er und seine Eskorte ihren Blicken entschwanden, trat Hauptmann Bernot ta Geos zu seiner Kommandantin. Als er ihren grimmigen Gesichtsausdruck sah, nickte er lächelnd. „Ich ahnte, dass wir von ihm nichts zu erwarten haben.“

„Nein, nicht von einem wie dem. Aber ich musste es wenigstens versuchen“, gestand sie ein. „Kommt mit, Bernot, wir haben einiges zu besprechen.“

Einst hätte sich die Hochgeborene Livianya nicht träumen lassen, jemals eine Rüstung zu tragen und gemeinsam mit der Garde zu kämpfen. Ihr Gemahl ta Barat war stellvertretender Kommandeur eines Regiments gewesen und hatte in der Festung von Dergoret gedient, die den Großen Wall im Norden versperrte. Vor vielen Jahren hatten die Legionen der Orks versucht, über den Pass von Dergoret in das Reich Alnoa vorzustoßen. Sie waren äußerst geschickt vorgegangen und hatten die Garde aus der Festung gelockt. Dann waren sie über sie hergefallen und hatten die Männer abgeschlachtet. Nur eine Handvoll entkam und zog sich nach Dergoret zurück. Darunter Livianyas schwer verwundeter Gemahl. Man hatte das Signalfeuer entzündet und gehofft, die Truppen des Königs würden rechtzeitig kommen, um die Besatzung der Festung zu retten. Ununterbrochen rannten die Orks an, und die Moral der Gardisten sank. Livianyas Gemahl schaffte es, trotz seiner Wunden, den Kämpfern ein Vorbild zu sein. Doch es überforderte seine Kräfte. In der Nacht vor dem letzten Ansturm der Legionen starb er in Livianyas Armen. Wäre sein Tod bekannt geworden, hätte der Mut die letzten Verteidiger verlassen. Als der Morgen dämmerte, trat Livianya in der Rüstung ihres toten Gemahls in die Reihe der Männer. Sie hielten stand. Trotz allen Elends und ihrer Verzweiflung. Sie hielten stand, bis die Truppen des Königs kamen.

Als offensichtlich wurde, wer in der Rüstung ta Barats gekämpft und Orkblut in Strömen vergossen hatte, gewährte der König ihr einen Wunsch. So trat sie der Garde bei, gegen den Widerstand vieler Adliger und Gardisten, die den Traditionen verhaftet waren. Sie diente als Führer eines Halbberitts, stieg zum Hauptmann und Berittführer auf und gewann in Kämpfen den Respekt ihrer Soldaten. Sie wurde zu einer Heldin, und das einfache Volk liebte seine Helden. Als der alte Kommandant von Maratran starb und sie sich um den Posten bewarb, genoss sie die Unterstützung des Volkes und der Garde. So erhielt sie das Kommando über Maratran und handelte sich zugleich die Gegnerschaft jener ein, die es ihr neideten oder ihr die Rüstung nicht zuerkannten. Livianya war dies gleich. Sie vermisste die Hohe Gesellschaft in Alneris nicht und empfand Verachtung für jene, die ihre Soldaten leiden ließen, um den eigenen Wohlstand zu mehren.

Sie hatte sich nie wieder an einen Mann gebunden, obwohl es manche Angebote gegeben hatte. Von einer gezackten Narbe am Schulterblatt abgesehen, war ihr Körper von makelloser Schönheit, und trotz aller Härte besaß sie jene Weiblichkeit, die die fürsorglichen Gefühle eines Mannes weckte. Im Grunde war die Hochgeborene nicht abgeneigt, sich erneut zu binden. Doch es hätte ein Kämpfer sein müssen, und sie kannte die Sorge, die man empfand, wenn ein Geliebter dem Feind entgegenritt. Sie scheute davor zurück, diese Sorge erneut zu erleben oder gar der Grund dafür zu sein. Aber niemand konnte die Zukunft weissagen.

Ihre Empfindungen gegenüber Hauptmann ta Geos waren eher freundschaftlicher Art. Jedenfalls sagte sie sich dies immer wieder, denn es hatte einige Nächte gegeben, in denen sie diesem Grundsatz untreu geworden war. Nächte, in denen die Einsamkeit zu groß wurde, um nicht die Nähe eines anderen Menschen zu suchen. Ta Geos mochte im Gefecht nicht sonderlich fantasievoll sein, dennoch hatte er seine Qualitäten. Er war ein Meister im Kampf, ein ausgezeichneter Berittführer und auf der Bettstatt ein exquisiter Liebhaber. Vor allem aber, und dies schätzte Livianya besonders, nutzte er diese sehr persönlichen Begegnungen niemals, um einen Vorteil daraus zu ziehen. Manchmal erwog die Hochgeborene tatsächlich, sich mit ihm zu verbinden. Er war ebenfalls adlig, wie die Bezeichnung „ta" verriet, und somit eine standesgemäße Partie. Es mochte durchaus sein, dass sie ta Geos sogar liebte. Die Garde hingegen liebte sie in jedem Fall. Sie konnte sich nicht vorstellen, jemals die Rüstung abzulegen und nicht mehr mit ihren Männern hinauszureiten. Doch wenn sie sich vermählte, musste sie dem entsagen. Für Livianya war das unvorstellbar.

Als sie und Bernot ta Geos nun über den Vorplatz vor dem

Turm schritten, war die Anlage von der üblichen Betriebsamkeit erfüllt.

Die Pferde wurden gefüttert und getränkt, und einige der Tiere standen an der Schmiede, da sie neu beschlagen werden mussten. Zwei von ihnen wurden am Zügel über den Platz geführt und dabei kritisch von einigen Gardisten und dem Heiler Maratrans beäugt, da sie ein wenig lahmten.

„Wir haben zwanzig neue Pferde aus Nerianaris bekommen", erläuterte Bernot. „Einige davon sind nur halb zugeritten. Der Hauptmann des Beritts hat es bei der Abnahme nicht bemerkt." Er registrierte Livianyas Blick und lächelte. „Ich habe bereits mit ihm gesprochen. Das nächste Mal wird er mehr Sorgfalt walten lassen."

Aus der Waffenschmiede drang rhythmisches Hämmern. Die Laute klangen etwas dumpfer als gewöhnlich. Offensichtlich versah der Waffenmeister die Tellerlanzen nun ebenfalls mit der Quetschspitze. „Wir werden mehr Weichmetall benötigen", meinte Bernot. „Auch wenn ta Andarat sich dagegen ausgesprochen hat, gehe ich davon aus, dass Ihr weiterhin Jalanne bestreifen wollt."

„Das werde ich." Livianya blieb stehen und sah ihn forschend an. „Er hat es nicht direkt verboten, und das kann er auch nicht. Er ist zu schlau, um das zu tun. Ihr seid dagegen, Hauptmann?"

Er lächelte. „Ich teile Eure Meinung, Hochgeborene."

In Anwesenheit anderer bemühten sie sich immer, die Form zu wahren, auch wenn der eine oder andere Gardist ahnen mochte, dass zwischen ihnen mehr war als reine Disziplin. Außerdem erleichterte es die Distanz Livianya und Bernot, ihre Meinungen ohne Rücksicht auf persönliche Befindlichkeiten auszutauschen. Bernot mochte ein zu gradliniger Denker sein, aber er war ein ausgezeichneter Praktiker, wenn es um das Töten des Feindes ging. Die Hochgeborene schätzte sein Urteil ebenso wie seine Fertigkeiten.

„Oberkommandeur ta Enderos teilt meine Befürchtungen“, sinnierte Livianya. „Ich weiß es. Er hat den Instinkt eines guten Gardisten.“

„Im Frieden kann er nicht allein entscheiden.“

„Frieden.“ Sie spuckte das Wort förmlich aus. „Ein Frieden, in dem meine Gardisten sterben oder verstümmelt werden.“

„Weil Ihr die Grenze überschreitet und die Männer nach Jalanne führt.“

„Würdet Ihr das nicht tun, Bernot?“

Er schwieg einen Moment. „Ohne Eure Unterstützung? Nein, ich glaube nicht.“

Sie schätzte diese Offenheit an ihm. Er war kein Speichellecker. „Warum nicht?“

Er sah sie ernst an. „Ihr seid Kommandant von Maratran. Ihr habt die Liebe des Volkes und den Respekt der Garde. Und Ihr habt das Ohr des Oberkommandierenden und des Königs.“ Erneut lächelte er. „Darüber kann sich auch ta Andarat nicht einfach hinwegsetzen. Ich hingegen, Hochgeborene, bin nur ein einfacher Hauptmann und Berittführer.“

„Auch Ihr seid adlig, und Ihr seid mein Stellvertreter, vergesst das nicht.“

„Niemals“, versicherte er.

Das Pochen aus der Waffenschmiede verstummte, und ein schlanker Mann, dem der Schweiß in dichten Bahnen über den Oberkörper floss, trat hervor. Er hielt eine der abgeänderten Tellerlanzen in den Händen und begutachtete sein Werk. Zufrieden nickend, reichte er die Waffe einem Gehilfen, der ihm gefolgt war. Dann erblickte er Livianya und ta Geos und eilte auf sie zu. „Auf ein Wort, Hochgeborene Herrschaften, auf ein Wort.“

Für einen Schmied hatte er eine beinahe zerbrechliche Statur, und doch war er einer der besten Waffenmeister des Königreiches. Daik ta Enderos hatte den Mann in Alneris ausfindig gemacht. Dort war er für seine Kunst berühmt, wundervoll verzierte Waffen herzustellen, die von den Adligen des Reiches gerne bei Paraden und Bällen getragen wurden. Ta Enderos' spöttische Frage, ob er sich nicht auch für echte Waffen interessiere, hatte bei dem Schmied zunächst Empörung und dann Interesse geweckt. Als er dem Oberbefehlshaber der Gardekavallerie zur Demonstration ein Schwert fertigte, dessen Qualität fast an die der elfischen Klingen herankam, hatte ta Enderos versucht, den Waffenschmied zum Dienst in der Garde zu überreden. Doch der Mann hatte rundweg abgelehnt und stattdessen angeboten, als einfacher Handwerker nach Maratran zu gehen. Für ihn erwies sich dieser Weg als weitaus vorteilhafter. Er bekam mehr goldene Schüsselchen für seine Arbeit und konnte zudem seine Familie mitnehmen. Den einfachen Gardisten war diese Möglichkeit verständlicherweise versperrt. Kein Befehlshaber einer Festung oder Garnison schätzte es, neben der Kampftruppe auch noch einen Tross an Weibern und Kindern versorgen und beschützen zu müssen.

„Nun, was gibt es, Waffenmeister?", fragte ta Geos an Livianyas Stelle. Dies entsprach dem strengen Reglement der Garde. Ein einfacher Soldat durfte seinen Kommandanten jederzeit ansprechen. Händler, Handwerker und andere Zivilpersonen mussten jedoch mit dessen Stellvertreter vorliebnehmen.

„Es geht um die neuen Dampfkanonen, Hochgeborene Herrschaften." Der Mann wies zu den nach Jalanne weisenden Mauern. „Wie Ihr wisst, Hauptmann, wurden zwei weitere dieser Waffen angeschafft. Die Brennsteinkessel und Dampfzuleitungen sind jedoch nur für die bisherigen Geschütze ausreichend. Oh, ich kann das natürlich ändern, Hochgeborene Herrschaften. Doch dazu muss ich eine neue Zuleitung durch die Decke des Pferdestalls legen. Ihr wisst ja, wir nutzen die Dampfleitungen, um im Winter die Unterkünfte und Ställe zu heizen."

Auf dem Plateau wurde es im Winter bitterkalt. Es reichte den Gardisten, wenn sie schon auf Wache oder im Dienst froren. Da sollten wenigstens die Unterkünfte behaglich warm sein. Vor einigen Jahren hatte Maratran fünf der neuartigen Dampfkanonen erhalten. Sie hatten sich bei der Flotte und der Verteidigung von Alneris bewährt. Nun wurden auch die Grenzfestungen nach und nach mit ihnen ausgerüstet. Im Falle Maratrans hielt die Hohe Dame diese Kanonen jedoch für überflüssig. Die Festung lag so hoch, dass sie kaum vom Feind beschossen werden konnte, während schon ihre kleinsten Katapulte weit in das Vorfeld hineintrugen. Dennoch hatte sie der Lieferung zugestimmt. Denn der Betrieb, der die Waffen fertigte, gehörte einem einflussreichen Mitglied des Kronrates, und sie wollte sich durch eine Ablehnung nicht die Gewogenheit der Ratsmitglieder verscherzen. Nicht allein wegen ihrer Person, sondern weil der König und der Oberkommandierende ta Enderos sich dort für sie einsetzten.

„Fragt ihn, wo das Problem liegt", sprach sie den Hauptmann an, blickte dabei aber in die Augen des Schmiedes. Manchmal konnte das Reglement ein wenig umständlich sein.

„Sagt der Hochgeborenen, der Stallmeister befürchtet, durch die Arbeiten werde die Stabilität der Stalldecke geschwächt, da sie durchbrochen werden muss."

Ta Geos antwortete direkt und mit den Worten, die Livianya gewählt hätte. „Es sind Kriegspferde. Ihre Sicherheit geht vor unserer Bequemlichkeit. Doch der Winter ist nicht mehr allzu fern. Besprecht mit dem Stallmeister, was er für nötig hält. Er ist für den Stall, die Pferde und deren Sicherheit verantwortlich. Somit gilt sein Wort."

Der Waffenschmied seufzte entsagungsvoll. „Er wird ein paar zusätzliche Säulen einziehen wollen. Das kostet Zeit und Schüsselchen."

„Auf Zeit und Schüsselchen können wir nicht gegen den Feind reiten", meinte ta Geos knapp.

Der Mann seufzte erneut und nickte ergeben. Als er außer Hörweite war, stieß Livianya einen leisen, wenig damenhaften Fluch aus. „Seit der König die Schüsselchen als Währung eingeführt hat, scheinen sie zunehmend das Reich zu regieren. Wenn die Garde früher etwas benötigte, dann bekam sie es auch. Heute wird zunächst danach gefragt, wie viel es kosten mag."

Der Hauptmann konnte ihre Bitterkeit verstehen. „Wenn eine Bedrohung vor den Toren des Reiches auftaucht, wird niemand mehr danach fragen."

„Womit wir beim Thema wären, mein guter Bernot." Livianya deutete zum Turm, wo sich die Unterkünfte der Offiziere und der überlebenswichtige Brunnen befanden. „Suchen wir meine Räume auf."

Die Ehrenwache salutierte und öffnete die eisenbeschlagene Tür, in die das Wappen des Reiches Alnoa eingearbeitet war. Sie führte auf einen Gang, der den Schacht des Aufzugs kreisförmig umgab. Die von dem Gang abgehenden Räume hatten dementsprechend leicht keilförmige Grundrisse. Livianya beschränkte sich auf die Nutzung dreier Räume. Der vordere war am größten und diente ihr als Amtsraum. An dessen breiter Stirnseite, der Außenmauer des Turms zugewandt, befand sich die Tür, die zu ihren Privaträumen führte, dem Schlafgemach und dem einzigen Luxus, den sie sich erlaubte, einem kleinen Baderaum.

Die Tür zu ihrem Schlafgemach war offen. Ein Gardist und der Seilmacher der Festung standen an Livianyas Bett, das sie zuvor auseinandergenommen hatten. Es bestand aus einem sorgfältig bearbeiteten und mit Schnitzereien verzierten Holzrahmen und einem langen dünnen Seil. Im Holzrahmen befanden sich Bohrungen, durch die das Seil gitterförmig hindurchgefädelt wurde. Auf diesem federnden Gitter ruhte das Polster des Bettes. So gut das Seil auch war, es hatte schon viele Jahre seinen Dienst getan und war schließlich gerissen. Livianya hatte einige Tage auf dem blanken Boden genächtigt. Es machte ihr nicht viel aus. Immerhin brauchte sie ihn nicht, wie auf einem Streifenritt, nach spitzen Steinen oder gefährlichem Getier abzusuchen.

Der Seilmacher bemerkte die Eintretenden. Da er ebenfalls kein Mann der Garde war, wandte er sich an Hauptmann ta Geos. „Sagt der Hochgeborenen, sie wird ihre Bettstatt heute Nacht wieder benutzen können. Es ist ein gutes neues Seil. Ich habe es sorgsam aus den besten Fasern gedreht. Vier Tage lang habe ich es mit Gewichten behängt. Es wird lange halten und der Hochgeborenen erholsame Nächte bescheren."

Bei der Bespannung eines Bettes war es sinnvoll, das Seil zuvor mit einem schweren Gewicht zu belasten. Denn ein neues Seil dehnte sich noch, und man verhinderte auf diese Weise, dass der Schläfer in seiner ersten Nacht langsam nach unten sackte.

Ta Geos sah fragend zu Livianya, und diese nickte. Dann lächelte er die beiden Männer freundlich an. „Seht es uns nach, ihr guten Herren, doch die Hochgeborene und ich haben wichtige Angelegenheiten zu erörtern."

Der Seilmacher schien einen Moment irritiert zu sein, doch der Gardist gab ihm mit einer kleinen Geste zu verstehen, dass das Einziehen des Seils noch warten musste. Als sich die Tür hinter den beiden Männern schloss, deutete Livianya auf einen der geschwungenen Stühle, die vor ihrem Schreibtisch standen. Sie selbst schritt zu der Karte, die an einer der Längsseiten des Raumes hing.

Der Amtsraum war, wie auch ihr Schlafquartier, bescheiden eingerichtet, verriet aber dennoch die ordnende Hand einer Frau, die es schätzte, das Praktische mit dem Schönen zu verbinden. Wenige Möbel standen hier, verziert, doch nicht mit Schmuck überladen, wie es die Adligen vorzogen. Dazu ein hohes Regal mit Schriftrollen und Büchern. Eines davon wies auf seinem Rücken elfische Zeichen auf. Es stammte noch von Livianyas verstorbenem Mann. Sie selbst hatte nie gelernt, die elfische Schrift zu deuten, obwohl sie es sich schon oft vorgenommen hatte. Aber es gab wichtigere Dinge zu erledigen. Im Regal standen zudem einige feinsinnige Schriften aus der Künstlerschicht von Alneris. Dazu die Standardwerke der alnoischen Garde. Handbücher zum Festungsbau, zur Ausbildung und zur Taktik. Das meiste davon war nach Livianyas fester Überzeugung dummes Zeug und diente nur dazu, den Namen des Schreibers zu verbreiten. Jeder Gardist von Verstand wusste, dass man im Winter besser warme Kleidung trug, und brauchte dafür kein Buch zu konsultieren. Die meisten Gardisten beherrschten die schriftliche Sprache, doch statt der militärischen Handbücher studierten sie lieber jene frivolen Schriften, die in der Unter- und Oberschicht von Alneris gleichermaßen beliebt waren.

„Ich hatte mir von Daik ta Enderos Unterstützung erhofft“, begann Livianya und setzte sich neben Bernot. „Aber als die Sache an den Kronrat ging, da ahnte ich, dass es Schwierigkeiten geben würde. Als dann ta Andarat erschien, war mir klar, dass wir auf uns allein gestellt bleiben. Wir werden so lange keine Verstärkung erhalten, bis die Irghil Maratran direkt bedrohen."

„Ich denke nicht, dass sie das wagen würden. Maratran liegt sehr hoch, ist kaum zugänglich und schwer befestigt. Mit ihren Scheren werden die Bestien die Mauern nicht zu Fall bringen können."

Livianya seufzte. „Ihr müsst lernen, weiter zu sehen, Bernot. Habt Mut zu freien Gedanken. Ihr dürft nicht nur den Feind in der ersten Schlachtlinie betrachten."

Er runzelte verwirrt die Stirn. „Ich verstehe nicht …"

„Ach, Bernot, beschränkt Euch nicht zu sehr auf Jalanne." Die Hochgeborene erhob sich und ging zur Karte hinüber. „Hier, unser Königreich Alnoa. Und hier das vergangene Reich von Jalanne. Dazwischen der Große Wall und Maratran. Und jenseits von Jalanne, Bernot?"

Er brauchte nicht auf die Karte zu sehen, um die Antwort zu geben. „Die Wüste von Cemen'Irghil. Auch dort leben nur Bestien. Sandbarbaren und die Orks des Schwarzen Lords." Seine Stimme stockte. „Bei den Finsteren Abgründen, du glaubst doch nicht …?"

Der Schock ließ ihn unwillkürlich ins vertrauliche Du übergehen. Livianya ignorierte es. Seine Aufregung war verständlich. „Immerhin ist es eine Möglichkeit, nicht wahr? Die Scherenbestien könnten sich mit den Orks verbündet haben."

„Aber … welchen Sinn sollte das haben? Ich meine, warum greifen sie dann nicht gemeinsam an? Ein Überraschungsangriff, wie damals, als Euer … Wie damals, vor Dergoret."

Dergoret. Der Tod ihres Gemahls. Für einen Moment flammte die Erinnerung schmerzhaft in ihr auf. „Dergoret und Maratran sind stärker befestigt als je zuvor. Sie sind nicht mehr im Handstreich zu nehmen. Die Signalfeuer würden entzündet, und in wenigen Tageswenden wäre Verstärkung hier. Ein Zehntag, und die Armee des Königs steht bereit. Dennoch liegt Ihr nicht ganz falsch, Bernot." Livianya tippte gegen die Karte. „Die Garde bestreift Jalanne nicht. Wir reiten nur hinunter, wenn die Lemarier uns zu Hilfe rufen. Sie sind das Einzige, was noch zwischen Alnoa und seinen Feinden steht."

Bernot ließ ein Schnauben hören. „Sie sind wohl kaum ein Hindernis."

„Sie haben Augen, und sie haben unsere Signalspiegel."

„Die sie nicht benutzen."

„Die sie aber benutzen könnten. In jedem Fall muss der Feind damit rechen, dass sie uns warnen."

„Ihr glaubt, das ist der Grund, warum die Irghil die Lemarier töten wollen? Und dass sich die Scherenbestien mit dem Schwarzen Lord und seinen Legionen verbündet haben?"

„Es wäre möglich, Bernot. Es wäre möglich. Denkt an die Worte ta Andarats." Livianya lächelte kalt. „Würden die Orks gegen die Lemarier vorgehen, dann würde der Kronrat in Alneris Gefahr wittern. Maratran würde augenblicklich verstärkt werden. Doch so sind es nur ein paar Scherenbestien. Keine Bedrohung für das Reich. Ta Andarat hat es deutlich genug zum Ausdruck gebracht. Wir sollen schön in Maratran bleiben und die Lemarier ihrem Schicksal überlassen. Sie können ja zu uns kommen, wenn sie wirklich in Gefahr sind."

Ihre Stimme war kühl und beherrscht. Bernot ta Geos spürte Hitzewellen durch seinen Körper jagen. „Ihr meint, so lange die Lemarier leben, werden die Orks nicht in Erscheinung treten?"

„Die Drecksarbeit, hilflose Männer, Frauen und Kinder abzuschlachten, überlassen die Orks diesmal den anderen Bestien."

„Das ist ein furchtbarer Verdacht. Ein heimtückischer Plan,

wenn es denn stimmt.“ Bernot erhob sich und trat neben die Hochgeborene.

„Aber das wissen wir nicht. Dennoch müssen wir bereit sein, entschlossen zu handeln. Ob mit oder ohne Unterstützung. Wir wissen einfach zu wenig. Vielleicht sind da draußen nur wenige Hundert Irghil, vielleicht gibt es Tausende von ihnen. Aber ich weiß, dass wir nicht allein mit ihnen fertig werden, wenn sie sich mit den Legionen vereinen. Wir müssen vorher zuschlagen.“

Er atmete tief durch. „Ihr wollt das Regiment hinausführen?“

„Noch ist es nicht so weit, Bernot. Aber der Tag mag sehr bald kommen.“

8

Es war später Vormittag in Eternas. Kaum ein Zehnteltag war vergangen, seit man das orkische Rundohr Fangschlag unter Bewachung gestellt hatte. Der alte Schmied Guntram war gerade dabei, die massive Holztür zusätzlich mit starken Eisenbändern und einem Schloss zu sichern. Eine Schar der Pferdelords hielt sich im Schatten des mittleren Torbaus auf, der den inneren vom äußeren Burghof trennte. Die Männer waren bereit, wirkten aber entspannt, denn der Gefangene verhielt sich vollkommen ruhig.

Die meisten Gäste der Feier hatten die Burg inzwischen wieder verlassen.

Der Zwergenkönig Balruk hatte sich mit sorgenvollem Gesicht verabschiedet und Nedeam eindringlich gebeten, ihn über Larwyns Schicksal auf dem Laufenden zu halten. Der kluge König der grünen Kristallstadt Nal't'rund hatte, vor seinem Besuch in der Hochmark, lange mit den Zwergen der gelben Kristallstadt Nal't'hanas gesprochen, und seine Sorge galt nicht nur der Herrin der Hochmark, sondern auch der Frage, ob Garwin künftig allein herrschen würde. Dass dieser Niyashaar nicht bereitwillig zu Hilfe geeilt war, hatte im Zwergenvolk einigen Unmut hervorgerufen. Die kleinen Wesen hatten ein vitales Interesse an der Entwicklung der Hochmark. Nun, da auch die letzten Elfen das Land verließen und die Wächter Rushaans Vergangenheit waren, war die Grenze näher gerückt. Am Pass des Eten entstand ein Bollwerk, das verhindern sollte, dass ein Feind von Norden gegen die Zwerge oder das Pferdevolk vorrückte. Dem Eifer und der beeindruckenden Baukunst des kleinen Volkes war es zuzuschreiben, dass die

Wehranlage Form annahm. Larwyn hatte dort zur Unterstützung der Zwergenfreunde einen Beritt der Schwertmänner stationiert, der regelmäßig abgelöst wurde. Die beiden Zwergenkönige Balruk und Hendruk waren nicht sicher, ob Garwin die Pferdelords nicht sofort abziehen würde. Die Gegenwart der Reiter war den Zwergen wichtig. Mit ihren schnellen Pferden waren sie ideal geeignet, das Vorland des Bollwerks zu bestreifen.

Auch die Elfen waren abgereist. Elodarion-olud-Elodarion fiel der Abschied von seinen Kindern Lotaras und Leoryn ebenso schwer, wie Jalan-olud-Deshay der von seiner Tochter Llaranya und Nedeam. Es war kein Abschied für immer, doch es war ungewiss, wann man sich wiedersehen würde. Lotaras hatte einen Moment gewankt, ob er nicht doch mit den elfischen Häusern zu den Neuen Ufern reisen sollte, aber seine Schwester hatte ihn an Larwyns ernsten Zustand erinnert.

Die Herrin der Hochmark lag in ihrem Schlafgemach, und es gab keine Anzeichen einer Besserung. Die beiden Heilerinnen Leoryn und Meowyn wichen kaum von ihrer Seite, und der Kummer der beiden Frauen war nicht zu übersehen.

„Sie ringt mit dem Tode“, seufzte Meowyn. „Das Lebenswasser hat die Wirkung des Gifts verlangsamt, aber nicht gestoppt. Zudem können wir ihr keine Nahrung einflößen. Nicht einmal eine Kratzläuferbrühe. Das schwächt ihren Leib zusätzlich.“

Nedeam lehnte sich an die offene Tür. „Kein Hoffnungsschimmer?“

„Keiner. Wenn wir mehr von dem Lebenswasser besäßen, hätte sie vielleicht eine Chance.“ Leoryn lachte bitter. „Doch es ist, wie Jalan sagte. Die Quelle bleibt ein für alle Mal das Geheimnis der Grauen Zauberer, und keiner von ihnen würde es freiwillig verraten.“

Nedeam traf es wie ein Schlag. „Was für ein Narr ich doch bin."

Meowyn sah ihn fragend an. „Wie meinst du das, mein Sohn?"

„Natürlich gibt es einen Grauen, den wir fragen können. Einen Grauen, der uns bereitwillig helfen wird, wenn er es denn vermag." Nedeam schlug sich klatschend mit der Handfläche gegen die Stirn.

„Marnalf." Leoryn schüttelte bestürzt den Kopf. „Warum habe ich nicht daran gedacht?"

„Keiner hat daran gedacht." Nedeam stieß sich vom Türrahmen ab. „Er ist noch immer ein Freund der Menschen. Wahrhaftig, er hat es oft genug bewiesen. Gegen den bösartigen Grauen in Enderonas und später in der Schlacht um Merdonan."

„Es sind über dreihundertfünfzig Tausendlängen nach Enderonas. Drei Tage scharfer Ritt, wenn der Bote noch ein Handpferd hat." Leoryn überlegte. „Falls Marnalf in Enderonas ist und nicht gerade durch die Marken reist. Dieselbe Zeit für die Rückkehr nach Eternas, wenn der gute Graue sofort aufbrechen kann."

Meowyn beugte sich über die bewusstlose Larwyn. „Die Zeit wird knapp. Marnalf mag uns vielleicht Hinweise auf die Quelle des Lebenswassers geben können. Aber sie zu finden und das Wasser hierher zu bringen, mag noch sehr viel länger dauern."

„Dennoch ist es ein Hoffnungsschimmer", rief Nedeam erregt. „Und wir brauchen gar keinen Boten zu entsenden."

Bevor eine der Frauen fragen konnte, was er damit meinte, hatte der Erste Schwertmann das Schlafgemach verlassen. Er rannte beinahe den Posten um, der vor den Räumen Larwyns Wache stand, folgte dem Gang und erreichte die Leiter, die zur

Plattform des Signalturms hinaufführte. Hastig begann er mit dem Aufstieg.

Als Pferdefürst Garodem die Hochmark gründete und die Burg von Eternas errichtete, da war ihr Signalfeuer das Letzte in einer langen Kette von Feuern gewesen, welche die Marken des Pferdevolkes miteinander verband und sich bis ins Reich Alnoa erstreckte. Nun hatte man weitere Feuer entlang des Passes des Eten errichtet, die auch das neue Bollwerk mit dem Warnsystem verbanden. Ursprünglich hatten die Signalfeuer aus Stapeln von Holz bestanden, das mit Öl und Fetten getränkt und mit Brennstein entzündet wurde. In der Nacht sah man den hellen Schein, am Tage die hoch aufsteigende Rauchsäule.

Vor einigen Jahren wurden die schlichten Feuerstellen gegen besondere Kristallschüsseln der Zwerge ausgetauscht. Sie sammelten das Sonnenlicht und sendeten es in einem gebündelten Strahl wieder aus. Am Tag trug ihr Licht sehr weit. In der Nacht hatte man sich mit Brennsteinlampen beholfen, deren Reichweite allerdings eher ungenügend war.

Was sich seit Kurzem oben auf der Turmplattform befand, war eine Neuerung, die man aus dem Königreich Alnoa übernommen hatte. Darauf setzte Nedeam all seine Hoffnungen.

Die Truppen der alnoischen Garde benutzten fein polierte Metallspiegel, mit denen sie das Sonnenlicht reflektierten. Stand die Sonne in einem ungünstigen Winkel, so konnte ihr Licht mit einem kleinen Umlenkspiegel auf den Hauptspiegel geleitet werden. Diese Vorrichtungen vermochte nicht den tödlichen Brennstrahl der Zwergenschüsseln zu erzeugen, doch ihr Lichtschein trug weiter.

Auf der Plattform befand sich nun ein Metallspiegel von einer guten Länge Durchmesser. Er stand auf einem metallenen Dreibein. Unter ihm befand sich ein verstellbarer Metallarm, an dem die Umlenkschüssel befestigt war. In der Nacht konnte diese durch eine starke Brennsteinlampe ersetzt werden. Die Konstruktion war sorgfältig abgedeckt und wurde wenigstens einmal am Tag gesäubert.

Aber das Instrument war nicht das Einzige, was das Pferdevolk von den Alnoern übernommen hatte. Garde und Flotte Alnoas hatten ein Zeichensystem entwickelt, durch das man mit den Spiegeln nicht nur auf Gefahr hinweisen, sondern auch ganze Botschaften übermitteln konnte. Hierzu wurde der Lichtstrahl mit einem Holzbrett unterbrochen, sodass man kurze und lange Lichtblitze erzeugen konnte. Die begrenzte Anzahl an Zeichen erlaubte es nur, kurze Nachrichten zu übermitteln. Nedeam hoffte, es würde ausreichen, um sich verständlich zu machen. Allerdings durfte es in der Übermittlung keinen Fehler geben. Jede Botschaft musste daher von der empfangenden Station wiederholt und bestätigt werden, bevor sie an die nächste weitergeleitet wurde. Das nahm Zeit in Anspruch, denn Fehler traten immer wieder auf. Dennoch waren die Lichtbotschaften schneller als jedes Pferd.

Die Schwertmänner, die auf den Signaltürmen ihren Dienst versahen, konnten sich nicht mehr darauf beschränken, im Gefahrenfalle einfach einen Brandstapel zu entzünden. Sie mussten nun den Umgang mit dem Spiegel und die Blitzsignale beherrschen.

Die Wache runzelte leicht die Stirn, als Nedeam mit so ungewöhnlicher Hast auf der Plattform erschien und ihr seine Absicht unterbreitete.

Sie strich sich über das Kinn. „Wir haben nur wenige Zeichen zu Verfügung, Hoher Herr. Lasst es mich überdenken.“ Der Mann leckte sich über die Lippen, und Nedeam bezwang seine Ungeduld. „Es gibt keine Lichtblitze für die Namen von Personen“, meinte der Mann. „Wir verwenden Zeichen für die

Völker, für Freund oder Feind, die Richtung und natürlich die Truppenstärke. Auch den Städten der Marken sind Zeichen zugeordnet … Hm."

„Könnt Ihr die Botschaft übermitteln oder nicht?", drängte Nedeam nun doch.

Schließlich nickte der Mann. Nedeam half ihm, die schützende Hülle von der Spiegelkonstruktion zu entfernen. Dabei wurde das Gerät leicht aus seiner alten Position bewegt. Doch in der Brüstung des Turms waren Markierungen angebracht. Mit ihrer Hilfe richtete der Signalmann nun die Achse des großen Spiegels auf den südlichen Pass aus. Dann prüfte er den Sonnenstand und stellte den Umlenkspiegel ein.

Ein greller Lichtpunkt war zu sehen, als der Turm am Eingang des Passes reagierte. Der Schwertmann nahm ein rundes Holzbrett auf, an dem ein Griff montiert war. „Gebt acht, Hoher Herr, dass Ihr mich nicht anstoßt, sonst sende ich ein falsches Signal und muss wieder von vorne beginnen."

„Freund … Grauer … Richtung … Eternas … Hilfe … Schnell", wiederholten wenig später die Lichtblitze vom Südpass. Der Signalmann nickte zufrieden. „Die Botschaft ist auf dem Weg, Erster Schwertmann."

Nedeam dankte und hoffte, dass die Zeichen in Enderonas richtig gedeutet wurden und Marnalf sich auch dort aufhielt. Er verließ den Turm und berichtete den Heilerinnen, was er veranlasst hatte.

„Dann können wir nur noch hoffen", meinte Meowyn. „Dass Marnalf in Enderonas weilt und die Zeichen richtig deutet. Und dass er weiß, wo das Lebenswasser zu finden ist."

Nedeam war bedrückt, denn all ihre Hoffnung beruhte darauf, dass der gute Graue die Quelle kannte. Und darauf, dass sie das kostbare Elixier auch beschaffen konnten.

Er nickte den Heilerinnen zu und ging hinunter in den

Burghof. Bevor er zu ihnen nach oben gekommen war, um sich nach Larwyns Zustand zu erkundigen, hatte er Dorkemunt am Brunnen aufgesucht. Sein Freund und Mentor hatte den Aufmarsch der Schwertmänner vor der Unterkunft bemerkt und war nüchtern genug gewesen, dass Nedeam ihm erklären konnte, was man Fangschlag vorwarf. Der alte Pferdelord war in brütendes Schweigen verfallen, als sich Nedeam zu den Heilerinnen aufmachte. Als er nun zurückkehrte, saß der kleinwüchsige Pferdelord noch immer auf der Einfassung des Brunnens. Es tat Nedeam im Herzen weh, ihn so alt und zerbrechlich vor sich zu sehen. Die Vorwürfe gegen Fangschlag schienen Dorkemunt persönlich getroffen zu haben, denn er fühlte sich für den Ork verantwortlich.

Als Nedeam sich zu ihm setzte, blickte der kleine Pferdelord kaum auf. Sie schwiegen, denn keiner von ihnen fand die richtigen Worte. Schließlich begann Dorkemunt an seinem zerschlissenen grünen Umhang zu zupfen. „Ich kann und will es nicht glauben, mein Sohn. Nicht Fangschlag. Er ist dazu einfach nicht fähig."

„Er ist ein Ork, und man fand bei ihm den Beutel mit den Beweisen."

„Man kann ihn durch das Fenster in die Kammer geworfen haben, während er schlief."

Nedeam deutete seufzend auf die alte Schwertmännerunterkunft. „Die Fenster liegen sehr hoch und sind sehr klein. Kaum größer als Schießscharten."

„Aber man kann sie treffen", brummte Dorkemunt.

„Ja, das kann man", räumte Nedeam ein.

„Ich denke, man hat ihm den Beutel hineingeworfen."

Nedeam sah seinen Freund teilnahmsvoll an. Fühlte dieser sich so schuldig, dass er nun unbedingt an die Unschuld der Bestie glauben musste? „Warum sollte man das tun, Dorkemunt? Sicher, Fangschlag ist eine Bestie, und viele Menschen hassen ihn. Aber es wäre nicht ehrenhaft, ihn durch gefälschte Beweise zu beschuldigen. Kein Pferdelord würde so etwas tun."

„Es ist auch nicht ehrenhaft, die brave Larwyn ermorden zu wollen", stieß Dorkemunt grimmig hervor.

Nedeam schwieg. Was sollte er sagen? Es tat ihm leid, dass sein Freund so enttäuscht worden war. Aber man musste sich den Tatsachen stellen. Auch Nedeam hatte an der Schuld des Orks gezweifelt. Doch die Beweise waren erdrückend. Auch wenn sich kein Grund für diese schreckliche Tat finden ließ. Aber vielleicht war es so, wie Garwin gesagt hatte, und es lag den Bestien einfach im dunklen Blut.

„Sag, Nedeam, mein Sohn, ist dir einmal der Gedanke gekommen, dass Fangschlag der passende Sündenbock wäre?"

„Sündenbock?"

„Was liegt näher, als eine Bestie der feigen Tat zu bezichtigen?" Der alte Pferdelord blickte trübsinnig zur Unterkunft hinüber. „Wer würde Fangschlag schon glauben?"

Nedeam musterte den Freund nachdenklich. „Du tust es, nicht wahr? Du vertraust dem Wort einer Bestie, trotz der Beweise, die wir fanden?"

„Man kann sie durchs Fenster geworfen haben."

„Das sagtest du schon, alter Freund."

„Erinnere dich an Merdonan. An Niyashaar und die alte Wache Rushaans. Fangschlag ist ein Krieger, Nedeam. Er ist kein Mörder."

„Morgen wird man über ihn richten", murmelte der Erste Schwertmann.

„Das hat man längst getan", erwiderte Dorkemunt. „Es geht nur noch darum, das Urteil zu vollstrecken."

9

Jalanne.

Das vergangene Reich.

Zwei Begriffe, die fest mit dem Namen Lemaria verbunden waren. Die Mark Lemaria war die Keimzelle des alten Königreichs des Südens gewesen. Im Verlauf vieler Jahrtausendwenden hatte sich das Königreich ausgebreitet und sich die unabhängigen Länder der Lords mit Diplomatie, Heirat oder mit dem Schwert einverleibt. So war das Reich von Jalanne entstanden, mit seiner Hauptstadt Lemaria. Ebenso mächtig wie das Reich war auch diese Stadt gewesen. Imposant ragten ihre prunkvollen Bauten in den Himmel, und Zehntausende von Menschen erfüllten mit ihrer Geschäftigkeit die Straßen. Nie gab es eine größere und prachtvollere Stadt. In ihrer Mitte hatte sich die Festung von Lemaria in den Himmel erhoben, behütet von den Prions, den Wächtern Jalannes. Lemaria war ein Zentrum des Handels gewesen und zugleich Standort der stärksten Waffenmacht unter den sieben Königreichen. Der Turm des Signalfeuers von Lemaria stand dem der alten Ostwache in Merdonan in nichts nach.

So berichteten es die Legenden.

Denn Jalanne war vergangen wie auch die mächtige Stadt Lemaria. An ihrer Stelle befand sich nun ein See von fast fünfzig Tausendlängen Durchmesser. Seine Ufer waren ausgefranst, und eine Insel lag in seiner Mitte. Sie maß in ihren Hauptachsen rund fünfzehn Tausendlängen und trug den Namen Lemar. Dies war alles, was von der einstigen Stadt geblieben war.

Das Reich Jalanne hatte im Ringen gegen die Finsternis furchtbare Schläge ausgeteilt und auch furchtbare Schläge empfangen. Letztlich war Jalanne unterlegen. Seine Bewohner waren getötet und die Stadt Lemaria von einer grausamen Gewalt in die Tiefe des Bodens gerammt worden. Sie versank unter dem mächtigen Hieb, und das Wasser des Flusses Hon'Brel, der hier seine Quelle hatte, füllte den Krater auf und verwandelte ihn in einen See, dessen Schönheit nichts von dem Grauen verriet, das unter seiner Oberfläche verborgen lag.

Auf der Insel lebten nun die Nachkommen der letzten Lemarier, die das Schlachten überstanden hatten. Die Insel war ihre Zuflucht. Alles, was ihnen geblieben war, denn das umliegende Land gehörte nicht mehr ihnen. Jenseits des Sees, an seinen bewaldeten Ufern, lauerte der Tod in Form gepanzerter Wesen mit tödlichen Scheren. Die Irghil bestreiften Jalanne und waren eine ständige Gefahr für die Bewohner der Insel. Der See bot ihnen Schutz, denn die Bestien konnten nicht schwimmen und besaßen keine Werkzeuge, um Boote oder Flöße zu bauen. Allerdings mussten sich die Lemarier mit den kargen Lebensbedingungen arrangieren.

Land auf Lemaria war kostbar, denn der fruchtbare Boden wurde genutzt, um Getreide und Früchte anzubauen. Es reichte kaum, um die Bewohner zu ernähren. So fuhren sie mit ihren flachen Booten hinaus auf den See und fingen dort Fische. Das Wasser, das so viele ihrer Ahnen verschlungen hatte, spendete ihnen nun die Grundlage für das eigene Überleben. Sie fischten mit Wurfnetzen und dem Speer, der ihre einzige Waffe war. Sie konnten keine Erze abbauen und keine Schmieden betreiben, auch wenn sie über das Wissen dazu verfügten. Getreide war wichtiger. Der Fisch war ungewöhnlich nährstoffreich und schmackhaft. Im gedörrten Zustand war er im Reich Alnoa als Reiseverpflegung sehr begehrt. So diente der Handel mit ihm dazu, Messer und Werkzeuge aus Stahl einzutauschen. Ein gefahrvoller Handel, der immer wieder Opfer kostete. Doch die Insel zu verlassen und sich in den Schutz des fremden Königreiches zu begeben, wäre ihnen nicht in den Sinn gekommen.

Sie hatten sich auf ihrer Insel eingerichtet und machten das Beste aus ihrer Lage. Ihre Siedlung befand sich am Südwestrand der Insel. Eine bescheidene Ansammlung von Hütten und Häusern. Die Ersteren bestanden aus Holz, das man unter Lebensgefahr von den Ufern geholt hatte, die Letzteren aus jenen Steinen, die nahe der Inselstrände am Grund des Sees lagen. Bei ruhigem Wasser und guter Sicht konnte man dort unten die Trümmer der Stadt erkennen. Einiges davon war brauchbar und konnte mit den bescheidenen Mitteln der Lemarier geborgen werden.

Da der Boden der Insel genutzt wurde, um Nahrungsmittel anzubauen, hatte man den größten Teil der Siedlung auf dem Wasser erbaut. Die Häuser ruhten knapp eine Länge oberhalb der Wasseroberfläche auf hölzernen Pfählen, die man tief in den Grund des Sees gerammt hatte. Diese Lage erleichterte die Abfallbeseitigung, wobei die Lemarier nichts verschwendeten. Nährstoffe für die Felder waren wichtig. Die Bauten waren im Grundriss rund und trugen spitze, kegelförmige Dächer. Die runde Form wiederholte sich in den Fensteröffnungen, neben denen die rechteckigen Türen fast wie Fremdkörper wirkten. Die Hütten und Häuser waren durch hölzerne Stege miteinander verbunden. An diesen wurden auch die kleinen Fischerboote angeleint, wenn sie nicht draußen auf dem See waren.

Ein einzelnes Bauwerk überragte alle anderen, ein runder Turm, der mit seinem dunklen Stein massiv und wehrhaft wirkte. Er war nicht besonders hoch, hatte aber einen beachtlichen Durchmesser und erhob sich in unmittelbarer Ufernähe aus dem Wasser. Über einen breiten, mit steinernen Platten bedeckten Steg war er mit der Insel verbunden. Wer sich dem Turm näherte, erkannte rasch, dass dieses Bauwerk gelitten hatte. Risse durchzogen das Mauerwerk, und an der dem See zugewandten Seite waren ganze Steinquader herausgebrochen. Hier drang das Wasser ungehindert in den Turm ein. Wahrscheinlich wäre der obere Teil in sich zusammengebrochen, wenn die Lemarier ihn nicht sorgfältig mit Balken und Mauersteinen gestützt hätten. Es waren dies die Überreste des gewaltigen Signalturms von Lemaria, der sich einst hoch über die Stadt und das Land erhoben hatte. Als der machtvolle Schlag des Feindes Lemaria zertrümmert und unter die Erde getrieben hatte, da war dieser Turm wie durch ein Wunder erhalten geblieben. Nun ragte seine Spitze kaum zehn Längen aus dem Wasser des Sees empor. Schon ein mittleres Katapult würde dieses Flickwerk zum Einsturz bringen können, aber die Irghil verfügten über keine solche Waffe, und so würde es die letzte Zuflucht der Lemarier sein, wenn ein Feind die Insel nahm.

Edo-Ma-Kalik war der Älteste der Lemarier und der Bewahrer der Weisheit und des Lichts. Oft stand er auf der Plattform des alten Turms und dachte an die einstige Größe des Reiches Jalanne zurück. Alter und Sorge hatten ihre Spuren in seinem zerfurchten Gesicht hinterlassen, und sein Haar war schon seit vielen Jahren weiß. Er wirkte schlank, ja hager, doch keineswegs unterernährt. Bei den Lemariern fand man eben nur nicht jene üppigen Rundungen, die in Alnoa von Wohlstand und Müßiggang zeugten.

Idrun-Ma-Elas war der Stellvertreter Edo-Ma-Kaliks und kaum jünger als dieser. Vor Jahren war er schwer gestürzt und der Knochen war nicht richtig zusammengewachsen. Idrun-Ma-Elas zog das rechte Bein etwas nach, und der Älteste erkannte ihn schon am Schritt, ohne sich zu ihm umwenden zu müssen. Zudem war ein leises Pochen zu hören, von dem armlangen Stab, auf den sich Idrun-Ma-Elas stützte und der das

Zeichen der Ratswürde war. Edo-Ma-Kalik hatte seinen eigenen Stab in die Armbeuge gelegt. Der blau schillernde Stein an dessen Spitze blitzte im Licht der Mittagssonne.

Idrun-Ma-Elas trat schweigend neben den Ältesten und lehnte sich erleichtert an die Brüstung. Der dunkle Stein war hier glatt und wirkte wie poliert. Keine Spuren von den Schlägen, die der Feind der Stadt einst zugefügt hatte. Zwischen den Pfahlbauten glitt ein Boot hervor, mit einem jungen Paar darin. Die Frau saß am Heck und führte das ovale Paddel in wellenförmigen Bewegungen. Sanft glitten sie über den See, während der Mann im Bug stand und aufmerksam ins Wasser spähte.

„Sie werden zum südlichen Ufer fahren", vermutete Idrun-Ma-Elas. „Dort, wo die Zweige der Bäume weit übers Wasser ragen. Die besten Fischgründe des Sees."

„Und die gefährlichsten", meinte Edo-Ma-Kalik. „Ich kann dort keine Scheren erkennen, aber man sollte nie ausschließen, dass sich doch eine von ihnen am Ufer verbirgt. Die Bäume und Büsche geben ihnen guten Schutz."

„Eldanis hat seinen Stab dabei", beruhigte der Stellvertreter den Ältesten.

„Er sollte sich nicht auf die Kraft seines Stabes verlassen, sondern seine Sinne benutzen." Edo-Ma-Kalik machte eine abwertende Geste. „Die Zeit wird kommen, in der die Steine ihre Macht zeigen. Aber noch sind wir nicht erstarkt."

„Noch stehen die Alnoer uns bei."

„Ja, sie stehen uns bei. Einige von ihnen. Ob sie ahnen, welche Gefahr ihnen droht?"

Edo-Ma-Kalik schüttelte den Kopf. „Das Weib, das sie führt, könnte etwas ahnen. Aber welcher Krieger glaubt schon den Eingebungen eines Weibes?"

„Dann wird es ein böses Erwachen geben."

Edo-Ma-Kalik blickte über den weiten See. „Das wird es."

10

Es war später Nachmittag geworden, und Nedeam hoffte fieberhaft auf einen Lichtspruch aus Enderonas. Eine Botschaft, die vielleicht Anlass zur Hoffnung gab. Der Leib der Hohen Dame Larwyn war bleich und sonderte klebrigen Schweiß ab. Dennoch war ihre Haut kalt. Die Elfin Leoryn wachte fast ununterbrochen, und sie benötigte erstaunlich wenig Schlaf. Meowyn hatte sich für einige Zehnteltage zurückgezogen. Sie war vollkommen erschöpft, ebenso wie ihr Gemahl Tasmund. Es war wohl der blanke Zorn, der den ehemaligen Ersten Schwertmann noch auf den Beinen hielt. Unter keinen Umständen wollte er versäumen, wie man das Urteil über den feigen Mörder Fangschlag fällte.

In der Halle des Haupthauses war alles vorbereitet. Der Hohe Lord Garwin legte Wert darauf, dass die Form gewahrt blieb. Auch wenn es sich nur um eine Bestie handelte, so hatten Elodarions Worte dem Pferdefürsten zu denken gegeben. Der Herr einer Mark war für die Vorgänge verantwortlich, die sich in seinem Land ereigneten. Garwin wollte nun zeigen, dass ihn selbst keinerlei Schuld traf. Nedeam erfüllte dies mit Unmut. Niemand würde Garwin ernsthaft einen Vorwurf machen können. Keiner hatte geahnt, zu welcher Schandtat das Rundohr fähig war. Die Absicht des Pferdefürsten war es offenbar, die ganze Verantwortung einem anderen zuzuschieben. Dorkemunt. Das war es, was Nedeam anwiderte.

Unter der Fahne der Hochmark standen nun drei Stühle, auf denen die Männer sitzen würden, die das Urteil über Fangschlag zu fällen hatten. Rechts und links von ihnen würden Ankläger und Fürsprecher stehen. Der Beschuldigte kniete für gewöhnlich zwischen diesen beiden Männern und den Zuschauern.

Eigentlich wurde in der Hochmark nur selten ein Schiedsspruch gefällt. Es gab keine Morde, und nur in der Stadt wurde gelegentlich Eigentum entwendet. Doch es gab Streitereien, die tödlich enden konnten, oder Zwist bei einem Handel. Solche Fälle wurden dem Ältesten eines Weilers oder der Stadt vorgetragen, der dann darüber entschied, wie weiter zu verfahren war. Gegen das Wort eines Ältesten gab es keinen Widerspruch.

Pferdefürst Garwin wollte keinen offenen Aufruhr in der Burg. Inzwischen hatte sich in der Stadt das Gerücht verbreitet, dass Larwyn erkrankt sei. Die so entstandene Unruhe sollte nicht noch dadurch angeheizt werden, dass man das Volk schon jetzt über die wahren Hintergründe und den Täter informierte. Garwin wollte dies nachholen, sobald das Urteil vollstreckt war.

Es war Brauch, dass Kläger und Fürsprecher jeweils ein Mitglied des Tribunals wählten, das über den Beschuldigten entschied. Den Vorsitz hatte traditionell der Älteste, im Falle der Festung von Eternas war es jedoch der Pferdefürst selbst.

Tasmund hatte sich als Kläger angeboten, und es gab nur einen Mann, der ein paar verteidigende Worte über den Ork würde finden können. Der alte Pferdelord Dorkemunt. Als Fürsprecher forderte er Nedeam auf, dem Tribunal beizutreten. Der Erste Schwertmann willigte ein, aber er konnte dem Freund keine Hoffnung machen, dass er Sympathie für Fangschlag aufbringen würde.

„Es reicht mir, wenn du deinen Verstand einsetzt, mein Sohn“, hatte der alte Pferdelord erwidert. „Wäge ab, was du hörst und siehst, und achte auf das, was man nicht sehen kann und worüber geschwiegen wird.“

Tasmund hingegen stimmte Garwins Vorschlag zu, den Scharführer Peragram als seinen Vertreter in das Tribunal zu berufen. Peragram stammte aus einem Weiler und war einfacher Pferdelord gewesen. Garwin hatte ihn überredet, den Schwertmännern beizutreten. Der Pferdefürst hatte ihn gefördert und ihm zu einem raschen Aufstieg verholfen. Es hatte einigen Unwillen unter den Schwertmännern gegeben, denn normalerweise schlugen sie selbst die Scharführer vor. Inzwischen hatte Garwin eine ganze Reihe Männer angeworben, von denen einige aus anderen Marken stammten. Es war eine relativ kleine Schar, doch wenn Garwin die Hochmark bestreifte, waren es immer dieselben, die ihn begleiteten, und wenn er zurückkehrte, hatte er oft einen weiteren Mann an seiner Seite. Nedeam betrachtete diese Entwicklung mit Sorge. Der Pferdefürst schien eine Truppe um sich zu scharen, die nur ihm zu Willen war. Larwyn hatte dafür Verständnis gezeigt. Ihr Sohn spüre, so hatte sie gesagt, dass viele Pferdelords nur sein Amt respektierten, nicht aber seine Person. Da sei es nur verständlich, wenn er Getreue um sich sammle. Die Gruppe war nur knapp drei Zehnen stark, und dennoch empfand Nedeam sie als schmerzhaften Dorn im Fleisch der Hochmark.

Alles war bereit, und man hatte die Zuschauer in die Halle eingelassen. Schwertmänner und Bedienstete der Burg von Eternas sowie den Ältesten der Stadt, der später bezeugen sollte, dass alles gerecht und nach den Traditionen zuging.

Dorkemunt und Tasmund standen bereits vor ihren Stühlen, einander zugewandt. Tasmund hatte seine Rüstung angelegt, die er nur noch selten und allenfalls zu feierlichen Anlässen trug, ein Ehrenbeweis dem Tribunal gegenüber. Dorkemunt trat dagegen schlichter auf. Er hatte seine Kleidung gesäubert, so gut es ging, und machte eine zuversichtliche Miene. Doch er spürte, dass die Anwesenden seinen

Schutzbefohlenen längst verurteilt hatten.

Als Garwin mit Nedeam und Peragram in die Halle trat, pochten die Schwertmänner respektvoll mit den Klingen auf den Boden, bis die drei Männer auf den Stühlen Platz genommen hatten. Dann verstummten die rhythmischen Laute mit einem letzten, hallenden Schlag.

„Führt die Bestie vor", befahl Garwin und lehnte sich in seinem Stuhl zurück.

Dorkemunt zuckte kurz zusammen, doch was half es? Fangschlag war unzweifelhaft ein Ork und somit das, was ein Mensch als Bestie empfinden musste.

Das Rundohr spürte sicherlich den Hass, der ihm entgegenschlug, als die Wache ihn hereinführte. Der Tradition gemäß galt ein Beschuldigter vor dem Tribunal als frei, solange seine Schuld nicht erwiesen war. Dorkemunt hatte auf dieser Tradition bestanden, und so hatte man den Ork nicht in Ketten gelegt. Allerdings trug er weder Rüstung noch Waffen, die man einem beschuldigten Kämpfer des Pferdevolkes zugestanden hätte.

Nedeam musste anerkennen, dass das Rundohr nicht hinter einem Pferdelord zurückstand. Obwohl unzweifelhaft ein Ork, war seine Haltung untadelig. Die meisten der Anwesenden hatten angenommen, man führe eine geifernde Bestie vor das Tribunal, und Nedeam sah in den Augen manch eines Schwertmanns widerwilligen Respekt.

„Ihr seid Fangschlag und werdet des versuchten Mordes an der Hohen Dame Larwyn beschuldigt", sagte Garwin mit kalter Stimme. „Dieses Ehrengericht wird über Eure Schuld befinden, wie es dem Recht und den Traditionen des Pferdevolkes entspricht."

Eine der Wachen legte dem riesigen Rundohr die Hand auf die Schulter. „Knie nieder, Bestie."

„Ich bin Fangschlag, und ich bin ein Krieger", erwiderte dieser. „Ich war der Führer zahlreicher Legionen. Ich knie nicht vor einem Menschen nieder."

Dorkemunt seufzte leise. „Auch ich müsste es tun, wenn ich vor einem Ehrengericht stünde, Fangschlag. Es ist ein Zeichen des Respekts vor seinen Mitgliedern und vor deren Spruch."

„Warum soll ich Unrecht respektieren?"

Unwilliges Murmeln war in der Halle zu hören, aber Garwin hob beschwichtigend die Hand. „Soll die Bestie ruhig stehen. Sie ist kein Pferdelord, nicht einmal ein Mensch, und das Tribunal braucht ihren Respektbeweis nicht."

Nedeam nickte unbewusst. Fangschlag verhielt sich wie ein rechter Krieger. Nicht wie ein feiger Mörder. Erneut stiegen Zweifel in ihm auf.

„Ich, Tasmund, Berater des Pferdefürsten und der Hohen Dame Larwyn, beschuldige Fangschlag des versuchten Mordes." Tasmund deutete auf das Rundohr. „Gemäß dem Gesetz des Pferdevolkes fordere ich seine Verurteilung und damit seinen Tod."

„Ich, Dorkemunt, Pferdelord von Balwins Gehöft, bestreite Fangschlags Schuld."

Garwin nickte. „So sei es denn. Es sei erwähnt, dass meine geliebte Mutter das Opfer besonderer Heimtücke wurde. Ein vergifteter Stachelpfeil der Sandmenschen wurde in der Lehne ihres Stuhles verborgen. Eine beispiellose Niedertracht. Kläger, bringt die Beweise vor."

Tasmund nickte einem Schwertmann zu, der ihm den Beutel brachte. „Diesen Beutel mit Stachelpfeilen und Sandstechergift fand man bei der Bestie."

„Fürsprecher, was habt Ihr dagegen vorzubringen?"

Dorkemunt räusperte sich. „Gerade die Heimtücke des

Anschlags spricht gegen die Schuld des Beklagten." Der kleinwüchsige Pferdelord deutete auf den Ork, der unbewegt vor dem Ehrengericht stand. „Ihr alle kennt mich, und viele von Euch haben vor Merdonan und bei der alten Wache von Rushaan gemeinsam mit mir gekämpft. Ihr wart Zeuge für die ehrenhafte Art, in der sich dieses Rundohr schlug. Stimmt Ihr dem zu, Männer des Schwertes?"

Zögernd pochten einige Klingen auf den Boden. Und weitere fielen ein.

„Er mag sich ehrenhaft geschlagen haben", entgegnete Tasmund. „Doch er wurde von seinem Volk verstoßen und musste Zuflucht in der Hochmark suchen."

Fangschlag ließ ein leises Knurren hören. „Ich wurde nicht verstoßen. Ich habe bis zuletzt gegen euch Pferdemenschen gekämpft. Ich schlug mich im Ehrengefecht mit Dorkemunt. Und ich werde weiterkämpfen, wenn Einohr tot ist."

„Da hört Ihr es", wandte Scharführer Peragram ein. „Er will wieder gegen uns kämpfen. Bestie bleibt Bestie."

„Das spricht durchaus für Fangschlag", meldete sich Nedeam zu Wort. „Er sagt es ganz offen, ebenso, wie er offen und ehrenvoll kämpft. Ein feiger Anschlag ist nicht seine Art."

„Er dient noch immer seinem Herrn, dem Schwarzen Lord der Finsternis", rief Tasmund erregt. „Ihr habt es gehört!"

Die Arme Fangschlags bewegten sich, als wolle er sich auf Tasmund stürzen. Ein leises Schaben war zu hören, als eine der Wachen ihr Schwert zog, doch der Ork entspannte sich sofort wieder, als Dorkemunt ihm ein Zeichen gab.

„Wir haben sein Wort als Krieger. Das Wort eines Kriegers hatte immer Gewicht in unserem Volk", rief der Fürsprecher des Rundohrs. „Der Anschlag auf die Hohe Dame Larwyn ist vollkommen ehrlos."

„Eine Bestie hat keine Ehre", schrie ein Schwertmann.

„Diese hier sehr wohl", brüllte Dorkemunt zurück, und einige Schwertklingen pochten zustimmend auf den Boden. „Der feige Mord an Larwyn bringt keinem Krieger Ehre."

„Noch ist die Herrin nicht tot", wandte Nedeam ein.

„Bald wird sie es aber sein", schrie Tasmund.

„Fangschlag hätte keinen Vorteil von dem Tod unserer Herrin." Dorkemunt musste sich zur Ruhe zwingen.

„Dem stimme ich zu." Nedeam sah die Anwesenden an. „Nicht einmal der Schwarze Lord hätte davon einen Vorteil. Im Gegenteil, das Pferdevolk würde noch grimmiger gegen ihn kämpfen als zuvor."

Zustimmende Rufe ertönten, und das Pochen der Klingen erfüllte die Halle.

„Hier ist der Beweis für seine Schuld!" Tasmund trat einen Schritt vor und hielt den Beutel in die Höhe. „Was auch immer die Bestie zu der Tat getrieben hat, dies ist der Beweis, dass er sie beging, und der ist nicht zu widerlegen!"

„Jeder kann den Beutel durch das Fenster in die Unterkunft geworfen haben", wandte Dorkemunt ein.

Tasmund sah seinen alten Kampfgefährten und Freund betrübt an. „Die Hohe Dame Larwyn genießt die Liebe und den Respekt des Pferdevolkes. Glaubt Ihr, alter Freund, einer der unseren würde eine solche Mordtat begehen können?"

Empörte Rufe wurden in der Halle laut.

Garwin erhob sich. „Seht Ihr es nicht, verehrte Pferdelords? Erkennt Ihr nicht die Absicht der Bestie?" Der Pferdefürst breitete die Arme aus und deutete über die Anwesenden. „Sie bringt Zwist unter Euch. Das ist der Grund für den feigen Anschlag. Sie will die braven Schwertmänner des Pferdevolkes entzweien."

Dorkemunts Blicke pendelten betroffen zwischen Nedeam und Tasmund hin und her. Der ehemalige Erste Schwertmann schüttelte den Kopf. „Das wird nicht geschehen. Wir sind zu oft miteinander geritten und haben zu oft gemeinsam unser Blut vergossen.“

Scharführer Peragram räusperte sich und schlug mit der Hand auf die Lehne seines Stuhls. „Wir sollten zu einem Ende kommen, bevor wahrhaftig Unfrieden wegen der Bestie entsteht.“

„Richtig“, stimmte Garwin zu. „Nichts darf die Einigkeit der Pferdelords zerstören.“

Der Pferdefürst hob die Hand und gebot Schweigen. Peragram und Nedeam beugten sich zu ihm hinüber, um sich zu beraten. Noch immer hegte Nedeam Zweifel, doch die Entscheidung musste einstimmig erfolgen.

Dorkemunt nahm das Urteil mit starrem Blick entgegen, während gedämpftes Pochen Zustimmung bekundete. Fangschlag vernahm sein Todesurteil in aufrechter Haltung. In diesem Augenblick waren Dorkemunt und Nedeam nicht die Einzigen, die Zweifel an der Schuld des Orks empfanden. Jeder, der das Rundohr so vor sich sah, wusste, dass hier ein Kämpfer von Ehre stand.

11.

Es ging auf den Abend zu. Man hatte Fangschlag erneut in die alte Unterkunft gesperrt, und eine Schar Schwertmänner bewachte den Zugang. Das Rundohr verhielt sich ruhig. Manche hielten dies für ein Eingeständnis seiner Schuld und ein Zeichen der Resignation. Andere bewunderten, wie gefasst die Bestie dem Tod entgegensah. Einige wiederum vermuteten, der Ork brüte eine Hinterlist aus, und mahnten, man müsse auf der Hut sein.

Nach der Verhandlung war Dorkemunt erneut in dumpfes Schweigen verfallen und mied nun sogar die Nähe Tasmunds und Nedeams. Nur mit dem alten Gefährten Kormund wechselte er ein paar Worte, bevor er sich in die Küche der Festung zurückzog und bei der alten Köchin Margwyn lustlos an einer Keule kalten Bratens knabberte.

Am folgenden Tag sollte das Rundohr getötet werden. Wie dies geschehen würde, war noch nicht klar. Denn es gab keine Mörder im Pferdevolk. Wer einen anderen im Streit erschlug, musste den Rest seines Lebens für die Hinterbliebenen sorgen und, so er ein Pferdelord war, den grünen Umhang der Ehre ablegen. Fangschlag war ein Ork und ein Mörder. Der Tod war ihm gewiss, doch auf welche Weise sollte er sterben? Auf dem Schlachtfeld gab es mannigfaltige Möglichkeiten, das Leben eines anderen zu beenden. Aber das geschah im Kampf ums eigene Überleben. Wie nun einen Wehrlosen töten? Kam dies nicht selbst einem Mord gleich? Es war eine Frage, auf welche die Schwertmänner und die Mitglieder des Ehrengerichts überhaupt nicht vorbereitet waren. Hatte man das Recht, außerhalb der Schlacht einem Kämpfer das Leben zu nehmen?

Denn was auch immer man von Fangschlag halten mochte, niemand konnte ihm absprechen, ein Krieger zu sein. Es gab keinen Zweifel, dass er den Tod verdiente. Nur welchen genau? Den durch das Schwert oder durch die Lanze? Sollte es ein Pfeil sein? Die Klinge einer Axt? Der Entschluss, den Ork zu töten, war den meisten leicht gefallen, aber wie das vonstatten gehen sollte, wurde nun lebhaft diskutiert.

Nedeam stand mit Llaranya auf dem Mauerabschnitt, der das mächtige Tor der Festung überspannte. Vor einem halben Zehntag war Pferdefürst Garwin mit einigen Männern in die Stadt hinuntergeritten. Er wollte den Ältestenrat informieren und sich mit diesem beraten. Selbst Garwin, der verständlicherweise vom Hass auf den Ork erfüllt war, war sich nicht sicher, auf welche Weise die bösartige Kreatur ihr Ende finden sollte. Vielleicht wussten die Stadtältesten, die ja weit öfter einen Schiedsspruch zu fällen hatten, einen Rat. Immerhin wurde jedes Urteil schriftlich festgehalten. Vielleicht ließ sich in der Vergangenheit des Pferdevolkes ein Fall finden, der einen Hinweis darauf gab, wie man hier verfahren sollte.

„Ich weiß einfach nicht, wie wir entscheiden sollen", gestand Nedeam seiner Llaranya ein. „Trotz allem ist Fangschlag ein Krieger. Wir können ihn doch nicht wie ein Raubwild erschlagen. Wäre er ein Mann des Pferdevolkes, würde ich vorschlagen, ihn mit der Klinge um sein Leben kämpfen zu lassen."

Der Wind der Hochmark ließ das lange Haar Llaranyas auswehen. Sie stammte aus dem Haus des Urbaums, und so war ihr Haar schwarz, während das der Elfen aller anderen Häuser weiß oder hellblond war. An ihren Schläfen hatte sie zwei Strähnen zu schmalen Zöpfen geflochten, wie es der Brauch der elfischen Krieger war. Sie trug ein zartblaues Gewand, das ihre Figur umschmeichelte. Der kostbare Gürtel war mit einer Spange verschlossen, die jener glich, mit der die Pferdelords ihre Umhänge zusammenhielten. Wie diese zeigte sie die einander abgewandten Pferdeköpfe, die durch einen hufeisenförmigen Körper verbunden waren. Ein filigraner Stirnreif war mit dem Symbol des Hauses Deshay geschmückt.

„Er könnte den Zweikampf gewinnen“, sagte sie pragmatisch.

„Eben das ist das Problem.“ Nedeam seufzte. „Vielleicht würde ein braver Pferdelord sein Leben einbüßen, und Fangschlag der gerechten Strafe entgehen.“

„Ich könnte es übernehmen“, meinte sie. „Ich denke nicht, dass er über meine elfische Klinge triumphieren würde.“

„Auch ich führe eine elfische Klinge, wie du weißt.“ Er legte einen Arm um ihre Schultern und küsste sie. „Dies ist eine Angelegenheit des Pferdevolkes und nicht deine.“

Sie lachte und schmiegte sich an ihn. „Ach so? Bin ich jetzt nicht auch eine Frau des Pferdevolkes?“

„Ja, das bist du“, lachte er auf. „Und dennoch wirst du immer ein elfisches Wesen sein.“

Ein Schwertmann, der ein Stück abseits stand, räusperte sich. „Verzeiht, Hoher Herr und Hohe Frau, am Südpass blitzt ein Licht. Ich glaube, es wird ein Lichtspruch angekündigt.“

„Habt Dank, guter Schwertmann“, erwiderte Nedeam hoffnungsvoll. „Vielleicht eine Antwort aus Enderonas.“

„Hoffentlich eine, die zuversichtlich stimmt“, wünschte die Wache.

Nedeam beschattete die Augen und blickte hinauf zur Plattform des Signalturms. Dort wurde gerade die Schutzhülle von der Spiegelkonstruktion entfernt. „Ja, der Schwertmann dort bereitet sich darauf vor, eine Botschaft zu empfangen. Lass uns zu ihm gehen. Ich bin begierig zu erfahren, was es gibt.“

Sie eilten von der südlichen Wehrmauer zur westlichen hinüber und betraten von der dortigen Tür aus das Hauptgebäude. Sie erreichten gerade die Leiter, die zur Plattform hinaufführte, als sie den erschrockenen Aufschrei des Signalmanns hörten. Nedeam befürchtete schlechte Nachrichten und beeilte sich, die Sprossen zu erklimmen. Als er über den Rand der Plattform blickte, erstarrte er vor Überraschung.

„Ah, ich wollte Euch nicht erschrecken, guter Herr Schwertmann“, sagte gerade eine schlanke Gestalt. Aus einem jungen Gesicht blickten uralte Augen den erbleichten Signalmann freundlich an.

„Marnalf“, ächzte Nedeam verblüfft.

Es war unzweifelhaft der Graue Zauberer vom Hofe des Pferdekönigs in Enderonas. Wie üblich trug er ein schlicht geschnittenes graues Gewand, in dessen weichen Stoff magische Zeichen eingewebt waren. Ein schmaler geflochtener Ledergürtel, an dem zahlreiche Taschen und Beutel befestigt waren, lag um seine Taille. In den Händen hielt er seinen übermannshohen Knotenstab, dessen oberes Ende einen geschnitzten Pferdekopf darstellte.

Auf Nedeams Ausruf hin, wandte sich der Graue dem Ersten Schwertmann zu. „Nedeam, junger Freund, es ist eine Freude, dich zu sehen. Oh, und dort ist auch das Elfenwesen Llarana. Ah, nein, wie ich hörte, ist sie nun endlich Llaranya geworden. Meine besten Wünsche begleiten Euch auf allen Euren Wegen.“

„Wie seid Ihr hier heraufgekommen?“, fragte Llaranya erstaunt.

Der Schwertmann deutete mit zittriger Hand auf den Signalspiegel. „Er … er kroch aus … aus dem Spiegel“, stammelte der Mann.

„Nun, eigentlich nicht aus dem Spiegel“, korrigierte Marnalf. „Auch wenn der hilfreich war und das Ziel meines Ausflugs bildete.“ Sein Lächeln vertiefte sich. „Die Reise des Lichts ist noch immer die schnellste, nicht wahr, meine Freunde?"

„Welche … welche Zauberei steckt hinter solcher …?"

Marnalf machte eine entschuldigende Handbewegung. „Nur wenige beherrschen diese Kunst. Zudem braucht es einen kraftvollen Strahl, und das Wechseln an den Signaltürmen ist doch ein wenig umständlich." Er nickte zufrieden. „Ich fürchte, manchem guten Pferdelord stehen nun die Haare ein wenig zu Berge. Dennoch, eine schnelle Reise, fürwahr." Sein Gesicht wurde ernst. „Ihr braucht Hilfe gegen ein Graues Wesen?"

Nedeam erwiderte das Lächeln des Zauberers. „Nein, aber die Hilfe von einem solchen."

Marnalf nickte erneut. „Nun, die meine will ich meinen Freunden vom Pferdevolk nicht verweigern. Eure Gesichter sind besorgt und Eure Gedanken schwer. Erzählt mir, was Euch so bedrückt."

Wenige Worte genügten, um den Zauberer ins Bild zu setzen.

„Dann ist Eile geboten. Lasst uns nach der Hohen Dame Larwyn sehen. Ich will keine Zeit verlieren, denn das Gift des Sandstechers ist tückisch."

Auch die Menschen im unteren Geschoss waren verblüfft, als Marnalf ohne Vorankündigung heranrauschte. Dieser achtete nicht auf die Fragen, sondern schob die Wache an Larwyns Tür zur Seite und trat in das Schlafgemach. Er nickte Meowyn zu, die nun für Leoryn an der Bettstatt ihrer Herrin saß. „Tretet zur Seite, gute Heilerin Meowyn. Ich muss Eure Herrin selbst in Augenschein nehmen."

Marnalf benutzte dafür sicher nicht nur seine Augen. Die Sinne eines Grauen Wesens ließen es Dinge erkennen, die einem Normalsterblichen und selbst den Elfen verborgen blieben. Der Zauberer stand leicht vorgeneigt über Larwyn, die Arme ausgebreitet und die Fingerspitzen dem geschwächten

Leib zugewandt. Er hielt die Augen geschlossen, und niemand wagte, ihn in seiner Konzentration zu stören.

Während Nedeam Marnalf beobachtete, wurde ihm bewusst, was für ein einsames Wesen da vor ihm stand. Seit Äonen hatten die guten Grauen und ihre Meister, die Weißen Zauberer, die Geschicke der Menschen beobachtet. Sie waren den Sterblichen gewogen gewesen, und es hieß in den Legenden, gelegentlich hätten sie auch eingegriffen, um ihnen beizustehen. Doch meist hatten sie zurückgezogen in ihren Behausungen gelebt und dort ihr Wissen gehortet.

Als der letzte große Krieg gegen die Legionen der Orks und ihren Schwarzen Lord begann, hatte sich das Wesen der guten Grauen gewandelt. Selbst Marnalf wusste nicht zu sagen, was damals geschehen war. Jene Verbindung, die einst zwischen den Magiern bestanden hatte, war zerbrochen. Die meisten von ihnen schienen verschwunden zu sein, andere dienten dem Schwarzen Lord mit ihren geheimnisvollen Kräften. Ihre Macht war furchtbar und doch begrenzt, denn sie konnten diese nur einsetzen, wenn sie sahen, was sie mit ihrem Zauber belegen wollten. Sie vermochten es zu bannen, es mit großer Kraft durch die Luft zu schleudern oder durch die Berührung mit ihrer Hand zu verbrennen. Außerdem konnten sich diese Wesen in jede beliebige Kreatur verwandeln und so auch die Gestalt ihrer Feinde annehmen, um sich unerkannt unter ihnen zu bewegen. Niemand wusste, wie viele der Grauen es noch gab.

Ja, Marnalf musste ein einsames Wesen sein. Erfüllt von der Sehnsucht nach Gesellschaft mit seinesgleichen, war er in den vergangenen Jahren doch oft gezwungen gewesen, andere Graue zu bekämpfen und zu töten, da sie zu bösartigen Kreaturen geworden waren.

Der gute Graue richtete sich auf und sah die Anwesenden

der Reihe nach an. Inzwischen war auch Leoryn eingetreten, und an sie richtete er seine Worte. „Das Gift breitet sich sehr langsam aus. Das Lebenswasser hat die Wirkung geschwächt. Aber in wenigen Zehntagen werden Larwyns Organe so stark in Mitleidenschaft gezogen sein, dass es für sie keine Rettung mehr gibt."

Nedeams Hoffnung schwand abermals. „Dann ist sie endgültig verloren."

„Unsinn, mein junger menschlicher Freund", widersprach Marnalf. „Du hast mich gerufen, also gibt es auch Hoffnung."

„Dann wisst Ihr, wo sich der Quell des Lebenswassers befindet, Hoher Herr Marnalf?", fragte Meowyn hastig.

„Dazu später." Marnalf nahm seinen Knotenstab wieder auf. „Selbst ich könnte es nicht in der kurzen Zeit besorgen. Niemand könnte das, wenn nicht ..."

„Wenn nicht?"

„Nun, wenn ich nicht ein Graues Wesen wäre." Marnalf lachte freundlich und zuckte dann entschuldigend die Schultern, als er die Gesichter der Anwesenden sah. „Verzeiht, ich will Euch nicht länger auf die Folter spannen. Ich gestehe aber, dass es mir ein kleines Vergnügen bereitet, von Euch gerufen zu werden, und Ihr offenbar nicht wisst, mit welcher meiner Fähigkeiten ich Euch helfen kann."

„Der Bann", entfuhr es Nedeam.

Marnalf nickte wohlwollend. „Der Bann."

Wie hatte Nedeam das nur vergessen können? Zur Zeit des ersten Bundes, als Menschen und Elfen zum ersten Mal vereint gegen die Legionen der Finsternis antraten, da hatte das Haus Deshay seine kampfbereiten Krieger auf einer Lichtung versammelt. Sie rechneten nicht mit der Hinterlist der Grauen, welche die Elfen aus dem Wald heraus beobachteten und dann mit ihrem Bannspruch belegten. Mitten im Leben stehend, waren die Krieger erstarrt. Wie eingefroren hatten sie Jahrtausende überstanden. Dazu hatte es nicht mehr bedurft, als zweier Grauer, welche die Elfen im Auge behielten, damit der Bann wirksam blieb. Man hätte die Gelähmten bequem umbringen können, doch sie hatten dem Schwarzen Lord als Geiseln gegenüber den übrigen Bewohnern des Hauses Deshay gedient. Nedeam hatte zu jener kleinen Gruppe aus Elfen, Pferdelords und dem Zwerg Olruk gehört, die die Grauen schließlich bezwang. Jalan-olud-Deshay und seine Kämpfer waren aus der jahrtausendelangen Starre erwacht. Mit neuer Macht waren sie vor der Stadt Merdonan erschienen und hatten dem Pferdevolk gegen die Legionen der Orks beigestanden.

Llaranya lächelte sanft. „Auch ich hätte daran denken sollen. Aber, guter Herr Marnalf, Ihr müsstet ununterbrochen an ihrer Bettstatt wachen, um die Herrin im Auge und damit im Bann zu halten."

„Ich brauche wenig Schlaf, doch Ihr habt recht, Hohe Frau Elfin. Auch ich werde gelegentlich ruhen müssen. Aber nur kurz. In diesen Pausen wird das Gift weiterwirken, und dennoch wird mein Bann das Leben der Hohen Dame über sehr lange Zeit erhalten können."

„So lange, bis wir Pferdelords das Lebenswasser gebracht haben."

„In der Tat, mein Freund", bestätigte Marnalf.

„Vorausgesetzt, Ihr wisst, wo es zu finden ist", schränkte Llaranya ein.

„Vorausgesetzt, junge Elfin", erwiderte Marnalf würdevoll, „es gelingt den Pferdelords, hinzufinden und es herzubringen."

„Das wird es", knurrte Nedeam grimmig.

Marnalf sah sich in Larwyns Schlafgemach um. „Ich brauche einen bequemen Sessel, damit ich mich entspannen kann. Kühles Wasser, Früchte und leichte Kost. Ich werde diesen Raum kaum verlassen."

„Man wird Euch alles bringen", versicherte Meowyn und ließ nach ihrem Gemahl Tasmund rufen. Dieser war bei den Ställen und erfuhr wohl erst jetzt davon, dass Marnalf eingetroffen war.

„Ich werde die Besten der Schwertmänner vor dieser Tür postieren", versprach Nedeam. „Niemand wird Eure Ruhe stören oder Eure Sicherheit gefährden. Doch nun sagt uns, wo wir die Quelle des Lebenswassers finden."

Marnalf runzelte die Stirn. „Um ehrlich zu sein, ich kann es nicht genau sagen, und glaubt mir, ich bedauere das sehr. Diese magische Flüssigkeit war für mich kaum interessant. Aber ich hörte bei den Versammlungen der Magier, dass sich der Quell des Lebenswassers tief im Süden befindet. Im alten Königreich Jalanne."

Nedeam und Meowyn hatten nie von einem solchen Reich gehört, doch Llaranya nickte. „Ich kenne diesen Namen. Jalanne fand ein furchtbares Ende im Ringen gegen die Finsternis, nicht wahr?"

Der gute Graue löste den Gürtel von seinem Gewand und legte ihn sorgfältig auf einen kleinen Tisch. „Ja, Jalanne fand sein Ende. Aber nicht der Quell des Lebenswassers."

„Wo finden wir ihn?"

Marnalf sah Nedeam nachdenklich an. „Wie ich schon sagte, ich weiß es nicht genau, mein junger Freund. Tief im Süden Jalannes, so hieß es. Wenn Ihr Pferdelords dort irgendwelchen uralten Wesen begegnet, so seid Ihr dem Quell vermutlich nahe. Er ist übrigens nicht zu übersehen. Diesbezüglich waren die Beschreibungen sehr klar. Eine große Schale aus weißem Kristall. In ihrer Mitte entspringt der Quell."

„Wir dürfen keine Zeit verlieren“, seufzte Nedeam. „Ich werde mich mit Tasmund und dem Pferdefürsten besprechen. Wir müssen nach Jalanne und den Quell finden.“

„So ist es, mein Freund.“ Marnalf seufzte erleichtert, als zwei Bedienstete eintraten, die einen sehr bequemen Sessel mit hoher Lehne hereintrugen. Die Männer warfen ihm einen scheuen Blick zu. In den letzten zwanzig Jahreswenden hatten die wenigsten Menschen ein Graues Wesen zu Gesicht bekommen, und noch weniger von ihnen hatten eine solche Begegnung überlebt. Diese Gedanken schienen auch die Bediensteten umzutreiben, denn sie beeilten sich, den Raum wieder zu verlassen, obwohl Marnalf unzweifelhaft zu den Guten gehörte. „Ich kann Euch leider nicht begleiten, denn mein Augenmerk gilt nun ganz der Herrin der Hochmark.“

Ein dankbares Lächeln glitt über Nedeams Gesicht. Nun bestand wirklich wieder Hoffnung für Larwyn.

Tasmund erschien keuchend in der Tür. „Es ist also wahr“, seufzte er erleichtert, als er Marnalf sah und ihn rasch begrüßte. „Ein Lichtschimmer in diesen düsteren Zeiten.“

Mit wenigen Worten erklärte Nedeam, was Marnalf gesagt hatte. Tasmund leckte sich über die Lippen. „Garwin wird bald aus der Stadt zurück sein. Dann können wir beraten, wer nach dem Quell des Lebenswassers suchen soll.“

Auch Pferdefürst Garwin wurde schon am Tor der Festung über die Ankunft des Grauen Marnalf informiert. Als Nedeam die Stimmen im vorderen Burghof hörte, ging er hinunter, um den Herrn der Hochmark zu empfangen, wie es seiner Pflicht entsprach. Er trat gerade in den Vorbau des Haupthauses hinaus, als Garwin am Brunnen absaß und herüberkam.

„Es ist wahr? Der Graue aus Enderonas ist eingetroffen?“

„Ja, Hoher Lord. Marnalf ist uns zu Hilfe geeilt.“

„Schön, ich hoffe, er wird etwas bewirken können, wo

doch selbst die Kunst der Elfen versagt hat."

„Es besteht Hoffnung, Hoher Lord." Nedeam erstattete dem jungen Pferdefürsten Bericht.

Garwin hörte schweigend zu und nickte schließlich. „Wir werden sehen. Immerhin haben wir nun eine vage Aussicht, das Leben meiner geliebten Mutter zu retten. Verständigt den Hohen Herrn Tasmund und den Scharführer Kormund. Ich will mich sofort mit Euch darüber beraten, welche Männer wir entsenden."

„Tasmund und Llaranya warten bereits in Eurem Amtsraum, Hoher Lord."

Garwin blickte zu der alten Unterkunft hinüber, wo Fangschlag unter Bewachung stand. Seine Worte klangen eher beiläufig. „Dies ist eine Angelegenheit der Hochmark, Erster Schwertmann. Eure Gemahlin mag nun zum Pferdevolk gehören, doch gehört sie nicht zum Kreis jener, mit denen ich mich zu beraten gedenke."

Nedeam errötete ein wenig. „Sie ist eine Elfin. Ihr Wissen kann von Nutzen sein."

„Ich möchte meine Worte nicht wiederholen, Erster Schwertmann. Sie ist kein Pferdelord und schon gar kein Führer einer meiner Scharen oder Beritte."

„Ich verstehe. Es wird geschehen, wie Ihr es wünscht, Hoher Lord", sagte Nedeam und bemühte sich, ruhig zu bleiben. Garwin hatte recht. Llaranya war kein Schwertmann und kein Pferdelord. Aber sie verfügte über das enorme Wissen der elfischen Häuser. Es wäre angeraten gewesen, ihre Hilfe zu nutzen. Tasmund und Kormund waren sicher der gleichen Meinung. Nun, der Pferdefürst mochte ihre Anwesenheit bei der Unterredung verbieten, aber er würde nicht verhindern können, dass Llaranya mit ihnen ritt. Garwin sollte jetzt seinen Willen bekommen, doch die Männer, die später nach Jalanne ritten, würden nicht auf den Rat der Elfin verzichten müssen. Aber das brauchte Garwin jetzt ja nicht zu wissen.

Sie schritten nebeneinander die Stufen des Vorbaus empor.

„Gab es von den Ältesten der Stadt einen Hinweis, wie wir mit dem Ork verfahren sollen?“, fragte Nedeam, um die Missstimmung zwischen ihnen zu mildern. Sie würden bald über einen gefährlichen Ritt entscheiden, da war es nicht gut, wenn Zorn zwischen ihnen stand.

„Es gab vor vielen Jahren einen Fall, von dem mir die Ältesten berichteten. Ein Schafhirte hatte sich sinnlos mit Gerstensaft betrunken und seine Frau erschlagen. Da sich dergleichen noch nie zuvor ereignet hatte und, wie die Ältesten anmerkten, auch nie wieder zutrug, hat man den Mörder im Gerstensaft ertränkt.“

„Wir sollen Fangschlag in Gerstensaft ertränken?“

Garwin lachte grimmig. „Unsinn, Erster Schwertmann. Er soll durch sein eigenes Mordwerkzeug zu Tode kommen. Der Stachelpfeil aus dem Stuhl wurde doch aufbewahrt, nicht wahr?“

„Meine Mutter Meowyn hat ihn in der Heilerstube.“

Garwin nickte. „Dann ist es beschlossen.“

Nedeam blickte unwillkürlich zur Heilerstube im hinteren Burghof hinüber. Vielleicht war diese Entscheidung gerecht. Fangschlag würde zu spüren bekommen, was er seinem ahnungslosen Opfer zugedacht hatte. Ein langsamer und grausamer Tod. Aber in Fangschlags Fall würde Marnalf nicht zu Hilfe eilen.

An der Ehrenwache vorbeischreitend betraten sie den Amtsraum, wo die anderen schon warteten. Als Nedeam seine geliebte Llaranya bat, den Raum zu verlassen, runzelte sie die schöne Stirn und wandte sich dann wortlos ab. Sie verschwand in Richtung Larwyns Gemächer und bedachte Garwin mit einem freundlichen Nicken, das ihre wahren Gedanken verbarg.

„Schön, Ihr guten Herren, nachdem wir nun ungestört sind, wollen wir entscheiden, was zu tun ist", meinte der junge Pferdefürst und setzte sich hinter den Schreibtisch. Er musterte die große Karte und zupfte sich dabei die langen Reithandschuhe von den Händen. Leise klatschend schlug das feine Leder auf die Tischplatte. Er nickte Tasmund freundlich zu, der ihm ein Glas kühles Wasser einschenkte. „Hoher Herr Tasmund, als der Berater der Hochmark … Was ist Eure Meinung?"

„Es gibt keine Wahl, Hoher Lord Garwin. Wir müssen nach Jalanne und den Quell des Lebenswassers finden."

Garwin lächelte kühl. „Daran zweifelt niemand. Es muss alles getan werden, um das Leben meiner Mutter zu retten. Doch der Ritt nach Jalanne wird lang und gefahrvoll sein. Daher müssen wir ihn sorgfältig planen."

„Wenn Ihr erlaubt?" Nedeam trat an die Karte. „Wir müssen von der Nordmark auf die Nördliche Handelsstraße. Bei Lheonaris wechseln wir auf die südliche Route, die über Alneris nach Khalanaris führt, und von dort dann weiter nach Eolaneris in der Pforte von Alnoa."

„Die Straßen sind leicht passierbar und erlauben einen schnellen Ritt." Der alte Scharführer Kormund trat mit diesen Worten neben seinen Freund Nedeam. „Auch wenn wir scharf reiten und Handpferde mitnehmen, werden wir bis zur südlichen Grenze Alnoas wohl zwei volle Zehntage benötigen. Und ebenso viel für den Rückweg."

„Und jenseits der Pforte von Alnoa beginnt für uns unbekanntes Land", gab Tasmund zu bedenken. Wir kennen nicht einmal die südlichen Marken Alnoas, geschweige, das Gebiet auf der anderen Seite der Grenzgebirge."

„Es soll ein totes Reich sein“, meinte Nedeam. „So sagen die Elfen.“

Ein kleiner Seitenhieb gegen Garwin, der diesen schweigend hinnahm. Der Pferdefürst erwiderte Nedeams Blick gelassen. „So sagen die Elfen“, wiederholte er. „Was nicht heißt, das dieses Jalanne wirklich tot ist. Vielleicht ist es in den Händen der Orks. Ihre Brut breitet sich schnell aus, wie wir wissen.“

„Ja, es mag Gefahr drohen“, räumte Tasmund ein. „Dennoch bleibt uns keine Wahl.“

„Richtig“, stimmte Garwin zu. „Deshalb müssen wir eine schlagkräftige Truppe einsetzen. Wir wissen nicht, wem sie begegnen und wie lange sie für die Suche nach dem Quell des Lebenswassers brauchen wird. So sie ihn denn findet.“

„Ich schlage vor, vier Beritte der Schwertmänner hinauszuschicken.“ Nedeam überlegte kurz. „Zuzüglich Handpferden und Packpferden für Verpflegung und Reservewaffen.“

„Ihr geht sehr großzügig mit den Truppen meiner Mark um, Erster Schwertmann“, knurrte Garwin. „Vierhundert meiner Schwertmänner kann ich nicht entbehren.“

„Wir könnten die Losung geben und Pferdelords aus den Weilern und Gehöften einberufen.“ Tasmund machte eine unbestimmte Geste zum Fenster und der Stadt. „Sie würden bereitwillig folgen.“

Der Pferdefürst schüttelte den Kopf. „Die zweite Ernte und die Schafschur stehen an. Nein, die Gehöfte und Weiler können diese Männer noch weniger entbehren. Ich kann die Losung jetzt nicht geben, zumal der Mark keine unmittelbare Gefahr droht.“

Nedeams Stimme war kühl. „An wie viele Männer habt Ihr gedacht, Hoher Lord?“

Garwin schwieg einen Moment, als denke er intensiv nach. „Die Truppe muss schnell und beweglich sein. Zudem, Erster

Schwertmann, sollte sie möglichst wenig auffallen. Eine große Truppe würde im Freundesland Befremden auslösen und Fragen aufwerfen. Sehr verständliche Fragen."

„Die Alnoer würden uns beistehen", sagte Nedeam mit größerer Überzeugung, als er empfand.

„Mag sein." Garwin deutete auf die Karte. „Wir können es dennoch nicht riskieren aufzufallen. Wer weiß schon, ob sich nicht ein Graues Wesen hinter der Gestalt eines Alnoers verbirgt. Was, wenn er seinen Orks berichtet, dass die Pferdelords auf dem Marsch nach Süden sind?"

Tasmund seufzte. „Niemand kann das wissen. Denkt an Merdonan, meine Freunde. Sie verbargen sich in der Stadt, lange, bevor die Legionen sie überfielen."

„Ein Beritt", sagte Garwin bestimmt. „Nicht mehr. Keine zusätzlichen Lasten, Erster Schwertmann, denn das würde auffallen." Er lehnte sich zurück. „Gelegentlich reiten Beritte von uns nach Alnoa, um die Freundschaft mit dem Reich zu pflegen. Sie fallen zwar auch auf, geben aber niemandem Anlass für verfängliche Fragen. Ersatzwaffen und viele Packpferde würden das hingegen tun. Also, ein Beritt, mit der üblichen Zahl an Reservepferden. Verpflegung am Mann, wie es sich gebührt. Und keine Lasttiere."

Nedeam biss sich auf die Lippen. Ein Beritt von hundert Mann war nicht viel, wenn man in unbekanntes Land vorstieß.

Kormund legte seinem Freund in einer verstohlenen Geste die Hand an den Arm. „Es werden nur die Besten mit hinausreiten."

Garwin hatte die Worte gehört und nickte zustimmend. „Und unser bester Mann wird sie führen."

„Ich bin bereit, Hoher Lord", stimmte Nedeam zu.

Garwin lächelte. „Ich habe von meinem Ersten Schwertmann nichts anderes erwartet." Der Pferdefürst reckte sich. „Es war ein langer und anstrengender Tag, Ihr Herren. Zieht Euch nun zurück. Morgen Mittag wird die Bestie Fangschlag ihren eigenen Todesstachel zu spüren bekommen. Danach erwarte ich den Beritt marschbereit im vorderen Burghof. Ich selbst werde nun nach meiner armen Mutter sehen."

Sie grüßten den Pferdefürsten, wie es seinem Rang zustand, dann verließen sie seinen Amtsraum. Unten, in der großen Halle, hielt Tasmund die anderen Freunde kurz zurück. „Nur die Besten, Kormund. Du wählst sie selber aus. Jeder wird bereit sein mitzukommen, doch nimm nur jene, die sich schon oft bewährt haben. Und solche", er seufzte leise, „die den Strapazen noch gewachsen sind. Bei allen Finsteren Abgründen, ich wollte, ich könnte selbst mit hinausreiten."

Kormund lächelte halbherzig. „Auch ich werde nicht mit dabei sein können. Aber ich habe einen erstklassigen Scharführer im zweiten Beritt. Arkarim. Er wird an meiner Stelle reiten."

„Gut." Nedeam blickte zu den Ställen hinüber. „Ich weiß, ich kann Eurem Urteil vertrauen, meine Freunde. Ich werde die Pferde auswählen und …"

„Nein, mein Freund", widersprach Tasmund. „Das kannst du getrost mir überlassen. Es ist nun wichtiger, dass du mit unserem Freund Dorkemunt sprichst. Du wirst lange fort sein, und er ist zu alt, um dich zu begleiten. Sein Herz wird schwer sein, zumal die Sache mit Fangschlag ihn betrübt und er sich um Larwyn sorgt. Er braucht nun nichts dringender als einen guten Freund. Also, geh zu ihm und danach zu deiner Llaranya."

Tasmund hatte, wie so oft, recht. Er war nicht umsonst Berater der Hochmark geworden, nachdem seine Gesundheit es ihm verbot, noch in den Sattel zu steigen.

Nedeam fand seinen Freund Dorkemunt auf der halbrunden Nordmauer. Der kleine Pferdelord lehnte an einem der dort aufgestellten Katapulte und starrte in den Sonnenuntergang. Die Schwertmänner der Wache hielten respektvoll Abstand, da sie spürten, dass Dorkemunt allein sein wollte.

Als der kleine Pferdelord Schritte hörte, wandte er sich um. Sein Blick war voller Sorge. „Nun, Nedeam, mein Sohn, es gibt offenbar Neues zu berichten. Ich hörte, Marnalf ist eingetroffen, und zwar auf einem Blitz? Dann gibt es also Hoffnung für Larwyn?"

Nedeam legte dem väterlichen Freund die Hände auf die Schultern und erzählte ihm, was passiert war und welchen Beschluss man gefasst hatte. Dorkemunt seufzte schwer. „Dann kann unsere gute Herrin Larwyn also den Weg zurück ins Leben finden und Fangschlag wird in den Tod geschickt."

„So mag es wohl kommen."

„Mein Herz ist schwer, Nedeam. Auch weil ich nun zu alt bin, um dich noch zu begleiten."

„Ich weiß. Ich spüre dieselbe Trauer."

So standen sie schweigend nebeneinander und sahen zu, wie die Sonne hinter den Bergen versank.

12

Es war später Vormittag in Eternas, doch es blieb noch Zeit, bis sich der Beritt auf den Weg nach Jalanne machte. Dennoch waren alle früh auf den Beinen gewesen, wie immer, wenn Pferdelords einem ungewissen Schicksal entgegenritten.

Reit- und Reservepferde waren auf Krankheiten, Verletzungen oder Druckstellen untersucht worden. Eines der Tiere erwies sich als sattelwund und wurde ausgewechselt. Der betreffende Schwertmann musste sich einige Kritik anhören, da er den Sattel offenbar nicht ordentlich angepasst hatte. Jedes Tier war neu beschlagen worden. Ersatzeisen befanden sich in den Taschen am Sattel, der wie das Zaumzeug überprüft worden war. Rechts am Sattel hing die große bauchige Wasserflasche. Links, über den Sattelknauf gehängt, das grüne Rundschild mit der blauen Einfassung der Hochmark und dem Symbol des Pferdevolkes. Links hinter dem Reiter hing der Bogen samt Köcher mit Pfeilen, rechts die Provianttasche. Da man durch fruchtbare Gegenden mit reichlich Gras und Wildkräutern ritt, brauchte man neben der eigenen Verpflegung keine Futtersäcke für die Pferde, wie sie etwa im lebensfeindlichen Dünenland erforderlich gewesen wären.

Alles wurde akribisch zunächst vom Reiter selbst überprüft und dann noch einmal vom Nebenmann. Dies galt auch für die Ausrüstung. Eine beschädigte Naht, eine lose Niete und andere Kleinigkeiten, die jetzt belanglos erscheinen mochten, konnten sich im Feindesland fatal auswirken. Nicht nur für den betroffenen Reiter, sondern auch für seine Begleiter. Denn die Pferdelords ließen keinen der ihren zurück, und wenn ein

Mann in Schwierigkeiten geriet, standen die anderen ihm bei.

Nedeam hatte seine Ausrüstung bereits kontrolliert. Er war müde, obwohl ihn die Aussicht auf den Ritt anspornte. Der Erste Schwertmann hatte noch eine Weile bei seinem Freund Dorkemunt gestanden und danach lange mit seiner Llaranya gesprochen. Die Elfin war nicht begeistert davon, dass sie zurückbleiben sollte.

„Ich bin nicht nur dein Weib, sondern auch deine Gefährtin“, gab sie ihm zu bedenken. „Ich kann Bogen und Klinge führen, das habe ich mehrfach bewiesen. Ich gehöre nicht zu jenen, die zurückbleiben.“

Daran gab es keinen Zweifel, und Nedeam hätte sie nur zu gerne mitgenommen. Sie besaß die elfischen Reflexe und war eine perfekte Kämpferin. Aber Pferdefürst Garwin hatte angemerkt, dass auch eine Elfin Aufsehen erregen würde, und daher Nedeams Vorschlag abgelehnt, dass Llaranya sich den Umhang eines Pferdelords um die Schultern legen und ihre spitzen Ohren unter einem Kuppelhelm des Reitervolkes verbergen könne. Llaranya würde also in Eternas bleiben. Doch Nedeam war sich absolut sicher, dass sie ihr Pferd satteln würde, sobald sein Beritt außer Sicht war. Garwin mochte toben, aber er würde die Elfin nicht zurückhalten können.

Mit dem Ausbau der Burg von Eternas und der Errichtung von Ställen und Unterkünften auf dem westlichen Übungsplatz war es üblich geworden, dass sich die Beritte dort sammelten, um sich auf den Ausritt vorzubereiten. Garwin hatte jedoch angeordnet, dass sich die Schwertmänner an diesem Morgen im vorderen Burghof aufstellten. In seinen Augen hob dies die Bedeutung ihrer Aufgabe hervor. Es gab allerdings auch Stimmen, die es der Bequemlichkeit des Pferdefürsten zuschrieben.

Nedeam war dem Scharführer Arkarim schon oft begegnet. Er konnte gut verstehen, dass der alte Kormund ihn als seinen Nachfolger empfahl. Allerdings war es nicht sicher, ob Arkarim den Schwertmännern erhalten bleiben würde.

„Der gute Herr Kormund hat mit mir gesprochen“, bestätigte der schlanke Mann mit den hellen Haaren des Pferdevolkes. Sorgfältig prüfte er das Gurtzeug seines Pferdes. „Es ist eine große Ehre, dass er mich als seinen Nachfolger vorgeschlagen hat, Erster Schwertmann.“

Die Worte klangen freundlich, aber nicht sehr begeistert. Nedeam stand neben Arkarim und beobachtete die geschickten Hände des Scharführers. Jede Bewegung saß, wie es nicht anders zu erwarten war. „Die anderen Schwertmänner werden dem Vorschlag bereitwillig zustimmen, guter Herr Arkarim. Aber Ihr selbst scheint noch zu zögern.“

Der andere legte seine Hände auf den Sattel und sah Nedeam nachdenklich an. „Es gibt Traditionen, denen ein Mann des Pferdevolkes folgen muss.“

„Auf welche unserer Traditionen bezieht Ihr Euch, guter Herr?“

„Ich möchte mich bald verbinden und Zügel und Wasserflasche mit einem guten Weib teilen.“

„Oh.“ Nedeam nickte. „Ich verstehe, Scharführer.“

Die Pferdelords, die im Falle der Gefahr zu den Waffen gerufen wurden und auf den Gehöften, in den Weilern und der Stadt lebten, waren Hirten, Handwerker, Jäger oder gingen ihren sonstigen Berufen nach. Sie konnten sich jederzeit binden und eine Familie gründen. Anders als die Schwertmänner. Diese mochten ihre Liebschaften haben, doch als ständige Wache des Pferdefürsten war ihnen eine Vermählung untersagt. Kein Schwertmann sollte im Kampf durch die Sorge um seine Familie abgelenkt sein, so verlangte es die Tradition. Nur der Erste Schwertmann bildete eine Ausnahme. Der Grund dafür lag in der Vergangenheit des Pferdevolkes begründet. Der Erste Schwertmann führte die Truppen einer Mark, wenn der Pferdefürst abwesend war. Als die Clans des Pferdevolkes unter dem Ersten König vereinigt wurden, war die Familie des Ersten Schwertmanns ein Faustpfand gewesen, der mit den Angehörigen des Pferdefürsten im Weiler verblieb, während die Männer in den Kampf ritten. Dieses „Zeichen der Treue" war einst notwendig gewesen, denn vor der Vereinigung kämpften die Männer des Pferdevolkes noch gegeneinander. Dies war schon lange Vergangenheit, aber die Tradition hatte sich erhalten.

Das Verbot für die Schwertmänner, sich zu verbinden, war allerdings nicht so absolut, wie es zunächst klingen mochte. Ein Schwertmann, der eine Frau ehelichen und eine Familie gründen wollte, konnte den Dienst jederzeit kündigen. Er verlor jedoch den Status eines Schwertmanns und musste die Burg verlassen. Der Pferdefürst unterstützte die Familie, bis sie ihr eigenes Auskommen hatte, und so wurde aus dem ehemaligen Schwertmann wieder ein einfacher Pferdelord.

Arkarims Worte zeigten, dass er sich schon bald verbinden wollte. „Also möchtet Ihr aus dem Dienst als Schwertmann ausscheiden?", fragte Nedeam. „Es wäre bedauerlich, denn Ihr seid ein vortrefflicher Scharführer."

Arkarim nickte. Er nahm die Worte nicht als Schmeichelei. Schmeicheleien stärkten das Selbstbewusstsein eines Mannes übermäßig und mochten rasch zu Selbstüberschätzung führen. Im Kampf konnte dies tödliche Konsequenzen haben. „Ihr werdet mich sicher verstehen, Hoher Herr." Der Scharführer lächelte. „Ihr habt Euch selbst gerade erst verbunden und kennt die Wege des Herzens."

Nedeam sah den Scharführer wohlwollend an. „Ich kann Euch verstehen. Ihr habt Euch also entschieden?"

„Das habe ich, Hoher Herr." Arkarim sah seinen Vorgesetzten ernst an. „Dieser Ritt noch, Erster Schwertmann. Der Herrin Larwyn und meiner Schar zuliebe."

„Es kann gefährlich werden. Das dürfte Eurer Liebsten nicht gefallen."

„Nein, das tut es nicht. Aber sie ist eine Frau des Pferdevolkes und versteht, dass ich es tun muss. Denn es geht in die Fremde, und ich werde die Männer meiner Schar nicht allein reiten lassen." Er lächelte freundlich. „Nichts gegen Euch, Hoher Herr Nedeam. Jeder kennt Eure Fähigkeiten und Verdienste."

„Ich würde ebenso handeln." Nedeam erwiderte das Lächeln. „Zu Männern, mit denen man Leben und Tod teilt, hat man eine besondere Bindung. Man fühlt Verantwortung füreinander, wenn man ins Unbekannte reitet."

„Dieser eine Ritt noch, Erster Schwertmann." Arkarim blickte über die Kruppe seines Pferdes hinweg und sah Kormund im Schatten des Haupthauses stehen. „Ich habe es dem guten Herrn Kormund noch nicht gesagt. Er war so erfreut, mich als seinen Nachfolger zu sehen, da wollte ich ihn nicht enttäuschen. Nicht jetzt, wo alle sich so sehr um die Herrin sorgen."

„Verstehe." Nedeam legte dem Mann kurz die Hand auf die Schulter. „So soll es sein. Wenn wir heimkehren, wird die Freude über Larwyns Rettung die Enttäuschung über Euer Ausscheiden wettmachen."

„Also glaubt Ihr an den Erfolg?"

„Wir müssen Erfolg haben, Scharführer Arkarim. Wir haben keine Wahl, denn es geht um Larwyns Leben."

Der Scharführer nickte, dann deutete er zum Haupthaus hinüber. „Der Pferdefürst."

Garwin trat unter dem Vorbau hervor. Nedeam seufzte.

„Dann ist es wohl so weit, Fangschlag wird den Giftstachel zu spüren bekommen."

Noch vor dem Abritt der Truppe sollte der feige Mordanschlag gesühnt werden. Dorkemunt hatte Nedeam versunken angestarrt und nichts erwidert, als dieser ihn am Vortag darüber informierte. Den ganzen Morgen hatte Nedeam seinen Freund nicht gesehen. Er konnte ihn gut verstehen. Dorkemunt litt und wollte nicht dabei sein, wenn das Urteil vollstreckt wurde. Zudem würde es wohl ein langes und elendes Sterben werden. Das Gift wirkte ja auch bei Larwyn nur langsam, da es wohl schon alt und teilweise zersetzt war. Wenngleich noch stark genug zum Töten. Das robuste Rundohr würde wohl lange gegen den Tod ankämpfen.

„Irgendwie ist es nicht recht, Hoher Herr", brummte Arkarim. „Er mag eine Bestie sein und den Tod verdient haben, doch auf diese Weise …?" Er sah Nedeam an. „Zu töten, wenn es erforderlich ist, das ist eine Sache. Ein unnötig qualvoller und langsamer Tod ist eine andere. Auf diese Art zu sterben, ist unwürdig."

„Wie der feige Anschlag gegen unsere Herrin." Nedeam seufzte. „Aber Ihr habt recht, Arkarim. Auch mir gefällt das Ganze nicht."

Der Scharführer prüfte erneut einen Riemen am Sattel, obwohl er dies nun schon einige Male getan hatte. „In meiner Schar empfinden viele Männer so wie ich. Die meisten von uns waren in der nördlichen Öde dabei. Er ist eine Bestie, ganz gewiss, aber wir sahen ihn kämpfen, Hoher Herr. Es hat einen anderen Tod verdient."

„Es ist so beschlossen, Arkarim, daran ist nichts mehr zu ändern."

Ihre Blicke folgten dem Pferdefürsten, der mit einigen Begleitern über den Hof schritt und den Männern des Beritts zunickte. Unter den Torbogen, die zum hinteren Burghof führten, traten Meowyn und Tasmund hervor. Die Heilerin hielt einen kleinen Kasten in der Hand, in dem sich sicherlich der tödliche Stachelpfeil befand.

Schweigen senkte sich über den Burghof. Alle Gespräche verstummten, und die Augen der Männer folgten der Gruppe. Als Garwin die Wachen vor der alten Unterkunft erreichte, zückten die Schwertmänner, die ihn begleiteten, die Klingen. Jetzt, wo die Vollstreckung des Urteils anstand, könnte sich die Bestie zur Gegenwehr entschließen.

Würde Fangschlag es stoisch hinnehmen? Oder mit Brachialgewalt aus der Unterkunft hervorbrechen und um sein Leben kämpfen?

„Er ist fort!"

Dem überraschten Aufschrei folgten erregte Rufe und ein hektisches Geschiebe. Garwin und einige Wachen drangen in die Unterkunft ein, vor der sich die Männer stauten. Auch Nedeam hastete hinüber.

Der Pferdefürst erschien wieder in der offenen Tür. Sein Gesicht war wutverzerrt. „Die Bestie ist entkommen! Wie ein Feigling geflohen! Sucht die Kreatur und tötet sie auf der Stelle!"

Nedeam schob sich an dem Pferdefürsten vorbei und warf einen Blick in seine alte Kammer. Es stimmte, Fangschlag war spurlos verschwunden. „Wie ist das möglich?"

„Auch der gute Herr Dorkemunt ist fort", meinte eine der Wachen.

Nedeam und Garwin fuhren gleichzeitig herum. „Wie meint Ihr das?"

„Dorkemunt hat die Bestie in der Nacht besucht", eröffnete ihnen der Schwertmann. „Er meinte, kein Krieger solle einsam seinem Tod entgegensehen."

„Dieser …“ Garwin versagte für einen Moment die Stimme. Er sah Nedeam an. „Er hat der Bestie zur Flucht verholfen!“

„Das glaube ich nicht“, erwiderte Nedeam entschieden. „Niemals. Die Bestie wird ihn erschlagen und unter dem Bett versteckt haben.“

Sorge um seinen Freund und Ziehvater erfüllte Nedeam, als er in die Kammer stürmte. Sie wich Verwirrung und Erleichterung, als er nirgends die Leiche des alten Pferdelords erblickte. Was war hier geschehen?

„Sie müssen doch hier irgendwo sein“, rief Tasmund. „Zwei Männer können sich doch nicht in Luft auflösen.“

„Ein Verräter und eine Bestie“, korrigierte Garwin mit sich überschlagender Stimme.

Da stieß Nedeam einen wilden Fluch aus. „Hier! Seht es Euch an! Hier sind sie hinaus!“

Die einstige Unterkunft der Schwertmänner war so gebaut, dass man von ihren schmalen Fenstern aus den inneren Burghof und das Vorfeld der Burg verteidigen konnte. Da die Rückseite der Kammer direkt an der Außenmauer lag, hatte man hier einen kleinen Erker für die Verrichtung der Notdurft eingebaut. Diese fiel vor die Wehrmauer und düngte dort das Feld. In dem Erker befand sich das übliche Sitzbrett mit seinem abdeckbaren Loch. Es war herausgerissen, und ein ledernes Seil, das an einem der Stützbalken unter dem Erker befestigt war, hing auf das Vorfeld hinab.

„Verflucht!“ Tasmund beugte sich neben Nedeam. „Hier sind sie hinaus. Sie sind tatsächlich entkommen.“

„Geflohen, ja, doch nicht entkommen“, versicherte Garwin. „Wir werden sie jagen, wir werden sie finden, und wir werden sie ihrer gerechten Strafe zuführen!“

„Wartet, Hoher Lord“, rief einer der Schwertmänner. „Hier liegt etwas.“

Der Mann bückte sich und hob ein zusammengerolltes Stück Papier auf. Er reichte es Garwin, der es entrollte, während Nedeam ihm über die Schulter sah.

„Fankschlag ist untschuldig“, stand dort in der ungelenken Handschrift Dorkemunts. „Wir werten nach Suden gehen und das Hailwasser holen. Das wirt seine Unschuld bewaisen.“

„Ist dies die Schrift Dorkemunts?“, fragte Garwin grimmig.

„Sie ist es“, bestätigte Nedeam. „Also wenden sie sich nach Süden.“

„Eine List“, knurrte Garwin. „Sie werden zur Grenze fliehen, um ins Reich der Finsternis zu entkommen.“

„Nicht Dorkemunt.“

„Er hat der Bestie zur Flucht verholfen!“

„Um das Lebenswasser zu besorgen. Damit will er Fangschlags Unschuld beweisen.“

„Unsinn.“ Garwin wedelte mit dem Schriftstück in der Luft.

Tasmund räusperte sich. „Ich kenne den guten Herrn Dorkemunt seit vielen Jahreswenden. Er wird halten, was er in dem Papier versprochen hat.“

„Ihr Vorsprung ist nicht sehr groß“, sinnierte Garwin. „Schön, der Beritt ist bereit. Er wird sie stellen, und ich werde dafür sorgen, dass sie sterben.“

„Nein, Hoher Lord“, widersprach Tasmund entschieden. Er straffte sich. „Dorkemunt ist ein Pferdelord von Ehre. Er muss vorher angehört werden.“

„Schön, dann werde ich das tun. Es ist nur eine kleine Verzögerung.“ Garwin wollte kurzen Prozess mit den beiden Flüchtigen machen.

Erneut widersprach Tasmund. „Er ist ein Pferdelord, und als solcher muss er sich vor dem Ehrengericht verantworten. Hier, in Eternas, Hoher Lord.“

Anschwellendes Gemurmel der Umstehenden war zu hören. Garwin lenkte widerwillig ein. „Gut, so mag es denn geschehen."

Nedeams Augen verengten sich. „Wartet." Er hob die Hand und sah Garwin an. „Verstehe ich Euch richtig, dass Ihr den Beritt begleiten wollt?"

„Nicht begleiten, Erster Schwertmann." Garwin lächelte kalt. „Ich werde ihn führen. Eure Verbundenheit mit Dorkemunt ist nur zu gut bekannt. Ihr seid befangen."

Nedeam wurde bleich vor Wut. „Meint Ihr, ich würde ihn absichtlich entkommen lassen?"

Garwin sah ihn mit unbewegtem Gesicht an. „Da ich selbst hinausreite, muss mein Erster Schwertmann die Mark hüten." Er wandte sich ab und sah seinen Scharführer Peragram unter den Männern. „Peragram! Sorgt dafür, dass Eure Schar antritt. Sofort!"

„Also doch mehr als ein Beritt, Hoher Lord?", fragte Tasmund mit Ironie in der Stimme. „Wird dies nicht zu auffällig sein?"

Garwin parierte den Seitenhieb. „Wir jagen einen Verräter. Dergleichen gibt es auch bei den Alnoern. Sie werden Verständnis dafür haben, dass wir eine größere Anzahl Männer entsenden."

„Der Beritt wurde nicht aufgestellt, um Dorkemunt und Fangschlag zu jagen", warf Meowyn ein, „sondern um das Lebenswasser für Eure Mutter zu finden."

„Natürlich, natürlich." Garwin nickte, während sich auf dem Burghof eine Gruppe von rund dreißig Männern zu dem wartenden Beritt gesellte. „Wir werden beides erledigen, gute Heilerin."

Nedeam stand noch vor der alten Unterkunft, als sich Garwin sein Pferd bringen ließ und aufsaß. Kommandos wurden gerufen, und der Beritt formierte sich. Dann ertönte das Horn der Hochmark und gab das Signal zum Aufbruch.

Tasmund missverstand Nedeams Schweigen. „Keine Sorge, mein Freund, sie werden sie fangen. Ein kleiner Mann und ein riesiges Rundohr zu Fuß … so etwas fällt auf. Man wird sie entdecken, und Garwin wird sie heimbringen."

Nedeam sah Tasmund traurig an. „Garwin reitet nicht hinaus, um sie heimzubringen, Tasmund, alter Freund. Er reitet hinaus, um sie zu töten."

13

Henelyn und ihre Söhne stellten keine Fragen, als der alte Pferdelord mit seinem riesigen Begleiter am späten Vormittag auf Balwins Gehöft erschien. Dorkemunt saß auf seinem Pferd und Fangschlag trabte im typischen Lauf der Orks neben ihm her. Pferd und Rundohr schienen gleichermaßen erschöpft, denn sie waren schnell gerannt und hatten sich keine Rast gegönnt. Sie wussten, dass man sie verfolgen würde.

„Es war nicht klug, das Papier zu hinterlassen", brummte Fangschlag und sah dem kleinen Pferdelord zu, wie er in die Pferdekoppel trat.

„Nein, es war nicht klug", stimmte Dorkemunt zu. „Doch es wäre unehrenhaft gewesen, es nicht zu tun. Nedeam muss wissen, wo er uns finden kann."

„Er glaubt nicht an meine Ehre."

Dorkemunt ging zwischen den Pferden entlang, um seine Auswahl zu treffen. „Er mag an deiner zweifeln, Fangschlag, aber sicher nicht an meiner."

„Was suchst du dort zwischen den Pferden?"

„Ah, Fangschlag, du lebst nun lange genug bei uns, um zu wissen, dass wir ein Volk von Reitern sind. Zu Fuß können wir nicht entkommen."

„Dein Grauer steht dort drüben."

Der kleine Pferdelord nickte. „Den brauche ich nicht zu suchen. Er ist ein ausgebildetes Kampfpferd. Ein Pfiff von mir, und er kommt. Ich suche Beißer."

„Ah, Beißer."

Dorkemunt war ein Mann des Pferdes. Die Tiere verliehen

dem Pferdevolk seine besondere Macht und Schnelligkeit auf dem Schlachtfeld. Die Orks kannten sie zu Genüge und fürchteten sie instinktiv. Im Reich des Schwarzen Lords schien es sie nicht zu geben, denn in seinen Truppen fehlten berittene Einheiten. Es gab zwar einige kleine Abteilungen mit Reitbestien, doch diese Kreaturen waren für ihre Reiter ebenso gefährlich wie für den Feind. Dorkemunt hatte versucht, Fangschlag das Reiten beizubringen. Eigentlich war das eine Fertigkeit, die jeder erlernen konnte. Das Problem war nicht Fangschlags instinktive Abneigung gegen die Vierbeiner, denn das Rundohr war intelligent genug, um dieses Gefühl unterdrücken zu können. Die Schwierigkeit bestand vielmehr darin, ein Pferd zu finden, das den Ork nicht nur in seiner Nähe, sondern auch auf seinem Rücken duldete. Schon der typische Geruch der Bestie ließ die Tiere zurückschrecken.

Ein einziges Pferd gestattete, dass Fangschlag sich ihm näherte. Ein schwarzer Hengst, der ebenso riesig wie das Rundohr war und kraftvoll genug, es zu tragen. Henelyn hatte einmal gesagt, die beiden passten gut zueinander. In gewisser Weise hatte sie wohl recht. Fangschlag und Beißer schienen sich von Herzen zu hassen und einander nur widerwillig zu respektieren. Der Hengst hatte das Rundohr bei ihrer ersten Begegnung kräftig gebissen. Er hatte jedoch nicht bedacht, dass der Ork über beeindruckende Fänge verfügte und sich nicht scheute zurückzubeißen. Daraufhin hatte der Hengst gekeilt und im Gegenzug selbst einen kräftigen Schlag einstecken müssen. Nein, Fangschlag und Beißer mochten sich nicht, aber letzten Endes duldeten sie einander, und mehr erwartete Dorkemunt auch nicht.

„Dort steht er“, sagte der kleine Pferdelord und wies auf den Hengst. „Sattle ihn selbst. Für mich ist er ein wenig zu hoch geraten.“

Henelyn und ihre Söhne trugen gefüllte Wasserflaschen und zwei Proviantbeutel heraus. „Hartbrot, Käse und Trockenfleisch für Euch, guter Herr Dorkemunt. Und Halbrohes für jenen da." Sie wies kurz zu Fangschlag hinüber. „Er mag es ja roh und leicht vergammelt. Ich habe es in zusätzliche Tücher eingeschlagen und Kräuter darüber gedeckt. Aber es riecht noch immer streng."

Fangschlag trug seine alles verhüllende Kutte. Er grunzte erfreut, als einer von Henelyns Söhnen ihm zögernd das Schlagschwert reichte, die grobe Schlächterklinge eines Rundohrs. In seinen Händen wirkte sie leicht und beinahe anmutig.

„Habt Dank, gute Frau." Dorkemunt nickte ihr und den Söhnen zu. „Und erzählt niemandem von unserem Besuch hier. Ihr dürft es nur Nedeam anvertrauen. Nur ihm, versprecht es."

„So wird es geschehen", versicherte die Witwe und sah zu, wie die beiden ungleichen Gefährten auf die Pferde stiegen. Sie verstand nicht, was vor sich ging, aber sie wusste, dass Dorkemunt ein herzensguter Mann war. So würde sie tun, was er von ihr erwartete.

Dorkemunts Grauer setzte sich bereitwillig in Bewegung, während Beißer einen ermahnenden Hieb auf die Kruppe benötigte. Doch dann trabten der Pferdelord und sein Begleiter in Richtung Südpass davon.

„Ich hoffe, man hat die Wachen noch nicht mit dem neumodischen Spiegel benachrichtigt", seufzte Dorkemunt. „Aber wir dürften durchkommen. Niemand ahnt, dass du das Reiten erlernt hast. Jenseits des Passes, an der Nördlichen Handelsstraße, müssen wir nach Wraga-Sträuchern Ausschau halten."

„Ich verstehe", grunzte Fangschlag. „Du magst ihre Beeren."

„Nein."

„Dann mag dein Grauer sie."

„Fangschlag, du bist ein Ork, und für die Nase eines Menschen riechst du ein wenig streng.“ Dorkemunt zuckte die Schultern. „Nun, ich weiß, dir geht es mit uns Menschen ebenso. Aber wir müssen unerkannt bleiben. Wir werden die Blätter des Strauches pflücken. Wenn du dich mit ihnen einreibst, wird das deinen Geruch überdecken.“

„Ich verstehe.“

„Wir reiten zunächst zu den Furten des Eisen. Halte dich stets gut bedeckt, damit niemand deine wahre Natur erkennt.“

„Ich bin ein Krieger, und ich bin nicht dumm.“

„Du erwähntest das bereits.“ Dorkemunt sah das neben ihm reitende Rundohr mit einem knappen Lächeln an. „Und ich weiß, dass du Ehre hast. Wahrhaftig, sonst würde ich meine Freundschaft zu Nedeam nicht auf die Probe stellen.“

„Auch das verstehe ich.“ Der vermummte Schädel wandte sich Dorkemunt zu. „Ehre ist oft alles, was einem Krieger bleibt. Das Pferdevolk hat sie mir genommen.“

„Nicht das ganze Volk, Fangschlag. Aber jemand treibt ein übles Spiel mit dir. Viele glauben an deine Heimtücke und an deine Schuld.“ Der kleine Pferdelord nickte entschlossen. „Wir werden das Lebenswasser besorgen und deine Unschuld beweisen.“

„Das wird sie nicht beeindrucken.“

„Wenn wir das Heilmittel bringen, spricht das für dich. Dann wird man deinen Worten Glauben schenken.“

„Du bist ein ehrenhafter Mann, Pferdemensch Dorkemunt. Wir haben gegeneinander gekämpft, und trotzdem achtest du mich. Aber das gilt nicht für die anderen Menschen. Meine Haut ist gescheckt und meine Zähne sind scharf. Das reicht ihnen, um mich zu verurteilen.“

Dorkemunt erwiderte nichts. Fangschlag hatte da nicht ganz unrecht. Er war Vorurteilen ausgesetzt, die im jahrtausendelangen Kampf gegen den Schwarzen Lord, nicht ohne Grund, entstanden waren. Der alte Pferdelord begann sich zu fragen, ob es den Orks umgekehrt ähnlich ging. Kämpften auch sie derart von Hass erfüllt, weil sie die Menschen für Bestien hielten? Für Dorkemunt eine seltsame Vorstellung, und doch fragte er sich zum ersten Mal in seinem Leben, wo der Ursprung für all das Blutvergießen während der letzten Jahrtausende liegen mochte.

Dorkemunt wusste, dass die Pferdelords ihm und Fangschlag rasch folgen würden. Er kannte ihre Denkweise und sah, dass sie nicht einfach hinnehmen würden, was sie als Verrat empfinden mussten. Wenn einer aus dem Pferdevolk ihn verstand, dann Nedeam. Der alte Reiter setzte seine ganzen Hoffnungen darauf. Er bezweifelte, dass es ihm und dem Ork gelingen würde, das Lebenswasser in ihren Besitz zu bringen. Doch sie mussten es wenigstens versuchen. Es war die einzige Möglichkeit, ihre Ehre vor dem Pferdevolk zurückzuerlangen.

Sie ritten mehrere Tageswenden hindurch und machten nur Rast, um den Pferden eine Erholung zu gönnen und sie zu versorgen. Dorkemunt hoffte, mit sehr wenig Schlaf auszukommen, und das Rundohr schien ohnehin nur wenig davon zu benötigen. Seine Robustheit war ebenso beeindruckend wie seine Fähigkeit im Kampf. Es war wohl so, wie Garodem nach der Schlacht von Merdonan vermutet hatte. Allein die schlecht organisierte Führung der Orks war dafür verantwortlich, dass sie ihre Übermacht nicht zum Sieg nutzen konnten. Vielleicht war auch die Rivalität zwischen den kräftigen Rundohren und den kleinen Spitzohren mit daran schuld.

Die beiden Flüchtenden mieden die großen Weiler und die Städte. Anderen Reisenden oder Händlern, denen sie auf ihrem Weg begegneten, rief Dorkemunt einen knappen Gruß zu und gab vor, eine eilige Botschaft überbringen zu müssen. So konnten sie zu engen Kontakt mit anderen Menschen vermeiden. Dennoch mussten sie früher oder später eine längere Rast einlegen.

Nachdem sie Hedan, die südlichste Stadt des Pferdevolkes, passiert hatten, entschied Dorkemunt sich, an einem der Handelshöfe zu rasten und die Vorräte zu ergänzen. Es war der letzte Außenposten, der von den Menschen des Pferdevolkes betrieben wurde. Der nächste würde sich im Reich Alnoa befinden. Zudem verlangte es ihn, wie er sich eingestehen musste, nach einem oder zwei frischen, kühlen Gerstensäften und einem saftigen Stück Braten.

Während sie ihre müden Pferde von der zentralen Handelsstraße, die von den Furten des Eisen bis nach Lheonaris führte, herunterlenkten und auf den Handelshof zutrabten, schärfte Dorkemunt seinem Begleiter nochmals die wichtigsten Regeln ein.

„Halte dich gut verhüllt, Fangschlag. Niemand darf dein Gesicht sehen. Zeige vor allem deine Fangzähne nicht, wenn du in den saftigen Braten beißt. Und vergiss nie die Handschuhe. Deine Klauen würden dich sofort verraten."

„Ich bin ein Krieger und …"

„… nicht dumm, ich weiß, ich weiß. Aber die Menschen im Handelshof sind es auch nicht. Wenn sie herausfinden, dass du ein Rundohr bist, dann haben wir ein riesiges Problem. Hast du dich mit den Blättern eingerieben?"

„Fangschlag hat sich mit den Blättern eingerieben."

„Na schön. Ich will hoffen, dass alles gut geht." Dorkemunt seufzte. „Ah, noch etwas. Halte dein Schlagschwert verborgen. Niemand im Land des Pferdevolkes benutzt eines."

„Fangschlag wird es verborgen halten", grunzte das Rundohr. Er sah Dorkemunt unter der Kapuze hervor an. Für einen flüchtigen Moment waren seine geschlitzten Pupillen zu erkennen. „Habe ich dir schon gesagt, dass ich ein Krieger bin und nicht ..."

„Du hast es erwähnt."

In den letzten Jahren war der Handel aufgeblüht. Kaufleute zogen mit ihren Packpferden oder Wagen zwischen den Städten und Weilern umher, um ihre eigenen Waren anzubieten und neue zu erwerben. Manchmal waren es ganze Kolonnen mit mehr als zehn Fahrzeugen, die über die gepflasterten Handelsstraßen rollten. Auch wenn die Straßen in den letzten Jahren ausgebessert worden waren, taten sich immer neue Schäden auf. Witterung und Alter setzten den Platten zu, Erdreich bewegte sich durch Nässe und durch das Gewicht der Wagen. Immer wieder stießen die metallbereiften Räder gegen vorstehende Kanten oder versackten in tiefen Schlaglöchern. Es war kein Wunder, dass unter diesen Umständen aus den einfachen Herbergen große Höfe geworden waren, in denen ein Reisender alle nötigen Reparaturen vornehmen lassen konnte. Auch erhielt man hier Ersatztiere und konnte seine Waren mit anderen Händlern vergleichen oder tauschen. Vor allem aber konnte man sich in den Höfen erholen. Weiche Betten, ein kühler Trunk und ein üppiges Mahl lockten die Reisenden an, und jede Mahlzeit wurde mit Neuigkeiten aus den Marken gewürzt.

Fangschlag hatte die langen Handschuhe aus feinem rotbraunen Leder angezogen und ordnete seine Kutte, nachdem er vorsichtig vom Pferd gestiegen war. Ein Bediensteter des Handelshofes eilte geschäftig herbei.

„Willkommen, Ihr guten Herren, willkommen", meinte er. „Ihr seid weit geritten, wie ich an Euren Pferden sehen kann. Wenn Ihr in Eile seid, so könnt Ihr Euch im Gasthof stärken, während wir uns um die Pferde kümmern." Er musterte

Dorkemunts zerschlissenen grünen Umhang. „Verzeiht, guter Herr. An Eurem Umhang erkenne ich, dass Ihr ein Pferdelord seid und die Tiere sicher selbst versorgt." Er lächelte freundlich. „Die Tränke ist dort vorne, und gutes Getreide und Heu finden sich drüben, im Anbau neben dem Stall. Sollte sich ein Eisen gelockert haben, so wendet Euch an den kräftigen Burschen dort. Er ist selbst Pferdelord und ein hervorragender Hufschmied obendrein. Müsst Ihr rasch weiter oder habt Ihr Zeit für Mahl und Übernachtung?"

„Ein gutes Mahl wäre uns recht", erwiderte Dorkemunt. „Doch zum Übernachten fehlt uns die Zeit."

Der Mann nickte verständnisvoll. „Ein Pferdelord auf dem Ritt ist meist in Eile. Euer Gefährte ist wohl keiner der Euren, nicht wahr?"

„Nein, er ist kein Pferdelord."

„Und recht schweigsam, wie mir scheint."

„Nehmt es nicht als Unhöflichkeit, guter Herr", entgegnete Dorkemunt rasch. „Er hat einen Schwur geleistet und muss schweigen." Er sah das Stirnrunzeln des Mannes und blinzelte ihm verschwörerisch zu. „Mein Begleiter stammt aus dem Reich Alnoa, versteht Ihr?"

Der Bedienstete nickte verständig. „Wir haben hier oft Gäste von dort, guter Herr Pferdelord. Wahrhaftig, sie haben gelegentlich seltsame Bräuche. Ich könnte Euch da ein paar Dinge erzählen, die …"

„Das will ich gerne glauben", unterbrach ihn der alte Pferdelord. „Doch unsere Zeit ist knapp bemessen und reicht gerade für ein Mahl."

Dorkemunt und Fangschlag versorgten ihre Pferde und sattelten sie ab, um sie abreiben und striegeln zu können. Während die Tiere soffen und fraßen, ging das ungleiche Paar zum Gasthaus hinüber. Man konnte an den Gebäuden erkennen, dass die Anlage in den letzten Jahren erheblich ausgebaut worden war. Ein zusätzliches Stallgebäude war errichtet worden und dazu zwei Remisen, in denen die Händler ihre Wagen einstellen konnten, wenn schweres Wetter drohte. Dem Gasthaus hatte man ein zweites Geschoss aufgesetzt. Oben befanden sich die Kammern für die Übernachtenden, unten die Gaststube und ein Handelsplatz, in dem Erfahrungen und Waren den Besitzer wechselten.

Als der Wirt ihre Bestellung entgegennahm, runzelte er die Stirn. „Roh? Seid Ihr von Sinnen, guter Herr? Ihr wollt Euer Fleisch roh?"

„Nicht ich", korrigierte Dorkemunt. „Meines bitte schön knusprig gebraten. Aber mein Begleiter schätzt es blutig."

Der Blick des Wirtes pendelte zwischen den beiden ungewöhnlichen Gästen hin und her. „Schön, dann lasse ich seines nur leicht anbraten."

„Nein, nein, lasst es blutig, wie ich sagte."

„Kein vernünftiger Mensch isst rohes Fleisch", knurrte der Wirt.

„Mein Begleiter ist Alnoer. Er hat einen Schwur geleistet." Dorkemunt lächelte versöhnlich. „Deshalb spricht er auch nicht."

„Ein Alnoer also", brummte der Wirt. „Ich habe ja schon manche seltsame Sitte bei denen beobachtet. Aber so etwas noch nicht. Bei allen Abgründen, guter Herr, einige von ihnen spießen ihren Braten erst auf kleine metallene Forken, bevor sie ihn sich in den Mund stecken." Der Wirt schüttelte den Kopf. „Ich habe schon oft gedacht, gleich ist es geschehen, und sie haben sich die Forke in den Gaumen gerammt." Er beugte sich ein wenig vor. „Manche von ihnen tupfen sich nach jedem Bissen den Mund mit einem Tuch ab."

„Nicht möglich."

„Doch, doch, ich habe es selbst gesehen.“ Der Wirt seufzte und warf Fangschlag einen Blick zu. „Nun denn, so soll er sein Fleisch roh bekommen. Tut mir nur den Gefallen und lasst es nicht die anderen Gäste sehen. Der Ruf meiner Küche, Ihr versteht?“

Als der Wirt kopfschüttelnd gegangen war, wandte sich Dorkemunt mit leiser Stimme an den Ork. „Es wäre wirklich besser, wenn du dein Fleisch ein wenig anbraten ließest. Nur ein ganz klein wenig.“

„Ich mag kein verbranntes Fleisch. Spitzohren fressen es auch so, aber diese widerwärtigen Feiglinge schlingen ja alles runter. Nein, Pferdemensch, ich bin ein Rundohr und ein Krieger. Ich …“

„Ja, ich weiß, du bist nicht dumm.“

„Das meinte ich nicht“, knurrte der Ork. „Ich bin ein Krieger. Ich fresse das Fleisch saftig, wie es sich gehört.“

Dorkemunt war erleichtert, als sie den Handelshof zwei Zehnteltage später wieder verließen. Die Pause hatte den Pferden gutgetan, und der Bauch des alten Pferdelords wölbte sich nun ein wenig. Sie folgten der Straße, und Dorkemunt bemerkte, wie sein Begleiter von Fliegen umschwärmt wurde. „Wir müssen am nächsten Bachlauf halten, Fangschlag.“ Er deutete auf die umherschwirrenden Insekten. „Wahrscheinlich hast du etwas Blut an den Handschuhen. Die Fliegen können es riechen.“

Fangschlag ließ ein kleines Grunzen hören. „Vielleicht ist es das Fleisch.“

„Fleisch? Was für Fleisch?“

Das Rundohr schlug sich mit der Klaue an die Seite. „Ich habe mir eine Leckerei aufbewahrt. Für die Nacht“

„Roh?!“

„Wie sonst?“

Dorkemunt seufzte. „Halte etwas Abstand, Fangschlag. Und iss sie bald, deine Leckerei. Ich habe nichts gegen Fliegen, aber du lockst sie in Schwärmen an."

„Ich verstehe." Das Rundohr kratzte sich ausgiebig. „Das würde auffallen, und wir wollen nicht auffallen. Gut, Fangschlag wird seine Leckerei sofort fressen."

„Sehr gut. Dort vorne ist eine Stelle, an der du dich waschen kannst." Der alte Pferdelord seufzte abermals. „Und vergiss nicht, dich anschließend wieder mit den Blättern einzureiben."

Es war noch ein weiter Ritt ins Reich Jalanne. Er war gespannt, welche Schwierigkeiten sie dort erst erwarten würden.

14

Drei Tage waren vergangen, seit der verstärkte Beritt unter Garwins Führung die Burg von Eternas verlassen hatte. Drei Tage, in denen Nedeam die meiste Zeit im Amtsraum des Pferdefürsten auf und ab geschritten war. So, wie es Garodem oft getan hatte. Selbst die Hände hielt er wie einst dieser auf dem Rücken verschränkt. Doch das war Nedeam nicht bewusst. Immer wieder blickte er in die Ecke, wo früher einmal Garodems Rüstung gestanden hatte. Dann glitten seine Augen zu der elfischen Wandkarte hinüber. Ein Seufzen und ein paar Schritte in die eine Richtung. Ein erneutes Seufzen und ein paar Schritte in die andere Richtung.

Tasmund saß in einem der Sessel und folgte Nedeams Bewegungen mit den Augen. Seine Finger schlugen leicht im Takt der Schritte gegen die Armlehne. Llaranya lehnte am Bücherregal. Sie versuchte sich abzulenken, indem sie in einer der elfischen Schriftrollen las, die noch von Garodem stammten. Immer wieder runzelte sie ihre Stirn und sah die beiden Männer skeptisch an. Vor allem ihren Gemahl Nedeam, dessen Unruhe nicht nachzulassen schien.

„Du rennst herum wie eine gehetzte Raubkralle", meinte sie schließlich und legte die Schriftrolle mit einer entschlossenen Bewegung ins Regal zurück. „So geht das nicht weiter."

„Ich bin es nicht gewöhnt, hier in Eternas zu warten, während sich meine Männer in Gefahr begeben."

„Es sind Garwins Männer", wandte Tasmund ein. „Brave Schwertmänner der Hochmark. Die Wachen des Pferdefürsten."

„Einige von ihnen", knurrte Nedeam grimmig.

„Ich kenne deine Vorbehalte gegen Garwin, Nedeam",

murmelte der ehemalige Erste Schwertmann zu seinem Nachfolger. „Und ich teile sie. Dennoch ist er unser Pferdefürst, und wir haben die Pflicht, ihm Respekt und Gehorsam entgegenzubringen."

„Garwin will Blut sehen. Dorkemunts Blut und das von Fangschlag." Nedeam verharrte und lehnte sich an den Schreibtisch. „Es geht ihm nicht mehr um das Lebenswasser. Er ist von seinem Hass auf die Flüchtigen erfüllt. Ihm wird er die Suche nach dem Heilmittel unterordnen."

„Nicht nur er, auch viele gute Männer sind über Dorkemunts Verrat empört, mein Freund."

Nedeam nickte. „Das kann ich ja verstehen, Tasmund. Aber du kennst Dorkemunt so gut wie ich. Glaubst du, er könnte uns und die Mark jemals verraten?"

„Niemals", antwortete Tasmund spontan. „Was auch immer unseren Freund zu dieser Tat bewegt hat, er hatte keinen Verrat im Sinn."

„Du weißt sehr wohl, was Dorkemunt im Sinn hatte. Er hat es sogar aufgeschrieben."

„Ich glaube nicht an die Unschuld der Bestie, Nedeam. Zweifelst du an Fangschlags Schuld?"

Nedeam zuckte die Schultern. „Dorkemunt tut das, und deshalb hat er ihm zur Flucht verholfen. Er hasst Ungerechtigkeit."

„Wie es einem wahren Pferdelord gebührt", stimmte Tasmund zögernd zu. „Nein, du hast recht, an Dorkemunts Ehre gibt es keinen Zweifel. Jeder, der einmal mit ihm geritten ist, wird das bestätigen. Das Rundohr muss einen Zauber ausgeübt haben, um unseren Freund zu dieser Tat zu überreden."

„Ihr redet Unsinn, Hoher Herr Tasmund." Llaranya stieß sich vom Regal ab und trat zu dem alten Schwertmann. „Ihr wart nicht in der alten Wache von Rushaan, sonst könntet Ihr spüren, dass man ein böses Spiel mit dem Ork treibt."

Nedeam blickte seine Llaranya mit offenem Erstaunen an. Als sie sein Gesicht sah, lachte sie freundlich. „Ach, Nedeam, du müsstest es besser wissen als ich. Erinnere dich, wie sehr du um Dorkemunts Leben gebangt hast, und wie ehrenhaft sich Fangschlag verhielt. Wie kannst du nur ernsthaft glauben, er sei zu dieser heimtückischen Tat fähig?"

„Dann glaubst du wirklich an seine Unschuld?"

Ihr Blick war vorwurfsvoll. „Du und Tasmund, ihr spürt es doch selber. Aber ihr wollt an seine Schuld glauben, denn die Folgerung, die sich aus dem Gegenteil ergibt, gefällt euch nicht. Wenn Fangschlag es nicht war, dann muss ein anderer die heimtückische Tat begangen haben. Ihr ahnt das. Warum würdet ihr sonst die besten Wachen vor Larwyns Tür postieren? Nun? Weil ihr tief in eurem Innern wisst, dass ein anderer schuldig ist." Ihre Stimme war eindringlich und fordernd. „Der heimtückische Täter könnte es erneut versuchen, während zwei Unschuldige gejagt werden. Glaubt ihr, Garwin würde Dorkemunt und Fangschlag lebend nach Eternas zurückbringen?"

Tasmund räusperte sich, während Nedeam nachdenklich schwieg. „Pferdefürst Garwin ist seinem eigenen Wort verpflichtet, Llaranya. Und auch den Traditionen. Er kann sich nicht darüber hinwegsetzen. Nicht bei hundert guten Männern in seinem Gefolge."

Nedeam lächelte gequält. „Siehst du, Tasmund, das ist es, was ich meine. Genau wie ich sprichst du von hundert guten Männern. Aber Garwin ritt mit hundertdreißig hinaus. Auch du zweifelst an jenen, die er für seine persönliche Schar rekrutierte."

„Es ist Garwins Auswahl, und sie gefällt mir nicht", gestand Tasmund ein. „Nur zwei oder drei von ihnen taugen etwas. Die anderen sind keine rechten Schwertmänner. Nein, das sind Söldner, die Garwin nicht der Ehre wegen folgen."

„Und sie tragen verborgene Waffen", meldete sich Llaranya erneut zu Wort.

„Sie tragen ... was?" Nedeam sah sie überrascht an.

Die Elfin wies durch eines der Fenster zum westlichen Wehrturm. „Auf den Türmen dieser Festung stehen Waffen, die an die Querbogen der Orks erinnern und große Bolzen verschießen können. Solche Waffen sah ich bei den Männern Garwins. Nur sind ihre Querbogen sehr viel kleiner als die der Orks, und die Männer tragen sie in Schlaufen an der Innenseite ihrer Umhänge."

Nedeam runzelte die Stirn und schüttelte den Kopf. „Ich kann mich entsinnen ... Damals, als wir in die nördliche Öde gingen und in Rushaan kämpften ... Ja, jetzt weiß ich es wieder. Guntram der Schmied fertigte zwei Zehnen dieser merkwürdigen Querbogen für Garwin. Er zeigte mir einen von ihnen. Sie sind kaum eine Hand lang und lassen sich bequem unter einem Umhang verbergen."

„Merkwürdig." Tasmund legte nachdenklich die Fingerspitzen aneinander. „Wozu benötigt Garwin solche Waffen? Sie taugen kaum für die Schlacht. Wenn sie so klein sind, wie du sagst, werden sie keine große Reichweite haben."

„Nein, aber auf kurze Distanz sind sie tödlich."

„Schön, Garwin hat also dreißig Getreue und hundert gute Schwertmänner. Die zusätzlichen Waffen mögen hilfreich sein. Wer weiß, was die Männer in Jalanne erwartet."

„Ah, Tasmund, Ihr seid durch und durch ein Schwertmann." Llaranya seufzte vernehmlich. „Ihr zweifelt an Garwins Aufrichtigkeit, und doch bleibt Ihr tatenlos in Eternas sitzen und wartet ab, was die Zukunft bringt."

„So lautet die Weisung des Pferdefürsten Garwin", sagte

Tasmund grimmig. „Ah, elfisches Wesen, glaubt Ihr, ich würde mich nicht lieber selber in den Sattel schwingen? Wenn meine alten Knochen nicht wären ..."

Llaranya lächelte und legte Tasmund freundschaftlich die Hand auf die Schulter. „Eure Verdienste um das Haus Deshay sind unvergessen, Tasmund. Grämt Euch nicht. Ich weiß, dass Ihr nicht mehr selbst hinausreiten könnt." Sie sah Nedeam an. „Im Gegensatz zu anderen."

„Ich bin an meine Pflicht als Erster Schwertmann gebunden", brummte Nedeam verstimmt.

„Zählt die mehr als deine Freundschaft zu Dorkemunt?"

„Fürwahr, ihr kurzlebigen Menschenwesen seid manchmal ein wenig verwunderlich." Mit diesen Worten trat Marnalf ein und nickte ihnen zu. „Die Lage der Herrin Larwyn ist unverändert. Nedeam, mein junger Freund, ein Menschenleben währt nur kurz. Wie viel Zeit wollt Ihr noch verschwenden?"

Der Erste Schwertmann schlug wütend mit der Hand auf den Tisch. „Glaubt ihr denn alle, ich würde nicht lieber selbst hinausreiten? Bei allen Finsteren Abgründen, ich bin durch meine Pflicht als Erster Schwertmann gebunden! Fragt nicht, ob es mir gefällt."

„Gesprochen, wie es sich für einen Ersten Schwertmann gebührt", sagte Marnalf beschwichtigend. „Wohlan, was sagt das Herz des Pferdelords in Euch, Nedeam?"

Der junge Erste Schwertmann blickte auf die Karte. „Sie haben knappe drei Tageswenden Vorsprung", sinnierte er. „Der Beritt Garwins wird rasch reiten, aber auch nicht zu rasch, um keine Aufmerksamkeit zu erregen. Sie werden Dorkemunts Angaben folgen und sich deshalb direkt nach Süden in Richtung Jalanne bewegen. Ja, Garwin wird sich beeilen, aber nicht zu sehr. Denn er weiß, dass Dorkemunt und Fangschlag ohne Pferd unterwegs sind."

„Dorkemunt reitet, darauf kannst du wetten", brummte Tasmund. „Aber die Bestie wird laufen müssen. Das macht die beiden langsamer als den Beritt."

Llaranya trat zu ihrem Gemahl. „Wir hingegen können Handpferde nehmen und brauchen uns auf dem Ritt nicht zu schonen. Wir können sie in vier bis fünf Tageswenden eingeholt haben."

Marnalf lächelte. „Nun, ich sehe, Ihr seid auf dem rechten Weg. Dann werde ich mich wieder um das Wohl Larwyns kümmern. Denkt daran, es gilt keine Zeit zu verschwenden."

„Garwin wird nicht erfreut sein, wenn du entgegen seiner Weisung zum Beritt stößt", meinte Tasmund und deutete lächelnd auf Llaranya. „Zumal, wenn sie dich begleitet."

„Ich will den Zorn des Hohen Lords Garwin gerne hinnehmen", erwiderte Nedeam entschlossen, „wenn es darum geht, Dorkemunts und Fangschlags Leben zu bewahren."

„Gesprochen wie der Pferdelord, mit dem ich mich vermählte", sagte Llaranya. „Nun lass die Tat den Worten folgen."

„Eternas ist in guten Händen", sagte Tasmund schlicht. „Also reitet jetzt, denn die Zeit drängt." Der frühere Erste Schwertmann der Mark ließ sich in den Sessel sinken, während Nedeam und Llaranya davonhasteten, um alles für ihren Aufbruch vorzubereiten. Tasmund sah nachdenklich auf die große Karte. „Jalanne … Möge der Tod dort die richtige Wahl treffen, meine Freunde."

15

Dorkemunt und Fangschlag hatten Eolaneris erreicht, die südlichste Stadt des Reiches Alnoa. Sie lag am Rand der fruchtbaren Ebene, die kurz hinter dem Ort zipfelartig auslief und sich in eine Einöde aus Sand, Steinen und Fels verwandelte. Über eine Länge von rund vierzig Tausendlängen zog sich diese Öde zu einem immer schmaler werdenden Schlauch zusammen, der den Großen Wall vom Hesparat-Gebirge trennte. Mehrere Tausendlängen breit, nannte man diese Einengung die Pforte von Alnoa.

Die Schänke, in der die beiden eingekehrt waren, hatte sicherlich schon bessere Tage gesehen. Eolaneris war nicht nur die südlichste Stadt Alnoas, sondern auch Endpunkt der Südlichen Handelsstraße, die einst weiter in das Reich Jalanne geführt hatte. Der Urahn des Wirts hatte seine Schänke kurz hinter der Stadt erbaut und damals sicherlich ein gutes Geschäft gemacht. Wer aus Jalanne gekommen war, hatte sich oft genug in diesem ersten Schankhaus nach der Ödnis erfrischt. Doch seit das alte Königreich vergangen war, verirrte sich kaum noch ein Händler in die nun abseits gelegene Herberge. Genau das war der Grund, warum das ungleiche Gespann dieses Haus gewählt hatte.

Eine Handvoll Bauern und Handwerker aus dem Umland nahmen hier ein bescheidenes Mahl zu sich und tranken Gerstensaft. Zwei Männer saßen, ähnlich wie Dorkemunt und Fangschlag, an einem abseits gelegenen Tisch. Auch sie schienen schon bessere Zeiten erlebt zu haben. An einem anderen Tisch saßen zwei Männer, die unzweifelhaft zur Gardereiterei gehörten. Die gelben Federn an ihren Helmen verrieten, dass es sich um einen einfachen Gardisten und einen Offizier handelte.

„Jalanne?“ Die junge Bedienung des Wirtes, wahrscheinlich seine Tochter, stellte einen Korb mit frischem Brot auf den Tisch und wischte sich dann die Hände an der Schürze ab. „Ihr wollt in das vergangene Reich, Ihr guten Herren? Dort werdet Ihr nichts finden, außer dem Tod. Ihr solltet Euch von Jalanne fernhalten, glaubt es mir.“

„Mein Freund hat einen Schwur geleistet, nun muss er dorthin“, erwiderte Dorkemunt. Er langte nach dem Brot und brach es.

„Will er denn nicht mehr leben, der gute Herr?“ Das Mädchen schüttelte den Kopf. „Bleibt dem vergangenen Reich fern. Dort geschehen seltsame Dinge, so sagt man jedenfalls.“

„Eben deshalb reisen wir dorthin.“ Dorkemunt bot Fangschlag einen Kanten an, doch der lehnte mit einem leisen Grunzen ab. „Der Schwur, Ihr versteht, gute Frau?“

„Nein, das tue ich nicht“, gestand sie ein. „Immerhin, Ihr seid vom Pferdevolk, wie man sehen kann. Man erzählt sich ja ohnehin seltsame Dinge über Euch. Nun ja, seltsame Dinge geschehen in letzter Zeit sehr viele. Ein Reisender, der vor zwei Monden bei uns einkehrte, behauptete sogar, in der Hafenstadt Gendaneris sei ein fremdes Handelsschiff erschienen. Aus einem fernen Reich, von dem ich nie zuvor gehört habe.“

„Nun, es heißt, zwischen dem Reich von Alnoa und den Schwärmen der See herrsche Seefrieden. Da mag es schon angehen, dass sich der Seehandel wieder entwickelt“, meinte Dorkemunt kauend. „Es ist ja zum Vorteil aller. Selbst die Schwärme haben ihren Nutzen davon.“

„Vielleicht“, räumte die junge Frau ein. „Dennoch habe ich nie von einem Reich namens Telan gehört. Ich denke, der Reisende wollte uns auf den Arm nehmen. Er sagte, das Schiff sei ganz aus Eisen gewesen. Dabei weiß doch jeder, dass Eisen nicht schwimmen kann."

„Das ist wahr", stimmte Dorkemunt zu. „Alle Schiffe sind aus Holz, sie haben allenfalls einen Panzer aus Metall. Ohne das Holz darunter würden sie sicherlich sofort untergehen." Er schluckte und brach das nächste Stück Brot ab. „Doch sagt, gute Frau, was könnt Ihr uns über dieses Reich von Jalanne erzählen?"

„Nun, es ist vergangen, nicht wahr?" Einer der anderen Gäste rief nach der Bedienung, und sie wandte ihren Kopf. Dem Gast zunickend, sah sie noch einmal zu Dorkemunt. „Wenn Ihr die Pforte nehmt, stoßt Ihr an ihrem Ende auf die Festung Maratran. Man sagt, die Garde bestreife Jalanne gelegentlich. In der Festung wird man Euch sicher mehr sagen können. Doch nun entschuldigt, ich muss mich um die Kundschaft kümmern."

„Interessant", murmelte der alte Pferdelord, als das Mädchen zu dem anderen Tisch hinüberging. „Sie scheint nicht viel zu wissen oder hat keine Lust, darüber zu sprechen. Aber die Garde kennt sich in dem fremden Land offenbar aus."

„Wir werden sie kaum nach dem Weg fragen können", kam Fangschlags Erwiderung.

„Nein. Sie sind Soldaten und als solche immer neugierig. Vor allem, wenn sich jemand für ein Gebiet interessiert, das sie selbst bestreifen. Sie würden sicherlich gerne einen Blick unter deine Kutte werfen, mein Freund."

„Freund?"

Dorkemunt kaute nachdenklich auf seinem Brot. Das bestellte Fleisch ließ auf sich warten, und er hatte Hunger. „Es ist mir so herausgerutscht. Immerhin sind wir Gefährten, und ich gestehe ein, dass du mir nicht gleichgültig bist. Wahrscheinlich liegt es daran, dass wir Menschen im Alter sentimental werden. Selbst einer Bestie gegenüber."

„Ich bin keine Bestie, Pferdemensch. Ich bin ein Krieger."

„Fürwahr, das bist du. Ah, das Fleisch kommt. Mir steigt der wohlige Geruch schon in die Nase."

„Es riecht verbrannt", brummte das Rundohr.

„Wenigstens lockt es so keine Fliegen an."

Die junge Frau brachte Schüsseln mit gebackenen Getreidefladen und gebratenem Fleisch. Dazu ein sorgfältig verschnürtes Päckchen. „Hier ist das rohe Fleisch, nach dem Ihr verlangt habt", sagte sie und stellte alles auf den Tisch.

„Es wird unseren Reiseproviant auffüllen", sagte Dorkemunt freundlich.

„Ihr solltet es rasch zubereiten, gute Herren. Bei diesem Wetter wird es schnell verderben."

Aus Fangschlags Richtung war ein leises Knurren zu hören. Dorkemunt vermutete, dass es der Magen des Rundohrs war. Aber der Ork würde mit seinem Mahl noch warten müssen. Erst wenn sie außer Sichtweite der Herberge waren, konnte Fangschlag das rohe Fleisch verschlingen, ohne dass sich jemand gestört fühlen würde.

„Warum verhüllt Euer Freund sein Gesicht?" Die Bedienung strich die goldenen Schüsselchen als Bezahlung ein und musterte Fangschlag neugierig.

„Er hat Narben", brummte Dorkemunt.

„Narben sind die Zierde eines Kriegers", erwiderte sie. Sie beugte sich vor, um die Kapuze zurückzuschlagen. Doch Fangschlags Hand zuckte hoch und hielt die ihre fest. „Au, Ihr tut mir weh, guter Herr", ächzte sie. Hastig trat sie zurück und rieb sich das Handgelenk. „Ihr habt auch den Griff eines Kriegers."

„Verzeiht seine Grobheit." Dorkemunt lächelte freundlich. „Es sind sehr entstellende Narben, Ihr versteht?" Innerlich verfluchte er die Neugierde des Weibes. Niemand im Land des Pferdevolkes hätte sich so ungebührlich verhalten.

„Entstellend?"

Der alte Pferdelord nickte. „Von einer Krankheit. Nichts Ansteckendes, gute Frau. Wenigstens, wenn man die offenen Stellen nicht berührt."

„Offene … offene Stellen?" Damit war die Neugierde der Bedienung sichtlich gestillt. Ein paar höfliche Entschuldigungen murmelnd, zog sie sich mit bleichem Gesicht zurück.

„Ich habe keine offenen Stellen", brummte Fangschlag.

„Es ist aber gut, wenn sie das glaubt. Das hält sie davon ab, ihre vorwitzigen Finger nach dir auszustrecken."

„Keine Sorge, Pferdemensch. Wenn sie mir zu nahe gekommen wäre, hätte ich ihr in die Hand gebissen."

„Ja, genau das habe ich befürchtet." Dorkemunt machte sich über die Mahlzeit her und spülte mit etwas Gerstensaft nach. Dabei blickte er sich unauffällig in der Gaststube um und wandte sich dann an Fangschlag. „Wir sollten zusehen, dass wir von hier verschwinden. Meine Idee mit der Erkrankung war vielleicht doch nicht so gut." Er deutete mit dem Kopf zur Theke. „Der Wirt und die anderen Gäste scheinen nervös zu werden."

„Dann lass uns gehen. Ich bin sowieso hungrig." Fangschlag zog das Paket mit dem rohen Fleisch an sich.

„Nein, mein Freund. Zuerst beende ich mein Mahl." Dorkemunt schmatzte genüsslich. „Wir stehen an der Pforte von Alnoa. Hinter ihr liegt das vergangene Reich Jalanne. Wer weiß, Fangschlag, wann wir unsere nächste gute Mahlzeit bekommen." Er lächelte grimmig. „Und vielleicht stoßen wir auf Wesen, die uns selbst als Leckerbissen betrachten."

„Du machst mich neubegierig auf Jalanne, Pferdemensch."

„Es heißt ‚neugierig', Fangschlag."

„Wie auch immer. Brechen wir auf. Die anderen Pferdemenschen sind uns sicher auf der Spur."

Dorkemunt nickte betrübt. Ihr Weg würde sich leicht verfolgen lassen. Nicht nur, weil man das Ziel ihrer Reise kannte. Ein kleinwüchsiger Mann mit dem Umhang eines Pferdelords und ein geheimnisvoll verhüllter Riese fielen einfach auf. Inzwischen würden die Verfolger auch wissen, dass sie beide beritten waren. Ja, Fangschlag hatte recht.

„Schön, lass uns gehen. Erst müssen wir an Maratran vorbei, dann werden wir sehen, welche Überraschungen Jalanne für uns bereithält."

16

Ja, Hoher Herr, dergleichen habe ich nie zuvor gesehen." Der Mann stützte sich auf seinen Wanderstab und blickte die Kolonne des Beritts entlang. „Ein Zwerg und ein Riese, fürwahr. Auch das eine Pferd war riesig. Und bösartig, Hoher Herr, wirklich bösartig. Als ich an ihm vorbeischritt, schnappte es sogar nach mir."

Scharführer Peragram hatte die Lanze mit dem Wimpel in die Armbeuge gelegt und sah Garwin vielsagend an. „Habt Dank für die Information, guter Herr", sagte er zu dem Wanderer. „Unsere Wünsche begleiten Euch auf Eurem Weg."

Der Mann sah Garwin nachdenklich an. Dieser junge Reiter führte zwar kein eigenes Banner, aber dass er von hohem Rang war, wurde an der respektvollen Behandlung durch seine Begleiter deutlich. „Ihr habt viele Männer in Eurem Gefolge, Hoher Herr. Die zwei, nach denen Ihr fragtet, der Zwerg und der Riese, müssen von großer Bedeutung für Euch sein."

„Sie ritten voraus, um einen Handel für uns abzuschließen", warf Peragram an Garwins Stelle ein. „Unglücklicherweise ist der inzwischen ungültig, und sie wissen nichts davon. Wir müssen sie einholen und es ihnen sagen."

„Mit so vielen Männern, guter Herr?"

„Wir wollen viele gute Pferde erstehen und müssen sie in unsere Mark hinauftreiben."

Der Wanderer nickte. „Dann wünsche ich Euch gute Geschäfte, Ihr Herren."

Die Geschichte half ihnen, die Neugier der Menschen zu befriedigen und verfängliche Fragen zu vermeiden. Der Beritt trabte erneut an, und der Wanderer entschwand rasch ihren

Blicken. Im Moment hielt die Schar Peragrams die Spitze, und der unter dem Tritt der Hufe aufwirbelnde Staub senkte sich auf die folgenden Reihen der Schwertmänner. Bald würde der Wechsel erfolgen, und Peragrams Leute würden den Staub der vorderen Reiter zu schlucken bekommen.

Der verstärkte Beritt befand sich in der Nähe der alnoischen Stadt Khalanaris. Garwin war zuversichtlich, die Flüchtigen bald einzuholen, auch wenn es ihn überrascht hatte, dass beide beritten waren. Eine Bestie der Orks auf einem Pferd. Für einen Mann des Pferdevolkes ein erschreckender Gedanke.

„Wie ist die Stimmung unter den Männern?"

Peragram sah den Pferdefürsten kurz an. „Sie wissen, um was es geht, und werden ihre Pflicht tun."

„Dafür sind sie Schwertmänner meiner Mark." Garwin ritt in entspannter Haltung. Die Zügel in der linken Hand, wandte er sich halb im Sattel um. „Mir ging es um etwas anderes, Scharführer."

Peragram senkte ein wenig die Stimme. „Auf Eure Männer ist Verlass, Hoher Lord Garwin. Aber unter den Schwertmännern gibt es Geraune und Fragen. Vor allem dieser Scharführer Arkarim ist mir ein Dorn im Auge."

„Arkarim …? Ah ja, Kormunds Nachfolger. Was ist mit ihm?"

„Er erinnert die Männer ständig an das Lebenswasser. Die Quelle zu finden, sei wichtiger, als einen Mann zu hetzen, der stets ein ehrbarer Pferdelord gewesen sei."

„Verstehe. Ja, das kann zu einem Ärgernis werden."

„Soll ich etwas unternehmen, Hoher Lord?"

Garwin schürzte die Lippen und überlegte. „Nein, warte noch damit. Arkarim ist ein ausgezeichneter Scharführer. Wenn wir in der Fremde auf einen Feind treffen, könnte er sich als sehr nützlich erweisen."

„Die Schwertmänner der Mark hören auf ihn“, gab Peragram zu bedenken.

„Sie haben zu lange unter meinem Vater gedient“, knurrte Garwin. Er nahm seine Wasserflasche, spülte sich den Mund, spuckte aus und trank. „Ich habe ihn oft zusammen mit seinen vertrauten Scharführern erlebt. Bei jedem Ausritt wandte er sich an die Männer und erklärte ihnen, worum es ging. Er glaubte, so würden sie ihm bereitwilliger folgen. Verdammt, es sind Schwertmänner. Soldaten. Sie stehen unter Befehl und haben zu gehorchen. Ebenso, wie Scharführer Arkarim gehorchen wird.“

Peragram nickte. „Jedenfalls ist auf meine Männer Verlass, Hoher Lord.“

Garwin sah seinen Untergebenen scharf an. „Das will ich hoffen, Peragram. Ihr steht bei mir in Lohn und Brot, Scharführer. Vergesst das nicht. Ihr seid keine Männer der Mark, auch wenn Ihr die Farben der Schwertmänner tragt. Ihr und Eure Leute seid mir verpflichtet. Mir, und sonst niemandem.“

„So ist es, Hoher Lord“, versicherte Peragram. „Seid unbesorgt, ich weiß, was auf dem Spiel steht.“

„Gut, ich verlasse mich darauf. Dorkemunt und die Bestie dürfen nicht lebend in die Hochmark zurückkehren.“

„Die Schwertmänner des Beritts vertrauen auf Euer Wort, dass die beiden dem Ehrengericht vorgeführt werden. Zumindest dieser alte Greis.“

„Dorkemunt.“ Garwin spuckte erneut aus. „Er hat Rückhalt bei den Schwertmännern und Pferdelords. Verflucht sei er. Verflucht seien die Legenden und Balladen, die seine Kämpfe besingen.“

Peragram strich sich über den buschigen Bart. „Es ist nicht einfach, eine Legende zu entzaubern. Es gibt noch immer Leute, die sich für Dorkemunt einsetzen würden.“

„Genau deshalb darf er nicht zurückkehren."

„Wenn wir den Alten einfach erschlagen, wird es großen Unmut unter den Schwertmännern geben."

„Vielleicht haben wir Glück, und er widersetzt sich der Festnahme", knurrte Garwin. „Wenn nicht, muss ihm auf dem Heimritt etwas zustoßen." Sein Blick war stechend. „Arrangiert das mit Umsicht, Peragram. Es darf kein Verdacht aufkommen."

„Verlasst Euch ganz auf mich, Hoher Lord. Denkt an den Mann, der zu unserer Gruppe stieß und ihrer nicht würdig war. Niemand hat Verdacht geschöpft, als der Sattelgurt riss und er zu Tode stürzte." Peragram lachte kalt. „Er hätte anständig reiten lernen sollen."

Der Pferdefürst sah seinen Vertrauten eindringlich an. „Für Dorkemunt muss Euch etwas anderes einfallen. Dieser alte Greis sitzt so fest im Sattel, er könnte das Reiten erfunden haben."

„Wie gesagt, Hoher Lord, verlasst Euch auf mich."

17

Dorkemunt und Fangschlag waren langsam durch das Tal geritten, das man die Pforte von Alnoa nannte. Das Rundohr erblickte die Festung als Erster. Die Strahlen der untergehenden Sonne ließen die Mauern rötlich schimmern. Sie zügelten die Pferde, und Dorkemunt musterte nachdenklich die noch ferne Anlage.

„Sieht nicht sehr beeindruckend aus“, meinte er schließlich.

„Sie ist groß.“ Fangschlag stützte sich auf das Sattelhorn, worauf sein Pferd den Kopf wandte und ihn böse anstarrte. Gelegentlich versuchte Beißer, seinen Reiter abzuwerfen. Bei einem Pferdelord wäre ihm das wohl auch gelungen. Aber Fangschlags Beine waren wie Kneifzangen und seine Fäuste wie die Schmiedehämmer. So beließ es der Hengst bei einer Demonstration seines Missfallens und zupfte dann an einem der Grasbüschel, die hier, in der Pforte, nur spärlich wuchsen.

„Woher willst du das wissen? Warst du schon einmal hier? Ich meine, ihr Orks kommt ziemlich weit herum. Du warst ja auch schon im Dünenland und in der nördlichen Öde.“

„Hier noch nicht.“ Fangschlag schlug die Kapuze seiner Kutte zurück.

Dorkemunt empfand ein wenig Neid, als er bemerkte, dass der Ork nicht schwitzte. Ihm selbst lief das Wasser über den Rücken, und er hoffte auf die Kühle der Nacht. „Die Hitze macht dir offenbar nichts aus, Fangschlag.“

„Wir Orks sind Wärme gewöhnt, Pferdemensch. Von Wurf aus.“

„Ja, du hast mir bereits von euren Bruthöhlen erzählt. Ein schrecklicher Ort.“

„Es ist warm dort, und wir wachsen schnell. Gute Nahrung. Was soll daran schrecklich sein?"

„Nun, jeder nach seinem Geschmack." Der alte Pferdelord wies zur Festung. „Woher willst du wissen, wie groß sie ist?"

„Es gab Kämpfe. Früher." Das Rundohr reckte sich. „Starke Mauern und eine starke Besatzung. Wenigstens eine halbe Legion."

„Tausend Mann?"

„Damals. Heute vielleicht noch mehr."

Dorkemunt seufzte. „Es ist wohl besser, wir schleichen uns an ihnen vorbei. Hm, von der Festung aus kann man über das ganze Tal blicken und sicher noch ein gutes Stück nach Jalanne hinein." Er sah hinauf zum Himmel. „Es bezieht sich. Die Wolken werden die Sterne verdecken. Dann können die Alnoer nicht viel sehen." Er lächelte trüb. „Wir allerdings auch nicht."

Das Rundohr stieß ein leises Grunzen aus. „Fangschlag ist ein Ork. Wir sehen gut in der Nacht. Uns stört das grelle Tageslicht."

„Schön, mein riesiger Freund, dann wirst du die Führung übernehmen. Aber erst, wenn es richtig finster geworden ist. Wir müssen uns an dieser Festung und den Alnoern vorbeistehlen. Das heißt auch, wir müssen leise sein. Wenn in der Festung alnoische Miliz steht, brauchen wir uns nicht zu sorgen. Der könnten wir zwischen den Beinen hindurchreiten, und sie würde uns nicht bemerken. Aber wenn es die Gardekavallerie von Daik ta Enderos ist, müssen wir uns vorsehen. Ein kleiner Bursche, dieser ta Enderos, aber ein hervorragender Soldat. Er führt eine flinke Klinge, und seine Männer ebenso."

„Dort oben steht die Garde."

„Ich hatte es befürchtet. Nun denn, die Garde wird klug genug sein, bei schlechter Sicht den Talgrund zu bestreifen."

„Wir sind leise, die Garde ist laut", meinte Fangschlag pragmatisch. „Sie tragen immer viel Metall mit sich herum. Wir nennen sie auch die Gepanzerten. Man kann sie gut hören."

„Schön, dann werde ich mich auf deine geschlitzten Augen und auf unser beider Ohren verlassen. Legen wir hier eine Rast ein, bis es dunkel ist."

Sie zogen die Pferde in die Deckung einer Felsgruppe und teilten ihren Proviant. Eigentlich mochte Fangschlag nur rohes Fleisch, doch das getrocknete, das Henelyn nach Dorkemunts Rezept gewürzt hatte, sagte ihm ebenfalls zu.

„Wenn wir in Jalanne sind, was machen wir dann?", fragte das Rundohr kauend. „Hast du einen Plan, wie wir die Quelle finden?"

Dorkemunt kratzte sich verlegen im Nacken. „Es wird sich jemand finden, den wir fragen können."

„Also hast du keinen Plan."

„Nun, nicht direkt. Aber wenn die Garde Jalanne bestreift, dann tut sie das nicht ohne Grund. Dort muss es Leben geben." Der alte Pferdelord sah Fangschlag an. „Ich hoffe nicht, dass es deine Leute sind."

„Die Orks sind nicht mehr meine Leute." Fangschlag nahm seinem Gefährten den Beutel mit dem Trockenfleisch aus den Händen und suchte sich ein besonders großes Stück heraus. Als er Dorkemunts Blick sah, zuckte er in einer überraschend menschlichen Geste die Schultern. „Ich bin größer als du. Also brauche ich auch mehr Nährstoffe. Und in Jalanne sind keine Orks."

„Gut, das zu hören", brummte der Pferdelord.

„Was ist, wenn niemand da ist, den wir fragen können?"

„Dann sehen wir uns in dem Land wenigstens einmal um. Früher oder später werden wir auf unseren Beritt stoßen, der uns ja verfolgt. Nedeam wird froh sein, wenn wir ihm ein paar Ratschläge geben können."

„Du vertraust ihm?"

„Er ist der Beste. Natürlich vertraue ich ihm."

„Für einen Pferdemenschen bist du auch nicht schlecht."

Dorkemunt erwiderte den Blick seines Gegenübers. „Weißt du, Fangschlag, wir mögen vielleicht keine Freunde werden, aber ich empfinde wahrhaft Respekt für dich."

Fangschlag grunzte zustimmend und blickte dann auf. „Wir sollten die Pferde versorgen und uns auf den Weg machen. Es ist bald dunkel genug."

„Du denkst fast schon wie ein Pferdelord."

„Wir sind jetzt Gefährten", knurrte Fangschlag. „Wir sollten auf gegenseitige Beleidigungen verzichten."

Dorkemunt grinste. „Und du solltest Beißer sicherheitshalber das Maul zubinden. Mein Pferd ist gut ausgebildet und wird uns nicht verraten, aber deines …"

Die Nacht brach herein, und wie Dorkemunt vorausgesagt hatte, verdeckten die Wolken die Sterne. Zwar waren die Gipfel der Berge noch von einem Schimmer milchig trüben Lichts erhellt, doch der Talgrund lag in tiefer Finsternis. Fangschlag machte das kaum etwas aus. Sicherheitshalber führten sie die Pferde, und Dorkemunt verfluchte innerlich das leise Pochen der beschlagenen Hufe. Er hätte daran denken sollen, sie mit Stoffstreifen zu umwickeln.

Fangschlag fand den Weg mit traumwandlerischer Sicherheit. Dabei half ihm die Eigenheit der Orks, bei Dämmerung und Dunkelheit besser sehen zu können als am Tage. Aber das Rundohr schien auch ein Gespür dafür zu haben, Stellen mit zu viel losem Geröll zu meiden. Dorkemunt spürte eine Erregung wie auf einem seiner vielen Kriegsmärsche. Dennoch war es seltsam. Sie schlichen dahin, um die Begegnung mit den befreundeten Alnoern zu vermeiden, und sein Gefährte war kein

Pferdelord, sondern ein Ork, den er wenige Jahre zuvor noch erbittert bekämpft hatte. Erneut begann sich der alte Pferdelord zu fragen, ob Fangschlag nur eine einzigartige Ausnahme unter den Orks war oder diese tatsächlich auch gute Eigenschaften besaßen. Nach Fangschlags Erzählungen aus seinem Leben als Legionsführer schienen wenigstens die Rundohren einen festen Ehrbegriff zu haben. Aber konnte es Ehre unter Bestien geben, die ohne Zögern Frauen und kleine Kinder töteten und sie dann auffraßen? In den Jahren, die Fangschlag auf dem Gehöft verbracht hatte, war Dorkemunt immer wieder versucht gewesen, den seltsamen Gast zu fragen, ob er sich Derartiges hatte zu Schulden kommen lassen. Doch der alte Pferdelord hatte es nicht übers Herz gebracht. Er verspürte eine wachsende Sympathie für den ungeschlacht wirkenden Krieger und weigerte sich zunehmend, in ihm die Bestie aus alten Tagen zu sehen.

„Halt", zischte der Ork plötzlich. „Ich höre Scheppern und Klirren."

„Ja, das muss eine Streife der Garde sein." Dorkemunt und Fangschlag zogen die Pferde zu sich heran und lauschten.

Das Pochen von Hufen war zu hören. Die Gardisten bewegten sich sehr langsam, da sie kaum etwas sehen konnten. Dorkemunt kamen die Geräusche ungewöhnlich laut vor, doch Fangschlag hatte recht. Mit der Vollrüstung war die Garde weithin vernehmbar. Der kleinwüchsige Pferdelord schüttelte unwillkürlich den Kopf. Die Gardisten würden kaum selbst etwas hören können. Ihre eigenen Geräusche übertönten jeden Feind. Gepanzerte Narren, wie es schien.

Die Streife entfernte sich, ohne die beiden entdeckt zu haben. Trotzdem verharrte Fangschlag in lauernder Stellung. „Da sind noch andere. Vor uns. Sie bewegen sich nicht."

„Ich kann nichts hören", raunte der alte Pferdelord. „Woher willst du das wissen?“

„Ich kann sie riechen“, erwiderte der Ork.

Offensichtlich war die Garde doch nicht so dumm, wie Dorkemunt gedacht hatte. Wie es aussah, bezogen ein paar Wachen feste Positionen im Tal und hielten sich gut verborgen, während berittene Streifen geräuschvoll zwischen ihnen hin und her patrouillierten. Offensichtlich sollten die Patrouillen die Aufmerksamkeit auf sich ziehen, und wer ihnen dann ausweichen wollte, verfing sich im Netz der lauernden Posten. Der alte Pferdelord dachte an den alnoischen Gardekommandanten ta Enderos, an dessen Seite er gekämpft hatte. Ja, das hier waren unzweifelhaft die Männer dieses erfahrenen Soldaten. Für ihn und Fangschlag wäre es besser gewesen, den Angehörigen der alnoischen Miliz gegenüberzustehen. Diese mochten zwar kämpfen können, doch Dorkemunts Respekt vor ihnen hielt sich, nach seinen Erfahrungen in Gendaneris, in überschaubaren Grenzen.

Fangschlag zupfte ihn am Umhang. „Hier entlang. Und leise.“

Wie der Ork es schaffte, sie an den Wachen vorbeizuschleusen, blieb Dorkemunt ein Rätsel. Als der erste Schimmer des anbrechenden Morgens über den Gipfeln der Berge sichtbar wurde, hatten sie die Engstelle der Pforte hinter sich gelassen und waren mehrere Tausendlängen nach Jalanne vorgedrungen. Als sie die Festung von Maratran nicht mehr sehen konnten, machten sie Rast an einem kleinen Bachlauf, der sich durch eine blühende Wiese schlängelte.

„Ein wundervolles Land“, sinnierte Dorkemunt und wies über die Ebene, die sich vor ihnen ausbreitete. „Man fragt sich, warum man es als das vergangene Jalanne bezeichnet.“

„Das vergangene *Reich* Jalanne, Pferdemensch.“ Fangschlag hatte die langen Zügel von Beißer um sein Handgelenk geschlungen. Er traute dem schwarzen Hengst und dessen Freiheitsliebe nicht über den Weg. Ein wenig neidisch sah er zu Dorkemunts Tier, das frei graste und auf den leisesten Laut seines Herrn zu ihm traben würde. „Das Land selbst lebt, aber seine Bewohner sind tot. Wenigstens die zweibeinigen."

„Weil ihr Orks sie umgebracht habt."

Beißer zupfte bedächtig an frischem Gras und Wildkräutern und näherte sein Gebiss dabei unmerklich einem von Fangschlags Füßen. Das Rundohr trug nun nicht mehr die gepanzerten Stiefel eines Orks, die Ferse und Zehen frei ließen, sondern die weichen Lederstiefel eines Pferdelords. Gerade als der Hengst die Geschmacksprobe einer orkschen Wade nehmen wollte, bemerkte Fangschlag die Absicht, zog den Fuß zurück und schlug seine geballte Faust mit Wucht auf den Schädel des Tiers. Ein anderes Pferd wäre von dem Hieb gefällt worden. Beißer aber schüttelte nur den Kopf und sah das Rundohr böse an, bevor er wieder am Gras zu zupfen begann.

„Damals wurde überall geschlachtet, Pferdemensch." Fangschlag starrte zu den mächtigen Bergen im Osten. „Wir waren nicht die Einzigen, die gegen die Menschen kämpften."

„Ja, ich weiß. Die Königreiche begannen zu zerfallen und führten auch untereinander Krieg. Doch das ist schon lange her. Alle Spuren dieses blutigen Ringens sind von der Natur überwuchert worden. Alles hier blüht und gedeiht."

„Schön gesagt, Pferdemensch. Aber auf dieser Wiese werden wir das Lebenswasser nicht finden. Folgen wir der Straße. Sie wird zu einer Siedlung führen. Vielleicht gibt es da Hinweise."

„Vielleicht. Ich bezweifle allerdings, dass es so einfach ist. Aber irgendwo müssen wir ja beginnen. Womöglich hast du sogar recht. Womöglich finden wir etwas, irgendein Schriftstück, das uns einen Anhalt gibt."

„Die Straße führt nach Südwesten." Fangschlag machte Anstalten, in den Sattel zu steigen. „Wir müssen vorsichtig sein. Wenn jemand Jalanne bestreift, wird er auch die Straße beobachten." Er lächelte und zeigte seine Fangzähne. „Menschen machen es sich gern einfach und marschieren nur auf gepflasterten Straßen."

„Das mag für die Alnoer gelten, Fangschlag. Wir Pferdelords bewegen uns durchaus über Gras und Erde."

„Ja, ich konnte sehen, wie du durch die Pforte gehumpelt bist."

„Der Boden war steinig, Bestie. Ausgesprochen steinig." Dorkemunt deutete auf Fangschlags Pferd. „Und da wir gerade von Humpeln sprechen … Du bist ein großer und schwerer Bursche. Es dürfte dir gar nicht schmecken, vom Pferd zu fallen."

„Fangschlag kann reiten."

„Und dein Pferd kann die Luft anhalten. Als du vorhin den Bauchgurt stramm gezogen hast, hat Beißer tief eingeatmet. Ich wette, wenn du dich gleich stolz in den Sattel schwingst und schön schnell reitest, wird er die Luft wieder ausblasen. Dann ist der Bauchgurt wahrlich locker, mein Freund."

Fangschlag stieß ein grimmiges Knurren aus. „Ich werde ihm die Faust …"

„Ich weiß, du bist ein Krieger. Aber deshalb musst du nicht immer mit Faust oder Schlagschwert hantieren. Hör auf den Rat eines alten Pferdelords. Wenn du das nächste Mal den Gurt stramm ziehen willst, drücke Beißer den Finger in den Bauch. Das ist er nicht gewohnt, und er wird ausatmen. Dann sitzt der Sattel schön fest, und du wirst nicht herunterfallen."

Der Ork gab Beißer dennoch einen Klaps. Es schien einfach in seiner Natur zu liegen. Dorkemunt war überzeugt, dass der schwarze Hengst bei erster Gelegenheit fliehen oder seinen Reiter im entscheidenden Moment im Stich lassen würde. Im Umgang mit einer Bestie war dies schlicht ein Akt der Selbsterhaltung. Vielleicht war es doch keine so gute Idee gewesen, die beiden zusammenzubringen. Aber immerhin waren sie schnell vorangekommen. So robust der Ork auch war, zu Fuß hätte er die Geschwindigkeit kaum halten können.

Sie ritten nicht direkt auf der Straße. Aufmerksam folgten sie dem Auf und Ab der sanften Hügel, die sich beiderseits der Südlichen Handelsstraße erstreckten. Sie blieben dicht beieinander, um sich rasch gegenseitig auf eine Gefahr aufmerksam machen zu können, ohne laut rufen zu müssen.

„Wir sollten uns einig sein, was wir tun, wenn wir jemandem begegnen", meinte der Pferdelord. „Am besten überlässt du mir das Reden. Meine Stimme ist entschieden freundlicher und meine Wortwahl höflicher. Denke daran, dass wir Fragen haben und du nicht sofort zuschlägst, mein Freund."

„Fangschlag ist ein Krieger und nicht dumm, Pferdemensch."

„Da wir gerade dabei sind ... Sollten uns unfreundliche Wesen begegnen, müssen wir uns ebenfalls einig sein. Ich denke, mit vier oder fünf Leuten werden wir gut fertig. Da du so viel frisst und daher so groß und stark bist, überlasse ich dir den Angriff und decke dir dabei den Rücken."

Ihre Bewaffnung war bescheiden. Dorkemunt hatte seine gute Kampfaxt, dazu den Bogen mit einem Dutzend Pfeilen und den Dolch, der zum Aufteilen einer Mahlzeit diente, aber auch das Leben eines Feindes beenden konnte. Fangschlag trug sein mächtiges Schlagschwert unter der Kutte.

Der Ork nickte. „Du hast einen Bogen, Pferdemensch. Da verlangt schon unsere Tradition, dass du in der zweiten Reihe kämpfst. Und zwar hinter mir aufrechtem Rundohr."

„Ich bin keines eurer feigen Spitzohren", erwiderte Dorkemunt ein wenig eingeschnappt.

„Ich kenne deinen Mut, Menschenwesen. Und ich weiß, dass du tapfer bist. Aber ich bin groß und decke dich von vorn mit Schwert und Körper. Und du bist klein und deckst mich mit Pfeil und Bogen aus dem Rücken. So können wir uns gegenseitig beistehen."

„Nun gut. Also, wenn es mehr als fünf Angreifer sind, sollten wir uns mit den Pferden aus dem Staub machen."

„Ein Rundohr flieht nicht vor der Schlacht."

Dorkemunt seufzte. „Was eure hohen Verluste erklärt. Hör zu, Fangschlag, ich habe dich befreit und führe diese kleine Schar, in Ordnung? Du wirst also tun, was ich sage. Wenn ich dir sage, wir greifen an, dann greifen wir an, und wenn ich sage, wir ziehen uns zurück, dann wirst du Beißer wenden und mir folgen, so schnell du kannst."

„Das Pferd ist störrisch."

„Dann nimm die Faust zu Hilfe, und wenn das nicht hilft, folge mir zu Fuß und lass den Gaul stehen."

Tausendlänge um Tausendlänge trabten sie nebeneinander her. Manchmal führte die Straße durch einen Wald, und sie ritten besonders vorsichtig. Zwischen den Bäumen sahen sie viele Tiere und einmal sogar einen Pelzbeißer, der sie misstrauisch beäugte, sich dann aber entschied, sein Glück woanders zu versuchen. Die zahlreichen Geweihtiere des Waldes waren für ihn sicher eine leichtere Beute.

Die Erfahrung hatte beide Reiter gelehrt, ihre Vorräte so oft wie möglich zu ergänzen. Unterwegs wanderten Pilze und essbare Wurzeln in die große Provianttasche. Einmal versuchte Fangschlag, einen flüchtenden Wildläufer mit seinem geworfenen Schlagschwert zu erlegen. Der Wurf ging knapp daneben, und der Ork musste auf das begehrte rohe Fleisch verzichten.

Zudem zog er sich die Schelte Dorkemunts zu. „Das wirst du niemals wieder tun, Fangschlag. Aus Fressgier hast du dein Schwert fortgeworfen. Was, wenn in diesem Augenblick eine Horde Feinde aufgetaucht wäre?“

Das grünrot gefleckte Gesicht des Orks wurde ein wenig dunkler. „Du hast recht. Es war ein Fehler. Das nächste Mal wirfst du mit deiner Axt. Du hast ja dann noch den Bogen.“

„Ich jage doch keinen langohrigen Wildläufer mit meiner Kriegsaxt.“ Dorkemunt schüttelte den Kopf. „Aber wenn dein Magen derart laut knurrt, werde ich das nächste Mal den Bogen benutzen. Ich frage mich, wie ihr Orks bei eurem Appetit noch die Zeit zum Kriegführen findet.“

„Man kämpft nicht gut mit leerem Magen.“

Der Pferdelord musste lachen. „Darin scheinen sich Menschen und Orks zu ähneln.“

Fangschlag nickte. „Aber ihr Menschen braucht mehr Zeit zum Fressen. Ihr müsst das Fleisch erst verbrennen.“ Er sah den Gefährten forschend an. „Ein Scherz, Pferdemensch. Ich habe nur versucht, es euch nachzumachen. Ein Scherz, du verstehst? Ihr Menschen verzieht dabei das Gesicht und gebt bellende Laute von euch.“

„Ich weiß wohl, was ein Scherz ist“, brummte Dorkemunt. „Ich bin überrascht, dass du dich darin versuchst.“ Er hob abwehrend die Hand. „Und bitte, Fangschlag, jetzt nicht dieses ‚Ich bin ein Krieger‘... Ich gestehe, langsam wirst du mir unheimlich.“

„Warum?“

„Weil ich in dir immer weniger die Bestie sehen kann.“ Der alte Reiter seufzte schwer. „Ah, was waren das für Zeiten, damals, in meiner Jugend, als es noch keine Zweifel gab, wer Feind und wer Freund war. Erwähnte ich schon, dass wir Menschen im Alter sentimental werden?“

Der Wald, durch den sie ritten, wurde lichter, und vor ihnen öffnete sich erneut eine hügelige Ebene.

Dorkemunt deutete nach links. „Warte. Dort sind Häuser. Es könnte eine Siedlung sein. Nun, wohl eher ein großes Gehöft. Lass uns vorsichtig hinüberreiten. Vielleicht stoßen wir auf jemanden, den wir befragen können. Die Gebäude scheinen noch gut in Schuss zu sein."

„Deine Augen sind schlecht, Pferdemensch. Sie sind noch nicht eingestürzt, aber in den Wänden sind Risse. Und nirgendwo brennt ein Feuer." Der Ork grinste breit. „Ihr Menschen habt immer Feuer."

Dorkemunt musste lächeln. „Ich weiß, Fangschlag, ich weiß. Damit wir unser Fleisch verbrennen können. Wohlan, lass uns hinüberreiten."

Sie vergrößerten den Abstand zueinander und trabten langsam auf die Gebäude zu, die sich auf der Kuppe eines Hügels befanden. Der Hang darunter war einst wohl sorgfältig bestellt gewesen. Die Grenzen und die Furchen der Äcker waren noch zu erkennen, obwohl sie inzwischen überwuchert waren. An einigen Stellen hatte es das Wildgetreide irgendwie geschafft, die Oberhand zu behalten, und die Ähren standen in voller Reife. Dorkemunt dachte daran, dass es in der Hochmark nun Zeit für die zweite Ernte war. Hier schien es niemanden mehr zu geben, der sich noch um die Äcker kümmerte.

Je näher sie den Bauwerken kamen, desto deutlicher wurden die Anzeichen des Zerfalls. Es war keines der Gehöfte, wie man sie in den Marken der Pferdelords finden konnte. Jene bestanden meist aus einem Wohnhaus, dem Stall und einem Schuppen. Diese Anlage hier war wesentlich größer als ein einfaches Gehöft, aber deutlich kleiner als ein Weiler. Die Gebäude standen frei und wohl geordnet in einem Rechteck. Sie alle waren aus Stein errichtet, obwohl es hier reichlich

Holz als Baumaterial gab. Den Stein hatte man mit einer weißen Masse bestrichen. Vielleicht, damit er an die hellen Glattsteine des Reiches Alnoa erinnerte. Der Putz wies an vielen Stellen Risse auf, und einige der Mauersteine waren herausgebrochen. In den Fensteröffnungen befand sich noch immer der Klarstein. Er war inzwischen schmutzig und trübe geworden. Aber nur wenige der Scheiben waren zerbrochen.

Sie zügelten die Pferde, als sie zwischen den beiden vorderen Gebäuden hindurchritten. Nichts verriet, dass hier noch Menschen wohnten. Alles schien ruhig und verlassen.

„Das große Gebäude dort dürfte der Getreideschuppen gewesen sein. Das da eine Wagenhalle für die Frachtkarren. Wohl zwei Wohnhäuser, wie mir scheint. Für die Herrschaften des Gehöfts und ihre Arbeiter."

„Es ist ein Ort des Todes", knurrte der Ork. Er hatte sein Schlagschwert gezogen und hielt es instinktiv bereit.

„Vielleicht wurde er einfach verlassen."

„Dort drüben. An der Wasserstelle. Einige von denen, die hier lebten."

Dorkemunt folgte Fangschlags Blick mit den Augen. Er sah die gemauerte Einfassung eines Ziehbrunnens und am Boden daneben mehrere längliche Bündel. Er ahnte sofort, worum es sich dabei handelte, und hätte gerne auf den Anblick verzichtet. Dennoch ritt er hinüber. Denn manchmal konnten auch Tote noch davon berichten, wie sie umgekommen waren. Vor allem ihre Wunden oder die Risse in der Bekleidung lieferten wichtige Hinweise. Sie konnten Auskunft geben über Gebisse und Krallen der Mörder, über deren Schwerter, Pfeile oder Lanzen.

Viel mehr als Knochen und die zerfallenen Reste der Kleidung waren nicht geblieben. Dorkemunt starrte auf die Überbleibsel und fühlte Zorn in sich aufsteigen. „Zwei Frauen und drei Kinder. Der dort war wohl ein Arbeiter. Er hält noch den Dreschflegel umklammert."

„Sie wurden überrascht, und es ging schnell", sagte das Rundohr.

„Und grausam ging es zu. Sieh es dir an!", schrie der alte Pferdelord. „Glieder und Köpfe hat man ihnen abgeschlagen. Was für Bestien!!"

„Aber keine Orks, Pferdemensch." Fangschlag saß von seinem Pferd ab und beugte sich über die Skelette. „Sieh es dir an. Die Kleidung müsste Schnittspuren zeigen. Rundohren schlagen keine Köpfe ab. Nun, im Eifer der Schlacht mag das geschehen. Du weißt genau, wie wir töten, Dorkemunt."

„Ja, ich weiß es nur zu gut." Der Pferdelord atmete einige Male tief durch und nickte dann. „Du hast recht, es waren keine Orks."

Das Rundohr trug das Schlagschwert seiner Artgenossen. Ein langes und gerades Schwert mit plumper Klinge. Es war nur an einer Seite geschärft und wies an der gerundeten Klingenspitze einen Haken auf. Dieser wurde unter anderem dazu genutzt, um einen Reiter vom Pferd zu ziehen. Die Rundohren töteten auf jene Art, der Fangschlag seinen Namen zu verdanken hatte. Ein kraftvoller Hieb in die Eingeweide, genau an der Schwachstelle zwischen Harnisch und Unterleibsschutz. Man nannte es auch den Eröffnungsschnitt. Eine grausame Verletzung, die sofort kampfunfähig machte und praktisch keine Überlebenschance ließ. Diese Wunden fehlten an den Toten.

„Jedenfalls wurden sie abgeschlachtet." Der Ork richtete sich auf. „Die Türen der Häuser stehen offen. Einige von ihnen wurden aufgebrochen. Ich glaube, da werden wir auch nur Tote finden. Lass uns lieber zu dem Stall dort gehen." Fangschlag wies mit dem Schwert zu einem nach vorne offenen Gebäude. „Das Ding da drinnen könnte uns beantworten, wer diese Menschenwesen getötet hat."

Dorkemunt hatte es nicht gesehen oder vielmehr nicht darauf geachtet. Er hatte das Objekt, auf das die Klinge des Orks zeigte, für einen großen blauen Stein gehalten, den die einstigen Bewohner aus einem unerfindlichen Grund in den Stall gebracht hatten. Beunruhigt stieg auch er nun ab. Sein Pferd folgte ihm gehorsam, während Fangschlag das seine am Zügel hinter sich herziehen musste.

„Was, bei den Finsteren Abgründen, ist das?" Der Pferdelord beäugte das seltsame Ding. Jetzt, aus der Nähe betrachtet, wirkte es fremdartig und bedrohlich.

„Es ist groß wie ein Pferd", meinte Fangschlag.

„Es erinnert mich an einen Sandstecher." Dorkemunt trat gegen die leere Hülle. „Nur sehr viel größer und ohne den giftigen Stachel. Viele Beine, und das dort sind wohl Zangen. Bei allen Finsteren Abgründen, meinst du, es hat damit all die Menschen hier …?"

„So muss es gewesen sein." Fangschlag hob die Hülle an. „Guter Panzer. Dick und hart." Das Rundohr machte eine nachdenkliche Miene. Es sah sich um und setzte dann die leere Hülle wieder auf dem Boden ab. „Tritt zurück, Pferdefreund, ich will etwas ausprobieren."

Er versetzte dem Objekt einen mächtigen Hieb mit dem Schlagschwert. Eine tiefe Kerbe entstand in der Mitte der blau schattierten Chitinhülle, die dann beim zweiten Schlag zerbrach.

„Ein sehr guter Panzer", knurrte der Ork mit widerwilliger Anerkennung. „Zwei Schläge, und ich bin nicht schwach. Ein Mensch mit einfachen Waffen hätte keine Chance gegen eine solche Kreatur."

„Offen gesagt, bin ich auch nicht scharf darauf, einer von ihnen zu begegnen."

„Ich verstehe.“ Das Rundohr schob sein Schwert unter die Kutte zurück. Er schien keine Gefahr zu befürchten. „Immerhin, Pferdemensch, könnte es eine interessante Begegnung werden.“

„Mag sein, aber ich bin kein besonders neugieriger Mensch.“ Dorkemunt fröstelte. „Lass uns von hier verschwinden. An diesem Ort ist niemand mehr am Leben, und wir haben noch genug Vorräte.“

Vor ihrer grausamen Entdeckung war Dorkemunt die Landschaft friedvoll erschienen. Doch er war erfahren genug, sich von derartigen Eindrücken nicht täuschen zu lassen. Es gab Raubtiere, wie Pelzbeißer oder Raubkralle, und in den letzten Jahren war in den Marken des Reiches Alnoa auch das Raubzeug mit zwei Beinen zahlreicher geworden. Die Ströme von Handelswaren lockten zwielichtiges Gesindel an. Immer wieder wurden einzeln reisende Händler oder kleine Gruppen von ihnen überfallen und beraubt, und manchmal verloren sie mehr als nur Waren und goldene Schüsselchen. Viele Reisende schlossen sich daher zu Handelszügen zusammen, die stark genug waren, um den Überfall einer Horde Räuber abzuwehren. Die Garde des Reiches bestreifte inzwischen die Handelsstraßen, und die Zahl der Übergriffe nahm ab.

Der Anblick des verfallenden Gehöfts hatte Dorkemunt klargemacht, dass die Bewohner des vergangenen Reiches zwar tot sein mochten, ihr Besitz aber erhalten geblieben war. Durchaus eine Verlockung für Männer, die mutig und gierig genug waren, sich nach Jalanne vorzuwagen. Vielleicht war das auch der Grund, warum die Gardekavallerie das Land bestreifte. Im Grunde fürchtete sich Dorkemunt nicht vor Räubern. Was ihn sorgte waren die Wesen, die einen solch undurchdringlichen Panzer und so furchtbare Scheren trugen. Gut, man konnte dem Panzer beikommen, doch selbst Fangschlag hatte dazu zwei kraftvolle Hiebe benötigt.

Sie rasteten in der Nacht. Die Fähigkeiten von Fangschlags Rasse machten ihn zu einem hervorragenden Wächter, und zudem benötigte er nur wenig Schlaf. Am Tage ritten sie vorsichtig und kampfbereit, stets darauf gefasst, einen Angriff abzuwehren. Sie brauchten darüber nicht zu sprechen, denn sie waren erfahrene Kämpfer und wussten, dass sie einer solchen Gefahr früher oder später begegnen würden.

Dann erblickten sie die Stadt.

Breonaris.

Sie wussten nicht, dass dies der Name der Stadt war. Dennoch war ihnen sofort bewusst, dass sie einmal von herausragender Schönheit und Bedeutung gewesen sein musste.

Breonaris, einst Ausgangspunkt und Ende der Südlichen Handelsstraße. Zentrum des Gütertausches eines mächtigen Reiches. Von hier waren die abgehenden Waren in das Reich Alnoa und über dessen Grenzen hinaus geströmt und von hier war das, was ankam, in die Länder Jalannes geleitet worden. Breonaris war einst gut geschützt gewesen. Durch die offene Grenze zum befreundeten Reich Alnoa und durch die mächtigen Berge im Osten und die Festungen des Reiches an der Grenze zu Cemen'Irghil. So hatte die Stadt auf den Bau eigener Mauern und Türme verzichtet und sich offen in ihrer Pracht entfaltet. Als sich dann der Sturm der Finsternis erhob, war es zu spät gewesen, um noch Wehranlagen zu errichten. Doch selbst wenn dies gelungen wäre, hätte es nichts bewirkt, denn die Mächte der Finsternis waren zu stark gewesen, und so war Breonaris untergegangen.

Fangschlag und Dorkemunt verharrten auf einem flachen Hügel vor der Satdt und blickten zu dieser hinüber. Noch immer bot sie einen beeindruckenden Anblick. Die Handelsstraße führte mitten in sie hinein. An der Stadtgrenze wurde sie von einem mächtigen Bogen aus weißen Steinquadern überspannt. Kein wirkliches Stadttor und auch keine Befestigungsanlage, hieß das Bauwerk die Besucher von Breonaris mit prachtvollen, in den Stein gearbeiteten Reliefs willkommen. An den Sockeln des Bogens befand sich jeweils ein niedriges Gebäude. Dort hatten einst die Wachen der Stadt die Ankömmlinge überprüft und den Händlern einen Zoll abgefordert, den der Stadtherr für sich beanspruchte.

Zu beiden Seiten säumten Häuser die Straße. Am Stadtrand noch eingeschossig, nahm die Zahl ihrer Stockwerke zum Zentrum hin auf bis zu sechs zu. Dorkemunt und Fangschlag nahmen dies staunend zur Kenntnis, als sie vorsichtig in die Stadt hineinritten. Die Spuren der einstigen Pracht waren nicht zu übersehen, ebenso wenig wie die des Verfalls. Teile der Torreliefs waren zerstört, Risse in den Häuserfassaden zu erkennen. Entlang der Handelsstraße gab es Gebäude, bei denen Teile der Wände und Dächer eingestürzt waren. Geborstene Dachplatten und Mauerwerk lagen auf der Straße umher.

Weit beklemmender waren die sterblichen Überreste der einstigen Bewohner.

„Sie müssen überrascht worden sein“, murmelte Dorkemunt erschauernd. „Der Tod hat sie mitten aus dem Leben gerissen.“

Überall waren die Gebeine von Männern, Frauen und Kindern zu erkennen. In verrenkten Stellungen lagen die Skelette am Boden. Nur die Reste der zerfallenen Bekleidung verrieten noch das Geschlecht der Toten und ließen erahnen, welchem Stand sie angehört hatten und welchem Beruf sie nachgegangen waren.

Fangschlag knurrte leise. „Ich bin mir nicht sicher, ob die Stadt angegriffen wurde. Schau dir die Skelette an. Männer, Frauen, Kinder, überall verstreut. Sieht so aus, als hätten sie gar keinen Widerstand geleistet. Es gibt auch kaum Rüstungen und Waffen. Jedenfalls nicht genug für eine kampfstarke Kohorte."

Dorkemunt beugte sich zur Seite und spuckte aus. „Dafür aber etliche der blauen Panzerwesen. Ihre Körperhüllen haben sich erstaunlich gut gehalten."

Das Rundohr nickte. „Und sie liegen auch verstreut herum. Das stört mich, Pferdemensch. Keine Schlachtordnung."

„Es war ein wildes Gemetzel. Die Bewohner der Stadt hatten keine Chance gegen die blauen Bestien."

„Es muss doch Soldaten in der Stadt gegeben haben. Zumindest Wachen."

„Hier und da liegen Gerüstete zwischen den Bewohnern. Sie kamen wohl nur nicht dazu, eine Formation zu bilden."

Dorkemunt trabte zu einer Gruppe von Skeletten hinüber, die um die Reste eines blauen Chitinpanzers verteilt waren. Unter ihnen fand er auch die Überbleibsel zweier Soldaten, die an ihren Rüstungen und Waffen zu erkennen waren. „Mir scheint, als seien diese blauen Ungeheuer wie aus heiterem Himmel über die Menschen hereingebrochen. Die Leute fanden keine Zeit mehr, sich zu ordnen und Widerstand zu leisten."

„Du meinst, da war ein Zauber im Spiel?"

„Es wäre immerhin möglich. Schließlich gibt es ja noch die Grauen Zauberer, und damals soll es auch noch die drei Weißen gegeben haben. Sag mal, Fangschlag, was weißt du eigentlich über die Grauen?"

„Sie sind nicht von meiner Art."

„Ja, das dachte ich mir schon, du hässliches Biest. Gibt es viele von ihnen?"

„Sie kommen und gehen."

Dorkemunt seufzte zweimal tief auf. „Mir scheint, du sprichst nicht gerne über sie."

Fangschlag bleckte die Zähne. „Sie sind die Brutmeister und die Herren der Schmieden. Sie handeln im Namen des Schwarzen Lords, und sie haben Sprechsteine, mit denen sie sich über große Entfernungen hinweg verständigen können. Es ist nicht gut, viel über sie zu wissen." Fangschlag stieß mit dem Fuß einen verbeulten Helm zur Seite. „In den Bruthöhlen ist immer Bedarf an Nährschlamm."

„Deine Kinderstube ist wohl kein sonderlich anheimelnder Ort gewesen."

„Wir haben keine Kinderstube. Nicht wie ihr. Wir kommen nicht als schwächliche kleine Wesen zur Welt. Und wir müssen auch nicht auf allen Vieren krabbeln und gesäugt werden. Wir werden als fertige Krieger geworfen. Starke Würfe, Pferdemensch."

Der alte Pferdelord nickte und deutete dann die breite Straße entlang. „Wir sollten weitergehen."

„Wozu? Wir werden nur noch mehr Tote finden. Hier gibt es niemanden, den wir nach der Quelle des Lebenswassers fragen können."

„Da hast du wohl recht, mein riesiger Freund. Aber diese Straße führt offenbar ins Zentrum. Alle Städte ähneln sich. Wenn man einmal die Eintönigkeit dieser Steinwüsten kennengelernt hat, weiß man das. Immer gibt es einen zentralen Platz. Dort stehen die größten Häuser der Stadt und leben deren wichtigste Bewohner, oder wenigstens die, die sich dafür halten. Vor allem aber findet man dort das Haus des Ältesten."

„Der ist genauso tot wie die anderen." Fangschlag stieß ein bissiges Knurren aus. „Oder kannst du etwa mit den Toten sprechen?"

„Vielleicht." Dorkemunt lächelte. „Du erinnerst dich, dass ich Nedeam eine Nachricht hinterließ?"

„Das sprechende Papier, ja. Ich bin ein Krieger und …"

„Schön, schön, ich weiß." Irgendwo hinter ihnen rutschten Trümmerteile polternd zu Boden, und die beiden Gefährten sahen sich nervös um. „Die Ältesten bewahren solche sprechenden Papiere auf. In ihnen ist die Geschichte ihres Weilers festgehalten und vieles aus den alten Legenden. Es ist nur eine vage Hoffnung, aber es wäre möglich, dass wir dort noch einen Hinweis finden."

„Gut. Du kannst ja mit dem Papier sprechen", grunzte Fangschlag. „Ich selbst kann das nicht. Aber ich werde dir zuhören. Lass uns gehen. Diese tote Stadt gefällt mir nicht."

Der Hufschlag ihrer Pferde hallte unnatürlich laut zwischen den Häusern wider. Dorkemunt versuchte die Allgegenwart des Todes zu verdrängen. Die Stadt war groß und musste Tausende von Menschen beherbergt haben. Den Überresten nach waren wohl nicht viele von ihnen dem Schrecken entkommen. In den abzweigenden Straßen und Gassen sah es nicht besser aus. Sie verzichteten darauf, eines der Häuser zu betreten. Nur an einem Brunnen machten sie halt, um ihre Pferde zu tränken und die Wasserflaschen aufzufüllen. Dorkemunt lenkte sein Pferd mit den Schenkeln und hatte den Bogen schussbereit. Irgendwann stoppte er.

Fangschlag zügelte seinen schwarzen Hengst. „Was ist?"

„Ich spüre etwas", murmelte der alte Pferdelord. „Irgendwer beobachtet uns."

Fangschlag sog prüfend Luft durch die Nase ein. „Ich kann nichts riechen. Und auch nichts sehen oder hören. Du täuschst dich."

Dorkemunt schüttelte den Kopf. „Es ist ein innerer Sinn, der es mir sagt. Irgendjemand ist dort."

Fangschlag musterte seinen Gefährten und langte dann unter seine Kutte. „Sagt dein Sinn dir auch, wer und wie viele?"

Dorkemunts Gesicht wurde ausdruckslos. „Es sind sechs."

Fangschlag nickte anerkennend. „Dein Sinn muss ja sehr ausgeprägt sein, wenn du es so genau sagen kannst."

Dorkemunt leckte sich über die plötzlich trocken gewordenen Lippen. „Dreh dich einfach um und zähle selbst nach."

Es waren sechs der riesigen Krebse. Ihre Panzer leuchteten in intensivem Blau, und die mächtigen Scheren waren kampfbereit ausgestreckt.

18

„Dieser alte Greis ist klüger, als ich vermutet hätte.“ Scharführer Peragram stieß behaglich auf. Er hatte sich zusammen mit Pferdefürst Garwin in der Schänke gestärkt, in die schon die beiden Flüchtenden eingekehrt waren, bevor sie zur Pforte von Alnoa aufbrachen. Nun war auch der Beritt wieder auf dem Weg. „Die Bestie in ihrer Kutte als Kranken auszugeben, war ein geschickter Zug.“

Garwin nickte. „Wir dürfen den Alten nicht unterschätzen. Er mag klein sein, aber er hat auch die Erfahrungen eines langen Lebens.“

„Und er ist beliebt“, knurrte Peragram missmutig. „Der verdammte Kerl hat noch immer Rückhalt bei den Schwertmännern Eurer Mark.“

Der Pferdefürst sah seinen vertrauten Scharführer grimmig an. „Er hat manches Abenteuer erlebt und manche Schlacht geschlagen. In den Schänken singt man Balladen über ihn. Zudem pflegt er vertraulichen Umgang mit Nedeam und meiner Mutter. Obwohl er sich mit der Befreiung Fangschlags schuldig gemacht hat, gibt es noch immer Menschen, die sich für ihn einsetzen. Wahrhaftig, das hätte ich nicht gedacht. Wir müssen also mit Umsicht vorgehen, Peragram.“

„Die alnoische Garde bewacht die Pforte. Vielleicht hat man die beiden dort aufgegriffen.“

„Wie gesagt, dieser alte Bastard ist schlau. Ich traue ihm durchaus zu, dass er die Garde geschickt getäuscht und sich unerkannt durch ihre Linien geschlichen hat.“ Garwin lachte leise. „Immerhin geben er und Fangschlag uns einen guten Anlass, nach Jalanne hineinzureiten.“

„Ihr wollt es wirklich tun?“

Garwin sah den Getreuen kopfschüttelnd an. „Denkt nach, Scharführer Peragram. Der Beritt ist ausgerückt, um das Heilmittel für meine Mutter zu besorgen. Also müssen wir nach Jalanne hinein. Ich bezweifle allerdings, dass wir das Lebenswasser finden werden.“

Vom Ende der Reiterkolonne ertönten Rufe, die schnell lauter wurden. Garwin zog sein Pferd zur Seite, um an der Formation entlang nach hinten sehen zu können. Er stieß einen erbitterten Fluch aus. „Verdammter Kerl! Was fällt ihm ein, sich meinem Befehl zu widersetzen?“

Soeben hatten der Erste Schwertmann Nedeam und seine Frau Llaranya die hinteren Reihen der Schwertmänner erreicht. Die freudigen Begrüßungsrufe ließen den Pferdefürsten wütend ausspucken. Mit starrem Gesicht blickte er Nedeam entgegen, während Peragram das Zeichen zum Halten gab.

„Ihr seid scharf geritten, um Euch meinen Worten zu widersetzen“, sagte Garwin mühsam beherrscht, als die Ankömmlinge ihre Pferde neben ihm zügelten. „Ich hoffe, Ihr habt einen triftigen Grund dafür, Erster Schwertmann.“

Garwins Worte weckten den Zorn in Nedeam, doch er hatte sich vorgenommen, einen kühlen Kopf zu bewahren. Immerhin war er dem Pferdefürsten verpflichtet und hatte gegen dessen Weisung verstoßen. Garwins Unmut war also mehr als verständlich.

„Die Hochmark ist bei Tasmund und Kormund in guten Händen, Hoher Lord. Zudem hält der gute Graue Marnalf seine schützende Hand über Eternas und seine Herrin.“ Er zwang sich zur Ruhe. „Ihr hingegen, Hoher Lord, reitet in ein fremdes Land. Das Leben der Herrin Larwyn ist bedroht, und auch das Eure ist in Gefahr, denn niemand kann sagen, was Euch in Jalanne erwartet. Es ist meine Pflicht, Euch mit

Schwert und Schild zu decken."

Sie wussten beide, dass Nedeam aus einem anderen Grund gekommen war. Aber ebenso wussten sie, dass nun nicht der Zeitpunkt zum Streiten war. „Wohl gesprochen, Erster Schwertmann", räumte Garwin ein. „Ihr sorgt Euch wahrhaftig sehr um die Zukunft unserer Mark."

„So, wie es sich für einen Ersten Schwertmann gehört." Nedeam nahm den Helm mit dem Rosshaarschweif ab und wischte sich den Schweiß von der Stirn. „Wenn Ihr keine Einwände habt, Hoher Lord, werde ich mich Euch und den Männern anschließen."

Garwins Lächeln wirkte dünn. „Wie ich Euch kenne, Nedeam, würdet Ihr einfach hinterherreiten, wenn ich es Euch untersagte, nicht wahr?"

„Mein Schild könnte Euch noch nützlich sein", wich Nedeam aus.

Garwin seufzte und blickte auf die Elfin, die mit unbewegtem Gesicht auf ihrem Pferd saß. „Sie ist gerüstet wie eine Kriegerin", stellte der Pferdefürst fest. „Eine Frau gehört nicht in einen kampfbereiten Beritt."

„Sie ist aber auch eine Elfin." Nedeams Lächeln vertiefte sich. „Sie würde uns in jedem Fall folgen."

Der Pferdefürst nickte. „Ja, das würde sie wohl. Elfen haben einen besonderen Starrsinn. Na schön, Erster Schwertmann, so reitet mit uns. Vorne an der Spitze, wie es sich für Euch als meinem rechten Schwertarm gebührt. Euer Weib kann sich hinten in den Beritt einreihen."

Llaranya lächelte den Pferdefürsten strahlend an und zog dann wortlos ihr Pferd herum.

„Sie scheint mir nicht sehr gesprächig", brummte Peragram an Nedeam gewandt.

Dieser verzichtete auf eine Erwiderung. Elfen hatten die

Eigenheit, nicht zu lügen. Sie mochten schweigen, wenn man sie fragte, doch wenn sie den Mund auftaten, sprachen sie die Wahrheit. Llaranya schwieg, da sie nichts Unfreundliches sagen wollte.

Der Erste Schwertmann gliederte sich neben Garwin ein und vertrieb somit Peragram von seinem Platz, der zu seiner kleinen Schar zurückkehrte, nachdem er Nedeam noch einen finsteren Blick zugeworfen hatte. Hinten im Beritt waren freundliche Worte zu hören, als die Pferdelords die Elfin willkommen hießen. Über der Formation flatterten die beiden dreieckigen grünen Wimpel des Beritts der Schwertmänner und der Schar Peragrams. Nedeam war froh, dass Garwin auf das Banner des Pferdefürsten verzichtet hatte. Die Tradition hätte es Garwin gestattet, Nedeam das rechteckige Tuch führen zu lassen. Es hätte Ehre bedeutet, ihn jedoch im Kampf behindert.

Die meisten Menschen des Pferdevolkes verstanden sich auf das Fährtenlesen. Bei der Verfolgung von Fangschlag und Dorkemunt war dies im Augenblick noch überflüssig. Das Ziel der beiden Flüchtenden war Jalanne. Erst dort würde man nach ihren Spuren suchen, um zu sehen, wohin sie sich gewendet hatten.

Sie ritten mit der Kolonne der Schwertmänner in das Tal der Pforte von Alnoa ein. Vor ihnen erhoben sich die weißen Mauern Maratrans am Südzipfel des Großen Walls. Am Talgrund unterhalb der Festung war Bewegung. Die Sonne blitzte im Metall von Rüstungen, und eine kleine Staubwolke schob sich den Pferdelords entgegen. Die Konturen einer kleinen geordneten Schar, über der das graue Banner der alnoischen Gardekavallerie wehte, wurden sichtbar.

„Vielleicht wissen sie etwas über den Quell“, meinte Nedeam. „Sie bestreifen Jalanne und kennen sicherlich das Land.“

„Wenn sie wüssten, wo der Quell liegt, würde es im Reich von Alnoa von langlebigen Wesen nur so wimmeln", erwiderte Garwin lakonisch. „Nein, es ist besser, wenn sie nicht von unserer Suche erfahren. Euer Freund Dorkemunt gibt uns einen genügend guten Grund, in das vergangene Reich vorzustoßen. Doch nun achtet mir darauf, dass sich Euer Weib zwischen den Männern verborgen hält. Auch die Alnoer schätzen keine Frauen als Soldaten."

Die Schar der Garde trabte heran, von einem leichten Klirren begleitet, das über dem Pochen des Hufschlags zu hören war. Garwin ließ die Pferdelords halten und blickte den Alnoern gelassen entgegen.

„Zwei Offiziere", stellte der Pferdefürst fest. „Einer mit zwei, der andere mit drei Federn. Ungewöhnlich für eine einfache Streifschar. Offensichtlich hat die Größe unseres Beritts sie aufgeschreckt, und sie wollen uns ihre Aufwartung machen."

Nedeam blinzelte überrascht. „Einige der Männer führen seltsame Lanzen, Hoher Lord. Könnt Ihr es erkennen?"

„Nun, Ihr wart in Gendaneris, Erster Schwertmann. Ihr habt an der Seite der Alnoer gefochten. Wie ich hörte, ist so einiges seltsam an diesen Leuten."

„Mag sein, aber sie sind keine Narren, Pferdefürst. Unterschätzt die Garde nicht."

„Ich brauche diesen Ratschlag nicht, Erster Schwertmann. Und nun überlasst mir das Reden, sie sind gleich bei uns."

Hinter Nedeam entstand Gedränge, als Llaranya ihr Pferd durch die Kolonne nach vorne trieb. Ihre Neugierde ließ sie einfach nicht hinten bleiben und vielleicht verpassen, was die Hohen Herren zu besprechen hatten.

Der Mann mit den zwei Federn am Helm gab einen Befehl, und die Gruppe der Alnoer zügelte die Pferde. Die beiden Offiziere ritten im Schritt näher. Ihre Blicke glitten prüfend über die Kolonne der fremden Kämpfer.

„Pferdelords aus der Hochmark des Pferdefürsten Garodem", sagte der Mann mit den zwei Federn. „Man erkennt es am Saum der Umhänge und den blauen Rosshaarschweifen. Wir hörten von Euch und Eurem tapferen Kampf in Gendaneris. Seid uns willkommen. Ich bin Hauptmann Bernot ta Geos, und dies ist der Kommandant der Festung Maratran, die Hochgeborene Livianya ta Barat."

Der Offizier mit den drei Federn nahm seinen Helm ab, und ein zartes Gesicht lächelte den Pferdelords entgegen. Garwin war sichtlich überrascht und rang um Fassung. Ein Raunen lief die Kolonne entlang nach hinten, und Nedeam konnte sich die Genugtuung in Llaranyas Gesicht vorstellen.

Da ta Geos es übernommen hatte, die Alnoer vorzustellen, war es an Nedeam, dies für die Pferdelords zu tun. Garwin nickte ihm unmerklich zu, und so trieb er sein Pferd leicht vor. „Ich bin Nedeam, Erster Schwertmann der Hochmark des Pferdevolkes, und dies ist der Hohe Lord Garwin, unser Pferdefürst."

Livianya runzelte überrascht die Stirn. „Die Namen sind mir wohl bekannt. Ihr seid nun Pferdefürst, Hoher Lord Garwin? Ist dem Hohen Lord Garodem etwas zugestoßen?"

„Mein Vater starb bei einem unglückseligen Sturz."

„Ihr habt unser Mitgefühl, Hoher Lord. Garodems Name ist unvergessen in unserem Reich." Die Hochgeborene stützte sich leicht auf das Sattelhorn. „Was führt die Männer des Pferdevolkes durch das Reich Alnoa? Mit scheint, Ihr seid auf dem Weg nach Jalanne, denn Maratran dürfte schwerlich Euer Ziel sein."

„Es ist ein unerfreulicher Anlass, Hochgeborene. Denn wir sind auf der Suche nach zwei Verrätern, die in das Reich Jalanne geflohen sind."

„Verräter im Land des Pferdevolkes?“ Livianya lächelte sanft. „Das passt nicht recht zu dem, was ich von Euch hörte. Man sagt, Pferdelords wären der Ehre sehr verpflichtet.“

„Umso schändlicher ist das Vergehen der beiden, und umso stärker unser Wunsch, sie zu stellen.“

„Das verstehe ich gut.“ Die Hochgeborene wandte den Kopf und blickte zur Öffnung der Pforte, die in das vergangene Reich führte. „Aber Ihr braucht Euch nicht diese Mühe zu machen. Barbarische Wesen durchstreifen Jalanne. Die Verbrecher werden ihnen wohl kaum entkommen.“

„Wir müssen sichergehen“, brummte Garwin. „Es ist eine Sache der Ehre.“

„Ehre ist die eine Sache, zu überleben die andere“, wandte Hauptmann ta Geos ein.

Livianya nickte zu den Worten ihres Stellvertreters. „Das ist wahr. Ihr Pferdelords kennt die Bestien nicht, die man Irghil nennt. Sie ähneln den Krebsen, die in den Flüssen leben, sind aber groß wie ein Pferd. Ihr Panzer ist von blauer Farbe und sehr dick. Kein Schwert, keine Lanze und kein Pfeil vermögen ihn so leicht zu durchdringen.“

Nedeam deutete auf die ungewöhnlichen Lanzen einiger Gardisten. „Ist das der Grund, warum Ihr diese merkwürdigen Waffen tragt?“

„Man muss sich dem Feind anpassen“, entgegnete Livianya. „Eure Waffen würden versagen, unsere nicht.“ Sie reckte sich im Sattel und blickte hinauf zur Festung Maratran. „Jalanne ist ein trügerisches Land, Pferdelords. Es wirkt friedlich und ist doch voller Tod. Folgt mir nach Maratran. Seid für eine oder zwei Tageswenden unsere Gäste.“ Sie lächelte die Männer der Hochmark an. „Wenn Ihr Jalanne betretet, solltet Ihr gewappnet sein. Meine Schmiede werden Euch einige der Waffen überlassen, mit denen Ihr den blauen Bestien beikommen könnt. Zudem gibt es sicher viele Geschichten zu erzählen."

„Habt Dank für Eure Großzügigkeit, Hochgeborene ta Barat", erwiderte Garwin mit bedauerndem Blick. „Doch wir müssen den Flüchtigen folgen. Es mag sein, dass sie nicht weit kommen, aber wir müssen Gewissheit haben. Ein Tag Rast mag uns allen guttun, Hochgeborene, doch inzwischen kann ein kräftiger Regenguss die Spuren verwischen."

Wenn Livianya über die Absage verstimmt war, so zeigte sie es nicht. Ihr Lächeln war jedoch eine Spur kühler, als sie sich erneut an Garwin wandte. „Nun, ich hörte, dass das Pferdevolk nie zögert, wenn es in den Kampf geht. Ich rate Euch, folgt der alten Handelsstraße. Sie führt zu den Ruinen der Stadt Breonaris. Es kann sein, das Ihr dort auf die Lemarier stoßt."

„Lemarier?"

„Die letzten Menschen von Jalanne. Sie leben auf einer kleinen Insel im Süden und wagen sich wegen der Irghil kaum an Land. Dennoch kennen sie sich besser in Jalanne aus als jeder von uns. Sie können Euch vielleicht einen Rat geben, wohin sich die Fliehenden gewandt haben."

„Dann sollten wir besser direkt zu der Insel der Lemarier reiten?"

Livianya schüttelte den Kopf. „Davon würde ich Euch abraten. Die Irghil wissen genau, wo sie liegt, und streifen dort immer wieder umher. Bei allem Respekt, Pferdelords, gegen eine größere Gruppe von ihnen hättet Ihr keine Chance. Den Lemariern gelingt es jedoch immer wieder, zwischen den Streifen der Irghil hindurchzuschlüpfen. Wendet Euch nach Breonaris, wie ich es Euch geraten habe."

„Wir werden Eurem Rat folgen, Hochgeborene. Unseren Dank dafür." Garwin nickte Livianya freundlich zu und machte Anstalten, anzureiten.

„Wie ich sagte, Hoher Lord", hielt ihre Stimme ihn zurück, „Eure Namen sind wohlbekannt in der Garde des Reiches. Erlaubt mir, Euren Männern wenigstens einige der Pfeile zu schenken, die uns schon gute Dienste erwiesen haben. Es sind nicht viele, aber sie werden von Nutzen sein, Hoher Lord. Vielleicht das Einzige, was Euch noch helfen kann, wenn Ihr den Bestien begegnet."

Bevor Garwin etwas erwidern konnte, wandte sich die Frau im Sattel um und gab ihren Männern einen Wink. Zwei von ihnen trabten Augenblicke später mit sechs gefüllten Pfeilköchern heran. Der Anblick der plumpen Spitzen ließ Geraune unter den Pferdelords entstehen, das sich wieder legte, als einer der Gardisten den Schwertmännern die Funktionsweise der Geschosse erklärte.

Garwin konnte die freundliche Gabe nicht ablehnen, ohne gegen die Regeln der Höflichkeit zu verstoßen. So dankte er der Hochgeborenen mit knappen Worten.

Livianya nickte Garwin zu, lächelte dann Nedeam mit einem Augenzwinkern an und gab ihrer Streife Befehl, anzureiten. Garwin tat es ihr gleich, und die Pferdelords setzten ihren Marsch durch die Pforte fort.

Als die letzten Schwertmänner außer Sicht waren, trieb ta Geos seinen Rappen neben die Hochgeborene. „Es war eine großzügige Geste, ihnen die Pfeile zu geben."

„Sie werden ihnen nicht viel helfen, wenn sie einer größeren Gruppe der Bestien begegnen. Aber wenig ist besser als nichts, Hauptmann. Nun, was haltet Ihr von diesen Pferdelords?"

„Wir alle haben von dem Kampf um Gendaneris gehört. Von der Ehre des Ersten Schwertmanns Nedeam und von jener seines Herren Garwin."

Livianya lächelte kühl. „Ja, die des Letzteren hält sich angeblich in Grenzen. An ihrem Beritt ist etwas Eigenartiges, Bernot."

„Zu viele Männer, um zwei Flüchtige zu fangen", meinte er nachdenklich. „Zu wenige, um die Bestien anzugreifen."

„Habt Ihr die Elfin gesehen?"

„Eine Elfin?"

Livianya lachte unbeschwert. „Ich bin offensichtlich nicht das einzige Weib, das zum Kampf bereit ist." Sie sah ihren Vertrauten an, und ein ironisches Funkeln war in ihren Augen zu erkennen. „Auch sie trägt Hosen und führt Bogen und Klinge."

Hauptmann Bernot ta Geos strich sich über das Kinn und sah in die Richtung, in der die Pferdelords verschwunden waren. „Eine Elfin. Es heißt, ihre Art habe das Land verlassen. Wieso reitet sie dann mit den Pferdelords? Diese Männer verfolgen eine Absicht, die wir nicht kennen, Hochgeborene. Es wird besser sein, sie im Auge zu behalten."

Ihr Lächeln vertiefte sich. „Ich sehe, Bernot, wir sind uns wieder einmal einig."

19

Es war später Abend in Eternas. Die meisten Bewohner der Stadt und der Burg schliefen bereits. Einige Gäste aus den Schänken suchten mit meist unsicheren Schritten ihren Weg nach Hause, Schwertmänner zogen durch die Straßen und hielten nach gefährlichem Feuer oder Ruhestörern Ausschau. Auch auf den Wällen der Burg streiften Wachen umher und gerieten dabei gelegentlich in den Feuerschein der Brennsteinbecken, die in regelmäßigen Abständen entlang der Mauerkrone standen. Die Gebäude lagen dunkel da. Lediglich in Meowyns Heilerstube und im Haupthaus waren noch schwache Lichtschimmer in den Fenstern zu sehen. Brennsteinlampen oder Kerzen brannten in der Küche des Haupthauses und im Obergeschoss, wo sich Larwyns Gemächer befanden.

Leoryn und Meowyn, die beiden Heilerinnen, saßen am Tisch der Heilerstube. Beide waren alte Schriften durchgegangen und hatten unter all den Kräutern, Salben und Tinkturen, die dort aufgeführt waren, nach etwas gesucht, das Larwyns Los erleichtern konnte. Sie wussten beide, dass ihre Bemühungen vergebens sein würden, und doch weigerten sie sich, einfach aufzugeben.

„Ohne Marnalf bliebe uns keine Hoffnung", seufzte Meowyn schließlich resigniert. „Und auch so ist die Chance gering, dass unsere Freundin Larwyn überleben wird."

„Dein Sohn Nedeam wird es schaffen. Er hat gute Männer bei sich und außerdem Llaranya."

„Und Garwin", schränkte die menschliche Heilerin ein. „Das ist es, was mir Sorge bereitet."

„Ich hoffe, Nedeam und Llaranya erreichen den Beritt, bevor man Dorkemunt und die Bestie Fangschlag gefunden hat."

Meowyn sah die elfische Freundin forschend an. „Glaubst du an die Unschuld der Bestie?"

Leoryn lächelte sanft. „Ich glaube an die Unschuld Dorkemunts. Es ist, wie der kleine Herr geschrieben hat. Sie werden versuchen, das Lebenswasser zu besorgen."

„Dann glaubst du auch an Fangschlags Unschuld."

Die Elfin wischte sich müde über die Augen. „Dorkemunt tut es, und Nedeam und die anderen zweifeln daran. Dieser Ork ist ungewöhnlich, meine Freundin. Sehr ungewöhnlich. Nein, ich glaube nicht an seine Schuld. Er hätte keinen Grund, der Herrin der Mark zu schaden."

„Larwyn schwebt zwischen Leben und Tod, Leoryn, und sie ist dem Tode weit näher als dem Leben. Ohne Marnalf wäre sie längst von uns gegangen."

„Das erwähntest du bereits, Meowyn. Du darfst dich nicht so quälen. Es blockiert deine Gedanken und führt sie im Kreise. Das ist nicht gut. Es schläfert deine Sinne ein."

„Ich bin einfach nur müde."

„So, wie wir alle. Auch an Marnalf geht die Sache nicht spurlos vorbei. Larwyn in Bann zu halten, scheint viel Kraft zu erfordern."

Meowyn seufzte. „Zwei der Grauen Wesen reichten aus, um fünftausend elfische Krieger in Bann zu halten. Über viele Jahrtausendwenden hinweg."

„Es waren mehr als zwei dieser bösartigen Wesen, und sie wechselten sich ab, Meowyn. Marnalf hingegen muss diese Aufgabe allein bewältigen. Hin und wieder nickt er ein, und mein Bruder Lotaras muss ihn wecken. Bald wird der gute Graue eine Schlafpause einlegen müssen." Sie sah die tiefe Sorge in

Meowyns Gesicht und lächelte aufmunternd. „Es wird nur eine kurze Unterbrechung sein, und sie wird Larwyn nicht schaden. Wir können Marnalf vertrauen."

„Das weiß ich."

Leoryn rollte eine der Schriftrollen sorgfältig zusammen und verschloss sie mit einem Band. „Es ist spät, und wir sollten nun selbst ein wenig ruhen."

Meowyn reckte sich gähnend. „Du hast recht. Tasmund hat sich bereits zurückgezogen, und ich werde ihm nun folgen. Aber vorher sehe ich noch einmal nach Larwyn."

Die beiden Frauen berührten sich flüchtig als Zeichen ihrer inneren Verbundenheit. Leoryn würde in einem der Betten in der Heilerstube schlafen, da es derzeit außer der Herrin keine Erkrankten oder Verletzten zu versorgen gab. Meowyn trat in die Nacht hinaus und atmete die frische Luft tief ein. In der Heilerstube roch es nach zahlreichen Essenzen. Die Heilerin war daran gewöhnt, doch jetzt, da sie müde war, genoss sie die kühle Nachtluft der Hochmark. Sie nickte einem Schwertmann zu, der an einem der Torbogen zwischen vorderem und hinterem Burghof postiert war. Auch vor dem Haupthaus und vor dem Amtsraum des Pferdefürsten standen Wachen. Die Festung war gut geschützt, und obwohl man in Fangschlag den feigen Täter gefunden zu haben glaubte, waren die Pferdelords noch immer auf der Hut.

Der Schwertmann vor Larwyns Gemächern nickte ihr zu. „Der Elf hat sich zur Ruhe begeben, Hohe Frau Meowyn. Alles ist still, bis auf ein leises Schnarchen." Das Gesicht des Mannes lag im Schatten, doch Meowyn spürte, dass er lächelte. „Marnalf wird sich wohl einen kleinen Schlummer gönnen."

Meowyn nickte. „So wird es sein. Selbst ein unsterbliches Wesen braucht gelegentlich Schlaf. Ich sprach mit der elfischen Heilerin darüber. Lasst Marnalf noch einen Zehnteltag ruhen, aber dann geht zu ihm und weckt ihn."

„So wird es geschehen, Hohe Frau."

Meowyn war sich für einen Moment unschlüssig, ob sie nach Larwyn sehen und damit riskieren sollte, Marnalf zu wecken. Der gute Graue brauchte wirklich ein paar Augenblicke Ruhe. Aber die Sorge um ihre Herrin veranlasste sie dann doch, in das Gemach zu treten.

Behutsam öffnete sie die Tür, die leise aufschwang.

Den wuchtigen Schlag, der ihr sofort die Sinne raubte, spürte sie kaum.

20

Pferdefürst Garwin hielt einen der merkwürdigen Pfeile in den Händen und ließ seine Finger misstrauisch über die plumpe Spitze gleiten. „Weit werden sie nicht fliegen. Und diese Dinger sollen gegen die Irghil helfen?“

„Krebsartige Kreaturen.“ Einer der beiden Signalbläser erschauderte. „Ich bin schon gegen Rundohren und Spitzohren geritten, auch gegen die Sandclans der Wüste. Aber von solch schrecklichen Kreaturen habe ich nie zuvor gehört.“

„Angeblich kann man sie essen“, meinte Scharführer Peragram.

„Wir sind keine Bestien, die ihre Feinde verspeisen“, stieß Garwin hervor.

„Nicht die Irghil, Hoher Lord. Die Krebse. Krebse soll man verspeisen können. Erinnert Ihr Euch an den Händler, der sie uns an der Mittleren Handelsstraße anbot?“

„Jedenfalls sollen diese Irghil ungleich größer sein als einfache Krebse.“ Nedeam blickte auf den Griff seiner elfischen Klinge. Die Schwerter der Alnoer waren aus gutem Stahl, und dennoch nützten sie offenbar wenig gegen die natürlichen Panzer der Feinde. Würde elfische Handwerkskunst mehr ausrichten können? Die Klingen wurden in heißeren Feuern geschmiedet, und ihr Eisen sehr viel öfter gefaltet, als es bei menschlichen Schwertern der Fall war. Mit elfischem Stahl ließ sich feines Tuch ebenso säuberlich zerteilen wie der massive Brustharnisch eines Rundohrs. „Sehr viel größer und sicher sehr viel stärker gepanzert.“

Garwin stieß ein leises Knurren aus. „Mag sein. Bisher hat unser Stahl nie versagt. Aber ich gebe zu, die Garde ist nicht dumm und wird sich etwas bei diesen Pfeilen gedacht haben. Wie viele von ihnen haben wir?"

„Sechs Köcher mit je zwanzig Stück", sagte Nedeam. „Nicht viel, wenn es zu einer ernsten Begegnung kommt."

„Verteilt sie an die besten unserer Bogenschützen."

„Das werde ich, Hoher Lord." Nedeam streckte die Hand aus, und Garwin legte ihm den Pfeil hinein, den er zuvor betrachtet hatte. „Mit Eurer Erlaubnis werde ich einen der Köcher der Hohen Frau Llaranya geben."

Scharführer Peragram wollte protestieren, doch Garwin nickte bereitwillig. „Elfische Reflexe und ein elfischer Bogen sind wohl noch am besten geeignet, um diese plumpen Pfeile ins Ziel zu bringen. Ein guter Vorschlag, Erster Schwertmann."

Nedeam musste seine Überraschung verbergen. Er hätte eher erwartet, das Garwin ihm widersprach. Aber auch wenn der Mann seine Fehler hatte, ein Narr war er sicherlich nicht. Er steckte den Pfeil in den Köcher zurück, aus dem er ihn genommen hatte, nickte Garwin und Peragram zu und ritt dann mitsamt der ungewöhnlichen Geschosse am Beritt entlang. Nedeam kannte jeden der Schwertmänner, mit ihrer Ausbildung hatte er allerdings nur selten zu tun. So reichte er einen der Köcher seiner erfreut lächelnden Gemahlin hinüber und lenkte sein Pferd dann zu Scharführer Arkarim.

„Gebt diese den fünf besten Bogenschützen", befahl er dem Mann.

Arkarim nahm die Köcher entgegen. „Darf ich offen sprechen, Erster Schwertmann?"

„Habe ich Euch das je verweigert, Scharführer?"

Arkarim grinste. „Nein, Hoher Herr, Ihr ganz gewiss nicht. Ich schlage vor, die Pfeile aufzuteilen, und zwar nicht bloß auf fünf, sondern auf die doppelte Zahl an Schützen. Zwar bleiben dann jedem nur zehn Stück, aber wir können in dichteren Salven schießen.“

„Ihr habt recht, guter Herr Arkarim. Diese Pfeile sind unhandlich und lassen sich bestimmt nicht so schnell lösen wie unsere eigenen. Durch die größere Anzahl an Schützen ließe sich das wieder ausgleichen.“

Der Scharführer lachte auf. „Zehn Schützen sind keine große Anzahl. Aber immerhin können sie schon etwas bewirken. Ich werde die Bogenschützen mit den alnoischen Pfeilen über den Beritt verteilen. Aus welcher Richtung der Feind auch kommt, während des Ritts sollen ihm wenigstens zwei Schützen sofort entgegentreten.“

Arkarim nickte Nedeam zu und ritt davon, um die Pfeile zu verteilen.

„Mit Verlaub, Herr Nedeam, dieser Scharführer ist ein guter Mann.“ Einer der Schwertmänner folgte Arkarim mit den Blicken. Er hatte an Nedeams Seite gegen die Schwärme der See gekämpft und sah nun den Ersten Schwertmann offen an. „Arkarim fragt nicht, sondern er entscheidet, und er tut das Richtige.“

Der Nebenmann des Reiters nickte. „Wir sind froh, dass Ihr zu uns gestoßen seid, Hoher Herr. Wir haben kein großes Vertrauen in diesen Scharführer Peragram, der ständig um den Hohen Lord herumstreicht wie die Biene um den Blütensaft.“ Der Schwertmann beugte sich zur Seite und spuckte aus. „Ist keiner von uns, dieser Scharführer Peragram.“

Keiner von uns. Die Kluft zwischen den Reihen der Schwertmänner war Nedeam nie zuvor so bewusst geworden wie nun.

Er erwiderte die Blicke der Reiter. Sie waren Pferdelords der Hochmark, Männer, die getreulich Garodems Banner gefolgt waren. Die Stärke und Stütze des Pferdevolkes und diesem treu ergeben. Nicht zu vergleichen mit jener Schar, die sich unter Peragrams Wimpel versammelte.

Der Erste Schwertmann räusperte sich. „Denkt daran, Schwertmänner, dass wir alle demselben Banner folgen."

Erneut spuckte der eine Reiter aus. „Wir folgen dem Banner der Hochmark, Erster Schwertmann. So, wie Garodem und Tasmund es uns lehrten, und so, wie Ihr und Kormund es uns vormacht." Sein Blick war ernst. „Seid gewiss, dass Garodem unvergessen bleibt. Kein wahrer Pferdelord der Hochmark wird Ungerechtigkeit dulden. Dafür steht ein jeder von uns mit seiner Klinge ein."

Nedeam musste seine Rührung verbergen und nickte den beiden nochmals zu, bevor er wieder nach vorne ritt. Diese Männer würden Gerechtigkeit üben, dessen war er sich sicher. Sie waren der Garant dafür, dass man die Flüchtenden lebend nach Eternas zurückbringen würde. Sie waren ihm, Nedeam, gewogen und würden nur ihrem Gewissen und den Traditionen folgen, denn sie waren einst durch Garodems Schule gegangen. Was allerdings auch bedeutete, dass sie ohne zu zögern ihre Klingen gegen Dorkemunt und sogar ihn selbst richten würden, wenn sich einer von ihnen gegen die Hochmark stellte. Der Erste Schwertmann verspürte Trauer. Garodem fehlte ihm. Seinem Banner wäre er bis in das Reich des Schwarzen Lords gefolgt, und keiner der Männer hinter ihm hätte gezaudert, sich einzureihen.

Der verstärkte Beritt hielt sich an den Ratschlag der Hohen Dame Livianya ta Barat und ritt direkt auf der alten Handelsstraße Richtung Breonaris. Garwin hatte Kriegsmarsch befohlen, und so waren einige Reiter als Nachhut zurückgefallen und folgten dem Hauptfeld in Sichtweite. Andere bildeten den Flankenschutz und bewegten sich über das schier endlose Auf und Ab der Hügel, zwischen denen die Straße verlief. Die Offiziere der Garde hatten ihnen deutlich gemacht, dass sie dem Gegner, dem sie sich nun mit ihren gewohnten Waffen näherten, kaum etwas anhaben konnten. Dennoch zögerten sie nicht, immer tiefer nach Jalanne hineinzureiten und sich dem Ungewissen zu stellen.

Einer der Flankenreiter hob die Lanze an und senkte dann ihre Spitze gegen den Boden.

„Er scheint eine Spur gefunden zu haben", seufzte Garwin erleichtert. „Endlich, man hätte schon glauben können, wir würden zwei Geistern folgen."

Zusammen mit Nedeam ritt der Pferdefürst zu dem Schwertmann hinüber. Llaranya schloss sich ihnen an.

„Die Spuren zweier Pferde, Hoher Lord und Herr", meldete der Reiter. Seine Lanze wies noch immer zum Boden. „Weicher Grund zwischen dem Gras. Die Hufabdrücke sind gut zu sehen. Eines der Pferde muss riesig sein. Wie es der Gast des Handelshofes geschildert hat."

Nedeam schwang sich behände aus dem Sattel, ließ sein Pferd grasen und beugte sich über die Abdrücke. „Eine halbe Tageswende alt, vielleicht auch frischer."

„Ausgezeichnet." Garwin klatschte erfreut in die Hände. „Wir scheinen sie einzuholen."

Der Schwertmann räusperte sich. „Die Spur führt an der Straße entlang."

Nedeam nickte zustimmend. „Sie wollen offensichtlich ebenfalls nach Breonaris."

„Ob sie von den Lemariern erfahren haben?"

„Ich weiß es nicht, Hoher Lord. Ich vermute, sie suchen einfach jemanden, den sie fragen können. Denn jede Straße führt zu einem Ort."

„Schön. Folgen wir ihnen. Vielleicht holen wir sie noch vor der Stadt ein. Ich möchte sie nicht zwischen den Häusern von Breonaris verlieren. Auch wenn es nur noch Ruinen sind, finden sich dort sicherlich viele Verstecke für die Verräter."

„Wollen wir doch hoffen, dass in dem Ort noch Menschen leben, Hoher Lord." Nedeams Stimme klang gedehnt, und er sah Garwin mahnend an. „Der Beritt ist ausgerückt, um nach dem Heilmittel für Eure Mutter zu suchen. Der Quelle des Lebenswassers."

„Seid unbesorgt, Erster Schwertmann, das habe ich nicht vergessen." Garwin trieb sein Pferd ungeduldig an.

Der Jagdeifer schien den Pferdefürsten nun gepackt zu haben, und der verstärkte Beritt musste sich beeilen, um dem Herrn zu folgen, der sich so selbstsicher in dem fremden Land bewegte. Bald war Nedeam wieder an Garwins Seite. „Wir dürfen nicht so hetzen", mahnte der Erste Schwertmann. „Wir haben kaum eine Rast eingelegt, und wenn Ihr schon keine Rücksicht auf die Männer nehmt, so achtet wenigstens auf das Wohl der Tiere. Wenn diese Irghil wirklich so furchtbar sind, werden wir noch schnelle Pferde benötigen."

„Belehrt mich nicht, Nedeam", knurrte Garwin. „Ich weiß, wie sehr Ihr Dorkemunt verbunden seid. Ihr setzt wohl alles daran, ihn entkommen zu lassen, wie?"

„Ich kenne meine Pflicht", erwiderte der Erste Schwertmann wütend. „Ihr braucht mich ebenso wenig zu belehren. Aber wenn wir nicht langsamer reiten, sind die Pferde für einen schnellen Ritt zu erschöpft."

Garwins Augen blitzten vor Zorn. Doch dann, ganz unerwartet, entspannte er sich und lächelte. „Ihr habt recht, Nedeam. Ihr tut nur Eure Pflicht, so wie ich die meine tue. Nun denn, führen wir also die Pferde einen Viertelzehnteltag. Es wird uns guttun, uns ein wenig die Beine zu vertreten."

Nedeam schluckte seine Wut widerwillig hinunter und gab den Befehl, die Pferde zu führen. Lediglich die Reiter des

Flankenschutzes und der Nachhut blieben im Sattel, da sie von dort aus einen besseren Überblick hatten. Erneut war es einer dieser Männer, der die Kolonne auf etwas aufmerksam machte.

„Wir haben sie“, frohlockte Garwin und schwang sich in den Sattel.

Der Flankenreiter hatte nicht das Zeichen für Gefahr gegeben, und so folgte Nedeam dem vorausreitenden Pferdefürsten in provozierender Langsamkeit. Der Ärger über ihn und auch über sich selbst saß tief. Er hatte sich provozieren lassen, aber auch Garwin erregte sich sehr leicht. Früher oder später würden sie in ernsthaften Streit geraten, und dann mochte es sein, das einer von ihnen die Klinge zog. Er hörte den Hufschlag eines Signalbläsers und die Stimme von Scharführer Peragram hinter sich. Letztere verstärkte noch den Unwillen des Ersten Schwertmanns, obwohl der Scharführer auch nur seine Pflicht tat.

Sein Ärger schwand schlagartig, als er Garwin und den Flankenreiter erreichte.

Vor ihnen lag die tote Stadt Breonaris. Doch keiner von ihnen interessierte sich im Augenblick für die einstige Handelsmetropole. Ein wenig außerhalb der Stadt grasten zwei Pferde in der Landschaft. Eines davon war ein riesiger schwarzer Hengst. Die Tiere der Gesuchten. Von ihren Besitzern war jedoch nichts zu sehen.

Peragram wandte sich halb um und gab ein Zeichen. Aus seiner Schar lösten sich einige Reiter und eilten heran. Auch Arkarim reagierte und ließ ihnen einige der Schwertmänner mit Llaranya folgen.

„Vorsicht, Männer“, mahnte Peragram. „Das schwarze Biest ist störrisch.“

„Das gefällt mir nicht“, raunte Nedeam Llaranya zu. „Die

Pferde sind gesattelt, Wasserflaschen und Proviantbeutel hängen noch an den Sätteln."

„Doch die Reiter und ihre Waffen fehlen." Garwin sah dabei zu, wie einige Männer unter Schwierigkeiten versuchten, den schwarzen Hengst einzufangen. Das andere Tier hingegen schloss sich bereitwillig den Pferdelords an.

„Sie sind wohl zu Fuß weiter." Scharführer Peragram legte die Wimpellanze in seine Armbeuge, beschattete die Augen und spähte zur Stadt. „Dort gibt es viele Verstecke, und die Pferde wären zwischen den Häusern eher hinderlich."

Nedeam schnaubte verächtlich, und Garwin sah seinen Getreuen kopfschüttelnd an. „Unsinn, Peragram. Zumindest Dorkemunt ist unzweifelhaft ein Pferdelord. Und kein Pferdelord trennt sich freiwillig von seinem Reittier. Schon gar nicht in unbekanntem Gelände."

„Und er würde ebenso wenig Wasser und Nahrung zurücklassen", fügte Llaranya hinzu.

Garwin sah sie an und nickte. „Niemand würde das tun. Dorkemunt ist kein Narr. Ein Verbrecher, ja, aber kein Narr."

„Hier ist Blut, Hoher Lord", rief einer der Männer, denen es mittlerweile gelungen war, den widerspenstigen Beißer einzufangen. „An der Flanke des Pferdes. Ein langer Riss. Die Wunde ist frisch."

„Sie ist nicht tief", stellte ein anderer Reiter fest. „Der Hengst hat Glück gehabt."

„Wohl anders als sein Reiter." Garwin folgte Peragrams Blick zur Stadt hinüber. „Es muss überraschend schnell geschehen sein, sonst wären sie auf ihren Pferden einfach davongeritten. Ich vermute, es geschah zwischen den Ruinen von Breonaris."

„Wahrscheinlich ist diese Bestie Fangschlag über den ahnungslosen Dorkemunt hergefallen“, meinte Scharführer Peragram.

„Das wäre möglich“, räumte Garwin ein.

„Wir müssen uns vergewissern.“ Nedeam befürchtete, dass Dorkemunt etwas Schreckliches zugestoßen war. Er verdrängte die Vorstellung, sein Freund könnte tot in den Ruinen der Stadt liegen. Das durfte einfach nicht sein.

„Wir werden in Breonaris einrücken“, entschloss sich der Pferdefürst. „Aber mit Vorsicht. Zwischen den Häusern einer Stadt sind wir mit unserern Pferden nicht so schnell.“

Nedeam musste an den Sturm der Gardekavallerie auf die Hafenstadt Gendaneris denken. Garwin hatte recht. Zwischen den Ruinen konnten die Pferdelords rasch in eine tödliche Falle geraten.

„Nehmt die Pferde der Verbrecher zu unseren Reservetieren“, ordnete der Pferdefürst an. „Scharführer Peragram, Ihr mit Eurer Schar und Ihr, Erster Schwertmann, werdet mich begleiten. Scharführer Arkarim soll sich mit seinem Beritt außerhalb der Stadt in Bereitschaft halten.“ Garwin wies die Handelsstraße entlang. „Wir werden ihrem Verlauf folgen, aber nicht sehr tief in die Stadt vordringen. In einem Zehnteltag wird es dämmern. Dann sollen alle Männer wieder außerhalb der Ruinen sein. Zerfallene Häuser bieten eine zu gute Deckung für einen Angreifer.“

Von Llaranya hatte Garwin nichts gesagt. Sie schloss sich ganz selbstverständlich der Gruppe an und hielt ihren Bogen und die neuen Pfeile bereit, da keiner der Schützen in Peragrams Schar mit ihnen ausgestattet war. Behutsam ritten sie unter dem weißen Bogen hindurch, der schon so viele Gäste von Breonaris willkommen geheißen hatte. Sie waren kaum eine Hundertlänge in die Stadt eingedrungen, als Llaranya einen leisen Warnruf ausstieß.

Vor ihnen entstand Bewegung auf der Straße. Hinter der Deckung von Trümmern und Hausruinen erhoben sich fünf Gestalten, die ohne Zweifel menschlich oder menschenähnlich waren.

„Das sind sicherlich keine dieser Irghil“, meinte Llaranya und wechselte den auf der Sehne liegenden Spezialpfeil gegen einen gewöhnlichen. Die fünf Menschen kamen zögernd näher, und die Elfin ließ die Waffe ganz sinken. „Zwei von ihnen sind junge Frauen, und ich kann keine Waffen erkennen außer den Stöcken, die sie tragen.“

Vier der Fremden hielten sich in einigem Abstand, während ein jüngerer Mann zögernd näher trat. Man sah die nervösen Blicke, mit denen er sich immer wieder umschaute. Seine Hände umklammerten den armlangen Stock, der seine einzige Waffe zu sein schien. Er trug ein bodenlanges weißes Gewand aus grob gewebtem Wollstoff. Zwischen den Beinen war es gerafft und nach oben unter einen breiten Ledergürtel gesteckt, vermutlich um beim Lauf nicht hinderlich zu sein. Seine Füße steckten in einfachen Sandalen.

Einige Längen vor den Pferdelords blieb der Mann stehen. „Ihr gehört nicht zu den gepanzerten Reitern Alnoas“, sagte er unsicher. „Eure Rüstungen sind mir fremd.“

„Wir sind Pferdelords aus der Hochmark des Pferdevolkes“, erwiderte Garwin. „Und mit dem Reich Alnoa befreundet.“ Der Pferdefürst stellte sich und seine Begleiter vor.

„Ich bin Eldanis von der Insel Lemar und die Frau dort ist Jana-Eldanis, mein Weib.“ Er nannte auch die Namen der anderen und fuhr dann fort. „Ich habe nie von Euch gehört“, gestand er ein. „Ihr müsst von sehr weit her kommen. Was sucht Ihr in Jalanne? Es ist gefährlich hier. Furchtbare Bestien streifen umher.“

„Wir haben davon gehört.“ Garwin lächelte. „Sicherlich

sind wir besser gegen diese Bestien geschützt als Ihr.“

„Auch wenn wir unsere Zuflucht nur selten verlassen, so kennen wir doch das Land, das uns einst gehörte.“ Der Mann wandte sich zu seinen Leuten um und winkte. „Kommt näher. Diese Reitermenschen scheinen keine Bedrohung zu sein.“ Dann sah er erneut Garwin an. „Seid vorsichtig, Mensch des Pferdevolkes. Wir haben uns in den Ruinen von Breonaris verborgen, da die blauen Bestien umherstreifen. Vor Kurzem sahen wir einige von ihnen in der Gegend. Sie sind schrecklich. Nichts kann sie aufhalten, und sie töten, was sie sehen.“

„Und dennoch wagt Ihr Euch aus Eurer Zuflucht?“

„Manchmal zwingt uns die Not, Reitermensch. Wir führen ein einfaches Leben, umzingelt vom blauen Tod, und ab und an müssen wir uns der Gefahr aussetzen, denn unsere Insel bietet uns nicht alles, was wir zum Dasein benötigen.“

Garwin nickte und sah die fünf freundlich an. „Eure Stöcke sind kaum geeignet, diesen Irghil Schaden zuzufügen. Ich kann Euch den Schutz einiger meiner Männer anbieten, falls ihr zur Grenze Alnoas wollt.“ Nedeam runzelte unmerklich die Stirn. Ein solches Mitgefühl entsprach kaum Garwins Art. Die nächsten Worte des Pferdefürsten zeigten ihm, was er eigentlich bezweckte. „Das gilt natürlich auch für den Fall, dass Ihr zurück in Eure Zuflucht wollt.“

Der Lemarier nickte dankbar. „Das Angebot nehmen wir gerne an. Eine unserer Familien wollte zur Pforte reisen, und wir hörten lange nichts von ihr. Unser Ältester war wie wir alle in Sorge. Wir haben nach den Vermissten gesucht.“

„Dann habt Ihr sic also gefunden?“

„Und dem Boden Jalannes übergeben, wie es der Brauch verlangt.“ Der junge Mann schluckte heftig. „Zwei kleine Kinder waren unter ihnen. Uns ist nur selten das Glück der Geburt beschieden. Die Bestien haben sie …“

Dem Mann versagte die Stimme. Eine der Frauen begann zu weinen und wurde von der anderen tröstend in den Arm genommen.

„Wahrhaftig Bestien. Kleine Kinder zu schlachten …“ Garwins Stimme klang grimmig. „Das kennt man sonst nur von den Orks. Bei dieser Gelegenheit, guter Herr Eldanis, wir vermissen zwei Männer und sind ihrer Spur bis hierher gefolgt. Außerhalb der Stadt fanden wir ihre Pferde. Habt Ihr etwas von ihnen gehört oder gesehen?“

„Dann müsst Ihr wohl ebenfalls um die Euren trauern“, seufzte der Lemarier. „Sie sind den blauen Bestien bestimmt nicht entkommen.“

Nedeam zuckte schmerzlich zusammen. Llaranya ritt neben ihn und legte ihre Hand tröstend an seinen Arm. „Es ist noch nichts gewiss. Der Mann hat ja nicht gesehen, dass sie getötet wurden.“

„Du hast recht, Llaranya, es gibt noch Hoffnung.“

Die schöne Elfin senkte ihre Stimme zu einem Flüstern. „Diese Lemarier können uns vielleicht einen Hinweis geben, wo wir den Quell des Lebenswassers finden. Du solltest sie danach fragen.“

„Falls Garwin das versäumt, werde ich es tun“, versicherte Nedeam. „Aber lass uns warten, bis wir die Zuflucht von Eldanis und den seinen erreicht haben.“

Als sei es das Stichwort für den ängstlichen Lemarier gewesen, wandte sich dieser erneut an Garwin. „Auch auf Euren Pferden werden wir unsere Insel heute nicht mehr erreichen. Es sind fast hundert Tausendlängen bis dorthin. Doch wir sollten Breonaris schnell verlassen. Hier streifen die Bestien oft umher, und bald wird es Nacht.“

Garwin winkte Peragram zu sich heran. „Setzt diese Leute auf Reservepferde und achtet mir darauf, dass sie nicht herunterfallen. Es ist noch eine Weile hell, und so können wir noch ein paar Tausendlängen zwischen uns und diesen Ort des Todes bringen."

„Hundert Tausendlängen sagtet Ihr, guter Herr Eldanis?" Arkarim nickte anerkennend. „Ein weiter Weg, den ihr da zurückgelegt habt, um Eure Vermissten zu suchen. Es mag Euch an Rüstzeug fehlen, aber nicht an Mut."

Eldanis lächelte freudlos. „Mut gehört zu dem wenigen, was uns aus der vergangenen Zeit geblieben ist."

„Zwei Tagesritte", murmelte Nedeam. „Wir entfernen uns von hier, ohne je herauszufinden, was mit Dorkemunt und Fangschlag geschehen ist."

„Es tut mir leid, Geliebter." Llaranya konnte seinen Kummer nachempfinden. „Mag es uns ein Trost sein, dass wir auf der Insel der Lemarier vielleicht eine Spur entdecken, die uns zum Quell führen wird."

Nedeam seufzte.

Zwei Tage. Dann würden sie womöglich mehr wissen.

21

Marnalf war erschöpft. Der Bannspruch der Zauberer diente dazu, einen Feind oder ein gefährliches Tier zu lähmen. Nur so lange, bis man selbst in Sicherheit war, denn ursprünglich verabscheuten es die Grauen, ein Leben zu nehmen. Ihre Sorge hatte dem Einklang aller Wesen mit der Natur gegolten. Die furchtbare Veränderung, die mit den Wesen seiner Art vor sich gegangen war, hatte jedoch dazu geführt, dass der Bannspruch mittlerweile überwiegend dazu missbraucht wurde, den Gegner zu lähmen, um ihn dann zu töten.

Was der gute Graue Marnalf tat, ging weit über einen gewöhnlichen Bannspruch hinaus, bei dem nur die Glieder des Gegenübers gelähmt wurden. Im Falle Larwyns reichte er tiefer, umfasste ihre inneren Organe und den Lebensfluss des Blutes. Ein Zustand, der dem Tod sehr ähnlich war und sich nur durch einen winzigen Lebensfunken davon unterschied. Dieser tiefe Bann hielt das Gift auf, doch er forderte dem Grauen viel ab.

Marnalf war erschöpft und müde, er musste sich zwingen, die Herrin Larwyn im Blick zu behalten, doch dann, irgendwann, war es geschehen. Er nickte ein. Ein traumloser Schlaf, der ihm Erholung brachte, aber so tief war, dass seine Sinne nicht wie gewohnt auf die Welt um ihn herum reagierten.

Es war ein greller Schmerz, der ihn aus dem Schlaf riss. Ein unheilvolles Glühen, das sich in seiner Brust ausbreitete und ihm den Atem raubte.

Mit einem gequälten Ächzen fuhr der alte Magier plötzlich aus seinem Sessel hoch.

Benommen sah er sich um. Sein Blick war verschwommen, erneut verspürte er das heiße Brennen, das ihm die Kraft für einen Schrei nahm. Marnalf umklammerte die Armstützen des Sessels, wankte einen Moment und zwang sich dazu, tief durchzuatmen, obwohl das den Schmerz noch verstärkte. Aber es half. Sein Blick wurde klarer, und was er sah, mobilisierte all seine Kräfte.

Die Heilerin Meowyn lag bäuchlings auf dem Boden von Larwyns Schlafgemach. Ihre blonden Haare waren blutverschmiert, und eine rote Lache begann sich unter ihrem Kopf zu bilden. Ein Ächzen entrang sich Marnalfs ausgedörrter Kehle. Sein Blick hob sich und glitt zum Bett hinüber, in dem die Herrin der Mark lag. Entsetzen malte sich auf sein Gesicht, als er den schmalen Dolch erblickte, der tief in ihrer Brust steckte. Im ersten Augenblick hielt er sie für tot, doch dann sah er eine unmerkliche Bewegung ihrer Hand.

Ein Keuchen entfuhr der Kehle des guten Grauen. Sein Körper spannte sich, er streckte die Arme aus und sandte all seine Macht durch die Spitzen seiner Finger. Seine Sinne spürten das Metall, das Larwyns Herz nur knapp verfehlt hatte. Ihm blieben nur Augenblicke, um sie vor dem endgültigen Tod zu retten.

„Pferde…lords …“, stöhnte er. Es sollte ein Aufschrei werden, aber die Stimme versagte ihm. Niemand hörte ihn, keine Hilfe eilte herbei.

Seine Sinne tasteten sich an der Klinge des Dolches entlang, berührten die verletzten Gefäße. Unfassbare Kräfte versiegelten winzige Wunden und dämmten den Fluss des Blutes ein. Die Anspannung ließ Marnalf erneut stöhnen, doch sie half ihm auch. Seine Sinne schärften sich.

„Pferdelords.“

Irgendwo im Gang zwischen den Gemächern klappte eine

Tür auf, und ein fragender Ruf war zu hören.

„Pferdelords!“, schrie er mit abermals versagender Stimme.

Eilige Schritte näherten sich. Marnalf erkannte Tasmunds Stimme. „Schwertmann der Wache! Verdammt, wo ist er? Schwertmänner der Mark! Zu den Gemächern Garodems!“

Tasmund hatte bemerkt, dass keine Wache vor Larwyns Räumen stand, und ahnte Unheil. In der Aufregung hatte er Garodems Namen gerufen, und nun stürmte er, nur mit einem langen Hemd bekleidet und das Schwert in der Hand, in Larwyns Schlafgemach.

„Bei allen finsteren …“ Tasmund erstarrte für Augenblicke, erfasste die Situation und wirbelte dann herum. Hinter ihm stürmten zwei kampfbereite Schwertmänner heran, und im Haupthaus wurde Lärm hörbar, als weitere Bewohner reagierten. „Holt die Heilerin Leoryn! Rasch! Weckt auch den Elfen Lotaras! Verständigt Kormund, ich will eine …“

Die Stimme des alten Kämpfers versagte. Er warf Marnalf den Blick eines tödlich verwundeten Tieres zu und schleuderte das Schwert achtlos zur Seite, um sich neben Meowyn niederzuknien. „Meowyn …“

„Sie lebt“, sagte Marnalf leise. „Die Wunde blutet im Takt ihres Herzschlages. Leoryn wird ihr helfen, Freund Tasmund. Ich kann es nicht. Larwyns Wunde ist schwer. Ich brauche dafür alle Kraft.“

„Sorgt Ihr Euch um die Herrin, ich sorge mich um mein Weib“, knurrte Tasmund. Er verspürte Erleichterung darüber, dass seine geliebte Meowyn noch lebte, und Zorn über das, was man ihr angetan hatte. Ihr und Larwyn.

Immer mehr Bewohner der Burg füllten den Gang zwischen den Gemächern. Die beiden Elfen trafen fast zeitgleich ein.

„Kümmert Euch um Meowyn, elfisches Wesen.“ Marnalf wandte sich nicht um, sondern hielt Blick und Fingerspitzen auf Larwyn gerichtet. „Danach brauche ich selbst Eure Hilfe."

„Ihr seid verletzt, guter Herr Marnalf?" Leoryn kniete ebenfalls bei ihrer Freundin und begann sie hastig zu untersuchen.

„Nein, nein, aber ich brauche Eure Kräfte, um Larwyn zu helfen. Doch kümmert Euch jetzt nicht um uns, mein Bann wirkt. Versorgt erst Meowyn."

Tasmund stand die nackte Angst um seine Frau ins Gesicht geschrieben. Tränen sickerten über seine Wange, während er Leoryn zusah. „Sie muss leben, Leoryn, das muss sie."

„Sie wird leben." Leoryn sah kurz auf und lächelte ihn an. „Sie hat den harten Schädel eines Pferdemenschen. Der Knochen wurde nicht verletzt, Tasmund. Sie hat einiges an Blut verloren, und im Kopf wird es ihr mächtig pochen, wenn sie erwacht. Doch sie wird wieder erwachen. Ihr könnt mir helfen, sie vorsichtig herumzudrehen und aufzusetzen. Dann kann ich ihren Kopf besser verbinden. Und seid unbesorgt, die Haare werden nachwachsen."

„Haare? Nachwachsen?"

„Bevor ich die Wunde vernähen kann, muss ich sie säubern und dazu an den Rändern ein paar Haare entfernen."

„Ah." Tasmund zuckte die Schultern. „Von dergleichen verstehe ich nicht viel. Wir haben nach mancher Schlacht Kopfwunden genäht und dabei nie Haare entfernt."

Sie drehten Meowyn mit der Hilfe eines Schwertmanns vorsichtig herum und zogen sie in eine sitzende Haltung. Leoryn nahm ein scharfes Messer aus ihrer Heilertasche. „Ich kann mir vorstellen, dass sich einige der Wunden entzündet haben."

Tasmund räusperte sich. „Mag sein. Wird sich diese hier entzünden?"

„Nein, da ich die Haare entferne. Seid so gut, Tasmund,

und haltet ihren Kopf fest."

Meowyn ächzte leise, als die Elfin ihre Wunde versorgte und dann einen Verband anlegte, wachte aber nicht auf.

Tasmund tätschelte besorgt ihre Hand. „Sie muss den Täter überrascht haben und wurde von ihm niedergeschlagen. Ich bin so froh, dass sie überleben wird. Bringen wir sie zu ihrer Bettstatt." Er winkte zwei Mägde herbei und wandte sich einem der Schwertmänner zu. „Zwei Männer vor ihr Gemach. Vielleicht hat sie den verdammten Kerl gesehen, der Larwyn erneut ermorden wollte."

Während man die Heilerin hinaustrug, nahm Tasmund sein Schwert wieder in die Hand. Er verzog das Gesicht, als sein nackter Fuß in die Blutlache trat. Leoryn winkte einen Mann heran, damit er das Blut aufwischte. „Ich denke nicht, dass sie den Mörder gesehen hat, Tasmund. Sie wurde von hinten niedergeschlagen. Selbst wir elfischen Wesen haben dort keine Augen."

„Tretet zu mir, Leoryn", forderte Marnalf in dem Moment. „Nun ist es an der Zeit, sich um Larwyn zu kümmern."

Tasmund wippte auf den bloßen Füßen. „Gut, ich werde mich derweil um den ehrlosen Täter kümmern."

„Ihr wisst nicht, wer oder was es war, Tasmund", gab Marnalf zu bedenken. „Bevor Ihr sinnlos umherstreift, wartet noch, bis wir einen Hinweis auf den Mann haben."

„Oder auf die Frau", meinte Leoryn. „In der Hafenstadt Gendaneris war es ein Weib, das für die Schwärme der See mordete."

„Es braucht nicht viel Kraft, einer Kranken die Klinge ins Herz zu stoßen", knurrte Tasmund wütend. „Es kann also auch durchaus ein Weib gewesen sein. Verfluchte Tat."

„Die Klinge traf nicht ins Herz", korrigierte Marnalf. „Sie glitt daran vorbei. Nicht sehr weit, aber weit genug, dass wir

Larwyns Leben bewahren können. Wenn wir nun schnell handeln und Leoryns elfische Heilkunst so gut ist, wie ich es erwarte." Der Zauberer sah die Elfin an. „Ich kann Euch nicht helfen, elfisches Wesen, denn ich muss Larwyn in meinem Bann halten."

„Ich verstehe mich nicht auf Magie, aber meiner Heilkunst könnt Ihr vertrauen, guter Herr Marnalf."

„Dann hört mir zu, Leoryn, wir müssen zuvor alles genau besprechen. Während Ihr Larwyn versorgt, muss ich mich ganz darauf konzentrieren, sie in Bann zu halten." Auch jetzt wandte sich der gute Graue nicht von Larwyn ab. Seine Haltung war ein wenig gelöster, doch die Arme hatte er noch immer gegen die Herrin der Mark ausgestreckt. Ein sanftes Leuchten schien von seinen Fingerspitzen auszugehen.

„Ich höre zu und werde Eure Worte beherzigen, Marnalf. Also sprecht."

„Gut, Elfin, denn es bleibt uns keine Wahl. Larwyn kann nur leben, solange ich sie in meinem Bann halte. Sobald ich die Augen nur für einige Augenblicke schließe, ist es für sie zu spät."

„Zwei Mann an die Seite des guten Herrn Marnalf", befahl Tasmund sofort. „Eure Erlaubnis vorausgesetzt, natürlich."

„Das wäre hilfreich", stimmte Marnalf zu. „Meine Arme könnten erlahmen, und nötigenfalls müssen die Männer mich zwicken, wenn ich einnicke. Ich bin noch nicht wieder ganz bei Kräften. Ah ja, Hoher Herr Tasmund, seid so freundlich und achtet mir auf den Krug mit Wasser, den man mir zum Abend brachte. Mir scheint, man hat ihn mit Schlafkraut gewürzt."

„Also, Marnalf?"

„Ja, schon gut, Elfin. Kommen wir also zu unserem Vorhaben. Ich hoffe, du hast eine ruhige Hand." Der Magier räusperte sich. „Der tiefe Bann, in dem ich Larwyn halte, schützt ihr Leben, doch zugleich behindert er die Heilung. Ich musste ihn so vertiefen, dass er die blutenden Gefäße verschließt. Dadurch wird es aber unmöglich, den Dolch aus der Wunde zu ziehen.“

„Dann lasst ihn doch stecken“, wandte Tasmund ein. „Sobald …“ Er räusperte sich verlegen. „Verzeiht, ich vergaß, dass Eure Kräfte nicht unerschöpflich sind.“

„Ich muss den Bann behutsam lockern und das richtige Maß finden. Löse ich ihn zu wenig, könnt Ihr die Klinge nicht entfernen. Löse ich ihn zu sehr, verblutet Larwyn, noch bevor Ihr sie versorgen könnt. Haltet also bereit, was Ihr benötigt.“

„Könnt Ihr die feinen Gefäße verschließen, wenn der Dolch entfernt ist?“

„Nein, nur die großen, da Ihr die Wunde sonst nicht behandeln könnt.“

„Wartet, Marnalf, ich muss sie mir zuvor genauer ansehen.“ Leoryn ging zum Bett hinüber und beugte sich über Larwyn, wobei sie darauf achtete, Marnalf nicht den Blick zu verstellen. Sie bewunderte die Gabe des Grauen Zauberers. Obwohl Larwyn in tiefem Bann lag, verspürte Leoryn davon nicht das Geringste. Sie nahm ihre scharfe Klinge und zerschnitt die Decke, in die Larwyn eingehüllt war. Vorsichtig zog sie den Stoff auseinander, und das rot verschmierte Nachtgewand wurde sichtbar. „Nicht viel Blut, Marnalf. Ihr habt sehr schnell reagiert.“

„Bei einem tiefen Bann ist man miteinander verbunden, gute Elfin. Ich spürte selbst den Schmerz, als die Klinge in Larwyns Leib stieß.“

„Dann habt Ihr, guter Herr Marnalf, den Übeltäter erkannt?“, fragte Tasmund erregt.

„Nein. Leider nicht, denn meine Sinne waren zunächst noch getrübt. Diesen Augenblick hat der Täter genutzt, um sich aus dem Raum zu stehlen."

„Verflucht, er kann nicht weit sein. Er muss sich noch in der Burg befinden." Tasmund wirbelte herum. „Lasst das Tor schließen, Schwertmänner. Niemand verlässt die Festung. Und die Wache soll mir berichten, wer an diesem Abend die Burg verließ."

Ein Schwertmann hastete mit Tasmunds Befehl hinaus.

Leoryn zerschnitt unterdessen das Nachtgewand. „Es muss eine sehr scharfe Klinge gewesen sein."

„Das ist gut. Dann hat sie das Gewebe glatt zerteilt und nicht zerrissen." Marnalf lächelte. „So kann es besser heilen. Ja, das ist sehr gut."

„Sagt, guter Marnalf, wisst Ihr, wie tief die Klinge eingedrungen ist?"

„Ich weiß es." Tasmund trat einen Schritt näher. „Es ist ein Dolch, wie er bei den Schwertmännern von Eternas üblich ist. Er ragt eine Handbreit heraus, also ist er ebenso tief eingedrungen."

„Dann wurde die Lunge verletzt." Leoryn leckte sich über die Lippen.

„Darum sorgt Euch nicht, gute Elfin. Mit dieser Gefahr kann ich fertig werden", versicherte der Magier. „Konzentriert Euch nur darauf, die Klinge behutsam zu entfernen und die Wunde zu verschließen."

„Könnt Ihr mit Euren Fähigkeiten das nicht besser?", fragte Tasmund. „Das sagt man den Grauen Wesen zumindest nach."

„Wenn sie nicht unter dem tiefen Bann stünde, ja. So aber kann ich nur den Blutstrom stillen. Bis meine Wundheilkräfte wirken würden, wäre es zu spät."

„Wir sollten beginnen, Marnalf." Leoryn legte einige Utensilien ihrer Heilerkunst bereit und sah den Grauen dann an. „Seid Ihr so weit?"

Marnalf nickte und Tasmund und die anderen Anwesenden hielten den Atem an, als Leoryn ein sauberes Tuch um die Klinge legte und es auf die Wunde presste. Dann begann sie sehr vorsichtig, den Dolch herauszuziehen. Als die blutige Spitze zum Vorschein kam, hielt sie die Waffe zur Seite und achtete auf das aufgepresste Tuch.

Tasmund nahm ihr derweil die Klinge ab und betrachtete diese angewidert, bevor er sie an einen Schwertmann weiterreichte. „Verwahrt den Dolch gut, Pferdelord. Jemand wird ihn vermissen, und wenn wir diesen Jemand finden, dann haben wir auch den ehrlosen Täter."

Im Gegensatz zu vielen menschlichen Heilern hielt Leoryn wenig davon, eine Wunde mit einem glühenden Eisen auszubrennen und sie dadurch zu versiegeln. Sie beherrschte diese Kunst, denn manchmal war sie erforderlich, doch die Menschen nutzten sie für ihren Geschmack zu oft.

„Ich halte den Blutstrom, Heilerin", versicherte Marnalf. „Seid unbesorgt."

Leoryn nickte erneut und entfernte das Tuch. Der feine Schnitt war zwischen all dem geronnenen Blut auf der Haut gut zu erkennen. Die Elfin säuberte die Wunde, drückte deren Ränder unmerklich auseinander und bestrich sie mit einer Heilsalbe. Dann fädelte sie einen feinen Faden auf und verschloss die Wunde mit wenigen Nadelstichen.

„Gebt den Blutstrom langsam wieder frei, Marnalf. So kann ich sehen, ob die Naht hält."

Als die Elfin und der Heiler sich vergewissert hatten, dass der Wundverschluss hielt, versenkte Marnalf Larwyn wieder in den tiefen Bann. Leoryn legte ein sauberes Tuch auf die Wunde und begann sie zu verbinden. Schließlich richtete sie sich mit einem befreienden Seufzen auf.

„Was ich vermochte, habe ich getan. Mit der Hilfe des guten Herrn Marnalf hat es die Herrin der Mark überstanden."

„Bleibt uns nur noch, das Gift des Sandstechers zu bekämpfen", erinnerte Marnalf sie unnötigerweise. „Und den Übeltäter zu fassen."

Tasmund sah die anwesenden Schwertmänner grimmig an. „Der Dolch ist der Beweis, Ihr Pferdelords der Mark. Dem Ork Fangschlag wurde Unrecht getan. Der ehrlose Mörder versuchte es zunächst mit dem Giftstachel, und nun, da Marnalf das Leben der Herrin erhalten konnte und der Beritt das Lebenswasser sucht, da wollte der Ehrlose es erneut versuchen." Er sah die Männer zustimmend nicken, und seine Stimme wurde für einen Moment weich. „Niemand mag noch an Dorkemunts Ehre zweifeln. Wahrhaftig, nie gab es einen ehrenhafteren Pferdelord. Er ließ sich selbst beschuldigen, ein Verräter zu sein, um einen Unschuldigen zu retten."

Einer der Schwertmänner schüttelte langsam den Kopf und sah Tasmund zweifelnd an. „Ich stimme Euren Worten zu, Hoher Herr. Doch missfällt mir der Schluss, der daraus zu ziehen ist. Ich sehe die Klinge wohl, die Bermart in den Händen hält, und doch kann ich nicht glauben, dass einer von uns der Täter ist. Jeder Schwertmann und Pferdelord würde sein Leben für die Herrin geben."

Tasmund stieß ein wütendes Schnauben aus. „So wie ich, Ihr guten Herren. Und doch ist einer unter uns, der das Leben der Herrin nicht bewahren, sondern es ihr nehmen will."

In diesem Moment trat der alte Scharführer Kormund in den Raum. Er war voll gerüstet, und sein Gesicht verriet den mühsam beherrschten Zorn, den er empfand. „Das Tor ist geschlossen, Freund Tasmund, wie befohlen. Die Wache versicherte mir, dass niemand in der fraglichen Zeit die Burg verlassen hat. Ich habe alle Wachen auf den Wehrmauern befragt. Auch sie sahen niemanden.“

„Fangschlag und Dorkemunt entkamen durch eine der Dungluken“, erinnerte ihn Lotaras.

Kormund strich sich betroffen mit der Hand über die Wangen. „Ich hätte das bedenken müssen.“

„Grämt Euch nicht, alter Freund“, tröstete ihn Tasmund. „Wer den Dolch in Larwyns Brust stieß, hätte genug Zeit gehabt, durch das Tor zu entkommen, und wäre nun schon weit weg. Doch niemand hat die Burg auf diesem Weg verlassen. Und jetzt ist er versperrt. Kormund, alter Freund, schicke Wachmannschaften vor die Mauern. Je eine halbe Zehn stark. Sie sollen die Luken im Auge behalten.“

Tasmund blickte auf Larwyn hinunter und nickte dann den Elfen und Marnalf zu. „Der Ehrlose ist noch in der Festung, Freunde. Und dieses Mal werden wir ihn erwischen.“

22

Vor dem verstärkten Beritt breitete sich ein mächtiger Wald aus. In seiner Ausdehnung erinnerte er an die versteinerten Wälder im Land des Pferdevolkes. Der Lemarier Eldanis hielt sich nur mit Mühe auf dem Pferd, das man ihm geliehen hatte, und seinen Leuten erging es nicht besser. Bei raschem Galopp und langsamem Schritt konnten sie noch mithalten, doch der Trab setzte ihnen zu, und mit jeder zurückgelegten Tausendlänge schmerzten ihr Gesäß und die Innenseiten ihrer Schenkel stärker. Es war daher gut nachzuempfinden, welche Erleichterung die Lemarier verspürten, als sich die Truppe dem Wald näherte.

Obwohl Eldanis nicht der Älteste seiner Gruppe war, so war er doch unzweifelhaft ihr Wortführer. Er hielt sich im vorderen Teil des Beritts, zwischen den Schwertmännern, die sich bemühten, die Belustigung zu verbergen, die sie angesichts der mangelnden Reitkünste des Lemariers unwillkürlich empfanden. Immer wieder kämpfte der junge Mann mit den Steigbügeln und warf rasche Blicke auf die Reiter neben sich, um herauszufinden, wie man mit den merkwürdigen Lederriemen umging, die am Kopf des Pferdes angebunden waren.

Eine halbe Zehn an Männern war ein gutes Stück vorausgeritten und suchte nach jener Lücke in der scheinbar undurchdringlichen Wand des Waldes, von der Eldanis gesprochen hatte. Diese war nun offensichtlich gefunden, denn ein Mann der Vorhut gab ein Zeichen mit seiner Lanze. Nedeam und Garwin trieben ihre Pferde an, um zu ihm aufzuschließen.

Hinter ihnen zog und zerrte Eldanis an den Zügeln seines Tieres und blickte an einer Seite nach unten, um zu sehen, ob er seine Fersen wie ein richtiger Pferdelord in die Flanken des Pferdes hieb. Einer der Schwertmänner lächelte freundlich und gab dem Hengst einen leichten Klaps auf die Kruppe. Dann folgte er Eldanis, damit dieser sein Pferd auch zur rechten Zeit anhalten konnte und nicht an der Vorhut vorbeitrabte.

„Der Wald öffnet sich, wie es der gute Herr Lemarier angekündigt hat", meinte der Vorhutreiter. „Er erscheint auf den ersten Blick wie ein undurchdringlicher Ring, der den See schützend umgibt."

„Ja, inmitten dieses Ringes liegt unsere Zuflucht, die Insel Lemar." Eldanis seufzte erleichtert. Ob es an der Nähe zu ihrem Zuhause lag oder an dem Schwertmann, der die Zügel des Pferdes übernommen hatte, war nicht zu sagen. „Doch nun gilt es, besonders wachsam zu sein, Ihr Pferdereiter. Die blauen Bestien kennen die Lage unserer Insel nur zu gut. Oft bestreifen sie die Ufer des Sees, und der Wald geht an vielen Stellen bis dicht an das Wasser heran."

„Verstehe." Garwin nickte. „Das bietet den Irghil gute Verstecke."

„Wir schleichen immer sehr vorsichtig durch den Wald, um dem blauen Tod zu entgehen", fügte Eldanis hinzu. „Das wird Euch mit den Pferden kaum gelingen."

„Der Wald engt unsere Bewegungsfreiheit ein. Zwischen Büschen und Bäumen können wir die Schnelligkeit der Tiere nicht ausnutzen." Garwin sah Nedeam abschätzend an. „Was meint Ihr, Erster Schwertmann?"

„Ich stimme Euch zu, Hoher Lord. Beweglichkeit ist unser Vorteil gegenüber dem Feind." Er sah den Lemarier abschätzend an. „Gibt es eine Schneise durch den Wald?"

Eldanis nickte. „Oh ja, die gibt es. Sie ist einige Tausendlängen breit und führt bis an das Ufer des Sees. Die Lücke, die Ihr hier vor Euch seht, ist der Eingang zu dieser Lichtung. Wir meiden sie für gewöhnlich, Pferdereiter. Denn dort sind wir völlig schutzlos, und die Bestien können uns rasch erspähen."

„Für uns wäre sie genau das Richtige", wandte sich Nedeam an den Pferdefürsten. „Wir können Abstand zum Waldrand halten, dort Wachen postieren und uns so vor bösen Überraschungen schützen."

Garwin räusperte sich. „Dann reiten wir zu dieser Lichtung."

Es war eine sehr breite Schneise, die den Ring des Waldes durchschnitt. In ihrer Ausdehnung erinnerte sie an die Pforte von Alnoa. Warum die Bäume sie nicht überwachsen hatten, wusste Eldanis nicht zu sagen. Das Gelände war flach mit ausreichend festem Boden. Saftiges Gras, Wildblumen und Kräuter wuchsen hier, und vereinzelt standen Büsche in dichten Gruppen.

„Seid achtsam, Pferdelords", befahl Scharführer Arkarim. „Hier gibt es Bauten von Wildläufern. Die Langohren haben sich in den Boden gewühlt, und überall sind Löcher. Passt darauf auf, dass Eure Pferde nicht hineintreten."

Um sie her waren die friedlichen Geräusche eines Waldes zu hören. Eldanis ritt zwischen Garwin und Nedeam und rutschte unruhig im Sattel hin und her. Möglicherweise versuchte er einfach, eine Stelle an seinem Gesäß zu finden, die ihn weniger schmerzte. „Lasst Euch durch die Ruhe nicht täuschen, Ihr guten Pferdereiter. Die Tiere des Waldes erkennen die Bestien nicht als Feind. Im einen Moment mögt Ihr noch dem Ruf des prachtvollen Holzklopfervogels lauschen, und im Nächsten schließt sich schon die tödliche Schere einer Bestie um Euren Hals."

Der verstärkte Beritt erreichte das Ufer des Sees ohne Zwischenfälle. Man konnte die Insel sehen, aber keine Einzelheiten ausmachen. „Wir müssen warten", sagte Eldanis und ließ sich erleichtert vom Pferderücken rutschen. „Vom Turm aus werden die Ufer beobachtet, man wird uns bald erkennen. Dann sendet man ein Boot, das uns abholt."

„Ein einzelnes Boot wird kaum ausreichen", brummte einer der Schwertmänner.

„Das wird es." Eldanis sah Garwin an und lächelte entschuldigend. „Die Insel bietet uns nur das Notwendigste zum Überleben. Habt dafür Verständnis, dass wir eine so machtvolle Truppe wie die Eure nicht versorgen können. Wir können Euch nicht einmal alle auf der Insel unterbringen. Dennoch wollen wir Euch unsere Dankbarkeit erweisen. Unser Ältester wird sicherlich eine Handvoll Pferdereiter zu uns einladen. Ohne Pferde, versteht sich."

Garwin spähte zur Insel hinüber. „Das kann ich verstehen, guter Herr. Der Beritt wird hier lagern, während ich und einige Männer Euch hinüberbegleiten. Wir sind nicht anspruchsvoll, Eldanis. Ein gutes Gespräch unter Freunden ist Entschädigung genug für den Ritt."

Der Pferdefürst zwinkerte dem überraschten Nedeam zu. Der Erste Schwertmann hatte nun die Bestätigung, dass es dem Pferdefürsten darum ging, Informationen zu sammeln. Nedeam war erleichtert. Garwin schien von Dorkemunts und Fangschlags Tod überzeugt und setzte nun alles daran, den Quell des Lebens zu finden und seiner Mutter Rettung zu bringen.

„Da ist Bewegung am Ufer der Insel", rief ein Schwertmann. „Man hat uns offenbar gesehen."

Llaranya trat an Nedeams Seite. „Zwei kleine Boote, ähnlich denen, die wir auf den Waldseen benutzen. Ich kann jeweils zwei Lemarier in ihnen erkennen. Einer von ihnen rudert, der andere späht aus."

Nedeam bemerkte den verstohlenen Blick, mit dem Eldanis wieder einmal die Elfin musterte. Ihr Anblick hatte bei den Lemariern Erstaunen hervorgerufen. Das war nur zu verständlich. Llaranya hatte schon in Alnoa Aufsehen erregt. Hier unten, im vergangenen Reich Jalanne, hatte man Elfen sicherlich noch seltenerer zu Gesicht bekommen. Nedeam musste daran denken, dass Elodarion und Jalan mit ihren Begleitern nun wohl schon an den Weißen Sänden der Elfen eingetroffen waren. Die elfischen Geschwister Lotaras und Leoryn sowie seine geliebte Llaranya waren jetzt vielleicht die letzten ihrer Art in der Welt des Pferdevolkes. Instinktiv legte er ihr in einer zärtlichen Geste die Hand an den Schenkel. Schmerzte sie die Trennung von ihrem Volk? Sicherlich tat sie das, und doch lächelte sie ihren Gemahl liebevoll an. Liebe konnte vielleicht jeden Schmerz überwinden.

Die beiden Boote hielten auf die Stelle zu, an welcher der Beritt bereits begonnen hatte, ein provisorisches Lager zu errichten. Ein Teil der Pferde wurde abgesattelt. Ein Pferdelord konnte auch ohne Sattel und Zaumzeug reiten, allerdings nahm das der Stoßlanze viel von ihrer Durchschlagskraft. Rund ein Drittel der Tiere blieb gesattelt. Die Schwertmänner versorgten die Pferde, und Scharführer Arkarim schickte einige der Männer zu den Waldrändern hinüber, wo sie sich im Unterholz verbargen. Die Gruppe der Schützen mit den alnoischen Spezialpfeilen fasste er zusammen, damit er sie nötigenfalls mit maximaler Schlagkraft einsetzen konnte.

Garwin sah kurz zu den Booten hinüber und wandte sich dann seinen Begleitern zu. „Ihr, Erster Schwertmann, und Ihr, Scharführer Peragram, werdet mich begleiten." Sein Blick fiel auf Llaranya. „Auch Ihr seid willkommen, Hohe Frau. Eure Kenntnisse und elfischen Sinne könnten hilfreich sein."

Eines der Boote war nun in Hörweite. Eldanis trat mit seinen Leuten vor und rief dessen Insassen an. Es kam näher, bis es dicht am Ufer war. Der Mann im Bug hatte einen einfachen Speer, und neben dem Ruderer lag einer jener armlangen Stäbe, wie sie auch Eldanis und seine Leute trugen. Der junge Lemarier hatte den Pferdelords erklärt, dass es sich bei den Stäben um traditionelle Symbole handelte. Sie alle besaßen an der Spitze einen blau schimmernden Edelstein. Er sei einst das Zeichen des Reiches Jalanne gewesen, aber viel mehr als die Erinnerung sei den Überlebenden nicht geblieben.

Nach einem kurzen Wortwechsel winkte der Führer des ersten Bootes auch das zweite heran. Garwin, Nedeam, Peragram und Llaranya stiegen zu, dann setzten sich die kleinen Fähren wieder in Bewegung und glitten auf die Insel Lemar zu. Mit einem leichten Schauder sah Nedeam unter sich im kristallklaren Wasser die Ruinen einer versunkenen Stadt.

„Was mag die Lemarier dazu bewegen, an diesem Ort des Todes zu verweilen?“, flüsterte Llaranya, die die untergegangene Stadt ebenfalls bemerkt hatte.

„Ich glaube, sie klammern sich an ihre einstige Größe. So, wie an diese Stäbe, die sie alle zu besitzen scheinen.“

Llaranya ließ ihre Hand spielerisch durch das kühle Wasser gleiten und benetzte sich damit die Stirn. „Ein Volk darf seine Vergangenheit nicht vergessen, mein Geliebter, aber es muss für die Zukunft leben. Die Überlebenden Jalannes schwelgen zu sehr im Vergangenen. Sie tragen sogar noch den Namen der Stadt, die hier unterging. Ich glaube nicht, dass sie auf ihrer Insel eine Zukunft haben.“

„Es ist ein Elend, sie so zu sehen“, raunte Nedeam. „Einst herrschten sie über ein mächtiges Reich, und nun fristen sie ein karges Dasein und träumen von einstiger Größe.“

Sie näherten sich der Ansammlung kleiner Pfahlbauten, die sich am Ufer der Insel erhob. Eldanis deutete zu einem halb verfallenen Turm, der die Gebäude überragte. „Dort wird Euch der Älteste Edo-Ma-Kalik willkommen heißen. Anschließend werde ich Euch in meinem bescheidenen Heim bewirten, wie es die Tradition unseres Volkes ist. Ihr habt mir und den meinen geholfen, und so stehe ich in Eurer Schuld."

Das Boot stieß leicht gegen einen der Stege, und der Mann am Bug warf geschickt eine kurze Leine über einen Pfosten, straffte sie und zog das Fahrzeug dicht heran, sodass die Passagiere bequem auf den Steg überwechseln konnten. Männer und Frauen traten aus den Hütten und Häusern und warfen den Fremden ängstliche Blicke zu.

„Ich sehe keine Kinder", raunte Llaranya.

Der Ruderer ihres Bootes hatte ihre Worte verstanden. Noch während er das Ruder sorgsam an einer Schlaufe festband, ertönte leises Kindergeschrei aus einer der Hütten. Der Mann schwang sich nun ebenfalls auf den Steg hinauf. „Sie haben Angst, Elfin. Wir schärfen unseren Kindern von frühesten Tagen an ein, dass fremde Wesen Gefahr bedeuten." Er zuckte entschuldigend die Schultern. „Das gilt natürlich nicht für willkommene Gäste wie Euch. Aber wie soll ein argloses Kind zwischen einem guten und einem bösen Fremden unterscheiden? Deshalb haben wir ihnen gesagt, sich immer verborgen zu halten."

„Arme Wesen", seufzte Nedeam. „Von Kindesbeinen an lernen sie, dass Gefahr und Tod sie umgeben."

„Ist das bei Euch Pferdereitern anders?", fragte der Lemarier neugierig.

„Auch bei uns gibt es Gefahren, guter Herr, doch nicht solche Angst. Die Marken des Pferdevolkes sind stark und ihre Grenzen gut geschützt."

„Beneidenswert." Der Lemarier deutete über den See. „Auch unsere Grenzen sind gut geschützt, wie Ihr seht. Die Bestien können nicht schwimmen, und so leben wir hier bescheiden, aber in Sicherheit.“

„Ich würde es kaum Leben nennen“, meinte Scharführer Peragram. „Eingesperrt auf einer Insel, umgeben nur von Wasser und Feinden. Nein, ich schätze die Weite der Ebenen und den schnellen Ritt auf einem guten Pferd.“

„Wohl gesprochen, Pferdereiter“, warf Eldanis ein. „Doch wir sind ein Volk von Fischern. Uns genügt, was wir zum Leben haben.“

Sie schritten den Steg entlang auf das Ufer zu, und die neugierigen wie ängstlichen Blicke der Lemarier folgten ihnen.

Nedeam sah mehrere junge Männer und Frauen, die ein Boot ausbesserten. Sie hatten es an Land gezogen und seinen Rumpf aufgebockt. Einige der Planken schienen sich gelöst zu haben.

„Es wurde bei einem Sturm gegen den Steg geworfen“, erklärte Eldanis, als er Nedeams Blick bemerkte. „Es wurde stark beschädigt, aber man kann es reparieren. Das Leben hier hat uns gelehrt, nichts achtlos zur Seite zu legen.“

„Ihr verwendet keine Eisennägel beim Bau der Boote“, stellte Garwin fest.

„Wozu wertvolles Metall verschwenden?“ Der Lemarier lächelte freundlich. „Man bohrt ein Loch, schneidet einen passenden Ast zurecht und schlitzt ihn an den Enden ein. Dann drückt man ihn in die Bohrung und klopft kleine Keile in den Ast. Der weitet sich und hält nun die Planken ebenso gut zusammen wie ein metallener Nagel.“ Er deutete über die Insel. „Es gibt Erz hier, und wir verstehen uns auf das Schmiedehandwerk. Doch es ist einfacher, das, was wir an Werkzeug brauchen, von den Alnoern zu erwerben.

„Aber auch gefährlicher“, wandte Garwin ein.

„Um Erz zu schmelzen und eine Schmiede zu betreiben“, erwiderte Eldanis, „benötigt man Brennholz oder besser noch

Brennstein. Beides ist rar auf unserer Insel."

Nedeam nickte. „Es ist sicher nicht vergnüglich, Holz am Waldrand zu schlagen, wenn die blauen Bestien um einen herumschleichen."

„Nein, das ist es wirklich nicht." Eldanis deutete mit seinem Stab in Richtung Turm. „Unsere Ältesten kommen, um Euch zu begrüßen."

Bislang hatten die Pferdelords und Llaranya nur junge Frauen und Männer zu Gesicht bekommen, nun traten zwei Lemarier auf sie zu, die unzweifelhaft alt waren. Sie waren schlank, fast ausgezehrt, und einer von ihnen zog das rechte Bein ein wenig nach, doch in ihrer beider Augen brannte dasselbe Feuer.

„Ich bin Edo-Ma-Kalik, Bewahrer der Weisheit und des Lichts von Jalanne und der Älteste von Lemar", stellte sich der eine vor, „und dies ist mein Stellvertreter Idrun-Ma-Elas. Wir heißen Euch bei uns willkommen. Möge das Licht Jalannes Euch erhellen und erwärmen."

Der Älteste deutete mit seinem Stab nacheinander auf jeden Einzelnen der Besucher und legte ihn dann in seine Armbeuge. Da er sie direkt angesprochen hatte, übernahm Pferdefürst Garwin im Gegenzug die Vorstellung seiner Begleiter.

Der Älteste konnte seine Neugierde nicht verbergen. Er trat vor und betrachtete Llaranyas spitze Ohren. „Wahrhaftig, eine Elfin. Wir haben schon sehr lange keine Elfen mehr im Reich Jalanne gesehen. Seit jenen Tagen nicht mehr, in denen der blutige Krieg und mit ihm unser Unglück begann."

Nedeam schöpfte Hoffnung. „Dann habt Ihr selbst noch Elfen kennengelernt?"

Edo-Ma-Kalik schüttelte den Kopf. „Keinem Menschen ist ein so langes Leben vergönnt, Pferdereiter Nedeam. Aber unsere alten Legenden berichten von diesen Wesen. Sehr alte Legenden, und wir haben viele davon." Er seufzte schwer. „Viel mehr ist von Jalanne nicht geblieben."

„Auch wir haben unsere Legenden", nahm Nedeam den Faden des Ältesten auf. „Eine dieser Legenden führt uns in das Reich Jalanne."

Edo-Ma-Kalik runzelte die Stirn, und als Nedeam Garwin einen auffordernden Blick zuwarf, räusperte der sich und nickte. „Es mag ein wenig ungebührlich erscheinen, Ältester, doch die Not trieb uns in Euer Land. Meine Mutter liegt im Sterben, niedergestreckt vom Gift des Sandstechers. Ihre Aussicht, zu überleben, ist sehr gering."

Der Älteste sah Garwin mitfühlend an. „Seid unserer Anteilnahme gewiss, Pferdefürst Garwin. Doch wieso führt Euch dies nach Jalanne?"

Garwin warf einen Blick auf Llaranya. „Im elfischen Volk gibt es eine Legende. Sie berichtet vom Quell des Lebenswassers und dessen Fähigkeit, zu heilen."

Garwin erwähnte nicht, dass die Elfen sogar im Besitz einer kleinen Menge der Flüssigkeit gewesen waren. Nedeam unterdrückte ein Lächeln. Der Pferdefürst war sehr geschickt. Er ließ dem Ältesten die Möglichkeit, die Existenz des Lebenswassers abzustreiten. Da die Pferdelords es in Eternas selbst hatten wirken sehen, konnte er so prüfen, ob der Älteste die Wahrheit sprach. Er musste von dem Quell gehört haben, denn dieses kleine Volk war zu sehr in der Vergangenheit und ihren Legenden gefangen.

Edo-Ma-Kalik nahm den Stab aus der Armbeuge und stützte sich leicht auf den blauen Kristall. „Die Legende vom Quell. Oh ja, Ihr Menschen des Pferdevolkes, ich kenne sie wohl."

„Könnt Ihr uns mehr darüber sagen?"

Der Älteste sah Garwin freundlich an. „Es gab eine Zeit, da soll der Quell des Lebenswassers ein heiliger Ort im Reiche Jalanne gewesen sein. Nur der König und seine engsten Vertrauten hatten Zutritt." Edo-Ma-Kalik seufzte. „Verzeiht, doch ich bin alt, und mein Gedächtnis lässt ein wenig nach. Ich vermag mich nicht genau zu erinnern. Dennoch bin ich mir sicher, Euch helfen zu können. Ich werde die alten Schriften studieren, die wir im Heiligen Turm aufbewahren."

„Wir können Euch gerne dabei helfen", bot Nedeam an. „Wir sind des Setzens und Deutens der Schriftzeichen mächtig."

Das Gesicht des Ältesten verfinsterte sich für einen Moment. „Niemand, außer den Überlebenden Jalannes, wird jemals seinen Fuß in den Heiligen Turm setzen, Pferdereiter!"

„Seht es meinem Ersten Schwertmann nach", sagte Garwin hastig. „Es ist die Sorge um seine Herrin Larwyn, die ihn antreibt."

Edo-Ma-Kalik schien einen Moment mit sich zu ringen. Schließlich nickte er zögernd. „Es sei ihm verziehen. Ihr kennt unsere Sitten nicht, das muss man berücksichtigen."

Idrun-Ma-Elas pochte mit dem Ende seines Stabes auf den Boden. „Wie ich hörte, hat Eldanis Euch zum Mahl in sein Haus geladen. Während Ihr Euch dort stärkt, werden wir Ältesten sicherlich einen Hinweis in den Schriften finden."

Edo-Ma-Kalik nickte würdevoll zu den Worten seines Stellvertreters, und die kleine Gruppe aus der Hochmark dankte den Ältesten und schlenderte dann langsam in Richtung Pfahlhäuser zurück.

„Verdammt, Nedeam", knurrte Garwin, „Ihr hättet beinahe alles verdorben."

„Ihr habt recht, Hoher Lord. Aber da war plötzlich diese Hoffnung, einen brauchbaren Hinweis auf die Quelle des Lebenswassers zu erhalten."

„Wir werden sehen." Garwin blickte zu dem alten Turm

zurück und sah die beiden Alten im Zugang verschwinden. „Jedenfalls war dieser Edo-Ma-Kalik nicht erfreut, als Ihr ihm unsere Hilfe angeboten habt. Diese alten Schriften müssen für die Lemarier ein wahres Heiligtum sein."

„Hoffentlich sind sie von größerem Nutzen als diese Stäbe, mit denen sie herumfuchteln", meinte Scharführer Peragram. „Sie unterscheiden sich in ihrer Länge und in der Größe des blauen Steins."

„Wohl beobachtet, Scharführer." Garwin lächelte überlegen. „Doch so hübsch diese Stöckchen auch sind, die Irghil werden sie damit wohl kaum beeindrucken können."

Eine kleine Gruppe der Lemarier hatte sich vor einem der Pfahlhäuser eingefunden. Die Menschen sahen den Pferdelords und der Elfin neugierig entgegen. Jeder von ihnen trug eine Schale bei sich und nickte lächelnd, als Nedeam und die anderen den Steg betraten und sich dem Haus näherten. Eldanis und seine Frau Jana-Eldanis traten vor die Tür. Jana schien beim Anblick der Pferdelords zu erschrecken. Hastig nahm sie einige der Schalen und trug sie hinein.

Selbst Garwin bekam angesichts dieser Szene ein ungutes Gefühl. „Sie scheinen nur wenige Vorräte zu besitzen, diese wackeren Leute. Es sieht aus, als unterstützten die Nachbarn den guten Herrn Eldanis, damit er uns verköstigen kann."

„Es wird den anderen fehlen", raunte Nedeam. „Mir scheint, einige verzichten auf ihr Abendmahl, damit wir satt werden."

„Ich denke, wir sollten nur ein paar symbolische Bissen zu uns nehmen", murmelte Garwin, „und dann so tun, als seien wir gesättigt. Es kann uns nicht schaden, den Riemen eine Spur enger zu schnallen."

Nedeam musste Garwin Abbitte leisten. Es schien gerade so, als kehrten sich am Elend des kleinen Fischervolkes die guten Seiten des Pferdefürsten hervor. Vielleicht verfügte Garwin doch über die notwendigen Gaben, ein gerechter Herrscher zu werden.

Nedeam räusperte sich und bückte sich dann, als müsse er etwas an seinem Stiefel richten. Die anderen warteten und gaben so den Lemariern Gelegenheit, die Schalen rasch in Eldanis' Haus zu schaffen. Als das junge Paar wieder vor die Tür trat und Jana-Eldanis ihre Hände an ihrem Gewand abwischte, nickte Garwin der Gruppe zu, und sie gingen zu den beiden hinüber.

„Seid willkommen in unserem bescheidenen Heim." Eldanis knickte in der Hüfte ein und verbeugte sich. Die anderen folgten seinem Beispiel. Dann wies der Lemarier einladend auf die offene Tür.

Garwin räusperte sich. „Habt Dank für Eure Gastfreundschaft, gute Leute."

Der Pfahlbau erwies sich als überraschend geräumig. Die Pferdelords hatten schon bemerkt, dass die Bauten hier aus Holz oder aus Stein bestanden. Eldanis' Heim war aus Holz errichtet und wirkte in seiner runden Form ungewohnt für die Männer. Vor allem die kreisförmigen Fensteröffnungen waren fremdartig. Die Grundform der Hütte erinnerte an einen Rundturm der Wehranlage in Eternas. Dennoch war es ein durchaus anheimelnder Ort.

Außen wie innen spürte man die Sorgfalt, mit der die Bewohner ihr Heim hergerichtet hatten. Die Einfassungen der Fenster und der Tür waren mit Schnitzereien versehen und farbig angemalt. Innen gab es runde Klappen, mit denen die Fensteröffnungen, wohl bei schwerem Wetter, verschlossen werden konnten. Tisch und Stühle des Wohnraumes waren sorgsam geglättet und geölt worden. Der Raum selbst war halbrund. Die kreisrunde Grunfläche des Hauses wurde durch eine Mittelwand in Wohnbereich und Schlafstätte unterteilt. Der Durchgang war mit einem Vorhang verhängt, der aus Schnüren und Muscheln bestand. Die Kochstelle befand sich genau in der Mitte des Hauses und konnte so im Winter beide Räume heizen. Der Schornstein bestand aus hart gebranntem Lehm und führte zur Spitze des seltsam kegelförmigen Daches.

Auch der Tisch, den Eldanis und seine Frau gedeckt hatten, war ungewöhnlich geformt. Seine Platte war auf der einen Seite gerade abgeschnitten, auf der anderen folgte sie der Krümmung der Außenwand. Wahrscheinlich stand er sonst direkt an der Wand, damit er möglichst wenig Raum einnahm. Zu Ehren der Gäste war er nun von der Wand abgerückt. Durch die vielen Stühle, die den Tisch umstanden und die offensichtlich ebenfalls von den Nachbarn zusammengeliehen worden waren, wurde es ein wenig eng im Raum.

„Nehmt Platz und sättigt Euch", lud Eldanis sie ein. Während seine Frau sich an den Tisch setzte, hantierte der junge Mann an der Kochstelle und trug dann Schalen mit dampfendem Inhalt auf. „Es mag ein einfaches Mahl sein, doch ich bin sicher, es schmeckt."

Es gab einen Kornbrei, dazu reichlich Fisch und eine Handvoll Beeren und Früchte. Während der Brei nahezu geschmacklos war, hatte man den Fisch kräftig gewürzt. Zum Essen gab es Wasser und einen Wein. Dieser schmeckte leicht bitter, was jedoch nicht unangenehm war. Es glich die Würze des Fisches aus.

Während ihr Mann die Gäste bediente, erzählte Jana-Eldanis vom Leben ihres Volkes. Sie klagte nicht über die bescheidenen Verhältnisse und interessierte sich sehr für die Bräuche des Pferdevolkes. Allerdings vermied sie es, mit der Elfin ins Gespräch zu kommen. Die Tatsache, dass sich ein weibliches

Wesen wie ein Krieger kleidete und auch noch Waffen führte, war der jungen Frau wohl unheimlich.

Die Pferdelords und Llaranya nahmen gerade genug zu sich, um den Gastgebern deutlich zu machen, dass ihnen die Mahlzeit durchaus mundete, sie aber einfach keinen Hunger hatten.

Garwin schob seine Schale zurück und sah die Lemarier freundlich an. „Es war schmackhaft, vor allem der Fisch. In unserem Quellweiler fängt man ihn ebenfalls, doch ich aß noch keinen, der so ausgezeichnet gewürzt war. Habt Dank für das Mahl, und seht es uns nach, dass wir es nicht ganz beenden." Der Pferdefürst lächelte entschuldigend. „Wenn ein Beritt in fremdem Land unterwegs ist, dann ist es besser, die Männer schlemmen nicht zu viel. Ein voller Bauch macht träge."

Ob das junge Paar den Worten glaubte, war nicht zu ersehen, aber schließlich räumte Eldanis den Tisch wieder ab und trug die Schalen in den hinteren Raum. Während der junge Mann neuen Wein brachte, hörte die Elfin mit ihren feinen Ohren das Trippeln vieler Füße aus dem Schlafraum.

„Ich glaube, die Schalen wechseln nun wieder zu ihren Besitzern", raunte sie Nedeam zu. „Dieses Leben ist erbarmungswürdig, und doch bemühen sie sich, uns redlich zu bewirten."

An der Haustür war ein energisches Pochen zu hören. Eldanis verbeugte sich entschuldigend vor seinen Gästen und eilte dann hinüber, um zu öffnen. Garwin hatte aufgrund dieser Eilfertigkeit bereits vermutet, dass es sich bei dem Besuch um die Ältesten handeln würde, und seine Erwartung wurde nicht enttäuscht.

Edo-Ma-Kalik und Idrun-Ma-Elas traten nacheinander in den Raum. Eldanis und seine Frau verbeugten sich erneut und schwiegen respektvoll. Der gehbehinderte Idrun-Ma-Elas blieb an der Tür stehen und lehnte sich erleichtert gegen den

Rahmen, Edo-Ma-Kalik hingegen trat an den Tisch heran und sah die Menschen aus der Hochmark ernst an. „Ich bringe Euch gute und zugleich auch schlechte Kunde, Pferdereiter."

„Das eine kommt oft im Verbund mit dem anderen", meinte Garwin. „Wohlan, es sieht so aus, als wärt Ihr in den alten Schriften fündig geworden."

„Oh, in der Tat, ich fand die richtigen Stellen." Edo-Ma-Kalik seufzte schwer. „Ich fand sogar einen Hinweis darauf, wo sich der Quell des Lebenswassers befindet. Doch es bereitet mir Sorge, Pferdereiter, sehr große Sorge. Ihr müsstet Euch nach Nordosten begeben, genau in den Bereich, in dem es vor blauen Bestien nur so wimmelt. Es ist hoffnungslos. Ihr würdet unweigerlich in den Tod gehen."

„Pferdelords reiten", korrigierte Scharführer Peragram und erhielt dafür einen zurechtweisenden Blick des Pferdefürsten.

„Seht meinem Scharführer die ungebührliche Bemerkung nach, Hoher Ältester." Garwin lehnte sich auf dem Stuhl zurück und warf einen schnellen Blick auf Nedeam. „Dennoch hat der gute Herr Peragram nicht ganz unrecht. Auf unseren Pferden sind wir schneller als Eure Leute zu Fuß. So können wir uns aus Situationen retten, in denen Ihr verloren wäret. Zudem verfügen wir über gute Waffen."

„Die Euch gegen die Bestien aber kaum von Nutzen sind", warf Idrun-Ma-Elas ein und stieß sich vom Türrahmen ab. Er humpelte näher und stützte sich schwer auf seinen Stock. „Die alten Schriften sagen, man müsse an der Südgrenze des großen Waldes von Jalanne entlangreiten und in die Wüste von Cemen'Irghil vordringen."

„Wir haben schon Erfahrungen in der Wüste gesammelt", brummte Garwin. Er dachte wohl an die Erzählungen seines Vaters von dessen Ritt ins Dünenland der Sandkrieger.

„Im Süden der Wüste erhebt sich ein ganz besonderer Fels.

Eine hohe Steinnadel, die von einer riesigen Scheibe gekrönt ist. Oben auf dieser Scheibe soll der Quell entspringen. Der Fels ist sehr hoch, und Ihr werdet klettern müssen."

Llaranya lächelte sanft. Darin sah sie kein Problem. Sie hatte die Geschichte über Leoryn gehört, die einst die alte Ostwache in Merdonan nur mithilfe zweier Dolche erstiegen hatte. Die junge Elfin traute sich durchaus zu, diesen merkwürdigen Felsen zu bezwingen.

Die Stimme des Ältesten wurde eindringlich. „Ihr werdet wahrscheinlich auf die Nester der Bestien stoßen. Niemand vermag zu sagen, wie viele der Kreaturen sich Euch entgegenstellen werden. Ich fürchte, wenn Ihr dorthin reitet, wird keiner von Euch lebend zurückkehren."

Der Pferdefürst räusperte sich. „In der Tat, das ist gute und schlechte Kunde, Hoher Ältester. Ich werde mich mit meinen Leuten darüber beraten."

„Es wäre gut, wenn Ihr uns Eure Entscheidung mitteilen könntet", meinte Edo-Ma-Kalik. „So wissen wir denn, ob wir um Euch werden trauern müssen. Als Gäste in unserer Zuflucht wird Eldanis Euch sicherlich sein Haus zur Verfügung stellen, damit ihr Euch ungestört beraten und die Nacht in Sicherheit verbringen könnt." Der Älteste deutete eine Verbeugung an. „Morgen, mit dem Anbruch des Tages, solltet Ihr Euch entschieden haben, ob Ihr weiterleben oder sterben wollt."

„Habt Dank für Euer Angebot, Hoher Ältester." Garwin erhob sich vom Tisch. „Doch dies ist eine Angelegenheit, die ich mit den Männern des Beritts beraten muss. So verlangt es die Tradition der Schwertmänner, das werdet Ihr sicherlich verstehen."

Auch Nedeam und die anderen erhoben sich. Garwin war nicht der Pferdefürst, der sich mit seinen Truppen beriet. Hinter den Worten steckte ein verborgener Sinn, und der Erste

Schwertmann ahnte, dass Garwin sichergehen wollte, von den Lemariern nicht belauscht zu werden, wenn sie zu einer Entscheidung kamen.

„Wir werden Euch ans Ufer übersetzen", erbot sich Eldanis. „Zwar beginnt es schon zu dunkeln, doch das Ufer ist von Euch Pferdelords besetzt, und so droht wohl keine Gefahr."

Die Ältesten nickten Garwin nochmals zu und verließen dann das Haus.

Wenig später stießen zwei Boote ab und setzten Garwins Gruppe zum anderen Ufer über. Als sie wieder an Land waren, wurden sie sofort von neugierigen Schwertmännern und Scharführer Arkarim umringt, die in Erfahrung bringen wollten, was sich auf der Insel zugetragen hatte.

Garwin vergewisserte sich, dass die beiden Boote wieder auf dem Rückweg waren. „Dieses kleine Völkchen behagt mir nicht", sagte er schließlich. „Sie leben im Elend, doch anstatt sich daraus zu befreien, berauschen sie sich an ihrer Vergangenheit. Mit diesen Lemariern stimmt etwas nicht."

„Es sind einfache Leute und sie sind das einfache Leben gewöhnt", warf Scharführer Peragram ein. „Sie wollen es nicht anders."

„Unsinn, Peragram", kanzelte Garwin seinen Vertrauten ab, ohne sich an dessen empörtem Gesichtsaudruck zu stören. „Niemanden verlangt es danach, in ständiger Todesgefahr zu leben. Nun gut, es ist Sache der Lemarier, wie sie ihr Leben fristen wollen." Die nächsten Worte trafen Nedeam vollkommen unvorbereitet. „Am frühen Morgen werden wir aufbrechen. In diesem vergangenen Reich können wir nichts mehr bewirken."

„Wollt Ihr damit sagen, dass wir in die Mark zurückkehren?", fragte Nedeam benommen. „Jetzt, wo wir einen Hinweis auf den Quell des Lebenswassers erhalten haben?"

„Ihr habt einen Hinweis erhalten?" Arkarim und einige der Schwertmänner sahen sich an. „Dann war der Ritt nach Jalanne also doch nicht vergebens."

„Der Hinweis ist zu vage", wiegelte Garwin ab. „Zudem würden wir uns mitten in die Scheren der Irghil begeben."

„Keiner unserer Männer würde davor zurückscheuen, Hoher Lord", versicherte Arkarim.

„Ich weiß um die Tapferkeit meiner Schwertmänner, Scharführer Arkarim." Garwin reckte sich. „Peragram, schaut nach, ob sich noch ein gutes Stück Fleisch auftreiben lässt. Dieser Fisch liegt mir schwer im Magen und …"

„Halt!" Nedeam trat zwischen Garwin und dessen Vertrauten. „Erklärt mir das, Pferdefürst. Wir haben nun alle Auskünfte, die wir brauchen, um Eure Mutter zu retten, und Ihr wollt unverrichteter Dinge in die Mark zurückreiten? Das kann nicht sein."

Garwin verschränkte die Hände auf dem Rücken und sah Nedeam abschätzend an. „Also gut, da Ihr mein Erster Schwertmann seid, will ich es Euch erklären, obwohl ich das für überflüssig halte. Seht den Tatsachen ins Auge, Nedeam. Meine Mutter wird sterben. Marnalf kann sie nicht ewig im Bann halten und die Wirkung des Giftes verzögern."

„Umso dringlicher ist es, ihr das Lebenswasser zu bringen", fauchte Nedeam. „Und zwar so schnell, wie unsere Pferde uns tragen können."

„Ihr versteht es einfach nicht, Nedeam, nicht wahr?" Der Pferdefürst schüttelte betrübt den Kopf. „Was, wenn wir in die Wüste von Cemen'Irghil hinausreiten und nicht zurückkehren? Die Mark hätte keine Herrin und keinen Pferdefürsten mehr."

„Ihr fürchtet um Eure Sicherheit?" Nedeam verzog verächtlich das Gesicht.

Garwin hob warnend die Hand. „Haltet Eure Zunge im Zaum, Erster Schwertmann. Es geht hier nicht um meine oder Eure Sicherheit, sondern um die Zukunft der Mark."

Nedeam spürte Llaranyas Hand. Hätte sie ihn nicht zurückgehalten, hätte er möglicherweise eine Dummheit begangen und sich auf Garwin gestürzt. „Schön", sagte er bissig, „dann kehrt Ihr nach Hause zurück und kümmert Euch um die Belange der Mark. Derweil werde ich mit den Männern nach Cemen'Irghil reiten und das Lebenswasser holen."

„Ich kann nicht von meinen Männern verlangen, was ich selbst nicht tun würde." Garwin sah den wütenden Nedeam schwer atmend an. „Soll ich etwa all diese guten Männer in einen sinnlosen Tod hetzen? Es wäre eine ehrlose Tat, denn sie hätten keine Chance gegen die Bestien."

„Wir haben die Pfeile der Alnoer, und wir haben unsere Pferde", schrie Nedeam. Er schüttelte Llaranyas Hand ab und trat dicht an Garwin heran. Ihre Blicke bohrten sich ineinander. „Wir haben sehr wohl eine Chance, Ihr seid lediglich …"

„Nedeam!" Llaranyas scharfer Ruf gemahnte Nedeam, die Hand wieder vom Griff seines elfischen Schwertes zu nehmen.

Garwin starrte auf die Hand des anderen. „Ich verstehe. So ist das also. Man nennt Euch nicht umsonst den Ziehsohn dieses Verräters Dorkemunt."

Es wäre wohl zu einer Bluttat gekommen, wenn sich nicht in diesem Augenblick die beiden Scharführer und einige Schwertmänner beherzt zwischen die Fronten geworfen hätten.

„Haltet ein!", rief Arkarim in einem Ton, mit dem er sonst seinen Beritt dirigierte. „Kein Pferdelord erhebt die Hand gegen einen anderen! Nedeam, Ihr seid Erster Schwertmann der Mark, kommt zur Besinnung!"

„Schwertmann ist er die längste Zeit gewesen“, fauchte Garwin. „Ich werde …“

„Bei allem Respekt, Hoher Lord!“ Arkarim fuhr zu Garwin herum, und sein Gesicht wirkte mühsam beherrscht. „Vergesst nicht, warum sich der Beritt gesammelt hat. Wir sind ausgerückt, um das Lebenswasser für die Herrin zu beschaffen. Überdenkt also noch einmal Euren Entschluss, mit leeren Händen in die Hochmark heimzukehren.“

Garwin sah forschend in die Gesichter der Schwertmänner. Er konnte erkennen, dass sie seine Entscheidung nicht akzeptieren wollten. Peragram sammelte einige seiner Leute um sich. Die Pferdelords begannen, sich in zwei Gruppen zu spalten.

Llaranyas weiche Stimme bildete einen seltsamen Kontrast zu dem erregten Rufen der Männer. „Bedenkt, Hoher Lord Garwin, welchen Eindruck es bei den Menschen des Pferdevolkes hinterlassen würde, wenn man erführe, dass Ihr nicht einmal versucht habt, das Lebenswasser zu erlangen.“

Peragram beugte sich zu Garwin und raunte diesem hastig ein paar Worte ins Ohr. Garwins Augen verengten sich, dann nickte er. Plötzlich erschien ein Lächeln auf seinem Gesicht.

„Es erfüllt mich mit Stolz, dass meine Pferdelords bereit sind, ihr Leben für meine gute Mutter zu riskieren. Ihr habt recht. Es ist unsere dringlichste Aufgabe, die Quelle des Lebenswassers zu finden.“ Er hörte das Raunen der Männer und hob die Hände. „Aber wir dürfen nicht blindlings in die Scheren dieser blauen Bestien stürmen. Unser Vormarsch muss gut vorbereitet sein. Darum werden wir zuerst ausspähen, ob sich der Quell an dem beschriebenen Ort befindet und wie stark der Feind ist.“

Scharführer Arkarim nickte. „Ein weiser Entschluss, Hoher Lord. Ich bin bereit, eine Schar auf Streife zu führen.“

„Keine Schar. Je weniger Männer durchs Land ziehen, desto besser können sie sich verbergen. Nur die Besten kommen für die Aufgabe infrage." Nedeam trat instinktiv vor und begriff erst, in welche Falle er gelockt worden war, als Garwin ihn vergnügt ansah. „Wie ich es erwartet habe, mein Erster Schwertmann. Ihr seid der erfahrenste Krieger in unseren Reihen und habt schon gegen viele Feinde bestanden."

Peragram grinste niederträchtig. „Und da die Elfen für ihre besonderen Sinne bekannt sind, würde ich vorschlagen, dass die Hohe Frau Llaranya den Ersten Schwertmann begleitet."

Scharführer Arkarim nickte. „Wohl entschieden, Hoher Lord. Aber wir dürfen unsere eigene Verantwortung nicht auf die Schultern eines Weibes laden. Mit Verlaub, Hohe Frau, dies geht nicht gegen Euch. Aber es sollten die Schwertmänner der Mark sein, die Euren Gemahl in die Gefahr begleiten."

Llaranyas Augen suchten die Nedeams. „Was redet Ihr? Wo sollte ich bei Gefahr wohl sein, wenn nicht an der Seite meines Mannes? Der Pferdefürst der Hochmark hat recht. Meine elfischen Sinne werden von Nutzen sein."

„Dann schlage ich vor, Hoher Lord, dass ich die beiden begleite." Arkarim straffte sich und sah Garwin auffordernd an.

Erneut raunte ihm Peragram etwas zu, doch diesmal schüttelte Garwin den Kopf. „Nein, guter Herr Arkarim. Nach Nedeam seid Ihr der erfahrenste Scharführer im Beritt. Wir können Euch nicht entbehren. Es bleibt dabei. Nedeam und Llaranya sollen den Weg erkunden." Der Pferdefürst sah die beiden an. „Wir werden hier, am Ufer des Sees, auf Eure Rückkehr warten." Er wippte leicht auf den Fersen. „Zwei Zehntage, Erster Schwertmann. Keinen Zehnteltag mehr und keinen weniger. Haltet Euch daran, sonst reiten wir ohne Euch zurück."

Der Tradition gemäß grüßte Nedeam den Pferdefürsten.

Die Ehrenbezeigung war makellos, doch man spürte, dass zwischen beiden Männern nun offene Feindschaft herrschte. Der Pferdefürst wandte sich einem der kleinen Feuer zu, die man mit Umhängen abgeschirmt hatte, damit ihr Schein vom Wald aus nicht zu sehen war.

Arkarim folgte Nedeam und Llaranya zu den Pferden. „Der Beritt wird auf Euch warten, Erster Schwertmann. Verlasst Euch ganz auf die Schwertmänner der Mark."

Nedeam legte dem Scharführer die Hand auf die Schulter. „Das tue ich gewiss, guter Herr Arkarim. Wir werden den Quell finden und dann benötigen wir sicher Eure Hilfe."

„Wir sind Schwertmänner und Pferdelords", erwiderte Arkarim ruhig. „Wir lassen keinen der unseren im Stich."

Als Nedeam und Llaranya aus dem Lager ritten, wussten sie, dass sich nun eine tiefe Kluft zwischen den Männern Peragrams und den Schwertmännern aufgetan hatte. Garwin mochte der Pferdefürst der Hochmark sein und das Recht haben, über ihrer aller Schicksal zu bestimmen, aber es würde ihm unmöglich sein, Nedeam und Llaranya allein zurückzulassen. So blieb ihnen dieser Trost, als sie ins Unbekannte vordrangen. Der Gefahr und, wie sie hofften, dem Quell des Lebenswassers entgegen.

23

Ein kalter Wind wehte über die Aussichtsplattform von Maratran. Die Hochgeborene Livianya zog fröstelnd den grauen Offiziersumhang enger um die Schultern und beugte sich über das Okular des Vergrößerungsrohres. „Nichts zu sehen. Schon seit Tageswenden nicht."

Bernot ta Geos lehnte an der Brüstung des Turms und blickte auf die Ebene von Jalanne hinunter. „So sehr das Instrument auch unseren Blick für die Ferne schärft, Hochgeborene, es vermag nicht abzubilden, was nicht da ist. Es mag ungebührlich erscheinen, doch ich erlaube mir, meine Besorgnis zum Ausdruck zu bringen, betreffend die …"

„Wir sind nicht bei Hofe, Hauptmann. Verdammt, Bernot, redet nicht so geschwollen. Ihr könnt frei heraus sprechen."

Bernot lächelte. „Ich mache mir so meine Gedanken um die Reiter des Pferdevolkes. Hundert Männer sind eine viel zu große Schar, um zwei Flüchtigen nachzujagen, zumindest, wenn man sich im Feindesland verborgen halten muss. Und um den Bestien zu widerstehen, sind sie viel zu wenige."

„Weiter, Bernot, ich höre zu."

„Wir wissen, dass der Beritt des Pferdevolkes in Richtung Breonaris aufgebrochen ist. Wenn alles gut verlief und sie den Irghil nicht in die Scheren gekommen sind, dann müssten sie auch die Insel Lemar erreicht haben." Der Hauptmann schwieg einen Moment, und Livianya sah ihn auffordernd an. „Ich bin mir sicher, dass die Männer eine andere Absicht verfolgen, als dieser Pferdefürst Garwin uns weismachen wollte", fuhr er fort. „Diese Elfin geht mir nicht aus dem Sinn."

„Ja, sie ist eine Schönheit", stichelte sie.

Er errötete. „Ich bin nicht in der Brunft, Hochgeborene. Ihr wisst genau, was ich meine. Es ist sehr ungewöhnlich, dass eine Elfin in einem Beritt mitreitet."

„Das habe ich Euch schon vor Tageswenden gesagt, Hauptmann." Livianya löste sich von dem goldenen Vergrößerungsrohr und nickte dem Beobachtungsposten zu, der sich sofort wieder an das Instrument begab. „Es ist bedauerlich, dass sich keine Gelegenheit ergab, mit diesem Nedeam unter vier Augen zu sprechen. Er hat einen beachtenswerten Ruf in der Garde. Ich glaube, wenn wir uns von Reiter zu Reiter unterhalten hätten, so hätte er uns auch das Ziel des Beritts genannt. Aber er steht unter dem Befehl dieses Pferdefürsten Garwin."

„Auch das gibt mir zu denken", brummte ta Geos. „Ein Beritt, vom Pferdefürst selbst geführt, und eine Elfin in seiner Begleitung. Der Herr einer Mark hat andere Aufgaben, als Flüchtige zu jagen."

„Ich sehe, wir sind uns wieder einmal einig." Die beiden Offiziere lächelten sich zu, und die Hochgeborene trat neben ihren Stellvertreter. „Wir kennen die wahre Absicht der Pferdelords und ihres Herrn Garwin nicht, aber wir werden sie für unsere Zwecke einspannen, Bernot. Der Beritt wird Aufsehen in Jalanne erregen. Bei den Lemariern, aber auch bei den Bestien. Denkt an das, was ich Euch gesagt habe."

„Ihr meint die Möglichkeit, dass sich die Irghil und die Orks verbündeten? Ich habe es nicht vergessen. Doch was hat das mit den Pferdelords zu tun?"

„Wenn die Irghil tatsächlich eine Vorhut der Orks sind, dann wird es sie sehr beunruhigen, wenn neben der Garde plötzlich auch noch Pferdelords durch Jalanne streifen. Vielleicht vermuten sie, dass das Reich Alnoa und das Pferdevolk einen gemeinsamen Schlag gegen sie führen wollen. Das könnte sie aufscheuchen, nicht wahr?"

„Ich verstehe." Hauptmann ta Geos strich sich über den dünnen Oberlippenbart. „Ihr meint, der Beritt der Pferdelords könnte die Bestien aus ihren Verstecken locken. Mit ihren untauglichen Waffen sind die Reiter schließlich leichte Beute."

„Fische fängt man mit einem Köder, Bernot. Und der hier ist besonders saftig."

Bernot ta Geos sah Livianya forschend an. „Also wollt Ihr die Männer des Pferdevolkes opfern?"

„Redet nicht so dummes Zeug", fuhr sie ihn scharf an. „Ich will weder die Pferdelords noch unsere Männer opfern. Die Bestien sind es, die ein Opfer bringen sollen."

„Wie wollt Ihr das bewerkstelligen? Wollt Ihr den Pferdlords folgen?"

„In gebührendem Abstand, Hauptmann, in gebührendem Abstand. Denkt an die Schriftrolle über die Grundzüge der Taktik, die in meinem Regal liegt. Wie lockt man den Feind in eine Falle?"

„Mit den Pferdelords als Köder."

„In diesem Falle, ja." Sie lächelte über ihr Wortspiel. „Und wie vergewissert man sich, dass man nicht selber in die Falle gelockt wird?"

„Indem man sorgfältig beobachtet, ob einem jemand folgt."

„So ist es, mein guter Bernot, so ist es." Sie wies über die Ebene. „Inzwischen dürften die Bestien den Beritt bemerkt und sich vergewissert haben, dass ihm keine stärkere Streitmacht folgt."

„Was aber der Fall sein wird", ergänzte der Hauptmann grinsend. „Soll ich Befehl geben …?"

„Bernot, mein guter Hauptmann, wir können nicht blindlings hinausreiten. Wir müssen vorher wissen, wo und wann wir am besten zuschlagen können. Ja, Bernot, wir werden reiten. Doch zuvor werden wir ein paar Späher entsenden, die den Weg und die Stärke des Feindes auskundschaften."

„Die Gardisten Hendirus und Lunres waren oft mit einer Streifschar draußen." Erneut strich Bernot ta Geos über sein Bärtchen. „Beide sind gelegentlich als Jäger unterwegs, um unsere Fleischvorräte aufzufüllen. Sie verstehen es, Spuren zu lesen und sich an ein Wild anzuschleichen."

„Dann werden diese beiden unsere Späher sein. Schärfe ihnen ein, dass niemand sie entdecken darf. Sie sollen ihre Rüstungen hierlassen."

„Die beiden Männer sind erfahren. Sie wissen, wie man sich verborgen hält."

Livianya nickte. „Gut, dann gib ihnen den Befehl. Danach kommt in meinen Amtsraum. Ich will festlegen, wie wir uns am besten auf den Schlag gegen den Feind vorbereiten."

Bernot ta Geos liebte den Aufzug ebenfalls nicht und nahm die Treppe, um nach unten zu gelangen. Livianya hörte das leise Murmeln der beiden Gardisten, die am Vergrößerungsrohr standen, und blickte entschlossen auf Jalanne hinab.

Wenn es einen Köder gab, der die Bestien hervorlocken konnte, dann waren es die Pferdelords. Livianya musste nur aufpassen, dass aus dem Köder kein Futter wurde.

24

„Das Tor öffnen?“ Der Schwertmann sah Kormund grimmig an. „Dann ist der Bastard also entkommen, Scharführer?“

Der alte Kämpfer zuckte die Schultern und verzog kurz das Gesicht, als bei der Bewegung die alte Narbe in der Brust schmerzte. „Es muss wohl so sein. Wir haben die Burg förmlich auf den Kopf gestellt. Es fehlt nur noch, dass wir sie Stein für Stein abtragen. Aber von dem Mordbuben keine Spur. Er muss wohl schon entkommen sein, bevor wir das Tor schließen konnten.“

„Mögen die Finsteren Abgründe ihn verschlingen“, knurrte die Wache, und die anderen Männer stimmten dem aus vollem Herzen zu. „Sagt, Kormund, ist es wirklich ein Schwertmann gewesen?“

„Niemals“, sagte einer der anderen Männer. „Er mag sich verkleidet haben, doch er ist bestimmt keiner von uns. Kein Schwertmann der Mark wäre zu so einer feigen Tat an unserer Herrin fähig. Der Ehrlose hat sogar die gute Heilerin Meowyn niedergeschlagen.“

Der Führer der Torwache zog sein Schwert eine Handbreite aus der Scheide. „Wer es auch war, Kormund, wenn wir ihn fassen, bekommt er die Klinge zu spüren. Da gibt es keine lange Beratung.“

„Er wird für seine Untat büßen, Männer der Mark. Früher oder später werden wir ihn fassen.“ Der alte Scharführer blickte zum Haupthaus der Burg. Es war früher Mittag, und alle Sucherei war vergebens gewesen. Tasmund hatte Befehl gegeben, die Tore wieder zu öffnen und die Wachverstärkungen abzuziehen. Kormund hatte dem nur widerwillig zugestimmt, aber sein Freund hatte recht, solange es keinen Hinweis auf die Identität des Täters gab, würden sie ihn kaum finden können. „Es ist bald Zeit für den Wachwechsel. Haltet weiter die Augen offen, und wenn es etwas Ungewöhnliches gibt, dann sagt sofort mir oder dem Hohen Herrn Tasmund Bescheid."

„Scharführer?"

Kormund wandte sich nochmals dem Wachführer zu. „Ja?"

„Es ist wegen des alten Dorkemunt." Der Mann räusperte sich verlegen. „Er ist kein Schwertmann, gewiss, aber ein braver Pferdelord. Nun ist er doch unschuldig, nicht wahr?"

Kormund lächelte. „Das ist er gewiss."

„Dann ist es gut." Der Wachführer grinste erleichtert. „Ist ein braver Kerl, der Alte. Hat sich wacker für das Pferdevolk geschlagen, auch wenn diese Zeiten nun vorbei sind. Wir konnten alle nicht so recht glauben, dass er etwas Ehrloses getan hat."

„Er hat seine Ehre wieder", versicherte Kormund gerührt. Es waren aufrechte Burschen, seine Schwertmänner. Fast jeden Einzelnen von ihnen kannte er seit vielen Jahren. Und unter ihnen sollte sich ein Ehrloser befinden? Nein. Niemals. Eher mochte ein grauer Gestaltwandler sein Unwesen in Eternas treiben. Kormund erblasste ein wenig. Konnte es nicht wirklich ein … „Öffnet also das Tor, Männer, und unterrichtet die Wachablösung über den Befehl. Sollte sich etwas ereignen, ich bin beim Hohen Herrn Tasmund zu finden."

Kormund schritt über den vorderen Burghof zum Hauptgebäude und hörte in seinem Rücken das leise Rumpeln, mit dem die Torflügel geöffnet wurden. Er bemühte sich um einen gemessenen Gang, damit seine wachsende Unruhe nicht auffiel, doch als er die Treppe erreichte, die zum Amtsraum des

Pferdefürsten führte, stürmte er die Stufen hinauf.

Tasmund saß hinter dem Schreibtisch Garodems und blickte überrascht auf, als Kormund mit ungebührlicher Hast eintrat. In einem bequemen Stuhl schreckte Meowyn, einen Verband um den Kopf, aus einem Schlummer auf und sah benommen zu dem Scharführer.

„Ich weiß, wer die Tat begangen hat, alter Freund", sagte der Scharführer außer Atem, nachdem er Meowyn kurz zugenickt hatte.

Tasmund schnellte aus dem Stuhl hoch. „Wer? Ah, endlich geht es dem Bastard an die Kehle. Sag schon, Kormund, alter Freund, wer war es und wie hast du ihn gefunden?"

„Ein Grauer." Kormund nickte entschlossen. „Es kann nicht anderes sein. Keiner unserer Männer würde so etwas tun, und Fangschlag ist unschuldig. Es war ein grauer Gestaltwandler, der als Schwertmann auftrat."

Tasmund sah seinen Freund einen Augenblick verblüfft an. Er stand vorgebeugt und hatte die Hände auf den Schreibtisch gestützt. Dann stieß er einen leisen Seufzer aus und sackte in den Sessel zurück. „Verdammt."

„Ja, wir hätten früher daran denken können", bekannte Kormund.

„Nein, das meine ich nicht, alter Freund." Tasmund wies auf eine Karaffe mit kühlem Brunnenwasser. „Erfrisch dich erst einmal und finde wieder zu Atem. Die Zeiten, in denen wir wacker voranstürmten, sind vorbei. Wir müssen uns nun gemessener bewegen." Er lächelte dünn. „Die Idee mit dem Grauen ist gut. Ich hatte sie ebenfalls."

Kormund nickte. „Wir sind oft zusammen geritten und hatten häufig dieselben Gedanken. Die Vorstellung, dass ein Gestaltwandler sein Unwesen bei uns treibt, scheint dich aber nicht sonderlich zu beunruhigen."

„Wir haben schon üble Erfahrungen mit diesen bösartigen Wesen gemacht. Unser guter Herr Marnalf kennt ihre Fähigkeiten sehr wohl. Er ist sich sicher, dass es kein Grauer war."

„Wieso das?" Kormund füllte einen Becher und reichte ihn der Heilerin, bevor er sich selber einschenkte und einen langen Schluck nahm. „Ich hörte, Marnalf könne die Gegenwart der bösen Grauen nicht immer spüren."

„Nein, seit sich deren Wesen verwandelte, gelingt ihm das nur selten. Marnalf meint jedoch, ein Grauer hätte sofort gespürt, dass sich Larwyn unter dem Schutz eines Bannzaubers befindet. Er hätte den Zauber beeinflussen können, sodass der Dolch sein tödliches Werk vollbracht hätte."

„Und sich selbst hätte er dadurch verraten."

„Wäre es darauf noch angekommen? Wer auch immer unsere gute Herrin umbringen will, es muss ihm sehr wichtig sein, wenn er ein solches Risiko eingeht. Du kennst die Bösartigkeit der Grauen, Kormund. Ein solches Wesen hätte nicht gezögert und alles daran gesetzt, sein Ziel zu erreichen. Zumal Marnalf erschöpft und geschwächt war."

„Du hast recht, Tasmund." Kormund stellte den Becher zurück und trat an eines der Fenster. „Schade, mir wäre wohler, wenn ein Grauer durch die Gänge von Eternas schliche, als dass der Verdacht auf unsere Schwertmänner fällt."

„Wohl gesprochen."

„Ich habe alles angeordnet, wie es beredet war. Das Tor ist wieder offen, und die zusätzlichen Wachen sind abgezogen." Der alte Kämpfer blickte auf den vorderen Burghof hinunter. „Und ich würde, verdammt noch mal, gerne erfahren, was das alles zu bedeuten hat."

Tasmund erwiderte den grimmigen Blick, den ihm der Scharführer bei den letzten Worten zugeworfen hatte. „Wir müssen alles sorgfältig erwägen, alter Freund." Tasmund griff in sein Wams und hielt plötzlich den Dolch in Händen, den Leoryn aus Larwyns Brust entfernt hatte. Er hatte die Waffe nun schon mehrmals aufs Genaueste untersucht. Selbst einen von Hedlerims Vergrößerungssteinen hatte er dafür benutzt, doch auch der hatte nicht offenbaren können, wem die Klinge gehörte. „Es gibt nicht den geringsten Hinweis auf den Ehrlosen. Nur diesen verfluchten Dolch." Tasmund warf das Mordwerkzeug mit einem missmutigen Schnauben auf den Schreibtisch.

Meowyn nippte an ihrem Wasser und schien in Gedanken versunken. „Es tut mir leid, mein Gemahl, aber ich konnte den Mann nicht erkennen. Du weißt, in der Nacht ist der Gang nur mäßig erleuchtet und das Gesicht des Übeltäters lag im Schatten. Ich habe auch nicht sonderlich darauf geachtet. Ich hielt ihn für die übliche Wache der Schwertmänner und kann nicht einmal beschwören, dass er es war, der mich niederschlug."

Sie verzog ein wenig das Gesicht, und Tasmund sah sie besorgt an. „Dein Schädel schmerzt noch, wie ich sehe. Du solltest ruhen, mein Liebes. Dieser Schlag war kräftig, und du hast ihn nur mit viel Glück überlebt."

„Wie soll ich Ruhe finden, wenn der Ehrlose noch unter uns ist? Er kann seine Freveltat jederzeit wiederholen."

„Das wird ihm nicht gelingen." Der alte Scharführer Kormund stand neben einem der Fenster und blickte auf das offene Burgtor hinunter. „Jeder Schwertmann von Eternas ist bereit, sofort die Klinge zu ziehen und den Meuchelmörder zu töten." Er zuckte hilflos die Schultern. „Wenn wir denn nur endlich wüssten, wer dieser verdammte Kerl ist." Er deutete hinunter in den Hof. „Inzwischen wird er ohnehin entkommen sein. Ich verstehe nicht, Tasmund, mein Freund, warum du das Tor hast öffnen lassen."

„Weil wir den Kerl nicht kennen. Oder vielmehr, weil wir

ihn vermutlich kennen. Er muss sich mitten unter uns befinden und versteht es, sein wahres Wesen zu verbergen. Oh, bei allen Finsteren Abgründen, wie soll man eine Missetat sühnen, wenn der Täter unerkannt ist? Und noch dazu aus unseren Reihen kommt. Meowyn, mein Herz, bist du dir sicher, dass ..."

„Ich bin mit einem Schwertmann der Mark verbunden, Tasmund, mit einem der tapfersten, auch wenn du nun in die Jahre gekommen sein magst. Glaube mir, ich weiß einen Schwertmann von einem anderen Kämpfer zu unterscheiden. Die Kleidung, die Waffen, die ganze Haltung ... Tasmund, es war einer der euren."

„Möge die Finsternis ihn verschlingen." Kormund sah seinen Freund an. „Dennoch ist mir noch nicht klar, warum das Burgtor wieder geöffnet wurde."

„Um den Täter in Sicherheit zu wiegen, Kormund. Er soll glauben, dass wir die Suche nach ihm aufgegeben haben."

„Wozu soll das gut sein?"

„Marnalf meint, es könnte den Übeltäter zu einer Dummheit verleiten."

„Dazu, es erneut zu versuchen?"

„Ja."

Kormund lachte auf. „Es muss ein wahrhaft ehrloser Kerl sein, aber ich denke nicht, dass er so dumm ist. Überall sind die Schwertmänner und achten auf jede verdächtige Bewegung."

„Und einer von ihnen lauert vielleicht auf eine Gelegenheit, sein ruchloses Werk zu vollenden."

Der alte Scharführer erschauderte. „Ein furchtbarer Gedanke. Wahrhaftig, ich stelle mich gerne mit Lanze oder Schwert einer Horde von Orks entgegen. Da kenne ich den Feind und weiß mit ihm umzugehen. Aber das Gefühl, ein Mörder schleicht in meinem Rücken umher ... nein, diese Vorstellung behagt mir nicht."

„Sie behagt keinem von uns, guter Kormund", warf Meowyn ein.

„Die Männer beginnen, einander zu verdächtigen." Tasmund erhob sich und schüttelte seufzend den Kopf. „Dies sind böse Zeiten, sage ich euch. Zeiten, in denen ein Pferdelord dem anderen nicht mehr trauen kann. Wie konnte das nur geschehen? Und was steckt dahinter?"

„Das werden wir nur erfahren, wenn der Ehrlose sich zeigt", knurrte Kormund grimmig. „Und er wird sich hüten, das zu tun. Unsere Männer sind voller Zorn, Tasmund."

„Ich habe mit Marnalf über dieses Problem gesprochen." Meowyn sah die beiden Männer an und senkte ihre Stimme, als befürchte sie, jemand könne sie belauschen. „Er sagt, der Unbekannte werde sich nur dann aus dem Schatten wagen, wenn er einen guten Grund dafür hat."

„Was für ein Grund könnte das sein?"

„Er hat es auf Larwyns Leben abgesehen. Wenn es ihr wieder besser ginge, dann müsste er handeln."

„Es geht ihr aber nicht besser", brummte Tasmund. „Und die schlichte Behauptung, es wäre so, wird den Kerl nicht anlocken."

Meowyn lächelte unmerklich. „Das sollten wir getrost den erfahrenen Händen des guten Herrn Marnalf überlassen."

25

Scharführer Arkarim versuchte, sich leise durch das Unterholz zu bewegen. Für einen Mann aus der Hochmark war dies nicht einfach. Nur im Tal von Eternas gab es nennenswerten Baumbestand, und kaum einer der Schwertmänner hatte jemals einen Grund gehabt, durch das heimische Gehölz zu pirschen. Immer wieder biss der junge Scharführer die Zähne zusammen, wenn er seinen Fuß auf scheinbar festen Boden setzte und dann das Knacken eines brechenden Astes hörte.

„Kommt nur heran, guter Herr Arkarim." Einige Längen vor dem Scharführer bewegte sich etwas in der Deckung einiger Büsche. „Man hört Euch schon auf viele Längen. Gerade so, als bebe die Erde unter den Hufen eines Beritts."

Arkarim knurrte missmutig und trat dann zu der Wache hinüber. „Ich will nur hoffen, die verdammten Irghil machen ebenso viele Geräusche, wenn sie durch den Wald schleichen."

Die beiden Schwertmänner, die eine Hundertlänge in den Wald vorgedrungen waren und hier den Vorposten des Beritts bildeten, verhielten sich recht geschickt. Sie hatten die verräterischen Helme mit den blauen Rosshaarschweifen abgelegt und die grünen Umhänge eng um sich geschlungen. Im satten Grün der Pflanzen fielen sie eigentlich nur auf, wenn sie sich bewegten. Außer ihren Schwertern hatten sie auch die Bögen mit den normalen Kriegspfeilen dabei. Auch wenn diese bei den Irghil nur wenig Wirkung zeigen mochten, gab es doch genug andere gefährliche Wesen auf zwei oder vier Beinen, die durch den Wald streifen könnten. Alle Bogenschützen mit den Spezialpfeilen der Alnoer hielten sich bei der Hauptmacht auf der Lichtung auf.

„Irgendetwas Besonderes?“, fragte Arkarim. Er hielt seine Stimme ebenso gesenkt wie die Wachen.

„Kein Zeichen von Gefahr.“ Der Wortführer der beiden deutete ins Unterholz. „Ein friedlicher und wunderschöner Wald. Man mag kaum glauben, dass er auch den Tod bringen kann. Wir haben einige Geweihtiere und einen Wildwühler beobachtet. Ein großer Bursche. Fentim wollte ihn für das Mittagsmahl erlegen, aber ich habe gesagt, dass wir nicht zur Jagd nach Jalanne gekommen sind.“

„Ein herzhafter Braten wäre mir dennoch recht“, meinte der andere. „Wir lagern nun schon einige Tageswenden am Ufer dieses Sees. Der ewige Fisch hängt einem schon zum Halse heraus.

Arkarim konnte das nachempfinden. „Der Pferdefürst will, dass wir die Marschverpflegung schonen. Es mag sein, dass wir sie noch bitter benötigen werden. Immerhin ist es eine nette Geste von den Lemariern, uns mit Fisch zu versorgen. Ihn zumindest scheint es reichlich zu geben, und die Tiere sind groß und nahrhaft.“

„Ich rühre ihn nicht an“, erwiderte der Wachführer. „Habt Ihr einmal einen Blick ins Wasser geworfen, guter Herr? Hier ist eine ganze Stadt mit ihren Menschen versunken. Kein Wunder, dass die Fische fett werden.“

„Seid unbesorgt, es ist schon sehr lange her.“ Arkarim lächelte freudlos. „Die Toten dort unten sind längst zerfallen.“

„Ah, und wovon werden die Fische dann so fett?“ Der Schwertmann sah Arkarim zweifelnd an.

„Nun, ich denke mal, von anderen Fischen und Wasserpflanzen.“ Arkarim zuckte die Schultern. „Was weiß ich? Ich trage keine Schuppen.“

„Ihr sagt es, Scharführer, Ihr sagt es. Ich werde diesen verfluchten Fisch jedenfalls nicht anrühren."

Arkarim blickte in den Wald hinein. Hier, in der Nähe der Lichtung, standen die Bäume nicht sehr dicht. Gräser und Farne wucherten reichlich, und an einigen Stellen, vor allem in Ufernähe, wuchsen dichte Büsche mit lockenden Beeren. Das Sonnenlicht schimmerte durchs Blätterdach und ließ die kräftigen Farben leuchten. Tiefer im Wald standen die Bäume dicht an dicht. Dort herrschte ein dämmeriges Zwielicht, das Arkarim unwillkürlich erschaudern ließ. An einigen Stellen lagen umgestürzte Bäume und moderten langsam vor sich hin. Vögel und Insekten schwirrten umher, und Arkarim glaubte, ein Geweihtier zu erkennen, das friedlich äste.

„Wenn Gefahr im Anmarsch ist, dann zieht Euch rasch zum Lager zurück", schärfte er den Männern ein. „Ich werde noch die anderen Vorposten kontrollieren und dann zur Lichtung zurückkehren. In einem Zehnteltag werdet Ihr abgelöst. Haltet Euch ruhig und sperrt Eure Augen und Ohren auf. Vor allem die Ohren. Sie sind im Unterholz wohl nützlicher."

An jeder Seite der riesigen Schneise hatten die Pferdelords drei Doppelwachen postiert. Der verstärkte Beritt lagerte nahe dem Seeufer. Die Hälfte der Pferde blieb gesattelt, und die Männer hielten sich bereit. Das Lager war nicht befestigt, denn sie sahen ihren Vorteil nicht im Stellungskampf, sondern in ihrer Beweglichkeit. Es gab mehrere kleine Feuerstellen, die man in der Nacht löschte, damit ihr Schein die lagernde Truppe nicht verriet. Die Unstimmigkeiten zwischen Pferdefürst Garwin und seinem Ersten Schwertmann Nedeam hatten dazu geführt, dass sich das Lager gespalten hatte. Die kleinere Gruppe bildeten die Schwertmänner aus Peragrams Schar, in der größeren waren die Männer aus Arkarims Beritt. Garwin bemühte sich nicht, die zunehmende Spannung abzubauen, und hielt sich meist in Peragrams Nähe auf.

Arkarim erreichte das Lager seiner Männer und trat an das Feuer, in dessen Nähe sein Berittwimpel aufgestellt war. Er sah Garwin herüberblicken und gab dem Pferdefürsten mit einem kurzen Nicken zu verstehen, das alles in Ordnung sei.

Einer der Schwertmänner reichte Arkarim einen Stock, auf den ein gerösteter Fisch gespießt war. „Der Hohe Lord erwartet offenbar Eure Meldung, Scharführer. Wollt Ihr ihn vor oder nach dem Mahl aufsuchen?“

„Der Fisch wird mir besser schmecken als die Gegenwart des Pferdefürsten.“ Arkarim ging in die Hocke und begann an seiner Portion zu nagen. Immerhin war das Essen angenehm gewürzt, denn es wuchsen reichlich Kräuter auf der Lichtung.

Der Schwertmann seufzte. „Als ich der Truppe Garodems beitrat, gab es ein solches Verhalten noch nicht, guter Herr. Wir respektierten einander.“

Arkarim glaubte eine leichte Kritik an seinem Verhalten herauszuhören. „Respekt muss man sich erwerben, Schwertmann.“

„Nun, der Hohe Lord meint wohl, er stünde ihm als Pferdefürsten zu.“

„Ich werde treu zu meinem Eid stehen, Schwertmann“, versicherte Arkarim. „Doch die Zeiten, in denen ich das gerne tat, sind vorbei. Unter Garodem zu dienen, war eine Sache. Es unter Garwin zu tun, ist eine ganz andere. Wahrhaftig, ich bin froh, mich bald mit einem Weib zu verbinden und aus dem Dienst des Pferdefürsten auszuscheiden.“

„Dieser Weg steht nicht vielen offen“, murmelte der Mann. „Außerdem bleibt die Pflicht gegenüber der Mark, guter Herr. Sie darf nicht unter dem Zwist leiden. Ich kann die Argumente des Hohen Lords gut verstehen.“

„Ah. Und Nedeam und seine Elfin?“

Der Schwertmann grinste breit. „Die kann ich ebenso verstehen."

„Sicher, die beiden sind am besten geeignet, sich ins Unbekannte hinauszuwagen", sinnierte Arkarim. „Dagegen ist nichts einzuwenden, zumal sich zwei Personen unauffälliger bewegen können als eine Gruppe. Was mir nicht behagt, ist das Zögern Garwins, als es um die Suche nach dem Quell ging."

„Jedenfalls werden wir nicht einfach unverrichteter Dinge davonreiten", warf ein anderer Schwertmann ein. „Wir werden hier warten, bis Nedeam und seine Elfin zurück sind."

„In der Hochmark wird man sich um die gute Herrin Larwyn sorgen." Ein anderer Schwertmann deutete zu Garwin hinüber. „Ihre Güte ist den Menschen wohlbekannt. Sie hat viel für die Leute getan. Und sie ist der rechte Ausgleich zu ihrem Sohn."

„Den meisten wird es eher gleichgültig sein", sagte der Mann, der Arkarim den Fisch gereicht hatte. „Wer in einem Gehöft oder Weiler lebt, den interessiert wenig, was in Eternas vor sich geht und wer die Mark regiert."

„Sagt das nicht. Bedenkt, wie viele Männer aus den Gehöften und Weilern gute Pferdelords sind. Wenn die Losung gegeben wird und es den Eid der Pferdelords zu erfüllen gilt, dann müssen sie dem Banner des Pferdefürsten folgen. Auf Gedeih und Verderb. Oh ja, es interessiert die Menschen sehr wohl, wer in Eternas regiert."

„Garwin hat sich erhoben und blickt auf den See", meldete einer. „Es kommen wohl Boote von der Insel."

„Und mit ihnen noch mehr Fisch", seufzte Arkarim. „Nun, ich werde hinübergehen und dem Hohen Lord meine Aufwartung machen. Bei der Gelegenheit erfahren wir vielleicht etwas Neues."

„Nicht von den Lemariern, guter Herr", lachte ein junger

Schwertmann auf. „Sie leben nicht in unserer Zeit. Sie werden allenfalls von vergangenen Tagen schwärmen."

„Hört mir auf mit Schwärmen, guter Herr", murrte sein Nebenmann. „Ich kann keinen Fisch mehr sehen."

Arkarim lachte unbeschwert auf. Dann steckte er den Stock mit dem Rest der Mahlzeit neben das Feuer und ging zu Garwin und Peragram hinüber. Wenn der Pferdefürst über die späte Meldung und den mangelnden Respekt verstimmt war, so zeigte er es nicht. Arkarim präsentierte eine vorbildliche Ehrenbezeugung, und Garwin erwiderte sie knapp. „Dieser Lemarier Eldanis und eine Gruppe seiner Leute kommen heran. Sieht so aus, als wollten sie nicht nur Fische bringen."

„Seid gegrüßt, Hoher Lord der Pferdereiter." Eldanis knickte zum Gruß in der Hüfte ein, wie es anscheinend die Sitte seines Volkes war, und seine Begleiter folgten dem Beispiel. „Auch im Namen unserer Ältesten entbiete ich Grüße." Eldanis richtete sich auf und deutete auf die anderen Lemarier. An die zwanzig von ihnen waren mit ihm an Land gekommen und ließen nun ihre Blicke neugierig über das Lager der Pferdelords schweifen. „Es ist selten, dass wir den Boden Jalannes ohne Furcht im Herzen betreten können", erklärte Eldanis. „Daher wollen wir den Schutz Eurer Männer nutzen, Hoher Lord, und im Wald nach Holz und Kräutern suchen. Gar zu oft müssen wir den Versuch mit unserem Blut bezahlen, denn die Bestien streifen regelmäßig umher."

„Seid unbesorgt, guter Herr Eldanis, meine Schwertmänner halten den Waldrand besetzt, und wenn Ihr nicht zu tief hineingeht, seid Ihr sicher."

Der Lemarier nickte dankbar. „Wir werden uns beeilen, damit wir vor Anbruch der Dämmerung zurück sind", versprach er. „Unser Ältester Edo-Ma-Kalik möchte Euch nochmals sein Bedauern darüber ausdrücken, dass wir Euren Männern nicht den Schutz und Komfort der Zuflucht anbieten können."

„Wir Pferdelords sind das Lagern unter freiem Himmel gewohnt", erwiderte Garwin. „Zudem können wir unsere Pferde nicht im Stich lassen."

„Ja, wunderliche Tiere, diese Pferde." Eldanis lächelte versonnen. „Die Legenden besagen, dass wir einst auch auf solchen Wesen in die Schlacht geritten sind. Aber das liegt lange zurück."

Wenig später war die Gruppe der Lemarier im Wald verschwunden. Jene, die bei den Booten zurückgeblieben waren, nutzten die Zeit zum Fischfang.

Mehrere Zehnteltage verstrichen, bis Eldanis und seine Begleiter wieder aus dem Wald hervortraten. Einige trugen Bündel mit Holz, andere Säcke, in denen sich wohl Kräuter und Beeren befanden.

Arkarim stand in der Nähe des Ufers, als die Lemarier wieder in die Boote stiegen. Dabei stieß einer der Säcke gegen die Bordwand. Die Naht riss auf, und der Inhalt ergoss sich ins Wasser. Arkarims Augen verengten sich für einen Moment, und er sah aufmerksam zu, wie die Männer hastig die verlorenen Gegenstände einsammelten. Als die Boote abstießen, um wieder zur Insel zu fahren, wandte sich der Scharführer um und schlenderte nachdenklich ins Lager zurück.

Einer der Doppelposten kam nach dem Wachwechsel vom Waldrand herüber und gesellte sich zu der Gruppe an Arkarims Feuerstelle. Zwei Schwertmänner waren gerade dabei, die Glut auseinanderzuziehen und die ausgehobene Erde darüberzudecken, um das Feuer zu ersticken.

„Ein seltsames Volk, diese Lemarier", brummte eine der Wachen. „Einige haben sich über Holz und Pilze hergemacht, aber andere haben den Wald offenbar verlassen."

„Den Wald verlassen?" Arkarim runzelte die Stirn. „Warum hätten sie das tun sollen? Was sie brauchten, fanden sie dort. Wozu ins Umland gehen und sich in Gefahr begeben?“

„Es stimmt aber, guter Herr Arkarim“, wandte ein anderer ein, der im Lager geblieben war. „Einige der Lemarier hatten rote Erde an den Füßen, als sie zurückkehrten. Hier im Wald findet man solchen Boden nicht, nur draußen.“

Arkarim strich sich nachdenklich über das Kinn. „Sie hätten es doch sagen können, dass sie noch woanders suchen wollten. Garwin hätte sicher ein paar Männer zu ihrem Schutz abgestellt. Anscheinend hat dieses Völkchen doch ein paar Geheimnisse, die es vor uns verbergen will.“

Arkarim straffte sich. „Wie dem auch sei. Löscht die Feuer für die Nacht.“ Er sah die abgelösten Wachen an. „Es ist noch Fisch da. Nehmt, bevor er kalt wird.“

Die beiden Männer langten kräftig zu und begannen mit den anderen ein Gespräch. Arkarim hörte kaum zu. Als vorhin einer dieser Säcke aufgerissen war, da hätte er schwören können, dass auch einige blaue Steine herausgefallen waren. Genau solche, wie sie die Stäbe der Lemarier zierten. Edelsteine wuchsen aber nicht an Bäumen. War das der Grund gewesen, warum die Männer den Wald verlassen hatten?

26

Sie ritten schnell und achteten dabei auf die Landschaft um sie herum. Nedeam und Llaranya waren gut vorangekommen. Da Garwin ihnen keine Handpferde zugestanden hatte, saßen sie alle zwei Zehnteltage ab und führten ihr Pferd. So blieben die Tiere kräftig genug, um bei Gefahr davonspurten zu können. Llaranya hielt ihren Bogen schussbereit. Einen der elfischen Kriegspfeile hatte sie an die Sehne gelegt, und zur Vorsicht einen alnoischen Quetschpfeil zwischen Schenkel und Sattelleder geklemmt. Die Elfin war sichtlich angespannt. Zwar hatte sie in der Schlacht um Merdonan gekämpft und später auch gegen die Schwärme der See, doch war es das erste Mal, dass sie durch dieses fremde Land ritt. Auch Nedeams Nähe konnte ihr eine gewisse Unsicherheit nicht nehmen.

Die Elfin zuckte zusammen und hätte beinahe einen Pfeil gelöst, als vor den beiden Reitern plötzlich ein Vogel aufstieg. Er zwitscherte lautstark und schien verletzt zu sein, denn seine Flugbahn näherte sich immer wieder dem Boden.

Llaranya entspannte sich und lächelte verlegen. „Er brütet. Sicher ist hier vorne ein Nest mit den Jungen. Der alte Vogel hält uns für gefährliche Räuber und will uns mit seinem Trick fortlocken."

„Er schützt seine Brut, wie es die Natur uns allen vorgibt", murmelte Nedeam. „Lass uns ein wenig zur Seite reiten, damit wir den Nachwuchs nicht stören."

„Dieses Land beunruhigt mich", gestand Llaranya ein. „Es wirkt so friedvoll, und doch sind wir von Tod umgeben. Die Erinnerung an den kleinen Weiler, an dem wir vorhin vorüberkamen, lässt mich noch immer schaudern. Die Menschen lagen alle noch so, wie sie gestorben sind. Niemand ehrte sie in einer Zeremonie. Als hätte es keine Überlebenden gegeben, die um ihre Toten trauern konnten."

„Ein paar gibt es, Llaranya. Die Verzweifelten auf der Insel."

Die Elfin blickte zu dem Vogel hinüber, der noch einmal misstrauisch am Himmel kreiste und sich dann zögernd wieder zu seinem Nest senkte. „Sie müssen sehr einsam sein, diese Lemarier. Das eigene Land ist ihnen fremd und feindselig geworden."

Am frühen Vormittag waren sie an einer kleinen Siedlung vorbeigekommen. Es war nicht mehr gewesen, als eine Ansammlung von Häusern, die man entlang der Straße errichtet hatte. Hier hatten einst sicher nicht mehr als drei Zehnen an Menschen gelebt. Die beiden Reiter hatten die sterblichen Überreste einiger Bewohner zwischen den Ruinen gesehen und ihre Pferde rasch durch den Ort hindurchgetrieben.

Die Straße, an der die verfallene Siedlung lag, und der sie nun noch immer folgten, schien aus dem Nichts zu kommen und ins Nichts zu führen. Sie war schmal und wie die große Handelsstraße mit Steinplatten gepflastert, wenn auch nicht sehr sorgfältig. Kraut und Gräser hatten sich aus den Fugen emporgeschoben und die Straße überwachsen. Nur an wenigen Stellen war noch der behauene Stein zu erkennen.

„Straßen haben ein Ziel", hatte Nedeam gemeint. „Vor uns liegt ein Fluss, den wir überqueren müssen. Die alte Straße führt auf ihn zu. Wenn wir ihr folgen, gelangen wir sicherlich zu einer Brücke oder einer Furt."

Für eine Weile ritten sie schweigend nebeneinander her. Gelegentlich war der Ruf eines Vogels zu hören, und einmal, in der Ferne, das Brüllen eines Pelzbeißers. Llaranya seufzte.

„Einst war dies ein reiches und starkes Land. So, wie alle der sieben Königreiche."

Sie würden noch eine ganze Weile unterwegs sein, und Nedeam hatte nichts gegen ein Gespräch einzuwenden, dass ihnen die Zeit vertrieb. Solange sie dabei die Umgebung im Auge behielten. „Ich weiß, dass sich einst sieben Königreiche im Kampf gegen den Schwarzen Lord verbündeten. Und dass sie geschlagen wurden. Wenigstens die meisten von ihnen."

„Die Häuser der Elfen standen damals im Bund mit den Häusern der Menschen. Ja, damals gab es sieben mächtige Menschenreiche. Jalanne war wohl das mächtigste von ihnen. Die anderen waren Cantarim, Alnoa, Rushaan und Julinaash. Dazu das kleine Königreich von Rumak. Doch als der Krieg des ersten Bundes begann, existierte Rumak nur noch dem Namen nach. Es war schon der Finsternis verfallen. Nur ein kleiner Teil seines Heeres konnte sich nach Jalanne retten, wo es schließlich unterging."

„Das sind nur sechs Reiche", wandte Nedeam ein.

„Vergiss nicht das Pferdevolk", lachte Llaranya auf. „Es mag nie über so beeindruckende Städte und Festungen wie die anderen verfügt haben, aber seine Stärke lag in den Pferden und ihren Reitern, den Pferdelords."

„Ich weiß nur wenig über die damaligen Kriegszüge", gestand Nedeam. „Sie sind Vergangenheit, und ich interessiere mich mehr für Gegenwart und Zukunft unseres Volkes."

„Man darf die Vergangenheit nie außer Acht lassen, das hat die Zeit uns Elfen gelehrt. Die Ereignisse von einst holen uns immer wieder ein. Denk an Rushaan und seine Paladine."

„Die Prionen von Rushaan mit ihren Lichtlanzen." Nedeam dachte an die Schlacht um die alte Wache in Rushaan zurück. „Ich hoffe, sie haben nun ihren Frieden gefunden."

„Warte." Llaranya zügelte ihr Pferd und richtete sich im

Sattel auf. „Dort drüben in der Mulde."

Nun, da seine Frau ihn darauf aufmerksam gemacht hatte, sah Nedeam es ebenfalls. Instinktiv zog er sein Schwert, als er den blauen Schimmer bemerkte. „Dort bewegt sich nichts", murmelte er. „Lass uns nachsehen."

Sie waren bereit zum Kampf, doch als sie sich der Mulde näherten, ließen sie ihre Waffen sinken.

„Es müssen furchterregende Bestien sein." Nedeam starrte hinunter.

„Wenigstens, wenn sie am Leben sind." Llaranya warf nur einen kurzen Blick hinab und wandte ihre Aufmerksamkeit dann wieder der Umgebung zu. „Die hier sind es nicht mehr."

„Doch wer mag diese Ungeheuer bezwungen haben? Es müssen die Bestien sein, von denen Alnoer und Lemarier sprachen. Aber es liegen keine Gegner hier."

„Wir lassen unsere Toten auch nicht auf dem Schlachtfeld zurück."

„Das ist wohl wahr." Er überlegte kurz. „Behalte das Land im Auge, Liebste. Ich will mir die Kadaver einmal aus der Nähe ansehen."

Alnoer und Lemarier hatten von den grausamen Bestien berichtet, und davon, dass es sehr schwierig sei, sie zu töten. Hier in der Mulde lagen jedoch wenigstens fünf der Kreaturen, und sie waren sicherlich schon lange tot. Ihr Fleisch war längst verrottet, nur die Überreste der dicken Panzer lagen, zerbrochenen Eierschalen gleich, überall verstreut. Die Größe der Panzer beeindruckte Nedeam und erst recht die riesigen Scheren. Die Irghil mochten mit ihnen durchaus imstande sein, den Leib eines Mannes zu zerteilen.

Er fragte sich, wie viele Menschenleben es wohl gekostet hatte, diese Kreaturen zu töten, und vor allem, wie man das bewerkstelligt hatte. Die Panzer aus Chitin waren unglaublich hart. Nedeam hob eines der Bruchstücke auf und begutachtete es. Wenn er den Schmutz abwischte, schimmerte der Panzer in kräftigem Blau. Überrascht bemerkte er ein Loch in dem Panzer. Er überlegte, ob es von einem Pfeil oder einer Lanze stammen könnte. Doch dafür erschienen die Ränder zu glatt. Nedeams Gedanken überschlugen sich. Irgendwo hatte er so etwas schon einmal gesehen. Dann fiel es ihm wieder ein. Die Prionen von Rushaan hatten aus ihren Lanzen gleißende Lichtstrahlen abgeschossen und damit ganz ähnliche Löcher in die Panzer der Orks gebrannt. Hatte es auch im Reich Jalanne Prionen mit solchen merkwürdigen Lanzen gegeben?

Er versuchte, sich die Bruchstücke zusammengesetzt vorzustellen. Einiges schien nicht zueinander zu passen, bis er die Lösung fand. Es war die unterschiedliche Größe der Scheren, die ihm die Wahrheit zeigte. Sie erschreckte ihn fast noch mehr, als die Entdeckung der toten Bestien.

Llaranya sah sein betroffenes Gesicht, als er zu ihr zurückkehrte. „Diese Bestien sind grauenhaft, nicht wahr?“

„Ich bin mir nicht sicher, was ich davon halten soll, Liebste.“ Er reichte ihr das Stück Brustpanzer, in dem sich das seltsame Loch befand. „Was hälst du davon?“

Auch die Elfin entsann sich des blutigen Ringens in der nördlichen Öde. „Eine Sichellanze der Prionen von Rushaan? Hier, in Jalanne?“

„So scheint es. Nichts sonst könnte ein derart glattes Loch erzeugen. Vielleicht verfügte Jalanne über eigene Prionen? Doch das ist nicht alles.“ Nedeam seufzte schwer. „Das dort unten, in der Mulde, war eine Gruppe von fünf Irghil. Ich … habe die Panzer miteinander verglichen. Zwei von ihnen waren noch sehr klein. Kaum größer als ein Schaf.“

„Junge? Du meinst, es war kein Kriegstrupp?“

„Ich kenne kein Volk, das seine Jungen mit auf einen Kriegszug nimmt."

„Vielleicht bilden die blauen Bestien da eine Ausnahme", murmelte die Elfin. Die Betroffenheit in ihrer Stimme war nicht zu überhören. „Aber du hast recht, es ist sehr seltsam."

„Dieses vergangene Reich Jalanne steckt voller Rätsel." Nedeam nahm das Bruchstück aus Llaranyas Hand und warf es zurück in die Mulde. „Aber die wichtigste Frage bleibt, wo wir den Quell des Lebenswassers finden."

„Reiten wir zum Fluss Brel. Wir müssen ihn in jedem Fall überqueren, wenn wir nach Cemen'Irghil wollen."

„Dann lass uns reiten. An diesen Stätten des Todes hält mich nichts."

Nedeam warf einen letzten Blick hinunter in die Mulde. Nein, kein Volk nahm seine Jungen mit auf einen Kriegszug. Dies dort war eine Familie gewesen, und Prionen schienen sie getötet zu haben. Nedeam erinnerte sich an den fanatischen Eifer, mit dem die Wächter von Rushaan ihre alte Grenze verteidigt hatten. Erst nachdem der Pass von Rushaan verschüttet war, hatten die Paladine der toten Stadt ihren endgültigen Frieden gefunden. Sie hatten Stolz und Ehre besessen, und doch traute Nedeam ihnen eine solche Tat zu. Aber wenn auch Jalanne über diese langlebigen Wächter verfügt hatte, wo waren sie geblieben? Waren sie alle im blutigen Ringen gegen die Finsternis gefallen?

Kaum einen Zehnteltag später erreichten sie den Fluss, der das Land teilte.

„Er erscheint ebenso sanft und friedlich, wie die ganze Gegend hier." Nedeam stützte die Hände auf den Sattel und genoss den Ausblick von dem kleinen Hügel. „Das dort drüben sind offenbar die östlichen Wälder. Sobald wir den Fluss überquert haben, müssen wir an ihrem südlichen Saum entlang. Dann werden wir bald auf die Wüste von Cemen'Irghil stoßen."

„Es muss der Brel sein." Llaranya hatte sich den Bogen über die Schenkel gelegt und wies über das Land. „Und sein ruhiges Plätschern mag ebenso täuschen wie alles andere hier. Wer weiß, was sich unter seiner friedlichen Oberfläche tummelt. Er scheint nicht tief zu sein und auch nicht reißend. Aber in diesem Land beginne ich sogar den Blumen zu misstrauen."

„Eigentlich merkwürdig." Nedeam langte nach seiner Wasserflasche und schüttelte sie. Sie würden ihre Wasservorräte auffüllen müssen. Von den anderen Pferdelords hatten sie zusätzliche Flaschen dabei, was ihnen in der Wüste nutzen würde. Auch wenn sie vielleicht nicht sehr tief in das Sandland eindringen brauchten, wie die Lemarier behaupteten. „Die blauen Bestien mit den tödlichen Scheren werden Irghil genannt. Warum trägt eine Wüste ihren Namen?"

„Ich denke, es ist eher umgekehrt. Die Bestien tragen den Namen jenes Landstriches, aus dem sie einst hervorbrachen, um ihren Mordzug zu beginnen."

„Dort vorne ist eine Sandbank. Da werden wir den Brel durchqueren können. Es scheint keine gefährlichen Wasserwirbel zu geben."

„Gut, versuchen wir es." Sie zögerte unmerklich. „Glaubst du, sie sind tot?"

„Wer?"

„Dorkemunt und Fangschlag."

Nedeam warf Llaranya einen schnellen Blick zu. „Nein, das glaube ich nicht."

„An dem einen Pferd war Blut."

„Trotzdem." Nedeam zwang sich zu einem optimistischen Lächeln. „Es würde einfach nicht zu Dorkemunt passen. So klein er ist, so zäh ist er auch. Und ich denke, darin steht ihm Fangschlag in nichts nach."

Llaranya nickte. „Ja, irgendwie würde es nicht zu ihnen passen. Vielleicht klammern wir uns an eine falsche Hoffnung, aber ihre Leichen hat man nicht gefunden."

„Das muss allerdings nichts bedeuten, meine Liebste. Du weißt, was die Orks oft mit den Toten machen."

Die Elfin zuckte die Schultern. „Ich habe davon gehört, musste es aber niemals mit ansehen. Als sie das Haus Deshay in ihrer Macht hatten, taten sie jedenfalls nichts dergleichen. Dafür stellten sie grausame Dinge mit unseren Seelen an."

„Was mit deiner Mutter passiert ist, tut mir sehr leid." Er trieb das Pferd neben sie und nahm sie für einen Moment tröstend in den Arm.

Llaranya lächelte sanft, zog seinen Kopf herum und küsste ihn auf den Mund. Für einen Augenblick verdrängten sie jeden Gedanken an Gefahr, dann lösten sie sich wieder voneinander. Die junge Elfin wies über den Fluss hinweg. „Dort, am anderen Ufer, stehen ein paar Bäume und Büsche. Das wäre ein gutes Versteck für die Nacht. Sie bricht bald an, und obwohl ich eine Elfin des Waldes bin, möchte ich den im Dunkeln lieber meiden. Wir wissen nicht, ob sich die Irghil darin verbergen. Die Lemarier scheinen diesbezüglich jedenfalls schreckliche Erfahrungen gemacht zu haben."

„Möglicherweise war die Schlächterei nicht ganz so einseitig, wie man uns erzählte."

„Du denkst an die Mulde?"

„Ganz recht."

Das Wasser war nicht tief und reichte den Pferden nur an einer Stelle bis an den Bauch. Da der Fluss gemächlich dahinfloss, brauchten sie auch nicht gegen die Strömung anzukämpfen. Während der Durchquerung füllten sie die Wasserflaschen auf, und Nedeam versuchte vergeblich, einen dicken Fisch mit seiner Klinge aufzuspießen. „Schade", brummte er enttäuscht,

„es wäre eine gute Mahlzeit geworden."

„Ich würde in dieser Gegend lieber kein verräterisches Feuer machen", erwiderte seine Frau und lächelte dann. „Und rohen Fisch mag ich nicht."

Sie erreichten das andere Ufer ohne Zwischenfälle. Im Sand erkannten sie einige zerborstene Steinplatten.

„Dort führte die Straße offensichtlich weiter." Nedeam deutete zur Seite. „Siehst du die Pfähle dort? Man kann an ihnen noch die Reste von starken Seilen erkennen. Ich wette, früher gab es hier auch eine Vorrichtung, die das Übersetzen mit schweren Frachtwagen ermöglichte."

Der große östliche Wald von Jalanne lag halblinks von ihnen. Er war ebenso beschaffen wie jener, der den See mit der Insel Lemar umgab. „Halten wir also Abstand zu ihm", sagte Nedeam und folgte damit Llaranyas Wunsch. „Ich will nicht wissen, was sich in seinem Unterholz verbirgt. Fällt dir auch auf, dass hier weniger Tiere zu sehen sind?"

Die Elfin hatte noch immer den Bogen über ihren Schenkeln, doch nun lag einer der alnoischen Pfeile an der Sehne. „Nur vereinzelte Geweihtiere. Vorhin habe ich die Spuren einer Gruppe Hornvieh gesehen. Und Wildläufer gibt es noch immer reichlich. Aber die großen Tiere fehlen. Denkst du auch, was ich denke?"

„Die Hornviehspuren sind mir entgangen", gestand Nedeam verschämt. „Ja, ich denke, die größeren Tiere haben Furcht. Es muss etwas in dieser Gegend geben, das ihnen nachstellt."

„Die blauen Bestien."

„Durchaus möglich." Nedeam wies vor sich. „Da ist die Baumgruppe, von der du vorhin gesprochen hast."

„Dann lass uns dort das Lager aufschlagen. In einem halben Zehnteltag wird es ohnehin dunkel."

Die dichte Baumgruppe war von noch dichteren Büschen

umsäumt. Bevor sie zwischen die Pflanzen traten, stocherte Nedeam mit seinem elfischen Schwert in das Gestrüpp, um mögliche Schlangen oder andere unerfreuliche Bewohner aufzuscheuchen. Ein Wildläufer hoppelte panisch unter einem Busch hervor und rannte Haken schlagend davon. Llaranya verzichtete darauf, ihn mit einem Pfeil zu erlegen, da sie ja kein Feuer machen wollten.

Nedeam trat zwischen die Büsche und nickte erleichtert. „Ein guter Platz. Wir haben ausreichend Raum für uns und die Pferde und eine gute Deckung. Niemand wird uns hier vermuten."

Llaranya sah den Weg entlang, den sie gekommen waren. „Wir haben Hufabdrücke hinterlassen, doch das Gras wird sich rasch wieder aufrichten. Ich hoffe, die Bestien verstehen sich nicht aufs Spurenlesen."

„Nun komm schon, Llaranya. Wenn du noch lange da oben auf deinem Pferd herumsitzt, braucht man keine Spurenleser mehr, dann wird deine schöne Gestalt schon von Weitem auf uns aufmerksam machen."

Er zog sein Pferd in den Schutz der Bäume, und Llaranya folgte seinem Beispiel. „Ah, sie fällt dir also auf, meine Schönheit und Anmut?"

„Sie fällt wohl jedem Mann auf, der noch nicht unter den Toten weilt." Er grinste. „Und mancher könnte gar von diesen zurückkehren, um sich an deinem Anblick zu erfreuen."

„Mit solchen Dingen treibt man keine Scherze", wies sie ihn zurecht. „Es gibt Legenden, die von solchen Wesen berichten. Wesen, die nicht leben und auch nicht tot sind."

Der Boden unter ihren Füßen war mit Moos bewachsen, Pilze wuchsen im Dämmerlicht zwischen den Bäumen. Die genügsamen Pferde begannen an Grasbüscheln zu zupfen, die hier ein bescheidenes Dasein fristeten. Nedeam spähte in alle

Richtungen und klaubte dabei Beeren von den Sträuchern. „Wir haben gute Sicht nach allen Seiten. Wenn sich uns jemand nähert, findet er kaum Deckung."

„Gut. Dann können wir uns endlich ein wenig entspannen." Llaranya lehnte den Bogen an einen der Bäume und stellte die beiden Pfeilköcher dazu. „Wenigstens, bis die Nacht hereinbricht."

Sie konnten sich in der Nacht nicht ausschließlich auf die Sinne ihrer Reittiere verlassen. Wenn sich ein Feind gegen den Wind annäherte, würden die Pferde ihn nicht wittern, und das dichte Gras, das die Baumgruppe umgab, dämpfte jeden Schritt.

„Wir haben noch etwas Tageslicht", meinte Llaranya und trat zu Nedeam. Sie schmiegte sich in seinen Arm. „Eine seltene Gelegenheit, unserer Liebe nachzugeben."

„Das ist wahr." Er zog sie sanft an sich, und während er sie küsste, spürte er, wie ihre Hände seinen Waffengurt lösten. „Wir haben gute Deckung und ein weiches Mooslager." Nedeam öffnete die Pferdekopfspange seines grünen Umhangs, trat von Llaranya zurück und breitete das Gewand auf dem Boden aus. „Lass uns für den Augenblick vergessen, was sich in den letzten Tageswenden ereignet hat. In aller Finsternis, die uns umgeben mag, ist unsere Liebe das Licht, das sie ein Stück erhellt."

„Wohl gesprochen, Liebster", erwiderte sie lächelnd und öffnete ihren eigenen Waffengurt. „Und diesen Worten soll nun die Tat folgen."

Ihre Pferde waren ausgebildete Kampftiere. Sie mochten bis zum Einbruch der Dunkelheit mit ihren Sinnen wachen. Die der beiden Liebenden waren nun mit ganz anderen Dingen beschäftigt.

27

„In die Stadt? Nach Eternas?“ Ihr Vater hatte Benewyn überrascht angesehen. „Kind, was willst du in der Stadt? Häuser aus Stein, Pfade aus Stein und selbst die Herzen der Menschen sind aus Stein, seit die goldenen Schüsselchen ihre Seelen regieren. Nein, Benewyn, eine Tochter des Pferdevolkes gehört auf ein Gehöft oder in einen Weiler, aber niemals in die Stadt.“ Er hatte sich auf seinem Schemel zurückgelehnt und wieder angefangen, das Schurmesser zum Schärfen über das Leder zu ziehen. „Hier hast du einen freien Himmel über dir und Luft, die du atmen kannst. Eternas ist erfüllt vom Stampfen der Brennsteinmaschinen und dem Rauch ihrer Feuer.“ Er schüttelte den Kopf. „Das ist kein Ort zum Leben, mein Kind. Nicht mehr.“

Die junge Benewyn hatte Unterstützung von ihrer Mutter erhalten, die ihrem Mann und den beiden Söhnen bei der Schafschur half. „Sie ist in dem Alter, in dem sie sich verbinden kann, mein guter Gemahl.“

„Ja und?“, hatte er gebrummt. „Sie ist jung und hat noch Zeit genug, sich zu verbinden.“ Er sah Benewyn an. „Ein Stadtbewohner ist nichts für dich, Kind. Wähle einen aufrechten Pferdelord aus einem der Weiler. Die haben noch Ehre und schielen nicht ständig nach den Schüsselchen.“

„Du tust gerade so, als würden die Menschen in der Stadt nicht mehr zum Pferdevolk gehören“, seufzte Benewyns Mutter.

„Sie haben sich verändert“, stimmte der älteste Sohn dem Vater zu. „Auf den Gehöften und in den Weilern findest du Männer, die bereitwillig der Losung des Pferdefürsten folgen würden, aber in der Stadt sind es nur noch wenige. Die Menschen dort sind weichlich und behäbig geworden. Sie wollen nur in Frieden leben und ihren Besitz mehren."

„Das wollen wir auch", erwiderte Benewyn trotzig.

„Das ist etwas anderes." Der Vater wies mit dem Schurmesser auf sie. „Auch wir wollen in Frieden leben und brauchen dafür Schüsselchen. Denn wir müssen erwerben, was unser Gehöft nicht selbst hervorbringt. Aber dennoch leben wir bescheiden und sind damit zufrieden. Wir brauchen den Zierrat nicht, mit dem sich die Weiber in der Stadt behängen."

Benewyn war der Liebe verfallen. Eigentlich war sie es schon sehr lange. Seit sie zum ersten Mal auf dem elterlichen Gehöft eine Streifschar der Schwertmänner Garodems erblickt hatte, war es ihr heimlicher Traum gewesen, sich einmal mit einem solchen Reiter zu binden. Diese kräftigen Männer auf ihren riesigen Pferden, mit den langen grünen Umhängen und dem schmucken blauen Rosshaarschweif am Helm hatten ihr Kinderherz entflammt. Aus der Schwärmerei in Kindheitstagen war eine unstillbare Sehnsucht geworden. Sie war schockiert gewesen, als sie erfuhr, dass Schwertmänner nicht heiraten durften, und ihr heimlich gehegter Traum plötzlich unerfüllbar schien. Doch es zog sie immer noch in die Nähe dieser Männer. So hatte sie ihren Eltern gegenüber den Wunsch geäußert, nach Eternas zu gehen. Nein, ihr Vater war von dieser Vorstellung nicht angetan, doch ihre Mutter hatte Verständnis gezeigt.

Irgendwie schaffte diese es schließlich doch noch, den Vater davon zu überzeugen, dass Benewyns Zukunft nicht auf dem Gehöft lag. Früher oder später werde sie sich binden wollen, und die meisten ungebundenen Männer ließen sich nun einmal in der Stadt finden. Dass seine Tochter die Familie verlassen würde, behagte dem Vater noch immer nicht, aber schließlich stimmte er doch zu.

Benewyn hatte keine Ahnung, was sie in der Stadt eigentlich anfangen sollte. Für sie war es einfach nur wichtig, in der Nähe ihrer Schwertmänner zu sein. In der Nähe jenes noch unbekannten Kriegers, der ihr Herz erobern würde.

Sie fand eine Anstellung im Handelshaus des Herrn Helderim, doch den ganzen Tag die Waren zu sortieren und zu rechnen, entsprach nicht ihrem Geschmack. Zudem tat sie sich, wie sie sich eingestehen musste, beim Umgang mit Zahlen und Zeichen ein wenig schwer. Da sie eine schöne Stimme hatte und zudem ein sehr hübsches Mädchen war, stellte sie der alte Schankwirt Malvin für seinen „Donnerhuf" ein. Sie bediente die Gäste, und gelegentlich sang sie für sie. Die Arbeit war anstrengend, und Malvin gab auch nicht viel Handgeld, aber zu den Kunden der Schänke gehörten auch die Schwertmänner Garodems. So war Benewyn der Erfüllung ihres Traums wieder ein Stück nähergerückt. Im Obergeschoss des „Donnerhufs" hatte sie eine kleine Kammer, die Ausblick auf die Burg von Eternas bot. Oft stand sie an dem kleinen Fenster und drückte ihre Nase an der Scheibe aus Klarstein platt, während sie sehnsuchtsvoll zusah, wie die Scharen und Beritte der Schwertmänner durch das Tor der Festung ein und aus ritten.

Wenn die Männer in der Schänke einkehrten oder Benewyn in der Stadt begegneten, dann scherzten sie mit ihr, doch keiner von ihnen ahnte wohl, wie sehr sich die junge Frau danach sehnte, einem von ihnen zu gehören. Doch je öfter sie in der Gesellschaft dieser Krieger war, desto deutlicher wurde es ihr bewusst, dass sie auf ihre Traditionen achteten. Keiner von ihnen machte einen ernsthaften Versuch, sich ihr zu nähern.

Dann starb der geliebte Pferdefürst Garodem bei jenem

verhängnisvollen Treppensturz, und manches begann sich zu verändern. Der neue Pferdefürst Garwin stellte zusätzliche Schwertmänner ein. Einige kamen aus anderen Marken des Pferdevolkes, andere sogar aus dem fernen Reich Alnoa. Obwohl auch diese Männer Schwertmänner waren, verhielten sie sich doch anders. Sie schienen den Traditionen des Pferdevolkes nicht so eng verbunden zu sein.

Vor allem einer nicht.

Hendahl.

Als er eines Tages in den Schankraum des „Donnerhufs" trat, wusste sie sofort, dass er der Richtige war. Er war jung, schlank und stattlich gebaut und hatte diesen verwegenen Blick in seinen Augen, der sie schwach werden ließ. Benewyn spürte sofort, dass es ihm nicht anders erging. An diesem Abend blieb er, bis er der letzte Gast war, und als Malvin hinauf in seine Kammer ging und es ihr überließ, dem jungen Schwertmann einen letzten Trunk zu reichen, da setzte sie sich zu ihm auf die Bank. So erfuhr sie, dass es die Abenteuerlust gewesen war, die Hendahl aus der alnoischen Stadt Lheonaris nach Norden getrieben hatte. Bis hinauf in die Hochmark und in Benewyns Arme, denn noch am selben Abend gab sie sich ihm hin.

Hendahl gehörte zu jener kleinen Schar Vertrauter, die Garwin persönlich angeworben hatte, und diese Männer waren eine ebenso verschworene Gemeinschaft wie die Schwertmänner der Mark. Benewyn begriff, dass diese Krieger sich nicht der Hochmark und dem Pferdevolk verpflichtet hatten, sondern allein der Person Garwins. Sie fand das ein wenig seltsam, doch Garwin war der Pferdefürst, und es mochte sein, dass er dieses persönlichen Schutzes bedurfte. Wichtig für sie war nur, dass sie und Hendahl einander zugetan waren. Auch er war ein Schwertmann und durfte sich eigentlich nicht binden, aber er kündigte ihr an, dass es Veränderungen in Eternas geben würde. Bedeutsame Veränderungen, denn Garwin war kein Freund überalterter Traditionen. Ah, warum sollte ein Schwertmann kein Weib haben? Hatten nicht auch der Erste Schwertmann und der verstorbene Garodem eines gehabt? Ja, es war an der Zeit, dass dieses Recht auch den Kämpfern der Burg zugestanden wurde, und Pferdefürst Garwin würde dafür sorgen, wenn er erst uneingeschränkt über die Hochmark herrschte.

Scharführer Peragram verschaffte Benewyn eine Stelle in der Burg. Sie wurde eines der Dienstmädchen und konnte so ihrem Hendahl nahe sein.

Zum ersten Mal seit Jahren war die junge Frau glücklich. Vorbei die Suche nach dem Mann, denn sie hatte ihn nun gefunden, und die Männer Peragrams erkannten ihre heimliche Bindung mit Hendahl an. Peragram selbst gelang es sogar, Benewyn eine Vertrauensstellung bei der Hohen Dame Larwyn zu verschaffen. Ihr Glück hätte nicht vollkommener sein können.

Bis zu jenem schrecklichen Tag, an dem ein feiger Mörder seine Hand gegen Larwyn erhob und mit dem Gift des Sandstechers den schleichenden Tod über die Herrin brachte.

Benewyn empfand dieselbe Trauer wie die anderen Bewohner der Burg. Die Hohe Dame war eine warmherzige und gute Herrin, und die Vorstellung, sie könnte sterben, erfüllte die junge Magd mit Schrecken. So tat sie, was sie konnte, um der Herrin der Hochmark beizustehen.

Gemeinsam mit den Heilerinnen Meowyn und Leoryn versorgte sie die Vergiftete. Diese wurde regelmäßig gewaschen und in frische Gewänder gehüllt, und auch die Felle und Bezüge der Bettstatt wurden täglich gewechselt. Alles geschah unter Marnalfs Augen und mit der strikten Auflage, dem guten Magier nicht das Blickfeld auf die Herrin zu verstellen.

Jeden Tag eilte Benewyn auf den Markt von Eternas, um frische Eier und einen Kratzläufer zu erstehen. Jeden Tag bereitete sie daraus eine kräftigende Brühe zu und hoffte darauf, die Herrin werde aus dem tiefen Schlaf erwachen, in den Marnalf sie versetzt hatte. Doch jedes Mal verstrich der Tag, ohne dass die Brühe angerührt wurde, und so ging Benewyn am nächsten Morgen erneut zum Markt in die Stadt.

Die alte Köchin Margwyn, die schon so viele Jahre auf der Burg war, verstand die junge Frau. Sie wusste, wie sehr Benewyn die Herrin liebte, und so erlaubte sie ihr jeden Morgen, die Burg zu verlassen und die Zutaten zu holen. Eigentlich wäre es nicht notwendig gewesen, denn es gab ein kleines Kratzläufergehege in der Burg. Als die Schwertmänner und ihre Pferde größtenteils in die neue Anlage am Übungsplatz umgezogen waren, hatte Larwyn im hinteren Burghof einen der Pferdeställe abreißen lassen. Dort befanden sich nun das Gehege und ein kleiner Kräutergarten für die Heilerin Meowyn. Zwischen all die Pflanzen dort hatte die alte Margwyn auch ein paar Würzkräuter gesetzt, deren Aromen jeden Braten veredelten. Dennoch ließ Margwyn die junge Frau ziehen, die darauf schwor, dass die Zutaten auf dem Markt am schmackhaftesten seien.

Dann geschah der zweite Mordanschlag. Benewyns Verzweiflung über die Untat war fast körperlich greifbar. Selbst ihr geliebter Hendahl vermochte nicht, ihr Trost zu spenden, obwohl er schwor, man werde den ehrlosen Kerl finden und ihn seiner gerechten Strafe zuführen.

Die Zeit der Finsternis schien über Eternas und die Hochmark hereingebrochen zu sein.

Doch dann … dann geschah das Wunder.

Benewyn war mit dem ersten Tageslicht zum Markt nach Eternas gelaufen, hatte wieder einmal einen Kratzläufer und frische Eier besorgt und trat nun in die Küche der Burg, wo die alte Margwyn gerade das Frühstück für die Bewohner vorbereitete. Zwei Mägde und zwei der Schwertmänner halfen der Köchin, das Brot aus dem Ofen zu holen und die Krüge mit frischem Brunnenwasser zu füllen. Käse und kaltes Bratenfleisch wurden geschnitten, ein paar Früchte und Beeren in Schalen drapiert.

Benewyn spürte sofort, dass etwas Ungewöhnliches geschehen war. Zum ersten Mal seit vielen Tagen waren Scherzworte zu hören. Als sie verwirrt in der Türöffnung stehen blieb, blickte Margwyn von einem Kessel auf und lächelte ihr fröhlich zu. „Gute Kunde, mein Kind, wahrhaft gute Kunde."

„Larwyn?", fragte Benewyn hoffnungsvoll.

Einer der Schwertmänner grinste. „Es geht ihr besser. Wahrhaftig, Mädchen, es geht ihr besser."

„Heute bist du nicht umsonst in die Stadt gelaufen", meinte die alte Köchin und wies auf einen Schemel. „Rasch, gute Benewyn, rupfe den Kratzläufer und bereite alles für die Brühe vor. Die Herrin wird sie jetzt gebrauchen können."

„Wie ist das nur möglich?", fragte Benewyn erleichtert und beeilte sich, Margwyns Aufforderung nachzukommen. „Gestern ging es der Herrin doch noch so schlecht. Welches Wunder ist geschehen?"

„Elfische Heilkunst, und natürlich die Magie unseres guten Herrn Marnalf", rief einer der Schwertmänner. „Ah, das ist frohe Kunde für die Mark."

Margwyn trat zu Benewyn und half ihr, den Kratzläufer auszunehmen. „Natürlich ist sie noch geschwächt, doch Marnalf ist sich sicher, dass sie wieder vollständig genesen wird. So sicher, dass der gute Herr noch am heutigen Tage nach Enderonas zurückreisen will."

„Ein wirkliches Wunder", seufzte Benewyn erleichtert. „Doch seid Ihr Euch sicher, dass es der Herrin besser geht?"

„Kind, du wirst sie gleich selber sehen." Margwyn lächelte verschmitzt. „Nachdem du all die Tage die Brühe umsonst bereitet hast, steht es dir wohl zu, sie an diesem Morgen unserer guten Herrin zu bringen."

Benewyn konnte es kaum glauben. Sie war so aufgeregt, dass sie den heißen Inhalt der Schale fast verschüttet hätte, als sie die Treppe ins Obergeschoss hinaufeilte. Im Gang vor den Gemächern der Hohen Dame standen zwei gerüstete Schwertmänner. In den vergangenen Tagen hatten sie kaum den Grimm in ihren Gesichtern verbergen können. Doch jetzt zeigten selbst ihre Mienen ein erleichtertes Lächeln, als sie Benewyn die Tür öffneten.

Es war unzweifelhaft ein Wunder geschehen.

Die hohe Dame Larwyn saß aufgerichtet in ihrem Bett. Sie war noch sichtlich geschwächt, und Kissen stützten ihren Rücken, doch sie saß aufrecht da. Sie lächelte Benewyn müde zu, war aber noch zu schwach, um zu sprechen.

Neben dem Bett der Herrin saßen Meowyn und Leoryn und sprachen miteinander. Als Benewyn näher trat, lächelte die Elfin sie fröhlich an. „Stelle die Brühe dort auf den kleinen Tisch. Ich werde mich darum kümmern, dass die Herrin sich damit stärkt."

„Oh, ich kann sie ihr doch gleich selbst geben", meinte Benewyn diensteifrig. „Jetzt, wo es ihr endlich wieder ein wenig besser geht … Ach, Ihr guten Heilerinnen, Ihr glaubt ja nicht, wie wohl das meinem Herzen tut."

Meowyn räusperte sich. „Nicht nur deinem, gutes Kind. Doch es wird noch Zeit brauchen, bevor die Hohe Dame wieder kräftig genug ist, um sich von der Bettstatt zu erheben. Stelle die Brühe ruhig ab, wir kümmern uns darum."

„Soll ich Euch und dem guten Herrn Marnalf noch etwas anderes bringen?"

„Marnalf ist erschöpft und ruht sich ein wenig aus. Er will noch heute nach Enderonas zurückreisen."

Ach, es war ein Wunder. Benewyn hüpfte förmlich die Treppe hinunter. Sie musste sofort Hendahl suchen und ihm von der Herrin erzählen.

28

Lasst Euren Blicken nichts entgehen und achtet darauf, dass niemand Euch sieht“, hatte Hauptmann ta Geos den beiden Gardisten eingeschärft.

Hendirus und Lunres waren sehr erfahrene Männer. Beide waren oft auf der Jagd gewesen und wussten, wie man Wild oder Feind beschleichen musste. Sie legten die Rüstungen der Garde ab und umwickelten die Schnallen ihrer Gurte mit Stoff. Ihre auffallenden Helme wichen Kappen, die nach vorne hin spitz zuliefen und so einen guten Sonnenschutz für die Augen boten. Mit Sattel und Zaumzeug der Pferde verfuhren die beiden Kundschafter ebenso. Alles, was in der Sonne auffallend glitzern konnte, wurde entfernt oder abgedeckt. Sie verzichteten auf ihre Schwerter, nahmen nur Dolch und Bogen sowie einen Köcher mit Kriegs- und Quetschpfeilen mit. Sie wickelten Vorräte in eine Decke, banden diese an den Enden zusammen und hängten sie sich über die Schultern, dazu noch zwei große Wasserflaschen.

Als Hendirus und Lunres aus dem Tor der Festung Maratran ritten, erinnerte nur die soldatische Haltung daran, dass es sich um zwei Gardisten handelte. Im Zwielicht der Dämmerung erreichten sie die Ebene von Jalanne. Der Himmel war bedeckt, was es ihnen erleichterte, sich unauffällig zu bewegen.

Lunres war der ältere der beiden Reiter, doch er überließ Hendirus die Führung. Der war öfter in Jalanne gewesen und hatte die größere Erfahrung. „Ich frage mich, warum die Hochgeborene nur uns zwei hinausschickt“, meinte er. „Jalanne ist groß.“

„Wozu sollte sie mehr Männer entsenden?“ Der andere

schüttelte den Kopf. „Es braucht nicht mehr, denn es gibt nicht viele Möglichkeiten, wo sich der Feind verborgen halten kann.“

„Was meinst du, Hendirus, in welche Richtung sollen wir uns bewegen?“

Der angesprochene Gardist warf einen Blick zurück in Richtung Maratran. Es war eine unbewusste Handlung, denn sie konnten kaum zwei Hundertlängen weit sehen. Sie hatten sich an der alten Handelsstraße orientiert, um ihren Weg zu finden. Sobald die Sicht besser wurde, würden sie auch die Geländemarken erkennen, die sie sich bei den Streifritten durch Jalanne eingeprägt hatten.

„Wenn der Verdacht der Hochgeborenen stimmt und sich blaue Bestien und Orks verbündet haben, dann werden sie nicht riskieren, von einer unserer Streifscharen entdeckt zu werden. Sie müssen auf der anderen Seite des Brel sein.“

Lunres seufzte. „Der Brel ist ein verdammt langer Fluss. Er durchteilt das ganze Land.“

„Den hohen Norden können wir außer Acht lassen. Dort verläuft er zwischen dem Gebirge von Ta und dem Großen Wall. Es gibt da oben nur den Pass von Dergoret, und der wird von einer Feste geschützt. Also bleiben nur die anderen Furten, und die sind nicht so zahlreich. Die südlichen liegen nahe der Ebene von Lemaria. Ich glaube nicht, dass sich dort eine Armee sicher verbergen könnte. Die Lemarier würden sie vielleicht entdecken, außerdem müsste der Feind befürchten, dass wir die Streifen in den Süden ausdehnen, um den Menschen von der Insel zu helfen.“

„Also die Furten der Mitte.“

„Ja, das denke ich. Die östlichen Wälder wären ein hervorragendes Versteck. In der Nähe gibt es zwei Furten, die gut für den Übertritt einer Armee geeignet wären.“

Die beiden Gardisten bewegten sich schnell durch das Land und achteten auf Spuren des Feindes. Einer von ihnen hielt stets den Boden im Auge, der andere spähte aufmerksam umher. Mit Anbruch der Dunkelheit suchten sie sich ein Versteck, um dann im Morgengrauen wieder aufzubrechen.

„Was hältst du von ihr?"

Lunres sah seinen Begleiter fragend an. „Von wem?"

„Der Hochgeborenen."

Lunres überlegte kurz. „Sie ist verdammt gut. Ein Weib, sicherlich, aber dennoch ein hervorragender Gardist. Du weißt, ich war vorher bei der fünften Gardekavallerie des Hochgeborenen Lord ta Enderos. Dort hält man große Stücke auf sie."

„Man munkelt, der Hochgeborene Lord sei ihr in besonderer Weise verbunden."

Der Blick von Lunres wurde hart. „Wenn du das nächste Mal solche Gerüchte hörst, dann gib dem Schwätzer ein paar aufs Maul. Weißt du, warum ta Enderos unseren Kommandanten so schätzt? Nicht, weil sie hübsch ist, sondern weil sie kämpfen kann. Sie ist keiner dieser Speichellecker aus dem Kronrat. Du weißt selbst, wie sehr sie sich für unser Regiment einsetzt. Verdammt, weißt du eigentlich, dass sie eine Menge goldene Schüsselchen aus ihrem Privatvermögen ins Regiment gesteckt hat? Der Name der Familie ta Barat hat Klang in den Handelshäusern von Alneris und auch im Turm des Königs."

„Schon gut, Lunres, ich weiß ihre Fähigkeiten zu schätzen."

„Das hoffe ich." Lunres schien verärgert zu sein. „Unter ihrem Befehl hat das siebente Regiment gut gefochten und die wenigsten Verluste gehabt." Er sah Hendirus ernst an. „Sie kümmert sich um die Familie von jedem unserer Gefallenen, wusstest du das?"

„Nein", murmelte der andere Gardist.

„Sie schreibt der Familie persönlich. Verdammt, welcher Hochgeborene gibt sich schon solche Mühe? Die meisten Hinterbliebenen bekommen doch nur eine karge Mitteilung vom Regimentsschreiber. Nicht so bei uns und auch nicht beim Regiment von ta Enderos. Das sind gute Kommandeure, sage ich dir. Denen liegen ihre Gardisten am Herzen."

„Warum bist du eigentlich von ta Enderos' Regiment zu unserem Siebenten nach Maratran gewechselt?"

„Seit der Seefriede mit den Schwärmen der See herrscht, ist es in Alnoa ruhig geworden. Ta Enderos reitet nur noch Streife und hält Paraden ab. An der Grenze ist das Leben aufregender."

„Manchmal etwas zu aufregend", kicherte Hendirus.

„Deshalb sind wir Gardisten", lachte der ältere Lunres auf. „Wollten wir ein beschauliches Leben führen, dann müssten wir in der Miliz oder der Fußgarde dienen. Paraden und Rumtata, und stets die Rüstung schön poliert. Nein, mein Freund, das ist wirklich nichts für mich."

Am folgenden Tag entdeckten sie die Spur. Hendirus sah sie als Erster und machte seinen Kameraden darauf aufmerksam. Sie saßen ab und betrachteten aus der Nähe, was sie da entdeckt hatten.

„Viele Spuren", sagte Lunres nachdenklich. „Wenigstens sechzig der blauen Bestien. Ein sehr starker Trupp."

„Sie haben versucht, sie zu verwischen. Wahrscheinlich so, wie wir das auch tun würden. Zweige abgeschnitten und über die Abdrücke gezogen."

Lunres richtete sich langsam auf. „Das ist ungewöhnlich. Ein so starker Trupp der Irghil hat es eigentlich nicht nötig, sich zu verstecken. Selbst einer unserer Beritte hätte kaum eine Chance gegen sie. Dass sie es dennoch tun, muss etwas zu bedeuten haben."

„Die Fährte führt nach Osten. In Richtung auf Cemen'Irghil."

„Ja, aber zu einer der unteren Furten. Sie scheinen nicht zum östlichen Wald zu wollen."

„Egal, eine solch starke Truppe der Bestien ist zu wichtig." Hendirus strich sich über den sauber gestutzten Kinnbart. „Wir sollten ihr folgen. Vielleicht sind sie auf dem Weg zu einem Sammelpunkt."

„Gut, folgen wir ihnen. Und wir müssen die Augen offenhalten. Wenn uns die Ungeheuer einen Hinterhalt legen, ist es um uns geschehen."

So zogen sie weiter durch das Land Jalanne. Manchmal wurde die Spur deutlicher, dann wieder verschwand sie fast ganz. Gelegentlich hatten die blauen Bestien auch die Richtung geändert und dabei die Fährte besonders sorgfältig verwischt. Dann blieb den beiden Kundschaftern keine andere Wahl, als in immer größeren Kreisen umherzureiten, bis einer von ihnen einen weiteren Abdruck gefunden hatte. Nur ihren guten Augen und ihrer Erfahrung von zahlreichen Streifen war es zu verdanken, dass sie den Irghil zu folgen vermochten.

„Sie scheinen sich hier langsam sicherer gefühlt zu haben", stellte Hendirus ein paar Zehnteltage später fest. „Die Fährte ist nicht mehr so sorgfältig verwischt."

„Kein Wunder. Noch nie ist eine unserer Streifen so weit nach Jalanne vorgedrungen. Wir müssten nun fast den Brel erreicht haben. Seien wir jetzt besonders vorsichtig. Wenn sie Verfolger fürchten, dann werden sie vielleicht einen der ihren zurückgelassen haben, damit er die Furt im Auge behält."

Sie fanden die Furt. Der Brel war hier breit, aber nicht besonders tief. Sie würden ihn leicht durchqueren können. Doch solange sie durch den Fluss ritten, waren sie verletzbar und konnten nicht einmal schnell mit den Pferden fliehen. Daher watete zunächst nur einer hinüber, während der andere ihm mit dem Bogen Deckung gab. Hendirus war der Erste. Am gegenüberliegenden Ufer ritt er zunächst die flache Böschung hinauf. Gerade weit genug, um mit dem Kopf über den Kamm zu blicken und sich zu vergewissern, dass dahinter niemand lauerte. Erst dann folgte Lunres nach.

„Die Spur ist deutlich zu sehen." Der Jüngere beugte sich im Sattel vor. „Hm, seltsam. Siehst du das dort? Es könnte fast der Abdruck eines Stiefels sein. Etwas undeutlich, und er hat eine merkwürdige Form."

Hendirus sah sich die Stelle genauer an. „Du hast recht. Mir scheint, es war wirklich ein Stiefel. Hier kann man den Absatz erkennen. Aber der Abdruck ist ungewöhnlich groß."

„Und der einzige weit und breit", brummte Lunres. „Ich kann jedenfalls sonst keinen entdecken. Nur die Klauenfüße der Irghil. Vielleicht ist er älter und gehört gar nicht zu unserer Fährte."

„Seine Ränder sind genauso deutlich wie die der anderen. Sie sind zur gleichen Zeit entstanden."

„Seltsam. Welchen Vorsprung haben die Bestien, was meinst du?"

„Nicht viel. Zwei oder drei Zehnteltage, nicht mehr."

„Dann werden wir sie nicht vor der Nacht einholen. Wir sollten hier lagern."

Hendirus nickte zögernd. „Wir wollen die Irghil ja nicht zum Kampf fordern, sondern sie ausspähen. Du hast recht, es hätte keinen Sinn, sie in die Nacht hinein zu verfolgen und ihnen in die offenen Scheren zu laufen. Dort vorne ist ein kleines Waldstück. Wir können dort lagern, bis der Morgen anbricht."

Sie trabten zum Wald hinüber, der größer war, als sie zunächst vermutet hatten. „Hier ist ein Wildpfad", raunte Hendirus. „Er führt mitten hinein. Sicherlich gibt es dort eine Wasserstelle.“

„Die Pferde haben am Brel gesoffen, und wir sollten solche Orte meiden. Wer weiß, welches Wild sich da herumtreibt. Hier gibt es Pelzbeißer und Wildwühler, und beide sind gleichermaßen unangenehm.“

„Gut. Halten wir uns seitlich des Pfades. Ich bin einmal einem wütenden Wildwühler begegnet, und ich kann dir sagen, es war kein Vergnügen. Ich musste die halbe Nacht auf einem Baum verbringen, bevor der Kerl sich endlich verzog.“

„Ja, bedrängte Wildwühler sind gefährlich.“ Lunres wusste, wie jeder gute Jäger, dass man den leicht reizbaren Tieren und ihren tödlichen Hauern besser aus dem Weg ging. „Seien wir also vorsichtig. Zudem könnten die verdammten Irghil in der Nähe sein.“

Sie saßen von ihren Pferden ab. Es waren gut ausgebildete Gardepferde, die ihren Reitern anstandslos folgten. Nach wenigen Hundertlängen hob Hendirus die Hand und hielt an. „Wir sollten nicht tiefer hinein. Hier kann man uns von draußen nicht sehen, während wir dort noch genug erkennen.“

Sie schlangen die Zügel der Pferde um ein paar kräftige Zweige und aßen im Stehen, während sie aufmerksam umherspähten. Heute Nacht würden sie abwechselnd Wache halten. Hendirus wollte sich gerade an einem Baum niederkauern und sich in seine Decke hüllen, als der Hengst von Lunres leise schnaubte. Sofort hielt dieser dem Tier die Nüstern zu.

„Was ist los?“, wisperte Hendirus.

„Er hat etwas gewittert“, erwiderte Lunres ebenso leise. „Der Wind kommt aus der Tiefe des Waldes. Dort muss etwas sein.“

„Irghil?“

Lunres nickte. „Ich bin mir sicher. Er kennt den Geruch

von Raubwild, da reagiert er anders. Sieh dir an, wie seine Flanken zittern. Wie damals, als die blauen Bestien unsere Streife angriffen. Es müssen die Irghil sein. Tiefer im Wald."

Hendirus überlegte angestrengt. „Es ist noch hell genug, um zu erkennen, wo man hintritt. Hör zu, wir müssen Gewissheit haben. Du wirst bei den Pferden bleiben, während ich tiefer in den Wald schleiche. Beim geringsten Anzeichen von Gefahr zögerst du nicht und machst, dass du wegkommst."

„Ich werde dich nicht im Stich lassen."

Hendirus grinste verzerrt. „Wenn es wirklich die Irghil sind, könntest du mir nicht mehr helfen. Dann musst du Bericht erstatten."

Lunres war erleichtert, auch wenn er sich für dieses Gefühl schämte. Er scheute sich nicht, allein auf die Jagd nach gefährlichen Pelzbeißern oder Raubkrallen zu gehen. Die Irghil waren ihm jedoch unheimlich. Er kannte Krebse aus den Flussniederungen seiner Heimat, doch die waren wesentlich kleiner und hatten auch nur zwei Augenstiele. Dagegen waren die blauen Bestien wahre Monster.

„Ich werde warten und bereit sein", versicherte er Hendirus.

Der Kamerad nickte ihm kurz zu und huschte dann zwischen die Bäume des tiefen Waldes. Lunres musste anerkennen, dass sein Kamerad sich fast lautlos bewegte. Beinahe instinktiv fand sein Fuß die weichen Stellen am Boden und vermied das verräterische Knacken brechender Zweige. Nach kurzer Zeit war nichts mehr von ihm zu sehen.

Lunres leckte sich nervös über die Lippen, die sich plötzlich trocken anfühlten. Dieser Wald wurde ihm zunehmend unheimlich, dabei schien alles normal und friedlich zu sein. Er konnte die üblichen Geräusche der Tiere und die Rufe der Vögel hören. Wenn Raubzeug in der Nähe war, verstummten sie, nachdem sie zuvor gellende Warnungen von sich gegeben hatten. Doch die Vögel schienen nicht beunruhigt zu sein. Entweder waren keine der Irghil im Wald, oder die Schwingenträger fühlten sich, hoch in den Bäumen, vollkommen sicher vor ihnen.

Die Abenddämmerung brach herein und warf ihre langen Schatten. Der Gardist begann sich allmählich zu sorgen. Hendirus war nun schon eine Weile fort. Schlich er noch immer durch den Wald, oder lag er längst tot am Boden? Lunres konnte keinerlei verdächtige Geräusche hören, doch das beruhigte ihn nicht im Mindesten. Er hielt den Bogen gespannt und war immer in der Nähe der Pferde, bereit, beim leisesten Anzeichen von Gefahr in den Sattel zu steigen.

Er hätte beinahe einen Pfeil gelöst, als ein dunkler Schemen zwischen den Bäumen auftauchte, und seufzte erleichtert, als er Hendirus erkannte. Doch der Blick des jungen Gardisten wirkte gehetzt, als er Lunres erreichte.

„Eine Lichtung mit einem kleinen See. Diese verdammten Bestien schwimmen darin herum und scheinen sich vollkommen sicher zu fühlen. Sie sind wenigstens acht oder neun Zehnen stark. Aber das ist noch nicht alles. Sie …"

Im Wald war ein Knacken zu hören, und die beiden Kundschafter erstarrten. Da sich das Geräusch nicht wiederholte, entspannten sie sich wieder.

Hendirus zog seine Wasserflasche vom Sattel und trank hastig. „Sie waren nicht allein, diese verdammten Bestien. Zwei Orks waren bei ihnen."

„Was? Bist du dir sicher?"

Hendirus nickte. „Kein Zweifel. Ein kleines Spitzohr, kaum größer als ein Zwerg, und dazu ein riesiges Rundohr. Der Verdacht der Hochge…"

Lunres Hengst bäumte sich auf und zerrte an den Zügeln.

Instinktiv hoben die beiden Kundschafter ihre Bogen und sahen dunkle Schatten zwischen den Bäumen hindurch auf sie zuschnellen.

„Los, auf die Pferde", schrie Hendirus. „Es sind die Bestien!"

Lunres zerrte an den Zügeln, fand den Steigbügel und zog sich auf das Pferd hinauf. Die Schatten wurden zu drohenden Leibern, und Lunres' Hengst reagierte instinktiv. Er warf sich herum und machte einen riesigen Satz. Mit der Hinterhand traf er Hendirus, der gerade aufsitzen wollte. Als der Tritt ihn zurückwarf, wusste der Gardist, dass er keine Chance mehr hatte.

„Reite los, verdammt!", schrie er Lunres an, der sein Pferd endlich in der Gewalt hatte und zögerte, ohne den Kameraden davonzureiten. „Berichte der Hochgeborenen von den Orks! Rasch, sonst ist es zu spät."

Die blauen Bestien waren schon zu nahe für den Bogen. Hendirus ließ die Waffe fallen und nahm in jede seiner Hände einen der alnoischen Spezialpfeile. Lunres sah noch, wie der Gardist dem vordersten Irghil entgegenstürmte, dann hieb er die Hacken in die Flanken seines Pferdes.

Zweige und Äste schlugen ihm ins Gesicht, als er durch den Wald preschte. Er hörte am Knacken und Prasseln, dass die Bestien ihm folgten, und blanke Furcht erfüllte ihn. Die Feinde waren auf ihren acht Beinen ungeheuer schnell. Kaum war Lunres aus dem Wald heraus, da folgten ihm auch schon zwei der Kreaturen. Seine Furcht steigerte sich fast zur Panik, als er registrierte, dass die Feinde mit seinem Pferd mithalten konnten. Sie waren nicht schnell genug, um ihn einzuholen oder gar zu überholen, doch sie hielten den Abstand.

Das Loch eines Wildläuferbaus, ein Straucheln seines Pferdes oder dessen mangelnde Ausdauer konnten dieses Rennen entscheiden. Lunres fluchte erbittert und schrie auf sein Pferd ein, schlug die Hacken hektisch in dessen Flanken.

Langsam, fast unmerklich, fielen die blauen Wesen zurück.

Lunres schluchzte vor Erleichterung, als die mörderischen Kreaturen außer Sicht waren. Aber er war noch längst nicht in Sicherheit. Vielleicht folgten die Irghil seiner Fährte und würden nicht aufgeben, bis sie ihn zwischen ihren Scheren hatten. So trieb er sein Pferd weiter an, bis dessen Schritte unsicher wurden und seine Flanken von Schweiß bedeckt waren. Als es schließlich stehen blieb, sank er nach vorne und tätschelte ihm den Hals.

Er gönnte dem Tier eine Pause und ließ es ganz langsam im Schritt gehen. Dabei lauschte er auf die Geräusche in der Nacht, doch nichts deutete auf Gefahr hin. Das war oft so, wenn die Bestien in der Nähe waren.

Schließlich saß der Gardist wieder auf.

Ein kleines Spitzohr und ein riesiges Rundohr ... Die Hochgeborene musste davon erfahren.

Die Orks waren bei den Irghil. Bestien waren mit Bestien im Bund.

29

Nedeam und Llaranya waren am südlichen Saum des Waldes entlanggeritten. Die Landschaft begann sich nun zu wandeln. Die fruchtbare Ebene von Jalanne wich zurück und gab einer zunehmend kargen Landschaft Raum. Sand, Stein und ausgedörrter Boden, der die beiden an die nördliche Öde von Rushaan erinnerte. Es war ein starker Kontrast zwischen dem Wald, der nun nördlich von den Reitern lag, und dem trostlos wirkenden Landstrich, dem sie sich näherten.

Der Unterschied war deutlich, und zugleich gab es Ähnlichkeiten. Die Ebene von Jalanne strotzte vor Fruchtbarkeit und war sehr hügelig. Überall erhoben sich Baumgruppen und kleine Wälder. Der östliche Landstrich, durch den sie nun ritten, war ebenso hügelig wie die fruchtbare Ebene, wirkte aber eher leblos. Aus den Baumgruppen waren hier Inseln aus Gras geworden, das ein mühsames Dasein fristete, erkennbar an den harten, scharfkantigen Stängeln. Ob sie sich noch in der Nähe des alten Weges befanden, ließ sich nicht sagen. Hier konnten sie jedenfalls keine Überbleibsel steinerner Platten mehr finden.

Llaranya hatte den zartblauen Umhang des elfischen Volkes über die Schultern zurückgeschlagen. Die Sonne stand hoch am Himmel und es war unangenehm heiß. Der Boden reflektierte die Wärme und gab den beiden einen Vorgeschmack auf das, was sie in der Wüste von Cemen'Irghil erwarten würde.

„Dieser Älteste der Lemarier meinte, wir sollten uns entlang des Waldsaumes bewegen und in gerader Linie in die Wüste vorstoßen. Dann könnten wir den Felsen mit dem

Steinteller nicht verpassen.“ Nedeam lenkte sein Pferd näher zu Llaranya. „Eindeutige Worte und ein guter Hinweis. Aber langsam frage ich mich, ob wir diesen Felsen wirklich finden werden.“

„Nun, das Land wird steiniger, Geliebter. Felsen gibt es hier genug und der, von dem der Älteste sprach, hat eine sehr eigene Form. Wenn es ihn gibt, werden wir ihn auch erkennen.“

Sie legten ihre Hände ineinander und genossen für einen flüchtigen Augenblick das Gefühl ihrer Liebe. Aber dieses Land und die möglichen Gefahren beanspruchten rasch wieder ihre Aufmerksamkeit.

„Dort vorne ist ein Bachlauf.“ Llaranya sah das Glitzern, das sich in einem dünnen Band über den Boden zog. „Sehen wir nach, ob es genießbar ist.“

Auch hier gab es Wasser, doch es floss in schmalen Rinnsalen. Es war kristallklar und lud zum Trinken ein, aber die Pferde scheuten meist davor zurück, und das war Nedeam und Llaranya Warnung genug. An anderen Stellen soffen die Tiere bereitwillig, und hier füllten die Reiter ihre Wasservorräte auf.

Sie erreichten den kleinen Bachlauf und wussten sofort, dass dieses Wasser gut war. Die Pferde senkten ihre Köpfe, und über dem Grund waren Pflanzen und kleine Fische zu erkennen.

„Seltsam, dass manchmal das Wasser gut ist und manchmal nicht“, murmelte Nedeam.

„Bäche treten aus Quellen hervor und fließen durch Landschaften und Orte“, sagte Llaranya. „Ich glaube, wenn das Wasser schlecht ist, sind sie durch Orte des Todes geströmt.“

„Ja, das könnte sein.“ Er beschattete seine Augen gegen das grelle Licht. „In dieser öden Landschaft scheint es nicht mal Gehöfte oder Weiler zu geben. Anders als in der fruchtbaren Ebene, auch wenn sie dort langsam zerfallen. Aber hier ist nichts zu sehen. Als hätte es niemals eine menschliche Besiedelung gegeben."

„Denk an Rushaan. Einst soll es viele Menschen ernährt haben, und doch ist kaum etwas von ihnen geblieben."

„Wir haben nur die Stadt Rushaan gesehen, oder das, was von ihr übrig war. Weiter sind wir nicht in die Öde vorgedrungen. Vielleicht gab es dort viele solche Orte." Nedeam fröstelte. „Aber mich zieht es nicht dorthin zurück."

Sie ritten in östlicher Richtung und hielten etwas Abstand zueinander. Dabei nahmen sie den direkten Weg über die Hügel, ein stetes Auf und Ab, das sie ermüdete. Aber es war ihnen zu riskant, sich zwischen den Anhöhen hindurchzubewegen, auch wenn es bequemer gewesen wäre. So spähten sie jedes Mal vorsichtig über die Kuppe hinweg ins Hinterland, bevor sie ihre Pferde hinauftrieben. Von einem dieser kargen Hügel aus erblickten sie dann die Ruinen der Siedlung.

„Ein Weiler", meinte Nedeam. „Oder wenigstens etwas Ähnliches. Dort müssen einige Hundert Menschen gelebt haben."

„Sie sind hier ebenso vergangen wie jene in der grünen Ebene", seufzte Llaranya. „Wir sollten weiterreiten. Mich verlangt es nicht danach, erneut den Tod zu sehen."

„Nein, wir schauen es uns an." Der erste Schwertmann musterte die Ruinen. Im Gegensatz zu den Weilern des Pferdevolkes, die im Rund angelegt waren, hatte dieser Ort eine rechteckige Grundform. „Ich will wissen, ob hier das Gleiche geschah wie drüben im Westen."

Sie näherten sich der Siedlung aus westlicher Richtung, von wo aus die Gebäude relativ intakt aussahen. Doch als sie zwischen sie vordrangen, änderte sich das Bild.

„Schau dir das an, Geliebter." Llaranya deutete um sich. „Ein merkwürdiger Anblick. Als sei von Norden ein gewaltiger Sturm gekommen und habe alle Häuser gleichzeitig erfasst. Und sieh dir die Verfärbungen des Steins an."

Nedeam nickte und erinnerte sich. „Es ähnelt dem, was wir in der Stadt Rushaan gesehen haben. Ich erkenne die Brandspuren an den Wänden. Genau so etwas habe ich damals auch im elfischen Außenposten von Niyashaar entdeckt. An den Stellen, wo die Feuerstrahlen aus den Lanzen der Prionen auftrafen."

„Dann steht wohl fest, dass es auch hier diese unheimlichen Paladine gab. Rushaan und Jalanne scheinen sich in vielem geglichen zu haben."

„Lass uns zum Nordende des Ortes reiten. Ich möchte wetten, dort finden wir einen Krater."

Auf dem Weg dorthin stellten sie fest, dass beinahe alle Häuser an ihren nach Norden weisenden Wänden Verfärbungen und schwere Schäden aufwiesen. Die Zerstörungen wurden immer schwerer, je weiter die beiden Reiter durch die Straßen vordrangen. Menschliche Überreste waren kaum zu entdecken, und es gab keinerlei Spuren von den Irghil. Wie Nedeam vermutet hatte, fanden sie jenseits der Ortsgrenze einen flachen Krater. Der Boden war verbrannt und schimmerte, als sei er mit blauschwarzem Klarstein ausgekleidet.

„Wie in Rushaan", seufzte Nedeam. „Beide Königreiche wurden von der gleichen Macht getroffen. Die Waffen des Schwarzen Lords müssen grauenvoll sein."

„Sie waren es wenigstens", stimmte Llaranya zu. „Doch dies alles hier geschah zu den Zeiten des Ersten Bundes. Ich weiß, dass der Schwarze Lord mit seinen Legionen vor rund zwanzig Jahren bis vor die alnoische Hauptstadt Alneris drang. Erst dort wurde er mithilfe deines Volkes zurückgeworfen. Doch ich habe nicht gehört, dass dabei solche … Kraterwaffen eingesetzt wurden."

„Ja, das ist richtig." Nedeam strich sich über das Kinn und überlegte. „Es könnte sein, dass sich diese Magie erschöpft hat."

„Wollen wir es hoffen. Ein Zauber, der einen Ort zerschmettert, wie mit einer mächtigen Faust, ist furchtbar." Llaranya legte ihm die Hand an den Arm. „Und nun lass uns von hier verschwinden. Suchen wir nach dem Felsen mit dem Steinteller."

„Du hast recht. Wir sollten uns um die Lebenden kümmern, nicht um die, die schon so lange vergangen sind."

Sie wollten diesen Ort des Todes nicht noch einmal durchqueren und ritten daher um die Überreste der Siedlung herum. Erneut lenkten sie die Pferde nach Osten. Das trostlose gewellte Land wurde zunehmend flacher. Die Hügel wurden von Felsgruppen abgelöst, die hier und da aus dem Boden ragten. Die Formationen waren schroff und scharfkantig und noch nicht von Wind und Wetter geglättet. Viele der größeren Steine am Boden waren dunkel, fast schwarz gefärbt und hoben sich deutlich von dem hellen Sand ab, der sich immer stärker ausbreitete.

„Ich glaube, wir nähern uns der Wüste von Cemen'Irghil", vermutete Nedeam. „Sieh dir den Boden an, Liebste. Wir reiten über schwarzes Felsgestein, das der Wind im Laufe der Zeit mit Wüstensand bedeckt hat."

Nedeam blinzelte irritiert. Für einen Augenblick erschien eine der Felsgruppen wie in rötliches Licht getaucht. So als stünde die Sonne genau dahinter und ließe die Konturen erstrahlen.

Llaranya sah, wie ihr Gemahl zusammenzuckte und sich mit der Hand über die Augen fuhr. „Hast du etwas ins Auge bekommen?"

„Nein, es ist … etwas anderes."

Er blinzelte erneut, und die Erscheinung verschwand.

Die Elfin sah misstrauisch zu den Felsen hinüber. „War es wieder die Gabe?"

Als sie vor einigen Jahren zusammen gegen einen der bösartigen Grauen gekämpft hatten, war Nedeam mit dieser Kreatur im Augenblick ihres Todes verbunden gewesen. Etwas von den magischen Kräften des Grauen war dabei auf Nedeam übergegangen. Es ließ sich nicht mit den Künsten Marnalfs vergleichen. Aber Nedeams Verletzungen heilten seitdem etwas schneller, und gelegentlich verfügte er über die Fähigkeit der Aura. Die Grauen nutzten sie, um die Seele anderer Wesen zu erfühlen und festzustellen, ob sie ihnen feindlich gesonnen waren. Kein Gegner konnte sich so vor ihnen verborgen halten. Nedeam half diese Gabe nur wenig, denn er konnte sie nicht kontrollieren. Sie trat nur selten auf und meist ohne dass sie von irgendwelchem Nutzen war.

„Ich weiß es nicht." Er strich sich unsicher über das Kinn und sah sie an. „Für einen Moment erschienen mir die Felsen dort drüben rot zu erglühen. Jetzt ist das Licht verschwunden. Vielleicht hat mich die Sonne getäuscht."

„Vielleicht auch nicht." Llaranya hielt ihren Bogen bereit. „Wir sollten uns in jedem Fall von den Felsen fernhalten." Nedeam tastete nach seiner Klinge, aber die Elfin schüttelte den Kopf. „Nimm den Bogen, Nedeam, und die Pfeile der Alnoer. Falls sich dort einige der blauen Bestien verstecken, möchte ich sie nicht so nahe herankommen lassen, dass wir die Schwerter benutzen müssen."

Sie zogen die Pferde ein wenig herum, sodass sie die Felsengruppe in einigem Abstand passieren würden. Immer wieder glitten ihre Blicke zu ihr hinüber. Es lenkte ihre Aufmerksamkeit von der Umgebung ab, und das war fatal.

Llaranyas Warnschrei kam in elfischer Sprache. Sie schwenkte ihren Bogen herum und löste dabei auch schon den ersten Pfeil. Mit den fließenden Bewegungen der elfischen Krieger legte sie sogleich das nächste Geschoss an.

Nedeam riss den Kopf herum und sah gerade noch, wie zwischen einer anderen Felsengruppe der blau gepanzerte Leib einer Bestie zu Boden ging. Im Todeskampf schnappte sie mit den mächtigen Scheren. Llaranyas zweiter Pfeil traf den Schädel des nachfolgenden Wesens, das sich aufbäumte und mit zuckenden Gliedern auf den Rücken fiel.

Erst jetzt löste Nedeam sein erstes Geschoss. Seine Reflexe waren nicht so sicher wie die der Elfin, und sein Pfeil streifte lediglich den Rückenpanzer eines dritten Irghil. Die Kreaturen waren unglaublich schnell und mit ihren acht Beinen enorm beweglich. Sie schienen förmlich über den Boden zu fliegen.

„Weg hier“, schrie Nedeam auf. „Es sind zu viele, und sie sind zu schnell. Wir können sie nicht aufhalten.“

Llaranyas vierter Pfeil war schon auf dem Weg, während Nedeam gerade erst den zweiten an die Sehne legte. Wären ihre Pferde nicht so gut ausgebildet gewesen, wären sie sicher in Panik geraten. Doch die Tiere reagierten auf den leisesten Schenkeldruck, standen still, obwohl sie erregt schnaubten und ihre Flanken zitterten. Als ihre Reiter sie herumzogen, sprangen sie augenblicklich an und galoppierten los.

Nedeam hatte nur noch einen der Spezialpfeile und wollte ihn nicht verschwenden. Er besaß nicht die Sicherheit von Llaranya, die sich im Sattel drehte und die nächsten Pfeile abschoss. Nedeam wusste nicht, ob sie Wirkung zeigten, denn er konzentrierte sich auf den Weg und darauf, ob nun nicht auch vor ihnen Feinde auftauchten. Sein Gespür hatte ihn nicht getrogen.

Aus der Felsengruppe, der sie zunächst ausgewichen waren, stürmten die nächsten Irghil hervor. Es war nur vier der

Bestien, doch schwärmten sie sofort fächerartig aus und drohten den Fliehenden den Weg zu versperren. Nedeam rief seiner elfischen Frau eine Warnung zu und löste seinen letzten Pfeil. Es war kein überragender Schuss, denn er traf nur eine der ausgestreckten Scheren. Sie knickte ein, was den Irghil aber nicht sonderlich zu behindern schien.

Vielleicht wären sie den Bestien entkommen, aber Nedeams Pferd trat auf einen lockeren Stein. Plötzlich flog der Erste Schwertmann mit einem heiseren Aufschrei durch die Luft und hörte dabei den entsetzten Ruf Llaranyas, die im selben Moment auch schon an ihm vorbeigeprescht war.

Die Schwertmänner übten den Sturz vom Pferd und wie sie sich abrollen mussten, um rasch wieder kampfbereit zu sein. Nedeam fand jedoch gerade noch Zeit, den Bogen fallen zu lassen, dann schlug er auch schon auf. Der Schmerz trieb ihm die Luft aus den Lungen. Keuchend lag er da, und für ein paar Augenblicke nahm er nichts mehr bewusst wahr.

Das Erste, was er wieder hörte, waren die Schreie seiner geliebten Llaranya und der Hufschlag ihres Pferdes. Stöhnend richtete er sich auf die Knie auf und tastete nach seinem elfischen Schwert. Er sah Llaranya auf sich zupreschen, eine Hand ausgestreckt, um ihn aus dem Ritt heraus aufs Pferd zu ziehen, die anderen Hand das eigene Schwert haltend.

Dann kam der furchtbare Hieb, der Nedeams Bewusstsein endgültig verdunkelte.

30

Benewyn spürte die leichte Berührung von Hendahls Hand, als er in die Ehrenformation der Schwertmänner trat. Nur ein flüchtiger Moment der Vertrautheit und Liebe, denn die anderen Schwertmänner gehörten noch zur alten Garde und hätten die Verbindung des jungen Paares aus Tradition abgelehnt.

Statt der sonst üblichen zwei Zehnen an Männern hatte Scharführer Kormund einen vollen Beritt antreten lassen, wenn auch ohne Pferde. Eine große Ehrbezeugung, doch sie war angemessen, denn es galt, den guten Grauen Marnalf zu verabschieden. Jenen Mann, der unzweifelhaft das Leben der guten Herrin Larwyn gerettet hatte.

Der Hohe Herr Tasmund und Marnalf traten gemeinsam aus dem Haupthaus, und der weise Magier beschattete sein Gesicht gegen die tief stehende Sonne. Er wirkte müde und ging gebeugt. Eigentlich hatte er schon am Mittag abreisen wollen, doch die Erschöpfung hatte ihn länger als geplant schlafen lassen. Dennoch wollte er schnellstmöglich zurück an den Hof des Königs nach Enderonas reiten. Zum Schutz gegen den frischen Wind hatte er sich fest in sein Gewand gehüllt und stützte sich auf seinen langen Stab. Er sprach leise mit Tasmund, aber die Worte waren nicht zu verstehen.

Scharführer Kormund hatte das Reitpferd des guten Grauen persönlich ausgesucht und half dem alten Magier hinauf. Marnalf dankte mit einem leichten Nicken. Einer der Schwertmänner begann zum Zeichen des Respekts und der Dankbarkeit mit dem Knauf des Schwertes an seinen Rundschild zu schlagen. Die anderen fielen mit ein, und das rhythmische Dröhnen füllte den Hof und übertönte die letzten Worte, die Kormund dem Zauberer mit auf den Heimweg gab. Marnalf nickte den Männern zu und musste hüsteln, er bedeckte den Mund mit der Hand und winkte der Ehrenformation mit dem Stab zu. Dann trabte er aus dem Tor, und vier von Kormunds besten Männern reihten sich hinter ihm ein, um ihn bis zur Grenze der Mark zu geleiten. Erst als Marnalf den Blicken entschwunden war, verstummte das Dröhnen, und Kormund trat vor die Schwertmänner, dankte ihnen und ließ sie wegtreten.

Benewyn hatte die ganze Zeit zusammen mit anderen Burgbewohnern an der mittleren Wehrmauer gestanden, die die Burghöfe trennte. Viele von ihnen hatten Marnalfs Abreise beigewohnt, erfüllt von Dankbarkeit für das, was der gute Graue vollbracht hatte. Die Genesung der Hohen Dame Larwyn machte unerwartete Fortschritte. Man munkelte, dass sie bereits von ihrem Bett aufstehe. Doch die meisten wiesen das als unvorstellbar zurück. Zu schwer sei die Erkrankung gewesen, und es würde noch lange dauern, bis die Herrin geheilt und wieder bei Kräften sei. Die junge Benewyn gehörte zu jenem erwählten Kreis, der die Hohe Dame aufsuchen durfte, und sie war glücklich über die Fortschritte der geliebten Herrin und darüber, dass sie ihr dienen konnte.

Als sich die Ehrenformation auflöste, zwinkerte Hendahl ihr rasch zu. Seine Wache endete bald, und dann würde er zusammen mit den meisten anderen Männern zu der neuen Anlage am Übungsplatz marschieren. Nur wenige würden in der Burg verbleiben, die Wachmannschaft mit ihrer Ablösung und eine verstärkte Schar, die Tasmund sich zur Reserve erbeten hatte. Benewyn würde Larwyn nun das Abendmahl bringen und sich danach mit Hendahl treffen. In jenem Gebäude, das an die Westmauer der Burg grenzte und der Schar Peragrams als Unterkunft diente.

Benewyn ging in die Küche hinunter und half Margwyn, alles zu richten.

„Nur leichte Kost", schärfte die alte Köchin ihr wiederholt ein. „Nichts, was die Herrin erst zerkleinern muss, das würde ihre Kräfte übersteigen. Nimm von dem zarten Lammfleisch und schneide es in kleine Stücke. Dazu gedämpftes Gemüse aus unserem Kräutergarten und ein wenig Getreidebrei. Verrühre ihn mit warmer Milch."

„Keine Sorge, gute Frau Margwyn, ich weiß, was ich zu tun habe."

Die alte Frau trat zu Benewyn und strich ihr sanft über das lange blonde Haar. „Das weiß ich, mein Kind. Sieh es mir nach, es war nicht böse gemeint. Ich bin immer noch in Sorge um unsere gute Herrin."

Dann war alles bereit. Dunkelheit legte sich über die Hochmark. Brennsteinbecken und Lampen wurden entzündet, und ihr sanft flackernder Schein erhellte einzelne Abschnitte der Mauer und die Räume der Burg. Benewyn nahm das Tragebrett mit den Speisen und ging hinauf ins Obergeschoss. Der Doppelposten vor Larwyns Gemächern war inzwischen auf vier Schwertmänner verstärkt worden. Jeder Einzelne, von Scharführer Kormund persönlich ausgewählt, war schon oft unter Garodems Banner hinausgeritten. Andere, ebenso handverlesen, standen zur Ablösung bereit. Es hatte etwas Unmut unter den Schwertmännern gegeben, denn Kormund ließ niemanden zur Wache zu, der nach Garodems Tod in den Dienst der Hochmark getreten war. Aber der erfahrene Kämpfer hatte sich durchgesetzt, unterstützt von den anderen Scharführern.

Benewyn trat in die Gemächer der Herrin und sah dort die Elfin Leoryn und deren Bruder Lotaras. Larwyn lag nicht in ihrem Bett, sondern saß in einem der Stühle, und Lotaras las ihr aus einer alten Schrift vor. Die junge Benewyn schaute entsetzt, bis die elfische Heilerin ihr beruhigend zunickte.

„Stell die Speisen auf den Tisch, gute Frau." Leoryn neigte sich zu Larwyn und sagte ein paar Worte, die Benewyn nicht verstehen konnte. Als die Herrin nickte, wandte sich die Elfin wieder an die Magd. „Und hole einen wärmenden Umhang. Die Hohe Dame will später ein paar Schritte an der frischen Luft machen. Sie sehnt sich nach dem Ausblick von der Plattform des Signalturms."

„Bei allen Abgründen." Benewyn hätte vor Entsetzen nun beinahe die Hände vor den Mund gelegt. „In ihrem Zustand? Es wird ihre Kräfte übersteigen."

„Sie will den Blick über das Tal genießen. Im Licht der Sterne, wie sie es oft mit ihrem Gemahl Garodem tat." Die Elfin lächelte. „Wir werden in ihrer Nähe sein."

Die Herrin würde auf die Turmplattform steigen. War sie doch wieder so zu Kräften gelangt? Wie sehr musste sie sich nach ihrem Garodem sehnen, dass sie diese Mühsal in ihrem Zustand auf sich nahm. Wahrhaftig, ein Wunder. Dank dem guten Herrn Marnalf und den Heilerinnen. Benewyn verbeugte sich respektvoll und verließ die Gemächer. Auch in der Küche gab es überraschte Gesichter, als die junge Frau von den erstaunlichen Genesungsfortschritten berichtete.

„Wir hörten ja schon, dass sich ihr Zustand bessern würde, aber so rasch? Deshalb schreitet der Hohe Herr Tasmund wohl auch so nervös auf und ab. Man hört seine Schritte im Amtsraum des Pferdefürsten. Auf und ab und auf und ab. Er wird befürchten, dass die Herrin sich übernimmt." Margwyn nickte. „Ah, sie hat einen Dickkopf, unsere Hohe Dame Larwyn. Ja, den hat sie. Aber wir werden alle gut auf sie achten, damit sie sich nicht zu sehr anstrengt."

Für den Rest der Nacht wurden Benewyns Dienste nicht mehr benötigt. Sie aß selbst nur eine Kleinigkeit in der Küche und machte sich dann in ihrer Kammer rasch zurecht. Sie ordnete ihre Haare und ihr Gewand und ging dann, um ihren Hendahl zu sehen.

Im Obergeschoss wanderte Tasmund rastlos auf und ab, die Hände hinter dem Rücken verschränkt, weil er nicht wusste, was er sonst mit ihnen anfangen sollte. Seine Anspannung wuchs mit jedem Augenblick, und er atmete auf, als Kormund in den Raum trat. „Ist alles vorbereitet, alter Freund?"

„Alle Wachen sind von mir persönlich ausgewählt", versicherte der alte Kämpfer. „Ich kenne jeden Einzelnen von ihnen seit Jahreswenden und lege für sie die Hand ins Feuer. Sie wissen, um was es geht, und werden bereit sein."

„Die Brennsteinbecken?"

„Sorgfältig befüllt, und die Steine wohl geordnet. Ihr Licht ist ein wenig schwächer als üblich. Ich habe gesagt, sie seien wohl alt und man solle morgen neue besorgen."

„Gut." Tasmund seufzte. „Was zu tun war, ist getan. Dennoch finde ich keine Ruhe."

„Das Schicksal muss die Dinge nun zusammenfügen, Tasmund, alter Freund und Kampfgefährte."

„Das Warten zehrt an meinen Nerven."

„So ist es wohl vor jeder Schlacht."

„Aber dies ist die Erste, bei der wir den Feind nicht kennen."

„Wie erwähnt, mein Freund, diese Nacht mag es fügen."

Dann kehrte Ruhe ein in der Stadt und in der Burg von Eternas. Überall erloschen die Lichter, und auch die Unterkünfte der Schwertmänner waren in Dunkelheit getaucht. Nur in der dortigen Wachstube brannte noch eine einzelne Lampe mit schwachem Schein. In den Mauern der Burg waren nur die leisen Schritte der Wachen zu hören und ein gedämpftes Murmeln, wenn die Männer sich miteinander verständigten.

Es war eine wundervolle sternklare Nacht.

Nach der Hitze des Tages brachte die Dunkelheit willkommene Abkühlung, und keine Wolke bedeckte den Himmel, als die einsame Frauengestalt, von einem Umhang eng umhüllt, die Leiter zur Plattform hinaufstieg. Scharführer Kormund und die beiden Elfen standen am unteren Ende, von oben half der wachhabende Schwertmann der Hohen Dame hinauf. Er wich respektvoll zurück, als sie an die Brüstung trat und sich daran abstützte, hielt sich aber bereit, der Hohen Dame jederzeit Arm und Schutz zu bieten. Ihr blondes Haar schimmerte sanft im Licht der Sterne, und gelegentlich blitzte der goldene Stirnreif auf, den die Herrin der Mark einst von ihrem Gemahl Garodem erhalten hatte. Manchmal wandte sie sich fröstelnd zu dem Brennsteinbecken um, das hier oben brannte, und das milde Licht beschien ihr liebliches Gesicht, das von Erschöpfung gezeichnet war.

Ein leises Schnappen war zu hören.

Es ähnelte dem Schwingen einer Bogensehne, klang aber deutlich härter.

Ein Schlag traf die Gestalt auf der Turmplattform.

Doch statt haltlos hintenüber zu stürzen, wirbelte sie in unfasslicher Geschwindigkeit einmal um ihre Achse und warf einen Arm nach vorne. In der Dunkelheit war ein unterdrückter Aufschrei zu hören.

„Er ist auf dem Dach von Peragrams Unterkunft!“, schrie die Frauengestalt auf, die sich währenddessen zu wandeln begann. „Zur Unterkunft von Peragrams Schar, Kormund! Rasch, packt den Kerl!“

Kormund und eine Gruppe Schwertmänner stürzten aus der Halle des Haupthauses in den vorderen Innenhof der Burg. Scharfe Befehle erklangen, als die kleine Schar durch das offene Haupttor stürmte und sofort zu den Quartieren am Übungsplatz hinübereilte.

Der Posten auf der Turmplattform starrte entsetzt auf das Graue Wesen, das da plötzlich in Larwyns Gewändern vor ihm stand. Seine Hand tastete unbewusst nach dem Griff des Schwertes.

In dem Moment erschien Tasmunds Kopf in der offenen Luke des Aufgangs. „Nehmt die Hand von der Waffe, Schwertmann", herrschte er die verdutzte Wache an. „Marnalf, seid Ihr wohlauf?"

„Es hat nicht viel gefehlt, und das ehrlose Wesen hätte mich getroffen", erwiderte der gute Graue grimmig. „Ich glaube, ich werde doch ein wenig alt, und meine Schnelligkeit lässt nach." Er lächelte kalt. „Aber ich habe den Bastard erwischt. Meine Hand ergriff das heranschnellende Geschoss und warf es dorthin zurück, von wo es kam. Ich muss den Burschen getroffen haben, denn er schrie auf."

Der Schwertmann auf der Plattform fand nun wieder zu sich. „Was geschieht hier, Ihr Hohen Herren? Was ist mit unserer Herrin? Wieso …?"

„Später, guter Mann, später", sagte Marnalf und beugte sich über den Aufgang. „Tretet zur Seite, Tasmund. Ich muss mich sofort wieder um das Wohl der Herrin Larwyn kümmern. Gemeinsam mit den Heilerinnen werde ich sie nun aus Euren Gemächern in die ihren zurückbringen. Kümmert Ihr Euch darum, den Übeltäter zu stellen." Der Graue zögerte kurz und sah dann den Schwertmann hinter sich an. „Und Ihr seid bitte so freundlich und signalisiert zum Südpass, dass der gute Herr Hildur mit seiner Schar zurückkommen möge. Ich möchte mich doch wieder passend kleiden und meinen Stab in Händen halten."

Kormund und seine Männer hatten unterdessen die neue Anlage erreicht und umstellten die Unterkunft der Schar Peragrams. Überall war nun aufgeregte Bewegung, und Schwertmänner stürzten aus den Gebäuden. Die meisten waren nur spärlich bekleidet, doch sie alle waren kampfbereit und hatten ihre Waffen gezogen.

Zwei Männer stiegen auf das Dach der umzingelten Unterkunft. Das Gebäude lag der Festung am nächsten, von hier aus sollte der Attentäter geschossen haben. „Nichts, Kormund", rief einer der Männer von oben herunter. „Hier ist niemand."

„Marnalf behauptet, den Kerl getroffen zu haben. Seht nach, ob Ihr irgendwo Blut findet."

Eine Brennsteinlampe wurde hinaufgereicht, und nach wenigen Augenblicken meldete sich der Mann erneut. „Blut. Ziemlich viel davon. Den Ehrlosen muss es übel erwischt haben. Aber er ist entkommen."

„Nein, das ist er nicht", knurrte Kormund grimmig. „Wenn er blutet, dann werden wir ihn finden." Er wandte sich den anderen Schwertmännern zu. „Alle Scharführer lassen sofort ihre Beritte antreten. Niemand darf fehlen, achtet mir darauf."

„Hier liegt noch etwas." Die beiden Männer kletterten vom Dach herunter, und einer von ihnen zeigte dem alten Scharführer einen mit Blut verschmierten Gegenstand. „Der Getroffene muss ihn sich selber herausgezogen haben."

„Kein Pfeil." Kormund betrachtete angewidert das Geschoss. „Es erinnert an die Bolzen der orkischen Querbogen. Aber es ist kürzer. Das stammt nicht von der Waffe eines Spitzohrs."

In der Hochmark gab es eine ganze Reihe solcher Bogen. Einige der Pferdelords hatten sie als Andenken aus einer Schlacht mit nach Hause gebracht. Die Waffen hatten eine hohe Durchschlagskraft, aber eine deutlich geringere Schussfolge als ein normaler Bogen und in der Regel auch eine kürzere Reichweite. Sie waren kennzeichnend für die Bestien des Schwarzen Lords, denn die Menschen hatten sich nie mit ihnen anfreunden können. Nun aber lag ein Geschoss, der den orkischen Bolzen ähnelte, in Kormunds Hand.

Einer der anderen Scharführer trat hinzu. „Ich kenne diese Bolzen, Kormund. Ich sah, wie Männer aus Peragrams Schar mit ihnen übten. Heimlich, in ihrer Unterkunft. Sie werden mit sehr kleinen Querbogen abgeschossen. Tückische Waffen, das sage ich Euch, alter Freund."

„Die Waffen von Mördern", versetzte Kormund kalt. „Nun, dann wollen wir einmal sehen, wer diesen Bolzen gelöst hat."

„Die Beritte sind formiert und vollzählig", meldete einer der Führer. „Zwei Streifscharen sind draußen in der Mark und einige Männer noch in der Burg. Aber die stehen wohl kaum unter Verdacht."

Die Schwertmänner waren geordnet nach Beritten angetreten. Von Peragrams Schar war nur eine Handvoll Männer in der Hochmark zurückgeblieben.

„Schafft mir diesen treulosen Verräter aus den Augen", befahl Kormund, als man Hendahls verwundeten Arm unter dem Umhang entdeckte. Die Umstehenden machten drohende Gesichter und schienen bereit, sich auf den jungen Mann und seine wenigen Kameraden zu stürzen.

„Ich war es nicht", schrie Hendahl auf. „Ich hörte den Aufruhr und wollte nachsehen. Da begegnete ich einem Fremden, der sofort auf mich einstach und mich verletzte. Er muss der Täter sein."

Einer der anderen Schwertmänner spuckte verächtlich aus. „Wenn es so gewesen wäre, hättest du uns alarmiert, verdammter Kerl. Ein feiger Mordbube, das bist du. Man sollte sofort kurzes Ehrengericht mit dir machen."

Der Mann griff entschlossen an sein Schwert, doch Kormunds scharfe Stimme hielt ihn zurück. „Wartet, er wird uns einiges zu erklären haben."

„Ich werde nichts sagen", erwiderte Hendahl trotzig und reckte sich.

„Du wirst sprechen, Ehrloser. Und wenn ich jede Silbe einzeln mit der Klinge aus dir herausschneiden muss." Kormund streckte die Hand nach der Brust des Mannes aus und umfasste die goldene Pferdekopfspange, die dessen Umhang zusammenhielt. Stoff zerriss, und der alte Scharführer zerrte den grünen Überwurf von Hendahls Schultern. „Du bist es nicht wert, das Symbol der Ehre und Tapferkeit des Pferdevolkes zu tragen. Und nun bringt ihn in die Burg. Er wird uns Rede und Antwort stehen."

Sie sperrten den Verräter unter strenger Bewachung in die alte Unterkunft, in der man schon Fangschlag unter Arrest gehalten hatte. Kormund eilte ins Haupthaus zurück und fand Tasmund und Marnalf in Larwyns Gemächern. Mit vereinten Kräften hatte man die Herrin der Hochmark wieder auf ihr Bett gelegt, umsorgt und behütet von Leoryn und Meowyn.

„Hat es ihr sehr geschadet?", fragte Kormund besorgt.

Marnalf zuckte die Schultern. „Es hat ihr zumindest nicht genutzt. Ich konnte sie eine Weile nicht im tiefen Bann halten. Doch zu sehr wird sie nicht gelitten haben. Zudem war es wichtig, den feigen Übeltäter zu fangen."

Tasmund lächelte kalt. „Morgen werden wir über ihn richten."

„Zuvor wird er wichtige Fragen zu beantworten haben", erinnerte ihn Marnalf. „Bewacht ihn also gut. Wo es einen Ehrlosen gibt, da kann auch noch ein zweiter sein."

„Bei den Finsteren Abgründen, Marnalf, ich hoffe doch, wir haben es nun hinter uns", brummte Tasmund.

Marnalf zuckte mit nachdenklicher Mine die Schultern. „Es mag sein. Vielleicht ist es so."

31

Es hämmerte in seinem Schädel. Beinahe kam es ihm so vor, als würde Guntram, der alte Schmied, scinen Kopf als Amboss benutzen. Irgendjemand hielt ihn unbarmherzig fest, umklammerte ihn und verhinderte, dass er sich vor den Hieben in Sicherheit bringen konnte. Nedeam wollte schreien, man solle ihn loslassen, und brachte doch nicht mehr als ein leises Stöhnen zustande. Andere Laute drangen an seine Ohren. Undeutlich und fern. Er glaubte, den Klang von Llaranyas Stimme zu hören, und versuchte, gegen die Benommenheit anzukämpfen. Er blinzelte, sah etwas Blaues, dicht vor seinen Augen, und erneut versank er in Dunkelheit.

Als er das nächste Mal zu sich kam, schmerzte sein Schädel noch immer, doch diesmal war es erträglicher, und er schaffte es, seine Augen für einen Moment offen zu halten. Wieder sah er das intensive Blau vor sich. Eine Wölbung in seinem Gesichtsfeld, über der sich eine felsige Landschaft bewegte. Er schloss die Lider und ächzte. Abermals hörte er Llaranyas Stimme, und nun nahm er auch den besorgten Klang darin wahr. Nedeam versuchte, etwas Beruhigendes zu sagen, doch nur ein heiseres Krächzen kam über seine Lippen. Langsam drang ihm die Bedeutung der Worte ins Bewusstsein.

„Prächtig“, ächzte er mühsam. „Keine Sorge, mir geht es prächtig.“

„Prächtig ist allenfalls die Beule an deinem Hinterkopf“, hörte er Llaranya. „Du hast einen bösen Schlag abbekommen.“

Der Angriff der Irghil … Llaranyas Versuch, ihn zu sich aufs Pferd zu ziehen … Jetzt fiel es ihm wieder ein. „Sind wir … entkommen?“

„Ich fürchte nicht, mein Liebster."

Sie musste ganz nahe sein, und wieder versuchte Nedeam, die Augen zu öffnen und sie diesmal auch offen zu behalten. Sein Blick wurde langsam schärfer, und er stieß einen leisen Fluch aus. Die blaue Rundung, die in sein Sichtfeld ragte, war die Rückenpanzerung einer Bestie. Sie musste ihn quer über ihren Leib gelegt haben, und der Druck um seinen Körper rührte daher, dass sie ihn unbarmherzig mit ihren Scheren festhielt.

„Verdammt, was … was ist geschehen?" Seine Gedanken waren noch immer nicht klar, und er verspürte brennenden Durst. Die Kehle war wie ausgedörrt.

„Diese Bestien haben dich eingeholt, und eine von ihnen hat dich mit einem gewaltigen Hieb niedergeschlagen. Ich dachte schon, sie hätte dir den Schädel zerschmettert." Ihre Stimme wurde weich. „Mein Herz war schwer, und ich war in großer Sorge um dich, Geliebter."

„Bist du nicht entkommen?"

„Würde ich mich dann im Griff einer Bestie befinden?" Die Elfin seufzte. „Ich weiß nicht, warum sie uns nicht längst umgebracht haben. Sie scheinen irgendetwas Niederträchtiges mit uns vorzuhaben. Jedenfalls tragen sie uns nun schon seit vielen Zehnteltagen mit sich herum."

Nedeam schaffte es, sich ein wenig aufzurichten und erschrak, als er zur Seite sah. Er konnte das ovale Schädeldach des Irghil, der ihn trug, erkennen. Einer von drei Stielen an dessen Oberseite wendete sich ihm zu. Das fremdartige Auge starrte Nedeam an. Es war schwarz und hatte eine ebenfalls schwarze Pupille. Und doch war deren waagrechter Schlitz deutlich zu erkennen.

Nedeam schaute zur anderen Seite. Dicht hinter ihnen sah er eine zweite Bestie, die Llaranya auf ihrem Rücken festhielt. Schenkel und Taille der Elfin wurden von den mächtigen Scheren umklammert. Sie wären mühelos in der Lage gewesen, Llaranya zu zerstückeln, doch das war offensichtlich nicht die Absicht der Bestien.

„Bei allen Abgründen, was haben diese Ungeheuer mit uns vor?“, fluchte Nedeam. Er sah kurz zum Schädel seines Trägers. Dessen mittleres Auge ruhte noch immer auf ihm. „Warum schleppen sie uns durch ihr Land und …“ Er verstummte kurz. „Vielleicht wollen sie uns an ihre Brut verfüttern. Wie die Orks, die ja auch Lebendfutter zu schätzen wissen.“

Er sah Llaranya erbleichen, doch dann schüttelte sie den Kopf. „Davon haben weder die Alnoer noch die Lemarier etwas berichtet, und die Toten, die wir fanden, mögen schreckliche Wunden gehabt haben, aber niemand hat an ihnen gefressen.“

„Das kann man kaum an den Knochen erkennen.“

„Du kennst die Fraßspuren von Raubwild. Was meinst du, welche Spuren erst diese Scheren hinterlassen würden?“

Nedeam stöhnte auf, sein Träger hatte ruckartig die Richtung geändert, und der schmerzende Schädel des Pferdelords wurde kurz gegen den Rückenpanzer geschlagen. „Was ist mit unseren Pferden und Waffen?“

„Die Pferde sind tot. Sie kämpften mit Hufen und Gebissen, doch es hat ihnen wenig genutzt. Einige der Bestien warfen sie nieder und töteten sie. Von unseren Waffen weiß ich nichts. Auch ich wurde niedergeschlagen, wenn auch nicht so heftig wie du.“

„Es waren gute Pferde“, murmelte Nedeam. „Keine Reittiere und keine Waffen … Was ist mit Wasser und …?“

„Ich kann keine unserer Tragetaschen oder Wasserflaschen entdecken“, erwiderte sie. „Wir reisen wohl mit leichtem Gepäck.“

Sie brachte tatsächlich ein Lächeln zustande, und Nedeam bewunderte sie für diese Fähigkeit, denn die Lage, in der sie steckten, war ernst. Ohne Hilfsmittel und in den Fängen eines unbarmherzigen Feindes. Was hatten die Irghil mit ihnen vor, warum trugen sie ihre wehrlosen Gegner mit sich herum? Es ergab einfach keinen Sinn. Der einzige Grund, den Nedeam sich denken konnte, nämlich dass sie tatsächlich als Futter dienen sollten, schien eher unwahrscheinlich, wie Llaranya zu Recht bemerkt hatte.

Er ächzte, als sein Träger abrupt hielt. „Verdammt, sei vorsichtig", knurrte er das einzelne Auge an. „Mir brummt der Schädel." Er blickte über den Augenstiel und das Schädeldach der Bestie hinweg. „Bei der Finsternis ..."

Die Gruppe der Irghil hatte mit ihren Gefangenen auf der Kuppe eines felsigen Hügels Halt gemacht. Von hier aus sah man in eine sandige Ebene hinunter, die wohl zur Wüste von Cemen'Irghil gehörte. Es war eine Stätte des Todes.

Llaranyas Träger gesellte sich neben Nedeams. So dicht standen sie, dass die Liebenden sich flüchtig die Hand reichen konnten. Doch der Anblick, den die Ebene bot, zog ihre Aufmerksamkeit rasch wieder auf sich.

„Es muss zur Zeit des Ersten Bundes geschehen sein. Als sich die sieben Königreiche der Menschen mit den Elfen vereinten und gegen die Legionen des Schwarzen Lords antraten." Nedeam versuchte, auf die Ebene zu deuten, doch der enge Griff der Schere ließ es nicht zu. „Hier sind sie wohl aufeinandergeprallt. Eine der großen Schlachten jener Zeit."

„Hunderttausende müssen an diesem Ort ihr Leben gelassen haben", sagte Llaranya schaudernd. „Sie tragen noch ihre Rüstungen und Waffen, selbst ihre Banner liegen überall verstreut. Die Wüste muss ihre Leiber bewahrt haben."

Die Toten waren zu ausgetrockneten Mumien geworden, und die Verstümmelungen und Wunden waren gut zu erkennen, wenigstens bei jenen, die nahe dem Felsenhügel lagen.

Die Rüstungen und Helme wirkten fremdartig, doch sie waren menschlichen oder orkschen Ursprungs. Von dem Hügel aus konnte man im wilden Durcheinander der Überreste auch eine Spur von Ordnung erkennen. Dort, wo die Kämpfer in ihren Schlachtformationen gefallen waren. An einigen Stellen lagen sie in dichten Reihen, und man konnte sehen, wo der Feind die Linien durchbrochen hatte. Hier und da waren die Leiber aufgetürmt, dort musste der letzte Ansturm stattgefunden haben.

„Ich könnte nicht sagen, wer hier den Sieg davongetragen hat." Llaranya versuchte, gegen den Druck der sie haltenden Scheren anzukommen. Überrascht stellte sie fest, dass die Bestie es ihr ermöglichte, sich aufzurichten. Bald saß sie rücklings auf dem Irghil, der sie noch immer festhielt, ohne ihr dabei aber wehzutun. „Hier liegen Männer in den Harnischen der Königreiche und Orks zuhauf. Hätten die Bestien gewonnen, dann hätten sie doch die Waffen und das für sie so wertvolle Metall mitgenommen."

„So ist es bei ihnen üblich." Nedeam zuckte die Schultern. „Vielleicht hatten sie damals noch genug davon. Ich denke, sie haben die Schlacht gewonnen. Menschen ehren und betrauern ihre Toten, und das ist hier nicht geschehen."

„Oder es waren dafür zu wenige übrig. Es muss entsetzlich gewesen sein." Die Elfin drückte erneut gegen die feste Umklammerung, doch dieses Mal hatte sie keinen Erfolg. „Sieh dir an, wie groß diese Ebene ist, und dennoch liegen die Toten dicht an dicht, so weit das Auge blickt."

„Ich kann auch Pferdekadaver erkennen", seufzte Nedeam. „Ob an dieser Schlacht auch Pferdelords beteiligt waren?"

„Das glaube ich nicht. Ihr habt oben im Norden und Osten gekämpft. Auch Alnoa und die anderen Reiche besaßen berittene Kämpfer. Denk an die Gardekavallerie von Daik ta Enderos."

Die Irghil setzten sich unvermittelt wieder in Bewegung. Mit ihren acht Beinen waren sie äußerst geschickt. Wenn sie langsam gingen, schaukelte ihr Körper leicht zwischen den Beinen hin und her. Rannten sie hingegen, dann war es, als gleite er fast schwerelos über den Boden dahin.

Nedeam fiel auf, dass die Bestien die Ebene weitläufig umrundeten. „Sie meiden die Toten, Llaranya. Mir scheint fast, sie haben uns lediglich das Schlachtfeld zeigen wollen."

Ein leises Grollen war zu hören, und sie wandten den Blick von der Ebene zum Himmel. Das strahlende Blau begann sich zu trüben, und von Norden zogen dunkle Wolken auf. „Ich glaube, es gibt einen Gewittersturm." Nedeam spürte, wie sein Träger schneller wurde. „Und ich glaube außerdem, dass es den Bestien nicht behagt. Sie scheinen ihm ausweichen zu wollen."

„Bei einem schweren Gewittersturm wird es hageln", vermutete Llaranya.

„Das sollte diesen blauen Ungeheuern nichts ausmachen. Ihre Panzer sind dick und hart."

„Aber unsere nicht", erwiderte die Elfin lakonisch.

Nedeams Augen verengten sich. „Meinst du, sie weichen dem Sturm wegen uns aus?"

„Ich weiß es nicht, Liebster. Aber sie müssen einen guten Grund haben, denn sie beeilen sich sehr."

Die Gruppe bestand aus rund dreißig Irghil, und sie alle rannten auf ihren acht Beinen, so schnell sie nur konnten. Erneut blickte er zum Himmel. Die Wolken verdichteten sich. Es sah aus, als zöge eine unsichtbare Hand ein grauschwarzes Tuch über den Himmel, um ihn zu bedecken. Die ersten Blitze begannen zu zucken.

„Der Gewittersturm ist zu schnell", rief Nedeam durch den aufkommenden Wind. „Sie werden ihm nicht davonlaufen können."

Offenbar war dies auch den Irghil bewusst. Abermals änderten sie die Richtung, und hätten ihre Scheren die beiden Gefangenen nicht festgehalten, wären diese dabei sicherlich zu Boden gestürzt. Vor der Gruppe tauchte eine Felsformation auf, und die Irghil stürmten darauf zu. Es schien beinahe so, als seien sie von Panik erfasst, derart rasch drangen sie zwischen die Felsen vor. Der Wind nahm stetig zu, er trieb Sand und Schmutz mit sich, der schmerzhaft auf die ungeschützte Haut traf. Nedeam stellte fest, dass er seinen Umhang verloren hatte, und bedeckte sich das Gesicht mit den Händen. Llaranya hatte es besser, da sie ihren blauen Elfenumhang noch besaß.

Die Irghil erreichten die Mitte der Felsengruppe, wo sich eine größere freie Fläche befand. Im Schutz der Steine war der Wind stark abgeflaut. Das Grollen des Gewittersturms kam jedoch rasend schnell näher. Nedeam spürte nun doch einen kalten Windhauch und fröstelte unwillkürlich.

„Es wird ein schwerer Sturm mit Eisregen", rief er Llaranya zu. „Versuche deinen Kopf zu schützen."

Etwas bewegte sich. Der Irghil unter ihm sackte langsam in sich zusammen und faltete seine Beine unter den gepanzerten Leib. Die zunehmende Kälte schien der Kreatur nicht zu gefallen. Nedeam spürte einen leichten Schlag, und schon setzte das Prasseln herabstürzender Eisstücke ein. Sie waren nicht sonderlich groß und auch nicht scharfkantig, doch fielen sie unglaublich dicht, wie in einem starken Regen. Obwohl er sich bemühte, seinen Kopf zu bedecken, trafen die kleinen Hagelkörner schmerzhaft auf den Schädel. Die Temperatur war nun stark gesunken, und der Pferdelord versuchte, eine geschütztere Position zu finden. Als er gegen die haltenden Scheren drückte, gaben diese unvermittelt nach und sanken herab. Mit einem überraschten Aufschrei stürzte Nedeam vom Rücken des Irghil.

„Llaranya, drücke gegen die Scheren. Etwas geschieht mit den Bestien“, schrie er seiner geliebten Elfin zu. „Die Kreaturen scheinen in der Kälte zu erstarren.“

Sie stemmte sich gegen die riesigen Zangen und sah Nedeam lächelnd an. „Du hast recht. Ich kann sie öffnen.“

„Es ist die Kälte“, sagte er erregt. „Es muss wie bei den Pelzbeißern sein. Wenn der Winter kommt, dann ziehen sie sich in ihre Höhlen zurück und versinken in tiefen Schlaf.“

„Dies hier sind keine Pelzbeißer, und es ist nicht Winter“, mahnte sie ihn.

Er ergriff ihre Hand. „Deshalb sollten wir uns beeilen. Wer weiß, wann der Gewittersturm vorbei ist und die Bestien aus ihrer Starre erwachen.“

Er zog sie einfach mit sich.

„Wohin sollen wir uns wenden?“, rief sie gegen den prasselnden Hagel an.

Immer wieder rutschten ihre Füße auf dem von Reif und Eis bedeckten Gestein aus.

„Wir brauchen Wasser und Waffen“, erwiderte er. „Auf Proviant können wir eine Weile verzichten, aber ohne Wasser werden wir hier nicht lange überleben, und mit Waffen können wir uns gegen die Irghil wehren. Sie werden uns sicher folgen. Ich weiß auch schon, wo wir Schwerter finden.“

„Das ist nicht dein Ernst! Du willst sie von den Toten rauben?“

„Ihnen nützen sie nichts mehr, aber uns vielleicht.“

Sie stieß ein leises Schnauben aus. „Schön, dann lass uns eilen. Es ist weit bis zum alten Schlachtfeld, und die Bestien sind verdammt schnell. Wollen wir hoffen, dass der Sturm noch lange anhält.“

32

„Sie lagern noch immer am Ufer.“ Idrun-Ma-Elas stützte sich auf die Brüstung des alten Turms und rieb sein schmerzendes Bein. „Ihre Anwesenheit stört die Steine der Macht. Was meinst du, Bewahrer der Weisheit und des Lichts, wie lange werden sie noch bleiben?“

Edo-Ma-Kalik starrte in Richtung des Reiterlagers. „Wenn es nach ihrem Anführer, diesem Garwin, ginge, wären sie wohl schon längst in die Heimat aufgebrochen. Er hat nicht gerade viel Geduld, und er glaubt an nichts. Glücklicherweise sind sie nicht alle so, und nur deshalb wartet er.“

„Hoffentlich.“ Idrun-Ma-Elas blickte zu der kleinen Siedlung hinüber. „Es ist eine Fügung des Schicksals, dass sie uns beistehen wollen.“

„Täusche dich nicht. Sie interessieren sich nicht sonderlich für unser Schicksal. Es geht ihnen um den Quell des Lebens.“

„Vielleicht ist es an der Zeit zu handeln.“

„Nein.“ Der Älteste der Lemarier schüttelte den Kopf. „Noch ist es nicht so weit, aber bald. Doch erst müssen wir in Erfahrung bringen, was mit den Kundschaftern der Pferdereiter ist. Ihr Schicksal entscheidet über unser Vorgehen.“

„Dann hängt alles an diesem Menschen und seiner Elfin?“

„Wichtiger ist die Macht der Steine.“ Edo-Ma-Kalik legte den Stab mit dem blauen Stein in die Armbeuge und blickte nachdenklich in das stille Wasser des Sees hinab. „Der Turm von Lemaria wird sich erneut erheben, und das Reich von Jalanne wird stärker und mächtiger sein als jemals zuvor.“ Seine Stimme dämpfte sich zu einem Flüstern und glich nun einer Beschwörung. „Sehr viel mächtiger, als je zuvor.“

33

Benewyn war verzweifelt. Alle Versuche der alten Köchin Margwyn, sie zu trösten, scheiterten an der Tatsache, dass die junge Frau die Herrin Larwyn und den Verräter Hendahl gleichermaßen liebte. Doch Hendahl hatte mit seiner Tat alles vernichtet, woran Benewyn geglaubt hatte.

„Wie konnte er nur?“, schluchzte sie immer wieder, und die Tränen flossen ihr über die Wangen.

Margwyn hatte in ihrer Hilflosigkeit einen der Schwertmänner losgeschickt, um für sie eine Flasche Blor aus dem Lager zu holen. Sie hoffte, der starke Alkohol der Zwerge werde die junge Frau rasch benebeln und der Schlaf ihr Leid mildern. Welche Worte sollten sie oder ein anderer auch finden, um der Armen über die betrogene Liebe hinwegzuhelfen?

„Eine Schandtat“, knurrte einer der Schwertmänner grimmig, als er einen Krug frisches Wasser für den guten Zauberer Marnalf holte und dabei das weinende Mädchen sah. „Stößt der Herrin den Dolch ins Herz und zerbricht noch das der armen Benewyn. Die Abgründe sollen den Bastard verschlingen.“

Prompt heulte Benewyn noch lauter und verzweifelter, und Margwyn gab dem Mann einen Wink, damit er die Küche wieder verließ. „Mein armes Kind“, seufzte sie und legte ihren Arm wieder um das Mädchen, „wenn ich dir doch nur helfen könnte. Aber wie soll man Trost spenden, wenn ein Herz so verzweifelt ist?“

Eine der Mägde zupfte Salat und blickte nun auf. „Ich habe gehört, sie haben den Ehrlosen in die Halle gebracht. Tasmund und Kormund wollen über ihn richten. Im Beisein der anderen Scharführer.“ Sie gab die Blätter in eine der Schüsseln und nahm sich den nächsten Salatkopf vor. „Es soll nur rasch geschehen. Diese Schmach muss bald getilgt sein.“

Benewyn heulte abermals auf, und Margwyn nahm nun beide Arme, um das Mädchen fest zu umschließen. „Dieser Schmerz wird vergehen, mein Kind, glaube es mir.“

„Niemals“, wimmerte Benewyn. „Niemals wieder werde ich einen Mann so lieben können wie meinen Hendahl. Wie konnte er nur eine solche furchtbare Tat begehen?“

Die gleiche Frage stellte in diesem Augenblick auch der Hohe Herr Tasmund in der großen Halle von Eternas. Hendahl stand vor ihm, wieder mit den Kleidungsstücken eines Schwertmanns versehen, die Waffe in der Scheide und zwei grimmige Pferdelords zu seinen Seiten.

„Wie konntet Ihr nur eine solche Tat begehen?“, fragte Tasmund grimmig. Sein Finger deutete auf Hendahl, als sei er die Spitze einer scharfen Klinge. „Welcher finstere Zauber befahl Euch, die Hand gegen die Hohe Dame Larwyn zu erheben? Ihr seid ihr zur Treue verpflichtet und habt diesen Eid gebrochen! Ehrlos seid Ihr, und ein Verräter! Ein elender Schurke, der es nicht wert ist, die Symbole eines Schwertmanns zu führen!“

Zustimmendes Raunen war von den Anwesenden zu hören. Kein Bediensteter der Burg war in den Saal gelassen worden, nur Pferdelords, und deren Zorn schlug nun dem einstigen Kameraden Hendahl entgegen.

Dieser schien sich mit seinem Schicksal abgefunden zu haben. Er zeigte weder Furcht noch Reue, und den Blick Tasmunds erwiderte er trotzig. „Verfügt über mich, wie immer es Euch beliebt, Tasmund. Doch Euer Triumph wird nur von kurzer Dauer sein.“

„So kurz wie Eure verbleibende Lebensspanne?“ Tasmund

lehnte sich in dem Stuhl zurück, den man neben jenen Garwins und Larwyns unter das Banner der Hochmark gestellt hatte.

„Ihr seid alt und werdet mich nicht lange überleben."

Empörte Rufe wurden laut, und eine der Wachen schlug Hendahl ins Gesicht. Scharführer Kormund, der an Tasmunds Seite saß, erhob sich und schritt mit glühenden Augen auf den Verräter zu.

Der ehemalige Erste Schwertmann war bleich und hob die Hand. „Bewahrt Ruhe, Männer der Mark. Solche Worte zeigen nur das Wesen dieses Ehrlosen. Sie sind ohne Belang."

„Täuscht Euch nicht", lachte Hendahl auf. „Schon bald wird das belanglos sein, was Ihr alle im Augenblick noch so hoch haltet. Ein neues Zeitalter wird …"

Es klatschte laut, als Kormund mit der behandschuhten Hand über den Mund des Gegenübers schlug. Hendahls Lippen platzten auf und Blut sickerte hervor. „Du wirst dein Gift nicht mehr lange verspritzen, Ehrloser. Wir haben genug Zeit mit dir verschwendet."

Im Saal wurden erneut zustimmende Rufe laut. „Nehmt ihm endlich die Zeichen der Würde", schrie ein erregter Schwertmann. „Er beleidigt unsere Ehre!"

„Wohl die eines jeden aufrechten Pferdelords", stimmte Tasmund zu. Er sah Hendahl an und atmete mehrmals kräftig durch. „Du hast den Eid der Pferdelords gebrochen und die Hand gegen deinesgleichen erhoben. Für deine Tat gibt es keine Entschuldigung. Du bist es nicht wert, die Zeichen der Ehre zu tragen. Nehmt ihm Umhang, Helm und Schwert und auch den Harnisch ab."

Hände zerrten Hendahl, der alles ruhig über sich ergehen ließ, die besagten Gegenstände vom Leib. Verächtlich wurden sie zu seinen Füßen auf den Boden geworfen. Tasmund blickte auf das kleine Häufchen. „Kein Mann soll diese entehrten Symbole je wieder führen. Zerschlagt Helm und Schwert an Ort und Stelle, zerstört den Harnisch und dann übergebt alles samt seinem Umhang dem Feuer. Soll es sich in Schlacke verwandeln, wie auch Hendahl Schlacke wird."

Der Entehrte machte erneut Anstalten, etwas zu sagen, doch einer der Schwertmänner drehte ihm den Arm schmerzhaft auf den Rücken. Kormund sah seinen Freund Tasmund kurz an, und als dieser nickte, wandte er sich an die Wachen. „Bringt ihn in die alte Unterkunft zurück und bewahrt ihn gut im Auge. Morgen wird der Bastard sterben."

„Nein." Der überraschende Widerspruch kam von Tasmund. Alle sahen ihn an. Der Blick des ehemaligen Ersten Schwertmanns der Mark war eindringlich. „Wir beschmutzen uns nicht damit, ihm das Leben zu nehmen. Seine ehrlose Tat und sein Gesicht sind nun wohl bekannt. Morgen werden wir Boten zu den Gehöften und Weilern entsenden und von Hendahls Schande berichten. Am darauffolgenden Tag soll er Eternas und die Mark für immer verlassen."

Gemurmelte Proteste ertönten, bis Kormund seinem Freund, wenn auch zögernd, zustimmte. „Der Hohe Herr Tasmund hat recht, Männer der Mark. Hendahl hat unsere Ehre beschmutzt. Wir wollen uns an ihm nicht auch noch unsere Hände besudeln."

Sie führten den Verurteilten unter Bewachung hinaus. Einige Stallburschen wurden herbeigerufen, damit sie die einstigen Zeichen der Pferdelordwürde Hendahls zerstörten und verbrannten. In der Halle bildeten sich kleine Gruppen miteinander diskutierender Schwertmänner, während vorne unter dem Banner Kormund zu seinem Freund Tasmund trat.

„Erlaube mir eine Frage, alter Freund", raunte er dem ehemaligen Ersten Schwertmann zu. „Deine Entscheidung ist ungewöhnlich, und mir scheint mehr hinter deinen Worten zu stecken. Was hast du dagegen, den Bastard zu töten?“

Tasmund lächelte kühl. „Nichts, Kormund. Im Gegenteil, ich wünschte, das möge bald geschehen. Aber etwas an seinen Worten ist mir aufgefallen.“

„Ja, er ist dem Wahn verfallen“, knurrte Kormund.

„Ich weiß nicht, für einen feigen Mordbuben steht er dem Tod erstaunlich gelassen gegenüber.“ Tasmund schüttelte den Kopf. „Hinter seinen Worten verbirgt sich weit mehr als Wahnsinn. Er rechnet mit einem mächtigen Schutz.“

Der alte Scharführer runzelte erstaunt die Stirn. „Du glaubst, er ist dem Schwarzen Lord …?“

„Unsinn, alter Freund. Der hätte keinen Vorteil von Larwyns Tod. Oh nein, Kormund, der Feind ist weit näher, als wir denken. Wem würde es wohl nutzen, wenn die Herrin stirbt?“

„Deine Gedanken gefallen mir nicht, Tasmund“, seufzte der Scharführer.

„Hendahl ist ohne Ehre. Und auch die seines Herrn erscheint mir zweifelhaft.“

Nun war es endlich heraus, und die beiden alten Kämpfer sahen sich grimmig an.

„Der Verdacht ist furchtbar“, flüsterte Kormund.

„Aber er liefert die einzige Erklärung.“

„Allein der Gedanke …“ Der alte Scharführer schüttelte sich. „Tasmund, mein Freund, ohne einen sicheren Beweis …“

„Deshalb soll Hendahl ja gehen.“ Tasmunds Blick wurde kalt. „Wenn mein Verdacht … wenn unser Verdacht stimmt, dann hat er Verbündete in der Mark.“

„Ich verstehe.“ Ein Lächeln glitt über Kormunds Züge. „Sie werden ihm helfen wollen.“

„Das hoffe ich. Vielleicht sind sie ja auch zu schwach dazu“, schränkte Tasmund ein. „Oder zu schlau, um sich diese Blöße zu geben. Aber wir werden Hendahl im Auge behalten. Vielleicht stoßen wir so auf jene, die hinter dem Ganzen stecken. Und noch etwas, Kormund, achte mir auf die Handvoll Männer aus Peragrams Schar, die hiergeblieben sind.“

„Lass uns hoffen, dass sich der Verdacht nicht bestätigt. Es könnte unser Volk entzweien.“

„Nein, mein Freund. Die Wahrheit, wie auch immer sie aussehen mag, wird die Ehrlosen von den Ehrbaren trennen und die Hochmark reinigen.“

34

Der Gewittersturm tobte noch immer. Hagel peitschte auf die Landschaft nieder. Nedeam und Llaranya liefen geduckt und suchten mit den Köpfen Schutz unter dem Umhang der Elfin. Die Sicht war schlecht und der Boden rutschig, und doch hofften sie, das Unwetter werde noch lange anhalten. Die Schritte des Paares wurden unsicher, denn ihre Erschöpfung wuchs.

„Meinst du, wir halten noch die Richtung?" Obwohl ihre Köpfe so dicht beieinander waren, musste die Elfin gegen das Toben des Wetters anschreien, damit ihr Gemahl sie verstand.

„Ich hoffe es. Wie soll man das bei solch einem Gewittersturm schon sagen können? Jedes normale Wesen würde einen Unterschlupf suchen und nicht mitten hindurchhasten." Nedeam lächelte verzagt. „Aber ich glaube schon, dass wir richtig sind. Ich meine eine der Felsformationen erkannt zu haben, an der wir schon einmal vorbeigerannt sind."

„Nicht wir, sondern die Irghil. Sie hielten uns in ihren Scheren."

„Ah, sei nicht so kleinlich." Trotz ihrer wenig beneidenswerten Lage konnten sie noch lächeln. „Sag, geliebtes Weib, was meinst du, wie lange wir noch zu dem alten Schlachtfeld brauchen?"

„Irgendjemand hat mir eben noch gesagt, bei einem Gewittersturm ließe sich so etwas schwer abschätzen."

Nedeam schnaubte leise.

„Was macht dein Kopf? Pocht es dort noch?" Ihre Stimme war besorgt.

„Ein wenig. Aber es ist schon besser geworden."

Sie schob ihre Hand unter dem Umhang höher und ließ sie über sein nasses Haar gleiten. „Ja, die Schwellung geht zurück. Du hast viel Glück gehabt."

Sie beide verfügten über einen ausgezeichneten Orientierungssinn. Wie es der Eigenart ihrer Völker entsprach, prägten sie sich unbewusst Geländemarken ein. Ein markanter Fels, ein Baum, eine Bodensenke ... es gab viele Möglichkeiten, seinen Weg wiederzufinden. Aber es gab auch Witterungsverhältnisse, bei denen die Sicht auf ein Minimum reduziert und die Orientierung erschwert waren.

So liefen, stolperten oder rutschten sie ihrem Ziel entgegen. Nach einer Weile gelangten sie einen vereisten Hang hinauf, und oben glitt Nedeam aus. Sein Sturz riss Llaranya mit sich. Fluchend schlitterten sie auf dem glatten Untergrund hinab und versuchten vergebens, irgendwo Halt zu finden. Dann stieß sein Stiefel gegen einen Stein. Die Wucht des Aufpralls riss Nedeam hoch und trennte ihn von Llaranya. Sich mehrfach überschlagend, rollte er abwärts, bis er endlich zum Stillstand kam. Mit einem benommenen Ächzen richtete er sich auf die Ellbogen auf.

Das hassverzerrte Gesicht eines Orks starrte ihn mit weit aufgerissenen Fangzähnen an. Nedeam schrie heiser auf und stieß mit den Beinen in die Luft, bis er seinen Schrecken überwand.

„Ich denke, wir haben unser Ziel erreicht", keuchte er.

Vielleicht waren es Llaranyas Reflexe, die es ihr ermöglichten, die Rutschpartie auf elegantere Weise zu beenden. Auch sie war gestürzt und hatte sich überschlagen, war aber dann in einer Rolle sicher in den Stand gesprungen.

Sie sah den Kadaver an und ordnete ihren blauen Umhang. Der schmutzabweisende Stoff, dessen Herstellung nur die Elfen beherrschten, schimmerte außen von Nässe, war an der Innenseite jedoch trocken. „Offensichtlich."

Nedeam schämte sich für seine Furcht beim Anblick des mumifizierten Orks. Er erhob sich missmutig und trat verächtlich gegen dessen Überreste.

„Er kann dir nichts mehr anhaben", lachte Llaranya auf. „Du brauchst ihn nicht zu treten."

„Ich weiß", brummte er. „Lass uns sehen, ob wir etwas Brauchbares finden."

„Es gefällt mir nicht, die Toten zu berauben."

„Das sagtest du schon." Er schritt zögernd zwischen den zahlreichen Überbleibseln der lange vergangenen Schlacht einher. „Sieh einmal nach oben. Der Himmel klart auf. Nun werden die Temperaturen wieder steigen und die blauen Bestien aus ihrer Kältestarre erwachen."

Llaranya folgte ihm zögernd. „Gut. Sehen wir, ob wir geeignete Waffen finden."

„Viele werden unbrauchbar sein", brummte er und hob prüfend ein Schwert in die Höhe, für das der Besitzer keine Verwendung mehr hatte. Er schwang die Waffe, um die Balance und das Gewicht zu prüfen, und betrachtete dann die Klinge. „Sie wurden im Kampf beschädigt. Dieses Schwert stieß gegen einen Klingenbrecher." Er warf es von sich. „Es ist wertlos."

Die Elfin zuckte die Schultern. „Ich bedauere, dass an diesem Kampf keine Elfen teilnahmen." Sie sah sein Stirnrunzeln. „Ihre Waffen könnten uns nun weiterhelfen. Wir Elfen schmieden den Stahl seit vielen Jahrtausendwenden, und Witterung und Zeit können ihm nichts anhaben."

„Hier kämpften nur Menschen gegen Orks." Nedeam spuckte verächtlich aus. „Die Waffen der Orks taugen ohnehin nicht viel. Die Schlagschwerter sind viel zu unhandlich und ihre Pfeile sind alle krumm."

„Es reicht, um den Feind zu töten“, wandte sie ein.

„Ja, nur darauf kommt es an.“ Er fand eine Gruppe gerüsteter Soldaten. Ihren fremdartigen Harnischen und Wappen konnte er nicht entnehmen, für welches Menschenreich sie sich einst geopfert hatten. Die Metallteile schimmerten stumpf und waren an vielen Stellen von Rost zerfressen. Die Schwerter waren ungewöhnlich lang und mussten wohl mit zwei Händen geführt worden sein. Ihre Klingen waren sämtlich beschädigt und eine von ihnen auf seltsame Weise verbogen.

„Lass uns dort drüben nachsehen.“ Llaranya deutete zu einer Formation toter Soldaten. „Ich kann dort die Reste eines Banners erkennen. Es müssen Männer von Bedeutung gewesen sein.“

„Möglich. Nun sind sie aber ebenso tot wie alle anderen.“

„Ihr Menschen habt Angewohnheiten, die uns Elfen fremd sind“, sagte sie mit einem ironischen Unterton. „Dazu gehört auch, dass bei euch die Höhergestellten stets die wertvolleren Rüstungen und Waffen tragen. Bessere Verarbeitung und besseres Metall.“

„Hm.“

„Oh, ich weiß, dass ihr vom Pferdevolk nicht ganz so eitel seid.“ Sie sah ihn versöhnlich an. „Doch mein Vater Jalan erzählte mir, die alten Reiche der Menschen seien von Habgier und Eitelkeit zerfressen gewesen. Jedenfalls kann es nicht schaden, dort nach Waffen zu suchen. Vielleicht sind einige noch gut erhalten.“

Nedeam war schon über manches Schlachtfeld gegangen, nachdem der Kampf vorüber war, und auch für Llaranya war der Anblick nicht neu. Normalerweise war alles erfüllt vom Geruch des Blutes und dem Schreien der Verwundeten und Sterbenden. Doch über diesem Ort lag ein lange vergangenes Grauen. Es war gespenstisch, wie gut erhalten die Toten waren. Noch immer schienen Orks und Menschen in gegenseitigem Hass erstarrt. Es gab Feinde, die sich im Moment des Todes förmlich ineinandergekrallt hatten, aufgespießt auf die jeweilige Waffe des Gegners.

Llaranya zog die Stange eines alten Banners zwischen zwei Leichen hervor. Der Stoff zerfiel schon bei der Berührung, doch man konnte das Wappen noch erkennen, wenngleich die Farben längst verblichen waren. „Die gepanzerte Faust des Reiches von Rumak. Hier fielen ihre letzten Ritter."

Der Himmel klarte weiter auf, und mit dem zunehmenden Licht wurden auch Details auf dem Schlachtfeld erkennbar. Aus dem Hagel war ein Regen mittlerer Stärke geworden, und das Eis verwandelte sich in Pfützen. Die beiden Flüchtenden konnten sich denken, dass ihnen nicht mehr viel Zeit blieb, bis die Irghil die Verfolgung aufnehmen würden. Sie wussten instinktiv, dass sie ihre Beute nicht so leicht entkommen lassen würden.

Nedeam hatte sich über einen Toten gebeugt, dessen Antlitz einen Ausdruck ungläubigen Staunens trug. Hatte dieser Mann sich für unsterblich gehalten, bevor ihn der Spieß eines Rundohrs durchbohrt hatte? Der Tote trug eine reich verzierte Rüstung, und seine Hand umklammerte noch immer die Waffe. „Eine elfische Klinge", rief Nedeam überrascht. „Wie kommt er in ihren Besitz?"

„Das wird er uns schwerlich beantworten." Llaranya zerrte das leicht gekrümmte Schwert aus der starren Hand. Sie betrachtete die Ornamente, die in Griff und Klinge eingearbeitet waren. „Das ist seltsam. Ich kenne diese Zeichen nicht. Sie gehören zu keinem unserer Häuser, und doch ist es eine elfische Klinge."

„Hauptsache, sie taugt noch zum Kampf", brummte Nedeam missmutig. Er suchte noch immer nach einer geeigneten Waffe, mit der man den Panzer eines Irghil durchschlagen konnte. Er zerrte eine Langaxt unter einem anderen Leichnam hervor, doch als sie freikam, brach die Schneide ab. Der Pferdelord seufzte enttäuscht und warf die Trümmer zu Boden. „Ich fürchte, eine weitere Elfenklinge werden wir nicht finden."

Er prüfte ein anderes Schwert, und auch das zerbrach. „Wie können all diese Toten so gut erhalten sein, während ihre Waffen zerfallen? Die Luft ist trocken, und doch zersetzt sich das Metall."

Seine Elfin zuckte nur die Schultern und blickte zum Himmel. „Die Sonne bricht hervor. Wir dürfen hier nicht länger bleiben."

„Dann lass uns gehen." Nedeam spürte die Sonnenstrahlen auf der Haut, doch erzeugten sie in ihm gemischte Gefühle. Nicht mehr vom Umhang Llaranyas geschützt, war er nun vom Regen durchnässt, und ihm war kalt. Die Sonne begann ihn zu wärmen, doch irgendwo nicht weit von ihnen, würde sie unparteiisch ihren Dienst auch für die Bestien tun.

„Wir müssen uns westlich halten. Auf den Rand des Waldes zu. Dort werden wir uns vor den Irghil verbergen können, und Nahrung und Wasser gibt es dort ebenfalls."

Die kurze Pause, in der sie das Schlachtfeld abgesucht hatten, hatte ihnen ein wenig Erholung verschafft. Llaranya verfiel nun wieder in den typischen Laufschritt ihres Volkes, und Nedeam versuchte, sich ihren Bewegungen anzupassen. Man musste die Schritte und die Atmung in einem bestimmten Rhythmus halten. Es war eine Frage der Kraft und Ausdauer und eine des Willens. Obwohl Nedeam sich alle Mühe gab, fiel er langsam zurück.

„Was ist, Liebster?" Sie wandte sich besorgt zu ihm um.

„Was schon?" Das Sprechen während des Laufens fiel ihm schwer. „Ich bin das Rennen über weite Strecken nicht gewöhnt. Wir Pferdelords benutzen dafür unsere Pferde."

„Auf dem ersten, das uns begegnet, darfst du wieder reiten", scherzte sie. Llaranya ergriff erneut seine Hand. „Pass dich meinem Lauf an, und denke nur an Atmung und Schrittfolge, dann wird es gehen."

Nedeam hatte nicht das Gefühl, dass sie schnell vorankamen. Er begann nervöse Blicke hinter sich zu werfen. Vor einem Kampf gegen einen stärkeren Gegner scheute er sich nicht, doch im Augenblick waren die Irghil übermächtig. Sie beide verfügten nur über ein einziges Elfenschwert und waren dem Ende ihrer Kräfte nahe, auch wenn Llaranya noch Reserven hatte.

Schließlich geschah das Unvermeidliche. Weit hinter ihnen erkannte Nedeam die noch kleinen Gestalten der Irghil, deren Panzer hin und wieder im Sonnenlicht blau aufleuchteten. „Sie kommen."

Llaranya verlangsamte ihren Schritt, zog Nedeam weiter mit sich und sah sich fieberhaft um. „Wir brauchen eine Deckung an den Flanken, damit sie nur aus einer Richtung kommen können. Dann will ich den Bestien wohl zeigen, was eine elfische Klinge auszurichten vermag."

Eine enge Felsformation wäre gut gewesen, doch obwohl sie die ganze Zeit von Stein und Sand umgeben waren, fand sich kein passender Schutz. Die Irghil hatten die Flüchtenden unterdessen erkannt und flogen nun förmlich über den Boden hinweg. Nedeam konnte sehen, dass ihre Leiber bei vollem Lauf ruhig zwischen den acht wirbelnden Beinen hingen. Es hatte Ähnlichkeit mit den Bewegungen von Spinnen, und war doch anders. Jedenfalls war es eine sehr schnelle Fortbewegungsart, denn die Bestien kamen stetig näher.

„Wir können ihnen nicht davonlaufen", ächzte Nedeam.

Llaranya blieb nun endlich stehen und sah ihren erschöpften Gemahl seufzend an. „Ich weiß. Wir werden uns ihnen stellen müssen. Es wird wohl ein kurzer Kampf werden.“

Nedeam klaubte ein paar Steine vom Boden auf. „Doch er wird ruhmreich, wie es sich für Pferdelords gebührt.“ Er grinste kläglich. „Nur wird keiner bleiben, der davon berichten kann.“

Sie umarmten und küssten sich innig, denn diese Zeit blieb ihnen noch.

Dann waren die Irghil herangekommen.

35

Es war mitten in der Nacht, als der Kundschafter Lunres die Pforte von Alnoa erreichte. Hoch über sich erkannte er die Lichter der Festung Maratran, und erleichtert ritt er auf die Felsen zu, zwischen denen der Weg hinauf begann. Obwohl er wusste, dass Wachen im Tal postiert waren, schrak er zusammen, als er unvermittelt angerufen wurde.

„Lunres vom dritten Beritt", gab er sich hastig zu erkennen. Jetzt, wo er praktisch in Sicherheit war, wollte er nicht noch im letzten Moment vom Pfeil eines nervösen Gardisten niedergstreckt werden.

„Wartet und rührt Euch nicht von der Stelle", kam die Erwiderung aus der Dunkelheit. Dann waren Schritte zu hören. Lunres saß erschöpft auf seinem Pferd und sah einen matten Schimmer, als Sternenlicht auf der Rüstung eines Mannes reflektiert wurde. Ein schwacher Lichtschein glomm auf, als der Posten eine Brennsteinlampe anhob und die Abdeckung hochschob. „Ja, ich erkenne Euch. Willkommen, Lunres. Wir wurden informiert, dass Ihr und Hendirus hinüber nach Jalanne geritten seid. Wo ist Hendirus? Folgt er nach?"

„Er hat es nicht geschafft", murmelte Lunres. Der Kundschafter sehnte sich danach, endlich der Hochgeborenen Bericht zu erstatten, sein Pferd zu versorgen und dann einfach auf seine Bettstatt zu sinken.

„Tut mir leid." Der Posten verdunkelte die Lampe wieder. „War ein guter Mann, der Hendirus. Bringt Ihr wichtige Kunde?"

„Wichtig genug, um die Hochgeborene aus ihrem Schlummer zu wecken."

Der Posten schwieg einen Moment. Er war neugierig und hoffte, Lunres würde noch ein paar Worte hinzufügen. Als das aber nicht geschah, nickte der Mann und wies zur Festung hinauf. „Reitet nur, Lunres. Ich gebe mit der Lampe Zeichen, dass man Euch empfangen soll."

Lunres murmelte einen Dank. Er spürte die bleierne Müdigkeit, die ihn zu überwältigen drohte. Hinter ihm hob der Gardist die Lampe in die Höhe und entfernte die Abdeckung in einem bestimmten Rhythmus. Im Nachtdunkel über ihnen blitzte eine Bestätigung auf.

Als Lunres sein abgehetztes Pferd durch das Tor der Festung Maratran trieb, waren die Wachen bereits instruiert. Die mächtigen Flügel des Tores schwangen vor ihm auf, und im Schein der Brennsteinlampen sah er Rüstungen und Waffen blitzen. Lunres erkannte den gelben Stoffstreifen, der, um den rechten Oberarm eines Offiziers gebunden, diesen als diensthabenden Wachkommandanten kenntlich machte. „Ich komme von Streife aus Jalanne zurück und bringe wichtige Nachricht für die Hochgeborene."

„Der Posten signalisierte bereits, dass die Botschaft dringend sei. Einer meiner Männer ist schon unterwegs, um den Kommandanten zu wecken", erwiderte der Hauptmann. „Doch nun sitzt ab. Ihr seid erschöpft. Geht dort in die Wachstube und nehmt Euch einen heißen Trunk. Das wird Euch etwas stärken. Wir kümmern uns um das Pferd."

Normalerweise hätte sich Lunres selbst um sein Reittier gekümmert, doch im Moment war er einfach dankbar, dass man ihm die Aufgabe abnahm. Begleitet von dem Offizier und einem Gardisten trat er in die Wachstube des Haupttores. Auf einem kleinen Ofen stand ein Kessel, in dem Wasser brodelte. Der Offizier nahm einen Becher, gab ein paar zerkleinerte Kräuter hinein und füllte ihn dann mit Wasser auf. „Nehmt", sagte er freundlich. „Die Hochgeborene wird Euch sicher bald rufen lassen.“

Lunres verbrannte sich die Lippen, aber das heiße Getränk weckte seine Lebensgeister. Sie wurden nicht besonders munter, doch konnte er nun wenigstens die Augen offenhalten. Er wagte es nicht, sich zu setzen, aus Furcht, dann einzuschlafen. Er wusste, es würde ein Schlaf der Erschöpfung sein, und es mochte schwierig werden, ihn dann wieder wach zu bekommen. Nein, erst musste die Hochgeborene Livianya erfahren, was er zu berichten hatte.

Vielleicht erwartete auch der Wachoffizier, dass Lunres ein paar Andeutungen über seinen Ritt machte. Aber er akzeptierte, dass der Kundschafter schwieg und nickte ihm aufmunternd zu, bevor er wieder zum Tor hinüberging. Der andere Gardist versuchte, Lunres in ein Gespräch zu verwickeln. Der Kundschafter begriff, dass dies nicht nur aus Neugierde geschah. Der Mann befürchtete wohl, er könne ihm im Stehen einschlafen. Tatsächlich sackte Lunres' Kopf hin und wieder ruckartig nach vorne, und sein Gegenüber hob dann merklich die Stimme, was den Erschöpften aufschreckte und vor dem Einschlafen bewahrte.

Es dauerte nur kurze Zeit, bis der Hochgeborene Hauptmann Bernot ta Geos in die Stube trat. Lunres hatte nur selten mit dem adligen Hauptmann und Stellvertreter des Kommandanten zu tun, und dass dieser persönlich in der Wachstube erschien, zeigte, welche Bedeutung Livianya der Rückkehr ihres Kundschafters beimaß. „Kommt mit, Gardist Lunres“, befahl der Offizier mit freundlicher Stimme. „Der Kommandant erwartet Euren Bericht.“

Sie gingen über den nächtlichen Hof zum Turm hinüber. Wenig später traten sie in den Amtsraum der Hochgeborenen. Livianya hatte sich ein schlichtes Gewand übergestreift, das ihre weiblichen Formen betonte. Dies weckte nun auch die letzten von Lunres Lebensgeistern, und er straffte unwillkürlich seine Haltung.

Livianya reichte ihm einen Becher mit verdünntem Wein. Bernot deutete auf einen Schemel. „Setzt Euch, Gardist Lunres, und dann berichtet. Ihr kehrt ohne Gardist Hendirus zurück. Es gab also Feindberührung, oder blieb er zurück und entsandte Euch als Boten?"

„Die blauen Bestien haben ihn getötet." Lunres nippte an dem Getränk und wägte seine Worte ab. „Wenn Ihr gestattet, Hochgeborene Herrschaften, so zeige ich an der Karte, wo es geschah."

Livianya nickte, und Bernot deutete auf die Karte. „Nur zu, Gardist. Zeigt uns die Stelle und schildert in knappen Worten, was geschah."

Lunres war ein guter Gardist und Kundschafter und wusste, worauf die Hochgeborenen Wert legten. Ohne schmückendes Beiwerk berichtete er über die Ereignisse, die zu Hendirus' Tod geführt hatten. Er beschränkte sich auf die reinen Beobachtungen und verzichtete darauf, sie selbst zu interpretieren. Als er von dem Rundohr und dem Spitzohr sprach, die Hendirus angeblich gesehen hatte, konnte sich die Hochgeborene Livianya nicht beherrschen und redete ihn direkt an.

„Seid Ihr Euch sicher? Ein Rundohr und ein Spitzohr bei den Irghil?"

„Hendirus war sich sicher und er kennt … kannte die Orks. Er hat gegen sie gekämpft."

Livianya sank in ihren Stuhl zurück und warf Hauptmann Bernot ta Geos einen Blick zu, der gleichermaßen Triumph und Sorge verriet. „Dann ist es, wie ich vermutete. Sie haben sich zusammengeschlossen."

Ta Geos trat neben Lunres. „Zeigt mir noch einmal die Stelle."

„Hier, Hochgeborene Herrschaften. Nur ein kurzes Stück jenseits der Furt."

„Habt Dank, Gardist. Ihr habt uns einen großen Dienst erwiesen. Eure Botschaft ist von eminenter Bedeutung. Für uns, die Garde und das ganze Reich", sagte Livianya leise. Sie gab ta Geos einen Wink.

Dieser räusperte sich. „Geht nun und ruht Euch aus. Ihr habt es Euch wohl verdient, Lunres."

Der Kundschafter nickte erleichtert, machte eine müde Ehrenbezeugung und verließ dann den Amtsraum, um sich endlich zu seiner Bettstatt zu begeben. Kaum hatte sich die Tür hinter ihm geschlossen, erhob sich Livianya halb und schlug mit beiden Händen auf den Schreibtisch.

„Ich ahnte es. Verdammt, ich habe es gewusst. Bestie verbündet sich mit Bestie. Eine schreckliche Macht formiert sich da in Jalanne, mein guter ta Geos. Ich wünschte, ich hätte falsch gelegen, denn nun müssen wir der Gefahr auch begegnen."

„Wir rücken gegen sie vor?"

„Es bleibt uns nichts anderes übrig." Sie trat hinter dem Schreibtisch hervor und gesellte sich zu ta Geos an die Landkarte. „Ein Ritt von vier Tageswenden. Mehr trennt uns nicht vom Feind. Ebenso rasch kann er vor unseren Toren stehen."

„Wenn wir ausrücken, mag das ebenso gut geschehen", meinte der Hauptmann. „Jalanne ist groß, und wenn wir den Feind verfehlen, könnten wir aneinander vorbeimarschieren, ohne uns zu begegnen. Dann steht die Garde tief im Land, und wenn Maratran fällt …"

„Ja, ich weiß. Das darf nicht geschehen." Livianya schloss die Augen und überlegte. „Dennoch dürfen wir keine Zeit verlieren. Wir wissen nicht, wo sich der Beritt des Pferdevolkes derzeit aufhält. Vielleicht wurde er bereits überrannt, vielleicht steht das kurz bevor oder Pferdelords und Bestien begegnen sich überhaupt nicht. Wie dem auch sei, wir müssen handeln."

„Wie wollt Ihr den Feind bekämpfen und gleichzeitig Maratran schützen?"

„Durch einen Blinkspruch", sagte sie lächelnd.

Ta Geos sah sie fragend an. „Wie soll das gehen?"

„Ich lasse unseren Abmarsch über die Garnison in Eolaneris zur Hauptstadt Alneris signalisieren."

Ta Geos nickte. „Verstehe. Wohl erst, nachdem wir ausgerückt sind?"

„So kann der Kronrat nicht widersprechen", lachte die Hochgeborene auf. „Er muss reagieren, da Maratran sonst ungedeckt bleibt, und wird sofort Truppen entsenden."

„Das wird Wasser auf die Mühlen des Hochgeborenen ta Andarat sein. Er hasst Euch von ganzem Herzen, und es wird ihm ein Vergnügen sein, Euch dafür in Ketten vor den Rat schleifen zu lassen."

„Das ist mir der Spaß wert." Livianya lachte erneut. „Ta Geos, macht nicht solch ein besorgtes Gesicht. Wer wird sich denn so etwas Schönes wie eine richtige Schlacht durch eine Entscheidung des Rates verderben lassen?"

„Wenn wir uns täuschen …"

Sie legte eine Hand an seinen Arm. „Danke, dass Ihr ‚wir' gesagt habt, mein Freund. Ich weiß es zu schätzen. Bedenkt, mein lieber Bernot, wenn wir uns täuschen, dann wird zwar der Kronrat meinen Kopf fordern, aber wir haben wenigstens Gewissheit, dass sich das Reich nicht in Gefahr befindet. Und wenn wir uns nicht täuschen, kommen ta Enderos und die Garde hoffentlich rechtzeitig, um uns beizustehen. Irghil und

Orks gemeinsam, das ist ein wahrhaft großer Bissen, auch für unser siebentes Regiment."

„Soll das gesamte Regiment ausrücken?"

„Bis auf die Schildwache, Bernot. Alle zehn Beritte, dazu an Handpferden, was wir haben, und die Schmieden sollen bis zu unserem Aufbruch Quetschpfeile und Tellerlanzen fertigen. Wir werden jede Waffe brauchen können. Beim ersten Morgengrauen geht es los."

„Dann werde ich mich jetzt zurückziehen und die Befehle geben, Hochgeborene."

Livianya nickte. „Tut das, mein guter Bernot."

Sie wandte sich erneut der Karte zu, während ihr Stellvertreter den Raum verließ und noch im Gang die ersten Anordnungen rief. Bald würde das Horn schmettern und die Garde zu den Waffen rufen. Die Hochgeborene seufzte leise und ging dann in ihr Gemach hinüber, um sich selbst zu rüsten.

Alles würde von diesem ersten Schlag gegen den Feind abhängen, und sie hatte vor, sehr gründlich zuzuschlagen.

36

Die Irghil wurden Nedeam zunehmend unheimlich. Erneut waren er und seine Llaranya überwältigt worden, ohne dass es zu Blutvergießen gekommen war. Es lag sicherlich nicht daran, dass die beiden zum Kämpfen zu entkräftet gewesen waren. Die Irghil hatten sie einfach nur umstellt und nichts unternommen, bis die Elfin ihr Schwert gesenkt hatte.

„Sie wollen uns lebend“, hatte sie gemurmelt. „Sie hätten uns längst überwältigen können. Diese Kreaturen haben etwas mit uns vor.“

„Es kann nichts Gutes sein“, hatte er geflüstert und dabei versucht, seine magische Fähigkeit zu aktivieren. Aber es war, wie Marnalf ihm gesagt hatte, Nedeam konnte diese Gabe der Aura nicht kontrollieren oder nach Belieben einsetzen. Er musste sich, wie schon früher, auf seinen Instinkt verlassen. „Vielleicht wollen sie uns an einem heiligen Ort opfern oder sogar zu den Orks bringen. Diese Wesen sind grausam, und sie kennen kein Erbarmen. Denk an die toten Kinder der Lemarier. Nein, dies hier sind Bestien.“

„Dennoch wollen sie uns verschonen. Wenn auch vielleicht nur vorübergehend.“ Die schöne Elfin hatte das Schwert in ihrer Hand gedreht und dann einem der Irghil vor die zahlreichen Beine geworfen.

Prompt waren die blauen Bestien näher gekommen. Doch statt ihre Gegner zu töten, hatten sie sie mit bemerkenswerter Vorsicht auf ihre Rückenpanzer gehoben. Erneut hielten sie die Gefangenen mit ihren tödlichen Scheren fest, während sie in raschem Tempo wieder ihrem Ziel entgegenrannten. Einen

Teil des Weges kannte das junge Paar bereits.

Vorbei an dem alten Schlachtfeld und der Felsformation, in der ihnen beim ersten Mal die Flucht geglückt war, ging es weiter nach Osten. Die Felsen wichen immer mehr zurück und wurden von Sanddünen abgelöst. Die Landschaft erinnerte Nedeam an die alte Heimat des Pferdevolkes, die sich im Laufe der Jahrtausendwenden so sehr verändert hatte. Aus fruchtbaren Ebenen war dort das Dünenland geworden, beherrscht von den Kriegern der Sandclans. Hier, in Cemen'Irghil, hatte der Sand jedoch einen leicht rötlichen Schimmer. In gewisser Weise erinnerte er an den grasbedeckten Boden Jalannes, zumindest was die Farbe betraf. War auch dies einst ein fruchtbares Land gewesen, bis eine furchtbare Magie es verändert hatte?

Sandhügel erhoben sich, und immer wieder ragten aus dem feinkörnigen Untergrund die schroffen Strukturen schwarzer Felsen empor. Dann, als sie erneut über einen Hügel getragen wurden, wuchs eine merkwürdige Silhouette in den Himmel über der Wüste.

„Es ist wahr", ächzte Nedeam. „Sieh nur, Liebste, die aufragende Felsnadel und die Scheibe an ihrer Spitze. Der Quell … Bei den Goldenen Wolken, wir haben den Quell des Lebenswassers gefunden. Larwyn wird leben, Liebste. Wir …"

„Wir sind Gefangene der Irghil, mein Liebster", erwiderte sie lakonisch. „Dies hier mag der Quell des Lebenswassers sein, aber ob wir ihn auch lebend verlassen, scheint mir keineswegs sicher."

Ihre Worte ernüchterten Nedeam. „Immerhin", seufzte er, „haben wir unser Ziel erreicht."

„Wenn es denn das Ziel der Bestien ist. Es kann ja sein, dass sie einfach daran vorbeilaufen."

Aber die Irghil dachten nicht daran. Sie rannten direkt auf

den ungewöhnlichen Felsen zu, der immer höher und mächtiger vor ihnen emporwuchs. Er hatte nicht die Höhe der gigantischen alten Ostwache in Merdonan, doch viel fehlte ihm nicht dazu. Aus der Ferne hatte er glatt und unbezwingbar gewirkt. Doch nun, als sie näher kamen, sahen sie Vorsprünge, Risse und Spalten in dem Stein. Aber er schien stabil zu sein, denn die Irghil zögerten nicht, in den Schatten der gewaltigen Felsscheibe einzutauchen. Endlich erreichten sie den Stiel dieses steinernen Pilzes.

„Sie wollen hinein." Nedeam musterte die gewaltige Felsnadel, die nun eher einem riesigen Trutzturm glich. „Aber ich kann nirgendwo ein Tor erkennen."

„Vielleicht ein geheimer Gang, der mit einer steinernen Platte verschlossen ist", vermutete die Elfin.

Es war weitaus weniger kompliziert. Die Gefangenen hatten nicht an die acht kräftigen Beine der Irghil und ihre enormen Kletterkünste gedacht. Nedeam schrie instinktiv auf, als sein Träger in vollem Lauf auf den Felsen zuraste, und erst im letzten Moment die Richtung wechselte, um dann senkrecht und in unverminderter Geschwindigkeit an dem Stein emporzuklettern. Nur der Halt der Scheren verhinderte, dass Nedeam herunterstürzte. Der Pferdelord beugte sich instinktiv vor und umklammerte den Leib des Wesens.

Llaranya nahm es gelassener, da die Elfen selber die Kunst des Bergbesteigens beherrschten. Sie zuckte kurz zusammen, schien es aber eher zu genießen, mit welcher Geschwindigkeit ihr Träger hinaufkletterte. Die acht Beine hatten kleine zangenartige Klauen an ihren Enden. Diese waren weich gepolstert, konnten jedoch auch kräftig zupacken. Die Gliederfüße bewegten sich gleitend und tastend, und es gab keinen Fehlgriff. Denn selbst wenn nur zwei von ihnen festen Halt fanden, bewegte sich der Irghil vollkommen sicher.

„Sieh nicht nach unten, Nedeam“, rief Llaranya ihm warnend zu. „Du bist die Höhe nicht gewöhnt.“

„Höhe?“ Bis jetzt war er vollauf damit beschäftigt gewesen, sich festzuhalten. Nun sah er nach unten, und ihm wurde sofort flau im Magen. „Oh, ich sehe, was du meinst. Höhe, ja …“

„Sieh auf die Wand vor dir, das hilft.“

Es half überhaupt nicht. Denn diese Wand schien sich rasend schnell unter ihm zu bewegen. Nach dem Blick in die Tiefe machte dies Nedeam erst so richtig bewusst, mit welcher Schnelligkeit und Gewandtheit die blauen Bestien sich bewegten.

Als die Irghil die Felsnadel ungefähr zu einem Viertel erklettert hatten, kippte für Nedeam erneut der Horizont. Sofort tauchte er in Dunkelheit und spürte, wie er unvermindert rasch vorangetragen wurde, dieses Mal allerdings in der Waagrechten, was sein Magen dem Irghil dankte.

„Der Gang ist ohne Licht“, hörte er Llaranya. „Ich glaube, sie benötigen es nicht. Au!“

„Was ist?“

„Ich bin an die verdammte Decke gestoßen. Das Viech hat mich jetzt nach unten gezogen und auf seinen Rücken gelegt.“

Im selben Moment spürte Nedeam, wie sein Träger dies auch mit ihm tat. „Vielleicht wissen sie nur nicht, wie man es erzeugt“, rief er nun nach hinten. „Oh, oh …“

„Was ist?“, rief Llaranya besorgt zurück.

Nedeam ächzte. „Es geht wieder hinunter.“

Diesmal war es auch für die Elfin unangenehm. Sie war schon steil aufragende Wände und Bäume hinaufgeklettert, aber niemals kopfüber wieder hinab.

„Ich bin froh, dass es so schnell geht“, stöhnte Nedeam.

„Sonst hätte mich mein Mageninhalt wohl schon längst überholt. Oh, verdammt, mir ist übel … richtig … übel …“

„Ich kann Licht sehen.“ Llaranya deutete instinktiv nach vorne, über Nedeams Rücken und den seines Trägers hinweg. „Nedeam?“

„Schlecht …“, war die einzige Erwiderung.

Wahrscheinlich bekam er im Augenblick gar nicht richtig mit, wie sich die Umgebung wandelte. Ihre Träger mussten inzwischen längst das Bodenniveau erreicht haben, und tatsächlich verlangsamte sich ihr Abstieg nun erheblich. Das mochte allerdings auch an besagter Veränderung liegen, die an den Wänden des Schachtes sichtbar wurde.

Der vormals raue, offenbar unbearbeitete Fels war von glatten Rundungen abgelöst worden, die einem künstlichen Schlot glichen. In regelmäßigen Abständen spendeten hell schimmernde Flächen ein sanftes Licht. Ihre Oberfläche ähnelte dem Klarstein, mit dem ansonsten Fenster versehen wurden. Als Llaranya diese Vermutung äußerte, schüttelte Nedeam stöhnend den Kopf. „Weißkristall …“, ächzte er. „Wie bei … Zwergen …“

Jetzt erinnerte sich die Elfin an die Beschreibungen ihres Volkes. Die Zwerge verstanden sich meisterhaft darauf, Schächte durch den Fels zu treiben und sie mit Säulen aus klarem Weißkristall zu füllen. Sie führten das Sonnenlicht von der Oberfläche in die Höhlen des kleinwüchsigen Volkes. Diese Lichtflächen hier verliefen jedoch spiralförmig. Nach einem kurzen Blick nach oben schätzte Llaranya, dass sie sich nun gut eine Hundertlänge unter der Erdoberfläche befinden mussten. Ein erneutes Kippen kündigte an, dass ihre unfreiwillige Reise bald enden würde.

Wenn die Form des Felsens oberirdisch einem Pilz glich, schien dies auch für seinen unterirdischen Teil zu gelten, nur dass hier Kappe und Stiel vertauscht waren und sich statt der mächtigen Felsscheibe ein riesiger Saal öffnete. Dieser war von Wärme und von angenehmem Licht erfüllt, das auf den blauen Panzern der zahlreichen Irghil widerschien, welche hier, im Schutz der Erde, ihren verschiedenen Aufgaben nachgingen. Sich weiter umzuschauen war den Gefangenen nicht möglich, da ihre Träger einen bestimmten Bereich des Raumes anstrebten. Es gab mehrere runde Mulden im Boden des Saals. In ihnen befanden sich Eier, sorgsam umhegt von einigen Erwachsenen. Eine Kolonne kleiner Bestien trabte zwischen den Vertiefungen entlang, zwei ausgewachsene Exemplare an beiden Enden. Andere der Kreaturen rannten wie planlos umher und trugen Gewächse, Wurzeln oder Gefäße mit sich. In regelmäßigen Abständen befanden sich anders geartete Mulden im Boden. Sie waren mit Wasser oder feinem Sand gefüllt, und in jeder von ihnen lagen Bestien. Einige schienen zu ruhen, andere schabten sich mit ihren Scheren und Arbeitsklauen über die gepanzerten Leiber.

Doch all das interessierte Nedeam nicht im Geringsten. Sein Träger war nun fast bei einer kleinen Gruppe angelangt, die abwartend im Hintergrund gestanden hatte. Er war wie gelähmt, wollte schreien, doch alles in ihm schien blockiert zu sein.

„Ein seltsames Pferd hast du dir da ausgesucht, mein Sohn“, sagte Dorkemunt mit breitem Grinsen und stützte sich dabei auf seine stattliche Axt. „Ein wenig ungebührlich für einen Ersten Schwertmann der Pferdelords, dieser Ritt. Aber immerhin eine Erfahrung, will mir scheinen.“

„Dorkemunt“, brachte Nedeam nun endlich hervor. Er kämpfte gegen den Druck der Scheren an, die sich nun anstandslos öffneten, und fiel seinem Freund und Ziehvater in die Arme. „Mein Herz platzt vor Freude. Ich habe dich schon bei den Goldenen Wolken gewähnt."

„Ah, das hat noch ein wenig Zeit", brummte der alte Pferdelord und wischte sich schniefend etwas Nässe aus den Augenwinkeln. „Verdammt stickige Luft, hier unten, wahrhaftig." Er nickte Llaranya zu. „Wie ich sehe, hat er gut auf dich aufgepasst."

„So wie ich auf ihn, guter Herr Dorkemunt."

Der alte Pferdelord grinste breit. „Das will ich wohl glauben. Wahrlich, eine rechte Tochter der elfischen Häuser und Frau des Pferdevolkes."

„Was ist mit Fangschlag geschehen?" Nedeam löste sich von Dorkemunt. „Haben die Bestien ihn getötet?"

„Er steckt irgendwo da hinten und schlägt sich mal wieder den Bauch voll. Wirklich, du glaubst nicht, was der Bursche alles verdrücken kann. Und in welchem Zustand … Ich bin froh, dass die Irghil kein Fleisch fressen. Sie würden Fangschlags Tischsitten als, äh, befremdlich ansehen. Bei der Gelegenheit, mein Sohn, von welchen Bestien sprichst du eigentlich? Meinst du die dort?"

Dorkemunt deutete auf die zahlreichen Kreaturen und seufzte. „Natürlich sind sie anders als wir, Nedeam. Sie sind Irghil. Aber du solltest dir erst einmal anhören, was diese Burschen zu erzählen haben. Glaube mir, es ist eine sehr interessante Geschichte."

37

Die Sonne ging über der Hochmark auf. Ein sanfter Schimmer breitete sich über die Zinnen der Burg von Eternas aus und verdrängte den Schein der Brennsteinbecken und Lampen. Der Dunst des Morgennebels verflog, und es versprach ein heißer Tag zu werden. Funken stiegen aus den Schornsteinen der Küche und der Schmiede auf und verrieten, dass dort bereits emsige Betriebsamkeit herrschte. Die wachhabenden Schwertmänner strafften ihre Haltung, erleichtert, dass nun bald die Ablösung kommen würde.

Mortwin, ein Schwertmann aus Kormunds Schar, war der Wachführer am Haupttor. Er stand auf dem Wehrgang über dem Tor und zog fröstelnd seinen Umhang enger um die Schultern. Eigentlich war es nicht kalt, aber Mortwin war, wie so viele der Männer, übermüdet. Er streckte die Hände über dem Brennsteinbecken aus und rieb sie aneinander. In dieser Haltung nickte er zwei anderen Wachen zu, die soeben als Streife über den Wehrgang schritten.

„Wird ein heißer Tag werden", meinte einer von ihnen. „Der Morgennebel ist früh aufgestiegen. Das wird den Bauern nicht gefallen. Eine solche Hitze bei der zweiten Ernte. Sie werden rasch arbeiten müssen, damit die Ähren nicht verdorren, sobald sie vom Halm getrennt sind."

„Sollen sie sich schneller bewegen", brummte Mortwin. „Die letzten Tageswenden haben sie lange genug vor der Feste herumgelungert und spitze Ohren gemacht."

„Sie sind in Sorge um die Herrin", erwiderte der Schwertmann. „Und sie sind neugierig, wegen des Ehrlosen."

„Einer aus unserem Beritt war letzte Nacht noch in Malvins ‚Donnerhuf'. Dort spricht man von einer ganzen Schar von Schurken, die uns Schwertmännern einen schweren Kampf geliefert habe." Der andere Posten grinste. „Malvin macht ja stets cin großes Geschrei um Kleinigkeiten."

„Ein Ehrloser ist keine Kleinigkeit." Mortwin kratzte sich ausgiebig.

„Ihr solltet Euer Wams ausräuchern", grinste die eine Wache. „In den Bettsäcken Eures Beritts breiten sich die Kratzkrabbler aus. Auch ein Bad kann da nicht schaden."

„Ich war erst vor einem Zehntag im Zuber, und zudem hat es vor einigen Tageswenden heftig geregnet", knurrte Mortwin.

„Gibt es Neues von der Herrin?"

Der erfahrene Schwertmann schüttelte den Kopf. „Seit meinem Wachantritt nicht. Marnalf wird wohl bei ihr sein."

„Eine gute Kriegslist, einen der unseren in seinem Gewand zum Pass zu schicken und so den Ehrlosen aus dem Schatten zu locken."

„Ich mag dergleichen nicht, auch wenn ich zugeben muss, dass es funktioniert hat", brummte Mortwin. „Ich schätze den offenen Kampf, bei dem man sich mit Lanze oder Klinge begegnet."

„Ja, das ist wahr. Ich bin froh, dass man Hendahl geschnappt hat. Ein ehrloses Wesen im Gewand eines Schwertmanns. So etwas schadet unserem Ruf."

„Hendahl war nie ein richtiger Schwertmann, sonst hätte er diese Untat nicht begangen." Mortwin spuckte aus. „Aber er stammt aus Peragrams Schar, und die war mir noch nie ganz geheuer."

„Wir haben ein Auge auf seine Kameraden." Der Schwertmann blickte zu den Unterkünften der Beritte hinüber. „Sie mögen die Umhänge der Hochmark tragen, doch sie sind

Fremde geblieben. Männer, die den Traditionen des Pferdevolkes nicht verbunden sind und nur die goldenen Schüsselchen zu schätzen wissen."

„Söldner." Nun spuckte auch die andere Wache demonstrativ aus. „Männer, die ihre Ehre verkaufen."

„Wer seine Ehre verkauft, ist kein rechter Mann", meinte Mortwin, und die anderen stimmten ihm zu. „Ich verstehe den Hohen Herrn Tasmund nicht", gestand er ein. „Er sollte nicht so viel Aufhebens um Hendahl machen und ihn einfach um einen Kopf kürzen. Wahrhaftig, als er noch der Erste Schwertmann war, hätte er damit nicht gezögert. Doch jetzt, im Alter, scheint er weich zu werden."

„Ich will meine Klinge jedenfalls nicht mit Hendahls Blut beschmutzen", murmelte eine der beiden Wachen. „Ich bin froh, wenn er aus der Mark verschwindet."

Mortwin lächelte kalt. „Weit wird er nicht kommen. Die Reiter sind unterwegs und bringen die Kunde in jeden Weiler und jedes Gehöft. Wenn man den Ehrlosen erkennt, wird man ihn kurzerhand erschlagen. Die Menschen sind erzürnt über das, was er ihrer Herrin antat."

„Dort ist Kormund." Einer der Männer deutete in den Hof hinab. „Er ist in Begleitung Tasmunds und einer kleinen Schar."

„Gut." Mortwin legte die Hand um den Griff seines Schwertes und nickte zufrieden. „Dann werden sie den Ehrlosen jetzt wohl zum Tor hinausjagen."

Die sechs Männer unten im vorderen Burghof gingen zur alten Unterkunft der Schwertmänner hinüber. Nur Augenblicke später waren erregte Rufe zu hören.

Mortwin und die anderen traten näher an die Innenkante der Wehrmauer. „Was gibt es, Kormund?"

Der alte Scharführer sprach mit einem der Schwertmänner

in seiner Begleitung, und dieser hastete zum Aufgang der Wehrmauer. Seine Eile ließ Schlimmes erahnen. Mortwin sah ihm mit finsterer Miene entgegen. „Was ist geschehen, guter Herr?“

„Die Wachen liegen unten in der Kammer, ebenso einer der Meldereiter“, erwiderte der Schwertmann, um Fassung ringend. „Ihnen allen wurden die Hälse durchgeschnitten, und der Ehrlose ist fort.“

„Wie ist das möglich?“, rief Mortwin überrascht. „Wie hat man die Wachen überwältigen können? Es waren gute Schwertmänner, und sie waren auf der Hut.“

„Wohl nicht genug“, knurrte einer der anderen.

Mortwin sprang die Stufen hinunter zu Kormund, mit dem er schon manches Mal zusammen geritten war. In der Unterkunft lagen die Leichen der drei Männer, Wunden klafften in ihren Kehlen, und das Blut bedeckte den Boden.

„Es ist noch frisch“, stellte Kormund fest. „Es muss in den frühen Morgenstunden geschehen sein.“

„Sie wurden überrascht“, sagte Tasmund mit gefurchter Stirn. „Also können es nicht Peragrams Männer gewesen sein. Unsere Leute waren gewarnt und hätten sie gestoppt.“

„Wartet.“ Kormund wälzte einen der Toten auf den Bauch. „Ah, wie ich es mir dachte.“ Er sah Tasmund an und schob demonstrativ zwei Finger durch einen Schlitz im Umhang des Toten. „Man hat ihn von hinten erstochen. Erst danach schlitzte man ihm die Kehle durch.“

„Heimtückische Tat.“ Mortwin spuckte abermals aus. „Es ist nicht recht, einen Mann auf solche Weise zu töten.“

„Ja, dies ist die Art der Ehrlosen“, bestätigte Tasmund. „Möglicherweise wurden die Wachen angesprochen, und während sie abgelenkt waren, brachte man sie um.“

„Aber niemand hat die Burg verlassen“, knurrte Kormund.

„Mit Ausnahme der Meldereiter“, korrigierte Mortwin. „Einer von ihnen liegt hier.“

„Verfluchte Tat, dann ist Hendahl entkommen.“

„So ist es.“ Tasmund nickte betrübt. „Und wir wissen nicht, wer ihm zur Flucht verhalf. Schön, stellen wir fest, ob jemand von der Burgwache oder den Bewohnern fehlt.“

Sie fanden bald heraus, dass die anderen drei Männer von Peragrams Schar ebenfalls verschwunden waren. Genauso wie eine junge Magd mit Namen Benewyn.

38

Dorkemunt berichtete ihnen von dem Oberhaupt der Irghil. Er nannte ihn Danot'Nelat und behauptete, dass er der älteste noch lebende Vertreter seines Volkes sei. „Behandelt ihn mit Respekt, wenn er nachher kommt. Er ist von hohem Rang und ein ehrwürdiges Wesen. Ihr werdet schnell feststellen, dass an ihm nichts Grausames oder Böses ist. Ich habe lange mit ihm und auch mit seinem Kriegsführer, Dan'Pharant gesprochen." Dorkemunt biss herzhaft in ein Stück Wurzel. „Langt ordentlich zu, dieses Gemüse ist nahrhaft und schmeckt nicht übel. Nicht so gut, wie meine gewürzten Fleischstreifen, aber man kann es essen." Dorkemunt grinste. „Fangschlag wird da sicher anderer Meinung sein."

Das Rundohr blickte sie über den Tisch hinweg an. „Ein Krieger braucht einen ordentlichen Bissen zwischen die Zähne. Dieses Wurzelzeug ist nichts für meinen Magen. Es mag satt machen, aber es gibt keine Kraft."

„Das erste Wildbret, das wir finden, soll dir gehören, mein rundohriger Freund", verkündete Dorkemunt und wies mit der angebissenen Wurzel auf den Ork. „Und ich verspreche dir, du darfst es auch sehr blutig verspeisen."

Fangschlag nickte würdevoll. „Wie es einem Krieger gebührt."

Sie hatten ihre von den Irghil erbeuteten Waffen zurückerhalten. Ein Beweis dafür, wie sicher sich die blauen Wesen fühlten oder wie sehr sie den Zweibeinern vertrauten. Dorkemunt, Nedeam, Llaranya und Fangschlag saßen in einem abgeteilten Bereich des riesigen Saals um eine steinerne Platte herum, die ihnen als Tisch diente. Sie war kreisrund und sorgfältig geglättet, und in ihre Oberfläche waren verschiedenfarbige Steine eingearbeitet, die ein fremdartiges, aber sehr hübsches Muster bildeten. Selbst die Schalen, die man den zweibeinigen Gästen vorgesetzt hatte, waren aus kunstvoll bearbeitetem Stein.

„Unterschätzt diese Irghil nicht“, mahnte Dorkemunt und klopfte mit seinem Dolch gegen die Steinschale. „Sie verstehen sich auch auf die Bearbeitung von Metall und die Herstellung von Waffen.“

„Ach, wirklich?“ Nedeam lachte spöttisch auf. „Bislang haben wir nichts davon gesehen.“

„Aus gutem Grund, mein Sohn, aus gutem Grund.“ Dorkemunt tunkte seine Wurzel in eine scharf gewürzte Flüssigkeit und leckte sich genüsslich über die Lippen. „Doch das soll dir der Älteste nachher selber erzählen.“

„Sagt, wie wurdet Ihr gefangen?“ Llaranya sah Dorkemunt und das Rundohr neugierig an.

Der Ork ließ ein leises Knurren hören. „Zu viele von ihnen, und zu starke Panzer.“

„Fangschlag hat sich gut gehalten“, meinte Dorkemunt. „Leider wussten wir da noch nichts über die Irghil, sonst wären wir freiwillig mit ihnen gegangen. Ich habe einem von ihnen übel mit meiner Axt mitgespielt, und Fangschlag schaffte es sogar, einen anderen zu töten. Diese Schlagschwerter sind durchaus wirkungsvoll in seiner Hand.“

Fangschlag nickte. „Es war ein guter Kampf.“

„Wenn auch gegen die Falschen.“ Dorkemunt deutete auf das Rundohr. „Die Irghil beobachten jeden, der durch Jalanne streift. Die Alnoer sind für sie Feinde, da sie mit ihren anderen Feinden verbündet sind. Der Freund meines Feindes ist auch mein Feind, du verstehst? Sie erkannten sofort, dass ich nicht zu den Alnoern gehöre.“

Fangschlag lachte brüllend auf. „Ah, sie hielten ihn sogar für einen Zwerg."

„Es lag aber nicht an meinem Wuchs, du dämliches Rundohr", knurrte Dorkemunt, „sondern an meiner Axt. Nur deswegen hielten sie mich für einen Axtschläger des kleinwüchsigen Volkes. Nun, wie auch immer, sie wussten sofort, dass ich nicht ihr Feind bin. Leider erkannten sie aber in Fangschlag den Ork, und die sind wahrhaftig keine Freunde der Irghil."

„Hm." Nedeam sah seinen alten Mentor zweifelnd an.

„Nun, jedenfalls beschlossen sie, erst einmal mit mir zu reden, bevor sie uns die Scheren um den Hals legen würden. Man muss ihnen das hoch anrechnen, denn wir haben ja gegen sie gekämpft und einen von ihnen getötet. Dennoch waren sie nicht wütend auf uns. Es sind wirklich friedvolle Wesen."

„Ja", knurrte Nedeam. „Ich konnte die Spur der Zerstörung verfolgen, die sie durch Jalanne gezogen haben."

„Urteile nicht vorschnell, mein Sohn. Manchmal trügen uns unsere Augen. Nun, wo war ich? Ach ja. Der Anführer ihres Streiftrupps konnte sich mit mir verständigen. Das ist nicht allen möglich. Sie verstehen zwar unsere Sprache, können sie aber nur unter Schwierigkeiten sprechen. Ihnen fehlen die Stimmbänder, verstehst du? Die Irghil verständigen sich, indem sie zwei knöcherne Platten in ihren Kiefern aneinanderreiben. Das macht Geräusche, aber es ist mühsam, damit unsere Stimmen nachzuformen. Einige beherrschen es, andere nicht. Doch das erwähnte ich schon, nicht wahr?"

„Du sagst, sie können Metall bearbeiten? Womit?"

„Oh, sie haben nicht nur diese schrecklichen Scheren, mit denen sie übrigens hervorragend kämpfen können. Unterhalb von ihnen befindet sich ein umgewandeltes Beinpaar. Seine Klauen sind so feingliedrig, dass sie sie wie Hände benutzen können. Die Geschichte der Irghil ist wahrhaft tragisch.“ Dorkemunt biss erneut in seine Wurzel. „Sie kämpfen verzweifelt um ihr Überleben und suchen ebenso verzweifelt nach Verbündeten und Freunden. Ah, wahrhaftig, ein grausames Schicksal, das sie ereilt hat.“ Der alte Pferdelord wies mit der tropfenden Wurzel an Nedeam vorbei. „Aber dort kommt nun endlich Danot’Nelat. Er wird es dir wohl besser erklären können.“

Der Irghil mit dem grauen Bauchpanzer kam in Begleitung eines anderen herbei, der ungleich größer und kräftiger wirkte. „Dan’Pharant, der Scherenführer der Irghil. So etwas wie der Oberkommandeur ihrer Kampftruppe. Er hat ein schlichtes Gemüt, Nedeam, so wie manche unserer Krieger.“ Dorkemunt grinste Fangschlag an, der misstrauisch die Stirn runzelte. „Er teilt die Welt in Freund und Feind. Anders als der Älteste. Aber wir müssen beide überzeugen, Nedeam.“

„Überzeugen? Wovon?“

„Dass wir ihnen beistehen werden.“

„Den blauen Bestien?“

„Halte die Zunge im Zaum, Nedeam. Beide verstehen unsere Sprache und sprechen sie auch. Wie gesagt, urteile nicht vorschnell, sondern höre, was der Älteste dir nun zu sagen hat.“

Die beiden Irghil verharrten vor dem Tisch und knickten synchron ihre Augenstiele nach vorne. „Seid uns willkommen, Weichhäutige.“

Nedeams Augen weiteten sich. „Ihr … Ihr könnt sprechen?“

„Warrum sollten wirr nicht sprrechen können? Ihrr Weichhäutigen tut es doch auch.“ Das „r“ hatte einen seltsam schnarrenden Klang, was wohl an der besonderen Lautbildung der Irghil lag. „Nachdem ihrr nun gestärrkt seid, lasst uns sprrechen.“

Dorkemunt gab Nedeam und Llaranya einen Wink, und so erhoben sie sich alle und verneigten sich vor den beiden Wesen. „Dies ist mein Sohn Nedeam, Ältester, und dies seine

Gemahlin Llaranya, ein elfisches Wesen. Sie sind begierig, von Eurem Schicksal zu erfahren."

Erneut knickten die Augenstiele nach vorne. Der Älteste ließ sich auf seinen hinteren vier Beinen nieder und überkreuzte die anderen. Für ihn schien dies eine entspannte Haltung zu sein. „Dann will ich ihnen unserre Geschichte errzählen. Danach mögen sie sich entscheiden."

„Entscheiden wofür?", fragte Nedeam.

„Für Frreundschaft oderr Nichtfrreundschaft", erwiderte der Irghil.

„Hm. Und wenn wir Letzteres wählen?", fragte Llaranya. „Mir scheint, wir haben gar keine Wahl."

„Trrugschluss", erwiderte der Älteste. „Frreunde sind willkommen und Kampfgefährrten auch. Nichtfrreunden möge derr warrme Wüstenwind eine frriedliche Heimkehrr bescherren."

Dorkemunt nickte. „Sie hätten uns gehen lassen, Nedeam. Er meint es ernst. Vertraue ihm und höre zu."

Sie setzten sich wieder, und so erfuhren sie die Geschichte des Volkes der Irghil.

Einst war das Reich von Jalanne das größte und mächtigste der Menschenreiche gewesen. Nur Rushaan vermochte mit ihm mitzuhalten. Jalanne hatte Handel getrieben, auch weit über die Meere hinweg bis in ferne Reiche, deren Namen keinem der vier Gefährten etwas sagte. Die Begriffe Telan, Anram oder Esquaar waren ihnen unbekannt. Das Volk der Jalanne war durch seinen Wohlstand bequem geworden, und eines Tages landeten die ersten Schiffe mit den Irghil.

Diese waren ein fleißiges Volk, das einst in den weiten Meeresbuchten seiner Heimat lebte. Der Älteste wusste von dieser Heimat nur noch aus den alten Legenden, denn er selbst war, wie alle anderen, in der Sklaverei geboren worden. Die Irghil kamen nicht als freiwillige Arbeitskräfte nach Jalanne, sondern lagen in Ketten, wenn die Schiffe sie brachten. Als der Fleiß der Gepanzerten bekannt wurde, schossen überall die Sklavenmärkte aus dem Boden, und die Irghil erzielten hohe Preise. Obwohl sie wehrhafte Wesen waren, lag es nicht in ihrer Natur zu kämpfen. So fiel es den Jalanne leicht, sie zu unterdrücken und für die schwierigsten und gefährlichsten Arbeiten einzusetzen.

Am Anfang beherrschten die Irghil die Sprache ihrer neuen Herren nicht, doch sie waren intelligent und lernten schnell. Die Jalanne herrschten mit Strenge über ihre Sklaven. Wer ihren Befehlen nicht rasch nachkam oder Fehler machte, der bekam die Kraft ihrer Machtstäbe zu spüren. Fast jeder im Volk der Jalanne verfügte über einen dieser armlangen Stäbe, die furchtbare Schmerzen verursachen konnten. Die Irghil mussten sich der Gewalt beugen.

Dann kam der Tag, an dem die Jalanne herausfanden, dass das Gehirn eines toten Irghil kristallisierte und zu einem blau funkelnden Edelstein wurde. Ein Stein, der die Macht ihrer Stäbe noch vergrößerte. Von diesem Tage an blieben den Irghil nicht einmal mehr ihre Toten, denn die Jalanne zerschmetterten deren Leiber, um an den kostbaren Kristall zu gelangen. Von diesem Moment an wuchs in den Irghil der Hass gegen ihre Unterdrücker heran.

Aus einem Volk, das sich unter der Macht der Stäbe in die Sklaverei duckte, wurde eines, das nach Freiheit lechzte und begriff, dass es diese Freiheit nicht ohne Gewalt erreichen konnte.

Dann brach die Finsternis über Jalanne herein.

In seinem Hochmut überfiel es Rushaan mit der Kraft seiner Sonnenfeuer. Doch Rushaan war keinesfalls wehrlos. Furchtbare Mächte wurden entfesselt, und dies nutzte der Schwarze Lord, um nun selbst aus seinem finsteren Reich hervorzustoßen. Ein Krieg entbrannte, der alles zu verschlingen drohte, auch das Volk der Irghil. Während der grausamen Schlachten entdeckten die Sklaven eines der größten Geheimnisse des Reiches Jalanne. Seine Macht beruhte auf kaltem Stahl und auf grausamen magischen Kräften. In der Hauptstadt Jalannes, der Stadt Lemaria, erhob sich der machtvolle Turm der Weißen Zauberer und ihrer Helfer. Mit ihrer Magie knechteten sie die Jalanne ebenso, wie es die Jalanne mit den Irghil taten.

Doch auch der Hochmut der Weißen Zauberer von Lemaria forderte seinen Preis.

Der Kampf gegen die Legionen des Schwarzen Lords und das Reich von Rushaan verwirrte den Geist der mächtigen Wesen, und in ihrem Wahn begannen sie, Zwist unter das Volk der Jalanne zu säen. Nun bekämpften sich die Menschen des Reiches gegenseitig, und die Macht der Stäbe forderte ihre Opfer. In Wellen willkürlicher Gewalt schlugen die Bewohner der Städte und Siedlungen aufeinander ein und töteten dabei auch die Irghil, bis diese sich endlich erhoben und um ihr Leben zu fechten begannen. Sie taten schreckliche Dinge. Dinge, für die sie sich nun schämten. Irgendwann flohen sie dann aus der Nähe der weichhäutigen Menschen und verbargen sich vor ihnen, um das Ende der Gewalt und der Menschenherrschaft abzuwarten. Der Zerfall der großen Reiche dauerte lang und er war auch nicht vollkommen. Einige überlebten, doch Jalanne war tot. Es war vergangen. Selbst der Turm der Macht war mitsamt der Stadt Lemaria in den Fluten eines Sees versunken. Aber die Magie, die so viel Unheil über das Land gebracht hatte, war nicht ganz verschwunden.

„Die beiden Weißen Zauberrerr und ihrre Dienerr, sie warrten dorrt drraußen auf ihrrerr Insel“, sagte der Älteste. „Sie warrten darrauf, dass ihrre Macht errneut auferrsteht.“

„Dieses friedliche Volk von Fischern? Die Lemarier? Unmöglich!“ Llaranya schüttelte den Kopf. „Wir haben gesehen, wie sie leben. Es sind einfache Leute ohne große Ansprüche. Sie fristen ihr Dasein in Angst vor Euch, Ältester, und begnügen sich mit dem, was der See ihnen bietet.“

„Sie fangen nicht nurr Fische, sonderrn auch Seelen, weichhäutige Elfin. Noch fehlt ihnen die Krraft, Lemarrias Macht errneut zu errichten. Aber sie wächst. Ihrr seid ihnen begegnet, Weichhäutige, und Ihrr auch, Nedeam. Habt Ihrr die Stäbe ihrrerr Macht gesehen? Die blauen Steine an ihrrerr Spitze?“

Nedeam hatte begriffen und erschauerte. „Was von Euren Toten geblieben ist. Ihre kristallene Seele“, bestätigte er leise.

„Es verrstärrkt die Macht derr Stäbe und auch die Macht derr Magierr selbst.“ Die Scheren des alten Irghil schlossen und öffneten sich unbewusst, bis der Alte sie wieder auf den Rücken faltete. „Die Magie errmöglicht es ihnen, Metall aufzuspürren. Vor allem, wenn es in grroßen Mengen auftrritt.“

„Rüstungen und Waffen.“

„So ist es, Menschenwesen.“

„Die Bestien verrlassen ihrre Insel und bestrreifen Jalanne auf derr Suche nach uns“, warf der Scherenführer Dan’Pharant ein. „Um uns umzubrringen und noch mehrr Machtsteine aus den Leiberrn unserrerr Toten zu rrauben.“

Für Nedeam war es eine ungewohnte Vorstellung, plötzlich die vermeintlich friedlichen Lemarier als Bestien ansehen zu müssen. „Es will mir nicht in den Kopf, dass so ein friedliches Fischervolk eine Bedrohung ist. Sie besitzen nur das Notwendigste zum Leben, und ihre Zahl ist gering. Auch Kinder haben sie nur wenige.“

„Sie haben garr keine Kinderr.“

„Doch, ich habe es selbst gehört.“

„Ihrr habt vielleicht ihrre Laute gehörrt, doch werrdet Ihrr sie nie zu Gesicht bekommen, da sie nicht existierren. Die

Lemarrierr bekommen keine Kinderr. Aber sie töten sie. Unserre Kinderr." Der Älteste deutete zu den Mulden mit den Eiern und den jungen Irghil. „Wirr stehen zwischen den Mächtigen von Lemarr und den Orrks des Schwarrzen Lorrds, die jenseits von Cemen'Irrghil lauerrn."

„Also steckt Ihr fest zwischen zwei mächtigen Mühlsteinen", murmelte Nedeam.

Der Älteste knickte bestätigend die Augenstiele vor. „Die gepanzerrten Rreiter Alnoas sind zu Frreunden derr Bestien von Lemarria geworden. Nun haben sich die Mühlsteine in Bewegung gesetzt und zerrreiben mein Volk zu Staub." Der Älteste gab ein seltsam klickendes Geräusch von sich. „Ihrr Weichhäutigen des Pferrdevolkes seid gerrade rrechtzeitig gekommen, um unserrem Unterrgang beizuwohnen. Wenn Ihrr es wollt, werrden wirr Euch ziehen lassen. So bleibt wenigstens jemand, derr von uns berrichten kann, wenn wirr verrgangen sind, denn die Lemarrierr werrden keinen von uns verschonen."

Nedeam schlug mit der geballten Faust auf den Tisch. „Dann müsst Ihr mit den Alnoern reden. Sie sind verständige Menschen, und wenn sie erfahren, was geschah, werden sie Euch beistehen."

„Das wirrd kaum geschehen, Weichhäutigerr. Kein Mensch steht einem Irrghil bei."

„Wir sind doch Menschen", brummte Dorkemunt.

Nedeam sah ihn kurz an und nickte dann entschlossen. „Und wir werden Euch beistehen. Ebenso wie die Garde von Alnoa, wenn sie erfährt, was in Jalanne vor sich geht."

„Die Weißen Magierr von Lemarr werrden sie täuschen. So, wie die Weißen immerr alle getäuscht haben. Ihrr sucht den Quell des Lebens, Nedeam? Derr Behüterr Eures Eis, Dorrkemunt, hat es berrichtet."

Nedeam sah seinen Ziehvater angespannt an und nickte erneut. „Unsere Herrin kann nur durch sein Wasser gerettet werden."

Der Älteste knickte erneut die Augenstiele ein. „Die Weißen von Lemarr trreiben ihrr Spiel mit uns allen. Derr Quell des Lebenswasserrs … nun, err befindet sich auf derr Insel Lemarr. Die Weißen haben es vorr Euch verrheimlicht und verrsucht, Euch gegen uns Irrghil aufzubrringen."

Also hatten die Lemarier sie auf die falsche Fährte gesetzt. Sie hatten ihnen den Hort der Panzerwesen als Ort des Quells beschrieben. Sicher in der Absicht, Pferdelords und Irghil gegeneinander aufzuhetzen.

„Nun, dann ist ihr Plan wohl gründlich schiefgegangen." In Nedeams Gesicht spiegelte sich Empörung wider. „Wir sollten den Herren von Lemaria einmal ein paar ernsthafte Fragen stellen."

„So wollt Ihrr an unserre Seite trreten?"

„Wir sind Pferdelords", erwiderte der Erste Schwertmann der Mark. „Und Ihr seid in Bedrängnis. Wir werden an Eurer Seite stehen."

„Und Ihrr, Elfenwesen?"

„Ich stehe an der Seite meines Gemahls."

Der Älteste musterte die Freunde. „Dies ist das errste Mal, das Weichhäutige uns zurr Seite trreten. Ein denkwürrdiger Tag. Unserr Volk steht nun in Eurrerr Schuld."

Nedeam räusperte sich verlegen. „Wir sollten uns überlegen, wie wir vorgehen."

Der Scherenführer der Irghil schob sich ein wenig nach vorne. „Vorrsicht ist geboten, Weichhäutige. Die Lemarrierr sind weit mächtigerr, als Ihrr ahnt, und ihrre Schwäche ist nurr vorrgetäuscht."

„Vorgetäuscht? Schön, auch wir Pferdelords beherrschen

die Kunst der Täuschung."

Ein leises Grollen war zu hören. „Ich bin kein Elf und auch kein Mensch", meldete sich Fangschlag zu Wort und entblößte seine Reißzähne. „Es wäre freundlich, wenn ihr mich wenigstens fragt."

Dorkemunt grinste. „Ich hielt das für überflüssig. Ein wenig kenne ich dich nun schon. Schließlich bist du ein Krieger, nicht wahr?"

Fangschlag nickte. „Dorkemunt zieht in den Krieg, Fangschlag zieht in den Krieg."

„Ich wusste, mein gescheckter Freund, auf dich und deinen Blutdurst ist Verlass."

39

Der Turm sollte gründlicher ausgebessert werden.“ Pferdefürst Garwin schirmte die Augen gegen die tief stehende Sonne ab. „Was Ihr dort mit Balken und Mauersteinen versucht habt, ist kaum mehr als Flickwerk.“

„Ich fürchte, Pferdefürst Garwin, Ihr habt durchaus recht“, seufzte Edo-Ma-Kalik. Der Bewahrer der Weisheit und des Lichts von Lemar nickte betrübt. „In all den Jahren, die unser kleines Volk auf dieser Insel lebt, hat es viel von seiner einstigen Kunstfertigkeit verloren. Der Kampf ums Überleben lässt kaum Raum für anderes.“

Garwin stützte sich auf das Geländer des Steges und versuchte, ein ironisches Lächeln zu unterdrücken. „Diese Turmruine entscheidet vielleicht einmal über Leben und Tod Eures Volkes, Ältester. Sie ist das einzig wehrhafte Gebäude auf der Insel oder könnte es zumindest sein. Im Moment droht sie eher in sich zusammenzufallen.“

„Wir sind sehr dankbar für den Schutz, den uns Euer Beritt bietet, Hoher Lord Garwin. In den letzten Tageswenden konnten wir eine Reihe größerer Bäume fällen und mit Eurer Hilfe auf die Insel bringen.“ Der Älteste sah Garwin nachdenklich an. „Und Ihr müsst uns wirklich schon verlassen?“

„Nedeam und Llaranya sind bereits seit einigen Tageswenden überfällig. Ich kann die Heimkehr nicht länger aufschieben.“

„Und Eure Suche nach dem Quell des Lebenswassers?“

„Wenn sie ihn gefunden hätten, dann wären sie zurückgekommen. Da sie es nicht sind, muss ich davon ausgehen, dass sie den Ritt zu den Goldenen Wolken angetreten haben.“

„Zu den Goldenen Wolken?“

„Die Stätte unserer Unsterblichkeit, Hoher Lord Edo-Ma-Kalik."

„Ich verstehe." Der Älteste stieß erneut einen entsagungsvollen Seufzer aus. „Dann gebt Ihr die Suche also auf, Pferdefürst?"

„Ich kann das Leben meiner Schwertmänner nicht sinnlos opfern. Meine gute Mutter ist wahrscheinlich längst gestorben, und die Hochmark steht ohne Regentschaft da. Die Dinge müssen wieder geordnet werden."

„Ja, das verstehe ich sehr gut. Auch wir Lemarier achten auf die Ordnung der Dinge. Wir werden Euren Schutz vermissen, das will ich offen zugeben, doch Ihr geht mit unseren besten Wünschen."

Garwin blickte zu den bescheidenen Häusern und Hütten der kleinen Siedlung hinüber. Dort standen Scharführer Peragram, einige seiner Männer und zwei Scharen aus Arkarims Beritt. Sie berieten die Lemarier darin, wie sich ihre Zuflucht vielleicht verteidigen ließe. Für den Fall, dass ein Feind über den See setzte. Garwin glaubte nicht, dass diese Fischer in der Lage waren, überhaupt einer Bedrohung zu widerstehen. Ihre Hilflosigkeit missfiel ihm. Vieh, das darauf wartete, geschlachtet zu werden. Früher oder später musste es dazu kommen.

„Man kann sich nicht immer vor dem Feind verstecken", murmelte er.

Der Älteste hatte die Worte verstanden. „Das ist uns wohl bewusst, Pferdefürst. Doch dies ist unsere Heimat, und wenn es unser Schicksal so bestimmt, werden wir unser Leben auch hier beenden."

Diese Schicksalsergebenheit erregte in Garwin einen Anflug von Mitleid. „Wir besitzen einige jener besonderen Pfeile der Alnoer. Ich würde Euch ein paar davon überlassen und auch zwei gute Bogen. Sie sind leicht herzustellen, und Ihr könntet die Alnoer bitten, Euch mehr davon zu geben.“

„Wir leben in einem Land, das vom Tod erfüllt ist, Pferdefürst. Uns verlangt nicht danach, noch mehr Blut zu vergießen. Jede Tageswende bitten wir die Götter um Vergebung für die Fische, die wir töten müssen, um zu überleben.“

Garwin konnte diese Denkweise nicht nachvollziehen, aber er wusste, dass er den Lemarier nicht davon würde überzeugen können, sich auf einen Kampf vorzubereiten. Diese Menschen waren ihrem Schicksal ergeben, sie hatten längst mit dem Leben abgeschlossen.

Edo-Ma-Kalik blickte auf seinen Zeremonienstab mit dem blau schimmernden Kristallkopf. „Also ist es beschlossen. Morgen werdet Ihr reiten.“

„Das werden wir.“

„Dann bitte ich Euch, heute Nacht ein letztes Mal unsere Gäste zu sein.“

Garwin nickte. Die Einladung kam ihm durchaus recht. Das wachsende Gemurre in Arkarims Beritt begann ihn zu nerven. Viele der Männer störte es, Nedeam und Llaranya zurückzulassen, ohne wenigstens ihr Schicksal erkundet zu haben.

„Für diese Nacht, Ältester. Es wird mir eine Ehre sein.“

40

Es war Nacht und der Vollmond schien auf die Insel Lemar herab. Den Männern der Hochmark waren bereitwillig zwei Häuser zur Verfügung gestellt worden. Vielleicht wegen des durchdringenden Lärms, den einige der Pferdelords im Schlaf entfalteten. Garwin konnte jedenfalls kein Auge zutun. Einer der Männer schnarchte so nervtötend, dass der Pferdefürst versucht war, ihn zu wecken und an Land zu schicken. Missmutig wälzte er sich auf seinem Lager hin und her. Der Bettsack war nicht sorgfältig gestopft. Einige kleine Äste drückten Garwin immer wieder in die Seite, was seine Laune nicht verbesserte. Schließlich hielt er es nicht mehr aus und richtete sich auf. Da er ohnehin keinen Schlaf fand, entschloss er sich, noch etwas vor das Haus zu gehen und sich die Beine zu vertreten.

Überrascht sah er einen Schwertmann aus Arkarims Beritt, der ebenfalls auf dem Steg stand, jedoch voll gerüstet war. Der Mann wandte sich dem Pferdefürsten zu und nickte stumm.

Garwin suchte eigentlich kein Gespräch, aber das sanfte Klatschen der Wellen an die Pfähle der Häuser beunruhigte ihn. Er war das Stampfen und Schnauben von Pferden in der Nacht gewöhnt, und auch das gelegentliche Schnarchen seiner Männer. Es störte ihn nicht, solange es nicht so penetrant war wie in dieser Nacht.

„Findet Ihr auch keinen Schlaf, guter Herr?“, fragte er leise.

Der Schwertmann schüttelte den Kopf. „Es ist die Regel, Hoher Lord Garwin. Wenn ein Beritt unterwegs ist, stellt er seine Wachen auf.“

Garwin lächelte im Halbdunkel. „Das wird hier nicht nötig sein. Ein harmloseres Völkchen als die Lemarier kann ich mir kaum vorstellen."

„Aber es hat seine Feinde, Hoher Lord", murmelte der Posten.

„Ja, das stimmt." Garwin reckte sich und umfasste das Geländer des Steges. „Ich glaube, ich werde ein wenig über die Insel gehen."

„Frische Luft atmen", meinte der Posten lächelnd.

„Frische Luft?" Garwin lachte leise. „So würde ich es nicht nennen. Ja, wenn der Geruch von Gras und Pferden darin läge. Der Geruch des nahenden Herbstes. Aber hier rieche ich nur Wasser und Fisch. Nein, diese Luft missfällt mir."

„Soll ich Euch begleiten, Hoher Lord?"

„Hier droht mir keine Gefahr. Wacht über die Häuser und den Schlaf der Männer, Schwertmann. Ich kann schon selber auf mich achten."

Der Posten nickte und legte die Hand an den Griff seines Schwertes. „Wenn etwas sein sollte, so ruft. Eine kleine Schar von uns ist immer bereit."

Mit sanftem Lächeln ging Garwin über den Steg. Das waren die alten Männer seines Vaters. Stets bereit, die Waffen zu ziehen, selbst inmitten eines Festmahls und unter Freunden. Immerhin, es vermittelte Sicherheit, auch wenn es auf der Insel keine Gefahren gab. Garwin war erleichtert, festen Boden unter den Füßen zu spüren. Die Bewegung tat ihm gut. Mond und Sterne spendeten ausreichend Licht, und der Pferdefürst folgte einem der Wege, die an der Siedlung vorbei und zwischen Anbauflächen von Getreide und Früchten entlangführten. Alles war still, die Bewohner der Insel schienen zu schlafen. Nur in der halb verfallenen Turmruine schimmerte ein schwaches Licht. Wahrscheinlich saßen die Ältesten wieder über ihren Schriftrollen und träumten von vergangenen Zeiten.

Garwin konnte sich nur schwer daran gewöhnen, von Wasser umgeben zu sein. Er kannte die großen Weiher des Quellweilers, wo man Fische züchtete und fing, und hatte dort sogar Schwimmen gelernt, eine Fähigkeit, die im Pferdevolk nicht weit verbreitet war. Dennoch fühlte er sich unbehaglich an einem Ort, von dem er nicht rasch mit seinem Pferd verschwinden konnte. Der Weg führte ihn an das der Siedlung entgegengesetzte Ufer. Dort angekommen, verharrte er und blickte sich nachdenklich um. So groß die Insel im ersten Moment erscheinen mochte, als Lebensraum war sie bedenklich klein. Selbst für das Völkchen der Lemarier. Wie konnten sie hier nur ausharren und in der Vergangenheit schwelgen?

Er glaubte, einen leisen Ruf zu hören, und lauschte. Als er schon meinte, sich verhört zu haben, ertönte der Laut erneut. Er schien vom anderen Ufer zu kommen. Eigentlich unmöglich, denn keine Stimme trug so weit. Also blickte er gebannt in die Richtung und erkannte plötzlich eines der kleinen Fischerboote der Lemarier. Es schien vom Waldrand zu kommen und hielt mit raschen Ruderschlägen auf die Insel zu. Garwin wusste, dass die Fischer im Morgennebel hinausfuhren, da ihre Beute dann dicht unter die Wasseroberfläche kam, doch dazu war es noch zu früh. Bestreiften die Lemarier in der Nacht den See, um nicht vom Feind überrascht zu werden? Er hatte dergleichen vorher nicht bemerkt.

Neugierig beobachtete er das rasch näher kommende Boot. Er konnte drei Gestalten darin erkennen. Zwei von ihnen waren unzweifelhaft Lemarier, doch die dritte … sie schien einen langen Umhang zu tragen, wie er im Pferdevolk üblich war. Aber Garwins Männer befanden sich in der Siedlung oder auf der Lichtung am abgewandten Ufer des Sees. Konnte es sein …? Nein, das war nicht möglich. Oder doch?

Die Bootsbesatzung schien Garwin noch nicht entdeckt zu

haben und hielt auf eine Stelle am Ufer zu, die ein gutes Stück von ihm entfernt lag. Der Pferdefürst biss sich zögernd auf die Unterlippe, dann hastete er hinüber.

Als er sich der Stelle näherte, tauchte vor ihm eine fahl wirkende Gestalt auf. Garwin erkannte, dass sie sich beim Gehen auf einen Stab stützte und das rechte Bein ein wenig nachzog. Es musste der Stellvertreter des Ältesten sein, Idrun-Ma-Elas. Was mochte ihn mitten in der Nacht hierher treiben? Es konnte nur mit dem Boot zusammenhängen. Garwin beschleunigte seinen Schritt.

Als Idrun-Ma-Elas hörte, dass jemand sich ihm näherte, blieb er stehen und schien einen Moment unschlüssig zu sein. Er befand sich nur wenige Längen vom Ufer entfernt. Gestützt auf seinen Stab, ließ er seine Blicke zwischen Garwin und dem Boot hin und her pendeln.

Der Pferdefürst erreichte den alten Lemarier in dem Moment, da der Bug des Bootes auf Grund lief. Als einer der Fischer ins seichte Wasser sprang und es höher auf den Strand zog, erkannte Garwin auch den Mann, der zusammengesunken auf der Ruderbank saß.

„Nedeam“, entfuhr es dem überraschten Pferdefürsten. „Bei allen Finsteren Abgründen, seid Ihr das, Nedeam?“

Der Erste Schwertmann der Hochmark schien kaum in der Lage zu sein, zu sprechen. „Tot“, murmelte er mit schwer verständlicher Stimme. „Sie ist tot.“

Idrun-Ma-Elas stützte sich mit beiden Händen auf seinen Stab, während Garwin zum Boot schritt und Nedeam am Arm packte, um ihm herauszuhelfen. „Was ist geschehen, Erster Schwertmann?“

Garwin erschrak. Nedeam sah furchtbar aus. Sein Blick war wirr, und über die Stirn zog sich eine tiefe Schramme, aus der es noch immer ein wenig blutete. Das Wams war aufgerissen, die lederne Reithose an einem Bein zerfetzt. Auch dort war Blut zu erkennen. Der grüne Umhang mit der blauen Einfassung hing wie ein Lumpen um die Schultern des Pferdelords. Garwin sah nun, dass Nedeam den Griff seines elfischen Schwertes umklammert hielt. Getrocknetes Blut haftete an der Klinge.

„Was ist geschehen, Nedeam? Wo ist Eure Gemahlin Llaranya?"

Erst jetzt schien der Erste Schwertmann die Anwesenheit Garwins zu bemerken. „Sie ist tot", schrie er auf. „Zerfetzt von den Bestien!" Er stieß die Hand des Pferdefürsten von sich. „Es ist Eure Schuld, Garwin. Eure Schuld!"

„Beherrscht Euch", stieß Garwin hervor. „Ihr seid der Erste Schwertmann der Mark, und Ihr hattet einen Auftrag zu erfüllen. Ich bedauere den Tod Eures Weibes, doch nun berichtet mir, was vorgefallen ist."

Die Klinge in Nedeams Hand zuckte, als wolle er sie Garwin in den Leib rammen, und der Pferdefürst straffte seinen Oberkörper. Doch dann ließ Nedeam sie wieder sinken, und seine Schultern sackten in sich zusammen. „Es gibt keinen Quell des Lebenswassers", murmelte er. „Nichts als den Tod findet man in Jalanne."

„Also seid Ihr gescheitert", stellte Idrun-Ma-Elas mitfühlend fest. „Wir trauern mit Euch um Eure tapfere Gemahlin. Ihr müsst Euch nun ausruhen, Nedeam. In unserer Siedlung wartet eine Bettstatt auf Euch. Euer Pferdefürst wird Euch sicherlich dorthin geleiten." Der Lemarier sah Garwin seufzend an. „Das sind böse Neuigkeiten, Hoher Lord, doch sie kommen nicht unerwartet. Wenigstens kam Euer Erster Krieger zurück, um zu berichten. Ich werde mich zu Edo-Ma-Kalik begeben. Auch er muss von dem Schicksal Eurer Kundschafter erfahren. Die Bestien scheinen nahe zu sein, nach den frischen

Wunden Eures Kämpfers zu urteilen."

„Sie sind weit entfernt", sagte Nedeam mit stockender Stimme. „Ich konnte sie abschütteln und mich an das Ufer des Sees retten. Fragt nicht, wie mir das gelang. Zum Glück waren Eure Leute auf dem Wasser, die mich entdeckten und retteten."

Idrun-Ma-Elas nickte erneut mitfühlend und deutete auf das Boot. „Lasst uns alle einsteigen. Es wird uns schnell und bequem in die Siedlung tragen."

Garwin wollte gerade nicken, als er Nedeams unmerklichen Griff an seinem Arm spürte und sein leichtes Kopfschütteln bemerkte. „Habt Dank für Euer Angebot", seufzte Nedeam. „Doch in meinem Schmerz wird es mir guttun, ein paar Schritte zu gehen und dabei vielleicht ein wenig Ruhe zu finden."

Der Stellvertreter des Ältesten nickte verständnisvoll, dann blickte er fragend zum Pferdefürsten.

„Ich werde ihn begleiten. Habt dennoch Dank."

Die Lemarier stiegen in das Boot, und als es sich außer Hörweite befand, sah Nedeam den Pferdefürsten eindringlich an. „Wir müssen reden, Pferdefürst Garwin, denn wir sind in höchster Gefahr."

41

Das siebente Regiment der Gardekavallerie des Reiches von Alnoa war auf dem Marsch.

Mit den ersten Sonnenstrahlen hatte die Hochgeborene Livianya den Lichtspruch nach Eolaneris gesandt und nur noch abgewartet, bis das Bestätigungszeichen aufblitzte. Wenige Augenblicke später hatten die Hörner zum Aufbruch geblasen. Nur die Handwerker, die Bediensteten und eine Schildwache von zwanzig Gardisten blieben zurück. Zehn volle Beritte führte die Hochgeborene hinaus, und jeder der Reiter wusste um die Gefahr, die auf sie wartete.

Sie ritten in Kriegsformation. Eine starke Vor- und Nachhut sicherten die lange Marschkolonne, Flankenreiter schützten die Seiten gegen einen überraschenden Überfall. Hand- und Packpferde waren den Beritten zugeteilt. Die Bogenschützen hatten normale Kriegspfeile und die Spezialgeschosse in ihren Köchern. Zwei vorne über dem Sattel und zwei dahinter, weitere Köcher befanden sich bei den Tragelasten. Die Lanzenreiter hatten es ein wenig unbequem. Sie hielten die Tellerlanzen aufgestellt in der rechten Hand, das stumpfe Ende in den Bügelschuh am Sattel gestellt. Die normale Stoßlanze war quer über die Schenkel gelegt. Man wusste nicht, welchem ihrer Feinde man zuerst begegnen würde, und Livianya wollte keine Zeit beim Tausch der Waffen verlieren, sondern sofort die geballte Macht des Regiments in den Angriff werfen können.

Die Wimpel der Beritte flatterten über den Einheiten, und das graue Banner des Königreiches wehte an der Spitze, wo sich die Hochgeborene und Hauptmann ta Geos befanden.

Das Regiment war rasch nach Osten getrabt, den mittleren Furten des Flusses Brel entgegen. Nun war es gegen Mitternacht, und die Truppe lagerte bis zum frühen Morgen.

Livianya war auf die Kuppe eines Hügels geritten. Es war noch immer heiß, und sie hielt den hohen Helm mit den drei gelben Federn in der Armbeuge. Ihr langes Haar wehte im sanften Wind. In ihrer blitzenden Rüstung glich sie in diesem Augenblick einem Engel des Krieges.

Hauptmann ta Geos war zu den einzelnen Beritten getrabt und hatte sich vergewissert, dass alles in bester Ordnung war. Nun folgte er der Hochgeborenen auf den Hügel. Livianya hatte eine grobe Karte ausgebreitet, die Kundschafter Lunres für sie angefertigt hatte. Immer wieder pendelte ihr Blick zwischen der Karte und der im Vollmond hell erleuchteten Landschaft hin und her.

Hinter ihrem grauen Hengst verharrten der Bannerträger und zwei Signalbläser sowie acht ausgesuchte Gardisten, die für die Sicherheit Livianyas ihr Leben herschenken würden. Doch es gab sicher kaum einen Mann im Regiment, der das nicht ebenso bereitwillig getan hätte.

Als sie das Pochen der Hufe von Bernots Pferd neben sich hörte, hob sie den Blick und sah ihn kurz an. „Wir werden unsere Marschrichtung ändern, Hauptmann."

„Die Richtung ändern?" Er hob überrascht die Augenbrauen. „Wir sind auf direktem Weg zu den Furten. Wenn wir jetzt schwenken, steht nichts mehr zwischen Maratran und dem Feind. Und wenn die Festung genommen wird, dringt er in die Pforte ein und erreicht Alnoa."

„Das ist mir bewusst, Bernot." Sie schürzte die Lippen und ließ ein leises Schnalzen hören. „Dennoch ändern wir die Richtung."

Bernot ta Geos stützte sich auf sein Sattelhorn. „Wohin

und, wenn ich fragen darf, warum?“

„Südwärts zu den Lemariern“, sagte sie entschlossen und rollte die Karte zusammen. „Und wenn Ihr mich nach dem Grund fragt, guter ta Geos … Instinkt.“

Mit dem Auflösen der Morgennebel schwenkte die siebente Gardekavallerie nach Süden.

42

Edo-Ma-Kalik, Bewahrer der Weisheit und des Lichts, hatte sich auf die Plattform des Turms begeben und sah dem kleinen Boot entgegen, das rasch auf den Anlegesteg zuhielt. Er konnte seinen Stellvertreter Idrun-Ma-Elas erkennen und spürte dessen Unruhe.

„Nun, was gibt es? War es das Menschenwesen?“, fragte er mit leiser Stimme, als Idrun-Ma-Elas endlich vor ihm stand.

„Ja, es war der, den sie Nedeam nennen.“ Der Stellvertreter wiederholte, was der Erste Schwertmann der Hochmark berichtet hatte.

Edo-Ma-Kalik nickte bedächtig. „Und? Glaubst du ihm denn?“

„Kein einziges Wort. Ich spürte seine Unruhe, und ich habe mir seine Wunden angesehen. Sie stammen nicht von den Irghil, sondern von einer scharfen Klinge.“

„Dann ahnen sie die Wahrheit, auch wenn sie sie noch nicht wirklich kennen. Wenn dieser Nedeam lügt, dann muss er mit den Gepanzerten zusammengetroffen sein.“

„Und er muss ihnen glauben, sonst würde er uns nicht belügen.“

Edo-Ma-Kalik seufzte. „Ich hatte gehofft, uns bliebe mehr Zeit, aber nun müssen wir handeln.“

„Wir haben noch nicht zu unserer alten Macht zurückgefunden“, gab sein Stellvertreter zu bedenken.

„Nein, noch nicht ganz. Aber ich spüre Schwingungen im Norden. Metall. Sehr viel Metall, in geordneten Formationen. Und diese Schwingungen kommen näher.“

„Gepanzerte Krieger?"

„Es kann nichts anderes sein."

Idrun-Ma-Elas blickte auf den blauen Kristall an seinem Stab. „Dann lass uns handeln, alter Freund."

Edo-Ma-Kalik sah zur Siedlung hinüber. „So sei es."

43

„Das ist nicht möglich“, knurrte Garwin. „Sie könnten uns nicht derart täuschen. Diese blauen Bestien haben Euch belogen, Nedeam.“ Der Pferdefürst warf seinem Ersten Schwertmann einen scharfen Blick zu. „Oder Ihr steckt mit Ihnen unter einer Decke. Schon wegen Eures Freundes Dorkemunt.“

„Wenn diese Irghil die blindwütigen Mörder sind, als die sie uns von den Lemariern geschildert wurden, warum verschonten sie dann Dorkemunt und Fangschlag?“

„Was weiß ich? Vielleicht eine Laune der Bestien. Verdammt, Nedeam, Ihr scheint mir zu vergessen, dass uns nicht nur die Lemarier vor ihnen gewarnt haben. Auch die Garde von Alnoa hat die Mordgier dieser Bestien kennengelernt.“

Sie hasteten über den Pfad auf die Siedlung der Lemarier zu. Nedeam war wütend, da Garwin an seinen Worten zweifelte. Wie sollte er den Pferdefürsten überzeugen? Garwin schien fest entschlossen, an die Unschuld der Lemarier und die Schuld der Irghil zu glauben. Immerhin musste sich Nedeam eingestehen, dass ihm die Beweise fehlten. Wie sollte man das Fischervölkchen auch für hinterlistig halten können? Nedeam verwünschte das Schicksal. Noch vor wenigen Tageswenden waren für ihn die Fronten klar gewesen. Da hatte er Freund und Feind unterscheiden können, doch nun kehrte sich das Bild um, und aus den harmlosen Lemariern waren blutdürstige Ungeheuer geworden. Kein Wunder, dass Garwin Zweifel hatte.

„Alles ist ruhig“, meinte der Pferdefürst, als sie die Siedlung vor sich sahen.

„Wir sollten dennoch wachsam sein", erwiderte Nedeam.

Garwin lächelte. „Ich kann den Posten der Schwertmänner vorne am Steg erkennen. Er hätte Alarm gegeben, wenn Gefahr drohen würde."

„Falls er ein erfahrener Mann mit dem rechten Gespür ist."

„Es ist ein alter Kämpfer aus Arkarims Beritt."

Nedeam seufzte. „Dann ist er erfahren genug."

Sie erreichten die Stufen, die auf den Steg führten, und traten auf die hölzernen Bohlen. „Wartet", zischte Nedeam unvermittelt und hielt Garwin am Ärmel zurück. „Da stimmt etwas nicht."

„Was sollte nicht stimmen?" Garwin wollte Nedeams Hand verärgert abschütteln, als es ihm selber auffiel. „Er rührt sich nicht. Dabei müsste er unsere Schritte auf dem Holz hören und sich uns zuwenden."

Sie standen beide wie erstarrt und lauschten.

„Auch das Schnarchen der Schläfer ist verstummt", flüsterte Garwin.

Sie spürten nun beide die Gefahr und zogen gleichzeitig ihre Schwerter blank. Das leise Klirren, mit dem die Klingen aus den metallgefassten Scheiden fuhren, schien übermäßig laut zu sein. Doch nichts war zu hören, außer dem steten Klatschen der Wellen.

Kampfbereit sahen sie sich um und deckten sich dabei instinktiv gegenseitig den Rücken. „Nichts zu sehen und nichts zu hören", raunte Garwin, und Nedeam nickte.

Der Erste Schwertmann zuckte zusammen, als er die Wahrheit erkannte. Hätten die Irghil nicht davon berichtet, dass die Ältesten der Lemarier Weiße Zauberer seien, hätte er es vielleicht zu spät entdeckt. „Der versteinerte Wald." Seine Stimme war kaum mehr als ein Hauch. „Die erstarrten Krieger des Hauses Deshay. Es ist ein Bannzauber, Garwin. Hier irgendwo stehen Magier und bannen unsere Männer mit ihrem Blick. Sie müssen in den Häusern sein, sonst könnten sie unsere Männer dort nicht lähmen."

„Warum sind wir dann noch nicht gebannt?", flüsterte Garwin zweifelnd.

„Weil sie uns noch nicht gesehen haben. Rasch, wir müssen fort."

Garwin nickte, aber es war zu spät. Auf dem Weg, über den sie gekommen waren, erschienen zwei Lemarier. Nedeam packte den Pferdefürsten am Umhang und riss ihn mit sich. Er sprang einfach ins Wasser, und Garwin schrie erschrocken auf, als auch er unvermittelt in das kalte Nass klatschte. Prustend tauchte er neben seinem Ersten Schwertmann wieder auf.

Sie konnten die Lemarier sehen, die auf den Steg zurannten. Nur für einen flüchtigen Augenblick, doch es reichte, um ihnen die Gefahr deutlich zu machen. „Wenn sie uns erspähen, sind wir verloren", raunte Nedeam in Garwins Ohr. „Wir müssen tauchen und unter Wasser schwimmen, bis wir außer Reichweite ihrer Blicke sind."

Garwin nickte benommen.

Auch Nedeam hatte gelernt zu schwimmen. Llaranya hatte es ihm beigebracht, und sie beide hatten ihr Vergnügen daran, gelegentlich nackt in einem Weiher herumzutollen. Doch dies hier war kein Weiher, und Garwin und Nedeam waren nicht nackt. Das Leder und die Wolle ihrer Kleidung sogen sich voll Wasser und wurden schwerer. Schon nach wenigen Schwimmbewegungen begriffen sie, dass ihre Kleidung sie unter Wasser ziehen würde.

Zum Luftschnappen tauchten sie kurz auf, und wieder unter Wasser versuchten sie, ihre Kleidung abzulegen. Nedeam gelang es recht gut, obwohl er Schwierigkeiten mit den Stiefeln hatte. Die Luft wurde ihm knapp, und er zog seinen Dolch und durchtrennte, was ihn behinderte. In seiner Panik fügte er sich dabei mehrere kleine Schnitte zu, doch das war sicher das kleinere Übel. Garwin schaffte es nicht und trat verzweifelt Wasser. Nedeam tauchte neben ihn, und es gelang ihm, den Pferdefürsten an die Oberfläche zu ziehen.

Sie hatten Glück. Die Reflexe von Mond und Sternen auf dem Wasser schienen die Lemarier zu irritieren, denn kein Bann traf sie, während Nedeam Garwins Kleidung durchschnitt. Der Pferdefürst verlor dabei seine Waffe, die auf den Grund des Sees sank. Nedeam hingegen konnte die seine festhalten. Wassertretend versuchten sie, sich zu orientieren. Sie waren ein gutes Stück vom Ufer der Insel entfernt, aber noch lange nicht in Sicherheit.

„Es ist zu weit", knurrte Garwin, mit klappernden Zähnen, denn das Wasser des Sees war kalt.

„Aber wir können nicht zurück." Nedeam blickte zur Insel. „Ich glaube, sie machen ihre Boote klar. Sie wollen uns sicher nicht entkommen lassen."

„Verdammter Dung", fluchte Garwin und musste husten, als er Wasser schluckte. „Schön, was bleibt uns übrig? Versuchen wir es."

Es war ein ungleiches Rennen. Zwei schnittige Fischerboote gegen zwei nackte Männer, die kaum Übung im Schwimmen hatten und immer wieder Wasser schluckten. Immerhin schafften sie es, nebeneinander zu bleiben. Als Nedeam einen hastigen Blick zurück warf, erkannte er, dass die Boote schnell aufholten.

„Wir dürfen nicht direkt aufs Ufer zuschwimmen", keuchte er. „Genau das vermuten sie, und dann werden sie uns einholen, bevor wir in Sicherheit sind."

„Dung", fluchte Garwin erneut. „Dung, Dung und nochmals Dung. Na schön, Nedeam, Ihr führt, und ich folge."

Ein- oder zweimal spürte Nedeam eine flüchtige Berührung an seinem Körper. Furcht sprang ihn an, denn er hatte bei den Seeelfen von Fischen gehört, die auch menschliche Beute nicht verschmähten. Die Vorstellung, ein solches Wesen könne sich nun unter ihm im Wasser befinden und seine nächste Mahlzeit mit gierigen Augen inspizieren, spornte Nedeam immens an.

Die Lemarier waren erfahrene Fischer. Sie wussten, wie schnell sich ein geübter Schwimmer bewegen konnte, und als sie Garwin und Nedeam nicht innerhalb des zu erwartenden Umkreises fanden, verharrten sie schweigend in ihren sanft dahingleitenden Booten und lauschten. Das Plätschern stoßender Arme und Beine verriet die Flüchtigen.

„Sie kommen", ächzte Nedeam.

„Sie sind fast da", korrigierte Garwin. „Verflucht, warum habe ich nur jemals diese verdammte Insel betreten?"

„Kommt, Garwin, wir schaffen es", keuchte sein Begleiter. Er wusste, dass sie es niemals bis zum Ufer schaffen würden, aber er konnte und wollte nicht einfach aufgeben.

Die Männer im Bug der beiden Boote standen aufrecht und hoben nun ihre Speere zum Wurf. Offensichtlich legten sie keinen Wert darauf, ihre Beute lebend zu fangen. Während Garwin, obwohl vollkommen erschöpft, noch immer versuchte, dem Tod davonzuschwimmen, ließ Nedeam die Boote herankommen und verharrte wassertretend an einer Stelle. Er rechnete sich größere Chancen aus, den Wurf der Lemarier abzupassen und rechtzeitig wegzutauchen. Wenn die Männer ihn verfehlten, waren ihre Speere verloren. Dann seufzte er enttäuscht, als ihm einfiel, dass die Fischer ihre Fanggeräte an die Handgelenke banden. Nedeam und Garwin waren ja nicht das Einzige, was sie auf diese Weise erlegten. Der Erste Schwertmann konnte die Augen des Lemariers erkennen, der nun den Arm zum Wurf zurücknahm, und bereitete sich darauf vor, in die Tiefe hinabzuschnellen. Warum bannte der Lemarier sein Opfer nicht einfach, um es dann umso bequemer aufzuspießen?

Der Pfeil traf den Mann genau zwischen die Augen, und nur einen Lidschlag später folgten drei weitere, die den Leichnam nach hinten umwarfen. Der andere Speerwerfer stürzte in den See. Es klatschte vernehmlich, während die Ruderer vor Schreck erstarrten. Nur einem von ihnen gelang es noch, sein Boot zu wenden, dann trafen ihn zwei Pfeile in den Rücken. Die sanfte Strömung würde ihn zur Insel zurücktreiben. Nedeam trat prustend Wasser und sah am Ufer eine Handvoll Pferdelords auf ihren Reittieren. Zwei von ihnen sprangen aus den Sätteln und begannen hastig, ihre Kleider abzulegen.

Wenig später wurden Nedeam und Garwin ans Ufer geführt. Erschöpft, doch glücklich darüber, am Leben zu sein. Man hüllte sie rasch in Umhänge und setzte sie auf die Pferde, dann trabte die kleine Schar zum Lager des Beritts.

Von nächtlicher Ruhe war dort nichts zu spüren. Alle Männer waren auf den Beinen und kampfbereit. Eine starke Schar stand bei ihren Pferden, bereit, sofort aufzusitzen und sich in den Kampf zu stürzen. Inmitten einer größeren Gruppe von Schwertmännern wehte der Wimpel Arkarims. Der Scharführer sprach mit einem sehr kleinen Mann, neben dem eine riesige in eine Kutte gehüllte Gestalt stand.

„Dorkemunt", ächzte Nedeam und ließ sich erleichtert vom Pferd helfen. Er ergriff die Hand seines Ziehvaters. „Dann wissen Arkarim und die Männer Bescheid?"

„Wir haben das eine oder andere Wort miteinander gewechselt", bestätigte Dorkemunt. „So, wie du und Garwin wohl auch mit den Lemariern. Die Worte scheinen mir aber recht drastisch geworden zu sein."

„Sie haben die anderen auf der Insel in ihren Bann genommen“, erwiderte Nedeam betrübt. „Wo ist Llaranya?“

„Nun, auch sie hat vor, ein paar Worte mit dir zu wechseln.“ Dorkemunt zog Nedeam zu einem flackernden Feuer. „Wärme dich jetzt auf, du bist völlig durchgefroren.“

Arkarim machte eine Ehrenbezeugung vor Garwin, der nun hinzutrat. „Ich werde zusehen, dass ich passende Kleider für Euch finde“, sagte der Scharführer und gab einigen Männern einen Wink.

Garwin nahm dankbar einen Becher mit heißem Kräutersud, und während er daran nippte, blickte er über den Rand hinweg zu Nedeam. „Ich hatte unrecht, Erster Schwertmann“, räumte er ein. „Und ich will auch glauben, dass ich mich in Eurem Ziehvater Dorkemunt getäuscht habe.“ Er räusperte sich. „Und ebenso in der Bestie an seiner Seite.“

„Ah, wo wir gerade bei Bestien sind, Hoher Lord …“ Dorkemunt wandte sich halb um und stieß einen gellenden Pfiff aus.

Es krachte und knackte im Unterholz des Waldes. Und dann begann sich die Lichtung mit den blauen Gestalten der Irghil zu füllen.

44

Sie haben vier der Niedrigen getötet." Idrun-Ma-Elas schien unentschlossen, ob er sich auf seinen Machtstab stützen oder ihn drohend aufs andere Ufer richten sollte. „Das ist verwerflich. Es schwächt das Wiedererstarken des Turms."

„Wir haben genug Niedrige, um unser Ziel zu erreichen." Edo-Ma-Kalik lächelte sanft. „Und das Opfer der vier war nicht umsonst. Wir wissen nun mit Sicherheit, dass sich die Irghil und die Menschen des Pferdevolkes verbündet haben."

„Dann werden wir sie mit einem einzigen Schlag auslöschen", stieß sein Stellvertreter hervor.

„Nein", widersprach Edo-Ma-Kalik. „Oh, wir könnten es, mein Freund, wir könnten es. Doch ich will unsere Kraft nicht verschwenden. Zudem könnte es unterhaltsam sein, mit ihnen zu spielen."

„Was hast du vor, Bewahrer der Weisheit und des Lichts?"

„Denk an die Schwingungen. Die Gepanzerten, die sich von Norden nähern."

„Auch sie werden wir vernichten", ereiferte sich Idrun-Ma-Elas.

„Nein. Du wirst Menatos und einen weiteren Niedrigen nach Norden senden, Idrun-Ma-Elas. Er soll den gepanzerten Alnoern meinen Hilferuf überbringen." Edo-Ma-Kalik lachte leise. „Es wird mir ein Vergnügen sein zuzusehen, wie sich unsere Feinde gegenseitig zerfleischen."

Sein Stellvertreter runzelte nachdenklich die Stirn, doch dann stimmte er in das Lachen ein.

45

Selbst für Nedeam war es ein unheimliches Gefühl, sich zwischen den mächtigen Leibern der Irghil zu bewegen. Die gedrungenen Körper zwischen ihren acht Beinen waren schon groß wie ein Pferd, aber wenn die Wesen ihre Scherenarme ausstreckten, wirkten sie fast doppelt so lang. Aus der Nähe betrachtet waren die Zangen ungeheuer beeindruckend. Plump und wuchtig, verliehen ihnen die mächtigen Muskeln die Kraft, den Leib eines voll gerüsteten Mannes zu zertrennen. Für die Pferdelords waren diese Lebewesen unfasslich. Alle Feinde, denen sie bislang begegnet waren, hatten zwei Arme, zwei Beine und zwei Augen besessen. Sowohl die Menschen unter ihnen als auch die Orks und die Grauen Wesen. Die Irghil hingegen verfügten über acht Beine, drei gestielte Augen und, wenn man die kleinen Arbeitsarme mitzählte, über vier Arme. Es war leichter, Ungeheuer in ihnen zu sehen als Freunde.

Dan'Valpant war einer der Dan, wie die Irghil ihre Krieger nannten, und auch er war der menschlichen Sprache mächtig. Er hatte sich zu einer Gruppe Schwertmänner gedrängt, die um eines der Lagerfeuer saßen. Nun, da es nicht mehr erforderlich war, sich zu verbergen, brannten überall die Wärmefeuer und erhellten die Lichtung. Der Rand des Lagers war gut bewacht. Die Irghil kannten sich in den Wäldern Jalannes aus und bewegten sich in ihnen nahezu geräuschlos.

Dan'Valpant rieb seine kleinen Arbeitsarme in einer menschlich wirkenden Geste aneinander und streckte sie dann dem Feuer entgegen. „Verrzeiht, menschliche Wesen, doch wirr Irrghil sind Wärrme gewöhnt, und es ist eine kühle Nacht.

Wirr mögen die Kälte nicht besonderrs, müsst ihrr wissen. Sie macht die Gliederr steif und lässt uns errstarren. Und es ist nicht sehrr schön zu errstarren.“ Er faltete eine der Kampfscheren von seinem Rücken und deutete mit ihr auf einen der Schwertmänner, der instinktiv zurückzuckte. „Solche warrmen Decken zum Umhängen fehlen uns.“

„Es sind keine Decken“, brummte der Schwertmann. „Diese Umhänge sind die Zeichen unserer Ehre. Die Zeichen dafür, dass wir wahre Pferdelords sind.“

„Ah, interressant.“ Dan’Valpant streckte zwei seiner Beine aus, ergriff ein paar Holzscheite und warf sie in das Feuer. Funken stoben auf. „Dann trragt ihrr eurre Ehrre außen. Wirr Irrghil trragen sie innen.“

Pferdefürst Garwin und Nedeam waren wieder angezogen, auch wenn einige der Kleidungsstücke nicht richtig saßen. In der schlichten Garderobe eines Schwertmanns sah Garwin verändert aus. Nichts an ihm verriet den hohen Rang, und er betrachtete missmutig das Schwert, das aus den Reserven der Packlasten stammte. Er saß mit Nedeam, Dorkemunt und Scharführer Arkarim an einem Feuer und wartete auf Danot’Nelat, den Ältesten der Irghil, und auf dessen Kriegsführer Dan’Pharant, um sich mit ihnen über das weitere Vorgehen zu beraten.

Garwin schwang das Ersatzschwert probeweise durch die Luft und rümpfte die Nase. „Es mag guter Stahl sein, doch es fühlt sich nicht richtig an.“

Nedeam nickte. „Ein Schwert sollte nach den Maßen seines Besitzers gefertigt sein, nach der Länge und Kraft seines Arms.“

„Offensichtlich braucht Ihr Euch da keine Sorgen zu machen, Erster Schwertmann. Eure elfische Klinge ist wie für Euch gemacht. Ihr könnt froh sein, dass ihr sie nicht verloren habt.“ Garwin hob den Blick. „Wo steckt eigentlich dieses Rundohr Fangschlag?“

„Die Irghil mögen keine Orks, sein Anblick ist ihnen unheimlich.“ Dorkemunt prüfte die Schneide seiner Axt und zog dann wieder einen angefeuchteten Stein an ihr entlang.

Garwin lachte leise. „Ah, köstlich, Bestie fürchtet sich vor Bestie.“

„Die Orks mögen Bestien sein, Pferdefürst“, erwiderte Dorkemunt scharf. „Doch das gilt nicht für Fangschlag. Er ist ehrenwert.“

„Schon gut, mag sein.“ Garwin schob das Schwert in die Scheide zurück. „Ich traue Euren blauen Freunden noch immer nicht, aber ich muss zugeben, die Lemarier sind hinterlistige Wesen. Magier, wer hätte das gedacht?“

„Es wird schwer sein, ihnen beizukommen“, stimmte Nedeam zu.

„Wenn sie uns sehen, können sie uns mit ihren Blicken bannen“, knurrte Garwin. „Wie können wir uns ihnen also nähern?“ Er sah Nedeam forschend an. „Und Ihr seid sicher, dass sich der Quell des Lebenswassers auf der Insel befindet?“

„Der Älteste der Irghil ist sich dessen sicher.“

„Vielleicht nur eine Kriegslist, damit wir uns mit ihnen verbünden und uns auf die Lemarier stürzen.“

Nedeam erwiderte Garwins Blick entschlossen. „Wir müssen die Lemarier bezwingen, denn wir können unsere Männer auf der Insel nicht im Stich lassen.“

„Wohl gesprochen, Erster Schwertmann, wohl gesprochen.“ Erneut lachte Garwin leise auf. „Doch wir werden schwerlich übers Wasser stürmen können, um unsere Lanzen und Klingen in ihre Leiber zu versenken. Und noch bevor wir nahe genug wären, würde uns ihr Bann treffen.“ Der Pferdefürst warf ein Scheit ins Feuer und stieß einen leisen Fluch aus.

„Sie dürfen uns nicht sehen, wenn wir angreifen. Vielleicht ginge es im Schutz des Morgennebels …“

„Ein guterr Gedanke, Weichhäutigerr.“

Sie schreckten auf, als der Älteste und sein Scherenführer so lautlos hinter Garwin auftauchten. Danot'Nelat ließ sich auf seinen hinteren vier Beinen nieder, während Dan'Pharant stehen blieb und die Menschen mit seinen drei Augen musterte. Er schien noch immer Misstrauen gegen die neuen Verbündeten zu haben.

„Wir beratschlagen gerade, wie wir auf die Insel gelangen können, ohne dass uns die Lemarier mit ihrem Bann belegen“, meinte Garwin. „Es erscheint mir kaum möglich.“

„Währrend derr finsterren Nacht oderr des Morrgendunstes wärre es durrchaus machbarr“, erwiderte der Älteste. „Doch müsste man sich derr Insel auch näherrn können. Wie ich hörrte, können Eurre Pferrde nicht auf dem Wasserr gehen?

„Nein, und sie können auch nicht weit genug schwimmen.“

„Sehrr bedauerrlich. Das können wirr Irrghil auch nicht.“

„Dann brauchen wir Boote oder wenigstens Flöße“, sagte Nedeam.

„Wir haben keine Boote in der Hochmark“, warf Dorkemunt ein. „Aber ich habe schon gesehen, wie die Kinder des Quellweilers kleine Flöße bauten, um damit auf den Fischweihern zu fahren.“

Garwin sah ihn abschätzend an. „Könnt Ihr sie nachbauen?“

„Nun, ich denke, wir werden etwas größere benötigen, aber das Prinzip dürfte wohl das Gleiche sein.“

„Schön, guter Herr Dorkemunt, Ihr seid hiermit zum Floßbaumeister der Hochmark ernannt.“ Garwin lächelte und deutete zum Wald. „Holz haben wir reichlich. Was braucht Ihr sonst noch?“

Der alte Pferdelord überlegte kurz. „Eine Menge Riemen oder Leinen.“

„Es gibt lange Schlingwurrzeln im Wald“, meinte Dan’Pharant. „Meine Dan wissen, wo. Man kann Seile aus ihnen machen.“

Dorkemunt sah die Scheren des Kriegers an. „Könnt Ihr mit Euren, äh, Scheren, auch Bäume fällen?“

„Nurr ganz dünne“, schränkte der Irghil ein.

Nedeam wies auf die Klinge in Garwins Scheide. „Damit lassen sich Schädel einschlagen. Es wird auch taugen, Holz zu spalten.“

„Wir haben noch ein paar Ersatzschwerter und einige gute Äxte“, stellte Dorkemunt fest. „Aber was sich davon besonders gut zum Schädelspalten eignet, sollten wir vom Holzzerkleinern ausnehmen.“ Er klopfte vielsagend gegen die Schneide seiner Kriegsaxt.

„Gut“, brummte Garwin, „dann lasst uns überlegen, wie viele dieser Flöße wir benötigen.“ Er sah den Scherenführer der Irghil an. „Da Ihr Irghil nicht schwimmen könnt, werdet Ihr wohl auch einige benötigen.“

Dan’Pharant kreuzte die beiden äußeren Augenstiele, während der mittlere auf Garwin gerichtet blieb. Ein überaus verwirrender Anblick. „Es stimmt, wir Irrghil können nicht schwimmen. Unserre Leiberr sind zu schwerr. Aberr wirr können sehrr, sehrr lange die Luft anhalten.“

46

Die Wahl des Ältesten der Lemarier war auf Menatos gefallen. Eigentlich hatte Edo-Ma-Kalik zwei Niedrige entsenden wollen, doch Menatos war der Einzige, der die Strecke über das Wasser ohne Boot bewältigen konnte. Zudem waren seine magischen Kräfte ausreichend, um die Aufgabe zu erfüllen. Er konnte Bann und Flammen zwar nur mithilfe des Machtstabes einsetzen, doch diese Fähigkeiten würden ausreichen, um unbemerkt zwischen den Menschen und den Irghil hindurchzuschlüpfen.

Obwohl Menatos unter den Magiern zu den Niedrigen gehörte, war er als Lemarier allen anderen Kreaturen überlegen. Davon war er jedenfalls zutiefst überzeugt. Doch er war auch klug genug, um zu wissen, dass viele Jäger den Tod des Wildläufers bedeuten konnten. Er durfte also nicht riskieren, die Aufmerksamkeit der Feinde zu erregen. Selbst wenn sie ihn nicht stellten und nur seine Spur fanden, konnte es sein, dass sie den Zweck seiner Mission erkannten.

Seine Aufgabe war es, die Menschen zu entzweien. Er wusste, wie wirksam es war, Freunde gegeneinander aufzuhetzen. Auch seine eigene Art, die Grauen Wesen, hatte sich entzweit. Viele dienten nun dem Schwarzen Lord und waren der Finsternis verfallen. Nur die Lemarier hatten widerstanden und gehorchten noch den Weißen Zauberern und dem Turm des Lichts. Wenn dieser mit voller Stärke wieder aus den Fluten emporstieg, würde eine neue Ordnung entstehen, gegen die selbst der Schwarze Lord keinen Bestand hätte.

Menatos war ein ausdauernder Schwimmer und hatte Gewand und Machtstab zu einem Bündel gerollt, das er an den

Leib presste, während ihn die Kraft seiner Beine durch das Wasser des Sees schob. Als er sich dem Ufer näherte, öffnete er seine Sinne. Er spürte eine fremde Präsenz und entschloss sich, ein Stück parallel zum Land zu schwimmen, bis er die Gegenwart des Feindes nicht mehr wahrnehmen würde. Er bedauerte, nicht über die Macht der Weißen zu verfügen, die den Gegner auch hätten orten können. Doch er würde diese Fähigkeit erlernen und stärker werden, um so in seinem Rang aufzusteigen. Die Weißen Zauberer honorierten es, wenn man sich als nützlich erwies.

Eine ganze Weile folgte er dem Verlauf des Ufers, bis er wassertretend verharrte. Natürlich, er durfte den Feind nicht unterschätzen. Menschen und Irghil waren nicht dumm. Offensichtlich hatten sie rings um den See Wachen postiert. Es war nur eine lose Kette und er würde sie durchbrechen können, doch ließ es sich nicht vermeiden, dabei Gewalt anzuwenden. Früher oder später würden sie also erkennen, dass sich etwas ereignet hatte. Hoffentlich zogen sie die falschen Schlüsse. Menatos beobachtete das Ufer. Es fühlte sich nach zwei Irghil an. Das brachte ihn auf einen Gedanken, und ein kaltes Lächeln zeigte sich in seinem Gesicht.

Er tauchte ab und glitt unter Wasser an das Ufer heran. Er musste die Wachen schnell finden und ausschalten, bevor sie Alarm schlagen konnten. Menschen und Irghil waren schwache Wesen. Die Dunkelheit würde ihnen nicht behagen, und wie alle schwachen Wesen würden sie die Nähe eines anderen suchen. Vielleicht standen sie nahe genug beieinander, um sie mit einem einzigen Angriff vernichten zu können.

Die Irghil waren gut. Kein Laut war von ihnen zu hören. Menatos trieb im Wasser und versuchte zu erkennen, wo sie sich verborgen hielten. Er war schon oft auf der Jagd nach ihnen gewesen und kannte ihre Vorlieben. Jetzt, in der Kälte der

Nacht, würden sie Moos als Untergrund bevorzugen. Es hielt ihre schwächlichen Körper warm. In diesem Abschnitt des Ufers gab es zwei Stellen, an denen das Moos dicht wucherte. Genau richtig für zwei wärmesuchende Irghil, und perfekt gelegen, um sie rasch zu töten. Welche der beiden Stellen mochte es sein? Er konnte ihre Präsenz spüren, doch wo, verdammt, waren sie? Seine Sinne nahmen ein leises Rascheln wahr. Vielleicht ein Tier aus dem Wald, vielleicht aber auch die gesuchten Wachen.

Er ließ sich langsam nähertreiben und wickelte unter Wasser den Machtstab aus dem Kleiderbündel. Es war bedauerlich, dass er noch nicht ohne dieses Hilfsmittel auskam. Aber bald würde er aufsteigen, und dann würde der Stab nicht mehr als ein Zeichen seines Ranges sein.

Sein Bauch streifte über den Grund. Nun lag er im flachen Wasser direkt am Ufer und konzentrierte sich. Dort, diese Wölbung war zu gleichmäßig, um zu einer Pflanze zu gehören. Es musste einer der Irghil sein. Seine Blicke versuchten, das Dunkel zu durchdringen. Der andere musste in der Nähe sein, es entsprach den Gewohnheiten der gepanzerten Sklaven.

Erneut glitt ein Lächeln über Menatos' Gesicht, und dieses Mal lag ein Anflug von Grausamkeit darin. Es war, wie er erwartet hatte.

Sein Geist wob den Bannspruch, und die Macht seiner Magie floss in den Stab, verstärkte sich im blauen Kristall und lähmte dann die beiden Irghil. Ihre Auren wurden stumpf, und der Lemarier stieg aus dem Wasser. Er hielt Blick und Stab auf die hilflosen Feinde gerichtet und trat auf sie zu. Erstarrt hockten die Irghil vor ihm. Es gab nur eines, was die Aufmerksamkeit der Feinde von seiner wahren Mission ablenken konnte, und so tat er, was erforderlich war.

Er lenkte die Kraft des Flammspruches durch den Stab,

und gleißende Lanzen verbrannten die Leiber der Gelähmten. Sein Wuchtzauber zertrümmerte die Schalen ihrer Schädel, und voller Ungeduld wartete er, bis die Gehirne der Toten erkaltet waren. Es würde noch dauern, bis sie richtig kristallisierten, aber ihr Fehlen würde den Feind davon überzeugen, dass sie zu erbeuten der Zweck dieses Angriffes gewesen war. Menschen und Irghil würden sicherlich vermuten, dass sich der Gegner nach dem erfolgreichen Überfall auf die Insel zurückgezogen hatte.

Zur Sicherheit hinterließ Menatos noch ein paar Abdrücke, die hinunter zum Wasser führten. Nicht zu deutlich und nicht zu schwach. Genau so bemessen, dass kein Misstrauen bei den Spurenlesern aufkommen würde.

Er schob die rohen Kristalle der Macht in die Taschen seines Gewandes. Seine Sinne lauschten in den Wald. Der Weg war frei, und so machte sich Menatos mit raschen Schritten auf den Weg, um seine Botschaft zu überbringen und Zwietracht und Tod unter den Gegnern zu säen.

47

Dorkemunt war schon früh mit einer größeren Schar aus Schwertmännern und Irghil aufgebrochen, und nun klang das Schlagen von Äxten durch den morgendlichen Wald. Rings um die Lichtung war das Brechen von Ästen zu hören und die Rufe, mit denen die Männer sich verständigten. Blaue Leiber huschten umher und brachten Bündel von Schlingpflanzen heran. Eine Gruppe der Irghil hockte auf ihren hinteren Beinen und flocht die Pflanzen zu starken Seilen. Sie erwiesen sich mit ihren kurzen Arbeitsarmen als überaus geschickt. Geschicklichkeit und Kraft, Nedeam wusste nun, warum die Jalanne erpicht darauf gewesen waren, diese Wesen als Sklaven zu halten.

Er, Garwin und der Scherenführer der Irghil saßen zusammen und berieten, wie sie vorgehen sollten.

„Wenn die Flöße fertig sind und wir übersetzen, dann bieten wir auf dem Wasser ein leichtes Ziel. Da die Irghil offensichtlich lange unter Wasser bleiben können, müssen sie uns vorauseilen und die Lemarier im Zaum halten, bis wir an Land gehen und unsere Schwerter und Pfeile einsetzen können", meinte Garwin. „Selbst im Schutze der Nacht und des Morgennebels würden sie uns herankommen hören. Wenige Längen Sicht reichen ihnen aus, um uns zu bannen. Sie müssen also gut abgelenkt sein."

Nedeam nickte. „Wir könnten an einer anderen Stelle der Insel landen, Hoher Lord." Er nahm einen Stock und zeichnete eine grobe Skizze der Insel auf den Boden. „Ein paar von uns machen etwas Lärm auf dem Wasser und ziehen die Aufmerksamkeit der Bestien auf sich. Die Hauptmacht jedoch nähert sich von der entgegengesetzten Seite.“

Scherenführer Dan’Pharant kreuzte die äußeren Augenstiele. „Ihrre Wachen werrden rrund um die Insel postierrt sein. Sie sind nicht dumm, die Bestien. Sie würrden Eurre Flöße entdecken und Euch errstarrren lassen.“

„Schön“, meinte Garwin. „Dann bleibt es dabei, dass die Irghil sie ablenken müssen. Sie können ja bis dicht ans Ufer heran, ohne entdeckt zu werden.“

„Das Risiko wäre beachtlich“, gab Nedeam zu bedenken. „Sobald sie aus dem Wasser steigen, sind sie im Blickfeld der Grauen. Ich glaube nicht, dass sie eine Chance hätten.“

„Wenn es derr Frreiheit dient, so werrden wirr diese ehrenvolle Bürrde auf uns nehmen“, versicherte der Scherenführer. „Es mag viele von uns das Leben kosten, doch es ist ein kleinerr Prreis, wenn unserre Brrut dafürr in Frrieden aufwachsen kann.“

Nedeam schüttelte den Kopf. „Ich halte dieses Opfer für sinnlos.“

„Wenn die Irghil es nicht tun, können wir nicht auf die Insel gelangen, Erster Schwertmann. Sie müssen den vordersten Sturm bilden.“

„Würdet Ihr ebenso sprechen, Hoher Lord, wenn die Schwertmänner als Erste an Land stürmen müssten?“

„Was wollt Ihr damit sagen?“ Garwins Augen blitzten wütend auf. „Ich scheue mich nicht, den Blauen voranzuschreiten.“

„Niemand bezweifelt Euren Mut, Pferdefürst“, erwiderte Nedeam verärgert. „Doch selbst Euer Opfer wäre eine sinnlose Tat. Aber wartet, ich glaube, es gibt einen Weg.“ Er kratzte sich im Nacken und blickte in Richtung Insel. „Die Häuser der Lemarier stehen auf Pfählen im Wasser, nicht wahr?“

„Das weiß ich selber“, knurrte Garwin.

„Nun, genau das ist vielleicht ihr Schwachpunkt.“

Garwin lachte auf. „Ah, wollt Ihr die Magier mit Seewasser bespritzen und ihnen so die Sicht nehmen?“

Nedeams Hand legte sich unwillkürlich um den Griff seines Schwertes. Dan’Pharant schien die Spannung zwischen den beiden zu spüren und wollte offenbar die Wogen glätten. „Wirr haben grroße Scherren und können viel Wasserr sprritzen.“

„Darum geht es nicht.“ Nedeam warf Garwin noch einen wütenden Blick zu, bevor er mit dem Stock auf die Skizze tippte. „Wenn wir im dichten Morgennebel direkt auf die Häuser zuhalten, dann ist den Lemariern die Sicht vom Ufer aus verstellt.“

„Na und? Sie werden in den Häusern und auf den Stegen stehen und uns erwarten“, spottete Garwin. Plötzlich zuckte er zusammen und sah Nedeam überrascht an. „Die Pfähle … Natürlich, ich verstehe …“

„Würdet Ihrr mirr das bitte erklärren?“, meldete sich der Irghil und knickte irritiert die Augenstiele ein.

„Wir nähern uns Lemar im Schutz des Nebels“, entwickelte Nedeam seinen Plan. „Und zwar so, dass die Häuser zwischen uns und der Insel sind. Die Lemarier müssen also Posten in den Gebäuden und auf den Stegen aufstellen, um uns abzufangen.“ Nedeam deutete mit dem Stock auf den Scherenführer. „Ihr Irghil müsst zuvor heimlich die stützenden Pfähle lösen. Wenn die Lemarier sich darauf vorbereiten, uns abzuwehren, dann zieht Ihr ihnen die Pfähle unter den Füßen fort, und sie stürzen mitsamt ihren Bauten ins Wasser.“

„Das wird sie nicht ausschalten, aber verwirren, und uns verschafft es vielleicht genügend Zeit, an Land zu gelangen. Wenn gleichzeitig die Irghil in breiter Front aus dem Wasser stürmen, könnte es uns gelingen, die Lemarier zu überwältigen.“

„Wirr Irrghil werrden aus dem Wasserr stürrmen“, versicherte Dan’Pharant würdevoll, „und wirr sind sehrr schnell auf unserren Beinen. Immerrhin verrfügen wirr überr einige mehrr als Ihrr Weichhäutigen."

„Es könnte funktionieren", meinte Garwin nachdenklich. „Ja, das könnte es."

„Bevorr wirr nun einen grroßen Frreudentanz aufführen und den Sieg besingen, sollten wirr sicher gehen, dass der Plan gelingt", meinte der Irghil. „Es wärre nicht gut, wenn wirr Irrghil noch immer errfolglos unten an Stützen zerrren, währrend unsere weichhäutigen Frreunde überr uns geschlachtet werrden."

„Ihr wollt sie Euch vorher ansehen, Scherenführer?", fragte Nedeam.

„So ist es."

„Ich würde selber gerne einen Blick auf sie werfen", räumte Garwin ein. „Alles wird davon abhängen."

„Zu gefährlich, Hoher Lord. Dan'Pharant kann sich unter Wasser bewegen, wir dagegen nicht. Wenn man uns entdeckt …"

„Ihr braucht nicht mitzukommen, Erster Schwertmann." Garwin erhob sich und streckte seine Glieder. Er sah den Irghil an. „Wenn Ihr es beim nächsten Nebel versuchen wollt, Scherenführer, so will ich Euch begleiten."

Der Irghil knickte zustimmend die Augenstiele nach vorne, und Nedeam seufzte leise. „Gut, dann werde ich an Eurer Stelle gehen, Hoher Lord."

„Ihr dürft mich allenfalls begleiten, Erster Schwertmann, denn mein Entschluss steht fest."

Es fehlte Garwin nicht an Mut, das musste Nedeam anerkennen, auch wenn er sein Vorhaben für leichtsinnig hielt. Dan'Pharant nahm ihm jedoch den Wind aus den Segeln, denn der Irghil knickte zufrieden die Augenstiele vor. „Jederr Dan derr Irrghil wirrd berreitwillig sein Letztes geben, nun, da die beiden Höchsten derr Weichhäutigen so berreitwillig ihrr Leben rriskierren." Der Scherenführer deutete auf einige der Arbeiter. „Wirr nehmen eines derr neuen Seile. Ich kann unterr Wasserr laufen und Euch mit mirr ziehen. So schont Ihrr Eurre Krräfte."

„Wann soll es losgehen?", fragte Nedeam und seufzte entsagungsvoll.

„Zurr Morrgenwende müssen wirr bei derr Insel sein", schlug Dan'Pharant vor. „Wenn derr Nebel besonderrs dicht überr dem Wasserr liegt."

Bis dahin war noch Zeit, und in den Zehnteltagen bis zur Abenddämmerung hörte das Hacken im Wald nicht auf. Anfangs setzten die Schwertmänner noch ihre Pferde ein, um die gefällten Stämme aus dem Unterholz zu ziehen, doch dann zeigten ihnen die Irghil, dass sie sich mit ihren großen Scheren und acht Beinen weit besser für diese Arbeit eigneten. Manche Klinge wurde stumpf, nachdem sie den Tag über ins Holz geschlagen worden war. Aber der Stahl der Hochmark bewährte sich, und als die Sonne zu sinken begann, waren genug Stämme für die Flöße gefällt.

Die Pferdelords gingen daran, die schartigen Klingen mit nassen Steinen zu glätten und nachzuschärfen, während die Irghil das Holz von seiner Rinde befreiten. Diese war sehr hart und rau, und die fleißigen Wesen wollten vermeiden, dass sie die Verbindungsseile beschädigte. Auch wenn die Schlingpflanzen zäh und haltbar waren, so erwies sich ihre Oberfläche doch als empfindlich.

„Wir brauchen die Flöße nicht am Ufer zu bauen", brummte Dorkemunt erleichtert. „Unsere neuen Freunde sind stark genug, sie von der Lichtung bis ins Wasser zu tragen."

Fangschlag zog gerade einen Schleifstein über sein Schwert

und grunzte zustimmend. „Gut. Je später die Lemarier die Flöße zu sehen bekommen, desto größer wird ihre Überraschung sein."

„Sie sind sicherlich schon vorgewarnt." Nedeam wies um sich. „Den ganzen Tag über wurden Bäume gefällt. Wenn die Bestien nicht vollkommen taub sind, haben sie es gehört und werden sich denken können, was wir beabsichtigen."

„Verdammt, du hast recht", stimmte Dorkemunt zu. „Da es nun still ist, werden sie damit rechnen, dass wir bald bereit sind."

„Dann müssen wir weiter Holz schlagen", knurrte der Ork. „Ein bisschen auf die Bäume klopfen, dann glauben sie, wir sind noch nicht so weit und fühlen sich sicher."

„Eine gute Idee." Dorkemunt fuhr herum. „Macht ein paar Fackeln, Männer der Mark." Er erklärte Schwertmännern und Irghil den Plan, und wenig später hallten wieder Schläge durch den Wald. „Es bedeutet eine unruhige Nacht für uns", meinte der alte Pferdelord schließlich. „Aber Fangschlag hat recht, es wird die Lemarier täuschen."

„Hoffentlich. Wir werden ihnen vor dem Angriff nämlich noch einen kurzen Besuch abstatten." Nedeam erzählte von dem Vorhaben, und davon, dass Dan'Pharant sich die Pfähle ansehen wollte.

Dorkemunt starrte zu Garwin hinüber, der gerade an der Keule eines erlegten Wildtiers nagte. „Die Idee gefällt mir nicht."

„Garwin will es so, und Dan'Pharant ist geradezu begeistert."

Dorkemunt sah zu dem Irghil hinüber. „Er kann unter Wasser laufen und ist dort vor Pfeilen und bösen Blicken sicher. Aber du und Garwin, ihr seid ihnen ausgesetzt."

„Wir werden vorsichtig sein."

„Es missfällt mir dennoch."

Fangschlag nickte und prüfte kurz die Schärfe seiner plumpen Klinge. „Ich stimme Dorkemunt zu. Keine Zeit vergeuden. Keine Vorwarnung. Sofort zuschlagen. Flöße fertig machen und Klingen eintauchen in das Blut der Lemarier."

„Wirklich, Fangschlag, sagte ich schon einmal, dass ich deine direkte Art sehr schätze? Nun, wenn wir mit unseren Pferden hinüberstürmen könnten, würde ich dir recht geben, mein gescheckter Freund." Dorkemunt seufzte. „Aber mit den Flößen geht das nicht. Es wird ein langsames und sehr mühseliges Vorankommen. Nein, der Plan ist gut, die Pfähle der Häuser zum Einsturz zu bringen und die Verteidiger ins Wasser zu stürzen. Nedeam, wir sollten es im kommenden Morgennebel versuchen. Die Flöße dürften bis dahin fertig sein, und wenn die Irghil uns auf die gleiche Weise ziehen können, wie es Dan'Pharant mit dir und Garwin vorhat, dann wird es vielleicht auch schnell genug gehen. Ein Stück vor den Häusern lassen wir Pferdelords uns mit den Flößen treiben, machen im Schutz des Nebels etwas Lärm, und die Irghil fällen die Stützen. Häuser und Lemarier purzeln ins Wasser, wir massakrieren sie, und der Sieg ist unser."

Fangschlag nickte und entblößte seine Fangzähne. „Wie ich sagte. Rasch und hart handeln. Genügend Blut vergießen, und dann den Sieg besingen."

So sehr Nedeam seinem Freund Dorkemunt und Fangschlag innerlich beipflichtete, der Entschluss Garwins war unumstößlich. Nedeam hatte nicht die Möglichkeit, ihn von seinem Plan abzuhalten, und seine Ehre ließ es nicht zu, den Sturkopf seinem Schicksal zu überlassen. Immerhin standen ihre Chancen nicht schlecht, unentdeckt zu bleiben, sofern denn die Magier sie nicht mit irgendwelchen übersinnlichen Kräften aufspürten. Wenigstens ließ Garwin sich davon überzeugen, die Insel nicht in der Nähe der Siedlung zu betreten.

„Es könnte ihnen einen Hinweis darauf geben, dass wir sie direkt angreifen wollen", hatte Nedeam argumentiert. „Im Grunde ist die Siedlung ja die einzige Verteidigungsstellung der Lemarier, wenn man von ihrem maroden Turm einmal absieht. Sie werden sie also in jedem Fall gut bewachen. Doch auch die weniger geschützten Stellen behalten sie bestimmt im Auge. Sie werden ihre Wachen rings um die Insel postiert haben. Aber um die Lemarier zu bezwingen, muss man ihre Siedlung berennen und sie dort niederkämpfen. Das wissen sie ebenso gut wie wir. Darauf werden sie sich einstellen. Egal wo unsere Truppe an Land geht, sie muss letzlich die Häuser angreifen."

„Gut", hatte Garwin zugestimmt. „Dann soll der Irghil unter Wasser die Pfähle begutachten, und wir schleichen ein Stück abseits an Land."

Dorkemunt, Fangschlag und ein paar der Männer, die schwimmen konnten, boten sich an, sie zu begleiten. Aber Garwin lehnte dies kategorisch ab, da mehr Männer auch ein höheres Risiko bedeuteten, entdeckt zu werden.

Schließlich war es so weit.

Die beiden Hohen Herren entkleideten sich, und da ihre Schwerter sie ohnehin nur behindert hätten, ließen sie sie zurück. Sie banden sich lediglich ihre Gürtel um, damit sie ihre Dolche mitführen konnten. Immerhin war es möglich, dass es doch größere Raubfische im See gab.

Dan'Pharant stakste auf seinen acht Beinen ins Wasser und schien sich darin wie in seinem Element zu fühlen. Er hielt eine lange, sorgfältig aus Schlingpflanzen geflochtene Leine in seinen Arbeitshänden. An ihrem hintern Ende waren in einigem Abstand Schlaufen angebracht. Als der Irghil tieferes Wasser erreichte, packten Garwin und Nedeam die Haltevorrichtungen und ließen sich in den See gleiten. Sofort spürten sie den Zug, den Dan'Pharant ausübte.

„Er scheint schwer genug zu sein, um sicher über den Boden gehen zu können", meinte Garwin.

Nedeam sah den Pferdefürsten an. Ihre nackten Leiber schimmerten fahl im Wasser. Nur wenige Meter vom Ufer entfernt begannen sich die Nebelschwaden zu verdichten. „Wollen wir hoffen, dass der See nicht zu tief und die Leine lang genug ist, sonst müssen wir sie loslassen und schwimmen."

Nedeam erschauderte. Das Wasser war unangenehm kühl. Wenn er sich selbst bewegt hätte, wäre ihm schnell warm geworden, und er hätte sich durchaus wohl gefühlt. So aber hielt er sich einfach nur an der Leine fest, und die Untätigkeit ließ ihn die Kälte spüren. Der Nebel verdichtete sich. Nur noch selten rissen die Schwaden für einen Augenblick auseinander. Nedeam sah zu Garwin hinüber. Obwohl ihr Abstand zueinander recht gering war, konnten sie einander kaum erkennen.

Sie verloren jedes Zeitgefühl und konzentrierten sich darauf, die Leine festzuhalten und gegen deren Zug an der Oberfläche zu bleiben. Der Irghil schien keine Schwierigkeiten zu haben, sich auf dem Grund des Sees zu orientieren. Er sollte mehrmals an der Leine ziehen, wenn sie in der Nähe der Insel waren. Dan'Pharant bewegte sich direkt auf die Siedlung der Lemarier zu, und Nedeam hätte wetten können, dass der Irghil auch exakt die Position eines der Pfähle erreichen würde. Er dachte an die Temperatur des Wassers. Es war nicht so kalt, dass ein Irghil erstarren würde, aber sicherlich war es für ihn dort unten noch unangenehmer als für sie an der Oberfläche. Vielleicht bewegte sich das Wesen deshalb so schnell.

„Wir sind da“, raunte Garwin von irgendwo aus dem Dunst.

Auch Nedeam hatte das scharfe Rucken an der Leine gespürt und ließ diese nun los. „Die Siedlung muss direkt vor uns liegen. Keine viertel Hundertlänge entfernt. Aber ich kann nichts erkennen. Nicht einmal ein Lichtschimmer dringt durch den Nebel.“

Garwin tauchte, einem Schemen gleich, neben Nedeam auf. „Wir schwimmen für einen Moment parallel zum Ufer und halten dann direkt darauf zu.“

„Denkt daran, Hoher Lord, dass wir an der gleichen Stelle wieder ins Wasser zurückmüssen, damit der Irghil uns finden und wieder mit der Leine zurück zum Lager ziehen kann.“

„Ja, schon recht. Kommt, und lasst uns keine Zeit vergeuden. Die Bewegung wird uns guttun.“

Nedeam machte ein paar Schwimmzüge und spürte schon nach kurzer Zeit, wie er auf Grund stieß. Er verharrte und stellte fest, dass er stehen konnte. „Das Wasser ist sehr seicht.“

„Leise, verdammt“, knurrte Garwin. „Das Land steigt nach rechts hin an. Folgt mir.“

Das leise Platschen ihrer Schritte kam Nedeam unnatürlich laut vor, aber er wusste, dass der Nebel die Geräusche verschlucken würde.

Endlich hatten sie das Ufer erreicht. Nedeam fröstelte und sah sich um. Der Pferdefürst war wenige Schritte neben ihm und dennoch kaum zu erkennen. Wie sollten sie bei solchen Sichtverhältnissen die Insel ausspähen? Dann bückte Garwin sich und hob etwas vom Boden auf.

„Was habt Ihr da?“, fragte Nedeam.

„Einen Stein“, raunte Garwin. „Ich will die Stelle markieren, an der wir wieder ins Wasser müssen.“ Der Pferdefürst trat näher und deutete hinter Nedeam. „Dort drüben liegen ein paar schöne runde. Gut geeignet, um daraus ein Zeichen zu bilden."

Nedeam wandte sich unwillkürlich um.

Den mächtigen Schlag, der ihm das Bewusstsein raubte, spürte er kaum.

48

Menatos trabte in gleichmäßigem Schritt nach Norden. Seine Sinne tasteten nach der Präsenz eines Feindes, erspürten aber nur niedere Lebensformen. Er musste daran denken, wie oft er und seinesgleichen das Land von Jalanne bestreift hatten. Wie oft sie nach den Irghil gesucht und diese getötet hatten, um die wertvollen Gehirnsteine zu erbeuten und damit jenes blaue Mineral, das dem Turm der Weisheit und des Lichts bald zu seiner alten Macht verhelfen würde. Zunächst war es einfach gewesen, die gepanzerten Kreaturen zu überwältigen. Sie zu bannen, ihre Leiber zu brennen und dann die Schädel aufzuknacken, um an das kostbare Innere zu gelangen. Nur selten war es den Irghil gelungen, sich zur Wehr zu setzen. Aber sie hatten gelernt, dass ihre Aura nicht zu spüren war, wenn sie sich unter der Erde verbargen. Die Gepanzerten waren erfinderischer geworden. Sie ließen sich von ihren Gefährten eingraben und konnten die Luft erstaunlich lange anhalten. Sobald sie die Schritte der Lemarier spürten, brachen sie aus dem Erdboden hervor. Gelegentlich waren so die Jäger zu gejagten geworden. Doch die Leichen dieser Schwächlinge dienten den Alnoern gegenüber als Beweis für die Grausamkeit der blauen Bestien. Menatos hatte daher nichts dagegen, wenn gelegentlich einer der anderen Niedrigen sein Leben verlor. Wer sich von den Irghil überrumpeln ließ, war ohnehin zu weich, um dem Turm und den Weißen Zauberern noch von Nutzen zu sein. Für ihn erhöhte es den Reiz der Jagd, wenn sich die Beute nicht so leicht fangen ließ.

Einmal war es ihm sogar gelungen, den unterirdischen Hort

einer Irghilfamilie zu entdecken. Es war nur ein Zufall gewesen, da die Gepanzerten es verstanden, ihre Spuren zu verwischen. Aber die Abdrücke ihrer vielen Füße hatten noch ein wenig Wärme ausgestrahlt. Gerade genug, dass Menatos und zwei Gefährten die Familie finden konnten. Vier Elterntiere und acht Junge waren es gewesen. Gute Steine für die Stäbe der Macht und ein befriedigendes Gefühl, das Leben aus den Leibern dieser Unwerten zu brennen.

Menatos hoffte, bald den armlangen Stab der Macht gegen das mannshohe Symbol eines Grauen Magiers austauschen zu können. Dann würde er den Flammspruch notfalls auch ohne Stab und allein durch die Berührung seiner Hände anwenden können. Was für eine Empfindung mochte es sein, durch die eigenen Hände Hitze in den Leib des Feindes strömen zu lassen und zu spüren, wie dessen Lebenskraft verging?

Viele Menschenalter wartete er nun schon auf seinen Aufstieg zum Grauen Wesen. Bald würde es so weit sein, denn er hatte die Gunst Edo-Ma-Kaliks, des Bewahrers, und wer die besaß, würde eine entscheidende Rolle in der neuen Ordnung der Macht spielen.

Die alte Ordnung war zerfallen.

Einst hatten drei Weiße Zauberer in ihren Türmen geherrscht. Einer im Turm des Eisens, oben im Reich des Pferdevolkes, einer im Turm der Macht von Lemaria und der dritte im Turm von Eb'Nadehl. Das gleichschenklige Dreieck, das diese Standorte bildeten, war das Zeichen der Harmonie gewesen, mit der die großen Weißen die Geschicke der Völker lenkten und behüteten. Ihre Gehilfen und Werkzeuge waren die Grauen Magier, die durch die Länder reisten und den Willen ihrer Herren ausführten. Man ehrte die Magier und fürchtete sie zugleich. Doch kein Sterblicher und kein Elf wusste von den Niedrigen. Jenen sterblichen Wesen, welche die Anlagen zur Magie besaßen, ohne etwas davon zu ahnen. Sie waren behutsam an ihre Aufgaben herangeführt worden, und die Informationen, die sie lieferten, fütterten das Wissen der Weißen. Die Magier hatten nur selten in die Geschicke der Sterblichen eingegriffen, doch dies änderte sich, als der Schwarze Lord sich erhob.

Der Turm des Eisens war gefallen und sein Zauberer von furchtbaren Gewalten vernichtet worden. Die beiden anderen Weißen, Edo-Ma-Kalik und Idrun-Ma-Elas, hatten ihre Kräfte vereint, um der Gefahr zu widerstehen. Aber gegen die Macht des Schwarzen Lords und seiner Legionen hatten sie nur mühsam bestehen können. Der Turm von Lemaria war versunken, der von Eb'Nadehl in der Hand des Feindes. Und die meisten Grauen Magier dienten nun der Finsternis. Menatos hatte nur Verachtung für diese Kreaturen übrig. Einige von ihnen waren nicht einmal menschlichen Ursprungs. Ein furchtbarer Frevel gegen die Ordnung der Dinge.

Doch bald, sehr bald, würde sich das ändern.

Menatos war stolz darauf, ein Teil der Neuen Ordnung zu sein, die bald die Welt regieren würde. Zunächst nur die der alten Reiche, doch dann würden auch Tela, Anram und die Neuen Ufer der Elfen folgen. Bis sich die neuen Türme erhöben und die Macht der Weißen Magier unumstößlich würde.

Der Niedrige schrak aus seinen Gedanken auf. Er spürte Präsenz. Eine starke Präsenz. Es mussten viele Leben sein, die sich da vor ihm bewegten. Das konnten nur die gesuchten Alnoer sein.

Menatos warf sich unsanft auf den Boden, wobei er sich ein Knie aufschürfte und sein Gewand zerfetzte. Es fiel ihm nicht schwer, einen gehetzten und erschöpften Eindruck zu machen, als er wenig später über die hügelige Ebene taumelte. Er war versucht, sich eine kleinere Wunde zuzufügen, doch er erkannte, dass dies falsch gewesen wäre. Alles kam darauf an, dass die Garde ihm seine Geschichte abnahm. Nur dann würde Zwietracht unter den Menschen gesät werden. Er spürte das leichte Vibrieren, das langsam an Stärke zunahm. Es mussten viele Reiter sein, wenn die Hufe ihrer Pferde den Boden derart zum Schwingen brachten. Sicherlich weit mehr als ein oder zwei Beritte. Die Alnoer schienen mit beachtlicher Stärke zu marschieren.

Vor ihm, auf der Kuppe eines Hügels, tauchten mehrere Reiter auf. Die Sonne warf blitzende Reflexe auf ihre Rüstungen und Waffen. Sie erblickten ihn sofort und trieben ihre Pferde an. Es war eine Vorhut, und sie war stark, wenigstens ein halber Beritt. Während die Gardisten auf ihn zutrabten, erschien ein zweiter Trupp auf dem Hügel und wartete dort.

Über der vorderen Gruppe flatterte der Wimpel eines Beritts im Reitwind. Auf dem grauen Stoff waren die Embleme der Einheit sowie das Symbol der Weißen Bäume von Alnoa zu erkennen. Ein gedrungener Offizier mit bärtigem Gesicht führte die Männer an. Menatos blinzelte irritiert, da er bislang nur Offiziere mit dünnem Oberlippenbart kennengelernt hatte. Als der Trupp näher kam, sah Menatos auch die feuerrote Narbe, die quer über das Gesicht des Scharführers verlief. Der Mann dürfte die Verletzung nur knapp überstanden haben und gehörte sicherlich zu den erfahrenen Kämpfern.

Der Offizier sah sofort, dass Menatos am Ende seiner Kräfte war. „Kümmert Euch um den Mann und sichert die Umgebung ab“, befahl er und musterte den Niedrigen aufmerksam. „Ihr scheint schlechte Kunde zu bringen, guter Herr. Kommt Ihr von Lemar?“

Menatos nickte mühsam und ergriff dankbar die Wasserflasche, die ein Gardist ihm reichte. „Von Lemar, guter Herr Hauptmann, und ich bin wahrlich froh, Euch zu treffen. Ich bringe schlechte Kunde, in der Tat. Von Not und Elend, von Tod und Verrat."

Die Augen des Narbigen verengten sich. „Das klingt mir nicht nach den blauen Bestien, guter Herr. Berichtet mir, was geschehen ist. Die Truppe wird bald zu uns aufschließen, und ich will der Hochgeborenen Meldung machen."

„Männer auf Pferden kamen zu uns auf die Insel, guter Herr Hauptmann. Schreckliche Männer auf schrecklichen Pferden. Sie gaukelten uns ihre Freundschaft vor und fielen dann über uns her. Sie haben sich mit den Bestien verbündet, wahrhaftig, das haben sie."

Der Hauptmann stieß ein leises Schnauben aus. „Es müssen die Pferdelords dieses Pferdefürsten Garmin sein. Warum sollten sie Euch kleinem Völkchen etwas Böses wollen? Es hieß immer, sie seien sehr ehrenhafte Krieger."

„Garwin, ja, so heißt der Anführer dieser grausamen Barbaren." Menatos schluchzte auf. „Ich konnte nichts tun, war völlig hilflos, Ihr braven Männer der Garde. Keiner von uns rechnete mit einem solchen Verrat."

„Das passt nicht zu dem, was wir von den Pferdelords hörten", wandte einer der Gardisten ein. „Sie kämpften für Gendaneris und gegen die Schwärme der See. Der Lord-Hauptmann ta Enderos ist voll des Lobes für die Männer mit den grünen Umhängen."

„Allerdings sind sie nicht sonderlich zivilisiert", brummte ein anderer. „Man sagt ihnen nach, dass sie noch immer halbe Barbaren seien."

„Barbarisch, ja, das sind sie", keuchte Menatos. „Oh, bei den Finsteren Abgründen, mein armes Weib … Ich sah, wie dieser Garwin sie mit seinem blutbefleckten Schwert aufspießte …" Er schrie auf und krallte die Hände in sein zerfetztes Gewand. „Und an seiner Seite die schrecklichen Bestien mit ihren tödlichen Zangen. Ich konnte gerade noch entkommen. Ihr müsst eilen, Hauptmann, denn mein Volk wird vernichtet von blutrünstigen Pferdelords und ihren Verbündeten."

Hinter dem Trupp ertönte ein Hornsignal. Ein rechteckiges Banner war zu erkennen, unter dem die Hochgeborene Livianya ta Barat mit ihrer Leibgarde heranritt. Der Hauptmann wandte sich halb im Sattel um. „Das sind wirklich üble Nachrichten. Es will mir nicht in den Kopf, dass die Pferdereiter des Nordens mit den Bestien im Bunde stehen. Doch ich kenne Euer Volk, Lemarier, und ich weiß, wir hart Ihr um das Überleben ringt. Euch zu überfallen, ist unverzeihlich. Ich bin sicher, die Hochgeborene wird die Übeltäter mit der ganzen Macht der Garde strafen."

Als die Hochgeborene den Fremden inmitten der Vorhut erkannte, trieb sie ihr Pferd an.

„Üble Kunde, Hochgeborene", meldete der Hauptmann. „Die Pferdelords und die blauen Bestien haben sich offenbar verbündet. Wie es aussieht, sind sie über die Lemarier hergefallen."

„Helft, Hochgeborene", flehte Menatos. „Unser Volk stirbt unter den Hieben von Barbarenschwertern und den Scheren der Irghil. Steht uns mit der Macht der Garde bei, oder unsere Frauen und Kinder sind verloren."

Hinter Livianya, die schweigend auf ihrem Pferd saß, war Bewegung. Menatos' Augen weiteten sich für einen Moment, als er eine schlanke Frau in einem blauen Umhang sah, die ihr Pferd an die Seite der Hochgeborenen trieb.

Diese stützte sich auf das Sattelhorn und lächelte flüchtig. „Ein Bund der Pferdelords mit den Irghil?" Sie sah die Reiterin neben sich an. „Was sagt Ihr dazu, Hohe Frau Llaranya?"

„Das kann ich nur bestätigen", antwortete die Elfin schlicht. „Es entspricht der Wahrheit."

„Da hört Ihr es“, sagte Menatos hastig. „Sie stehen miteinander im Bunde.“ Verfluchte Elfin. Mit ihr hatte er nicht gerechnet. Was wusste das spitzohrige Wesen?

„Sie haben sich vereinigt gegen eine hinterlistige Brut“, fügte Llaranya mit sanftem Lächeln hinzu.

Livianya lenkte ihr Pferd weiter vor, sodass der Niedrige nun an ihrer rechten Seite stand und zu ihr aufblicken musste. „Nun, Lemarier, was meint Ihr dazu?“ Ihr Lächeln wirkte kalt. „Es gibt eine Eigenschaft der elfischen Wesen, die allgemein bekannt ist, nicht wahr?“

Menatos wusste genau, auf welche Eigenheit sie anspielte. Die Unfähigkeit, bewusst zu lügen. Diese Wesen mochten schweigen, doch wenn sie sprachen, war es die Wahrheit.

„Ich verstehe nicht“, murmelte der Lemarier.

Er musste sie ablenken, um den Stab der Macht in seinen Händen unauffällig heben zu können. Er hatte keine Chance mehr zu überleben. Ein Weißer hätte es vielleicht geschafft, doch er war keiner. Noch nicht einmal ein Grauer. Nur ein Niedriger. Dennoch würde er seinen Herren vielleicht einen letzten Dienst erweisen können. Wenn er die Hochgeborene und die Elfin bannte, würde es die Garde vielleicht entmutigen …

„Ich denke, Ihr versteht durchaus, Lemarier“, erwiderte Livianya seufzend und lehnte sich etwas im Sattel zurück.

Eines der Pferde scheute vor einem plötzlich auftauchenden Wildläufer und zog die Aufmerksamkeit der Gardisten für einen winzigen Augenblick auf sich. Das war die Gelegenheit für Menatos. Sein Stab der Macht schwang hoch, und der blaue Kristall richtete sich auf die Hochgeborene.

Es war eine gleitende und kaum wahrnehmbare Bewegung, mit der Livianya das links am Sattel hängende Schwert zog. Die Klinge zuckte in enger Schleife über die Ohren ihres Pferdes hinweg und traf Menatos senkrecht von oben am Halsansatz. Der Hieb war so wuchtig, dass die Schneide bis zu den oberen Rippenbögen eindrang.

Menatos starrte Livianya hasserfüllt an. Dann brachen seine Augen. Die Hochgeborene trat gegen den Leib des Niedrigen, und die Waffe kam mit einem leisen Schmatzen frei.

„Ich hasse Falschheit", murmelte die Hochgeborene und nahm ein Tuch aus ihrer Satteltasche, um die Klinge zu säubern. Sie sah die Elfin lächelnd an. „Und wer weiß ... Wenn Ihr uns nicht gefunden hättet, hätte ich ihm vielleicht geglaubt."

„Das denke ich nicht", erwiderte Llaranya. „Ihr hättet seine Hinterlist durchschaut. Ihr habt den rechten Instinkt, Hochgeborene."

„Wie auch immer." Livianya schob das Schwert zurück in die Scheide. „Es ist an der Zeit, noch ein paar mehr Hälse zu kürzen."

Die Elfin lachte leise auf. „Wir sollten die missglückte Finte dieses Wesens für uns nutzen. Er war ein Bote der Lemarier und sollte Euch von der Verschlagenheit der Pferdelords überzeugen."

„Um uns gegeneinander aufzuhetzen", knurrte die Hochgeborene. „Aber ich verstehe, was Ihr meint. Die Lemarier ahnen nicht, dass wir ihr falsches Spiel durchschaut haben, nicht wahr?"

„Wir könnten so tun, als ob wir ihnen zur Hilfe kommen", stimmte Llaranya zu.

„Dazu müssen die Pferdelords aber mitspielen, Elfin."

„Ich habe ein schnelles Pferd. Lasst mich vorausreiten, und dann werden wir den Lemariern ein gutes Schauspiel liefern."

„Hauptmann ta Geos! Ein Handpferd für die Hohe Frau!"

Abermals trabte die siebente Gardekavallerie an, dem

Feind entgegen, auch wenn sich die Fronten nun verkehrt hatten. Llaranya spornte ihr Pferd an. Nedeam und die Pferdelords mussten wissen, dass Freunde auf dem Weg zu ihnen waren und dass man ein Spiel wagen würde, um den Feind zu verwirren und zu überwältigen.

Menatos' entseelter Leib blieb unbeachtet hinter der Kolonne der Garde zurück. Selbst die allgegenwärtigen Raubvögel schienen seinen Kadaver zu verschmähen.

49

Warum sollten wir Euch trauen?"

Es waren die ersten Worte, die Nedeam vernahm, als er allmählich wieder zu sich fand. Sein Kopf schmerzte, und er spürte, dass er bäuchlings auf dem Boden lag. Steine drückten schmerzhaft gegen seinen nackten Leib. Er stöhnte leise und versuchte, sich auf den Rücken zu wälzen.

„Ist er nicht der Beweis dafür?"

Das war Garwins Stimme. Nedeam erkannte sie, und schlagartig erinnerte er sich. Sie hatten den Strand der Insel Lemar erreicht und … Der Pferdefürst musste ihn von hinten niedergeschlagen haben. Verfluchter Bastard, was hatte ihn dazu getrieben? Der Erste Schwertmann der Hochmark merkte, dass seine Hände auf den Rücken gefesselt waren.

„Warum verratet Ihr Euer eigenes Volk, Pferdefürst?"

„Ich verrate es nicht", erwiderte Garwin kalt. „Ich bin es, der ihm den richtigen Weg zeigen muss, damit es gegen die Macht der Finsternis bestehen kann."

Nedeam stöhnte erneut, und diesmal wurden auch die anderen auf ihn aufmerksam. Eine grobe Hand packte seine Schulter, und er wurde rücksichtslos herumgedreht. Nun lag er auf der Fesselung, die schmerzhaft in die Handgelenke einschnitt. Er erkannte einen der Lemarier. Es war Eldanis, der junge Fischer.

„Er ist erwacht", stellte dieser fest.

„Hat er gehört, was wir besprochen haben?" Edo-Ma-Kalik beugte sich zu Nedeam. „Es wäre unangenehm, auch wenn er nicht mehr davon wird berichten können."

„Nein." Eldanis' Blick war kalt und bar jeden Gefühls für

den hilflosen Nedeam. „Er ist gerade erst erwacht."

„Lasst mich mit ihm sprechen, bevor Ihr ihn fortbringt", sagte Garwin leise.

„Gut." Die Stimme des Ältesten klang leicht amüsiert. „Aber beeilt Euch, Pferdefürst." Die Art, wie er den Ehrentitel aussprach, klang in Nedeams Ohren spöttisch. „Ihr müsst bald wieder ins Wasser, damit die blaue Bestie Euch zu den Euren zurückbringt."

„Es wird nicht lange dauern, Ältester", versicherte Garwin.

Eldanis trat zurück, ohne Nedeam aus den Augen zu lassen. Der Pferdefürst ging neben seinem Ersten Schwertmann in die Hocke.

„Verdammter Bastard", keuchte dieser. „Ihr verratet Euer Volk. Ihr verratet mich und Eure Schwertmänner. Mögen die Finsteren Abgründe ..."

„Erspart mir das." Garwin lachte auf. „Ihr habt nie begriffen, worum es geht, nicht wahr? Ah, welche Genugtuung für mich, Euch nun so vor mir zu sehen. Euch steht ein schweres Schicksal bevor, Nedeam, und ich will hoffen, dass Ihr lange zu leiden habt."

Sie sahen sich mit hasserfüllten Blicken an. Der Zorn ließ Nedeam nur ein einziges Wort hervorwürgen. „Warum?"

„Es geht mir nicht um Euch, Nedeam. Wahrhaftig nicht, auch wenn Euer Tod eine schöne Zugabe ist. Ah, ich habe es wahrlich gelernt, Euren Namen zu hassen. Nedeam, der Jüngste der Pferdelords. Nedeam, der Beste der Pferdelords. Nedeam, der tapfere und ehrenvolle Krieger. Ah, ich könnte speien, so übel wird mir." Garwin griff in Nedeams Haar und zog seinen Kopf näher heran. „Wisst Ihr, wie oft mein Vater mir Euren Namen nannte? Wie oft er mich ermahnte, mir ein Beispiel an Euch zu nehmen? Oh ja, er wäre sicher stolz darauf gewesen, Euch seinen Sohn nennen zu dürfen." Er stieß

Nedeams Kopf zurück und lachte bitter. „In Wahrheit habt Ihr der Hochmark doch nur Tod und Unglück gebracht. Pferdelords starben euretwegen. Bessere Männer, als Ihr es je sein werdet."

„Ich verstehe Euch nicht", bekannte Nedeam. „Ihr redet wirr."

„Wie ich sagte, Ihr versteht gar nicht, woum es geht. Ihr seid immer der dumme Schafhirte geblieben, der Ihr wart. Hättet Ihr doch Euer Leben einfach auf dem Gehöft gefristet. Aber nein, als mein Vater und Tasmund Euch riefen, da musstet Ihr folgen und zum Ersten Schwertmann werden. Ihr seid wie eine üble Krankheit, Nedeam. Euer Name breitet sich wie Gift im Leib des Pferdevolkes aus und Eure Taten schwächen es. Ihr folgt überkommenen Traditionen, Nedeam. Ihr opfert das Leben von Pferdelords, um alten Schwüren treu zu sein. Was ging uns Gendaneris an? Was die Ältesten der Elfen? Wir hatten auch nichts in der Öde verloren. Viele Männer starben dort. Für nichts!"

„Das ist nicht wahr." Nedeam versuchte, die Handfesseln zu lockern, doch es war zwecklos. Anscheinend hatte man den Gürtel benutzt, in dem sein Dolch gesteckt hatte. „Wir sind dem Bündnis verpflichtet, und Elfen und Zwerge standen uns zur Seite."

„Die sind nicht vom Pferdevolk", schrie Garwin wütend auf. „Nicht einmal von unserer Art. Nein, unser Volk muss geeint und stark sein und sich auf seine eigenen Marken konzentrieren. Ihr und mein Vater, ihr habt unser Blut sinnlos vergeudet. Aber das wird sich nun ändern." Garwin nickte entschlossen. „Die alten Traditionen schwächen uns. Die Welt verändert sich, Nedeam, und wir müssen uns dem anpassen. Im Osten lauert der Schwarze Lord mit seinen Orks und will uns an die Kehle. Wir müssen ihm zuvorkommen und ihm selbst die Luft abschnüren. Doch was tut Ihr?“, Garwin spuckte angewidert aus, „Ihr schleppt eine der Bestien in die Mark und bezeichnet sie auch noch als ehrenhaften Krieger. Ihr seid ein verfluchter Narr, Nedeam von Balwins Gehöft.“

„Und Ihr seid dem Wahnsinn verfallen“, keuchte Nedeam.

„Denkt nach, Erster Schwertmann.“ Garwin stieß seinen ausgestreckten Zeigefinger gegen Nedeams Stirn. „Ich werde dafür sorgen, dass unser Volk sein Blut nicht mehr für andere vergießt. Ich werde es lehren, einig und stark zu sein.“

Nedeam lehnte sich zurück und ächzte erleichtert, als Garwin seinen Finger zurückzog. „Auch wenn Ihr mich in den Händen der Bestien zurücklasst, andere werden Euch zur Rechenschaft ziehen.“

„Keiner wird von hier in die Mark zurückreiten, außer mir und meiner vertrauten Schar.“ Garwin grinste zufrieden. „Wir werden vom heldenhaften Kampf des tapferen Ersten Schwertmanns und des Beritts von Scharführer Arkarim berichten und davon, wie sinnlos ihr Tod war. Man wird um Euch trauern, Nedeam, und man wird mir beipflichten, dass es besser wäre, nur noch die eigenen Grenzen zu schützen.“

„Ihr opfert Arkarim und seinen Beritt!? Ihr seid ein verfluchter Mordbube!“

„Ein bedauerliches, aber notwendiges Opfer. Ein kleiner Schritt zur neuen Einigkeit des Pferdevolkes.“

„Larwyn wird dem nie zustimmen und Tasmund ebenso wenig.“

„Niemand ist unsterblich, selbst die Elfen nicht“, entgegnete Garwin lakonisch.

„Endlich begreife ich.“ Nedeam starrte den Pferdefürsten entsetzt an. „Ihr wart es. Ihr habt Eure eigene Mutter vergiftet.“

Garwin lachte auf. „Haltet mich nicht für so herzlos, Nedeam. Dafür gibt es andere. Männer, die sich bewähren und mir ihre Treue zeigen wollen."

Nedeam spuckte angewidert aus. „Elender Mörder!"

Garwin schien einen Augenblick versucht, Nedeam ins Gesicht zu schlagen, doch dann huschte ein Lächeln über sein Gesicht. „Bald bin ich der alleinige Herr über die Hochmark, Nedeam. Andere Marken werden folgen. Viele der Pferdefürsten sind alt, ebenso wie ihre Getreuen. Ich habe Männer in vielen Marken." Er streckte die Hand aus und ballte sie zur Faust. „In ein paar Jahreswenden werde ich sie alle vereinen. Wir werden eine Macht sein, größer und stärker als jede andere zuvor. Und dann werden wir der Finsternis begegnen und ihren Herrn zerschmettern."

„Ihr seid selbst ein Teil der Finsternis", sagte Nedeam mit bleichem Gesicht und stöhnte auf, als Garwin ihn nun doch schlug.

Eldanis räusperte sich. „Es ist an der Zeit. Wenn Ihr länger wartet, könnte der Irghil im Wasser misstrauisch werden."

Der Pferdefürst sah Nedeam schwer atmend an. „Ihr habt recht, Lemarier. Zudem ist es Zeitverschwendung, mit diesem Burschen zu reden. Er begreift ohnehin nichts." Er wandte sich von Nedeam ab und sah den Ältesten der Lemarier an. „Der Irghil wird erkundet haben, wo man am besten mit den Flößen anlegen kann, ohne von Euch entdeckt zu werden. Ich bin sicher, man wird es bei den Häusern versuchen, und ich werde berichten, dass der Plan gut ist, Euch dort zu überraschen. Ihr gebt meine Männer frei?"

„Sofern sie zu der von Euch benannten Schar gehören. Sorgt Ihr lediglich dafür, dass nur Arkarims Männer anstürmen. Wenn sie und die Irghil gebannt sind, könnt Ihr mit Eurer Schar heimkehren. Wir werden diesen hier bewahren, als Pfand für Euer Wort, und wenn das erfüllt ist, könnt Ihr ihm eigenhändig den Hals durchschneiden."

„So sei es.“ Garwin sah den Ältesten und die anderen Lemarier kurz an. Dann wandte er sich ab und schritt auf das Wasser zu.

Nedeam blieb gefesselt zurück. Hilflos und einem Schicksal überlassen, das nur mit dem Tod enden konnte.

50

Traut Ihr ihm?"

Die beiden Weißen Zauberer gingen nebeneinander den Pfad entlang, der zur Siedlung und zum Turm hinüberführte. Idrun-Ma-Elas stützte sich schwer auf seinen Stab der Macht.

„In Grenzen, Idrun-Ma-Elas, in Grenzen. Ich glaube an seinen Verrat. Seine Aura hat es bezeugt. Er ist bereit zu tun, was er uns schwor. Dennoch dürfen wir ihm nicht zu sehr vertrauen. Der Verrat ist nichts und niemandem verpflichtet. Das hat uns die Geschichte der alten Menschenreiche gelehrt."

Idrun-Ma-Elas blickte missmutig auf seinen Stab. „Es ist an der Zeit, dass wir diese schwachen Stäbe wieder gegen die richtigen austauschen. Inzwischen müssten die Schädelkristalle verschmolzen sein."

„Wir werden sehen."

Edo-Ma-Kalik erreichte den Steg, der zum Turm hinüberführte. Er strich über den Handlauf und lächelte sanft. Bald würde sich der Turm erneut erheben. Die beiden Magier erreichten den Zugang. Der Älteste sprach die erforderlichen Worte, und der magische Schild, der den Zutritt verwehrte, erlosch mit leichtem Flimmern.

Sie befanden sich auf einer der obersten Ebenen des Turms, dessen größter Teil im See versunken war. Ein Stück unterhalb der Zauberer umspülte das Wasser die Stufen, die in die Tiefe hinabführten. An einigen von ihnen wiegten sich Algen in der schwachen Strömung, die durch den Wellengang verursacht war. Denn ein leiser Wind wehte vom Ufer herüber und drückte das Wasser durch das löchrige Gemäuer. Die Treppe wand sich spiralförmig in der Mitte des Turms empor. Auf der Ebene des Zugangs standen reich verzierte Möbel an den Wänden, und Gegenstände, die aus den vergangenen Zeiten Lemarias stammten. Besonders auffällig war jedoch ein sanftes Glühen, das aus den Tiefen des Wassers nach oben drang.

„Lass uns nachsehen, wie weit die Schädelkristalle sind", meinte Idrun-Ma-Elas.

Er deutete mit dem Stab der Macht auf das Wasser. Dieses begann unmerklich zu wallen und wich dann zurück. Stufe um Stufe wurde freigelegt, und die beiden Männer schritten ohne Zögern die noch feuchte Treppe hinab. Es schien, als bewegten sie sich auf ihrem Abstieg in einer riesigen Luftblase. Viel tiefer führte es sie hinab, als es die Nähe des Turms zum Ufer der Insel vermuten ließ. Die beiden Weißen mussten sich nun schon unterhalb des Seegrunds befinden.

Der Querschnitt des Turms wurde breiter, und hier unten zeigten sich kaum Schäden am Mauerwerk. Fische schreckten auf, als die Magier in ihrer Luftblase an ihnen vorbeiglitten, und huschten rasch zu den Fensteröffnungen des Bauwerks hinaus.

Das blaue Glühen wurde intensiver, und wenig später erreichten die beiden einen Sockel aus weißem Stein, auf dem eine kristallene Schale ruhte. In ihr war das Wallen und Leuchten besonders intensiv. Gleißend blau beschien es die Gesichter der Männer. Es drang aus einer Flüssigkeit, deren Dichte weit höher war, als die des umgebenden Wassers. Inmitten dieser Flüssigkeit schwammen zwei kopfgroße Kristalle von einem tiefen, beinahe ins Violette reichenden Blau.

„Der Quell des Lebenswassers hat die Kristalle wachsen lassen", sagte Edo-Ma-Kalik zufrieden. „Bald passen sie auf die Spitzen unserer Stäbe."

Idrun-Ma-Elas seufzte. „Dann wird sich der Turm der Macht endlich wieder erheben."

Der Bewahrer der Weisheit und des Lichts nickte. „So wird es geschehen."

51

Halt, Weichhäutigerr, nenne deinen Namen!"
Llaranya zügelte ihr Pferd, als die beiden Irghil aus dem Unterholz hervorbrachen. „Ich bin die Elfin Llaranya und bringe Kunde von den Reitern aus Maratran."

„Ja, ich errkenne Euch, Elfenfrrau." Der Sprecher der Irghil deutete hinter sich. „Folgt dem Pfad. Err führrt Euch zurr Lichtung."

„Habt Dank, Scherenfreund." Die Elfin beugte sich im Sattel vor. „Doch bevor ich weiterreite, muss ich Euch noch sagen, dass die Garde Maratrans nicht mehr Euer Feind ist. Kämpft nicht gegen sie, und seid ohne Furcht, wenn Ihr sie seht. Sie werden an Eurer Seite stehen."

Die drei Augenstiele des Irghil schienen für einen Moment zu kreisen. „Marratrrans Rreiter sollen zu Frreunden des Volkes geworrden sein? Das kann ich nur schwerr glauben."

„Tut es, Freund mit der harten Schale. Doch nun muss ich eilen, um die Kunde Euren Ältesten und unseren Pferdelords zu überbringen."

Sie trieb das Pferd weiter, auch wenn dieses sehr erschöpft war. Sie hatte das andere freigelassen, nachdem sie ihre Reittiere gewechselt hatte. Es war ebenfalls am Ende seiner Kräfte gewesen und hätte sie nur aufgehalten. Sie folgte dem angegebenen Pfad. Er war frisch angelegt worden. Teile von Ästen und Rinde lagen überall umher und zeugten davon, dass man abgeschlagene Stämme auf ihm zur Lichtung geschleift hatte. Sie sah, dass noch immer Männer und Irghil durch den Wald streiften und Holz fällten. Doch die Arbeiten erschienen ihr seltsam planlos und willkürlich. Dafür erzeugten sie eine

Menge Lärm, der auch der Grund dafür gewesen war, dass sie diese Stelle angesteuert hatte.

Die Elfin war froh, dass man noch an den Flößen arbeitete, denn sie hatte befürchtet, zu spät zu kommen. Nun würde sie Nedeam und den anderen die gute Nachricht überbringen können, dass die Garde des Reiches Alnoa zu ihrem Verbündeten geworden war.

Jetzt, zur Zeit der Mittagssonne, wirkte der Wald freundlich und hell. Kleine Tiere und Insekten eilten umher und erfüllten alles mit Leben. In den Schlingpflanzen, die viele der Bäume umwoben, hatten sich farbige Blüten entfaltet und lockten mit ihrer Pracht jede Menge Flugschwirrer an. Diese großen geflügelten Insekten waren auch in den Wäldern der Elfen beheimatet. Erneut wurde ihr bewusst, dass die Häuser ihres Volkes nun den Weg in ihre neue Heimat angetreten hatten. Für einen Augenblick empfand sie Einsamkeit und war erleichtert, als sich der Pfad verbreiterte und auf die riesige Lichtung mündete.

Direkt an deren Rand waren Flöße gestapelt. Ihre Anzahl verriet Llaranya, dass es genug waren, um selbst noch die Garde über das Wasser zu tragen. Die Verbündeten mussten wirklich emsig gewesen sein, um dies in der kurzen Zeit bewältigt zu haben. Sie sah zwei Scharen aus Arkarims Beritt, die sich im Schwertkampf übten. Einige Irghil saßen auf ihren Hinterbeinen daneben und sahen ihnen zu. Andere hatten sich in Gruppen auf der Lichtung versammelt und gingen ihren verschiedenen Verrichtungen nach. Llaranya hatte nun schon einige Male erlebt, wie sich das Pferdevolk auf einen Kampf vorbereitete, und sie spürte, dass diese Vorbereitung abgeschlossen und alles für den Sturm auf die Insel bereit war.

Sie sah die Wimpel von Arkarims Beritt und der Schar Peragrams an ihren aufgerichteten Lanzen flattern und hielt auf diese Stelle zu. Dort befanden sich die Anführer, und damit auch Garwin und Nedeam. Sie stoppte ihr Pferd, saß ab und führte es am Zügel hinüber. Nein, es hatte sicherlich noch keinen Kampf gegeben. Wo war Nedeam? War er irgendwo im Wald und kontrollierte die Wachen? Sie konnte ihn nicht in der Gruppe erkennen, und allmählich wuchs ihre Sorge. Vor allem, als sie Dorkemunts Blick sah, nachdem er sie erkannt hatte.

Der kleine Pferdelord eilte auf sie zu und schien um Worte zu ringen. „Nedeam ist in der Gewalt der Bestien“, murmelte er schließlich. „Es gibt wenig Aussicht, ihn zu retten.“

„Wie konnte das geschehen?“, fragte sie erschrocken. „War er auf Streife, als er dem Feind in die Hände fiel? Es schien mir noch keinen Kampf gegeben zu haben. Die Flöße liegen am Ufer, und ich kann nirgends Verwundete entdecken.“

„Er hat die Insel erkundet“, brummte Dorkemunt. „Gemeinsam mit Garwin und, wie ich sagen muss, gegen meinen ausdrücklichen Rat. Verdammter Leichtsinn war das. Es konnte nicht gut gehen.“ Der Alte schluckte schwer. „Nachdem sie sich getrennt hatten, muss Nedeam überwältigt worden sein. Ich sage es nur ungern, aber Garwin hatte keine Möglichkeit, ihm beizustehen. Er konnte sich gerade noch ins Wasser retten und wurde von Dan'Pharant in Sicherheit gebracht.“

Die Elfin sah zum Pferdefürsten hinüber. „Ich wünschte, er wäre an Nedeams Stelle zurückgeblieben.“

Dorkemunt räusperte sich. „Du bist sicher nicht die Einzige, die so empfindet, Elfenfrau. Doch niemand kommt gegen die Fügungen des Schicksals an. Immerhin besteht die Aussicht, dass er noch lebt. Die Bestien wissen nun, dass wir sie angreifen wollen, und sie kennen Nedeams hohen Rang. Es mag sein, dass sie ihn, ebenso wie einige Männer aus Arkarims und Peragrams Scharen, als Geisel bewahren, um uns vom Angriff abzuhalten. Wir beratschlagen gerade, wie wir vorgehen sollen.“

Die Elfin seufzte leise. „Mein Herz wird schwer vor Sorge, Dorkemunt. Wir müssen alles tun, um meinen geliebten Nedeam zu retten.“

„Das werden wir“, versicherte der alte Pferdelord bekümmert. „Ich hoffe, wenigstens du hast gute Kunde.“

Sie lächelte halbherzig. „Die Hochgeborene Livianya ist eine kluge Frau. Die Garde steht an unserer Seite.“

„Das mag helfen“, seufzte Dorkemunt. „Auch wenn sie ebenso wenig übers Wasser reiten kann wie wir Pferdelords. Ah, verflucht, wenn dieser verdammte See nicht wäre, könnten wir einfach hinüberstürmen. Wir würden die Klingen schneller in die Leiber dieser Bestien stoßen, als sie uns bannen könnten.“

Das war Wunschdenken, aber Llaranya konnte den alten Pferdelord gut verstehen.

Ein Schwertmann übernahm ihr Pferd, und die beiden traten zu der Gruppe. Pferdefürst Garwin blickte der Elfin angespannt entgegen. „Ich trauere mit Euch, Hohe Frau“, sagte er mitfühlend. „Ich bedauere, dass ich ihm nicht habe beistehen können.“

„Noch ist er nicht tot“, erwiderte sie schärfer, als sie es eigentlich beabsichtigt hatte. „Solange ich dafür keinen Beweis habe, ist er für mich am Leben.“

„Natürlich“, stimmte Garwin zu. „Verzeiht. Es ist einfach die Hilflosigkeit, die man in einer solchen Lage empfindet.“

„Sie bringt gute Nachricht von der Gardekavallerie“, warf Dorkemunt ein. „Die Alnoer stehen an unserer Seite.“

„Nun, das, äh, sind wahrhaft gute Neuigkeiten.“ Garwin räusperte sich und sah dann die beiden Irghil an, die an der Beratung teilnahmen. „Ihr seht, es gibt keinen Zweifel, dass wir die Lemarier bezwingen können, wenn wir nur rasch genug übersetzen und lange genug unentdeckt bleiben. Natürlich wissen die Bestien nun, dass wir kommen werden, das macht es schwieriger."

„Sie können nicht alle bannen und brrennen", meinte Danot'Nelat. „Dan'Pharrant und die Dan werrden dirrekt aus dem Wasserr kommen. Das errschwerrt es den Bestien zu rreagierren."

Garwin nickte und lud Dorkemunt und die Elfin ein, in der Runde Platz zu nehmen.

Man hatte ihm seine Geschichte abgenommen, und niemand rechnete mit dem Plan im Plan, den er verfolgte. Auch den Lemariern hatte er nur die halbe Wahrheit gesagt. Er würde alle Parteien gegeneinander ausspielen. Im Grunde würde er der einzige Gewinner bei diesem Spiel sein, der Tod Nedeams war da nur eine willkommene Dreingabe. Natürlich hatte er den Lemariern berichtet, dass der Sturm auf die Siedlung zielte, doch den wahren Grund dafür, warum Dan'Pharant sich im Wasser herumgetrieben hatte, hatte er ihnen verschwiegen. Garwin hatte nicht die Absicht, die Lemarier zu verschonen. Sie sollten sein Werkzeug sein, um Nedeam und jene Schwertmänner loszuwerden, die seinen Plänen im Wege standen. Dass die Garde nun jedoch an die Seite der Irghil trat und sich mit ihnen gegen die Lemarier verbündete, konnte sich als gefährlich erweisen. Garwin bezweifelte, dass die Magier einer solchen Übermacht gewachsen waren. Sie mochten ihre Fähigkeiten haben, zweifellos, aber jeder Zauber erlosch, wenn kalter Stahl das Herz des Magiers durchbohrte. Und bei solcher Übermacht konnte das rasch geschehen. Möglicherweise zu rasch. Auch wenn Garwin die alten Traditionen des Pferdevolkes nicht schätzte, so musste er die Fähigkeiten der Schwertmänner anerkennen. Nein, er musste sicher sein, dass Nedeam nicht am Leben blieb. Das durfte keinesfalls geschehen.

„Ein Scheinkampf zwischen uns und der Garde?" Der Pferdefürst strich sich über das Kinn und tat so, als müsse er den Vorschlag der Elfin sorgfältig abwägen. „Nun, ich gestehe ein, es könnte die Aufmerksamkeit der Magier auf sich ziehen."

„Die eigentliche Kampfgruppe wird in der Zwischenzeit von den Irghil über das Wasser gezogen. Wenn wir entschlossen vorgehen, wird es uns gelingen, die magischen Bestien zu überwältigen", meinte Scharführer Arkarim. „Kein schlechter Plan, will mir scheinen."

Garwin nickte erneut. „Ich werde Männer aus Peragrams Schar nehmen und an anderer Stelle an Land gehen. So können wir die Bestien in die Zange nehmen, und ich werde zugleich versuchen, Nedeams Schicksal aufzuklären."

„Wohl gesprochen", brummte Dorkemunt. „Meine Axt und Fangschlags Klinge werden an Eurer Seite sein."

„Und auch die meine", fügte Llaranya hinzu.

„Nein, Ihr müsst den Sturm führen", erwiderte Garwin bestimmt. „Bei allem Respekt für Euch, Arkarim. Ihr seid ein guter Scharführer, doch es fehlt Euch noch ein wenig an Erfahrung in der Schlacht."

Arkarim sah Dorkemunts Blick und nickte unbehaglich. „Der Pferdefürst hat recht."

Dorkemunt brummte unwillig. „Nun gut, dem will ich mich fügen."

„Ich aber nicht", sagte Llaranya.

„Seid keine Närrin", zischte Garwin. Er wusste schon, wie er die verdammte Elfin packen konnte. „Wenn man Nedeam gefangengenommen hat, so wird er sich in der Siedlung oder im Turm befinden. In der Gruppe, die mit den Flößen dorthin vorstößt, werdet Ihr näher an Eurem Gemahl sein als in meiner."

Das leuchtete Llaranya ein. Der Pferdefürst lächelte erleichtert. „Dann ist es so beschlossen. Die Garde sollte in der Nacht eintreffen. Wir werden ihr einen Boten entgegenschicken. Dann bereiten wir alles vor. Morgen früh, im ersten Nebel, greifen wir Lemar an."

„Und vernichten die Magierr", stimmte Dan'Pharant zu.

„Das ist der Plan", meinte Garwin lakonisch.

Dorkemunt hatte seine Zweifel. Er hatte noch keine Schlacht erlebt, deren Planung die erste Feindberührung überstanden hätte.

52

Die Sonne begann langsam im Westen zu versinken. Sie tauchte Landschaft und Wald in einen rötlichen Schein. Die Schatten wurden länger, und es würde nicht mehr lange dauern, bis sich Dunkelheit auf das Land legte. Am Waldrand warteten die Vorposten des Bündnisses aus Pferdelords und Irghil, gut versteckt hinter dichtem Buschwerk. Die meisten von ihnen waren gepanzerte Wesen, denn deren Zahl war relativ groß, gemessen an den kaum hundert Menschen, die auf der Lichtung warteten. Auch wenn die Wahrscheinlichkeit gering war, dass einige Lemarier die Insel verlassen hatten, um durch Jalanne zu streifen, wollte man doch kein Risiko eingehen. Im Schein des Sonnenuntergangs erkannten die nördlichen Vorposten ein Blitzen auf der Ebene, die sich vor ihnen ausbreitete. Aus diesem Blitzen wurde ein Gleißen und Funkeln, dessen Anblick die Irghil mit Unruhe erfüllte. Zu oft schon hatten sie diesen Widerschein des Sonnenlichtes im Metall von Rüstungen und Waffen gesehen, und dann war kurz darauf stets Blut vergossen worden. Ein Voraustrupp der Garde wurde nun erkennbar, der sich in raschem Galopp näherte. Über ihm flatterte das Banner des Reiches Alnoa im scharfen Reitwind.

Es war wohl eine glückliche Fügung, dass sich in diesem Moment ein kleiner Streiftrupp der Schwertmänner, der die Vorposten regelmäßig überprüfte, von der Lichtung her näherte. Zu lange und zu oft hatten sich Garde und Irghil in Feindschaft gegenübergestanden, und alte Gewohnheiten ließen sich nicht von heute auf morgen ablegen.

Als der kleine Trupp alnoischer Soldaten bei den Vorposten

hielt und die Irghil aus den Büschen hervordrängten, da legte sich manche Hand fester um Schwertgriff oder Lanzenschaft, und manche Schere öffnete und schloss sich unbewusst.

Der Sprecher der Schwertmänner bemerkte die von Misstrauen und Kampfbereitschaft aufgeladene Atmosphäre und trat rasch zwischen die beiden Gruppen. „Ihr müsst die Hochgeborene Dame Livianya sein, deren Ankunft wir erwarten", sagte der Schwertmann mit übermäßig lauter Stimme. „Ihr seid uns hoch willkommen. Ihr und die tapfere Garde von Alnoa."

Livianya musterte die Irghil mit verengten Augen und löste zögernd den Griff um ihr Schwert. „Habt Dank für Euer Willkommen, Pferdelord. Auch wenn ich mir nicht sicher bin, ob Ihr auch für Eure Verbündeten sprecht."

Einer der Irghil konnte die menschlichen Laute formen. Er stand auf seinen acht Beinen, die Scheren halb nach vorne gereckt, und sein Leib ruckte unruhig vor und zurück. Offenbar schien er zu überlegen, sich auf die Gardisten zu stürzen.

Der Schwertmann trat furchtlos vor die mächtigen Kampfscheren des Irghil und sah diesem eindringlich in die drei Stielaugen, während er weitersprach. „Es gilt für jeden von uns, Hochgeborene. Das hat der Älteste der Irghil im Namen seines Volkes versichert."

Das gepanzerte Wesen entspannte sich und ließ sich zögernd auf seine Hinterbeine nieder. „Ein Willkommen, Weichhäutige, auch von uns."

Livianya spürte in dem Wesen dieselben Zweifel, die auch an ihr nagten. „Der Krieg führt gelegentlich zu seltsamen Bündnissen, Gepanzerter. Ich will ehrlich zu Euch sein. Wäre nicht das Wort der Elfin, so wüsste ich nicht, ob ich Euch trauen kann. Aber die Elfin und die Pferdelords sprechen für euch Irghil, und ihre Worte wiegen schwer in der Garde von Alnoa.

Die Pferdelords standen schon früher an unserer Seite und haben sich als wirkliche Freunde erwiesen."

Livianya überlegte kurz. Ihre Rüstung klirrte leise, als sie aus dem Sattel stieg und ihrem Standartenträger die Zügel ihres Pferdes übergab. Menschliche Augen und die Augen der gepanzerten Wesen beobachteten sie, als sie gemessenen Schrittes zu dem Irghil hinüberging. „Wir haben gegeneinander gekämpft und unser Blut vergossen", sagte sie mit klarer Stimme. „Ich glaube den Worten der Elfin und denen der Pferdelords. Die Garde hat euch Irghil Unrecht zugefügt. Und ich selbst auch. Das kann ich nicht ungeschehen machen, Gepanzerter, ebenso wenig wie Ihr es für den Tod meiner Gardisten vermögt. Doch ich reiche Euch meine Hand und schwöre, das Unrecht zu sühnen."

Jeder begriff, wie viel Überwindung sie ein solches Eingeständnis kostete, und als die Hochgeborene ihre Schwerthand instinktiv zwischen die kampfbereite Scherenhand des Irghil legte, blickten alle wie gebannt auf sie.

Für einen Moment regte sich nichts, dann öffnete sich die Schere. „Es sind ehrrenhafte Worrte, die ich nicht errwarrtet hätte", gestand der Gepanzerte ein. „Ihrr seid uns willkommen, Weichhäutige. Ihrr, und auch Eurre Krrieger."

Mancher erleichterte Seufzer war zu hören, als Livianya nickte und zu ihrem Pferd zurückging, um aufzusitzen. Sie sah den Streifenführer der Schwertmänner an. „Das siebente Regiment folgt dichtauf. Man weiß von unserem Plan?"

„Er ist uns bekannt, Hochgeborene", bestätigte der Schwertmann. „Folgt diesem Pfad zur Lichtung. Dort werdet Ihr die Führer antreffen und alles genau mit ihnen bereden können."

Die Hochgeborene nickte. „Das Regiment wird hier auf meine Weisungen warten. Mit unseren Rüstungen können wir uns kaum leise durch den Wald bewegen, und ich will den Feind nicht vorwarnen."

„Habt keine Bedenken." Der Schwertmann wies auf die Irghil. „Sie sind gut darin, die Lemarier aufzuspüren. Die Magier sitzen alle auf ihrer Insel fest, Ihr könnt unbesorgt zur Lichtung reiten."

„Gut, dann lasse ich das ganze Regiment einrücken." Sie wandte sich halb im Sattel um. „Ich will kein Horn und keine lauten Kommandos hören, Hauptmann. Überbringt den Befehl und lasst die Beritte folgen."

Auch auf der Lichtung gab es nervöse Reaktionen, als sich Garde und Irghil begegneten, doch der gute Wille auf allen Seiten half, die unterschwelligen Aggressionen und Vorbehalte abzubauen. Es war sicherlich keine Verbrüderung zwischen den bisherigen Feinden, doch man respektierte sich, und die Pferdelords schienen das empfindliche Bündnis wie Baumharz zusammenzuhalten.

Schließlich senkte sich die Nacht herab, und zum wiederholten Male wurden auf der Lichtung die Ausrüstungen und Waffen überprüft. Es war die Angewohnheit von Kämpfern, sich zu beschäftigen, wenn eine Schlacht bevorstand. Vor allem, wenn der Gegner über magische Fähigkeiten verfügte. Keiner der Männer wäre davor zurückgescheut, einem gleichwertigen oder sogar zahlenmäßig überlegenen Feind entgegenzutreten, doch der Kampf, der im Dunst des kommenden Morgens beginnen sollte, war anders. Menschlicher Stahl und die Scheren der Irghil sollten die Magie der Lemarier bezwingen. Manchem war nicht wohl bei diesem Gedanken, doch keiner zauderte, als Garwin und Livianya die Truppen irgendwann zwischen Mitternacht und Morgen antreten ließen.

Dorkemunt spähte hinauf zum Firmament. „Bedeckter Himmel. Das ist gut. Ich hoffe nur, die Morgennebel werden ordentlich dicht sein und uns umhüllen. Na schön", er wandte sich halb um, „lasst die Flöße zu Wasser. Und seid mir leise dabei. Ich will keinen Laut hören, der die Bestien warnen könnte.“

Es war sehr unwahrscheinlich, dass man auf diese Entfernung auf der Insel etwas hören konnte, aber wer wusste schon Genaueres über die Kunst der Magier und die Empfindlichkeit ihrer Ohren?

Auf der Lichtung standen die Beritte von Garde und Hochmark wohl geordnet nebeneinander. Die Pferde jedoch waren angeleint worden, da sie in dieser Schlacht wohl nicht von Nutzen sein würden. Zwischen den Kämpfern eilten die Irghil geschäftig umher. Die meisten von ihnen trugen die schweren Flöße vom Waldrand zum Ufer hinüber, ließen sie ins Wasser gleiten und hielten sie fest, damit sie nicht abtrieben. Andere der Scherenwesen ordneten die langen Schleppleinen, mit denen die schwimmenden Plattformen gezogen werden sollten.

„Ich denke, sie tragen alles in allem drei Beritte“, meinte Dorkemunt abschätzend. „Dafür müsste die Zahl der Flöße ausreichen.“

Garwin nickte. „Den Beritt Arkarims und zwei der Garde. Der Rest kann den Lemariern ein Schauspiel bieten.“

Scharführer Arkarim lächelte. „Ich habe meine beiden Hornbläser zur Garde abgestellt. Der Klang der alnoischen Hörner unterscheidet sich von dem der unseren. Wenn die Männer zum Angriff blasen und dazu ordentlich mit den Klingen gegeneinanderschlagen, müsste es sich nach einem turbulenten Kampf anhören.“

„Die Garde wird ihren Teil dazu beitragen.“ Die Hochgeborene Livianya lächelte kalt. „Ich selbst werde die Männer auf den Flößen führen, mein Hauptmann ta Geos dirigiert die Schlacht an Land. Er sorgt dafür, dass man eifrig auf Schwerter und Schilde einschlagen wird.“

„Wohl gedacht, Hochgeborene“, lobte Garwin. Er sah Dorkemunt an. „Denkt an die beiden Flöße für meine Schar. Wir brauchen etwas Vorsprung, damit unsere Gruppen gleichzeitig zuschlagen können.“

„Ich werde darauf achten, Hoher Lord“, brummte der alte Pferdelord.

„Die Irrghil wissen, worrum es geht“, versicherte Dan’Pharant. „Die Dan des Volkes sind begierrig, sich zu bewährren.“

„Das sind sie bestimmt.“ Die Hochgeborene Livianya musterte den Scherenführer. „Und ich bin mir sicher, dass die Garde mit Stolz an der Seite der Irghil stehen wird.“

Dan’Pharant knickte zustimmend die Augenstiele ein. „Ein wahrrhaft seltsamerr Bund.“ Er deutete an Livianya vorbei. „Selbst ein Orrk steht uns nun bei.“

„Ah, glaubt nicht, dass ich mir den Spaß entgehen lasse“, knurrte Fangschlag. Das Rundohr hatte sich sein mörderisches Schlagschwert über die Schulter gelegt. „Denn ich bin ein Krieger und habe Ehre. Ich kann nicht tatenlos zusehen, wenn Dorkemunts Wurf in Gefahr ist.“

„Wurf?“ Livianya runzelte die Stirn.

„Err meint Dorrkemunts Eischlupf“, erläuterte Dan’Pharant. „Nedeam.“

„Die Orks bekommen keine Kinder“, wandte Llaranya ein. Sie sah Dan’Pharant sanft lächelnd an. „Und die Pferdelords legen keine Eier.“

„Hrrrmph.“ Der Irghil kreuzte die Augenstiele. „Ein wahrrhaft komplizierrterr Bund, den wirr da geschmiedet haben.“

„Es ist so weit.“ Garwin strich sich unruhig über das Kinn und gab den restlichen Männern aus Peragrams Schar einen Wink. „Ich muss nun mit meiner Gruppe aufbrechen. Denkt daran, den Zeitplan einzuhalten.“

„Möge es ein guter Ritt werden, Pferdefürst Garwin“,

wünschte Dorkemunt. „Schneller Ritt …"
Garwin nickte und wandte sich ab, ohne die Losung des Pferdevolkes zu vervollständigen.

„… und scharfer Tod", murmelte Dorkemunt seufzend. „Ah, er hält wahrhaftig nichts von Traditionen, der Pferdefürst der Hochmark."

„Hauptsache, seine Klinge ist scharf", sagte die Hochgeborene lächelnd.

Der alte Pferdelord nickte zögernd. „Nun, das wird sie wohl sein. Er hat lange genug an ihr herumgeschliffen."

Sie sahen zu, wie Garwin und seine Begleiter zu den Flößen wateten und hinaufkletterten. Im Wasser spannten sich die Leiber der Irghil, und die Körper der Männer ruckten leicht, als die Flöße abrupt Fahrt aufnahmen.

Livianya nickte anerkennend. „Sie bewegen sich schnell."

„Ich hoffe, wenn sie die Siedlung erreichen, werden sie noch schneller sein", knurrte Dorkemunt, „denn dann kommt es wirklich aufs Tempo an."

Sie warteten einen viertel Zehnteltag, bevor Scharführer Arkarim leise seufzte. „Ich denke, es ist an der Zeit."

Dorkemunt blickte abschätzend zum Himmel und dann über den See in Richtung Insel. Nichts war dort zu erkennen. Auch die Flöße mit Garwins Gruppe waren längst in Dunkelheit und Nebel verschwunden. „Ja, es wird Zeit. Im Übrigen würde ich es gar nicht aushalten, noch länger zu warten."

Obwohl Arkarim nun zweifelsohne der Ranghöchste der Pferdelords war, ordnete er sich bereitwillig der Erfahrung Dorkemunts unter. „Mein Beritt nach Scharen geordnet auf die Flöße", befahl er. Dann sah er Dorkemunt und die anderen an. „Wir sollten uns auf die Flöße verteilen. Nur für den Fall, dass …"

Für den Fall, dass die Magier sie entdeckten. Die Lemarier

sollten nicht alle Anführer der Verbündeten gemeinsam auf einem Floß verbrennen können.

„Ich werde an Dorkemunts Seite stehen“, sagte Llaranya rasch.

„Ich auch“, brummte Fangschlag.

Dorkemunt trat zu dem Rundohr und legte ihm den Arm auf die Schulter, wobei er sich mächtig recken musste. „Du wirst mit deiner Kraft und Erfahrung an Arkarims Seite stehen, mein gescheckter Freund. Ich zähle auf dich, falls dort etwas Unerfreuliches geschieht.“

Fangschlag stieß ein widerwilliges Grunzen aus. „Das gefällt mir nicht.“

„Es ist mein Wunsch“, sagte der alte Pferdelord schlicht.

Der Ork musterte ihn einen Moment schweigend und nickte zögernd. „Dann soll es so sein.“

Immer mehr Männer strömten auf die Flöße, die, sobald sie voll waren, rasch von den Irghil vom Ufer fortgezogen wurden und sich dann gruppenweise sammelten. Wie die Irghil dies unter Wasser und bei der Finsternis bewerkstelligten, blieb ihren menschlichen Verbündeten ein Rätsel.

Hauptmann Bernot ta Geos kommandierte die zurückbleibenden Truppen. Mit gemischten Gefühlen sah er auf den See hinaus. Es missfiel ihm, an Land zu bleiben, während die Hochgeborene dem Feind auf einem Floß entgegenritt. Missmutig stieß er die Spitze seines gepanzerten Stiefels in den sandigen Boden. Die Männer und die wenigen Irghil, die sich noch auf der Lichtung befanden, konnten es ihm nachempfinden. Die Panzerwesen hatten einen Großteil ihrer Dan in Marsch gesetzt. Neben jenen, welche die Flöße zogen, stapften weitere über den Grund des Sees, begierig darauf, Rache für das Leid zu nehmen, das man ihrem Volk zugefügt hatte. Ein anderer Teil hielt den Wald rings um den See besetzt.

Keine der Bestien sollte an Land entkommen und erneut Unheil stiften können.

Garwins zwei Flöße glitten unterdessen an der Insel entlang, jener Stelle entgegen, an welcher der Pferdefürst Nedeam hinterrücks überwältigt hatte. Seine Männer wussten, worum es ging, und würden ihm bedingungslos die Treue halten.

Die Flöße mit den drei Beritten und den sie begleitenden Kämpfern der Irghil näherten sich indes der Siedlung. Man musste sich blindlings auf die Fähigkeiten der Scherenwesen verlassen, denn inzwischen war der Nebel dicht geworden und man konnte kaum das benachbarte Floß erkennen, obwohl es nicht weit entfernt war.

Am Ufer bei der Lichtung atmete Hauptmann Bernot ta Geos mehrmals tief durch und sah dann die Führer der Beritte und die Irghil an. „Also los. Ihr wisst, worauf es ankommt. Liefern wir den Magiern ein überzeugendes Schauspiel. Aber verausgabt Euch nicht. Wer weiß, ob wir nicht doch noch richtig kämpfen müssen."

Kommandos ertönten auf der Lichtung, und die Soldaten zückten ihre Schwerter. Man verzichtete auf den Einsatz der Pferde. Als ta Geos erneut nickte, blies ein Horn der Gardekavallerie zum Sturmangriff, und weitere fielen ein. Schreie ertönten, ein Horn der Hochmark schmetterte.

Auf einem der Flöße stieß Dorkemunt Llaranya grinsend mit dem Ellbogen an. „Dieser Alnoer liefert ein gutes Schauspiel. Es wird die Ohren der Magier beschäftigen und von uns ablenken."

„Das hoffe ich, Dorkemunt, das hoffe ich wahrhaftig." Llaranya umklammerte ihren Bogen und hatte einen Kriegspfeil auf der Sehne. Sie starrte angespannt in Richtung Siedlung der Lemarier.

Dorkemunt wusste, um wen sie bangte, und ihm erging es

nicht anders. „Gut, dass die Garde auf den hinteren Flößen ist", versuchte er sie abzulenken. „Die machen einen grässlichen Lärm in ihren scheppernden Rüstungen."

„Redet keinen Unsinn, alter Freund", erwiderte sie unwirsch. „Alles ist mehrfach gefettet. Da klappert oder quietscht nichts."

Einer der Schwertmänner war während der Überfahrt ausgerutscht und ins Wasser gestürzt. Doch die Irghil waren zu schwer, um hinaufzuschwimmen und dem Mann aufs Floß zurückzuhelfen. Und das Floß selbst war zu schnell, als dass der Schwertmann es mit eigener Kraft wieder hätte erreichen können. So konnten die anderen nur hoffen, dass er klug und flink genug war, sich zu entkleiden und zum rettenden Ufer zurückzuschwimmen. Falls er schwimmen konnte. Wahrscheinlich würden noch mehr Kämpfer den Halt verlieren, denn die runden Stämme waren nass und rutschig und die ledernen Sohlen der Reitstiefel glatt.

„Bei den Finsteren Abgründen", keuchte Dorkemunt. „Mir scheint, wir sind schon da!"

Undeutlich schälten sich die Konturen von Stegen und Gebäuden aus dem Dunst. Zu verwaschen, um Einzelheiten erkennen zu können.

„Ich wünschte, wir könnten sie mit Feuerpfeilen überschütten", murmelte einer der Schwertmänner. „Wenn wir die Häuser in Brand setzen würden, hätten wir auch gutes Licht zum Zielen."

„Der Gedanke wurde wieder verworfen", brummte der alte Pferdelord. „Die Dächer sind mit Steinplatten gedeckt, und die meisten Häuser bestehen ebenfalls aus Stein. Außerdem wissen wir nicht, wo unsere Freunde gefangen sind."

„Wenn sie denn überhaupt noch am Leben sind", erwiderte der Mann zweifelnd.

„Redet keinen Unsinn, guter Mann", fauchte Dorkemunt. „Selbstverständlich leben sie noch, und wir werden sie retten."

Plötzlich zuckte ein Blitz über das Wasser. Seine irisierende blaugelbe Farbe bewies, dass er keinesfalls natürlichen Ursprungs war und aus dem Machtstab eines Lemariers stammte.

„Sie haben uns entdeckt", raunte Dorkemunt. „Seid leise und zielt sorgfältig." Er stampfte auf den hölzernen Boden des Floßes. „Hoffentlich hören die Burschen das."

Die Irghil, die das Floß zogen, erkannten das vereinbarte Zeichen und wurden schneller. Llaranyas elfische Augen sahen ein Ziel, und ihr Pfeil traf es. In einiger Entfernung vor den Flößen war ein gedämpfter Schrei zu hören, dem ein Klatschen folgte.

„Ein Bastard weniger", knurrte Dorkemunt zufrieden. Jetzt zuckten mehrere Blitze zugleich fast waagrecht über das Wasser. Der alte Pferdelord grinste grimmig. „Sie scheinen nichts zu sehen und werfen mit ihren Blitzen blindlings um sich."

Dann ertönte irgendwo neben ihnen im Nebel ein Schrei.

„Sie mögen sie blind werfen, dennoch töten sie", rief einer der Schwertmänner.

Seinem wütenden Ausruf folgten zwei weitere Flammenstöße, und einer von ihnen traf dicht neben dem Floß ins Wasser. Es wallte und kochte für einen Augenblick, und schon waren sie daran vorbei.

Llaranya löste einen weiteren Pfeil, aber es war nicht auszumachen, ob sie etwas getroffen hatte. „Zielt auf den Ausgangspunkt der Flammblitze", rief sie den anderen Bogenschützen zu. „Dort müssen die Lemarier mit ihren Stäben sein."

Hinter Dorkemunt stank es plötzlich nach verbranntem Fleisch. Er wandte sich um und sah einen der Schwertmänner zu Boden stürzen. Mit Grauen erkannte er ein schwarz umrandetes Loch im Schädel des Toten. „Verdammt. Wir müssen schneller heran, um diese verfluchten Brennstäbe auszuschalten", keuchte er. Er stampfte abermals auf den Boden des Floßes, und andere taten es ihm gleich. „Diese Bestien verbrennen uns sonst bei lebendigem Leib."

Drei, vier, fünf Blitze schossen gleichzeitig über den See. Neben ihrem Floß loderte Feuerschein durch die neblige Nacht. Eine der anderen Plattformen musste von mehreren Flammen gleichzeitig getroffen und sofort in Brand gesetzt worden sein. Niemand brauchte den Männern zu erklären, was wohl mit den Passagieren geschehen war. Grimmiger Zorn erfüllte die Pferdelords, die sich einer solchen Macht gegenüber ein wenig hilflos fühlten.

Dutzende von Pfeilen flogen zu der Siedlung hinüber, die nun deutlicher aus dem Nebel trat. Schattenhafte Gestalten waren auf den Stegen zu erkennen. Einige der Pfeile fanden ihr Ziel, und die Getroffenen stürzten zu Boden oder hinab ins Wasser. Aber auch die Magier hatten nun ein leichteres Ziel. Schreie gellten durch die Nacht, und der bestialische Geruch verschmorten Fleisches zog über das Wasser.

Möglicherweise hätten die Lemarier nun doch leichtes Spiel gehabt, aber sie konzentrierten sich auf den Anblick der Flöße und der Menschen, die nun immer deutlicher sichtbar wurden. Dabei achteten sie zu wenig auf den ufernahen Bereich, wo nun unterhalb der Wasseroberfläche die meisten der Irghil ihre Zugleinen abwarfen und über den ansteigenden Grund auf die Siedlung des Feindes zustürmten. Die gepanzerten Ungetüme mit ihren runden Leibern tauchten aus dem See auf und stürmten mit vorgereckten Scheren gegen den Feind.

„Verdammt, nein", schrie Dorkemunt wütend auf. „Es ist noch zu früh. Zu früh!"

„Sie wollen kämpfen", erwiderte Llaranya. „Nichts wird sie nun noch davon abhalten."

Die Irghil stürmten vor. Sie waren unglaublich schnell auf ihren acht Beinen, und nichts schien sie in ihrem Zorn aufhalten zu können. Doch dann erstarrte ihre vordere Reihe.

Dorkemunt wusste, was nun geschehen würde. „Nein! Bei den Finsteren Abgründen! Nein!"

Flammblitze brannten die Gepanzerten nieder. Der Tod zuckte schnell und zielsicher auf.

Es war, wie Dorkemunt befürchtet hatte. Der sorgfältig ausgeklügelte Schlachtplan scheiterte schon in seiner ersten Phase und wurde von wilder Kampfeswut fortgefegt. Von blinder Raserei, die den Tod für all jene Irghil bedeutete, die aus dem Wasser voranstürmten.

„Zielt auf die verfluchten Magier!", brüllte jemand mit sich überschlagender Stimme. Dorkemunt merkte nicht einmal, dass er es selber war. „Deckt sie mit Pfeilen ein!"

Es musste noch immer Irghil geben, die an den Zugleinen zerrten, denn die Flöße glitten rasch auf das Ufer zu. Für kostbare Augenblicke zogen die stürmenden Scherenwesen die Aufmerksamkeit der Magier auf sich. Als diese sich wieder den Menschen zuwandten geschah, was schon früher geplant gewesen war.

Dorkemunt sah noch, wie sich einer der Stäbe auf ihn richtete. Er spürte förmlich schon den brennenden Strahl durch seinen Körper schneiden. Aber der Blitz schoss an ihm vorbei. Der Lemarier wankte, und versuchte verzweifelt, sich am Handlauf des Steges festzuklammern. Dann gab die Konstruktion unter ihm nach. Mehrere der stützenden Pfähle sackten gleichzeitig in sich zusammen. Schreie waren zu hören, als die Magier zusammen mit Stegen und den vorderen Häusern der Siedlung in den See stürzten. Das Wasser schien zu kochen und begann sich dunkel zu färben, als Blut aufstieg. Die Irghil im Wasser mussten sich sofort auf ihre Peiniger gestürzt haben.

Die erste Angriffswelle der Scherenwesen war verbrannt worden, doch nun schob sich die zweite aus dem Wasser, und zugleich stießen die ersten Flöße ans Ufer. Männer wie Irghil erstarrten und wurden verbrannt, aber die Magier schienen geschockt von den Ereignissen, und ihre Abwehr wirkte unkoordiniert. Zudem fanden nun auch die Pfeile der Pferdelords deutliche Ziele, und hinter ihnen stießen die Flöße der Garde vor.

Dorkemunt sprang an Land oder beabsichtigte dies zumindest. Er hatte die Wassertiefe unterschätzt und tauchte bis zur Brust ein. Schon war ein Irghil heran, packte ihn behutsam mit der Zange und brachte ihn mit wirbelnden Beinen an Land, wo er den Pferdelord absetzte und sofort weiterhastete, die Scheren vorgereckt zum Kampf.

„Verteilt Euch, Ihr Pferdelords", war Scharführer Arkarims Stimme zu hören. „Sonst seid Ihr ein massiertes Ziel für ihre Blicke und Flammen. Dringt zwischen die Häuser vor und seid so schnell wie nie zuvor!"

Dorkemunt schwang seine Kampfaxt und sah Llaranya neben sich auftauchen. „Er hat recht, der gute Herr Arkarim." Er deutete mit der Klinge auf die übrigen Gebäude. „Es stehen noch etliche der Häuser, und die Bestien werden sich darin und zwischen ihnen befinden. Jetzt müssen wir schnell sein. Sehr schnell."

Auch wenn die vordere Verteidigungslinie der Lemarier nun durchbrochen war, gab es dort noch immer Kämpfe, und viele der Magier mussten sich nun in die verbliebenen Gebäude ihrer Siedlung zurückziehen. Sie mochten geschockt und überrumpelt sein, doch der Vorteil lag noch immer klar auf ihrer Seite. Sobald sie einen Feind erblickten, konnten sie ihn sofort bannen und dann in Ruhe verbrennen. Menschen und Irghil hingegen mussten den Feind nicht nur erblicken, sondern ihn auch mit der Waffe erreichen. Sie konnten allein ihre Überzahl in die Waagschale werfen und sich so gut es ging über das Kampfgebiet verteilen.

„Wir müssen sie umzingeln und uns zwischen ihnen hindurchbewegen, dann können sie ihre Kräfte nicht voll entfalten", brüllte Arkarim.

„Wo, verdammt, ist Garwins Schar? Er sollte den Bestien in den Rücken fallen. Jetzt wäre ein guter Zeitpunkt dafür." Dorkemunt sah die Elfin auffordernd an. „Lass uns eilen, Elfenfrau. Lass uns ihre Schädel spalten, bevor sie Löcher in unsere brennen. Schneller Ritt …"

„… und scharfer Tod", stimmte sie in die Losung der Pferdelords ein.

Llaranya war es egal, wo Garwin blieb. Sie beschäftigte die Sorge einer liebenden Frau. Wo war Nedeam?

53

Garwin bewunderte den fantastischen Orientierungssinn der Irghil. Trotz dichten Nebels und obwohl Dan'Pharant ihnen nur eine knappe Schilderung gegeben hatte, war es den Wesen gelungen, die beiden Flöße mit Garwins Schar direkt an die Stelle zu ziehen, an der er schon zuvor mit Nedeam gelandet war.

„Zieht Euch nun zurück", befahl der verräterische Pferdefürst den Gepanzerten. „Man darf Euch nicht entdecken, während ich mit meinen Männern durch den Nebel schleiche."

Die Irghil verstanden seine Worte, hatten allerdings nicht gelernt, die menschlichen Laute nachzubilden. Schweigend glitten ihre blauen Körper ins Wasser zurück. Garwins Männer umklammerten die Griffe ihrer Schwerter.

„Was ist, wenn die Magier falsches Spiel mit uns treiben, Hoher Lord?", fragte einer von ihnen unbehaglich. „Sie könnten uns in eine Falle locken."

„Ja, aber das werden sie nicht." Garwin lächelte kalt. „Wir sind einander von Nutzen, und das wissen diese Burschen ganz genau."

„Wenn Arkarim und die Seinen tot sind und die Lemarier die Blauen ins Wasser zurückgetrieben haben, dann sind wir für sie entbehrlich", brummte ein anderer. „Ich traue keinem Wesen, das seine Kraft aus der Magie bezieht."

Der Pferdefürst lachte heiser. „Ich auch nicht. Darum werden wir uns auch zurückziehen, bevor der Kampf seinen Höhepunkt erreicht."

„Dann müssen wir eilen, Hoher Lord. Die anderen Flöße

werden sich nun bald der Siedlung nähern. Kennt Ihr den Weg?"

„Man erwartet uns und wird uns führen", erwiderte Garwin.

Als sei dies das Stichwort gewesen, schälte sich eine schlanke Gestalt aus dem Nebel. Es war Jana-Eldanis, die junge Frau des Fischers Eldanis. Sie trug einen Stab der Macht, den sie lässig in die Armbeuge gelegt hatte. Schweigend musterte sie Garwins Schar und sah dann den Pferdefürsten an. „Folgt mir."

Sie schien keine Arglist zu befürchten, denn sie wandte den Männern den Rücken zu und eilte ihnen voran den Pfad entlang, der zur Siedlung führte. Die Kämpfer hatten Mühe, dem leichtfüßigen Wesen zu folgen. „Der Angriff wird bald beginnen", sagte Garwin zu der jungen Frau. „Ich hoffe, Ihr seid darauf vorbereitet."

„Das sind wir", versicherte sie. „Wir werden unsere Feinde bannen und brennen."

„Ich habe meinen Teil der Abmachung erfüllt und Eure Feinde vor Eure Stäbe geführt", knurrte Garwin. „Ich hoffe, der Älteste wird nun auch seinen Teil erfüllen."

„Wie könnt Ihr es wagen, daran zu zweifeln?" Sie fuhr im Lauf herum, und der Stab zeigte auf Garwin. Für einen Moment glomm der Kristall in blauem Feuer, und der Pferdefürst spürte, wie ihm der Schweiß ausbrach. Doch dann senkte sich der Stab wieder, ohne dass eine Flamme daraus hervorgeschossen war. „Das Wort des Bewahrers der Weisheit und des Lichts steht fest wie der Turm von Lemaria."

Garwin fand es nicht den rechten Zeitpunkt, sie an den traurigen Zustand des Gemäuers zu erinnern. Die Macht der Stäbe war beunruhigend. Er fürchtete sich nicht vor der Magierin und traute sich auch zu, sie zu überwältigen, doch er wollte sichergehen, dass Nedeam die Insel nicht mehr lebend verließ. Dem musste er seinen aufwallenden Zorn unterordnen. Wenn der verdammte Emporkömmling erst tot war, dann würde auch Arkarims Schar fallen, und niemand würde mehr seine Stimme gegen Garwins Herrschaft erheben. Dafür würden er und seine Getreuen schon sorgen.

Plötzlich flackerten rechts von ihnen Lichter auf. Jana-Eldanis lachte laut. „Nun lernen sie die Macht unserer Stäbe kennen."

„Die Flöße müssen eingetroffen sein", meinte einer von Garwins Begleitern.

„Ja, das Schlachten beginnt", erwiderte der Pferdefürst einsilbig.

Das Schicksal der Schwertmänner aus Arkarims Beritt ließ ihn nicht kalt. Es waren gute Pferdelords, die nun ihr Leben ließen. Aber es war ein notwendiges Opfer. Nedeam musste sterben, und den Menschen des Pferdevolkes musste vor Augen geführt werden, wie sinnlos es war, das eigene Blut in einem fremden Land zu vergießen. Noch dazu für ein fremdes Volk.

Gedämpfte Schreie drangen durch den Nebel. Gelegentlich ein mattes Glühen, dann wieder ein greller Schein, je nachdem, wie weit entfernt das Kampfgeschehen war. Dann wurde ein seltsames Splittern hörbar, dem das Krachen von berstendem Holz folgte.

Jana-Eldanis stockte mitten im Lauf und versuchte zu erkennen, was der Dunst verbarg. Im Gegensatz zu Garwin wusste sie nicht, dass die Irghil die stützenden Pfähle der Häuser einrissen. „Was geschieht da?"

Der Pferdefürst tat ahnungslos. „Ich weiß es nicht. Es gehört jedenfalls nicht zu unserem Plan. Etwas muss gerade zu Bruch gegangen sein."

Die junge Frau atmete schwer und nickte dann. „Folgt mir. Rasch. Der Bewahrer wird nicht mehr lange warten."

Garwin konnte sich vorstellen, dass der Älteste der Lemarier unruhig wurde. Wenn der Plan der Verbündeten gelang, würden die Magier bald vollauf damit beschäftigt sein, sich der Pferdelords und Irghil zu erwehren. Hoffentlich geschah dies nicht zu rasch, denn Garwin wollte das dabei entstehende Durcheinander nutzen, um sich mit seinen Getreuen von der Insel abzusetzen. Er war sich sicher, dass außer ihm und seinen Männern niemand dem Zorn der Zauberer entkommen würde.

„Wir haben die Gefangenen in eines der Häuer nahe dem Turm gebracht", erklärte Jana-Eldanis. Dann strauchelte sie und stürzte. Garwin, der sie instinktiv stützen wollte, fuhr entsetzt zurück. Die schlanke Frauengestalt veränderte sich, sie wurde kompakter, und das liebliche Gesicht erhielt kantigere Konturen. Aber nur für einen Moment, als sich die Gestürzte gefangen hatte und sich wieder aufrichtete, stand wieder die junge Frau vor ihm, als wäre nichts geschehen.

„Ihr habt Eure Gestalt gewandelt", ächzte Garwin benommen. „Ihr seid Graue Wesen, nicht wahr?"

„Nein, das sind wir nicht", erwiderte sie. „Noch nicht. Wenn unsere Magie stärker wird, dann können wir unsere Gestalt beliebig wandeln, doch derzeit vermögen wir nur weibliche Formen anzunehmen." Die junge Frau lachte auf. „Schaut nicht so verwirrt, Pferdemensch. Es gibt keine weiblichen Magier, aber wir mussten es für Euch so aussehen lassen, als seien wir ein kleines Volk."

„Ich verstehe", brummte Garwin. „Dann gibt es wohl auch keine Kinder an diesem Ort."

„Richtig vermutet, dazu wären schließlich Weiber erforderlich. Ich kann Euren scharfen Verstand nur bewundern", spottete das magische Wesen.

Garwin lag eine scharfe Erwiderung auf der Zunge, aber er schluckte erneut seinen Zorn hinunter.

„Wir müssen eilen“, drängte hinter ihnen einer der Männer. „Mir scheint, der Morgennebel löst sich bereits auf.“

Der Mann hatte recht. Die Konturen der Landschaft zeichneten sich immer deutlicher ab. Die Giebel der noch stehenden Häuser wurden sichtbar, und sie waren erschreckend nahe. Garwin begriff, dass nur noch wenig Zeit blieb, bis sich der Nebel in der Morgensonne würde verflüchtigt haben. Bis dahin musste es vollbracht sein. „Wie weit ist es noch?“

„Es ist das Haus dort vorne.“ Das magische Wesen deutete vor sich. Es schien langsam unruhig zu werden, denn es ließ den Stab der Macht in seiner Hand hin und her pendeln. „Ihr werdet den Weg nun allein finden. Ich muss mich den Meinen anschließen.“

Im Grunde waren sie erleichtert, als das Wesen sie verließ, doch Garwin wusste, dass die Kreatur, der sie nun begegnen würden, ungleich gefährlicher war. Sie hatten das kleine Haus kaum erreicht, als der Älteste Edo-Ma-Kalik aus dem Eingang trat. Dem Pferdefürsten fiel sofort auf, dass der Weiße Magier diesmal einen sehr viel längeren Stab in der Hand hielt. An dessen Spitze befand sich ein blauer Kristall, der fast die Größe eines Männerschädels hatte. Dieser Stab und sein Besitzer waren weitaus mächtiger als alles andere auf dieser Insel.

„Ihr habt Euer Wort gehalten, Pferdefürst“, sagte der Älteste unumwunden. „Auch wenn ich mir sicher bin, dass Ihr uns nicht alles gesagt habt. Nein, leugnet es nicht, ich kann es an der Aura erkennen, die Euch umgibt. Doch es spielt keine Rolle, denn Ihr habt die Lämmer unter das Beil des Schlachters geführt, und dafür sollte ich Euch dankbar sein.“

Den Kampfgeräuschen nach schien es sich um eine sehr große Zahl von Lämmern zu handeln, die da zwischen den verbliebenen Gebäuden der kleinen Siedlung ausgeschwärmt waren. Garwin fragte sich, woher der Weiße die Sicherheit nahm, seine Gegner bezwingen zu können. Man erzählte sich Wundertaten von den großen Zauberern, doch er selbst hatte dergleichen noch nie zuvor mit eigenen Augen gesehen. Er war aber auch gar nicht erpicht darauf, Zeuge solcher Machtdemonstration zu werden.

„Ich habe den Feind vor Eure Stäbe geführt", brummte der Pferdefürst. „So, wie es vereinbart war."

„Ja, in gewisser Weise stimmt das", entgegnete der Älteste mit sanftem Lächeln. „Und nun wollt Ihr sicher Euren Lohn und den Kopf dieses Nedeam."

„Den Kopf könnt Ihr behalten, mir reicht sein Leben."

Der Weiße Magier lachte auf. „Nehmt, was Ihr wollt, und verlasst dann unsere Insel, wenn Ihr diesen Mittag noch erleben möchtet."

Edo-Ma-Kalik hatte kein Verlangen danach, den verräterischen Pferdefürsten zu töten. Diese Kreatur konnte ihm noch von Nutzen sein. Sie würde Unfrieden in das Pferdevolk tragen. Das würde es ihm leichter machen, die Welt neu zu ordnen.

Schreie, das Zischen der Stäbe und das Klirren von Schwertern waren zu hören. Zwischen den Gebäuden wurden die Gestalten nun deutlicher sichtbar. Es war seltsam anzusehen, wie ihre Körper oberhalb der Schwertgurte schon zu erkennen waren, während der Rest noch im Nebel verborgen blieb. Aber sehr bald würden sich auch die letzten Schwaden auflösen.

Garwin sah, wie sich der Älteste der Lemarier ohne weitere Worte von ihm abwandte und dann mit ruhigen Schritten auf die Turmruine zuging. Der Pferdefürst zuckte die Achseln und drehte sich dann zu seinen Getreuen um. „Schön, Männer, bringen wir es also hinter uns."

Die Tür stand offen, und als sie eintraten, sahen sie die Gefangenen vor sich. Man hatte sie alle sorgfältig verschnürt und sogar geknebelt. In den Augen der Männer spiegelte sich Erleichterung, als der Pferdefürst und die anderen eintraten. Doch dieses Glück sollte nicht lange währen.

Garwin deutete mit der Spitze seines Schwertes auf die Hilflosen. „Befreit die unseren und schneidet Arkarims Männern die Hälse durch." Sein Blick glitt hinüber zu Nedeam, und er lächelte erwartungsvoll. „Doch den Hals von dem dort, den lasst mir."

54

Edo-Ma-Kalik zwang sich, in gemessenem Schritt zu gehen, obwohl er spürte, dass die Zeit drängte. Als er den Steg erreichte, der zum Turm führte, wartete Idrun-Ma-Elas bereits auf ihn. Er stützte sich schwer auf seinen Stab und sah den Ältesten missmutig an. „Sie sind stärker, als wir dachten."

„Nicht stark genug." Edo-Ma-Kalik lächelte kalt. „Sie wähnen sich schon als Sieger, doch der Tod wird über sie triumphieren. Aber du hast recht, wir dürfen keine Zeit verschwenden. Der Turm der Macht muss sich nun erheben."

Sie lösten das magische Siegel und traten ein. Rasch schritten sie die Treppe hinauf und erreichten bald die Plattform. Inzwischen hatte sich der Nebel verflüchtigt, und sie besaßen einen guten Überblick über die Kämpfe.

Auf dem Wasser waren zwei oder drei Flöße zu erkennen. Eines bestand nur noch aus verkohlten Stämmen, auf dem anderen lagen die verbrannten Überreste einiger Gardisten. Das dritte war vollkommen leer. Doch die Mehrzahl der Flöße musste das Ufer wohl unbeschadet erreicht haben. Der Kampf hatte die kleine Siedlung schwer in Mitleidenschaft gezogen. Die äußeren, dem Wasser zugewandten Häuser, waren fast alle in sich zusammengestürzt, ebenso wie die Stege, die sie untereinander verbunden hatten. Zwischen den Gebäuden an Land herrschte Chaos. Menschen und Irghil schienen überall zu sein. Nur selten war noch das Gleißen eines Machtstabes zu erkennen.

„Ja, wir müssen uns beeilen", seufzte Edo-Ma-Kalik. „Die Niedrigen unterliegen. Nur wenige von ihnen sind noch übrig. Aber das spielt keine Rolle. Wenn der Turm wieder aufgerichtet ist, gibt der Quell uns neue Stärke, und dann werden unsere Feinde zu Staub zerfallen.“

Es war keine Übertreibung, das wussten die beiden Weißen Magier. Sie hätten die Wesen dort unter sich bannen und dann mit der Macht ihrer Stäbe brennen können, doch sie wussten, dass das Risiko groß war. Sie mussten den Feind sehen, aber das bedeutete, dass dieser sie ebenso erkennen konnte. Wie die Macht der Stäbe, so war auch ein Kriegspfeil tödlich. Das Risiko, einen der Gegner zu übersehen und ihm zum Opfer zu fallen, konnten sie nicht eingehen. Nicht, wenn sie ihre Pläne nicht gefährden wollten. Doch wenn sich der Turm erhob, dann würde sich auch die Schale mit dem Quell des Lebenswassers wieder über den Fluten befinden. Seine Kraft würde die Macht der Magier um ein Vielfaches verstärken, so, wie es in der Vergangenheit schon oft der Fall gewesen war. Sie würden die Auren der Feinde spüren und sie allein mit der Kraft ihrer Gedanken vernichten können, ohne dass ein Einziger der Niedrigen dabei Schaden nähme. Alles hing davon ab, dass sie den Turm erneut errichten konnten.

„Lass uns beginnen, Idrun-Ma-Elas, und darauf vertrauen, dass die Macht der neuen Kristalle stark genug ist.“

Sie traten in der Mitte der Plattform direkt neben dem Aufgang zusammen und schlugen mit den Enden ihrer langen Stäbe auf die steinernen Platten. Ihre Blicke bohrten sich förmlich in die Kristalle am oberen Ende ihrer Stäbe, und ihre Magie begann Raum und Zeit miteinander zu verweben. Ein irisierendes Leuchten erhellte die beiden Kopfkristalle und breitete sich langsam aus. Einem Nebel gleich sank es zu Boden und schien in die Steine einzudringen.

„Erhebe dich, Turm der Macht“, beschwor Edo-Ma-Kalik. „Erhebe dich, um deine Feinde zu zerschmettern.“

Um die Ruine des Turms kräuselte sich das Wasser. Zunächst kaum wahrnehmbar, wurden die Bewegungen immer deutlicher und verstärkten sich zu kräftigen Wellen. Überall auf dem See begann das Wasser zu brodeln. An einigen Stellen bildeten sich hohe Wogen, als sei dort ein gewaltiger Felsen in den See gestürzt, an anderen Stellen waren Strudel zu erkennen, die alles in sich hineinzuziehen schienen. Die Plattform des Turms begann zu schwingen und schließlich zu beben.

„Erhebe dich, Turm der Macht", beschwor der Älteste erneut. „Erhebe dich zum Ruhm Lemarias und Jalannes. Steige empor aus der Tiefe und hinein in das Licht der Welt."

Auf der Insel waren verwirrte Schreie zu hören, das Poltern einstürzenden Mauerwerks und brechender Balken. Der Steg zum Turm knackte und stürzte ein, als sich das Gebäude Stein für Stein aus den Tiefen des Sees hervorzuschieben begann. Die ganze Insel schien sich zu bewegen und emporzusteigen.

Die Kämpfe in der Siedlung kamen zum Erliegen. Alles versuchte verzweifelt, einen Halt zu finden und auf den Beinen zu bleiben. Selbst die Irghil kauerten sich zusammen.

Dann brachen die Fluten des Sees auf.

Steinerne Türme und Dachgiebel wurden erkennbar. Wasser floss in dichtem Schwall aus hohlen Fensteröffnungen. Ein Raubfisch versuchte verzweifelt, noch ins Nass zu gelangen, das unter ihm versickerte.

Stein um Stein schob sich die Stadt Lemaria empor und mit ihr der Turm der Macht.

55

Hauptmann Bernot ta Geos stand am Ufer des Sees und starrte zur Insel hinüber. Ein rhythmisches Geräusch war zu hören, denn der Hochgeborene schlug immer wieder geistesabwesend mit seinen gepanzerten Handschuhen gegen den metallenen Beinschutz seiner Rüstung. Der Lärm der Scheinschlacht war längst verstummt, und die meisten Irghil und Gardisten standen nun am Rand des Sees und fragten sich, wie es ihren Gefährten in der wirklichen Schlacht erging.

Dann begann das Wasser des Sees zu brodeln und die Gebäude der versunkenen Stadt erhoben sich langsam aus den Fluten. Entsetzte Schreie wurden laut, und viele der Männer, aber auch manche Scherenwesen wichen instinktiv zurück. Einige wandten sich zur Flucht und suchten Schutz zwischen den Bäumen.

Ta Geos hingegen war wie gelähmt. Seltsam fasziniert starrte er auf die Türme und Mauern und die hohen Häuser, die sich vor seinen Augen aufrichteten. Wasser strömte über nassen Stein, der von Algen und anderen Pflanzen überwuchert war. Ein übler Gestank breitete sich aus und ließ nun auch jene zurückweichen, die bislang standhaft geblieben waren. Der Hauptmann blickte auf mit Schlick und feinem Sand bedeckte Straßen. Überall tropfte es und waren Pfützen, und wo man hinsah, schnappten Fische begierig nach ihrem Element. Keiner der Menschen und Irghil begriff, was da vor sich ging und wieso sich eine versunkene Stadt erheben konnte. Viele sackten auf die Knie und flehten die Götter um Schutz an, ein paar Männer brachen ohnmächtig zusammen. Pferde wieherten und stiegen an ihren Halteleinen auf. Und erst dies war es, was ta Geos und seine Männer zur Vernunft brachte. Sie waren Pferdesoldaten, und als die Tiere unruhig wurden, reagierten sie instinktiv und versuchten sie zu besänftigen.

Bernot ta Geos atmete mehrmals tief durch und ignorierte den modrigen Gestank. Vor ihm öffnete sich eine breite Straße. Sie lag voller Unrat und sterbender Fische. Doch sie führte genau auf die einstige Insel der Lemarier zu, die nun zu einem sanft ansteigenden Berg geworden war. Am Ende der Straße erhob sich ein Furcht einflößender Turm. Wie die gesamte Stadt war auch er von Wasserpflanzen und Algen überwachsen, und eine düstere Drohung ging von ihm aus.

Der Soldat in ta Geos siegte über die Furcht des Adligen. Die Straße war der Weg …

„An die Pferde, Männer der siebenten Gardekavallerie", brüllte er auf. „An die Pferde und aufgesessen!"

Einer der Signalbläser nahm den Befehl auf und stieß in sein Horn, ein zweiter fiel zögernd ein. Der Führer eines der Beritte saß bereits auf seinem Pferd und kam zu ta Geos hinübergeprescht. „Bei allem Respekt, Hochgeborener, wollt Ihr etwa zum Angriff reiten?"

Bernot sah den Hauptmann überrascht an. „Was denn sonst? Die Hochgeborene kämpft dort drüben, und wir sind ihr Regiment. Natürlich greift die Siebente an!"

„Aber … Aber die Stadt ist verflucht", keuchte der Offizier. „Sie ist aus den Fluten emporgestiegen, und sie wird uns verschlingen, sobald wir sie betreten."

Ta Geos konnte die Bedenken des Mannes gut verstehen. Sein eigener Verstand riet ihm, das Pferd zu nehmen und schleunigst nach Maratran zurückzureiten. Aber er war Offizier der Garde, und die Ehre verbot es ihm, dem Kampf den Rücken zu kehren, auch wenn dies seinen Tod bedeuten mochte.

Der Bannerträger brachte das Pferd, und ta Geos saß auf. Er reckte sich im Sattel und zog sein Schwert, um die Aufmerksamkeit der Männer auf sich zu ziehen. „Dort drüben kämpfen und sterben Männer der Garde! Männer aus unserem siebenten Regiment! Sie und die Hochgeborene brauchen unsere Hilfe, und die werde ich ihnen nicht verweigern! Verflucht sei, wer der Gefahr nun den Rücken kehrt! Zum Angriff, Männer des siebenten Regiments!"

Er zog sein Pferd herum, warf dem anderen Hauptmann einen verächtlichen Blick zu und galoppierte los. Die Hörner der Beritte ertönten und bliesen zum Sturm, und viele Gardisten reagierten, weil sie es nicht anders gewohnt waren. Ohne noch zu überlegen, griffen sie ihre Lanzen fester und folgten ta Geos hinterher. Die beiden Signalbläser der Hochmark waren noch schneller. Kaum hatte der Hochgeborene sein Pferd angetrieben, waren sie auch schon neben ihm, ihrerseits flankiert von den Irghil, die mit gereckten Scheren vorwärtspreschten. Nur eine Handvoll Gardisten zauderte noch, dann folgten auch sie. Mit ihrem Mut mochte es nicht weit her sein, doch sie hätten sich zu sehr vor den anderen geschämt, wenn sie allein zurückgeblieben wären.

Es musste eine der früheren Hauptstraßen der Stadt gewesen sein, über die ta Geos und das siebente Regiment hinwegjagten. Jetzt, wo er die Männer zwischen die Gebäude der zerstörten Stadt führte, empfand der Hauptmann einen Anflug von Panik, und er schrie, um seine Furcht zu bekämpfen und sich selber Mut zu machen. Andere schrien ebenfalls, vielleicht aus Angst oder auch aus Wut. Doch viele schwiegen einfach nur, erfüllt von grimmigem Zorn, und ihre Blicke huschten umher, obwohl sie lieber nicht gesehen hätten, was sich ihren Augen da bot.

Die Stadt war unheimlich. Viele der Männer hatten schon Siedlungen gesehen, die von einem Feind überrannt und niedergebrannt worden waren oder im Verlauf von Jahrtausenden zerfallen waren. Doch nichts ließ sich mit Lemaria vergleichen. Nicht wegen dessen Größe, sondern weil die Stadt vor ihren Augen auf wundersame Weise vom Grund des Sees aufgestiegen war.

Die meisten der noch stehenden Gebäude hatten eine runde Grundform und höchstens zwei Geschosse. Es gab allerdings auch solche, die bis zu fünf Stockwerke maßen. Die Dächer glichen flachen Kegeln, und an ihren Spitzen ragten die Schlote der Feuerstellen empor. Doch insgesamt hatte die Stadt schwer gelitten. Denn die überwiegende Zahl der Häuser war von furchtbaren Gewalten zerschmettert worden. Als hätte die Faust eines Riesen auf deren Dächer geschlagen und die Gebäude zerstampft. Aber es war noch genügend übrig, um die einstige Größe der Stadt zu erkennen. Die Ruinen zeigten deutliche Spuren des Verfalls. Risse im Mauerwerk, eingestürzte oder herabgesunkene Dächer. Die hohlen runden Fensteröffnungen ähnelten toten Augen, und die offenen Türen glichen zum Schrei geöffneten Mündern. Gerade so, als erhebe die Stadt nachträglich Protest gegen ihren Untergang. Von ihren einstigen Bewohnern gab es keine Spur. Nicht einmal Überreste von Bekleidung oder Waffen. Schwämme, Muscheln und Algen wucherten, und tote Fische lagen nun überall umher. Krebse, die wie winzige Irghil anmuteten, huschten vor den Reitern davon. Vom Wasser des Sees waren nur Pfützen geblieben, und das war eigentlich das Beunruhigendste für die Reiter. Irgendwo musste es doch geblieben sein. Vielleicht hielt ein Zauber die Wassermassen zurück, um sie im richtigen Moment auf die Gardekavallerie losbrechen zu lassen …?

Der See hatte den Reitern der Garde einen Gefallen erwiesen. Seine sanfte Strömung hatte die Straßen der Stadt mit Sand und feinem Geröll bedeckt, sodass die Hufe der Pferde genügend Halt fanden. Daher konnten sie rasch reiten, und Bernot ta Geos führte die siebente Gardekavallerie im Sturm gegen den mächtigen Turm, der sich drohend vor ihnen erhob.

56

Es war ein Moment tiefster Zufriedenheit. Über so viele Jahre hinweg hatte sein Vater Garodem ihn immer wieder ermahnt, sich den Traditionen zu fügen, und ihm Nedeam als Vorbild genannt. Hatte der Vater sich jeder neuen Idee verschlossen, die Garwin an ihn herantrug, und dabei stets auf die langen Erfahrungen des Pferdevolkes verwiesen. Garwin spuckte auf Erfahrungen, die nichts anderes brachten als Stagnation. Das Pferdevolk musste sich entwickeln, um seine Macht zu behalten. Es musste mit der Zeit gehen. Mächtige Dampfkanonen schützten die Wälle der alnoischen Städte, Brennsteinmaschinen trieben in ihren Werkstätten Hämmer und Webstühle an. Garwin sah das mit großer Faszination und hatte aufgeatmet, als die erste dieser Maschinen in Eternas aufgebaut worden war. Er hatte gehofft, dies sei der Beginn eines neuen Zeitalters, aber er hatte sich getäuscht. Er hätte wissen müssen, dass Garodem eine solche Entwicklung niemals zugelassen hätte. Garwin bedauerte den Tod seines Vaters, doch er empfand keine Trauer. Der tödliche Unfall Garodems hatte ihm den Weg geebnet, selbst zu herrschen und die Geschicke der Hochmark zu bestimmen. Doch die Versammlung der Pferdefürsten unter König Reyodem hatte ihm Larwyn zur Seite gestellt. Die eigene Mutter, die den überalterten Traditionen ebenso verbunden war wie Garodem oder der verfluchte Nedeam. Garwin hatte die Zurücksetzung hingenommen, und er war klug genug gewesen, seine künftigen Pläne zu verbergen. Oh, er hatte sich die Gesichter des Königs und der anderen Pferdefürsten gut eingeprägt. Ihr zufriedenes Grinsen, als man ihm erfolgreich die Herrschaft streitig machte. Aber er würde es ihnen zeigen. Die Hochmark war nur der erste Schritt hin zu einer neuen Ordnung. Zunächst die Hochmark und später dann die anderen Marken. Doch zuallererst würde er sich die Genugtuung verschaffen, Nedeam den Hals durchzuschneiden.

Einige aus Garwins Gruppe hielten vor dem einzeln stehenden Gebäude Wache, andere eilten an dem Pferdefürsten vorbei, um die Kameraden aus Peragrams Schar zu befreien.

„Bindet erst die Unseren los, dann kümmert Euch um die Hälse von Arkarims Leuten“, knurrte Garwin, während er auf den gefesselten und geknebelten Nedeam zutrat. Das Schwert in der Hand, beugte er sich zu ihm hinunter und zog den Tuchstreifen vom seinem Mund. „Noch ein paar letzte Worte, Erster Schwertmann?“

„Einen Wehrlosen zu töten, passt zu Euch, Garwin.“ Nedeam spuckte aus und sah seinen Mörder wütend an. „Hättet Ihr Ehre im Leib, so würdet Ihr jeden der Männer um sein Leben kämpfen lassen.“

„Warum soll ich das Blut meiner eigenen Leute riskieren?“ Garwin lachte heiser. „Ein Toter hat von seiner Ehre wenig, Nedeam. Aber da Ihr von ihr so viel haltet, werde ich Euch einen schnellen Ritt zu den Goldenen Wolken bescheren.“

Der Pferdefürst lachte erneut und richtete sich auf. Nedeam sah ihn in einer Mischung aus Todesfurcht und Zorn an, als der Widersacher die Klinge an seinen Hals legte. Instinktiv versuchte er, dem Unvermeidlichen auszuweichen, doch sein Kopf stieß gegen die Wand des Gebäudes. Nedeam suchte verzweifelt nach einem Ausweg. Er hatte schon manches Mal dem Tod gegenübergestanden, und im Kampf gab es wenig Zeit, Angst zu empfinden. Doch nie war er dem Ende so nahe gewesen wie in diesem Moment, und er spürte die Furcht, die jede Kreatur dabei erfasst.

Zunächst merkten sie beide nicht, wie der Boden unter ihren Füßen zu vibrieren begann. Aber dann wurden die Schwingungen härter.

„Ein Beritt“, schrie einer von Garwins Begleitern auf. „Sie müssen einen Beritt auf die Insel gebracht haben!“

„Unsinn“, brüllte Garwin, wütend über diese Störung. „Das sind nicht die Hufe von Pferden. Verrichtet Euer Werk, und dann raus hier.“

Der Pferdefürst sah Nedeam erneut an. Doch gerade, als er das Schwert in dessen Hals stoßen wollte, löste sich ein Stück Gebälk von der Decke. Garwin hörte noch das trockene Knacken berstenden Holzes, da stürzte der Balken schon herab und traf ihn mit Wucht an der Schulter. Der Pferdefürst wurde zur Seite geworfen und verlor beinahe sein Schwert. Entsetzte Schreie waren zu hören. Lehmputz bröckelte von den Wänden, und Steine der Dachabdeckung fielen herab.

Scharführer Peragram rannte zu Garwin hinüber und half ihm auf. „Rasch, wir müssen hinaus, das Haus stürzt ein.“

„Erst muss ich ihm den Hals zerschneiden“, schrie Garwin und machte Anstalten, sich auf Nedeam zu werfen.

Doch die Fügung des Schicksals wollte es anders.

Es knackte und splitterte erneut, während die Luft von einem seltsamen Rumoren und Rauschen erfüllt war. Zwei gefesselte Schwertmänner aus Arkarims Schar wurden erschlagen, als Trümmer herabstürzten. Ein tragender Balken rutschte aus seiner Verankerung in der Wand und krachte herab, Bohlen und Dachsteine folgten und begruben den aufschreienden Nedeam unter sich.

„Kommt, mein Pferdefürst“, brüllte Peragram entsetzt. „Hier gibt es nichts mehr zu verrichten. Nun müssen wir unsere eigenen Hälse retten. Wenn wir noch länger bleiben, wird die Finsternis uns alle verschlingen. Wir müssen uns retten, sonst ist alles verloren."

Garwin wankte nach draußen. Staub und Schmutz stiegen auf und hüllten alles ein. Es schien gerade so, als hätten sich die Morgennebel erneut gebildet. Wolken feinen Staubs machten das Atmen schwer und verdunkelten die Sonne.

Garwin schüttelte benommen den Kopf, und sein von Hass verzerrtes Gesicht spiegelte aufkeimende Furcht wider. Er stieß einen grimmigen Fluch aus und nickte. „Ihr habt recht, Peragram. Machen wir, dass wir dieses ungastliche Eiland verlassen."

„Letztlich ist es doch egal, ob Eure Klinge Nedeam erledigt hat oder ein herabstürzender Balken. Hauptsache, der verdammte Dreckskerl ist tot", meinte der Scharführer.

Garwin grinste verzerrt. „Unter Dreck begraben. Ein passendes Ende."

Bei den unfassbaren Ereignissen, die sich in diesen Augenblicken abspielten, achtete niemand auf die Gruppe der Männer, als sie sich ihren Weg von der Insel bahnte. Menschen und Irghil torkelten benommen umher, im Moment stand ihnen nicht der Sinn nach Kampf. Aber der war noch nicht vorbei. Die Macht des Turmes hatte sich erhoben.

57

Llaranya und Dorkemunt waren zu Boden gegangen. Dem alten Pferdelord klapperten die Zähne, während er sich in die Erde krallte. „Wahrhaftig, das erinnert mich an das Beben von Gendaneris vor einigen Jahreswenden."

Llaranya versuchte, sich zu erheben, doch die Erschütterungen warfen sie wieder um. „Damals war es ein natürliches Beben, Dorkemunt."

„Ah, was soll daran natürlich sein, wenn der Boden unter einem tanzt?"

„Diese Vibrationen hier sind anders", rief sie ihm zu. Es rumorte und lärmte, und man musste schreien, um sich zu verständigen. „Nein, Dorkemunt, dies hier ist kein Beben, wie wir Elfen es kennen."

Der Pferdelord sah zwei Irghil an sich vorbeiwanken. Auch sie litten unter den Erschütterungen, doch auf ihren acht Beinen schienen sie halbwegs das Gleichgewicht halten zu können. Ihr Ziel war ein Lemarier, der einige Längen entfernt am Boden lag und versuchte, seinen Machtstab auf die blauen Wesen zu richten. Dorkemunt fragte sich, warum der Magier die Feinde nicht einfach bannte und dann in Ruhe abschlachtete. Ein Flammstrahl zuckte wirkungslos zwischen den beiden Irghil hindurch, die sich dem Gegner unsicher, aber beharrlich näherten. Der Pferdelord sah, dass der Lemarier seinen Stab kaum ruhig halten konnte und der blaue Kristall an dessen Ende durch die Luft tanzte. Der nächste Strahl fuhr dicht über Dorkemunt hinweg, der fluchte und sich noch flacher auf den Boden presste. Die Gepanzerten erreichten den Magier. Ein letztes Mal flammte der Stab auf, und der Blitz brannte sich mitten durch den Leib eines der beiden Irghil, dann schloss sich die Schere des anderen um den Hals des Lemariers.

Das Bersten von Holz und das Poltern von Steinen waren zu hören, als mehr und mehr Gebäude in sich zusammenbrachen. Dazwischen erklangen immer wieder Schreie. Ein derartiges Inferno hatte der alte Pferdelord noch nie erlebt. Er spuckte Dreck aus und versuchte, die Augen vor dem herumfliegenden Staub zu schützen, ohne sich ganz die Sicht zu nehmen.

So plötzlich, wie es begonnen hatte, endete es auch. Der Lärm verstummte, und der Staub begann sich zu senken, als das Beben aufhörte. Das Einzige, was blieb, waren die Schreie der Verwundeten und das Stöhnen der Sterbenden.

„Ich will nur hoffen, dass es die Lemarier sind, die diese markerschütternden Laute von sich geben", knurrte Dorkemunt und rappelte sich auf.

„Das hoffe ich auch", ertönte eine tiefe Stimme hinter ihnen. „Und dass sie ordentlich Schmerzen haben. Es ist nicht ehrenhaft, den Feind mit wackelnder Erde zu bekämpfen."

„Fangschlag!" Der alte Pferdelord grinste breit, als sich das Rundohr aus dem Schmutz hervorschälte. „Ha, ich wusste es. Wer die Flammen der Brennstäbe übersteht, dem können auch Staub und Beben nichts anhaben." Sein Blick wurde besorgt. „Du bist doch nicht verletzt, oder?"

„Nur ein Kratzer", brummte der Ork. Er hielt sich den linken Oberarm, ohne dabei das Schlagschwert loszulassen. „Ein Lemarier hat mir eine Feuerspur über den Arm gebrannt."

Dorkemunt sah auf die Klinge des Schwertes. „Ich schätze, ihm geht es nun schlechter als dir."

„Es kommt nichts über Muskeln und Stahl", meinte Fangschlag mit sichtlicher Zufriedenheit.

Hinter dem Ork tauchten weitere Gestalten auf. Sie alle

waren vom Schmutz gepudert, sodass man Pferdelords, Gardisten und Irghil nur an ihren Gestalten auseinanderhalten konnte. Münder und Augen wirkten fast bedrohlich in den maskenhaften Gesichtern.

Niemand schien im Augenblick noch kämpfen zu wollen. Zwei oder drei Lemarier standen wie die anderen umher und ließen ihre Stäbe achtlos fallen. Es war nicht allein der Anblick der zertrümmerten Siedlung, sondern vielmehr das, was nun anstelle des Sees zu sehen war.

„Das ist unmöglich", ächzte Dorkemunt. „Es kann nicht sein."

„Lemaria", rief einer der Magier und sank auf die Knie. „Es ist auferstanden. Seht nur und staunt. Der Turm der Macht hat sich erhoben."

Sie alle starrten um sich her und konnten nicht begreifen, warum die einstige Insel sich nun wie ein kleiner Berg inmitten einer riesigen Stadt erhob.

„Das kann nur ein gewaltiger Zauber bewirkt haben", grunzte Fangschlag.

„Ja, die Macht der Weißen Magier." Dorkemunt packte seine Axt fester. „Wo stecken diese verdammten Burschen überhaupt? Seit das fröhliche Gemetzel losging, habe ich die beiden nicht mehr zu Gesicht bekommen."

„Und wo ist Nedeam?", fragte Llaranya besorgt. „Wo sind die Gefangenen?"

„Wir waren noch nicht in allen Häusern", sagte Scharführer Arkarim mit einem unterdrückten Husten. „Und jetzt kommen wir kaum mehr hinein. Die meisten sind eingestürzt. Ich will hoffen, dass unsere Leute nicht unter den Trümmern begraben wurden."

„Ein paarr Weichhäutige sah ich vorrhin, aus jenem Haus dorrt kommen."

Dorkemunt sah den Irghil an. Diese leichte Verfärbung an der rechten Kampfschere … Man hätte sich denken können, dass sich Scherenführer Dan'Pharant das Finale nicht würde entgehen lassen. Er war sicherlich immer im dicksten Getümmel zu finden und einfach zu stur, um sich vom Feind bannen oder sogar verbrennen zu lassen.

„Seid Ihr sicher, Scherenführer?" Llaranya blickte zu dem Gebäude, auf das Dan'Pharant wies. Es war eher eine Ruine, von der nur noch ein Teil der Außenwände stand.

„Ganz sicherr. Euerr Ältesterr warr unterr ihnen. Garrwin."

Llaranya war schon losgerannt, und ein paar Gardisten und Schwertmänner folgten ihr. Dan'Pharant winkte einige seiner Dan heran, damit sie den Menschen beim Räumen der Trümmer behilflich sein würden. Als Dorkemunt sich anschließen wollte, hielt der Irghil ihn und Fangschlag zurück. „Es ist noch nicht vorrbei, Weichhäutigerr." Der Irghil deutete zum Turm hinüber. „Die Brrut haben wirr bezwungen, doch dorrt warrten ihrre Herren."

„Er hat recht", seufzte Dorkemunt. „Hier wird erst Frieden herrschen, wenn die Herrscher Lemarias vernichtet sind."

Fangschlag schnaubte leise und bleckte seine Reißzähne. „Du willst gegen zwei mächtige Weiße Zauberer kämpfen, Pferdelord Dorkemunt?"

„Von wollen kann keine Rede sein, mein Freund. Es geht nicht anders." Dorkemunt wies um sich. „Alle sind beschäftigt und kümmern sich nicht um den Turm, in dem sich die Herren der Insel verstecken. Oder der Stadt. Oder was auch immer dieses verfluchte Lemaria nun sein mag. Wenn du mich also fragst, mein gescheckter Freund, ob ich mit meiner Axt gegen diese beiden mächtigen Wesen antreten *will*, dann antworte ich dir mit einem deutlichen Nein. Du darfst es gerne von meinen Lippen ablesen. Nein!"

„Aber du wirst es dennoch tun?"

„Natürlich werde ich es tun."

„Schön." Fangschlag blickte auf die Klinge seines Schlagschwertes. „Gehen wir."

„Sagte ich schon, dass auf deinen Blutdurst Verlass ist, mein Freund?", fragte der kleine Pferdelord, während sie nebeneinander auf den Steg zuhasteten, der zum Eingang des Turms führte.

„Wir sind beide Krieger. Und wir haben Ehre im Leib."

„Du sagst es, mein gescheckter Freund, du sagst es."

Dan'Pharant wurde gar nicht erst gefragt. Es wäre auch überflüssig gewesen. Zu sehr hatte das Volk der Irghil gelitten, als dass er nun zurückstehen konnte. Der Scherenführer schloss sich dem Pferdelord und dem Ork kurzerhand an, und weitere folgten ihnen.

58

Llaranya und ihre Helfer hatten das Gebäude erreicht, und auf ihren besorgten Ruf hin erhielt sie Antwort. Einige Schwertmänner aus Arkarims Beritt waren noch immer gefesselt, und zwei waren von Trümmern begraben. Die Sorge der Elfin wuchs.

„Dort, Hohe Frau.“ Einer der Verletzten deutete zu einem Gewirr von Balken, Dachsteinen und Mauerstücken. „Dort liegt der Erste Schwertmann.“

Zunächst spürte sie Erleichterung. Man hatte Nedeam gefangen genommen und nicht einfach getötet. Diese Hoffnung Llaranyas hatte sich erfüllt. Dennoch konnte sie einen entsetzten Schrei nur mühsam unterdrücken. An der Stelle, auf die der Schwertmann gewiesen hatte, lagen die Trümmer dicht übereinandergetürmt. Wer dort gelegen hatte, musste tot oder zumindest schwer verletzt sein. Während die Gefangenen befreit wurden, räumte die Elfin fieberhaft den Schutt zur Seite. Als sie an einem größeren Stück zerrte, rutschten andere nach, und einer der Brocken hätte sie getroffen, wenn ein Irghil sie nicht rasch zur Seite gezerrt hätte. „Ich werde nicht von der Stelle weichen“, fauchte sie das Wesen an. „Mein geliebter Gemahl liegt hier in den Trümmern, und ich werde ihn nicht …“

„Tretet zurück, Hohe Frau, und lasst es den Irghil machen.“ Scharführer Arkarim eilte zu ihr und zog die sich Sträubende von den Trümmern fort. „Sie sind für eine solche Arbeit besser geeignet als wir.“

„Wenn ihm etwas geschehen ist … ich bringe diese Weißen Bestien um“, keuchte sie.

Arkarim konnte zwischen den Mauerresten hindurch auf den Turm sehen. „Darum kümmert sich schon jemand, gute Frau Elfin. Bei allem Respekt, tretet nun zurück, oder ich schleife Euch an den Haaren hier heraus. Hier drinnen ist es gefährlich, und die Irghil wissen, was sie zu tun haben. Wenn Nedeam noch lebt, werden sie ihn retten."

„Er muss leben." Sie drängte erneut zu der Stelle, an der ihr geliebter Gemahl liegen sollte. Aber inzwischen versperrte der blaue Leib des Irghil ihr den Weg. Scheren, Arbeitsarme und Beine des seltsamen Wesens arbeiteten rasch und zielstrebig. Arkarim hatte recht, dies war eine Arbeit, auf die sich die ehemaligen Sklavenarbeiter Jalannes verstanden.

Arkarim zog die Elfin an sich, und die Tatsache, dass sie es diesmal geschehen ließ, zeigte die Verzweiflung der jungen Frau. Der junge Scharführer glaubte kaum daran, dass Nedeam noch lebte, und er hielt die Elfin zurück, um ihr den Anblick des toten und sicherlich verstümmelten Gemahls zu ersparen.

Dann war ein vernehmliches Stöhnen zu hören, und Llaranya wusste nicht, ob es von ihr oder jemand anderem kam. Zwischen dem Schutt wurde ein Bein sichtbar. Der Stiefel war von Staub bedeckt, aber das eingestickte Symbol einer Pelzbeißerklaue war deutlich zu erkennen. Einst hatte Nedeam die Begegnung mit einem solchen Raubtier nur knapp überlebt, und die Schuhmacherin Esyne hatte die Tatze eines Pelzbeißers als Zeichen Nedeams in das feine Leder eingearbeitet.

„Nedeam!", keuchte die Elfin und stürzte vor.

Diesmal hielt Arkarim sie nicht zurück, sondern folgte ihr. Der Irghil hörte die beiden kommen und klappte seine Kampfscheren zurück, um sie auf Abstand zu halten, während er mit den Arbeitsklauen und zwei Vorderbeinen weiterarbeitete.

„Wartet, Elfin", sagte der Scharführer. „Wir müssen uns gedulden. Seht, wie vorsichtig das Panzerwesen die Trümmer abträgt. Ich glaube, es besteht Hoffnung."

Die feinen Sinne des Irghil spürten das Leben unter den Trümmern. Behutsam hob er ein Schuttteil nach dem anderen an und legte es zur Seite. Seine Beine vermittelten ihm ein Gespür dafür, wo die Trümmer labil war und nachzurutschen drohten. Einige der Mauerteile und Holzstücke verwandte das Wesen dazu, andere Teile zu stabilisieren. Dies alles geschah schnell, denn auch wenn der Gepanzerte das Leben unter sich spürte, wusste er doch, wie bedroht es war. Selbst wenn das Gewicht und die Kanten der Trümmer dem darunter Begrabenen keinen schweren Schaden zugefügt hatten, so konnten Schmutz und Dreck ihm rasch den Atem rauben.

„Wrrr." Der Laut des Irghil ließ Llaranya und Arkarim die Stirn runzeln. Zwei der Augenstiele wandten sich ihnen zu, und das Wesen wiederholte das merkwürdige Geräusch. Es begriff, dass die beiden nicht verstanden, konnte aber die menschliche Sprache nicht ausreichend nachbilden. Als der Irghil den Laut abermals wiederholte, wandte er sich daher Llaranya halb zu und deutete mit einem der Arbeitsarme auf seine Mundöffnung. „Wrrr. Wrrrrr!"

„Er will etwas", knurrte Arkarim. „Er deutet auf seine Fressöffnung. Nahrung?"

„Wasser!" Die Elfin begriff. „Er will Wasser." Sie sah sich um. „Wer von Euch guten Herren hat Wasser zur Hand?"

Einer der Schwertmänner löste die Wasserflasche von seinem Gurt und warf sie der Elfin zu, die sie geschickt auffing und geöffnet an den Irghil weiterreichte. Das Wesen hatte den Kopf Nedeams frei gelegt, doch unter all dem Schmutz war dessen Gesicht kaum zu erkennen. Er bedeckte auch Mund und Nase, aber die Nasenflügel bewegten sich unmerklich. Es wirkte beinahe zärtlich, wie der Irghil Nedeams Gesicht mit Wasser benetzte und es säuberte. Schließlich träufelte er Flüssigkeit auf die aufgesprungenen Lippen.

Ein unterdrücktes Husten war zu hören.

Nun waren alle Zweifel beseitigt.

Nedeam war am Leben.

Nichts anderes hatte in diesem Augenblick noch Bedeutung für Llaranya.

59

Der Steg zum Turm der Macht war geborsten. Als die Mauern sich hoben, hatte er sich in ein Gewirr von ineinander verhakten Pfeilern, Steinplatten und Holzbohlen verwandelt. Diese bildeten nun eine zerklüftete Rampe aus Trümmern, die zum Eingang des Bauwerks führte. Kein einfacher Weg, aber es gab genug Halt, um sich hinaufarbeiten zu können.

„Dort oben, am Eingang des Turms, ragt noch ein Stück des Steges heraus." Dorkemunt leckte sich über die Lippen. „Wenn wir da hochkommen, gelangen wir auch hinein."

Fangschlag nickte. Das Reststück ragte wie ein Finger aus dem Mauerwerk hervor. „Da werden wir uns aber strecken müssen."

„Nun, ich bin recht klein und einigermaßen zierlich gebaut", brummte der alte Pferdelord. „Wenn nötig, wirfst du mich einfach hinauf."

Der Ork grinste und entblößte dabei seine Reißzähne. „Ich kann mich aber nicht selbst hinaufwerfen. Du wirst mich schon hochziehen müssen, oder willst du den ganzen Spaß für dich allein haben?"

„Und auf dein Schlagschwert verzichten?" Der Pferdelord lachte heiser. „Es ist eine gute Ergänzung zu meiner schönen Axt. Ich denke, den Weißen Bestien wird das nicht gefallen."

Dorkemunt schob die Kampfaxt hinter seinen Waffengurt. Er brauchte beide Hände, um sich über die Trümmer bewegen zu können. Fangschlag folgte seinem Beispiel und blieb hinter dem Pferdelord. So rasch sie konnten, kletterten sie empor. An ein oder zwei Stellen, an denen Dorkemunt keinen ausreichenden Halt fand, wartete er, bis Fangschlag aufgeschlossen hatte. Gemeinsam schafften sie es, die schwierigen Passagen zu überwinden. Immer höher ging es hinauf, und unter ihren Füßen lösten sich Trümmerteile, die nach unten rutschten. Hinter ihnen bildete sich eine Traube von Irghil und Menschen, die versuchten, den beiden zu folgen, sich dabei aber gegenseitig behinderten.

Ein Scharführer der Gardekavallerie wandte sich den Verbündeten zu. „Wir dürfen nicht alle gleichzeitig hinauf. Diese blauen Bestien, äh … ich meine natürlich Scherenwesen, können sich sicher besser auf wackeligem Grund bewegen. Tretet also zurück, Männer der Garde.“ Er deutete hinauf zum Turm. An der Brüstung war niemand zu erkennen. „Bogenschützen! Achtet auf jede Bewegung zwischen den Zinnen. Wenn sich eine der magischen Kreaturen zeigt, dann schickt ihr Eure Pfeile, bevor sie uns brennen kann.“

Der Mann deutete auf einige Schwertmänner. „Und Ihr, gute Herren, sorgt dafür, dass uns niemand in den Rücken fällt. Es mögen sich noch immer einige Lemarier versteckt halten und auf eine Gelegenheit warten, über uns herzufallen.“

Die Stimme des alnoischen Soldaten brachte rasch Ordnung in das Durcheinander. Gardisten formierten sich, und Bogenschützen hielten sich bereit, bei der kleinsten Bewegung sofort zu schießen.

Dorkemunt und Fangschlag hatten inzwischen das Stück des Steges erreicht, das noch erhalten war, und direkt am Eingang des Turms aus dem Mauerwerk ragte. Der alte Pferdelord reckte sich nach oben, aber wie er befürchtet hatte, war er zu klein.

Fangschlag ließ ein leises Bellen hören. „Manchmal ist es eben ein Vorteil, dass ich so groß bin und du so winzig.“

Er packte den Pferdelord und stemmte ihn hoch. Nun

konnten Dorkemunts Hände die Überreste des Steges ergreifen. Ächzend zog er sich hinauf. „Mag sein, Fangschlag, aber nun wird ein Nachteil draus. Ich muss dich jetzt nämlich zu mir hochziehen."

Dorkemunt suchte sich einen festen Halt und verkeilte seine Beine an einem Stück der Brüstung. Fangschlag stand unten und starrte zu ihm hinauf. „Beeil dich, Pferdereiter", brummte er. „Ich will zum Nachtmahl wieder am Feuer sitzen."

„Du denkst auch immer nur ans Fressen", erwiderte Dorkemunt und löste den Verschluss seines Waffengurtes. Er schlang sich ein Ende ums Handgelenk und beugte sich dann vor. Der Ork konnte das andere Ende gerade noch packen. Der alte Pferdelord stöhnte unter dem Gewicht des Rundohrs. „Wahrhaftig, du solltest nicht so viel in dich hineinstopfen."

Schließlich war es geschafft, und Dorkemunt schnaufte beachtlich, als der Ork sich neben ihn auf den Steg zog. Fangschlag zückte sofort sein Schlagschwert und deutete auf die Türöffnung. „Du solltest nicht so laut schnaufen", sagte er vorwurfsvoll. „Sonst hören uns noch die Weißen Magier."

Dorkemunt verzichtete würdevoll auf eine Antwort. Gemeinsam traten sie an die Tür. Sie war nur angelehnt und stand einen Spaltbreit offen. Das war ihr Glück, denn sonst hätten sie den Turm niemals betreten können. Als Idrun-Ma-Elas dem Ältesten in großer Eile gefolgt war, hatte er es versäumt, die Tür sorgfältig zu schließen. Doch nur wenn sie zu war, konnte sich das magische Siegel errichten, das jedem Eindringling den Zutritt verwehrte.

Fangschlag drückte die massive Holztür weiter auf. Ihre kunstvoll geschmiedeten Scharniere quietschten leise. In Brusthöhe war in das Holz ein metallenes Symbol eingelassen, in dessen Mitte ein rötlicher Kristall matt schimmerte. Der Ork ahnte nicht, dass dies das magische Siegel war. „Nichts zu sehen. Sie müssen noch oben auf der Plattform sein."

„Sei dennoch vorsichtig. Einige der anderen Lemarier könnten hier ebenfalls Zuflucht gesucht haben."

Der alte Pferdelord schob sich zu dem Rundohr in das Innere des Turms und zog währendessen seine Kampfaxt. Dabei stieß er versehentlich mit dem Ellbogen gegen die Tür, die langsam zuschwang. Als Dorkemunt dies bemerkte, war es schon zu spät. Mit leisem Hall schlug sie ins Schloss. Außen leuchtete der Kristall auf, und das Siegel verriegelte die Tür.

„Verdammt, ich kann sie nicht mehr öffnen", knurrte Dorkemunt wütend. Er zerrte an der Klinke, die jedoch nicht nachgab. „Was für ein Zauber steckt hier nur wieder dahinter?"

„Ich könnte sie einschlagen", meinte Fangschlag pragmatisch.

„Bist du verrückt? Der Lärm würde die Magier erst recht auf uns aufmerksam machen." Dorkemunt seufzte. „Na schön, es ist, wie es ist. Dann bleibt es uns beiden vorbehalten, den Bestien den Garaus zu machen."

„Es ist mir ein Ehre, Pferdemensch." Fangschlag ließ ein leises Bellen hören.

„Nun sei aber still", flüsterte Dorkemunt und schaute sich um. „Dieses Gemäuer ist mir unheimlich, mein gescheckter Freund."

„Ja, hier ist es kalt und feucht", raunte Fangschlag. „Da sehne ich mich doch nach der trockenen Wärme meiner Bruthöhle."

Auch wenn diese Ebenen des Turms nie unter Wasser gewesen waren, so hatte ihnen doch die Feuchtigkeit zugesetzt. Die Stufen der Treppe waren ausgetreten und zum Teil mit Moos bewachsen. Demgegenüber wirkte die Reinlichkeit der Möbel und Einrichtungsgegenstände befremdlich.

„Warte." Dorkemunt deutete nach unten. „Siehst du das? Dieses Leuchten?"

„Da muss sich etwas ziemlich Wichtiges befinden", stimmte Fangschlag zu, zeigte dann jedoch mit seiner Klinge die Treppe hinauf. „Aber erst mal kümmern wir uns um die Herren des Turms."

Der alte Pferdelord nickte. „Du hast ja recht. Wohlan, machen wir den Magiern unsere Aufwartung."

Tageslicht fiel auf sie herab. Sie standen nun unmittelbar unter der Öffnung, die zur Plattform des Turms führte. Dorkemunt legte einen Finger an seine Lippen und bedeutete Fangschlag damit, still zu sein. Über ihnen war das leise Murmeln von Stimmen zu hören. Unzweifelhaft gehörten sie den beiden Weißen Zauberern. Einer von ihnen musste rechts, der andere links vom Aufgang stehen. Dorkemunt gab dem Ork mit ein paar Zeichen zu verstehen, dass sie schnell handeln und beide Zauberer gleichzeitig angreifen mussten, damit diese gar nicht erst zur Gegenwehr kamen. Der alte Pferdelord fühlte Unsicherheit in sich aufsteigen. Die Magier konnten die Anwesenheit anderer Lebewesen spüren. Vielleicht lauerten sie nur darauf, dass ihre Feinde die Köpfe ans Licht reckten, um ihnen diese im selben Moment von den Schultern zu brennen. Doch es half nichts. Es musste getan werden.

Dorkemunt nickte dem Rundohr kurz zu, dann stürmte er die letzten Stufen hinauf.

Edo-Ma-Kalik und Idrun-Ma-Elas blickten hinunter zur Stadt, die sich aus dem See erhoben hatte. Sie standen weit genug von der Brüstung entfernt, um von unten nicht gesehen zu werden. Sie hielten ihre Stäbe aufgerichtet und sahen zufrieden dabei zu, wie sich deren kristallene Kopfenden aufluden. Mit der Stadt hatte sich auch der Quell des Lebenswassers über die Fluten des Sees erhoben, und dessen magische Kraft konnte sich nun entfalten. Nicht mehr lange, und die Macht der Stäbe war vollkommen. Die Sinne der beiden Magier konzentrierten sich auf die blauen Sphären und vernachlässigten dabei die Auren ihrer Feinde. Für sie spielte es keine Rolle, wie viele Menschen oder Irghil sie belagerten. Nicht mehr lange, und keines dieser Wesen würde mehr am Leben sein. Die Macht der Magier würde von den Kopfstücken ihrer Stäbe ausstrahlen, jeden einzelnen Feind erfassen und ihn im selben Augenblick zu Tode brennen. Dann würde sich ihre Magie weiter ausbreiten, und aus den Ruinen der Stadt würden neue Gebäude emporwachsen. Ihre Macht würde schließlich das Reich Alnoa erfassen, massenhaft würden die Menschen dort sterben, und es würde ein Leichtes sein, unter den Überlebenden geeignete Niedrige zu finden.

Im letzten Augenblick wurden die beiden Magier gewarnt. Ihre Stäbe sandten einen Gefahrenimpuls aus, so gleißend und schmerzhaft, wie es nur geschah, wenn der Feind schon sehr nahe war. Sie schraken auf aus ihrer Konzentration und wandten sich dem Aufgang zu.

Im selben Moment schlug Dorkemunts Axt tief in Idrun-Ma-Elas' Brust. Die Wucht des Hiebes warf den gehbehinderten Zauberer nach hinten. Er taumelte und zog Dorkemunt mit sich, denn die Klinge hatte sich fest zwischen seine Knochen gegraben, und der alte Pferdelord wollte seine Axt nicht freigeben. Der tödlich verletzte Magier stieß gegen die Brüstung des Turms, und sofort schnellten von unten die Pfeile der Gardisten heran und bohrten sich in seinen Kopf und Rücken.

Fangschlag war weniger erfolgreich. Dorkemunt hatte ihm für Augenblicke den Weg versperrt, und als der Ork dann auf Edo-Ma-Kalik zustürmte, war es zu spät.

Der Machtstab des Ältesten schwang herum, ein Blitz

gleißte grell im Sonnenlicht. Die Aura des sterbenden Idrun-Ma-Elas fing einen Teil der Energie auf, aber dennoch traf die Flammenlanze Dorkemunts Leib und durchbohrte ihn.

Der Wutschrei Fangschlags hallte über Lemaria, als er sein Schlagschwert mit brutaler Gewalt in den Körper des Magiers trieb und diesen bis zum Brustbein spaltete.

60

Das magische Siegel, das den Zutritt zum Turm verwehrte, war mit dem Tod der Weißen Zauberer erloschen. Der Kampf war zu Ende, doch dies war kein Trost für jene, die oben auf der Plattform bei dem sterbenden Dorkemunt standen.

Fangschlag hatte die Körper der Bestien über die Brüstung geschleudert und schien wie von Sinnen, bis Llaranya zu ihm auf den Turm geeilt kam, um ihn zu besänftigen. Scherenführer Dan'Pharant schritt behutsam die Treppe herauf, in seinen Scheren den geschwächten Nedeam. Als dieser seinen alten Freund und Ziehvater am Boden sah, schrie er schmerzerfüllt auf. Llaranya kniete neben dem alten Pferdelord und schüttelte entsagungsvoll den Kopf.

„Meine Kunst versagt hier, Nedeam, mein Geliebter. Selbst Marnalf könnte hier nicht mehr helfen. Die Wunde ist zu schwer.“ Sie schluchzte leise. „Die Flammspur hat sich durch seinen Leib gebrannt, und es ist ein Wunder, dass er noch lebt. Aber auch der letzte Funke seiner Lebenskraft wird bald verglühen.“

Um Dorkemunts Augen lagen die Schatten des nahen Todes. Fangschlag kniete hinter ihm und hielt den Sterbenden halb aufgerichtet, sodass er Nedeam in die Augen blicken konnte.

Der alte Pferdelord hustete unterdrückt und verzog dabei vor Schmerzen das Gesicht. „Wenigstens starb ich im Kampf und nicht als Greis auf der Bettstadt.“

„Rede keinen Unsinn, alter Freund“, sagte Nedeam und versuchte zu lächeln. „Wir werden das Lebenswasser aus der

Schale holen“, meinte er verzweifelt. „Es wird dich retten.“

„Für mich kommt es zu spät. Ah, es schmerzt nicht einmal, mein Sohn.“ Dorkemunt tastete nach Nedeams Hand, der seine ergriff und dabei leise aufschluchzte. „Wahrhaftig, ich wäre gerne noch eine Weile an deiner Seite galoppiert. Doch nun bleibt mir nur der Ritt zu den Goldenen Wolken.“

„Ein ruhmreicher Ritt, mein Vater, die Legenden werden ihn besingen.“

„Ohne Zweifel“, flüsterte Dorkemunt. „Ah, mein Junge, ich werde meinen leiblichen Sohn wiedersehen. Und mein geliebtes Weib.“

„Das wirst du gewiss“, stammelt Nedeam mit tränenerstickter Stimme.

Der schwache Druck von Dorkemunts Hand erschlaffte. Ein letztes Seufzen drang über seine Lippen, dann streckte sich die kleine Gestalt.

Nedeam liefen die Tränen ungehemmt über die Wangen. Fangschlag stieß ein klagendes Heulen aus, und auch die anderen konnten ihren Kummer nicht verbergen.

„Es ist vorbei. Er ist von uns gegangen“, murmelte Llaranya und löste Nedeams Hand aus der des Toten. „Er ging von uns, wie er lebte. Ein wahrer Pferdelord.“

Nedeam bedeckte seine Augen und nickte. „Nie gab es einen besseren.“

61

Ein so machtvoller Quell, und doch hätte auch seine Kraft Dorkemunts Wunden nicht heilen können.“ Nedeam atmete mehrmals tief durch und starrte auf das Gefäß, das Llaranya soeben in die Schale des Quells tauchte. „Der Älteste der Irghil sagt, bei aller Macht, die in ihm wohne, könne das Lebenswasser keine Wunden heilen, die durch Magie verursacht wurden. Was nutzt denn all seine Macht, jetzt, da mein Vater Dorkemunt tot ist?“

„Ich trauere mit dir“, seufzte die Elfin. „Das magische Wasser hätte unseren Freund nicht retten können, aber das Leben der Hohen Dame Larwyn wird es erhalten.“

Nedeam nickte und wischte sich die Tränen mit dem Ärmel fort. „Du hast recht, Geliebte. Ich darf das nicht vergessen. Und auch nicht, welches Leid der Quell verursacht hat.“

„Nicht der Quell, nur seine Hüter, die Weißen Magier.“

„Sie sind nun vergangen, ebenso wie ihr Reich Jalanne“, murmelte Nedeam.

„Und das wird sich nie wieder erheben.“ Llaranya zog das gefüllte Gefäß aus der Schale, versiegelte es sorgfältig und schlug es in mehrere dicke Tücher ein. „Wir müssen gehen, Geliebter. Der Turm und die Stadt werden wieder versinken. Jetzt, da die Macht der Weißen gebrochen ist, versiegt die Kraft, die sie ans Tageslicht zerrte.“

Die Zeichen waren unverkennbar. Die Pfützen in den Straßen der Stadt breiteten sich aus und wurden tiefer. Das Wasser kehrte zurück von jenem magischen Ort, an den es verdängt worden war. Es geschah langsam, aber unaufhaltsam. Niemand bedauerte, dass Lemaria erneut versinken würde.

Der Rückzug von dem stattlichen Hügel, der nun bald wieder eine Insel werden würde, war fast abgeschlossen. Der Tod Dorkemunts hatte den Zorn der Irghil erneut entfacht, und keiner der Lemarier war verschont geblieben. Es war Mord gewesen, doch niemand hatte den Blauen Einhalt geboten. Zu sehr konnten die Menschen nachempfinden, was diese Wesen erlitten hatten.

Während die Soldaten der Pferdelords und der Alnoer sich rasch durch die Stadt zurückzogen, um die Lichtung zu erreichen, hatten die Irghil jede Spur der Lemarier von der Insel getilgt. Kein Stein stand mehr auf dem anderen, mit Ausnahme des Turms.

Dorkemunts Leichnam war bereits zum Lager gebracht worden, und Fangschlag ließ ihn keinen Moment aus den Augen. Eine Gruppe Schwertmänner hielt Ehrenwache, bis man den alten Pferdelord am Ufer des Sees zu den Goldenen Wolken geleiten würde.

Nedeam und Llaranya verließen den Turm. In seinem Mauerwerk war unheilvolles Knacken zu hören. Die Irghil waren sich sicher, dass er ein erneutes Absenken nicht überstehen würde.

Scharführer Arkarim wartete unten mit den Pferden. „Habt Ihr es?“ Als die Elfin nickte, seufzte er. „Dann wird die Herrin der Hochmark überleben, und alles hatte doch noch einen Sinn.“

Als sie die Straßen der Stadt erreichten, umspülte das Wasser bereits die Hufe der Pferde. Sie trieben die Tiere an und spürten, dass Eile geboten war. Als sie schließlich am anderen Ufer anlangten, reichte den Pferden das Wasser schon bis zu den Fesseln.

An Land warteten der Älteste der Irghil und die Hochgeborene Livianya.

„Alles ist bereit“, sagte diese mitfühlend. „Wollt Ihr ihn wirklich hier zurücklassen?“

Nedeam nickte. „Dies ist der richtige Ort.“

„Dann soll es so sein.“

„Ein Pferdelord reitet stets von dort zu den Goldenen Wolken, wo er das Diesseits verlassen hat, nicht wahr?“ Llaranya blickte zur Insel hinüber. Das Wasser überspülte bereits die höheren Gebäude. Nur einige Dächer und Türme ragten noch daraus hervor. „Sollte er da nicht besser auf der Insel …?“

„Nicht auf verfluchtem Boden“, erwiderte Nedeam grimmig. „Doch von hier hat er einen guten Ausblick auf die Bestien, die durch seine Hilfe bezwungen wurden.“

Die Verbündeten hatten manchen Toten zu beklagen, und Dorkemunt war nur einer von vielen Kriegern, die im Kampf gegen die Magier ihr Leben ließen. Die Gepanzerten hatten die Schädel ihrer Gefallenen geöffnet. Doch was nach einem barbarischen Akt aussah, erwies sich als ihre Art, die Getöteten zu ehren. Der Leib mochte zerfallen, aber die Kristalle würden ihren Ehrenplatz im Hort der gepanzerten Wesen einnehmen.

Auf der Lichtung hatte man eine Grube für die gefallenen Pferdelords ausgehoben und die Toten behutsam hineingelegt. Jeder hatte seine Waffe in die Hand gelegt bekommen, wie es der Tradition entsprach. Die Alnoer hatten ihre Gefallenen auf hölzernen Scheiterhaufen aufgebahrt, und Fackelträger standen bereit, sie in Brand zu stecken.

„Siebente Gardekavallerie zum letzten Geleit aufsitzen“, schnarrte Hauptmann Bernot ta Geos. „Die Reihen ausrichten und still!“

Die Hochgeborene Livianya ta Barat war sicherlich die Ranghöchste, doch sie war hinter Nedeam zurückgetreten. Alle wussten, welchen Verlust er mit Dorkemunts Tod erlitten hatte.

Die Schwertmänner der Hochmark traten an, stellten die

Rundschilde auf den Boden und legten die gezogenen Schwerter an die Schultern. Scharführer Arkarim nickte Nedeam zu, der an die offene Grube mit den Toten trat. Er sah sich jeden der Männer an, denn sie alle verdienten seine Achtung. Zuletzt blieb sein Blick auf Dorkemunt haften. Dessen Gesicht wirkte seltsam ruhig und friedvoll. Die Hände umklammerten seine geliebte Axt. Die Trauer nahm Nedeam für einen Augenblick den Atem, doch dann straffte er sich. Seine Stimme war klar und trug über die Lichtung.

„Wir stehen hier, um von guten Männern Abschied zu nehmen. Ich kannte einen jeden von ihnen. Sie folgten dem Banner der Hochmark in ein fremdes Land, um sich einem unbekannten Feind zu stellen. Sie taten es, ohne zu Zögern, und warfen ihr Leben in die Waagschale des Schicksals. Nun sind sie vergangen, doch sie sind nicht vergessen. Sie werden niemals vergessen sein, solange sich noch ein Pferdelord in den Sattel erhebt. Es gäbe vieles zu sagen über diese Männer. Vor allem über jenen, der …“ Seine Stimme geriet ins Wanken, und er verstummte für einen kurzen Moment, bevor er weitersprach. „Ich … ich kenne nur eines, was diesen Männern und Dorkemunt gerecht wird. Es ist der Eid der Pferdelords, und so mögen diese Worte sie auf ihrem letzten Ritt zu den Goldenen Wolken begleiten.“

Einer der Schwertmänner begann langsam an seinen Rundschild zu schlagen, während Nedeam den Eid der Pferdelords sprach. Ta Geos gab ein halblautes Kommando, und das siebente Gardekavallerieregiment senkte seine Lanzen.

„In des Lebens Wonne und des Todes Not, soll Eile sein stets das Gebot. In Treue fest dem Pferdevolk, der Hufschlag meines Rosses grollt, soll Lanze bersten, Schild zersplittern, so wird mein Mut doch nie erzittern. Ich stehe fest in jeder Not, mit schnellem Ritt und scharfem Tod.“

Schwerter schlugen gegen Schilde, während die Fackelträger nun auch die Scheiterhaufen der Gardisten in Brand setzten. Das regelmäßige Dröhnen wurde lauter und erfüllte die riesige Lichtung. Es symbolisierte den langsamen Hufschlag der Pferde, der anschwoll zu einem rasenden Galopp und dann mit einem letzten, nachhallenden Schlag verstummte.

Eine ergreifende Stille lag über der Versammlung, nur das leise Stampfen und Schnauben der Pferde und das Knistern der Flammen waren zu hören.

Die Hochgeborene Livianya ta Barat trieb ihr Pferd vor die Beritte der siebenten Garde und trabte weiter zu dem Ältesten der Irghil. „Ich hielt Euch Irghil für mordgierige Bestien, und ich gestehe ein, ich habe mich getäuscht. Ich werde meinen Bericht an den König machen, und ich bin mir sicher, er wird Anteil nehmen an Eurem Schicksal. Er ist ein gütiger und weiser Herrscher, und er wird Euch den Schutz des Reiches anbieten."

Der Älteste, Danot'Nelat, knickte zustimmend die drei Augenstiele nach vorn. „Wirr Irrghil werrden in Jalanne bleiben. Unserre alte Heimat ist uns verrwehrrt, und wirr dienten diesem Land lange Zeit als Sklaven. Nun soll es unserrerr Frreiheit dienen, um die Schande des alten Königrreiches von Jalanne zu tilgen."

„Das verstehe ich wohl, Ältester der Irghil." Livianya beugte sich leicht vor. „Es wird nicht leicht für Euch werden. Ihr seid anders als wir, anders als alle Wesen, die wir bislang kennengelernt haben. Ich werde anregen, bei den Toren der alten Stadt Breonaris einen Handelsplatz einzurichten. Der Handel führt zum Tausch von Waren und damit auch von Worten. Und Worte führen zu Verständnis. Auch wenn ich und meine Männer nun wissen, dass wir Euch Unrecht taten, so wird es dauern, bis aus Respekt auch Freundschaft erwachsen ist.

Im Osten von Euch stehen die Barbaren und die Orks. Eines Tages werden sie zu einer Bedrohung für Euch werden. Für Euch wie für uns. Es wäre gut, wenn wir dann zueinander stehen würden."

„Habt Dank fürr diese Worrte, weichhäutige Hochgeborrene. Ich glaube, dass sie aus Eurrem Herrzen kommen." Der Älteste wandte sich Nedeam zu. „Die Zeit mag alles fügen. Wirr alle haben unserr Blut an diesem Orrt verrgossen. Wir werrden das nicht verrgessen, Weichhäutige des Pferrdevolkes. Rreitet heim und seid gewiss, in uns trreue Frreunde zu haben."

Nedeam ging zu dem Ältesten hinüber und legte ihm seine Hand zwischen die Schere.

Man hatte einen Feind bezwungen und neue Freunde gefunden. Das gab Dorkemunts Tod einen Sinn, und Nedeam war sich sicher, der alte Pferdelord wäre stolz auf diesen Augenblick gewesen.

62

Garwin und sein heimtückischer Verrat waren nicht vergessen. Die Männer der Hochmark beeilten sich, in die Heimat zu gelangen. Als der Beritt Arkarims mit Nedeam und Llaranya an der Spitze den Südpass erreichte, hatte der Erste Schwertmann mit grimmiger Stimme gefragt, ob der Pferdefürst den Posten passiert habe.

„Vor drei Tageswenden kam der Hohe Lord in die Mark zurück“, meldete der Wachführer. „Doch er hat sie vor einer halben Tageswende schon wieder verlassen. Mit einer Handvoll Schwertmänner.“

„Wir haben den verräterischen Bastard verfehlt“, knurrte Scharführer Arkarim enttäuscht. „Er muss einen anderen Weg genommen haben, um uns nicht zu begegnen. Lasst mich die Verfolgung aufnehmen, Hoher Herr. Er wird der gerechten Strafe nicht entgehen.“

So sehr Nedeam auch versucht war, dem nachzugeben, schüttelte er doch den Kopf. „Das Leben der Herrin geht vor. Zudem sind unsere Pferde erschöpft, während Garwin sich in der Mark mit frischen versorgt haben wird. Nein, unsere Rache an dem Verräter muss warten. Aber stellt eine Schar ab, guter Herr Arkarim, die den Posten hier verstärkt. Nur für den Fall, dass sich der Bastard oder einer der Seinen blicken lässt.“

„So dumm wird er nicht sein“, knurrte der Scharführer. „Wenn sein Verrat erst bekannt wird, kann er sich seines Lebens nirgends mehr sicher sein.“

„Ich wollte, Ihr hättet recht.“ Nedeam seufzte leise. „Doch er hat Freunde, und sie werden ihm helfen.“

„Niemals“, erwiderte Arkarim entschieden. „Er mag Gleichgesinnte haben, aber niemals Freunde."

Der Beritt traf in Eternas ein, trabte rasch durch die Stadt und erreichte endlich die Burg. Die Freude von Tasmund und den anderen, als Llaranya mit dem Lebenswasser zur Herrin Larwyn eilte, war kaum zu beschreiben. Aber diese Freude bekam einen bitteren Nachgeschmack, als Nedeam und die anderen von Garwins Verrat und Dorkemunts Tod berichteten.

Die Heilerinnen und Marnalf beobachteten Larwyn mit kritischen Blicken, als die zähe Flüssigkeit über deren Lippen rann. Es war ein denkwürdiger Moment, als die Herrin der Hochmark ihre Augen öffnete.

„Sie wird genesen", versicherte der gute Graue mit leisem Seufzen. „Das Lebenswasser wird auch ihre Wunden versiegeln. Ah, Ihr Menschenwesen, ich empfinde Freude, wie ich wohl eingestehen will. Und nun seid so freundlich, und gönnt mir einen langen und erholsamen Schlaf."

Man führte den geschwächten Magier hinaus, und Nedeam berichtete der Herrin, was sich in Jalanne zugetragen hatte. Es war nur schwer zu glauben, dass Larwyn schon wieder kräftig genug war, dem Bericht zu lauschen. Während Nedeam sprach, konnte er sogar sehen, wie die Brustwunde der Herrin zu verheilen begann. Das Lebenswasser war in der Tat eine kraftvolle Magie. Larwyn unterbrach ihn nicht, stöhnte aber schmerzerfüllt auf, als sie vom Verrat des eigenen Sohnes hörte. Seine Hinterlist und die Tatsache, dass er ihr nach dem Leben getrachtet hatte, traf sie schwer. Ohne den Beistand der vertrauten Freunde hätte sie diesen Schlag vielleicht nicht überstanden. Doch sie war eine wahre Frau des Pferdevolkes und bewies ihre enorme Stärke.

Ihre Stimme war schwach, aber ihre Worte klangen bestimmt. „Sendet Reiter zu jedem Weiler und Gehöft, in die anderen Marken und zum Hofe des Königs. Sie alle müssen vom Verrat meines Sohnes erfahren."

Nedeam beendete seinen Bericht, und erneuter Schmerz erfüllte Larwyn, als sie vom Tode Dorkemunts erfuhr. Sie ergriff Nedeams Hand und drückte sie schwach, um ihm zu zeigen, dass sie seinen Kummer teilte. Noch zur selben Tageswende waren Reiter unterwegs, um die Nachricht von Garwins Schande in die Marken des Pferdevolkes zu tragen.

Nedeam ging in den vorderen Burghof hinunter, um sich endlich um die Männer des Beritts zu kümmern. Die beiden Heilerinnen und der alte Tasmund traten an eines der Fenster und sahen zu, wie er zu den Männern sprach.

„Die Hohe Dame Larwyn wird genesen", versicherte die elfische Heilerin Leoryn zuversichtlich. „Das Lebenswasser hat sie gerettet."

„Es ist bedauerlich, dass dieser Quell nun wohl für immer verloren ist", brummte Tasmund. „Er wäre uns von Nutzen gewesen."

Meowyn lächelte. „Vergiss nicht, mein geliebter Gemahl, dass dieser Quell mehr Unheil als Gutes bewirkt hat. Ich jedenfalls bin erleichtert, dass er nun ebenso vergangen ist wie das Reich von Jalanne."

„Nun, vielleicht hast du recht", stimmte er zögernd zu. „Wir werden jetzt viele Dinge zu ordnen haben. Larwyn ist nun die alleinige Herrin der Hochmark. Das Land ist bei ihr in guten Händen", meinte der Berater betrübt. „Doch sie wird unter dem Verrat des Sohnes leiden. Sie wird versuchen, es vor uns zu verbergen, doch sie wird leiden. Das mag ihr Gemüt trüben."

„Dann ist es an uns, ihr in ihrem Kummer beizustehen." Meowyn schmiegte sich an ihren Gemahl und blickte aus einem der Fenster hinunter in den Innenhof. „So, wie Nedeam ihr als Erster Schwertmann beisteht."

„Er trägt schwer am Verlust Dorkemunts", brummte Tasmund.

„Wer tut das nicht?" Sie strich ihm sanft über die Hand. „Ich werde mich nicht so bald daran gewöhnen, dass der gute Freund nicht mehr unter uns weilt."

„Viele gute Männer gehen dahin und treten den Ritt zu den Goldenen Wolken an." Tasmund lächelte matt. „Erst unser geliebter Herr Garodem und nun der tapfere Dorkemunt."

„Andere treten an ihre Stelle", versicherte Meowyn. „So war es schon immer, mein Gemahl."

„Die Besten kann niemand ersetzen."

Meowyn erwiderte nichts. Sie konnte seinen Schmerz nachempfinden.

Unten im vorderen Innenhof der Burg saß Nedeam mit Llaranya an jenem Brunnen, den Larwyn einst entworfen hatte. Ihnen gegenüber standen Arkarim und Fangschlag. Die Trauer über Dorkemunts Verlust vereinte sie, und zugleich wussten sie, dass sie nicht darin versinken durften.

„Dann wollt Ihr bei den Schwertmännern bleiben, guter Herr Arkarim?" Nedeam sah den Scharführer nachdenklich an. „Warum habt Ihr Eure Meinung geändert? Ihr sagtet doch, Ihr wolltet Euch verbinden?"

Arkarim stützte eine Hand auf sein Schwert und strich sich mit der anderen über das Kinn. „Ah, wahrhaftig, es gibt kein besseres Weib als das meine, Hoher Herr. Nichts gegen Euch, gute Elfin, aber die Meine ist ein rechtes Weib des Pferdevolkes. Sie versteht, dass ich Euch jetzt nicht allein lassen kann. Nicht jetzt, wo der Verräter Garwin durch die Marken streift."

„Ja, ich bin mir sicher, wir werden wieder von ihm hören", seufzte Nedeam. „Schön, guter Herr Arkarim, ich bin froh,

Euch weiter in den Diensten der Hochmark zu sehen."

Der Scharführer nickte. „Bomburt hat Wunden erlitten, die es ihm unmöglich machen, weiter als Schwertmann zu dienen. Ich schlage vor, dass er einem neuen Handwerk nachgeht."

„Ihr habt etwas Bestimmtes im Sinn, guter Herr Arkarim?"

„Nun ja, da der tapfere Dorkemunt nicht mehr ist, muss sich jemand um die Witwe Henelyn und ihre Söhne kümmern. Allein werden sie das Gehöft nicht bewirtschaften können."

Nedeams Gesicht verfinsterte sich im Schmerz. „Das ist wohl wahr. Ich werde später hinüberreiten und ihr erzählen, was geschah. Sie hat ein Recht darauf."

Llaranya legte die Hand an seinen Arm. „Ich werde dich begleiten, damit der Kummer dich nicht überwältigt."

„Da wäre noch etwas", meinte Arkarim gedehnt und sah Fangschlag an. „Nun, da dieser gescheckte Bursche rehabilitiert ist, schlage ich vor, dass er von nun an mit uns reitet." Der Scharführer grinste. „Natürlich nicht als Pferdelord oder gar als Schwertmann. Aber als Berater und Spurenleser könnte er sich bewähren."

Nedeam sah das Rundohr zögernd an. „Ich weiß nicht, ob ihm das gefallen würde. Zu viel Hass schlug ihm in der Mark entgegen. Zu viele zweifelten an seiner Ehre. Auch wenn bald alle erfahren, dass er unschuldig ist, wird man ihn noch immer für eine Bestie halten."

Llaranya seufzte. „So sind die Menschen."

„Fangschlag kann reiten", brummte der Ork. „Fangschlag kann mit den Schwertmännern reiten. Fangschlag hat Beißer."

„Ein ungewöhnlich großes Pferd", meinte Nedeam mit gedehnter Stimme. „Es beißt und tritt."

„Das tut jedes gut ausgebildete Kriegspferd", wandte Arkarim ein. „Außerdem ist Fangschlag auch ein ungewöhnlich großer Reiter."

„Ja, sicherlich. Aber ein Ork unterwegs mit einem Beritt?"

Arkarim grinste. „Der Riesenkerl auf seinem Riesengaul wird den Feind das Fürchten lehren."

Das Rundohr nickte. „Fangschlag wird Furcht verbreiten."

Nedeam konnte nicht anders. Er lachte auf. „Und sogar in den eigenen Reihen, fürchte ich."

Arkarim lächelte ebenfalls und legte die Hand auf die Schulter des Rundohrs. „Er hat sich wahrhaftig bewährt, Erster Schwertmann, und er hat Ehre im Leib. Ich habe das mit den Männern meines Beritts besprochen. Sie würden die Klinge für ihn ziehen."

„So, würden sie das?" Nedeam musterte den Ork abschätzend. „Wie ist es mit dir, Fangschlag? Was hältst du davon, an der Seite der Schwertmänner zu reiten? Bedenke, dass du vielleicht gegen dein eigenes Volk kämpfen musst."

Das Rundohr entblößte seine Fangzähne. „Der Pferdereiter Dorkemunt ist tot. Der Verräter Einohr lebt. Das ist nicht gut. Dorkemunt und ich werden nun nie wieder unsere Kräfte messen können. Die Ehre verlangt, dass Einohr stirbt. Darum werde ich kämpfen, Pferdereiter Nedeam. Nicht gegen mein Volk. Nicht gegen meine Rundohren. Nicht einmal gegen die Spitzohren. Aber ich ziehe mein Schwert gegen Einohr und gegen alle, die sich zwischen mich und diesen Verräter stellen. Auch gegen den Schwarzen Lord. Ich habe in den vergangenen Jahreswenden vieles gesehen und gelernt. Fangschlag ist ein Krieger, und er ist nicht dumm. Ich weiß, welchen Hass unsere Völker aufeinander haben. Und ich spüre nun, dass dies so ist, weil bösartige Kreaturen uns dazu verführt haben."

„Die Weißen und die Grauen Magier", meinte Llaranya.

„Der Schwarze Lord ist der machtvollste von allen", versicherte Fangschlag. „Wenn er bezwungen ist, wird der Hass vielleicht versiegen. Nicht sofort, denn er besteht seit vielen Jahrtausendwenden. Aber wir werden lernen, ihn zu bezwingen. Wir Rundohren sind große Krieger, und wir sind nicht dumm."

Nedeam und die anderen begriffen, wie sehr dieses mächtige Rundohr den kleinen Pferdelord Dorkemunt vermisste. Fangschlag glich nun einem Wanderer zwischen zwei Welten. Der Welt der Menschen und jener der Orks des Schwarzen Lords. Sein Hass auf das verräterische Spitzohr Einohr war vielleicht das Einzige, was ihn in diesen Momenten noch aufrecht hielt. Nedeam empfand Mitgefühl mit diesem ehrenhaften Krieger. Bei all dem Schmerz, der in seinem Innern verborgen liegen mochte, hatte er getreulich zu seinem Wort gestanden.

„Du bist uns wahrhaftig willkommen, Fangschlag", sagte er schließlich und trat zu dem Ork, um ihm die Hände auf die Schultern zu legen. „Auch wenn du den grünen Umhang der Pferdelords nie tragen wirst, so bist du doch in deiner Seele einer von uns."

„Fangschlag ist Ork und bleibt eine Bestie." Das Rundohr verzog seine Lefzen. „Ihr müsst jetzt das Gesicht verziehen und bellen. Es war ein Scherz."

Llaranya lachte tatsächlich auf. „Er ist wahrlich ein ungewöhnlicher Krieger."

Nedeam stimmte in ihr Lachen ein. „Äußerst ungewöhnlich, will mir scheinen."

„Fangschlag ist ein ungewöhnlicher Krieger", brummte der Ork bestätigend.

„Ja, das bist du." Nedeam wurde ernst. „Wenn du mit uns reitest, kannst du das nicht in deiner alten Rüstung als Legionskommandant tun. Du brauchst eine neue. Guntram wird sie dir sicherlich anfertigen können. Ah, und du brauchst einen neuen Schild. Einen Rundschild, wie wir ihn führen, versehen mit deinem eigenen Zeichen. Welches wählst du dir?"

Fangschlag brauchte nicht lange zu überlegen. „Die Streitaxt Dorkemunts."

Das, fanden Nedeam und die anderen, war durchaus angemessen.

– ENDE –

Die Pferdelords und das vergangene Reich von Jalanne (7) – Personenregister

(Die Zahlen in Klammern geben das Alter der jeweiligen Person an.)

Personen der Hochmark

Nedeam	Erster Schwertmann der Hochmark *(34)*
Dorkemunt	Nedeams Ziehvater und Freund, sehr kleinwüchsig *(72)*
Tasmund	Berater der Hochmark, Nedeams Vorgänger als Erster Schwertmann
Larwyn	Mutter Garwins und Mitregentin der Hochmark *(43)*
Garwin	Pferdefürst und Regent der Hochmark *(22)*
Meowyn	Heilerin der Hochmark, Nedeams Mutter *(52)*
Kormund	Scharführer des 1. Beritts
Mortwin	Wachführer der Schwertmänner
Peragram	Scharführer und Garwin treu ergeben
Hendahl	Ein junger Schwertmann aus Peragrams Beritt
Benewyn	Eine Dienstmagd in der Burg und in Hendahl verliebt
Arkarim	Ein treuer Scharführer
Marnalf	Guter Grauer, Magier am Königshof Reyodems in Enderonas
Fangschlag	orksches Rundohr

Personen Elfen

Elodarion	Einer der ältesten Elfen *(Alter unbestimmt)*
Lotaras	Bruder von Leoryn aus dem Hause Elodarions *(500)*
Leoryn	Elfin, Heilerin *(500)*
Jalan-olud-Deshay	Erster und Ältester des Hauses Deshay *(Alter unbestimmt)*
Llarana / Llaranya	Tochter Jalans *(ca. 500)*

Alnoa

Daik ta Enderos	Hochgeborener, Oberkommandeur der Gardekavallerie
Livianya ta Barat	Hochgeborene, Kommandantin der Festung Maratran
Bernot ta Geos	Hochgeborener, Hauptmann und Stellvertreter Livianyas
Hendirus	Kundschafter
Lunres	Kundschafter
Welbur ta Andarat	Hochgeborener, Adliger und Widersacher Livianyas

Lemarier

Edo-Ma-Kalik	Ältester der Lemarier, Bewahrer der Weisheit und des Lichtes
Idrun-Ma-Elas	Stellvertreter von Edo-Ma-Kalik
Jana-Eldanis	junge Fischerfrau
Eldanis	Fischer der Lemarier
Menatos	Bote

Irghil

Danot'Nelat	Ältester der Irghil
Dan'Pharant	Scherenführer der Irghil, Erster der Dan (Krieger)
Dan'Valpant	Krieger
Tar'Dant	Brüter und Hüter der Eier

Wichtige Maße

Länge	2 Meter
Tausendlänge	2 Kilometer
Zehnteltag	Rund 2 Stunden
Tageswende	Tag
Zehntag	Zehn Tage
Mond	Monat
Jahreswende	Jahr / 10 Monde

Freuen Sie sich schon jetzt auf den 8. Band der Pferdelords: „Die Pferdelords und das Volk der Lederschwingen“

LESEPROBE

Der Pfad war steil und nur für das eingeweihte Auge zu erkennen. Einzelne Tritte führten an der aufragenden Felswand entlang und die Hände mussten sich in Spalten und an Vorsprünge klammern, wenn die Füße keinen festen Halt fanden. Nur zu leicht konnte man abgleiten und in die bodenlose Tiefe stürzen. Aber die beiden Männer nahmen die Mühsal des Aufstieges zum Geburtsfelsen gerne auf sich. Viel zu selten schlüpfte im Horst der Lederschwingen ein Junges und noch seltener überlebte dieses die Geburt um mehr als einige wenige Augenblicke. Die Lederschwingen waren mächtige Wesen und vielleicht hatte die Natur es mit Bedacht so eingerichtet, dass es nur so wenige dieser mächtigen Kreaturen gab.

Hier oben, unter dem höchsten Gipfel der schwarzen Berge von Uma'Roll, war die Luft dünn und es war kalt. Obwohl die Männer die Unbilden der unwirtlichen Höhen gewohnt waren, fröstelten sie unter dem scharfen Wind. Anschudar und Mordeschdar hatten sich fest in ihre dicken Pelzmäntel gehüllt, die Kapuzen hoch geschlagen. Sie hielten die Köpfe ein wenig gesenkt und verzichteten darauf, die Klarsteinscheiben vor ihre Reithelme zu klappen.

Unter Anschudars Fuß löste sich ein Stein und er krallte die freie Hand in eine Spalte, als er für einen Augenblick den Halt verlor.

Mordeschdars Stimme klang verständnisvoll. „Aufgeregt?“

Im Grunde war Anschudar noch kein erwachsener Mann und, wenn man es genau nahm, auch noch kein Schwingenreiter. Jeden Morgen strich er gegen den Wuchs seines Bartflaums, damit der Bart dichter und kräftiger wirkte. Ja, er war aufgeregt, doch das war nur zu verständlich. An diesem Tag, wenn die Geburt gelang, würde Anschudar zum ersten Mal den Rücken einer Lederschwinge bedecken und sich mit ihr in die Lüfte erheben. Dann, endlich, würde er ein Schwingenreiter sein.

„Gib mir den Sattel herüber, Junge. Ich bin den Pfad schon oft mit Schwingenrekruten gegangen und weiß, wie ich meinen Fuß setzen muss."

„Es ist mein Sattel", erwiderte Anschudar störrisch. „So muss ich ihn auch tragen."

„Stell dich nicht so an. Es ist auch dein Leben, mein Junge, und wenn du abstürzt, dann bin ich es, der dich zum Horst zurückschleppen muss."

Anschudar seufzte. Der alte Schwingenführer hatte recht. Zögernd zog er den ledernen Sattel unter dem Arm hervor und reichte ihn an den Alten. Die Sitzfläche war kaum zwei Handflächen groß und weich, während die Steigbügel plump und massiv von ihren Lederriemen hingen.

„Wir sind bald da, Anschudar", meinte Mordeschdar. „Glaube mir, ich kann gut nachvollziehen, wie du dich jetzt fühlst. Mir erging es auch nicht anders, als ich meiner Lederschwinge zum ersten Mal begegnete."

„Vielleicht werde ich das nie", seufzte der Jüngere und tastete sich weiter den eisigen Pfad entlang.

„Mag sein", brummte Mordeschdar. „Wenn deine Schwinge schlüpft und gut aus dem Ei kommt, muss sie noch den Sturz bestehen. Viele sind schon daran gescheitert."

Das war eigentlich Anschudars größte Angst. Von klein

auf war er zum Schwingenreiter erzogen worden. Nicht alle Männer des Volkes waren dazu auserwählt, eines Tages den Bund mit einem dieser Wesen einzugehen. Man musste über die Fähigkeit der Verbindung verfügen, bei der man die Haut der Flugwesen berührte und ihre Gedanken spürte. Als er zum ersten Mal auf seinen Beinen stehen konnte, hatten seine Eltern ihn zur Feedanaa gebracht, der Hüterin des Horts. Sie hatte Anschudars Gaben erkannt und über seine Zukunft bestimmt. Doch all seine Erziehung und sein theoretisches Wissen würden vergebens gewesen sein, wenn die für ihn bestimmte Schwinge zu Tode stürzte.

Anschudar blickte nach oben. Nur wenige Längen noch und sie hatten endlich den Gipfel des Geburtsfelsens erreicht. Es war die höchste Erhebung des Uma'Roll und sie fiel zu einer Seite steil ab. Gute eineinhalb Tausendlängen ging es dort in die Tiefe. Diese Tiefe würde über Anschudars Zukunft und das Schicksal seiner Lederschwinge entscheiden.

Michael H. Schenk

Die Pferdelords
und das Volk
der Lederschwingen (8)

Band-Nr. 65027
8,95 € (D)
ISBN: 978-3-89941-672-5
Erscheinungstermin:
Dezember 2009